MADEMOISELLE LOUISE

DU MÊME AUTEUR

Rêve de neige, Presses de la Cité, 2005.
Le Sceau d'argent, J'ai Lu, 2001.
Les Neiges de Norvège, J'ai Lu, 2001.
La Femme de Brighton, J'ai Lu, 2001.
Reflets d'amour, J'ai Lu, 2001.
Belle Époque, Pocket, 1999.
Le Pavillon du sucre, Pocket, 1997.
Le Masque de Venise, Pocket, 1997.
La Tulipe d'or, Pocket, 1995.
Les Tisseurs d'or, Presses Pocket, 1991.

ROSALIND LAKER

MADEMOISELLE LOUISE

traduit de l'anglais
par Françoise et Guy Casaril

ARCHIPOCHE

Ce livre a été publié sous le titre original
Banners of Silk
par Doubleday and Company, *Inc.*, Garden City, New York.

Notre catalogue est consultable à l'adresse suivante :
www.archipoche.com

Éditions Archipoche
34, rue des Bourdonnais
75001 Paris

ISBN 978-2-37735-031-5

Je tiens à exprimer toute ma reconnaissance
à M. Maurice Worth pour les détails
qu'il m'a fournis sur la vie
de son arrière-grand-père, Charles Frederick Worth,
ainsi qu'à Mme Ginette Spanier
pour ses précieux conseils
sur le monde de la haute couture.
RL

I

Elle était blottie dans le noir, minuscule, apeurée. Le silence régnait sur le cimetière des pauvres. Les grands immeubles, au-delà des hautes grilles, étouffaient les bruits de Paris. Les lampes à pétrole qui déversaient leur lumière dorée sur les noctambules du boulevard des Italiens laissaient dans l'ombre les ruelles toutes proches.

En cette année 1843, le labyrinthe des rues tortueuses qui constituait la majeure partie de la ville semblait n'avoir pas changé depuis plusieurs siècles. Pour la cinquième nuit de suite, Louise Vernet revenait dormir là – ou plutôt, veiller. Elle avait dix ans, et tout ce qu'elle possédait était un couteau de cuisine rouillé.

Vers huit heures du soir, les passants qui se glissaient près d'elle sans la voir étaient, pour la plupart, des grisettes employées par une certaine Mme Camille, l'une des plus grandes couturières de Paris. L'enfant, d'ailleurs, ne savait rien d'elles, sinon qu'elles gagnaient leur vie avec leur aiguille. Lorsqu'elles sortaient de leur atelier à la fin de leur longue journée de travail, leur présence la rassurait et chassait pendant quelques minutes la solitude qui l'accablait. Jamais elle ne les voyait le lendemain, car elle était partie avant l'heure pourtant matinale qui les ramenait au travail.

Cette nuit-là, pour la cinquième fois, elles étaient arrivées, puis reparties. Soudain, elle leva la tête. Qu'était-ce donc ? Un rat ? Non… Le grincement faible de gonds. Quelqu'un franchissait la grille à l'autre bout du cimetière. Louise avala sa salive. Les muscles de sa gorge se nouèrent de peur. Lentement, elle se leva. Le couteau tremblait dans son poing.

La grisette qui venait d'entrer portait une lanterne, mais la flamme s'était éteinte. Elle étouffa un juron et tenta de ranimer la mèche. Le paquet qu'elle avait sous le bras la gênait – c'était la préparation de ce paquet qui avait retardé son départ. En temps normal, elle ne traversait pas le cimetière : l'allée était trop boueuse en hiver et trop poussiéreuse en été. Mais c'était un raccourci et, pour une femme seule, cette allée était plus sûre que les venelles étroites. Dans le cimetière, en tout cas, on avait de la place pour s'enfuir, et, à vingt-huit ans, Catherine Allard, douce, fraîche et potelée, pouvait courir très vite car son air nonchalant était trompeur.

Elle avançait à une allure d'escargot, tâtant le sol du bout de sa chaussure avant de poser un pied, puis l'autre, sans se douter qu'elle décuplait les craintes d'une fillette qui ne pouvait pas la voir à travers les arbustes. Enfin, la mèche de la lanterne daigna lancer une flamme et Catherine émit un soupir de satisfaction. La lueur soudaine éblouit ses yeux bleus de poupée. Soudain, elle entrevit la lame du couteau, elle poussa un cri et laissa tomber sa lanterne. Au même instant, elle distingua le visage émacié et affolé de l'enfant. Elle bondit, fit voler le couteau d'un geste, puis, l'ayant ramassé, elle le brandit à son tour, la pointe en avant. Elle saisit la fillette au collet et la secoua avec violence.

— Et alors, petite teigne ! Qui t'a mise sur ce coup-là, hein ? Où sont les autres ?

— Quels autres ? balbutia l'enfant, dont les genoux tremblaient.

— Le reste de la bande, les autres voyous qui t'accompagnent.

— Je suis toute seule ! Je le jure !

Pas un souffle, pas un mouvement, l'endroit était désert. La gamine qu'elle tenait était bien seule. Catherine fronça les sourcils.

— Attrape toujours ça ! Et ça ! Et ça !

Trois gifles claquèrent. Puis elle lâcha sa prisonnière d'un geste brusque, qui envoya l'enfant basculer à la renverse, toutes jupes étalées.

Ayant retrouvé sa lanterne, Catherine cala son paquet fermement sous son bras et lança le couteau dans les buissons. La fillette s'était relevée et demeurait sur place, secouée de sanglots, une main sur sa joue rougie par les gifles. Catherine la menaça :

— File d'ici ! Sinon j'appelle le curé de la paroisse, et les gendarmes, pour te punir comme tu le mérites !

La fillette ne bougea pas.

— Ne me chassez pas d'ici ! supplia-t-elle, mais ses sanglots étaient trop forts pour que Catherine comprît ses paroles.

— Si les étudiants en médecine viennent avec leurs pelles, il n'y aura personne pour donner l'alarme, reprit l'enfant.

Catherine souleva sa lanterne. Le faisceau de lumière glissa sur la tombe fraîche. Sa colère s'apaisa soudain. La fillette devait être victime d'une mauvaise plaisanterie.

— Qui t'a dit de monter la garde ici ?

— Personne. Il n'y a personne. Il n'y a jamais eu personne. Seulement Maman et moi. C'est pour ça que je suis là. Pour empêcher qu'on l'emmène.

Catherine était capable d'aimer et de haïr avec la même facilité. Elle prit la fillette en pitié.

— Mon petit agneau ! Quand je pense que je t'ai battue, alors que tu n'avais que de bonnes intentions.

Elle posa son paquet et sa lanterne, puis s'accroupit, le visage au niveau des yeux de l'enfant.

— Comment t'appelles-tu ? Dis-moi ce qui s'est passé.

D'une main douce, elle releva les mèches de cheveux noirs emmêlés sous le bonnet de la fillette, puis, du bout du pouce, elle effaça les larmes sur les joues mouillées.

Les sanglots s'apaisèrent, mais le récit se déroula au milieu de reniflements et de larmes ravalées. Anne-Madeleine Vernet, la mère de Louise, était l'une des nombreuses tisserandes de Paris travaillant à domicile. Elle avait perdu son mari, puis était tombée malade. Le coût des médicaments avait englouti tout ce qui pouvait être vendu, même le métier à tisser. Les médecins n'avaient pu la sauver.

Catherine imagina sans peine ce qu'avait vécu la fillette, sans autre nourriture que ce qu'elle volait ou mendiait. Elle-même n'aurait jamais eu le courage de passer quatre nuits entières dans le cimetière ! Le bruit courait que les étudiants en médecine fouillaient les tombes récentes quand ils se trouvaient à court de cadavres.

Quelle était la part de vérité dans ces racontars ? Elle l'ignorait et préférait ne pas y songer. De toute façon, au-delà de vingt-quatre heures, aucune tombe n'était en danger.

— Tu n'as plus besoin de rester ici, expliqua Catherine d'une voix rassurante.

Louise avait compris. Elle hocha la tête lentement, désemparée.

— Il vaut mieux que tu viennes à la maison avec moi, dit Catherine. Je te trouverai un petit quelque chose à manger. Et tu pourras passer la nuit au chaud près du fourneau, ajouta-t-elle.

Louise esquissa un sourire. D'un geste vif, elle ramassa ses affaires, puis saisit le paquet de la jeune femme et insista pour le porter. La lanterne éclairait leurs pas.

La frayeur et la détresse avaient disparu du visage de l'enfant, comme si tous les ennuis de la vie s'étaient envolés. Catherine préféra dissiper toute ambiguïté.

— Je ne peux pas te garder plus d'une nuit chez moi. Il faudra que tu disparaisses demain matin à l'aurore, bien que ce soit dimanche. Et que je ne te retrouve pas à ma porte, la larme à l'œil, hein ? ajouta-t-elle en brandissant un doigt accusateur.

— Non, mademoiselle.

— Aux Halles, où j'ai été élevée, on aidait toujours les gens dans la gêne. Mais ceux qui reviennent à la charge sont des parasites et alors… Compris ?

— Oui, mademoiselle.

Elle semblait tout à fait soumise et Catherine se radoucit.

— Je m'appelle Catherine Allard.

— Enchantée de faire votre connaissance, mademoiselle Allard.

Catherine lui lança un regard en coin.

— Hmm ! Ta mère t'a appris la politesse. C'est tout à son honneur. Cela te servira. Si tu te mets bien propre et si tu fais le tour des couvents, tu as sûrement une chance d'être prise comme future novice. Sinon, tu as intérêt à entrer dans un orphelinat.

Elles venaient d'arriver près des grilles donnant sur la place. Catherine ne remarqua pas que la fillette n'avait pas répondu.

L'idée de se présenter à une institution – religieuse ou civile – ne faisait pas partie des plans de Louise. Dès son plus jeune âge, sa mère lui avait appris à coudre, et elle s'était montrée particulièrement douée. La couture et la broderie l'intéressaient davantage que ses jeux de poupée : elle avait décidé que, plus tard, elle gagnerait sa vie comme couturière. Qui mieux que Catherine Allard pourrait lui permettre de réaliser ses rêves ? Elle devait éviter à tout prix de se faire renvoyer le lendemain matin…

Elles atteignirent bientôt la rangée de hautes maisons à colombages de la rue du Fouarre, où demeurait la grisette. La lanterne éclaira les marches usées d'un vieil escalier. Dans la plupart des immeubles de Paris, les gens aisés logaient aux étages inférieurs et les pauvres au-dessus. Mais, dans ce quartier d'étudiants dont les maisons menaçaient ruine, les ressources financières des occupants différaient peu. Le logement de Catherine, sous les toits, était même plus aéré et plus spacieux que la moyenne. Chaque fois qu'elle grimpait les étages, elle se demandait pourquoi elle n'était pas mince comme un roseau après cette ascension quotidienne, mais rien ne parvenait à affiner sa silhouette dont les courbes demeuraient généreuses – à la plus grande joie des hommes qui étaient entrés et sortis de sa vie au cours des années précédentes.

— Ouf !...

Elle glissa la clé dans la serrure, mais la porte n'était pas verrouillée et elle poussa un petit cri joyeux. Louise, qui la suivait, aperçut à la lueur de la lanterne les chevrons du toit tombant en pente raide au-dessus d'une vaste pièce triangulaire, à la fois cuisine et salon. Catherine, impatiente, s'élança vers la chambre. Elle ouvrit la porte toute grande et la lumière de la lampe auréola sa silhouette sur le seuil.

— Philippe !

Louise tendit le cou et entrevit un homme beaucoup plus jeune que Catherine, assis sur le bord du lit, en manches de chemise – une chemise de soie. Il baissa le journal qu'il lisait. Ses traits d'adolescent prirent un air renfrogné.

— Tu es en retard ! D'habitude, tu rentres beaucoup plus tôt.

— Oui, oui, je sais. Mais j'ai pu obtenir un peu de travail à façon pour demain et ça m'a retardée. Si j'avais su que tu viendrais...

Elle ôta son bonnet et déroula son châle.

— Allume une bougie. Il y a des provisions dans le buffet, dit-elle à Louise. Il faut que je parle à mon ami et tu auras sûrement envie de dormir d'ici là. Tu prendras une couverture dans le placard.

Elle se glissa dans la chambre, referma la porte derrière elle et tira le verrou.

Louise posa le paquet contenant les travaux d'aiguille et parcourut la pièce du regard. Elle trouva une bougie, l'alluma, puis souffla la mèche de la lanterne, qu'elle accrocha à un clou près de la patère où elle suspendit le bonnet et le châle de Catherine.

Elle ouvrit le buffet et se servit une modeste portion de pain, de fromage et de viande froide ; il fallait en laisser pour le jeune « monsieur ». Car c'était un « monsieur », malgré son manque d'égards pour Catherine. Louise avait vu assez de « messieurs » pour savoir que l'élégance du discours ne s'accompagne pas forcément de politesse, ni les beaux habits de sentiments généreux. Elle se demanda pourquoi Catherine semblait si entichée de lui. Mais, à en juger par les bruits étouffés provenant de la chambre, il devait avoir oublié sa contrariété.

À mesure que la santé de sa mère déclinait, Louise avait acquis une connaissance de la vie beaucoup plus étendue qu'il n'est de règle chez une fillette de son âge. Vive et observatrice, elle avait appris à se servir de son bon sens et à prendre soin d'elle-même avec une sorte d'indépendance farouche. Après les obsèques de sa mère, elle était retournée chez elle afin de récupérer tout ce qu'elle pourrait emporter avant que le propriétaire ne vende leurs affaires pour se rembourser des loyers en retard. Ce fut peu de chose : un vieux châle, un petit nécessaire à couture, une paire de bas de laine, la moitié d'une miche de pain, et le couteau de cuisine.

Elle avait vendu le châle et les bas ; elle avait mangé la miche ; Catherine avait lancé le couteau dans les buissons ; mais elle conservait encore la boîte à couture dont elle s'était servie avec sa mère pour les travaux de raccommodage qui avaient constitué leur seul gagne-pain après la vente du métier à tisser. C'est sur cette boîte à couture qu'elle espérait bâtir sa vie.

Elle mouilla le bout de son doigt sur ses lèvres et ramassa toutes les miettes de la table sur laquelle elle avait mangé. Une fois sa faim calmée, elle accorda toute son attention au paquet qu'elle avait apporté. Elle dénoua les ficelles et souleva le couvercle de carton, curieuse de voir quel genre de travail il cachait. Elle en resta bouche bée : le satin jaune, plié dans du papier de soie, semblait scintiller, comme pour illuminer de son propre rayon de soleil la pièce éclairée à la chandelle. Louise s'essuya les doigts sur sa jupe pour bien s'assurer de leur propreté, puis elle souleva avec soin un coin du satin plié. Au-dessous se trouvaient d'autres couches. Un morceau de papier glissa. Elle le lut. Il comportait des chiffres et des croquis : on y précisait que le tissu devait être rentré d'un certain nombre de millimètres. Un ourlet simple. Elle savait faire ça. Elle reposa le couvercle d'un air songeur, certaine d'avoir trouvé le moyen de prouver ses capacités. Le lendemain matin, elle proposerait à Mlle Catherine de faire toutes les coutures. Si elle n'avait pas été si fatiguée, elle aurait commencé tout de suite, mais elle n'avait plus la force d'ouvrir les yeux.

Elle déboutonna sa robe, la laissa tomber à ses pieds, puis se tourna vers l'angle de la pièce, près du fourneau, où elle avait étalé la couverture. Elle s'allongea dans ses replis avec un soupir d'aise, puis l'enroula autour de son corps. Elle sombrait déjà dans le sommeil lorsqu'elle sentit une main arranger un peu mieux la couverture autour de ses épaules. Les pieds nus de

Catherine s'éloignèrent, puis le cliquetis de verres contre une bouteille de vin lui apprit la raison de la venue de sa bienfaitrice. La porte se referma, laissant la cuisine dans l'ombre. La bougie était éteinte. Le verrou grinça.

Louise était levée, habillée, et ourlait le satin jaune depuis plus de deux heures quand le jeune « monsieur » sortit de la chambre dans la lumière vive de ce dimanche matin. Il enfila une redingote de bonne coupe, lança un regard dur à la fillette, prit son chapeau à la patère sans un mot, le posa sur sa tête selon l'angle à la mode, se regarda dans le miroir et lissa ses cheveux d'une main nerveuse. Avant de partir, il plongea la main dans sa poche et en sortit une clé qu'il soupesa un instant, songeur, avant de la lancer sur la desserte. La porte se referma derrière lui et son pas s'éloigna très vite dans l'escalier, comme s'il était soudain impatient de s'enfuir.

Louise, qui avait interrompu sa couture pour l'observer, posa son ouvrage avec soin et se dirigea vers la porte de la chambre, restée entrebâillée. Catherine dormait au milieu des draps froissés. La fillette referma la porte sans bruit et se remit au travail.

Il était midi passé quand Catherine parut, le visage encore bouffi de sommeil, vêtue d'une robe d'intérieur taillée dans des chutes de toutes les couleurs provenant de l'atelier. Elle bâilla et s'étira avec nonchalance.

— Encore là, hein ? Je te croyais partie depuis longtemps…

Sa voix se brisa soudain : elle venait de voir à quoi Louise avait passé son temps.

— Oh ! mon Dieu !

Elle saisit l'un après l'autre les morceaux de satin ourlés, en forme de pétales. Elle se précipita vers Louise.

— Petite malheureuse ! Le moindre bout de ce satin vaut plus cher que ta vie entière !

Affolée, ne comprenant pas ce qu'elle avait fait de mal, Louise tenta d'esquiver les coups qui se mettaient à pleuvoir.

— Je voulais vous aider. Vous rembourser. Vous montrer que je peux travailler en échange de ce qu'on me donne. Je fais des ourlets parfaits, Maman me l'a toujours dit, et je me suis lavé les mains pour ne pas tacher le tissu.

— Mais il ne fallait pas le monter comme ça ! hurla Catherine. Un ourlet ordinaire pour une robe du soir en satin ! Tu as tout gâché avec tes gros points sur un tissu de cette beauté.

Tout en secouant Louise, elle heurta de la hanche l'angle de la desserte. Deux ou trois assiettes glissèrent et se brisèrent, suivies d'un tintement métallique. Quand elle aperçut la clé au milieu de la faïence cassée, Catherine sembla oublier tout le reste.

— D'où vient cette clé ? demanda-t-elle d'une voix nouée, anormalement calme.

— C'est le monsieur qui l'a laissée en partant.

Catherine ferma les yeux. Quand elle parla, ce fut davantage à elle-même qu'à la fillette.

— J'aurais dû m'en douter. Il venait de moins en moins souvent, mais j'avalais toutes les mauvaises raisons qu'il me donnait.

Elle enfouit son visage dans ses mains.

— Je ne peux pas. Je ne peux pas, gémit-elle. Je l'aime. Sans lui, je ne vis plus. Non. Je préfère mourir.

Son chagrin inquiéta davantage Louise que sa fureur. Elle sanglotait en se balançant d'avant en arrière, comme un enfant désespéré. D'instinct, Louise s'avança pour la consoler. Elle passa ses petits bras autour des épaules de la jeune femme.

— Je vais vous faire du café, lui dit-elle.

Louise revint peu après.

— Attention, c'est très chaud !

Catherine saisit la tasse de ses mains tremblantes et se mit à boire doucement, les yeux clos. Il fallait qu'elle surmontât le désespoir d'avoir trouvé la clé. Louise se hâta de découdre quelques points sur le satin jaune qui lui avait valu tant d'ennuis, puis l'apporta à Catherine.

— Regardez, on ne voit pas la trace de mes points. Un petit coup de fer remettra tout en ordre.

Catherine cligna les yeux. Le résultat était satisfaisant. Incontestablement, le satin serait comme neuf si on le décousait avec soin.

— Je crois que ça ira, admit-elle à contrecœur.

— C'est ma mère qui m'a appris.

— Elle t'a aussi appris à lire les papiers adressés aux autres ?

— Oui, répondit Louise innocemment. Mon père lui avait appris à lire et elle m'a montré. Et vous, comment avez-vous appris ?

Du dos de la main, Catherine essuya ses cils humides et renifla bruyamment.

— Un de mes premiers amis, le plus doux des hommes… Il m'a offert des leçons de lecture et d'écriture. Je lui manquais quand il partait en voyage d'affaires, et il voulait que je lui envoie des lettres. Il avait trois fois mon âge, mais je l'aimais beaucoup. J'avais un petit appartement confortable, rue de Soissons. Malheureusement, il est mort subitement à l'étranger et j'ai été chassée par les avocats de sa femme.

— Vous étiez déjà couturière ?

— Oui, mais il ne voulait pas que je travaille. Finalement, sans qu'il le sache, j'avais quand même pris du travail à façon. Oh ! je n'avais pas besoin d'argent comme à présent, mais je voulais me garder la main, et puis les autres filles… Leur compagnie me manquait, tu comprends. Les rires, les blagues, les tours que nous nous jouons, surtout les jeunes. Les deux ou trois premiers mois, j'étais presque devenue folle de solitude. Crois-moi, rien n'est pire que d'être toute seule à attendre que l'homme aimé réussisse à voler pour toi une heure de sa vie.

Elle remarqua le regard absent de Louise.

— Ne prends pas cet air penaud. Ce ne sera pas la même chose pour toi quand tu seras grande. Évite les mauvaises fréquentations que ta maman n'aurait pas approuvées, et un jour tu rencontreras un brave jeune homme qui t'épousera.

— Je ne veux plus jamais être seule, murmura l'enfant.

— Oh ! tu ne le seras pas. Les sœurs de la Miséricorde te prendront bientôt, ou l'orphelinat te recueillera. Tu travailleras dur, d'accord, mais tu as l'air assez forte malgré ta maigreur.

— Pourquoi n'êtes-vous pas mariée ?

Catherine crut que la question lui était posée par un enfant sorti d'un conte de fées – la voix, anormalement adulte et précise, venait d'un tas de guenilles doté d'un visage bizarre que rendaient encore plus irréel les boucles en désordre encadrant un front haut et dont l'auréole sombre accusait la pâleur de la peau. En d'autres circonstances, la question indiscrète aurait blessé Catherine, mais elle avait besoin de parler.

— Les hommes que j'aurais aimé épouser avaient déjà des femmes, dit-elle dans un soupir. Ou ils n'ont pas voulu de moi… Ah ! j'en ai rencontré des salauds ! Mon Dieu ! L'un d'eux est sorti d'ici ce matin.

La colère refit surface et son visage reprit ses couleurs. Elle se redressa dans son fauteuil.

— Bon débarras ! Il avait encore du lait sur le bout du nez et il croyait me faire des faveurs ! À *moi* ! Je lui ai même prêté de l'argent que je ne reverrai jamais. Même s'il revient se traîner à mes pieds en suppliant, je ne lui redonnerai pas ma clé. Je lui montrerai la porte, oui… (Elle leva le bras, l'index tendu en un geste mélodramatique.) « Allez au diable ! je lui dirai. Je n'ai pas de temps à perdre avec vous. »

Sa rage s'acheva en sanglots et, de nouveau, des larmes perlèrent à ses yeux.

— Mais non ! J'en serais incapable. Je me jetterais sûrement à son cou, bécasse que je suis, et je le supplierais de rester encore un peu avec moi.

Louise comprit qu'un torrent de lamentations allait suivre et se hâta de le détourner.

— Je vais découdre tous mes ourlets…

— Reprends chaque point avec la pointe d'une aiguille, sans froncer le tissu, sans tirer, sans piquer la trame, répondit Catherine machinalement, toujours perdue dans ses pensées.

Remarquant le regard lointain de la jeune femme, Louise saisit aussitôt la chance qui s'offrait :

— Cela me prendra jusqu'à minuit. Des heures et des heures… Il faudra que je reste jusqu'à demain.

Un vague hochement de tête.

— Très bien. Reste. Remets tout en ordre.

Elle porta la main à son front comme pour en chasser définitivement le passé, et son regard se posa sur le fourneau.

— Tu as préparé le repas ?

Elle renifla. Elle n'avait pas mangé depuis longtemps.

— Ça sent bon.

— J'ai fait un peu de soupe avec ce que j'ai trouvé dans le buffet.

Louise avait appris à préparer de la soupe avec n'importe quoi. La soupe était le début et la fin de ses talents culinaires, mais elle avait le don de lui donner bon goût en faisant griller des oignons et en y ajoutant des épices. Sous le regard inquiet de la fillette, Catherine traversa la pièce, souleva le couvercle du pot et goûta avec une cuillère de bois. Elle hocha la tête, satisfaite.

— Sors deux assiettes, dit-elle, je suis sûre que tu as aussi faim que moi.

Avant de se mettre à table, Catherine baigna ses yeux en feu, se brossa les cheveux et enfila une robe propre. En temps normal, elle serait allée à l'église, mais elle ne s'était pas encore remise du départ de son amant, et en guise de messe murmura une prière pleine de contrition, qui la réconforta beaucoup. Pendant le repas, elle parla de son travail : sa patronne, Mme Camille, occupait, à l'entendre, un rang très élevé parmi les couturières de Paris. Elle était l'égale de Mme Delatour, de

Mme Vignon et de Mme Palmyre. Une grande partie du travail de l'atelier demeurait du « tout-venant ». Les clientes décidaient seules du modèle de leur toilette et parfois, par économie, elles apportaient de vieilles robes à retoucher. Si l'on ne se conformait pas à leurs désirs, elles s'adressaient ailleurs. Il y avait un si grand nombre de couturières à Paris que la concurrence pour les prix était très serrée. Mais, à côté de ces travaux ordinaires, il y avait la haute couture : les robes de bal et de noce ; et toutes les belles toilettes que devaient posséder les dames pour leurs changements de rigueur, du matin au soir – sans parler des masses de jupons nécessaires à maintenir en forme les jupes volumineuses, souvent en cloche. Mais, même pour ces travaux très délicats, les clientes rechignaient à payer. Personne ne faisait fortune dans la couture, et la grisette qui tirait l'aiguille était ravie de gagner ce qu'on voulait bien lui donner.

— Nous travaillons douze heures par jour, lui dit Catherine entre deux cuillerées de soupe. Si les affaires vont bien. Entre les saisons, quand il y a du tirage, on peut se retrouver sans emploi du jour au lendemain. Et puis, il y a des moments où l'on n'a même plus le temps de penser et où il faut travailler toute la nuit. Certaines clientes sont de vraies pestes. Elles commandent leurs robes la veille du jour où elles doivent les porter, pour que personne ne sache à l'avance ce qu'elles mettront. Et, si jamais nous nous plaignons, nous risquons d'être renvoyées.

Elle n'était pas au bout de ses griefs :

— Il n'y a pas assez de place dans les ateliers. Avec les lampes à pétrole suspendues au plafond, la chaleur vous tombe sur la tête tandis que le froid du carrelage vous remonte jusqu'aux cuisses. Nous avons toutes notre planchette devant nos chaises.

Elle lança la tête en arrière, d'un geste fier.

— Les grisettes ne travaillent jamais en sabots, dit-elle. Nous ne voudrions même pas *mourir* en sabots ! Nous aimons porter de jolis chapeaux et des blouses de soie impeccables – oui, les hommes de Paris nous regardent quand ils nous croisent.

Un petit sourire satisfait effleura ses lèvres. Malgré ses formes généreuses, elle savait marcher d'un pas aérien. Les hommes ne manquaient jamais de se retourner sur son passage, mais leurs regards demeuraient toujours respectueux. Les grisettes n'étaient pas des filles sans vertu. Plus d'une serait vierge le jour de son mariage, d'autres avaient des amants, mais, de toute façon, elles occupaient dans la société une place unique. C'étaient elles, disait-on, qui faisaient de Paris une ville pas comme les autres, et Catherine le savait... Ses pensées retournèrent au présent et elle prit une autre cuillerée de soupe.

— J'aime le travail que je fais. Tout n'est pas rose, mais je ne changerais pour rien au monde. Les autres sont comme moi. Coudre de belles robes est presque aussi agréable que de les porter, voilà ce que je crois.

Louise avait fait la sourde oreille à tous les aspects négatifs de la vie d'une couturière que Catherine venait d'évoquer. Elle imaginait les couleurs chatoyantes des tissus nobles, le scintillement et l'éclat des bijoux, des brillants et des perles, les froufrous des organdis, les rubans et les plumes – touche finale ajoutée à des toilettes de rêve. Elle se représentait les ateliers comme une succession sans fin de cavernes d'Ali Baba.

— Comme j'aimerais porter ces belles robes ! s'écria-t-elle émerveillée.

— Moi aussi. Mais il faut être riche pour faire ce que l'on aime. Tu as déjà dû t'en apercevoir, aussi jeune que tu sois.

— Alors, je serai riche un jour. Et je m'habillerai comme la reine de France.

Catherine ne put retenir un sourire dédaigneux.

— Tu ferais mieux de prendre un autre modèle. La reine Marie-Amélie n'a aucun goût. Avec Madame Adélaïde, la sœur du roi, elles font la paire. Leurs robes sont aussi tristes qu'un jour de brouillard. J'ai cousu plus d'une fois pour elles.

— La faute en est à Mme Camille et aux autres grandes couturières.

Pour la fillette, c'était évident.

— Peut-être, répliqua Catherine, vexée. Mais peut-être pas. À mon avis, tu deviens bien impertinente. Ta maman n'apprécierait pas tes effronteries, j'en suis sûre.

Tant que la fillette resterait sous son toit, elle s'occuperait d'elle comme sa mère l'aurait souhaité.

— Comment se fait-il que personne de la famille de ta mère ne lui ait porté secours quand elle en a eu besoin ? demanda-t-elle à l'enfant.

— Elle n'avait plus personne de son côté, et elle était trop fière pour demander à la famille Vernet. Maman ne les avait jamais fréquentés. Elle tissait la soie, à Lyon, quand elle avait rencontré mon père et l'avait épousé. Il y avait eu des histoires mais elle ne m'en parlait jamais. Et puis, avant ma naissance, Papa est mort des poumons. Comme Maman.

— Tu ne tousses pas, hein ? demanda Catherine, inquiète.

— Non. J'ai seulement mal à l'estomac quand j'ai faim.

— Bon. Parce que Mme Camille met à la porte toutes les filles qui toussent. Et je ne veux pas attraper du mal.

Le repas terminé, Louise fit la vaisselle tandis que Catherine examinait le satin. Elle aida la fillette à découdre les ourlets, sans se rendre compte que son assistance n'était pas la bienvenue. Puis elle fit chauffer sur le fourneau une paire de fers et repassa le tissu avec soin. Elle se mit ensuite à faufiler les ourlets comme ils auraient dû être montés au départ : le côté mat du satin vers l'extérieur, et la surface brillante repliée pardessus, pour former un beau liséré autour de chaque pièce de tissu cousue au point de broderie. Quand elle leva les yeux, elle surprit Louise en train de fixer, fascinée, le moindre mouvement de ses mains. Ce fut pour Catherine, dans l'état de vide sentimental où elle se trouvait, une grande consolation : elle se sentit importante aux yeux de l'enfant dont la présence avait embelli cette mauvaise journée. Sans une autre personne à qui penser, à qui parler, elle serait restée allongée pendant des heures sur son lit, en proie aux larmes et au désespoir, sans but. Elle expliqua à la fillette pourquoi le satin était préparé de cette façon.

— Tous les morceaux seront superposés sur une jupe, comme les pétales d'une rose retournée. Mais chaque pétale doit être piqué comme ceci… Et puis comme cela.

Elle pencha son ouvrage en avant, pour que Louise puisse mieux voir. Son aiguille prit la trame en trois ou quatre endroits différents et la fronça pour former une minuscule patte-d'oie. Louise était éblouie.

— C'est magnifique. Jamais je n'y aurais pensé.

Elle baissa la tête pour découdre son dernier point, puis poussa un soupir, et Catherine se rendit compte que depuis le début la fillette avait fait traîner son ouvrage.

— Que deviendras-tu si l'on ne veut pas de toi dans un orphelinat ? lui dit-elle d'un ton bourru.

Louise leva les yeux. Elle se força à ne pas trembler :

— Je pourrais coudre pour vous.

— Pour moi ?

— Vous prendriez d'autres travaux à façon. Vous avez vu que je sais coudre. Il doit bien y avoir des travaux simples que je pourrais faire, et vous garderiez tout l'argent pour vous.

Catherine faillit s'emporter.

— Tu parles d'une combine ! Je perdrais ma place chez Mme Camille demain, si quelqu'un se doutait que mon travail à façon passe par d'autres mains que les miennes.

Elle prit un air important et se tapa sur la poitrine.

— Je suis privilégiée, tu sais. Toutes les cousettes n'ont pas l'occasion de gagner un petit supplément.

Louise écarta l'objection d'un haussement d'épaules.

— Pourquoi vous inquiéter ? Vous vérifierez tous les points que je ferai. Et je ne demande rien en retour, sauf la permission de vivre ici jusqu'à ce que je puisse entrer en apprentissage chez Mme Camille.

Catherine éclata de rire.

— Tu ne pourras même pas ramasser les épingles dans une maison de couture qui se respecte avant l'âge de quatorze ans. Même moi, je n'ai pas débuté chez Mme Camille. J'ai fait mon apprentissage ailleurs, le temps d'acquérir un peu d'expérience.

— Eh bien, j'aurai des années pour apprendre. En attendant, je tiendrai votre logement propre, je monterai l'eau depuis la fontaine et je préparerai vos repas. Je ferai toutes les courses que vous me confierez. J'ai appris beaucoup de choses quand ma mère est tombée malade. Ce que je veux, c'est devenir un jour une couturière comme vous.

Catherine se laissa attendrir par la flatterie. D'ailleurs, les conditions étaient tout à son avantage. Elle pourrait toujours rapporter à la maison des volants de jupons à ourler, des contreforts à coudre, et des travaux ordinaires qu'elle n'acceptait jamais, préférant les ouvrages plus raffinés, et donc mieux payés. Personne ne saurait qu'elle ne les cousait pas elle-même, et jamais elle ne laisserait passer un seul point qui ne soit exécuté à la perfection. Indépendamment des quelques francs que cela représentait, elle serait libérée des corvées du ménage et cela l'enchantait. Après sa journée épuisante chez Mme Camille, elle n'avait pas la force d'entretenir sa maison. Et mettre la proposition de la fillette à l'essai ne l'engageait à rien.

— Nous verrons, nous verrons…, dit-elle prudemment. En attendant, tu pourras rester demain.

2

Catherine prit goût, peu à peu, aux nouveaux loisirs que la présence de la fillette lui offrait. Plus besoin d'aller au marché, sauf si cela lui faisait plaisir ; plus de seaux d'eau à porter, de parquet à gratter, de légumes à éplucher ; elle trouvait ses vêtements propres et repassés, ses souliers cirés, et son lit toujours fait. Sans parler de l'argent supplémentaire que lui valait le travail à façon de la fillette. Elle cousait très vite, et les ouvrages simples dont elle se chargeait rapportaient à Catherine davantage qu'elle ne l'avait escompté.

Deux mois après l'installation de Louise, Catherine s'éveilla au milieu de la nuit et remarqua sous la porte la lueur vacillante d'une bougie. Persuadée que la fillette s'était endormie en oubliant d'éteindre, elle se leva pour éviter tout gaspillage. Mais Louise n'était pas blottie sous sa couverture comme Catherine s'y attendait : elle était encore assise devant la table, tout habillée – elle s'était endormie sur son ouvrage. Catherine comprit comment l'enfant avait pu accomplir tellement de travail. Elle prit Louise par l'épaule et la secoua doucement.

— Réveille-toi, dit-elle, tu ne peux pas rester sur cette chaise toute la nuit. Je ne crois pas que le parquet soit très confortable non plus. J'irai acheter un lit-cage au marché demain matin.

Louise n'avait plus rien à craindre : jamais Catherine ne la renverrait.

Au cours de leurs conversations sur la vie des cousettes, la fillette avait découvert que, pour entrer en apprentissage chez une couturière de valeur, il fallait verser une certaine somme. Jamais Catherine n'aurait pu devenir apprentie si sa mère ne lui avait pas trouvé une place auprès d'une couturière expérimentée, venue de province pour ouvrir une boutique à Paris. La provinciale, qui ne connaissait pas les usages de la capitale, s'était fait duper de tous les côtés et avait dû fermer boutique, accablée de dettes, mais Catherine avait alors acquis assez d'expérience pour se faire engager comme petite main.

Espérant toujours profiter d'un coup de chance, Louise faisait la sourde oreille chaque fois que la conversation tombait sur les « bagnes de cousettes » où végétaient les couturières sans qualification. Elle trouva en Catherine un professeur patient et compétent, qui lui fit accomplir beaucoup de progrès.

Avec le temps, leurs relations se muèrent en une sorte d'attachement profond, semblable à celui qui rapproche parfois deux sœurs d'âges très différents. Catherine, trop bavarde et sociable pour s'accommoder de la solitude, appréciait la compagnie de la fillette. Quant à Louise, douée d'une forte capacité d'adaptation, comme tous les enfants, elle s'était complètement intégrée à son nouveau foyer.

Une année s'écoula. Louise eut l'occasion de découvrir avec quelle facilité – et quelle étourderie – Catherine pouvait tomber amoureuse. Elle était toujours en quête de l'homme qui lui offrirait tendresse et stabilité. La fillette comprit vite que la plupart des ennuis de Catherine venaient de son incapacité à juger le caractère de ses partenaires.

En dehors des périodes de creux et de pointe dans le métier, qui laissaient Catherine dans l'oisiveté faute de commandes ou la mettaient au bord de l'épuisement par excès de travail, seuls les hommes entrant et sortant de sa vie troublaient l'existence quotidienne de la mansarde. Louise et Catherine vivaient à l'aise sur leurs maigres ressources. Les festins étaient rares, mais Catherine, enfantine dans ses goûts et ses plaisirs, saisissait la moindre occasion de faire la fête et de décorer leur logis de fleurs de papier. On mettait sur la table une bouteille de vin bon marché, et Louise vidait, elle aussi, joyeusement son verre. Malgré son instabilité affective et ses engagements parfois imprudents, Catherine veillait sur Louise de façon très stricte.

Elles allaient à la messe ensemble tous les dimanches. Catherine pratiquait avec une piété sincère que certains, peut-être, auraient jugée déplacée.

Après l'église, quel que fût le temps, elles faisaient une promenade. Sous les arbres des trottoirs se pressaient les amuseurs publics, saltimbanques et jongleurs, chanteurs de rue et diseuses de bonne aventure, bateleurs brisant des chaînes ou crachant des flammes, montreurs d'ours, de singes savants et de chiens dressés. Louise aimait par-dessus tout les baladins qui jouaient la tragédie ; les petites pièces mélodramatiques qu'ils représentaient la tenaient en haleine. Catherine, qui respectait le travail et le talent, essayait toujours de mettre de côté sur leur budget de la semaine un sou ou deux pour ces sorties dominicales : elle lançait une piécette dans au moins l'un des chapeaux que l'on secouait sous leur nez tandis qu'elles flânaient d'une attraction à l'autre, au milieu de la foule joyeuse.

Parfois, elles se promenaient du côté des Tuileries, et quand le carrosse royal passait non loin, à bride abattue, elles entrevoyaient le roi Louis-Philippe. Quelques badauds acclamaient leur monarque constitutionnel, mais ce n'était pas un souverain populaire. Depuis des années, les caricaturistes, impitoyables, le représentaient sous les traits d'un personnage bedonnant ressemblant davantage à un boutiquier de province qu'à un souverain, et le parapluie qui ne le quittait jamais prenait sur les dessins humoristiques des proportions énormes, pour devenir le symbole de son manque d'enthousiasme pour l'art de la guerre. Il avait réduit à une médiocrité bourgeoise les fastes de la royauté, qui n'avaient cessé de se dégrader depuis les jours de gloire de l'Empire. Depuis longtemps, et sur son ordre, les portières de son carrosse ne portaient même plus les fleurs de lys des Bourbons. On discutait, on complotait, les contre-intrigues succédaient aux intrigues, avec, de temps en temps, un attentat manqué. Le roi continuait de remplir ses fonctions sans se préoccuper outre mesure de sa sécurité personnelle, abandonnant ces vaines inquiétudes à sa femme et à sa sœur, qui s'asseyaient à sa gauche et à sa droite dans son carrosse pour le protéger des balles des assassins.

Louis-Philippe s'intéressait notamment à la restauration de Paris, négligée au cours des décennies précédentes. La tâche était immense. La ville méritait d'être embellie, ses rues et ses trottoirs mieux agencés, les grands boulevards du centre élargis. Sensible à la légende napoléonienne, sans partager pour autant le militarisme bonapartiste encore très vivace, il avait fait rapporter de Sainte-Hélène les cendres de l'Empereur et réinstaller la statue du héros sur la colonne de la place Vendôme. De vieux grognards se rassemblaient souvent sur cette place pour l'anniversaire de la bataille d'Austerlitz et des autres victoires, immortalisées dans la pierre par les sculpteurs de l'Arc de Triomphe, enfin achevé.

Chaque année, Catherine tressait une couronne de lauriers qu'elle déposait sur la grille entourant la colonne. Dans son esprit, ce geste exprimait moins un hommage au passé qu'un espoir pour l'avenir. Bien des Français croyaient que le prince Louis-Napoléon, en exil en Angleterre, n'était pas le neveu de l'Empereur mais son fils ; et, comme des milliers de bonapartistes, Catherine estimait que la France ne serait pas la France tant qu'un Bonaparte n'aurait pas repris le pouvoir.

Par principe, jamais elle ne tournait la tête quand passait le roi. Et même si la reine et la sœur de Louis-Philippe étaient seules dans le carrosse royal, avec leurs chapeaux hoquetant sous l'abondance excessive de plumes, elle ne jetait qu'un bref regard, sachant que, sur le plan de l'élégance, il n'y aurait rien qui valût la peine d'être noté. Mais quand il s'agissait de l'équipage de Marie Duplessis, il n'en allait pas de même, car c'était Mme Camille qui l'habillait. Hélas ! on apercevait rarement la célèbre courtisane, dont la santé déclinait.

Jamais une sortie du dimanche n'était jugée parfaite si Catherine n'avait pris le temps d'admirer quelques vitrines. Elle aimait surtout la rue de Richelieu, où s'étaient installées toutes les boutiques élégantes. C'était là qu'autrefois l'impératrice Joséphine faisait faire ses toilettes, et les grandes dames du pays trouvaient encore rue de Richelieu tout ce qu'elles pouvaient souhaiter de plus beau. On exposait peu de chose dans les devantures pour le passant ordinaire, mais Catherine et Louise, serrées l'une contre l'autre, se hissaient sur la pointe des pieds pour dévorer des yeux des robes et des lingeries qu'aucune grisette ne pourrait jamais s'offrir, même avec le salaire de toute une vie…

Au numéro 87, Pinaud présentait ses chapeaux. Les plumes frémissaient au moindre souffle, les bouquets de roses et les rubans se paraient de toutes les nuances d'un parterre fleuri, la dentelle des voilettes semblait aussi délicate qu'une toile d'araignée… Au numéro 104, Lachuitt vendait des fourrures : chinchilla et hermine, lynx, rat d'Amérique, zibeline de Sibérie, qui éveillaient toujours chez Catherine un désir sensuel. Dans la boutique de Vernier, le marchand de cannes réputé, des ombrelles à pommeaux de corail, de jade et d'ivoire sculpté étaient suspendues au plafond par des fils de soie, comme des papillons géants… La Maison de la Caravane portait bien son nom : partout, une profusion de brocarts précieux et de soies, de tulles et d'indiennes venues de l'autre bout du monde, Ceylan, Chine et Japon. Mais Catherine, qui manipulait ces étoffes tous les jours, ne leur accordait qu'un coup d'œil rapide… Oudot, l'orfèvre, était plus à son goût : il s'était spécialisé dans les nécessaires de voyage, composés de flacons aux cabochons d'or et de coffrets de laque… Fossin en revanche, le joaillier des rois, des princes et des papes, étalait en vitrine des objets précieux qui étincelaient sur leurs coussins de velours dans la pénombre des vitrines grillagées…

L'une des entrées les plus imposantes était celle de la Maison Gagelin, le fournisseur des plus grandes couturières. L'une d'elles, Mme Delatour, avait sa boutique dans l'immeuble voisin. Et celle de Mme Camille n'était pas très loin : une façade classique, de bon goût, ne trahissant pas ce qu'abritait l'arrière du bâtiment – un atelier surpeuplé où les cousettes confectionnaient les toilettes les plus luxueuses avec pour tout horizon une sombre impasse, jonchée d'ordures ménagères.

Le premier dimanche d'avril, à l'occasion du douzième anniversaire de Louise, Catherine avait prévu une promenade rue de Richelieu, mais une forte averse les força à se réfugier au Louvre. Catherine, que toutes ces statues grises et ces toiles sombres emplissaient toujours de mélancolie, secoua son châle trempé et recula d'un pas pour examiner un bas-relief – sans remarquer qu'un homme venait d'entrer derrière elle pour se protéger lui aussi de la pluie. En faisant un pas de côté, il aurait pu éviter qu'elle ne le heurtât, mais il ne l'avait pas quittée des yeux depuis son entrée, et il profita de l'occasion pour lier connaissance.

— Je vous demande pardon, s'écria-t-elle.

Une main forte se referma sur son coude. Elle se retourna. L'homme, de taille moyenne, fort, avait un visage carré, des yeux espiègles, une bouche rusée qui souriait… Catherine était trop coquette pour ne pas deviner ses intentions galantes.

— Qui occupe trop de place ? demanda-t-elle d'un air mutin. Vous ou moi ?

— Sûrement pas vous, mademoiselle. Tout était de ma faute. J'aurais dû remarquer à quel point vous étiez absorbée par ce chef-d'œuvre. Vous aimez vraiment ces sculptures ? Peut-être pourriez-vous m'expliquer..

Il s'interrompit soudain, et se confondit en excuses.

— Pardonnez-moi, je ne me suis pas présenté. Henri Berrichon. À Paris depuis peu. Tout juste trois mois pour être précis. Et vous, mademoiselle ?…

Louise s'attendait à être oubliée. Elle avait remarqué que les hommes à qui Catherine faisait la faveur d'un sourire baissaient rarement les yeux sur elle. Mais l'homme s'inclina, s'enquit de sa santé et ajouta quelques mots aimables. Au cours de la conversation qui s'engagea, ni Catherine ni lui ne firent plus allusion au bas-relief : le prétexte initial avait été écarté après avoir joué son rôle.

Une demi-heure plus tard, ils étaient attablés tous les trois devant des chocolats chauds – un luxe suprême pour Louise – à la terrasse d'un café du boulevard des Italiens.

C'est ça, la richesse, se dit Louise : du chocolat chaud qui glisse lentement sur la langue. Quand elle serait riche et mieux habillée que la reine de France, elle boirait du chocolat trois fois – non, quatre fois – par jour. Elle vida les dernières gouttes avec un bruit de succion qui lui valut, de la part de Catherine, un coup de pied dans les chevilles sous la table, tandis que l'attention souriante de la grisette semblait rivée sur Henri Berrichon.

Quand ils quittèrent le café, Henri avait appris que c'était justement l'anniversaire de Louise : il acheta à un camelot un cornet de caramels. Peu après, il offrit un bouquet de violettes à Catherine, lui disant qu'elles étaient « presque de la couleur de ses yeux ». Quand la nuit tomba, la grisette était de nouveau amoureuse.

Henri était marchand de chevaux, et, comme beaucoup d'hommes pour qui l'argent se dépense aussi vite qu'il se gagne, il était de bonne compagnie et généreux jusqu'à l'extravagance. Il se plaisait à gâter Catherine en la comblant de petits cadeaux, et Louise n'était jamais oubliée : c'était tantôt un ruban à cheveux, tantôt un mouchoir brodé de dentelle, et parfois même un livre relié de cuir acheté à un étal du marché. Il avait le sens de l'humour et ses plaisanteries incessantes entretenaient une atmosphère joyeuse. Louise ne tarda pas à se rendre compte qu'Henri répondait avec sincérité aux sentiments de Catherine. Chaque fois qu'ils se retrouvaient, il y avait dans ses yeux un éclair de chaleur et de tendresse que Louise n'avait jamais vu dans le regard des autres hommes qui avaient prétendu l'aimer. Trop souvent, elle n'avait senti en eux que de l'avidité, un désir froid comme du verre qui se muait vite en ennui – et l'aventure touchait alors à sa fin. Avec Henri, Louise comprit qu'il en serait autrement.

À sa plus grande joie, chaque fois qu'il emmenait Catherine en promenade le dimanche, Louise était de la partie. Tout au long de l'été, ce ne furent que pique-niques, balades en trains de plaisir et croisières sur la Seine. Souvent, ils déjeunaient dans une guinguette aux odeurs de friture, où un orchestre de trois musiciens jouait sans discontinuer tandis que tout le monde se joignait de bon cœur au chant et à la danse. Parfois, sur le chemin du retour après leur expédition, Henri se précipitait chez un rôtisseur. À travers la vitrine, Catherine et Louise le regardaient choisir un poulet de belle allure parmi les volailles dorées, croustillantes, qui tournaient sur leurs broches. Quand il ressortait portant son paquet chaud, elles l'entraînaient jusqu'à leur logis. Mais davantage encore que les menus plaisirs qu'Henri apportait dans leur vie, Louise appréciait le bonheur qu'il donnait à Catherine. Rien n'était plus touchant que leur joie quand leurs mains se rencontraient… Le jour où Henri Berrichon la demanda en mariage, Catherine prit Louise dans ses bras et pleura sans retenue.

Quand s'acheva la dernière foire aux chevaux de l'automne, qui marquait pour Henri le début de la morte-saison, la raison leur conseilla de continuer de vivre pour le moment dans la même mansarde. Henri blanchit les murs à la chaux et acheta du bois et du plâtre afin d'aménager une petite chambre indépendante sous le toit, qu'un locataire venait de quitter. Catherine décida aussitôt que ce serait leur chambre nuptiale. Louise demeurerait dans l'ancienne chambre, plus petite. Henri était son amant depuis longtemps, mais Catherine, romantique et puritaine, refusa d'occuper leur nouvelle chambre avant leur nuit de noces.

— Je veux me sentir comme une jeune épouse, avoua-t-elle à Henri d'un ton timide.

Elle avait coupé sa robe de mariée dans une pièce de soie sauvage qu'il lui avait offerte. Elle était étalée, sur un fauteuil, à côté du plus joli chapeau qu'elle ait jamais eu. Il était tard. Un poing autoritaire frappa à la porte. Catherine releva sur son front une boucle qui glissait et se précipita pour ouvrir. Sur le seuil, une femme au visage aigri la toisait de la tête aux pieds sans dissimuler son mépris.

— Alors, c'est vous, la dernière en date ? Où est mon mari ? Je suis Mme Berrichon.

Catherine s'effondra dans un fauteuil, incapable de répondre. Mme Berrichon avait passé six ans à pourchasser son mari avant de parvenir à la porte de Catherine. Dans l'intervalle, il avait déjà contracté un autre mariage.

Henri ne reparut pas. Avait-il aperçu son épouse depuis la rue avant d'entrer dans la maison ? Avait-il été averti par un sixième sens ? Une fois de plus, il avait pris la fuite.

L'hiver qui suivit fut aussi morne que l'été avait paru insouciant. Louise demeurait convaincue qu'Henri avait aimé sincèrement Catherine, et trouvé en elle la femme avec qui il désirait passer le reste de ses jours. Mais Catherine, déçue, refusait d'écouter un seul mot de consolation. La robe de soie sauvage et le chapeau furent soigneusement rangés, sans avoir servi. Et, dans un geste théâtral de désespoir, qui symbolisait la fin de toutes ses espérances de bonheur, la grisette ferma à clé la chambre neuve, avec tout ce qu'elle contenait.

3

L'hiver prit fin. Au printemps 1845, la clé était toujours dans la serrure de la chambre inoccupée. Louise n'était pas fâchée de dormir comme par le passé dans son lit-cage derrière le rideau, mais elle estimait qu'il aurait mieux valu prendre un locataire, ne fût-ce que pour arrondir les fins de mois. Catherine, qui se complaisait encore dans son chagrin, refusa de discuter du problème, et la jeune fille eut peur que son amie ne retrouvât jamais sa bonne humeur si la chambre continuait de servir de temple au passé. À l'insu de Catherine, elle la tenait propre, époussetait les meubles et aérait la paillasse.

À tous les autres étages, le moindre recoin, le moindre cagibi était loué et sous-loué, car les logements bon marché étaient rares. Pour la première fois, elle faisait sa couture la rage au cœur. Oh ! elle ne songeait pas à épargner sa peine, mais le fait que Catherine, par un sentiment ridicule et malsain, continuât de refuser une source de revenus capable d'agrémenter la table d'un râble de lapin ou d'un jarret de porc au lieu de l'éternel pot-au-feu offensait un estomac qui connaissait de longue date les tortures de la faim, et qui avait encore des crampes chaque fois que les affaires de Mme Camille ralentissaient.

Au retour des beaux jours, la mansarde devint torride mais, devant la fenêtre grande ouverte, Louise cousait en profitant de la moindre brise effleurant les toits. Les cris de Paris se mêlaient au grondement sourd des voitures et au claquement des sabots sur les pavés. La voix des petits métiers faisait bon ménage avec les rires d'enfants dans les étages inférieurs et les maisons voisines. Ici ou là, un bébé pleurait, et les oiseaux qui picoraient les ordures au fond de la cour ne cessaient de pépier. De l'intérieur montait une rumeur sourde, ponctuée de portes claquées et de pas dans les escaliers.

Un jour, entendant quelqu'un monter la dernière volée de marches jusqu'au palier de la mansarde, Louise dressa la tête et son aiguille s'immobilisa entre ses doigts. On frappa à la porte. Elle posa son ouvrage. C'était un inconnu, jeune, grand, souple comme un roseau. Sa redingote, poussiéreuse comme après un long voyage, lui allait à merveille. À ses pieds, une petite malle aux coins de cuivre qu'il avait dû porter sur l'épaule pour gravir l'escalier étroit. Il ne portait ni barbe ni moustache ; il avait le front large et de petits yeux bruns très vifs, alertes, intelligents. Son nez était d'une forme parfaite, ses lèvres fermes, son menton résolu.

— Bonjour, mademoiselle.

Il lui souriait d'un air engageant. Elle se rendit compte qu'elle le dévisageait sans pudeur, et elle se sentit gênée. Puis elle se reprit : son accent indiquait que le français ne devait pas être sa langue maternelle. Elle inclina la tête.

Il tenait à la main un livre de conversation où il lut, non sans peine, une phrase :

— Avez-vous une chambre à louer ? dit-il en massacrant les mots.

Elle comprit qu'il était anglais. Elle avait déjà entendu ses compatriotes donner des ordres d'une voix sèche aux porteurs et aux cochers, devant l'hôtel des Princes. Certains d'entre eux maîtrisaient parfaitement la langue française, mais la plupart traînaient trop sur les voyelles.

— Vous vous êtes trompé de porte, monsieur, lui répondit-elle. S'il y a une chambre libre dans l'immeuble, ce doit être à un autre étage. Je crois que le locataire du dessous a donné congé.

Il lui lança un regard vide, et elle se rendit compte qu'il n'avait pas compris un mot de ce qu'elle avait dit. Il lui tendit le lexique pour qu'elle lui montre la traduction de sa réplique.

Elle trouva vite la réponse négative qui convenait, mais fallait-il le renvoyer ? Tôt ou tard, Catherine devrait se résoudre à louer la chambre condamnée, et l'occasion n'était pas plus mauvaise qu'une autre. Elle montra du doigt la phrase indiquant qu'une chambre à louer au mois était disponible, puis, avec un tableau de correspondance des monnaies, elle lui montra quel loyer il aurait à payer, en se fondant sur le prix des chambres dans les étages inférieurs. Le jeune homme hocha la tête : il acceptait les conditions, si la chambre lui plaisait.

— Entrez, dit-elle d'un ton grave, regrettant déjà d'avoir pris une telle responsabilité.

Quelle créature étrange, se dit-il, ni fillette ni femme, gauche malgré ses airs assurés et ses réactions d'adulte. Il remit la malle sur son épaule, s'assura qu'elle était bien en équilibre, puis ôta son chapeau de sa main libre et entra. Il parcourut la pièce du regard, soulagé de voir que tout était propre – il n'aurait pu en dire autant de l'escalier lépreux et de l'entrée de l'immeuble. Très soigné de sa personne, il pouvait vivre dans la misère, mais non dans la saleté. Les meubles simples de la salle ne lui déplurent pas. De toute façon, avec les cinq livres sterling qui lui restaient dans la poche, il n'était pas en mesure de faire la fine bouche.

La jeune fille le conduisit à la chambre vide et s'écarta pour le laisser entrer. Il posa sa malle : c'était une mansarde toute simple, aux proportions sans beauté, avec à peine assez d'espace pour contourner le grand lit installé sous les solives. Mais la pièce était nette, et il y régnait un parfum léger, plutôt agréable, de bois neuf et de badigeon à la chaux. Une fenêtre étroite, à quatre carreaux, jetait de la clarté sur une petite table ronde et une chaise, qui constituaient le seul mobilier de la chambre avec une commode et une cuvette à l'émail écaillé, posée sur une tablette de métal rouillé. Il accrocha son chapeau à une patère près de la porte, pour bien montrer que le logement lui plaisait et qu'il le prenait. Curieusement, la jeune fille parut à la fois ravie et effrayée par sa décision, et il crut la mettre à l'aise en se présentant :

— Je m'appelle Worth, dit-il lentement, d'une voix claire. Charles Frederick Worth.

Elle comprit et esquissa une révérence rapide :

— Louise Vernet.

La façon dont elle avait prononcé son nom lui avait paru tout à fait charmante. Il allait avoir beaucoup de mal à maîtriser ces intonations douces, mais il fallait qu'il apprenne la langue au plus vite, sinon il ne trouverait aucun emploi malgré ses qualifications professionnelles.

— C'est un honneur pour moi de faire votre connaissance, Louise, dit-il en anglais, persuadé que ses vingt ans lui donnaient le droit d'appeler par son prénom une jeune fille qu'il estimait sa cadette d'au moins sept ans.

En guise de réponse elle lui sourit, puis elle haussa légèrement les épaules pour lui montrer que, cette fois, elle n'avait pas compris. Quand elle lui tendit la main, il voulut saisir ses doigts et s'incliner selon les règles de la politesse – mais la paume de la fillette était tournée vers le haut pour recevoir le loyer du premier mois…

La porte se referma sur Louise. En deux enjambées, Worth fut devant la fenêtre et l'ouvrit toute grande. Paris ! Enfin, il était à Paris. D'autres partaient faire fortune dans le Nouveau Monde ; il avait, lui, décidé de conquérir un autre univers. Le dédale monotone des toits s'étendant à perte de vue ne le déçut pas. Rien ne pouvait le décevoir en ce grand jour. Et son œil d'artiste lui permettait d'apprécier les roux et les gris des tuiles usées par le temps, posées à des angles étranges entre les poteries des cheminées qui se détachaient sur le ciel telle une forêt lunaire.

Il respira à fond, comme pour s'intégrer physiquement à la grande ville où il était arrivé moins de deux heures plus tôt, après un voyage sans histoires. Il avait embarqué au pied du pont de Londres, sur la navette de la Manche qui avait descendu la Tamise à la voile sous le plus beau des soleils. Une bonne traversée jusqu'à Boulogne, quelques heures de nuit passées à somnoler sur un banc – les chambres d'hôtel étaient pour les voyageurs plus riches – puis un siège extérieur sur la diligence, d'où il avait pu admirer la campagne française. Rien n'avait troublé sa bonne humeur, ni l'inconfort du voyage qui s'était prolongé tout au long de sa deuxième nuit en France, ni la grosse averse qui l'avait inondé, déformant les bords de son haut-de-forme. Puis, à l'aurore naissante, les moulins à vent de Montmartre s'étaient profilés à l'horizon. Peu après, dans un tonnerre de roues bondissant sur les pavés irréguliers, il était enfin entré dans Paris.

La ville s'ébrouait sous le soleil levant. De tout côté, des volets de bois, taches de peinture écaillée sur les hautes maisons blotties les unes contre les autres, s'ouvraient en un cliquetis de plus en plus rapide.

Ranger ses affaires lui prit peu de temps. Il fit le lit, utilisant les draps et les couvertures qu'il avait apportés, ne s'attendant pas à ce qu'on les lui fournisse pour le loyer modeste qu'il pouvait se permettre. Sur la table, il déposa sa Bible. À côté, il rangea le matériel de dessin dont il se servait pour saisir sur le vif tous les sujets qui l'intéressaient. Enfin, il sortit de sa malle un centimètre de toile cirée et une grosse paire de ciseaux bien affûtés, indispensables à un garçon drapier. Il espérait en avoir besoin avant longtemps.

Louise lui avait apporté un broc d'eau chaude et, après avoir chassé la poussière et la fatigue du voyage, il changea de costume et brossa les vêtements qu'il venait d'ôter, avant de les suspendre à la rangée de patères.

Il ajusta ses manchettes et jeta sur son nouveau logement un regard satisfait. Il importait tout d'abord de combler le creux de son estomac dans le café le meilleur marché qu'il trouverait. Puis, quand il se serait un peu orienté, se mettre sans délai à chercher du travail.

En quittant sa chambre, il vit que la jeune fille assise devant la fenêtre ourlait une longueur de percale. Il mit à l'essai la phrase qu'il avait soigneusement répétée :

— Je sors déjeuner.

C'était faire beaucoup d'honneur au modeste repas qu'il se proposait de commander, mais, à sa vive surprise, Louise répéta la phrase en corrigeant son accent. Avec un regard reconnaissant, il la prononça de nouveau. C'était sensiblement mieux.

— Merci, dit-il, radieux comme un enfant qui vient d'être premier de sa classe.

— Bon appétit, monsieur Worth, dit-elle.

Il s'élança dans l'escalier en faisant des moulinets avec sa canne neuve. Dans la rue, cet accessoire élégant lui parut un peu trop voyant pour un quartier aussi pauvre. Deux ou trois personnages à l'air douteux s'arrêtèrent pour le regarder passer. Simple curiosité à l'égard d'un inconnu dans le voisinage, espéra-t-il. Il n'avait aucune envie d'être suivi et volé – ou bien d'avoir à se défendre avec la lame qui jaillissait du bout de sa canne quand on appuyait sur un bouton du pommeau. Jamais il n'aurait eu l'idée d'acheter une canne pareille, mais avant son départ de Londres des amis s'étaient cotisés pour lui offrir ce cadeau d'adieu.

À l'époque où, avec son frère beaucoup plus âgé que lui, il habitait la belle demeure de Bourne dans le Lincolnshire, son père possédait une collection de cannes élégantes, dont plusieurs avaient des lames cachées. Il les voyait encore, cirées, étincelantes, plus grandes que lui-même, avec leurs pommeaux d'or, d'argent et d'ébène gravés d'arabesques et portant les initiales W. W…

William Worth, gentilhomme de robe, s'était complètement ruiné lorsque Charles était encore enfant. Il avait toujours eu la passion des tables de jeu, des courses de chevaux, des matchs de boxe et des combats de coqs, bref, de tout ce qui permet à un homme de perdre sa fortune. La maison de Bourne et ses grands jardins, les chevaux et les voitures, le personnel de maison, tout ce qui assure le bonheur d'une famille avait été englouti. Charles n'oublierait jamais le désespoir de sa mère. Elle ne s'était jamais tout à fait remise du décès en bas âge de ses deux sœurs, et voici qu'elle était chassée de son toit, avec à sa charge son fils cadet.

L'aîné avait étudié le droit tant qu'il restait encore assez d'argent pour régler les factures ; il avait une chance de faire son chemin dans le monde, Quant à elle, elle s'était réfugiée auprès d'une branche de la famille qui menait la vie à laquelle elle était habituée depuis sa naissance, car elle était, avant son mariage, une Quincy de Quincy. Ses cousins acceptèrent de la recueillir, mais ils lui imposèrent les fonctions de gouvernante en échange de son logement, de son couvert et d'un salaire lui permettant à peine de payer ses bas.

— Mais pas l'enfant, dirent-ils, d'un ton catégorique. Il peut quitter l'école et trouver du travail.

Charles avait alors onze ans. C'était un garçon vif, sensible et affectueux. Il échoua dans l'atelier d'un imprimeur. Il travaillait de l'aurore au couchant, et la nuit il dormait d'épuisement sur des sacs, près des machines.

Chaque jour, la même corvée se répétait : mélange des encres, balayage et rangement, grandes manivelles qu'il fallait tourner sans prendre un instant de répit… Il essayait toujours de faire de son mieux, mais il ne pouvait supporter la pensée de consacrer le reste de sa vie à un métier qui ne l'intéressait en rien. Pendant quelque temps, il songea à prendre la mer, mais la vie de marin ne lui paraissait pas moins déplaisante. Sa santé commença de faiblir. L'odeur de l'encre d'imprimerie lui soulevait le cœur et il vomissait presque tout ce qu'il se forçait à manger. Au bout d'un an dans l'imprimerie, il était à bout de forces.

— Je ne suis pas fait pour devenir imprimeur, dit-il à sa mère sur le ton du désespoir. Chaque jour a été pour moi un supplice.

Ils étaient sur un banc dans le parc, car l'on n'encourageait pas Mme Worth à recevoir des visites, même celles de son fils.

— Je sais que tu n'as pas été heureux, mon enfant. Mais c'est grâce à notre cousin que tu as obtenu cet emploi…

— Ne m'obligez pas à rester plus longtemps. Il vous suffit de dire un mot pour me libérer.

— Que préférerais-tu ? demanda-t-elle sans rien promettre. Inutile de me répondre encore que tu voudrais être artiste, car je n'ai pas les moyens de t'offrir une seule journée des études qui te seraient nécessaires.

Il lui adressa un sourire grave pour la rassurer – comme s'il était devenu adulte soudain.

— Je sais bien, maman. Tout ce que je veux, c'est travailler ailleurs, dans un endroit moins grossier, où je pourrai voir ce qui se passe dans le monde.

— À quel genre de travail songes-tu ?

Il leva vers elle un regard plein de confiance.

— Au métier de marchand drapier. Pas dans une petite boutique de campagne. Dans l'un des établissements réputés de Londres, où j'aurais des chances de promotion à la fin de mon apprentissage. Faites cela pour moi, maman. Cherchez-moi une place. Dites que vous acceptez.

Elle prit le visage de son fils entre ses mains. Jamais il ne cesserait de l'étonner.

— Même si je parviens à te trouver la place que tu désires, ton travail sera aussi épuisant qu'à l'imprimerie. Et les heures te paraîtront encore plus longues.

— Mais je n'ai pas peur de travailler dur, maman. C'est l'imprimerie que je déteste.

Charles Worth fut engagé comme apprenti chez *Swan and Edgar*, avec un contrat de six ans. Cela signifiait travailler douze heures par jour, loger sur les lieux, obéir à la lettre aux règlements établis. Au bout de ces six années, il serait un commis drapier accompli, il connaîtrait tout ce qu'il fallait savoir pour vendre la marchandise, et serait capable de servir n'importe quelle cliente. S'il était exceptionnellement doué, on lui accorderait de l'avancement.

Le jour de son départ, sa mère l'accompagna à la diligence – il avait déjà sur l'épaule sa malle noire aux angles renforcés de cuivre. Elle l'embrassa, glissa dans sa poche la guinée, produit de la vente de son plus beau col de dentelle, et figea son sourire jusqu'à ce que le premier virage de la route dissimulât le bras de Charles qui continuait de s'agiter à la portière.

Londres était en train de découvrir la nouvelle reine, toute jeune, qui venait de monter sur le trône. La ville était plus vaste, plus déconcertante et plus passionnante qu'il ne l'avait imaginée. Les rues ne désemplissaient pas. La boutique où il travaillait était située juste au bout de l'élégante Regent Street, du côté de Piccadilly, la place la plus à la mode de la capitale.

Le dortoir et la salle à manger qu'il partageait avec les autres apprentis n'étaient meublés que du strict nécessaire, mais, à l'époque, même les collèges aristocratiques n'offraient pas un cadre plus agréable et la cuisine était à peu près la même : abondante, nourrissante mais loin de pouvoir satisfaire un palais de gourmet. Les « messieurs » de l'établissement prenaient leurs repas ensemble et le personnel féminin disposait d'une autre salle à manger et d'un salon pour se reposer après le travail. Cette séparation des sexes rappelait elle aussi les règles en vigueur dans les écoles, tout comme le fait d'être appelé par son nom de famille en toutes circonstances, par les employeurs ou par les camarades de travail. (Il s'habitua tellement à être appelé Worth qu'entendre son prénom finit par lui paraître étrange – impression qui se prolongea jusqu'à la fin de ses jours.)

Pendant la première année, le nouvel apprenti fut le souffre-douleur des uns et des autres, mais M. Edgar, dont l'associé, M. Swan, était décédé quelques années plus tôt, remarqua très vite l'intérêt de Worth pour le métier, sa bonne volonté et sa vivacité d'esprit. Il le fit passer à la vente des beaux articles de la maison : tissus, foulards, manteaux.

On inculquait à tous les débutants les grandes règles du commerce, mais Worth savait d'instinct recevoir les clientes avec courtoisie et tous les autres aspects de l'art de la vente lui parurent couler de source. Comme il était très sociable, il ne manquait jamais d'amis. Il eut une puberté précoce et devint un grand jeune homme bien bâti. Il connut bientôt toute la ville de Londres mieux que son village natal. Elle abritait, à l'entendre, les plus belles femmes du monde.

Il aimait les femmes, mais sans lascivité : il admirait leur silhouette et il aurait pris plaisir à les fixer sur la toile ou à les sculpter dans le marbre s'il avait pu réaliser les aspirations artistiques de son enfance. Il avait toujours adoré sa mère et il songeait souvent aux sœurs qu'il avait perdues. À l'âge de sept ans, il était tombé profondément amoureux de sa jolie gouvernante et, le jour où il avait effleuré le bras de la jeune fille d'une caresse pleine d'adoration, elle avait eu la sagesse de ne pas briser cet élan innocent en affichant une désapprobation qui aurait empli l'enfant de honte. Elle lui avait gentiment souri, l'avait embrassé sur le front, le persuadant ainsi que les femmes vivent pour être admirées. Et maintenant, tout en vendant des tissus au mètre, des capes, des châles et toutes sortes de franfreluches, il s'estimait capable de juger exactement la couleur et le style qui convenaient le mieux au teint de chaque cliente, à ses cheveux et à ses yeux, pour rehausser sa personnalité.

Les dames qui faisaient leurs emplettes dans des magasins de luxe s'attendaient à recevoir la plus grande attention, qu'elles achètent ou non ; jamais l'employé qui les servait ne se donnait trop de mal et il lui fallait demeurer d'une politesse parfaite, si impossibles à satisfaire que fussent leurs exigences. Le bel apprenti vendeur de chez *Swan and Edgar* avait beaucoup de charme. Son intérêt sincère, sa façon de regarder une femme comme si elle éclipsait toutes les autres poussaient les clientes à s'adresser à lui, quel que fût le rayon où il se trouvât. Il était inévitable que des tentations surgissent, mais les femmes qu'il conseillait le mieux pour leur toilette n'étaient pas forcément celles qui lui plaisaient le plus.

En tant qu'apprenti, il ne recevait pas de salaire, ce qui lui interdisait les théâtres, les concerts et même le plus humble *pub*. L'argent de poche que sa mère parvenait à lui envoyer deux fois par an suffisait à peine à couvrir ses frais : le savon et les réparations de chaussures. Mais tout le panorama de Londres, entièrement gratuit, lui appartenait. Il avait vu la reine le jour de son couronnement ; et les grandes parades royales. Chaque matin, la Garde descendait Regent Street vers Whitehall et Saint-James, dans un déferlement de rouges et d'ors. Durant les premiers mois, lorsqu'il fallait livrer des commandes à des clientes de la noblesse, on le choisissait souvent à cause de sa belle allure, ce qui lui donnait l'occasion de se mêler à l'animation de la ville à une heure où il était normalement derrière son comptoir.

Il était sur le Mall le jour où la reine et le prince Albert quittèrent Buckingham Palace pour se rendre en visite officielle à Paris. Du milieu de la foule que saluait la petite main gantée depuis la portière du carrosse, il envia les membres de la suite qui accompagnaient le couple royal. Quel rêve magnifique ! Voir Paris, la capitale de la mode qui influençait jusqu'au moindre bout de tissu qui lui passait entre les mains. Il s'éloigna, vaguement insatisfait, conscient soudain qu'il ne pourrait jamais atteindre le sommet de la carrière qu'il avait choisie s'il ne pouvait accéder au saint des saints de l'élégance : la France. Ce fut ce jour-là que la grande ambition de sa vie prit naissance.

Depuis son arrivée à Londres, il avait visité les galeries de peinture et de sculpture. Il avait étudié les œuvres d'art et fait des esquisses qu'il mettait de côté pour plus tard. Jamais il n'oublierait sa première vision du célèbre portrait de la reine Elizabeth : ses cheveux d'or roux et son immense collerette dressée, aussi délicate que des ailes de papillon, qui couronnait sa robe couleur de feu dont le motif, représentant des yeux et des oreilles, proclamait la toute-puissance de la souveraine. Il avait compris l'étrange symbolisme du peintre (la reine voyait et entendait tout) et la luxuriance du velours épais dépassait en beauté tout ce qu'il avait contemplé jusqu'alors.

Dans les galeries, il trouvait toujours que les femmes du passé n'étaient pas moins belles que celles du présent. Et, depuis le jour où il avait admiré la plus grande des reines d'Angleterre, il avait soigneusement pris note de la façon dont les femmes s'étaient parées à travers les siècles. Son intérêt était d'autant plus vif que son apprentissage lui avait fait connaître tous les matériaux classiques. Il avait constaté que le velours le plus doux rehaussait l'éclat d'un décolleté ; il avait étudié la coupe de grand style des tenues de chasse du XVIIIe siècle, et la manière dont certains peintres, notamment Gainsborough, utilisaient le tulle et d'autres tissus arachnéens pour créer des effets romantiques.

Pourquoi n'adapterait-il pas ces idées pour embellir les femmes du temps présent et mettre leurs charmes en valeur ? Depuis dix ans, la mode avait pris un ton austère, pour ne pas dire pudibond. Même les robes de bal des couturières les plus en vue avaient tellement de plissés et de berthes élaborées qu'elles dissimulaient le corps plus qu'elles ne le révélaient : les fines épaules d'albâtre devenaient chastes et inabordables, le modelé de la gorge se cachait.

Chaque fois qu'il sortait d'un musée, son œil s'offensait de voir le carcan dans lequel toutes les femmes, riches ou pauvres, s'emprisonnaient. Avec leur chapeau, leur châle ou leur cape, avec leur jupe en cloche, elles étaient aussi uniformes que les pions d'un jeu d'échecs. Il n'était nullement partisan d'un retour au vertugadin, à la fraise et à la manche à crevés, mais il aurait aimé que les couturières fissent preuve d'un peu plus d'imagination.

Jusqu'au milieu du siècle précédent, en France, les couturiers et les corsetiers avaient toujours été des hommes, bien que Mme Rose Bertin ait créé les magnifiques robes à paniers de Marie-Antoinette ; il était grand temps qu'un autre Leroy entre en scène. C'était lui qui avait créé pour les Parisiennes les robes à taille haute de l'époque napoléonienne. Il savait souligner la beauté d'une poitrine et la tournure d'une hanche en utilisant des matériaux diaphanes qui moulaient le corps ou bien flottaient, très vagues et sensuels. Worth en était arrivé à la conclusion que la mode devait à la fois *libérer* et *embellir* les femmes.

Son apprentissage prit fin. Il travailla quelque temps chez *Lewis and Allenby*, les spécialistes de la soie, le tissu qu'il aimait le plus. M. Allenby, remarquant son intelligence et son sens des affaires, s'intéressa personnellement à ce jeune vendeur. Worth aurait sûrement obtenu très vite de l'avancement mais il avait décidé de tenter sa chance à Paris, et il ne songeait à rien d'autre. Il donna son congé. M. Allenby lui souhaita de réussir et lui remit une lettre de références en français. Et Worth écrivit à sa mère pour lui faire part de sa décision. Pourrait-elle lui avancer l'argent du voyage ?

Mme Worth n'apprécia pas que son fils renonce à son avenir à Londres pour se rendre dans une ville étrangère, dont il ne parlait pas la langue, mais elle ne l'avait jamais contré dans le passé, et elle lui adressa aussitôt le montant de la traversée et un modeste supplément qui lui permettrait de manger jusqu'à ce qu'il ait trouvé un emploi. Mieux valait qu'elle ne fût pas au courant du nombre de chômeurs à Paris, elle en aurait perdu le sommeil…

Worth quitta les rues latérales et déboucha rue de Rivoli. Il lançait sa canne d'un geste nerveux, plein d'optimisme. De l'autre côté de la rue, il voyait la boutique élégante de Luclère, avec en vitrine des chapeaux, des capuchons et des châles. Pourquoi ne pas frapper à cette porte ? Mais il lui fallait d'abord calmer sa faim. Dix minutes plus tard, il savourait sa première bouillabaisse dans l'assiette fumante que l'on venait de poser devant lui.

Lorsque, à son retour, Catherine apprit que la chambre était louée, elle fit une crise de rage. Elle ne pouvait supporter l'idée qu'un autre homme franchît le seuil de la pièce qui aurait dû être sa chambre nuptiale, avec Henri Berrichon.

— M. Worth est très gentil, répliqua Louise d'une voix ferme. Il est sans logis dans un pays inconnu et il sait si peu de français que c'est tout juste s'il pourra demander son chemin. Ce sera un bon locataire, j'en suis certaine. Et comme il est étranger, il ne vous rappellera pas… quelqu'un d'autre.

Elle vit qu'elle avait touché la note juste. Catherine, un peu calmée, l'écoutait.

— Il a payé un mois de loyer à l'avance, ajouta la jeune fille en sortant l'argent tentateur de la poche de son tablier.

Catherine soupira, regarda l'argent, puis s'en détourna comme si elle n'était pas encore convaincue. Mais au fond de son cœur, elle savait que cette nouvelle source de revenus ne pouvait tomber mieux. L'atelier n'avait plus de commandes. La saison d'été s'achevait et il était encore beaucoup trop tôt pour songer aux vêtements d'automne. Elle n'obtenait plus de travail à façon pour Louise. Le matin même, plusieurs grisettes avaient été rayées des listes, d'autres le seraient le lendemain, et la contremaîtresse ne pourrait peut-être pas garder Catherine longtemps, étant donné le peu de travail qui restait. Refuser cet argent aurait été une folie.

— Soit, murmura-t-elle à regret.

Elle prit les billets et les enferma dans la petite boîte où elle gardait leur argent. Ses joues étaient encore toutes rouges, et elle avait les yeux gonflés. Elle ne pouvait rien supporter qui lui rappelât de près ou de loin Henri Berrichon. Le seul bon côté de l'intrus était sa nationalité anglaise.

— Je verrai comment les choses se passeront avec ce M. Worth. S'il boit ou s'il se débauche, je le prends par le bout de l'oreille et je le jette dans l'escalier.

Elle remonta ses manches pour souligner sa menace et posa les poings sur ses hanches, comme si elle était prête à l'exécuter.

Worth arriva peu après. Il avait eu une journée décevante en ce qui concernait sa recherche d'emploi, mais il s'était familiarisé avec la ville et il commençait à s'orienter. On fit les présentations. Il s'inclina devant Catherine, mais il était hors de question qu'il se lançât dans une conversation ce soir-là, même avec l'aide de Louise et de son lexique. Il succombait à la fatigue de deux journées de voyage et de deux nuits sans sommeil, sans parler de ses heures de marche en ville.

— Bonne nuit, mesdemoiselles, balbutia-t-il en français, avant de disparaître dans sa chambre.

Catherine lança dans sa direction un regard furieux.

— Prétentieux, hein ? Il a pris le temps d'échanger quelques mots avec toi, mais pour moi, bonsoir ! Pour qui se prend-il donc ? Je suis chez moi ici. Et il n'y restera que si je le tolère.

— Il avait l'air très fatigué, répondit Louise pour l'excuser.

Mais, en secret, elle était ravie du petit sourire qu'il lui avait adressé. Catherine fit une moue dédaigneuse. Jamais elle ne s'entendrait avec Charles Worth. Ce n'était ni de la faute du jeune homme ni de la sienne, mais elle le considérerait toujours comme un indésirable.

Inconsciemment, elle ne lui pardonnait pas de ne pas être Henri Berrichon.

En fait, Catherine ne se retrouva pas sans travail pendant la période creuse ; on la garda pour coudre une robe de mariée pour le stock. Normalement, l'atelier ne travaillait que sur commande et selon les désirs exprimés par les clientes, mais les robes de mariage constituaient l'exception : il fallait toujours en garder deux ou trois en réserve pour les noces « précipitées ». On faisait ensuite des retouches en fonction des mesures ou des goûts personnels de la mariée, car, pour écraser dans l'œuf toute rumeur de scandale, rien n'était aussi efficace qu'une robe de mariée très élaborée ayant exigé plusieurs mois de façon et de finition.

À la maison, Louise, expérimentée à présent, mit à profit ses talents pour effectuer des travaux de couture dans le voisinage. Puis elle se fit une toilette neuve avec le tissu de deux vieilles robes devenues trop justes : elle se servit de l'une pour intercaler dans l'autre des bandes de plus en plus larges à partir de la taille. C'est ce que l'on appelait la « façon pyramide ». Chaque jour elle cousait, et chaque jour Worth sortait chercher du travail. Il suffisait d'un regard à son retour pour deviner qu'il n'avait pas eu de chance.

— Ne vous en faites pas, monsieur Worth, disait Louise pour lui remonter le moral. Demain il fera jour…

Ils avaient pris l'habitude de bavarder ensemble chaque soir pendant une heure en attendant le retour de Catherine. Ces conversations aidaient beaucoup le jeune homme à élargir son vocabulaire et à améliorer sa prononciation. Ils ne s'étaient pas concertés à ce sujet, mais en général Worth disparaissait juste avant l'heure où Catherine rentrait. Il se demandait souvent pourquoi Mlle Allard se montrait si hostile à son égard. Il n'avait constaté ce genre de réaction que chez des femmes dont il avait repoussé les avances – ce qui n'était pas le cas. Pour sa part, il trouvait sa silhouette à la Rubens très agréable à l'œil. N'ayant à sa connaissance rien fait qui ait pu l'offenser, il en conclut que la jeune femme, en situation financière toujours instable et menacée, ne pardonnait pas à un étranger d'être venu dans son pays voler le travail d'un Français. Mais, jusque-là, elle n'avait aucune raison de s'inquiéter. Il parlait si mal la langue que toutes les portes se fermaient. Indifférent aux rebuffades, il s'isolait dans sa chambre, s'installait à sa table et étudiait le français à la chandelle, jusque très avant dans la nuit.

Il avait toujours faim. Robuste et plein d'énergie, encore à l'âge où le corps a besoin de nourriture riche, il devait se contenter pour la journée d'une miche de pain dur et d'un petit morceau de fromage ou d'un oignon. Il faisait des détours pour éviter de passer devant les restaurants ou les pâtisseries, car son estomac vide protestait et l'eau lui venait à la bouche. Le soir, dans la mansarde, quand Louise préparait le repas de Catherine, il en profitait pour manger tout ce qu'il avait prévu pour la journée. Chaque matin, il repartait à la recherche d'une place de garçon drapier, mais il lui arrivait parfois de décharger des chariots ou de nettoyer des égouts. Il ne désespérait pourtant pas de rencontrer un maître drapier capable de juger que ses références excellentes compensaient ses insuffisances en langue française.

Louise se doutait depuis longtemps qu'il mangeait très peu, mais elle n'avait plus de travail à façon et Catherine était réduite à un salaire minimum : elle ne pouvait pas rogner le moindre sou sur leur budget. De temps en temps, elle lui aurait bien donné sa part, mais elle savait que si Catherine l'apprenait, elle mettrait le jeune Anglais à la porte. En fait, Louise était certaine que Catherine attendait le premier prétexte pour se débarrasser de lui. C'était un locataire parfait, mais la grisette ne parvenait pas à admettre sa présence. Lorsque Louise lui en demandait la raison, elle haussait les épaules.

— Il aurait mieux fait de rester avec ses pareils, disait-elle.

Ou bien :

— Et pourquoi est-il venu en France, hein ?

Louise avait changé de coiffure, et elle avait remarqué qu'à plusieurs reprises Catherine l'avait observée d'un drôle d'air. Jusque-là, elle laissait ses cheveux tomber dans le dos, comme les filles de son âge, mais, désirant paraître plus adulte aux yeux de Worth, elle s'était mise à les remonter, avec tel ou tel ruban qu'Henri Berrichon lui avait offert. Après tout, elle était femme. N'avait-elle pas le droit de le paraître un peu plus ? se disait-elle en inclinant la tête de côté devant son reflet dans la glace. Elle savait depuis longtemps qu'elle ne posséderait jamais les formes généreuses qu'elle admirait tant chez Catherine, mais elle ne se lassait pas de se contempler – comme toutes les jeunes filles s'éveillant pour la première fois à leur propre beauté et à l'amour.

Au début, elle ne s'aperçut pas que c'était de l'amour. L'émotion douce et tendre qui s'emparait d'elle dès qu'elle songeait à Worth était si totalement nouvelle qu'elle demeurait toute déconcertée. Catherine lui avait donné de l'amour une image passionnée : elle avait besoin de contact et de caresses, elle était toujours appuyée contre l'épaule de son amant, qu'elle dévorait des yeux. Louise ne connaissait pas d'autre forme d'amour, et il lui fallut un certain temps pour reconnaître la nature de ses sentiments.

Elle se demanda comment on dit « Je t'aime » en anglais. Au cours de leurs conversations, elle avait glané quelques mots et quelques expressions anglaises, qu'elle avait soigneusement mémorisées. Mais l'amour n'était apparu dans aucun contexte, et elle n'avait pas la moindre idée de la façon dont on pouvait l'exprimer en anglais. Elle n'avait d'ailleurs nul désir d'avouer ses sentiments – elle était trop timide pour partager l'intimité d'un aveu –, mais elle désirait, pour son seul plaisir, savoir comment exprimer l'attachement romantique qu'elle éprouvait.

— Vous êtes très élégante, lui dit Worth la première fois qu'elle porta sa robe « pyramide ».

Ce compliment la toucha. Elle lissa sa jupe sur ses genoux et dissimula ses bottines éculées le plus loin possible sous sa chaise. Elle les détestait ; il était si difficile de trouver des chaussures d'occasion qui ne soient pas usées jusqu'à la corde et inconfortables.

— Vous l'aimez vraiment ? balbutia-t-elle. Elle a pourtant l'air de ce qu'elle est : deux robes rapiécées en une seule.

— Vous avez fait un *châle* charmant.

Ce n'était pas le mot juste (il le vit à son étonnement) mais il n'en connaissait pas d'autre. Il se pencha en avant et toucha le tissu plié en festons autour du col de la robe.

— Cet ornement, là, dit-il.

Elle avala sa salive. Involontairement, le bout des doigts du jeune homme avait effleuré sa peau et ce contact furtif l'avait émue.

— *Collerette*, dit-elle.

— Oui, oui, bien entendu. J'aurais dû le savoir. Le mot anglais est à peu près le même.

Elle sentit le regard du jeune homme chercher ses yeux et elle craignit qu'il ne se rendît compte de l'amour qui émanait d'elle.

Il prit un air songeur. Il avait compris depuis longtemps ce que ressentait la jeune fille et il respectait la pureté de cet attachement d'enfant. Il devinait en l'adolescente timide la beauté et la séduction qui s'épanouiraient un jour. Même ainsi, tremblante et vulnérable, elle possédait le mystère sans laquelle la femme n'est pas vraiment féminine. Oui, elle pourrait porter les toilettes de n'importe quelle époque à la perfection. Même la robe toute simple n'aurait besoin que d'une retouche mineure pour mettre en valeur la grâce naturelle de ses bras et de ses mains.

— Je sais ce qu'il faut faire à votre robe, dit-il avec une pointe d'enthousiasme dans la voix. Attendez un instant.

Il alla chercher dans sa chambre un crayon et un carnet de croquis, et en quelques traits rapides esquissa la ligne générale de la robe. Puis il modifia toute son allure en ajoutant aux manches des poignets larges, tombants, qui rappelaient la forme de la pyramide.

— Qu'en pensez-vous ?

Elle était ravie.

— Ces poignets font toute la différence. C'est magnifique.

Il sourit et lui tendit l'esquisse.

— Ce n'est pas moi qu'il faut féliciter, murmura-t-il. J'ai vu des manches semblables au Louvre, sur le portrait d'une comtesse.

Lorsqu'elle voulut en savoir davantage sur ses talents pour le dessin, il lui expliqua qu'il avait beaucoup d'idées mais peu de compétences. Il se bornait à saisir le sujet en quelques lignes nerveuses et précises. S'il avait étudié les beaux-arts, il serait sûrement devenu sculpteur, car il s'était aperçu qu'il pouvait draper toutes les étoffes à son gré, exactement comme on modèle l'argile.

Plus tard, quand Louise regarda de nouveau l'esquisse, elle fut enchantée de voir qu'en quelques traits et quelques points il avait réussi à exprimer une certaine ressemblance. Elle comprit qu'il l'avait attentivement observée. Ce n'était qu'une maigre consolation, mais l'amour non payé de retour se contente de peu.

Lorsque Catherine vit le dessin, elle ne cacha pas que les manches lui déplaisaient. Elle désapprouvait par principe tout ce que Worth disait ou faisait. Louise était persuadée que son amour secret n'était connu que d'elle seule, mais Catherine l'avait deviné et elle en était jalouse. Constamment sur les nerfs, elle se querellait avec sa compagne sous le moindre prétexte, et tout de suite après, honteuse de son attitude, elle versait des larmes de remords.

— Pardonne-moi, je ne sais pas ce qui me prend ces temps-ci…

Et Louise lui pardonnait.

Sans tenir compte des remarques méprisantes de son amie sur le croquis de Worth, Louise coupa dans le tissu qui lui restait les manches que le jeune homme avait dessinées. Le résultat dépassa ses espérances : la robe y avait gagné beaucoup de classe. Et quand le jeune Anglais la complimenta pour l'habileté avec laquelle elle avait exécuté son idée, elle rougit de plaisir. Elle s'attachait davantage à lui chaque jour.

Bientôt, Worth fut à court d'argent. En retard pour son loyer, il commença de craindre que Catherine ne le mît à la porte. Pour survivre, il chercha de nouveau des travaux de manœuvre. Il aurait accepté volontiers un emploi de terrassier sur les chantiers d'élargissement des boulevards, il aurait porté des colis ou balayé les rues, mais il y avait de plus en plus d'hommes disposés à accomplir ces besognes, et le jeune étranger aux mains d'artiste était continuellement écarté.

Puis, comme par miracle, la chance tourna en sa faveur. Il venait d'être refoulé, avec d'autres chômeurs, du chantier de restauration d'un monument public, lorsqu'il remarqua une boutique présentant dans ses vitrines des tissus de qualité. L'enseigne disait « À la Ville de Lyon ». Il redressa son chapeau, brossa la poussière tombée sur sa redingote à la sortie du chantier, et entra d'un pas assuré. Dans son français très amélioré, il demanda s'il y avait une place libre pour un jeune vendeur.

— C'est possible.

Le propriétaire sortit de derrière le comptoir et le toisa de la tête aux pieds. Un jeune homme intelligent, de belle allure. Avec un accent anglais à couper au couteau, mais quelle importance s'il servait bien la clientèle ?

— Pourquoi êtes-vous venu chez moi ?

— J'ai vu votre boutique, et elle m'a donné envie d'y travailler, répondit Worth avec une sincérité désarmante.

— Hum. Vous avez un brevet d'apprentissage ? Des lettres de références ?

Worth gardait toujours ses papiers sur lui. L'homme les examina. Il était allé plusieurs fois à Londres pour acheter des tissus et il connaissait bien Regent Street, Saint-James et les quartiers de commerce. *Swan and Edgar, Lewis and Allenby…* C'étaient des grands noms du métier, et des affaires de bon aloi. Il se flattait de tenir en magasin des marchandises d'aussi bon goût, bien que sa boutique fût plus modeste.

— Hum, répéta-t-il. Passez donc dans mon bureau, monsieur Worth. Oui, dans mon bureau. Nous allons bavarder un peu.

Tout fut vite réglé. Une demi-heure plus tard, Worth avait déjà servi sa première cliente et réussi une belle vente. Il était parfaitement heureux d'avoir renoué avec le travail qu'il aimait, et il était convaincu qu'ayant enfin mis le pied sur le premier barreau de l'échelle il parviendrait au sommet.

Quand la boutique ferma, à huit heures, il rangea joyeusement la marchandise sur les étagères pour le lendemain matin, puis ôta sa veste et balaya le parquet. Tout le long du chemin de retour, il marcha d'un bon pas, rayonnant de fierté. Une cliente dont il avait transporté les paquets jusque dans sa voiture lui avait donné un pourboire et cela lui avait permis d'acheter du café et quelques provisions.

Il monta les escaliers quatre à quatre jusqu'à la mansarde, puis s'arrêta, stupéfait : sa malle et ses livres étaient sur le palier. Il frappa à la porte. De l'intérieur, sans ouvrir, Catherine cria :

— Si c'est monsieur Worth, partez ! Vous avez dix jours de retard pour votre loyer et vous ne logez plus ici. Tout ce qui vous appartient est devant la porte.

Il faillit lui dire qu'il avait trouvé du travail et qu'il serait payé à la fin de la semaine, mais il ne s'était jamais abaissé devant personne, et il n'allait pas commencer ce soir-là.

— Très bien, répondit-il furieux. Tout ce que je vous dois vous sera versé sous peu. Louise est-elle là ?

Il aurait aimé dire au revoir à la jeune fille.

— Non. Elle fait une course. Vous lui avez suffisamment tourné la tête comme ça. Adieu, monsieur Worth.

Il s'agenouilla pour ranger ses affaires. Il parvint à glisser ses achats dans la malle et à fixer les livres avec une courroie. Il fit sauter la malle sur son épaule puis descendit l'escalier et quitta la rue du Fouarre. Sur ses gages de la première semaine, il envoya par un garçon de courses la somme qu'il devait. Catherine accepta l'argent et remit au coursier un reçu. Elle ne lui demanda pas l'adresse du destinataire. Elle n'avait pas envie de la connaître.

4

Pendant longtemps, Louise chercha Worth partout où elle se rendait. Contre toute vraisemblance, elle espérait que le hasard les réunirait. Plusieurs fois, elle crut le reconnaître, mais quelle déception quand la silhouette se retournait, révélant des traits inconnus. Peu à peu elle se résigna, persuadée qu'il avait dû rentrer en Angleterre, et elle put aller faire les courses sans le chercher partout des yeux.

Elles déménagèrent de leur mansarde, Catherine ayant brusquement décidé de prendre un nouveau départ dans un nouveau décor. Elles louèrent une pièce avec deux alcôves, au-dessus d'un entrepôt, en bas de la rue Saint-Martin. Le logement n'était pas moins misérable que l'autre mais l'on y accédait par un escalier extérieur de bois qui en facilitait l'accès, et la vue sur la Seine plaisait beaucoup à Louise qui ne se lassait jamais de regarder passer les chalands. Ce qui avait séduit le plus Catherine était le montant peu élevé du loyer, mais leur situation financière s'améliora peu après, à la suite d'un événement national survenu dans un pays voisin.

La famille royale d'Espagne allait célébrer un double mariage : la jeune reine Isabelle et sa sœur l'Infante avaient décidé de faire une seule cérémonie. Le fiancé de l'Infante était le duc de Montpensier, l'un des fils du roi Louis-Philippe, et toutes les toilettes des mariées royales devaient être confiées à des couturières françaises. Le choix se porta sur Mme Camille pour la robe de mariée de la reine Isabelle et plus de cinquante robes d'apparat pour le trousseau royal. Comme tout avait été organisé dans des délais très brefs pour un événement aussi important, les petites mains de toutes les maisons de couture en renom travaillèrent bientôt jour et nuit, pour pouvoir livrer à temps toutes les commandes des grandes dames de l'aristocratie espagnole et des autres familles invitées de France et des cours voisines.

Les aiguilles s'affairaient, les ciseaux taillaient, des milliers de mètres de soie de Chine, de satin brodé, de damas, de taffetas et de mousseline de laine défilaient (certains mesurés par Worth à son comptoir). La pointe de la mode était aux bandes horizontales et aux couleurs passées. Toutes les nuances de l'abricot, du vert et du bleu faisaient fureur. La coupe restait toujours à peu près la même, variations sans fin sur la mode depuis longtemps en vigueur : corsage raide à pointe, manches coupées en fer à cheval pour révéler une sous-manche près de la peau, jupe énorme gonflée par des coussinets encombrants, en crin de cheval. Louise cassa plus d'une aiguille à coudre ces détestables « crinolines » aux jupons, mais elle était trop heureuse d'avoir de nouveau du travail, tandis que Catherine passait des nuits entières sur les robes du mariage royal.

Lorsque cette activité fébrile prit fin et que tous les membres de la profession purent un peu respirer, Catherine et Louise firent un petit tour du côté des étalages des marchands d'habits, à la rotonde du marché du Temple. Ce fut pour toutes les deux un vrai plaisir. Des vendeurs, que Catherine connaissait de longue date, lui offrirent des occasions qu'ils mettaient de côté pour leurs bonnes clientes. Du moment que la qualité du tissu était bonne, peu importait l'âge et le style de la toilette : les deux amies la découdraient, jetteraient les parties usées, laveraient le reste, recouperaient et bâtiraient une robe nouvelle. Cela leur permettait de porter des robes dans des matériaux qu'elles n'auraient jamais eu les moyens d'acheter. Le seul tissu neuf à leur portée était la plus modeste des cotonnades.

Pour compléter leurs emplettes, elles fouillèrent tous les étals de chaussures à la recherche d'une bonne paire de bottines pour Louise. Jamais la jeune fille ne s'était plainte de porter des chaussures d'occasion, même quand ses talons se couvraient d'ampoules. Elle savait que leurs ressources ne leur permettaient pas d'acheter des souliers neufs pour elle, alors que Catherine devait toujours être bien chaussée pour se rendre à son travail. Mais, ce jour-là, elle fit remarquer avec un soupir qu'elle regrettait de ne pas savoir réparer les souliers comme elle réparait les robes, pour avoir toujours des chaussures confortables à ses pieds. Catherine recompta l'argent de son sac. Elle décida de faire durer sa dernière paire plus longtemps et de laisser Louise choisir des bottines neuves. Leurs finances leur permettaient, dit-elle, de s'offrir ce caprice. Ravie, Louise choisit une paire de bottines de cuir souple, aux chevilles serrées, et ne se lassa pas d'admirer ses pieds ainsi chaussés, car le laçage fantaisie mettait en valeur la finesse de ses chevilles.

Curieusement, ce furent ces bottines neuves qui ranimèrent son désir de revoir Charles Worth. Elle sentait qu'il aurait apprécié sa nouvelle élégance. Sa robe refaite n'avait plus aucun point commun avec ce qu'elle était lors de son achat : elle l'avait retaillée très habilement, sous la direction de Catherine. Les manches de son caraco gris étaient une adaptation de celles que le jeune Anglais avait dessinées pour sa robe « pyramide », et, parée de rubans de velours ocre provenant d'un vieux bustier acheté au rebut, Louise se croyait assez élégante pour se présenter devant le roi dans son palais des Tuileries. Les bottines neuves complétaient l'ensemble. Oui, si Charles avait pu la voir aussi bien habillée, il aurait sûrement ressenti dans son cœur un peu plus que de l'amitié.

Le désir qu'elle éprouvait de sa présence était un sentiment exquis, ni douleur ni plaisir, qui consacrait la pleine éclosion de son adolescence. Souvent, elle restait de longues minutes à rêver, les yeux fixés dans le vide, son aiguille en suspens. Où était-il ? Pensait-il parfois à elle ?… Pour la première fois, Catherine devait lui rappeler constamment les corvées en attente.

Avec le temps, ce sentiment s'effrita. Les bottines se déchirèrent un jour où elle les porta sous la pluie, sa robe devint trop petite, les pinces de poitrine et les coutures de la taille cédèrent. De nouveau, elle s'attacha aux aspects pratiques de la vie et elle relégua ses souvenirs tendres au fond de sa mémoire.

Worth avait quitté La Ville de Lyon. La boutique lui avait servi de tremplin, et il avait bien servi sa clientèle.

Son séjour lui avait permis de s'établir solidement dans le commerce parisien des étoffes, tout en lui offrant l'occasion de se familiariser avec la langue française, qu'il parlait désormais couramment. Son seul regret était de ne pas pouvoir chasser son accent anglais, malgré tous ses efforts pour avoir l'air d'un Parisien.

— Ah ! Vous êtes anglais, monsieur, s'écriait-on dès qu'il ouvrait la bouche.

Et son sourire se figeait. Mais il s'habitua vite à cette remarque et profita bientôt de son côté anglais pour attirer l'attention. Il entendit avec satisfaction certaines clientes qui ignoraient son nom demander à être servies par l'« Anglais ». Cela ne diminua en rien sa résolution de maîtriser le français aussi bien que sa langue maternelle, accent compris. Chaque soir, il poursuivait son étude à la chandelle, comme il l'avait fait rue du Fouarre et dans tous ses logements successifs. Il s'était installé depuis peu dans une sorte de grenier, aussi misérable que ses autres logis, et avec le même genre de vue sur les toits disparates et les cordes à linge.

Pendant son passage à La Ville de Lyon, il lisait en guise de leçons les revues de mode comme *Le Follet*, et se tenait au courant du dernier cri de l'élégance, qui à son avis continuait de manquer complètement d'imagination.

Puis il apprit l'existence d'un poste vacant 83, rue de Richelieu : la célèbre Maison Gagelin avait besoin d'un vendeur qualifié. S'il pouvait obtenir cette place, il serait au cœur de la rue la plus élégante de la capitale de la mode. Ce soir-là, en écrivant sa lettre de candidature, sa main tremblait légèrement. Quelques jours plus tard, on lui communiqua l'heure et le jour où on le recevrait.

Avec sa redingote noire bien repassée mais un peu élimée, son pantalon impeccable serrant ses longues jambes, et le même tuyau-de-poêle avec lequel il avait traversé la Manche – le tout acheté chez *Swan and Edgar* (au prix de faveur réservé au personnel) grâce aux pourboires reçus pour ses livraisons –, il se présenta devant le vénérable immeuble de la Maison Gagelin. Ce n'était pas la première fois qu'il s'y rendait. C'était une des boutiques où il avait essayé de trouver du travail à son arrivée à Paris, mais à l'époque son français était si mauvais qu'un membre subalterne du personnel l'avait renvoyé d'un hochement de tête condescendant.

Tout allait être différent. Il s'avança d'un pas assuré dans l'entrée dont le tapis d'Orient étouffa le bruit de ses bottines. À travers les hautes arcades, il entrevit les rayons de la boutique, longue série de vestibules de marbre éclairés par des lustres de cristal. Des guirlandes et des bouquets tombaient des moulures pour encadrer les miroirs encastrés dans les murs, qui alternaient avec de vastes panneaux de damas couleur vieux bourgogne. Par contraste, les comptoirs d'acajou massif semblaient un rappel terre à terre du véritable but de ce décor grandiose. Mais, comme pour chasser toute arrière-pensée de commerce vulgaire, on avait disposé partout de précieuses fleurs de serre. De la marchandise elle-même, on ne voyait qu'un châle de cachemire ici et là, un manteau ou une cape « prêts-à-porter », et quelques lés des tissus auxquels la Maison Gagelin devait son renom. Worth avait remarqué depuis longtemps que l'opulence et le luxe dégageaient toujours une sorte d'arôme sensuel – et cet arôme flottait dans l'air autour de lui, doux, parfumé, enivrant comme un encens exotique réservé à la richesse et à l'élite.

— Quelqu'un s'occupe de vous, monsieur ?

C'était un vendeur chevronné, svelte, d'une tenue impeccable, dont la courtoisie onctueuse était cependant nuancée par un certain dédain pour la mise un peu défraîchie du jeune homme.

— J'ai rendez-vous avec M. Gagelin.

Devinant l'objet du rendez-vous, le vendeur ne daigna pas l'accompagner en personne à la porte du bureau. D'un geste sec, il appela l'un des apprentis. Le bureau du propriétaire n'était pas moins somptueux que le reste de l'établissement : tentures écarlates aux fenêtres décorées de vitraux de couleur, lampes à pétrole aux abat-jour de soie ornés de longues franges, et une surabondance de meubles sombres, sculptés, dominés par un bureau où trônaient un encrier d'or massif, un sous-main de cuir damasquiné pour les documents urgents, et un éléphant des Indes sculpté dans l'ivoire, creusé d'une cavité pour y glisser les plumes d'oie.

Dans un fauteuil tournant, derrière le bureau, M. Gagelin, le visage sévère, se tenait très droit. Une chaîne de montre en or barrait son gilet. Il portait, comme il convenait à un homme de son importance, une moustache large et des favoris abondants. D'une main où brillait un rubis, il fit signe à Charles de s'asseoir.

— Asseyez-vous, monsieur Worth.

Il prit la lettre de candidature sur le bureau et y jeta un coup d'œil.

— Vous êtes anglais, je vois. Et pourtant vous écrivez ma langue maternelle sans faute. Je vous félicite.

Il reposa la lettre, puis croisa les mains sur le bureau en face de lui.

— Vous m'avez expliqué dans votre lettre tout ce que vous avez déjà appris dans le métier de drapier, mais j'aimerais entendre de votre bouche la raison de votre venue à Paris, et surtout pourquoi vous vous considérez comme un candidat valable pour notre maison.

Worth savait très bien que l'on mettait à l'épreuve sa connaissance de la langue autant que ses autres aptitudes. Sans fausse modestie, il fit observer que les clients des îles Britanniques, des États-Unis et de tous les autres pays anglophones seraient ravis d'être servis par un vendeur à qui ils pourraient exprimer leurs désirs dans leur propre langue. Pour M. Gagelin, l'engagement du jeune homme était déjà acquis : une bonne apparence, beaucoup de présence, une maîtrise suffisante de la langue, avec des références parfaites, à la fois de La Ville de Lyon et de ses premiers employeurs de Londres.

Un quart d'heure plus tard, Worth quittait la boutique : il commencerait à travailler le lundi suivant au comptoir des étoffes. Il servirait les couturières et les clientes particulières qui tenaient à choisir elles-mêmes leurs tissus. Une élégante, dans une voiture qui passait, remarqua à travers les franges de son ombrelle la lueur de bonheur qui dansait dans le regard du jeune homme. Il la suivit des yeux jusqu'à ce qu'un coin de rue emportât la belle hors de son champ de vision. Leur contact fragile se brisa. Un sentiment de solitude accabla le jeune homme. Le travail, l'ambition, l'étude et les livres avaient occupé presque chaque minute de son temps depuis son arrivée à Paris. Chaque jour, il s'était levé tôt et couché tard, pour s'endormir dès qu'il soufflait sa chandelle, et son salaire suffisait à peine à payer son logis et son couvert. Bien entendu, la Maison Gagelin permettrait une légère amélioration de sa situation financière, et comme il avait enfin terminé de rembourser sa dette à sa mère, il s'en sortirait un peu mieux. Mais il ne pourrait guère se permettre d'autre luxe qu'un livre de plus acheté chez les bouquinistes des quais. Il serra les dents. Il attendrait. Il avait décidé de réussir dans la vie, et rien ne vient jamais sans effort.

Le lundi matin, il était devant l'entrée du personnel avant l'ouverture des portes. On lui fournit une redingote et un pantalon neufs de la coupe et du style exigés par l'établissement (qui se rembourserait en effectuant chaque semaine une retenue sur ses gages). Un des autres vendeurs du comptoir des étoffes lui fit faire le tour du magasin. Comme chaque matin avant l'arrivée de la clientèle, il y régnait une vive activité. On époussetait les étagères et les comptoirs, on déballait la marchandise. Il y avait tout un essaim de jeunes assistantes vendeuses, choisies, comme tout le personnel féminin, en fonction des clientes, pour la chaleur de leur sourire et leurs manières agréables. On présenta Worth à toutes celles à qui il aurait affaire pour son travail, et la visite se poursuivit jusqu'aux salles de couture où les petites mains étaient déjà à l'œuvre : modèles de confection destinés au stock, ou bien retouches pour satisfaire les exigences des clientes. Les jeunes femmes levèrent les yeux de leur aiguille pour observer avec curiosité l'inconnu à qui l'on faisait visiter leur domaine.

Dans les arrière-boutiques, on montra à Worth où étaient stockées les diverses marchandises, bien que pour le moment il ne fût concerné que par le magasin contenant les balles et les pièces de tissu. Il examina avec satisfaction les étagères lourdement chargées. Jamais il n'avait eu la malchance de manipuler des étoffes de pacotille, mais il allait maintenant s'occuper des plus beaux matériaux existant dans le monde.

Au cours des semaines qui suivirent, il transporta ses pièces, les déroula, les assortit, les mesura, changea un tissu pour un autre et fit courir entre ses doigts des mètres et des mètres de matière souple et douce – souvent plus de vingt fois avant de pouvoir procéder enfin au coup de ciseau fatidique de la vente. Sa longue expérience lui avait appris à orienter patiemment la cliente jusqu'à l'instant du choix, mais il y avait toujours celles qui adorent mettre un vendeur sur les genoux, ou dont le caractère est si indécis qu'elles ne savent pas faire le bon choix alors même qu'il leur saute aux yeux. Dans ce cas, il se rabattait sur une pièce de tissu très cher, souvent l'une des étoffes qu'il avait montrées en premier et que la cliente avait écartée sans considération, bien que par sa qualité et sa couleur elle eût pu lui convenir. Au lieu de dérouler la pièce, il la repliait comme s'il avait eu tort de lui faire quitter son étagère. Il secouait la tête et feignait d'hésiter lui aussi.

— Ce damas serait parfait pour vous, malheureusement le motif et la qualité du tissu nous obligent à le vendre à un prix que vous vous refuserez sûrement à payer.

Comme le prix n'était jamais un obstacle pour les élégantes qui fréquentaient la Maison Gagelin, la cliente supposait aussitôt qu'on voulait l'empêcher d'acheter quelque chose d'exclusif, peut-être réservé à une autre alors qu'elle avait droit à la priorité. Elle exigeait qu'on lui montrât la pièce et, invariablement, la vente se faisait. L'élégante était plus que satisfaite de ce qu'elle considérait comme un triomphe personnel de son goût, et Worth, ravi lui aussi, la raccompagnait jusqu'à la porte avant de remettre de l'ordre sur son comptoir pour la cliente suivante. Il se disait souvent que les femmes sont comme les livres : assez faciles à lire, une fois qu'on maîtrise bien la langue.

Ses talents de vendeur ne passèrent pas inaperçus de M. Gagelin. Un matin, celui-ci convoqua le jeune homme quelques minutes avant l'ouverture de la boutique.

— Vous passerez au comptoir de vente des manteaux et des capes, lui dit le propriétaire avec un hochement de tête satisfait. C'est une promotion. Votre salaire sera relevé comme il se doit. Ne tardez pas, je vous prie. Vous travaillerez avec une demoiselle de maison qui vient de rentrer de congé, Mlle Vernet.

Worth referma la porte du bureau derrière lui et redressa sa cravate, intrigué. *Vernet !* Sûrement pas Louise Vernet ! Jamais Louise n'aurait pu accéder à un poste aussi élevé étant donné la situation où elle était lorsqu'il l'avait connue. Dans un établissement comme la Maison Gagelin, les « demoiselles de maison » étaient toujours des jeunes femmes de bonne famille, d'un milieu respectable, dont les parents ou les tuteurs payaient pour le privilège d'une formation commerciale, ainsi que pour le logement, leur pension et leur chaperonnage. Il se hâta vers son nouveau comptoir, impatient de rencontrer la jeune femme avec qui il allait travailler.

Il la vit avant qu'elle ne l'aperçût. Un rayon de soleil voilé, qui tombait d'une verrière de vitrail, pailletait d'or les boucles de ses cheveux noisette. Le dos tourné, elle arrangeait les plis d'un châle brodé, drapé sur le présentoir du rayon. Puis, lorsqu'il passa sous l'arcade délimitant la petite pièce, l'ombre du jeune homme glissa dans le miroir inclinable qui luisait près d'elle, et elle sentit sa présence. Aussitôt ses épaules se raidirent, le brillant moiré de la soie noire qui les recouvrait se figea, et la rangée verticale de boutons qui fixait le dos de sa robe longue demeura droite comme un I. Worth se demanda si elle n'était pas fâchée d'être obligée de travailler avec un nouveau vendeur. Il franchit les quelques pas qui les séparaient.

— Mademoiselle Vernet ? Je suis Charles Worth. Nous allons travailler ensemble à ce rayon. C'est pour moi un honneur.

Durant une fraction de seconde, elle hésita à se retourner. Avait-il eu raison de craindre une certaine hostilité de sa part ? Elle lui fit face enfin, d'un mouvement plein de grâce, et il se rendit compte aussitôt qu'il s'était trompé. Il n'y avait aucune agressivité sur son visage, aucune animosité dans son regard ouvert. Avec l'intuition pénétrante qu'il se flattait de posséder pour tout ce qui concernait les femmes, il devina en elle une jeune personne timide, dont la tension et l'hésitation momentanées n'étaient dues qu'à une nervosité passagère, à l'instant de son premier contact avec l'inconnu qui allait être son compagnon de travail. Elle avait déjà retrouvé son calme – en même temps que sa grâce et sa dignité.

— C'est un plaisir de faire votre connaissance, monsieur Worth.

Elle avait une voix douce qui correspondait bien à son physique. Son visage était ovale avec un menton rond et une bouche modeste. Sa lèvre inférieure ourlée trahissait sa générosité. Sous la courbe précise de ses sourcils, ses yeux brillaient d'un bleu de saphir très rare. Elle avait le nez long, légèrement busqué, mais le dessin délicat de ses narines mettait en valeur la finesse de ses traits et la pâleur de sa peau. Ce qui frappa le plus le jeune homme, ce fut son maintien. Peu de femmes possédaient cet équilibre indéfinissable qui permet de porter n'importe quel bout de chiffon et de paraître merveilleusement habillée au milieu d'une foule d'élégantes – mais Worth reconnut sans équivoque que Mlle Vernet, qu'elle le sût ou non, avait grande allure. Sa robe longue était toute simple, peu différente de celles des autres jeunes vendeuses (elles avaient le droit de choisir n'importe quel modèle raisonnable et de faire faire leur robe par l'atelier de la maison), mais il lui suffisait de la porter pour qu'elle eût une classe extraordinaire.

— Je suis sûr que nous nous entendrons bien, lui assura-t-il d'une voix douce, car il tenait à établir avec elle des relations de sympathie – ce qui ne lui était jamais difficile avec les femmes. Vous rentrez de voyage, je crois ?

— J'ai eu la permission de retourner chez moi, à Clermont-Ferrand, pour soigner un parent malade. Dieu merci, il s'est complètement rétabli.

Il la sentit encore très loin de lui, refermée sur elle-même, à l'abri de son charme.

— Vous étiez sûrement une bonne infirmière.

La flatterie glissa sur elle sans effet.

— Le médecin était excellent.

Elle le remettait à sa place, mais il se contenta de sourire.

— Vous travaillez depuis longtemps chez Gagelin ?

Les yeux bleus timides de la jeune fille le fixèrent sans ciller.

— Cinq ans.

Il se rendit compte que sa question revenait à lui demander son âge, puisque les demoiselles de maison commençaient leur apprentissage à seize ans. Elle avait dû le prendre pour un mufle. Puis il réfléchit à la réponse qu'il venait de recevoir. Elle avait vingt et un ans. Le même âge que lui. Elle avait rougi mais conservait le même calme, parfaitement maîtresse d'elle-même, et sa timidité provenait d'une modestie naturelle, sans la moindre affectation. C'était incontestablement une jeune femme qui sortait de l'ordinaire.

— Alors, vous devez très bien connaître ce rayon, lui répondit-il sur le ton des affaires, jugeant qu'il valait mieux s'engager dans la routine du travail et laisser les choses se décanter d'elles-mêmes. Je vous serais vraiment reconnaissant de me parler de la marchandise que nous avons à vendre, et de l'endroit où elle est rangée sur les étagères et dans les tiroirs.

Elle répondit à sa requête avec précision, rapidité et efficacité. En surface, il prit note de tout, mais son œil intérieur (et son sens inné de la beauté des femmes) enregistra la grâce sans mièvrerie du moindre de ses mouvements – comme si l'un de ces appareils photographiques récemment inventés changeait constamment de plaque dans son esprit. Son corps glissait harmonieusement, sans secousses, sans rien d'anguleux. Les plis de sa jupe s'agitaient en ondes douces et il avait l'impression que ses cheveux bouclés voletaient comme des plumes contre la douceur parfaite de ses joues.

Elle ne décela pas l'admiration que dissimulait le regard indifférent du jeune homme, mais elle eut l'occasion d'observer son savoir-faire de vendeur dès que la première cliente de la journée se présenta au comptoir, un peu après leur tour d'horizon du rayon. La dame en question voulait une cape courte. Il lui en montra un certain nombre et les lui fit essayer. Le choix se réduisit bientôt à deux articles, de même style mais de couleur différente.

— Laquelle des deux ? répétait sans cesse la cliente.

Elle les prenait à la main, les comparait, poussait un soupir, fronçait les sourcils… et recommençait. Elle se tourna vers M. Worth, suppliante :

— Dites-moi franchement ce que vous en pensez.

Marie Vernet eut pitié de lui. Elle savait par expérience à quel point il est difficile d'amener ce genre de clientes velléitaires à se décider. Quoi que l'on suggère, elle imagine aussitôt qu'elle préfère l'autre – pendant un instant, avant que la valse-hésitation ne recommence de plus belle. Mais M. Worth se contenta de sourire et de pencher la glace orientable pour que le reflet de la dame parût sous un meilleur angle.

— Prenez ce qui va le mieux avec vos yeux, madame, conseilla-t-il en haussant les sourcils comme si cette vérité ne pouvait être remise en question. Dans *votre* cas, chaque fois qu'il subsiste un doute, choisissez la couleur de vos yeux.

La dame, prise au dépourvu, lui lança un regard intrigué, qui trahissait sa satisfaction.

— Oui, bien entendu, répondit-elle, à court de mots.

Elle laissa glisser la cape vert olive sur le comptoir et garda le velours marron.

— Oui, c'est évident, répéta-t-elle.

Marie dut cacher sa surprise. La dame avait de beaux yeux, et de toute évidence elle le savait. Mais Marie, pas plus que les autres vendeuses, n'aurait jamais eu l'idée de forcer une cliente à se décider en lui adressant un compliment indirect. Venant d'un vendeur moins sûr de lui, ou aux manières moins raffinées, l'intervention du jeune Anglais aurait sûrement fait l'effet d'une flatterie pleine d'impertinence. Mais Worth avait simplement exprimé la vérité telle qu'il la voyait, de la façon la plus délicate possible. Personne ne pouvait nier que la couleur marron foncé seyait à la cliente davantage que les autres. Tout était parfait.

Au cours de la journée, le respect de Marie pour les talents de vendeur de son nouveau camarade de rayon ne cessa de croître. Elle décela aussi une certaine arrogance de sa part, mais il était bien normal qu'il se laissât un peu monter la tête par le don qu'il avait d'orienter ou de faire plier des clientes intraitables. Sans la moindre vanité personnelle, elle espéra de tout son cœur ne pas le décevoir et constituer avec lui une équipe efficace. Il lui faudrait aussi, se dit-elle, se protéger de son charme, apparemment irrésistible.

Worth mit un certain temps à découvrir le prénom de la jeune fille, et ce ne fut pas Marie mais une autre jeune vendeuse qui le laissa échapper dans la conversation. Il aurait aimé l'appeler Marie, quand il n'y avait pas de clientes, mais elle s'adressait toujours à lui avec une politesse guindée qui excluait toute familiarité de ce genre. Ils travaillaient ensemble en parfaite entente, mais dès que les housses étaient placées pour la nuit sur les articles à l'étalage, leurs relations cessaient. En quelques secondes, elle retirait son petit réticule de son casier, sous le comptoir, et se hâtait de rejoindre les autres demoiselles de maison à la porte de l'escalier de service conduisant à leurs logements – que les messieurs appelaient par plaisanterie « le couvent », car ils n'y étaient pas admis.

Un soir, le jeune Anglais risqua un pied dans cet escalier interdit. C'était peu de temps après leur rencontre et Marie avait oublié son mouchoir dans son casier – une minuscule boule de batiste portant ses initiales dans l'angle. Il se précipita pour le lui apporter.

— Mademoiselle Vernet ! Un instant, je vous prie.

Elle bavardait avec l'une de ses compagnes, déjà presque en haut des marches. Elle tourna la tête et demeura bouche bée : il avait déjà monté le quart d'un étage. Elle rassembla ses jupes et, courant à sa rencontre, le prit par le bras et l'entraîna au rez-de-chaussée.

— Aucun homme n'a le droit de poser le pied ici, ne serait-ce que sur la première marche, se hâta-t-elle de lui expliquer, en regardant en tout sens pour s'assurer qu'aucun chef de rayon ne l'avait remarqué. Vous le savez bien, non ?

— Même pas pour rapporter un mouchoir ?

Il le lui donna. Elle se détendit. Rien à l'horizon. La conduite inconsidérée du jeune homme était passée inaperçue. Avec un de ses sourires enchanteurs qui mettait en jeu toutes ses fossettes, elle lui prit le mouchoir des mains.

— Merci. Je ne l'oublierai plus. Si vous aviez des ennuis à cause de moi, je ne me le pardonnerais jamais.

Il la regarda s'éloigner dans l'escalier, espérant qu'elle se retournerait sur le palier, mais elle n'en fit rien. Quand il prit son chapeau à la patère du vestiaire des messieurs, il sentit une grande frustration monter en lui.

Le lendemain matin, il chercha à déceler une certaine amélioration dans leurs relations, un intérêt qu'il n'avait pas remarqué jusque-là. Elle se montra courtoise et polie comme à l'accoutumée, sans faire la moindre allusion à l'épisode de l'escalier. Cette indifférence l'irrita d'autant plus qu'il n'avait en réalité aucune arrière-pensée, et il lui arriva même de trahir son dépit par des mouvements d'impatience qui n'étaient pas dans son caractère. Marie accepta ces sautes d'humeur le visage impassible, sans se départir de son calme.

Les semaines passèrent. Chaque journée confirmait le fait qu'ils constituaient une équipe efficace, et la distance que Marie maintenait entre eux devint pour le jeune homme un supplice de Tantale. Elle devait bien se douter qu'elle lui plaisait et qu'il l'admirait. Toutes les femmes discernent ces sentiments chez un homme. Quelle faute avait-il donc commise ?

Il essaya d'attirer son attention en évoquant le nom de Louise Vernet. Il choisit un moment où la boutique était presque vide, pour ne pas être interrompu. Marie était à genoux, en train de ranger des châles de cachemire dans un tiroir. Il prit sur le comptoir le reste de la pile et s'accroupit pour les lui donner.

— À mon arrivée à Paris, j'ai logé dans un garni où habitait également une personne qui se nommait Vernet.

— Ah bon ?

Elle était tout à son travail.

— Une jeune fille, Louise Vernet. Elle avait été recueillie par la couturière qui me louait une chambre. Je me demandais si vous n'étiez pas de la même famille.

La jeune fille lui prit le dernier châle des mains et le mit bien à plat avant de le ranger.

— Vernet n'est pas un nom rare. Il doit y avoir des centaines de Vernet à Paris.

Elle referma le tiroir et accepta la main qu'il lui offrait pour l'aider à se relever.

— Oui, mais vous m'avez dit un jour que vous veniez de Clermont-Ferrand. Je crois me souvenir que le père de Louise était né dans cette ville.

Elle défroissa les plis de sa jupe puis leva vers lui un regard surpris.

— Comment s'appelait-il ? C'était peut-être un cousin éloigné.

Il n'aurait su dire si c'était Jacques ou Jean, mais il enchaîna en lui parlant de ses premières journées à Paris et de la jeune Louise qui gardait la tombe de sa mère, la nuit, jusqu'au jour où Catherine Allard lui avait donné un foyer.

— Et vous me dites qu'à l'origine sa mère tissait la soie à Lyon ? demanda Marie.

— Oui. Cela vous rappelle quelque chose ?

Elle secoua la tête.

— Non. Mais c'est une histoire très touchante.

Sans en parler à Worth, elle écrivit chez elle pour poser des questions sur le père de Louise Vernet, dont le prénom était Jacques ou Jean. La réponse confirma qu'il s'agissait bien de Jacques. Sa famille portait le même nom, mais sans avoir le moindre lien de parenté. Quelques années plus tôt, alors qu'il faisait ses études, il s'était enfui avec une tisserande de soie dont il était devenu l'amant pendant un séjour à Lyon. On était resté sans nouvelles d'eux jusqu'au moment où, trois ans après leur départ, la femme, devenue son épouse, avait écrit à la famille que le jeune homme, atteint de pleurésie, était décédé…

Marie et Worth allaient avoir une matinée particulièrement difficile : une cliente qui jouissait de toute l'estime du propriétaire entra dans la boutique, cape flottant au vent, toutes plumes dehors, l'œil impérieux et la main crispée sur son manchon de zibeline – le tout baignant dans les senteurs discrètes du dernier parfum de Guerlain. C'était Mme Marie-Thérèse de Gand. À intervalles irréguliers, elle quittait son château des bords de la Loire pour passer quelques jours à Paris, associant toujours affaires et plaisirs – ces derniers comprenant la remise à jour de sa garde-robe confiée aux soins de Mme Palmyre. Cette fois, elle était dans la capitale pour assister à la parade de la promotion de son fils unique, Pierre, à l'École militaire. À son arrivée, tous les vendeurs se précipitèrent et M. Gagelin parut en personne pour donner l'exemple des courbettes. De comptoir à comptoir, la nouvelle se répandit aussitôt.

— Elle est revenue ! C'est Mme de Gand, Mon dieu ! J'espère bien ne pas avoir à la servir cette fois ! Elle voudra se faire déballer tout le stock. Attention, la voici…

Mme de Gand avait exprimé ses désirs. Il lui fallait un châle du soir éclatant comme un bijou pour rehausser sa nouvelle robe Palmyre de velours noir : elle allait à l'Opéra le soir même.

— Par ici, madame.

Elle se laissa escorter jusqu'à l'un des fauteuils dorés disposés près du comptoir. Elle ôta ses mains gantées de son manchon, car il faisait chaud dans la boutique quand on arrivait de la rue. Elle posa le manchon de côté et lança un regard hautain à la jeune demoiselle de maison qui attendait ses ordres. Worth, qui servait une autre cliente au bout du comptoir, observa du coin de l'œil la redoutable veuve. Il reconnut instantanément l'espèce de cliente la plus horrible : la femme résolue à n'être satisfaite de rien.

Marie n'épargna aucun effort pour combler Mme de Gand. Elle étala tous les châles dans les couleurs demandées : carmin, émeraude, puis jaune d'or, cobalt, rose vif, corail… La soie et la dentelle s'entassaient sur l'acajou ciré, mais c'était en vain qu'elle s'épuisait. Mme de Gand continuait de secouer la tête avec dédain, écartant les articles d'une main méprisante, tournant en dérision tout ce qu'on lui montrait.

Worth, dont la cliente venait de partir satisfaite, se mit à observer la veuve de plus près. Elle avait les pommettes hautes, les joues creuses et la mâchoire carrée de l'aristocratie provinciale française. Sous ses sourcils épais, ses yeux aux paupières lourdes étaient plus verts que gris. Ses cheveux noirs s'ornaient de deux mèches blanches parfaitement symétriques, tirées en arrière comme des bandeaux sous son chapeau plat, avant d'être réunies au chignon dissimulé sous le petit volant, connu sous le nom de « bavolet », qui pendait jusque sur les épaules. C'était une « innovation » datant de vingt ans et même davantage, et Worth la détestait, non seulement parce qu'elle symbolisait l'état statique de la mode, mais parce qu'elle dissimulait de façon très laide la plus belle parure de la femme : ses cheveux. Il essaya d'imaginer l'allure qu'aurait la coiffure de cette femme sans cette aberration de l'esprit, lorsqu'elle serait en robe du soir, et il se forma une opinion précise sur le châle qui lui conviendrait le mieux.

Délibérément, il attendit que Mme de Gand ait atteint le point de saturation. Elle commençait à s'ennuyer et, de toute évidence, Marie ne réussirait pas sa vente. Il imaginait très bien l'angoisse que devait ressentir la jeune fille, et il savait que M. Gagelin serait loin d'être ravi si sa fidèle cliente quittait la boutique sans que ses exigences soient satisfaites. Ouvrant un tiroir, Worth en sortit un très beau châle entièrement blanc, et balaya tous les autres du comptoir pour pouvoir l'étaler sous les yeux de Mme de Gand.

— La salle de l'Opéra est suffisamment colorée, madame. Ne rivalisez pas avec elle en couleur mais en éclat. Votre robe sera de velours noir et vos bijoux des diamants. Que pourrait-il y avoir de plus éclatant que l'élégance d'un blanc pur ?

Elle n'était pas stupide. Elle comprit aussitôt qu'il avait raison. Tout serait tapageur : les ors et les grenats de la salle, les décors de la scène, son fils et les autres messieurs – militaires chamarrés pour la plupart. En noir et blanc, elle éblouirait, alors qu'avec un châle de couleur, si belle et si rare qu'en fût la nuance, elle se perdrait sur le fond.

— Je n'en suis pas certaine, déclara-t-elle d'une voix peu sincère.

Elle n'était pas encore prête, par principe, à s'avouer vaincue.

Worth se tourna vers Marie :

— Permettez-moi de poser le châle sur vos épaules pour montrer à Mme de Gand l'effet qu'il aura.

Marie était habituée à porter des châles et des capes derrière le comptoir pour les montrer aux clientes, mais quand le jeune homme la fit passer de l'autre côté et lui demanda d'aller et venir, elle fut prise de trac.

— Faites quelques pas dans ce sens, puis revenez, lui demanda-t-il.

Ses joues pâlirent et elle dut se retenir pour ne pas trembler, lorsqu'elle sentit braqués sur elle non seulement les yeux d'acier de Mme de Gand mais aussi ceux des clientes des autres rayons. Toutes les têtes s'étaient tournées dans sa direction. Elle avait toujours détesté attirer l'attention, et en général elle parvenait à passer inaperçue. L'un de ses premiers souvenirs était la façon dont elle se réfugiait dans les jupes de sa mère, les mains crispées dans les plis du tissu, chaque fois qu'on voulait la présenter à des inconnus. Dans son enfance, elle avait été hantée dans ses cauchemars par un oncle particulièrement bruyant, qui battait des mains de plaisir en la voyant marcher à quatre pattes : son rire tonitruant et sa grosse voix la terrorisaient chaque fois qu'il la félicitait de sa bonne mine. À l'école, elle avait travaillé davantage par crainte d'être mise au coin devant toute la classe que par intérêt pour les études. Et les louanges ne lui faisaient nullement plaisir, quand elle devait les recevoir debout derrière son pupitre, tandis que les élèves la regardaient pendant que le maître commentait son devoir.

Derrière le comptoir du magasin, elle se sentait à l'aise : c'était sa routine quotidienne ; mais défiler de long en large en portant l'un des châles les plus précieux de la Maison Gagelin, sous le regard (semblait-il) de toutes les paires d'yeux de la Terre… Elle était complètement paralysée !

— Allez…, insista Worth doucement, en lui effleurant légèrement le bras.

Elle avança. Sa timidité était son défaut secret. Comme elle appréciait la compagnie des gens pris isolément tout en redoutant leur attention collective, personne ne soupçonnait ce handicap. Rien ne permit de déceler son angoisse. Elle fit un pas, puis un autre, sans rien de contraint dans ses mouvements. La grâce de son port de tête venait de son dos très droit et de ses épaules parfaitement symétriques. Le châle était chinois, décoré de broderies de soie blanc sur blanc qui conféraient à la matière une opulence scintillante. Les franges s'animaient doucement en ondes légères. Sur les épaules de Marie, tranchant sur le noir de sa robe, l'article précieux devenait une pure merveille.

Elle parcourut toute la longueur du tapis d'Orient, puis pivota lentement dans le cadre de l'arcade pour revenir sur ses pas. Plusieurs clientes quittèrent le comptoir où elles se faisaient servir pour l'admirer. Les vendeurs tendirent le cou. Un monsieur, qui commençait à se lasser d'attendre son épouse, s'avança d'un rayon éloigné pour voir pourquoi les clientes se rassemblaient, et aussitôt d'autres le suivirent. Marie, sans oser jeter un regard à gauche ou à droite vers le public de plus en plus nombreux, gardait les yeux rivés sur Worth. Son regard était à la fois impérieux, encourageant, admiratif, avec en plus une étincelle indéfinissable qui ressemblait à de l'adoration.

Beaucoup plus tard, elle comprit que les premiers balbutiements de son amour pour lui remontaient à ces interminables instants où elle arpentait le tapis persan, soutenue par son regard aussi fermement que s'il lui avait pris la main. Non seulement il voyait en elle la jeune femme ravissante qu'elle était, mais aussi la seule capable de mettre en valeur les robes merveilleuses qu'il désirait créer à partir des croquis qu'il esquissait dans ses carnets.

— Encore une fois, murmura-t-il quand elle revint près de lui.

Elle obéit, mais sans pouvoir maîtriser pendant un instant son tremblement intérieur : le châle glissa sur son épaule, le plissé prit une élégance nouvelle.

Mme de Gand se leva.

— Le châle blanc conviendra, dit-elle d'un ton autoritaire, déconcertée au fond d'elle-même d'avoir ressenti un pincement de jalousie lorsqu'une autre cliente avait tendu la main pour effleurer les franges.

Elle enfonça ses mains gantées dans son manchon et ajouta :

— Faites-le porter dans mon appartement de l'hôtel Dauphine, rue de Rivoli. Et qu'il n'arrive pas après quatre heures.

Worth s'inclina et la raccompagna jusqu'à sa voiture. À son retour, le petit groupe s'était dispersé et un apprenti préparait le paquet du châle, mais aucun signe de Marie. Ravie du succès de leur vente en équipe, Worth chercha la jeune fille partout. Il la trouva dans l'un des magasins, appuyée contre le mur, un bras levé pour cacher ses yeux. Il s'inquiéta, ne pouvant deviner qu'elle avait eu besoin de calme et de solitude pour se remettre de son épreuve. Il tira le rideau et s'avança vers elle. Personne ne pouvait les voir.

— Qu'y a-t-il ? Vous êtes souffrante ?

Elle baissa le bras et secoua la tête.

— Ce n'est rien.

Il s'aperçut qu'elle tremblait. Son visage lui parut vulnérable soudain, ses yeux immenses, presque violets tant elle était bouleversée. Il comprit qu'elle avait perdu ses défenses, qu'il pouvait plonger son regard au fond d'elle-même sans rencontrer la moindre résistance. Il se détourna pour ne pas augmenter sa gêne, et alla chercher une carafe d'eau et un verre.

— Tenez. Buvez ceci.

Elle ne croyait pas qu'un verre d'eau pût l'aider, mais elle en prit une gorgée pour lui faire plaisir – établissant sans le savoir un précédent qui réglerait sa conduite à l'avenir : celui de considérer toujours les désirs de Worth avant les siens.

— Merci…

Elle lui rendit le verre et parvint à esquisser un sourire (réflexe destiné à éviter toute nouvelle attention de la part du jeune homme). Elle considérait sa timidité comme une faiblesse honteuse qu'il lui fallait combattre, une tare secrète dont personne ne devait soupçonner l'étendue. Elle adopta un ton léger, que démentait pourtant le tremblement de sa voix.

— C'est grâce à votre talent de vendeur que tout s'est bien passé. Jamais je n'aurais osé montrer un châle blanc alors qu'elle m'avait demandé une écharpe de couleur.

— C'est vous qui avez tout fait, dit-il avec fierté. C'est vous qui avez conclu la vente. La cliente vous a vue avec le châle et elle a cru qu'elle aurait la même allure que vous. Mais jamais en mille ans une seule femme ne pourrait le porter avec autant d'élégance.

À ce compliment excessif, Marie sentit le rose lui monter aux joues. Ses yeux se remirent à briller.

— Vous exagérez au-delà de toute raison, monsieur Worth.

Elle s'écarta du mur, releva les mains pour remettre de l'ordre dans sa coiffure, qui n'en avait nul besoin, et sa poitrine se gonfla sous la soie noire de sa guimpe.

— Jamais de ma vie je n'ai été plus sincère, assura le jeune homme à mi-voix.

La passion contenue de Worth devint soudain presque tangible dans la pièce exiguë. Marie comprit que, dans l'émotion du moment, il était sur le point de la prendre dans ses bras. Sans la moindre trace de coquetterie, elle recula d'un pas, hors de sa portée, et leva la main vers le rideau de velours pour regagner la boutique. Par-dessus son épaule, ses yeux de saphir s'attardèrent sur lui.

— Jamais je n'ai reçu un compliment plus touchant. Il signifie pour moi beaucoup plus que vous ne sauriez l'imaginer.

Et c'était la vérité, car il lui avait appris que son supplice intérieur demeurait toujours son secret. Elle avait affronté les regards les plus critiques qui se soient jamais posés sur elle, et même son camarade de travail n'avait pas remarqué à quel point défiler ainsi en public était pour elle une torture.

Les anneaux de cuivre glissèrent sur la tringle, et elle le laissa seul dans les ombres de la petite réserve. Quand il sortit à son tour, il savait qu'il était amoureux de Marie.

5

Pendant plusieurs semaines, Worth ne fit aucun progrès auprès de la jeune femme. La principale raison en était la timidité de Marie : elle était au supplice chaque fois qu'elle devait présenter aux clientes les châles, les pelisses et les manteaux. C'était devenu très vite une pratique quotidienne, car Worth s'était aperçu que rien ne faisait vendre un article plus vite que de le montrer sur les épaules de la jeune fille. Il s'était rendu compte qu'elle n'aimait pas présenter les modèles – cela ne s'était jamais fait, dans aucun secteur de la mode, et pour la clientèle c'était une innovation révolutionnaire – mais il était certain qu'avec le temps Marie s'habituerait à être admirée. Sa modestie ne faisait qu'aviver l'amour qu'il ressentait pour elle. Jamais il ne remarquait l'envie et la jalousie que trahissaient parfois les regards des autres femmes. Marie, de son côté, ne révélait jamais ses angoisses à son entourage autrement que par un battement de cils ou un frémissement de ses mains.

Un autre incident allait attirer sur elle l'attention de la clientèle. Elle avait besoin d'une nouvelle robe de travail, car, pour la Maison Gagelin comme pour elle-même, il était important qu'elle parût toujours à son avantage. Connaissant les compétences de Worth pour les étoffes de soie, elle lui demanda son avis sur le tissu à choisir. Il opta pour un tissu à côtes et elle fit confiance à son goût. Elle acheta la longueur nécessaire le jour même et l'apporta à la salle des couturières, où la robe serait confectionnée quand viendrait son tour.

Le lendemain était un dimanche et elle se rendit à la messe comme à l'accoutumée. Quand elle sortit, Worth l'attendait sous le porche, insensible au vent glacé qui relevait les basques de sa redingote. Il tenait un classeur sous le bras. Il souleva son chapeau. Elle était à la fois surprise et ravie de le voir.

— Monsieur Worth ! Que faites-vous ici ?

— Je vous attendais. Je voulais vous inviter à prendre un café avec moi. J'ai quelques esquisses à vous montrer. J'espère qu'elles vous intéresseront.

Elle était intriguée. Paris ne manquait pas de peintres du dimanche, mais elle ne se doutait pas que son camarade de rayon était l'un d'eux. Sur un coin de table, à l'intérieur d'un café où les dorures rivalisaient de vulgarité avec les miroirs biseautés, il commanda deux « crèmes ». Quand ils furent servis, il ouvrit son classeur. Il ne contenait que trois esquisses, sommaires mais précises : la même robe vue de devant, de dos et de profil.

— C'est le modèle que j'ai créé pour votre robe neuve, lui expliqua-t-il d'une voix tendue, car il détestait les critiques et il ignorait quelle serait la réaction de la jeune fille. Non seulement je crois qu'elle vous ira bien, mais elle donnera du relief aux châles et aux manteaux que vous présenterez.

Elle regarda, surprise. C'était une belle robe, simple de ligne, avec des fronces très élaborées qui faisaient l'effet d'un rayon de soleil sur le corsage. Un liséré discret de velours mettait en valeur le col haut et les poignets. Elle leva vers lui un regard radieux.

— C'est une robe magnifique. Quelle habileté vous avez ! Mais les couturières de Gagelin vont se perdre dans toutes ces fronces.

La louange de la jeune fille était sans réserve, et Worth sentit ses joues rougir de plaisir. Il oublia sa tension des instants précédents et se laissa aller à son enthousiasme, balayant d'un geste tous les doutes de Marie.

— Il n'y a aucun problème. J'ai appris à couper pendant mon apprentissage et je leur ferai un patron. Il leur suffira de le suivre dans le moindre détail et je contrôlerai les essayages moi-même.

— Les essayages ? s'écria-t-elle, non sans un certain embarras, Il n'y a jamais plus d'un essayage. C'est la règle.

— Oh ! mais il y en aura plusieurs pour ma robe. Il faut qu'elle soit parfaite. Vos épaules sont splendides, mais elles ne sont sûrement pas rigoureusement identiques. Les êtres humains n'ont pas de formes géométriques, or les couturières continuent de faire les robes symétriques.

— Oui, je crois que c'est vrai. Mais dites-moi, aviez-vous le modèle de ma robe en tête quand vous avez choisi la soie ?

— Il m'est venu à l'esprit quand j'ai palpé le tissu.

— Avez-vous fait d'autres maquettes ?

— Je dessine tout le temps.

Elle hésita un instant.

— Pourrais-je les voir ? Pas pour choisir un autre modèle, s'empressa-t-elle d'ajouter, parce qu'aucune robe ne pourrait m'aller mieux que celle que vous m'avez dessinée. Mais cela m'intéresse beaucoup.

Il saisit l'occasion au vol.

— Rencontrons-nous dimanche prochain, au même endroit, à la même heure. Je vous les montrerai et nous irons faire une promenade et déjeuner ensemble quelque part.

Elle accepta. Puis elle prit congé car elle avait rendez-vous avec des amies. Il lui fit un bout de conduite. Comme il aurait aimé ne pas la quitter ! Le lendemain matin, dès son arrivée à la boutique, il alla voir la couturière la plus expérimentée et lui expliqua le travail à faire sur la robe de Marie. Au début, elle ne dissimula pas ses doutes, mais elle se rendit compte très vite que le patron et les instructions du jeune Anglais chassaient toutes les objections. La robe serait prête pour un essayage dix jours plus tard.

Le dimanche suivant, son rendez-vous avec Marie devait être inoubliable. C'était la première fois qu'il montrait ses esquisses à quelqu'un. Il ouvrit le classeur et fixa le visage de la jeune fille. En passant d'un dessin à l'autre, elle poussait de petits cris d'enchantement. Quand elle eut terminé, elle se pencha en arrière, émerveillée par l'originalité et la grâce des robes qu'il avait dessinées.

— Je n'ai jamais rien vu de comparable, s'écria-t-elle. Si l'on pouvait les réaliser, elles charmeraient tous les regards.

Il sourit, referma son carton et noua les rubans.

— Je suis très heureux que mes modèles vous aient plu. S'ils prennent forme un jour – eux ou d'autres –, j'aimerais que vous soyez près de moi, pour porter les plus beaux.

Pour la première fois, il laissait entendre qu'il avait des intentions sérieuses à son égard. Elle rougit. Il n'ajouta pas un mot de plus sur l'avenir éventuel de leurs relations personnelles. Posant le coude sur le marbre de la table, il se mit à exposer ses idées et ses opinions sur la mode. Il expliqua à quel point il déplorait sa rigidité. Il fallait briser une fois pour toutes le carcan des impératifs en vigueur, et le grand épanouissement qui en résulterait mettrait en valeur la grâce et la féminité… Marie l'écoutait, sous le charme. Elle comprit qu'il possédait, dans ce domaine, l'étincelle du génie. Elle posa la main, très légèrement, sur son bras. Aussitôt il la recouvrit de sa paume et regarda Marie dans les yeux. Un lien très particulier venait de s'établir entre eux.

Ils quittèrent le café pour faire un tour sur le boulevard des Italiens, où ils se mêlèrent à la foule des badauds, et, après avoir déjeuné dans un petit restaurant, ils descendirent jusqu'au Jardin des plantes, où ils s'assirent sur un banc public. Il avait neigé un peu plus tôt dans la journée, mais le soleil s'était montré pour faire fondre la housse blanche des toits à nervures des serres. Dans l'air sec, raréfié, ils s'aperçurent qu'ils pouvaient parler ensemble avec une sorte de liberté qu'ils n'avaient jamais ressentie entre les murs de la Maison Gagelin. Pour la première fois, ils s'appelèrent par leurs prénoms et évoquèrent leur passé.

Elle se montra particulièrement compréhensive pour toutes les épreuves qu'il avait traversées au moment de la séparation de ses parents et de la perte de sa maison, car elle avait vécu des moments semblables. Elle lui raconta tout. Elle avait eu une enfance heureuse au coin d'une famille unie. Sa sœur aînée s'était « bien mariée », comme pouvait l'espérer une jeune fille du niveau social des Vernet, avec un architecte réputé. Mais ensuite, M. Vernet, qui était fermier des impôts, avait connu des revers de fortune. Ses difficultés financières signifiaient que, contrairement à tous leurs espoirs, leur fille cadette Marie devrait gagner sa vie. Marie n'insista pas sur tout ce que ce changement de situation avait représenté pour elle, mais Worth comprit à quel point son entrée dans le monde du commerce avait marqué de façon indélébile une adolescente timide, élevée dans la douceur d'un foyer heureux.

Le temps, ce dimanche-là, s'écoula beaucoup plus vite pour Worth et Marie. Puis il la raccompagna à l'entrée du personnel de la Maison Gagelin.

— J'ai passé une journée très agréable, lui dit-elle avec chaleur, tandis que de toutes ses fossettes elle souriait.

Elle lui tendit la main. S'armant d'audace, il pressa légèrement ses doigts à travers le cuir fin de son gant.

— Dites-moi que nous sortirons encore ensemble dimanche prochain.

Elle accepta.

Il regarda, le chapeau à la main, la silhouette menue de la jeune fille disparaître derrière les panneaux de verre cathédrale. Il n'aurait pas pu supporter un refus.

Le premier essayage de la robe eut lieu dans la salle de couture déserte, après la fermeture. La couturière avait tout laissé sur l'une des grandes tables. Marie enfila la robe et fit entrer Worth, qui attendait dans la pièce voisine. Elle était enchantée : elle se tourna d'un côté, puis de l'autre pour admirer son reflet dans le miroir, tandis que ses mains glissaient sur les minuscules plissés en éventail du corsage.

— Quelle élégance ! Oh ! je n'ai jamais vu une robe aussi…

Sa voix resta en suspens. Elle cessa de papillonner : Worth était furieux.

— Ces gourdes de couturières ont tout fait de travers !

Il n'avait pas obtenu la perfection qu'il désirait et il oubliait tout le reste.

— Regardez comment cette manche est montée !

Il l'arracha de l'emmanchure.

— Le col a au moins deux millimètres de biais, les pointes à l'arrière sont trop hautes, et le rentré de la taille est irrégulier.

Saisissant une paire de ciseaux, il se mit à découdre tout ce qui lui déplaisait.

— Non ! Je vous en prie, non ! s'écria Marie, en tentant de réunir les morceaux qui tombaient.

— Il faut rebâtir et refaufiler. Je vais le faire tout de suite.

D'autres coutures cédèrent. Les rentrés tombèrent, révélant le premier jupon.

— Je vous en supplie, arrêtez !

Sa voix était si désespérée qu'il s'interrompit. Il sursauta en se rendant compte qu'il avait dénudé une épaule. Marie, les mains crispées sur le devant de son corsage, tentait en vain de protéger les formes que révélaient le décolleté de sa chemise de dentelle. Il ne détourna pas poliment les yeux. Il la regarda. Elle était d'une beauté parfaite.

— Il faut deux secondes pour poser les épingles, dit-il. Je n'ai rien d'autre à enlever.

Il se mit au travail. Marie demeurait entièrement immobile, les paupières baissées ; ses joues passaient alternativement de la pâleur au rouge de la confusion. Comme il aurait aimé la prendre dans ses bras, presser ses lèvres contre le mystère de son cou tandis qu'il marquait, à l'arrière, la place des boutons et des brides. Dans son effort pour se dominer, quelques gouttes de sueur perlèrent à son front, et il était dans un tel état de nervosité que ses doigts effleurèrent la peau de la jeune fille lorsqu'il les fit glisser sous le tissu pour la protéger des épingles. Quand tout fut fini, elle leva la tête vers le miroir.

— Oui, dit-elle à mi-voix. La robe est beaucoup plus belle. Je vois maintenant pourquoi vous n'étiez pas satisfait.

Il quitta la pièce pour qu'elle se changeât.

L'essayage suivant se passa sans incident. Tout était parfait, en dehors d'une infime modification de la longueur d'un poignet. Le matin où Marie parut pour la première fois dans sa robe neuve, toutes les vendeuses se précipitèrent vers elle comme un essaim d'abeilles curieuses et se confondirent en compliments.

Elle rendit les louanges à qui les méritait :

— C'est M. Worth qui l'a dessinée. Il a du talent, n'est-ce pas ? C'est une robe vraiment remarquable. Je suis très fière de la porter. Et je suis heureuse que vous l'aimiez aussi…

Ce n'était que le début de la journée. Bientôt, les clientes commencèrent à poser des questions. Quelle était la couturière qui avait coupé la robe de la jeune vendeuse du rayon des châles ? La Maison Gagelin avait-elle ajouté un rayon de robes prêtes à porter à son assortiment de châles et de manteaux ? On demanda des renseignements à Marie elle-même, et plus d'une élégante fut déçue d'apprendre qu'elle n'avait aucun moyen d'obtenir ce modèle.

Les jours suivants, questions et commentaires continuèrent de plus belle. Autant Marie détestait présenter les châles, autant elle était fière de mettre en valeur le talent de son ami anglais – surtout dans la mesure où elle pouvait le faire dans le cadre de son travail quotidien, sans se livrer à des défilés qu'elle considérait comme une exhibition injustifiée de sa personne.

Worth, comprenant que se présentait enfin l'occasion qu'il attendait depuis toujours, alla proposer à son employeur de commercialiser l'intérêt que tout le monde semblait porter à la robe. Dans son enthousiasme, il fit observer à M. Gagelin et au nouvel associé de la maison, M. Obigez :

— Vous pourriez avoir en stock une collection de robes faites d'après mes maquettes, exactement comme vous offrez depuis toujours des manteaux prêts à porter. Vous pourriez d'abord les confectionner en mousseline, et les clientes choisiraient le tissu parmi les matériaux que vous vendez. Chaque jour, tout le personnel de la boutique doit répondre à des questions sur cette robe, et je suis sûr que les ventes seraient immédiates. En renforçant les ateliers de couture et en installant un rayon de robes, vous auriez le triple bénéfice de la vente en gros, de la vente au détail et de la façon des vêtements.

Il y eut un long silence : M. Gagelin essayait d'avaler l'affront que Worth venait de lui infliger, et sa colère éclata avec d'autant plus de violence.

— Vous voulez transformer cette maison distinguée en échope de couturière !

Il était scandalisé. La hiérarchie du commerce était aussi nettement définie que celle des classes sociales, et descendre d'un échelon risquait de faire fuir la clientèle noble.

— Je me permets de vous rappeler que la Maison Gagelin se flatte d'une longue tradition de raffinement et de bon goût. Je réponds « non » à votre proposition.

Il se souvint qu'il avait un associé et se tourna vers lui avec déférence :

— Vous êtes d'accord, monsieur, n'est-ce pas ?

M. Obigez n'était pas un homme d'imagination. S'il en avait été autrement, M. Gagelin ne l'aurait sûrement pas accepté comme associé.

— N'en parlons plus, conclut-il.

L'étroitesse d'esprit avec laquelle son idée avait été repoussée blessa Worth profondément. Marie tenta de le calmer et l'invita à la patience. MM. Gagelin et Obigez, lui dit-elle, ne pourraient pas résister éternellement à l'insistance des clientes.

Marie lui avait montré de mille innocentes façons qu'elle était consciente des sentiments qu'il éprouvait pour elle, bien qu'il n'eût pas encore osé les exprimer ouvertement. Ils passaient maintenant tous les dimanches ensemble, et par un bel après-midi de mai ils réservèrent deux places dans une voiture de louage pour une excursion au château de Versailles. Depuis les restaurations récentes, effectuées à l'initiative de Louis-Philippe, les galeries de peinture attiraient une foule nombreuse. Mais, d'un commun accord, Marie et Charles se dirigèrent vers les fontaines et les jardins. L'air était doux comme un éventail de plumes et leurs pas ne faisaient aucun bruit sur l'herbe rase.

Ils arrivèrent bientôt près d'un vieux banc de pierre aux pieds sculptés en forme de griffes, sous un dais de lilas en fleurs. Il la fit asseoir près de lui et lui prit les deux mains. Il entrelaça ses doigts avec ceux de Marie, les porta à ses lèvres et les baisa tour à tour. Quand il leva les yeux vers elle, elle lut tellement d'amour sur son visage, tellement de tendresse dans son regard, qu'elle devina les mots qu'il allait prononcer avant qu'ils ne franchissent ses lèvres.

— Je vous aime, Marie. De tout mon cœur. Et je n'aimerai jamais que vous.

Elle s'abandonna dans ses bras. C'était son premier baiser. Il éloigna ses lèvres mais ne relâcha pas son étreinte. Elle glissa les bras autour de son cou. Quand elle parla, sa voix semblait plus douce, comme voilée.

— Je vous aime, Charles. Ce jour est le plus beau de ma vie.

De nouveau il l'embrassa, mais lorsqu'il voulut prolonger ces moments délicieux un groupe d'enfants vint jouer à la balle dans le bosquet, et leur instant de solitude prit fin.

Ils se sourirent, puis, main dans la main, rebroussèrent chemin vers le château. Ils parcoururent toutes les galeries – mais sans voir autre chose qu'eux-mêmes. Tout le reste flottait comme dans un brouillard. Pendant le trajet de retour vers Paris, ils n'échangèrent que peu de mots mais leurs yeux disaient tout.

Ils ne pouvaient faire aucun projet. Elle le savait aussi bien que lui. Comme des milliers d'autres jeunes couples amoureux, les circonstances et les bas salaires interdisaient de parler mariage. Marie n'avait aucune ressource en dehors de ses gages et Worth ne pouvait entretenir une famille avec ce qu'il gagnait. Pendant des années peut-être, leur amour devrait demeurer dans les limbes. Leur consolation, c'était qu'à la différence de tant d'autres couples, ils avaient le privilège de travailler côte à côte chaque jour.

Une seule ombre ternissait les moments qu'ils passaient ensemble : malgré la meilleure volonté du monde, Marie ne parvenait pas à vaincre son horreur d'avoir à affronter le public. C'était le seul point sur lequel ils fussent en désaccord, et il leur arrivait même parfois de se quereller à ce sujet. Aux yeux de Worth, tout était simple : plus leur rayon ferait de ventes, plus vite son salaire augmenterait ; il pourrait alors épouser Marie. Il ne cessait d'avancer cet argument, et elle lui dissimulait le supplice que représentaient pour elle les défilés sans fin sur le tapis persan.

Il lui dessina une autre toilette pour le magasin, avec des empiècements à godets dans les volants de la jupe. Les clientes en tombèrent amoureuses au premier coup d'œil et exigèrent des robes du même style. Comme il était impossible de satisfaire leurs désirs, elles s'en plaignirent aux propriétaires du magasin – qui ne comprirent pas l'entêtement de ces dames du Tout-Paris à vouloir porter les mêmes toilettes qu'une petite vendeuse de leur magasin. Quelle mouche piquait soudain leurs meilleures clientes ? Sans aucun doute, M. Worth était en train d'apporter la révolution dans le régime depuis longtemps établi de la vénérable boutique.

Bien que Marie fût très fière de sa dernière robe, comme elle le serait de toutes celles qui lui succéderaient, elle n'oublia jamais la toute première que Worth lui avait dessinée. Elle représentait un secret qu'ils avaient été les seuls à partager, et il avait mis toute son âme dans ce premier modèle.

*

À la même époque, de nombreux changements survinrent dans la vie de Louise. Vers l'âge de quinze ans, elle fut soulagée de constater qu'elle ne grandirait plus. Elle était de taille supérieure à la moyenne, mais elle avait craint de devenir plus grande encore. Elle était devenue très belle : poitrine haute, taille fine et longue, jambes bien prises (que personne n'avait vues, en dehors d'elle-même). Son visage avait peu changé ; même Catherine, toujours indulgente en ce qui la concernait, n'aurait pu dire que ses traits étaient remarquables. Seuls ses yeux étonnaient. Ils passaient du brun doré à l'ambre clair selon l'éclairage ou son humeur, et ils étaient protégés par de longs cils noirs dont elle n'était pas peu fière. Ses cheveux raides, lourds, l'agaçaient car elle ne parvenait jamais à les friser comme le voulait la mode. Des années plus tôt, elle avait essayé de rivaliser avec les anglaises de Catherine, en enroulant des mèches autour de bouts de papier, mais le résultat avait été si ridicule qu'elle avait renoncé depuis longtemps.

Déjà, les hommes la regardaient. Pas seulement des garçons de son âge, mais des « messieurs » depuis leur voiture, et des gens ordinaires dans la rue. Elle connaissait trop la vie pour se faire des illusions sur ce que dissimulaient ces regards, mais parfois, pour s'amuser, quand un jeune homme du voisinage essayait d'engager la conversation, elle le regardait droit dans les yeux, tranquille et sûre d'elle, et c'était lui qui rougissait et se mettait à bredouiller.

Au cours des mois précédents, elle s'était présentée dans diverses maisons de couture, montrant des échantillons de son savoir-faire, mais elle n'était qu'une cousette parmi les milliers qui frappaient chaque jour à ces portes, définitivement fermées à toutes celles qui ne pouvaient faire la preuve d'un apprentissage dans les règles. Les établissements de second ordre avaient l'embarras du choix pour se fournir en petites mains, et en profitaient pour réduire les salaires. La plupart des ateliers n'étaient que des bagnes.

Louise savait qu'en dehors des grandes maisons, elle n'avait rien à apprendre. Elle gagnerait d'ailleurs moins qu'en travaillant à domicile, où elle pouvait faire des robes simples pour les femmes et les filles des marchands ambulants, des bateliers de la Seine et des petits artisans. Elle avait obtenu ses premières commandes par une méthode classique : son fil et son aiguille à la main, elle s'asseyait sur le seuil d'une porte ou au pied d'un étal, pour repriser ou retoucher un vêtement déchiré. Mais, bien entendu, elle n'était pas la seule : elle ne faisait que se joindre à la ronde sans fin des milliers de Parisiens en quête d'un moyen de survie.

Le déficit de la récolte de blé et la mauvaise conservation des pommes de terre de l'année précédente dans la majeure partie de l'Europe avaient fait monter en flèche le prix du pain et des autres aliments de base, et Louise devait souvent coudre toute une robe pour payer la moitié d'une miche. Le travail à façon que Catherine rapportait de chez Mme Camille n'était plus qu'un souvenir du passé, non seulement en raison du déclin général des affaires, mais aussi pour une raison plus directe : on avait découvert qu'une des couturières en profitait pour « passer en douce » des tissus qu'elle revendait. Le privilège du travail supplémentaire à emporter chez soi avait donc été aboli une fois pour toutes. Pour Louise, cela signifiait qu'elle n'aurait plus d'étoffes de belle qualité entre les mains, et cela la contrariait autant, sinon plus, que le reste.

L'été s'acheva sur une série d'affrontements entre certains groupes politiques et la gendarmerie, témoignages manifestes des remous révolutionnaires que suscitait la situation sans issue. Des affiches réclamant du travail, du pain et le suffrage universel étaient placardées sur les murs chaque nuit – pour être déchirées par les autorités dès l'aurore.

Catherine, qui s'intéressait pourtant à ces problèmes en temps normal, ne parut leur accorder qu'une attention distraite : elle venait de se lancer dans une nouvelle aventure amoureuse. C'était le premier homme qui eût compté pour elle depuis longtemps. Il approchait de la quarantaine, se nommait Jean-François Noiret et vendait de la passementerie pour le compte de ses patrons, qui fournissaient également des rubans, des plumes et divers articles de mercerie aux modistes et aux couturières, ainsi qu'aux clientes privées qui fréquentaient leur boutique. Un petit problème professionnel avait conduit Jean-François dans l'atelier de Mme Camille, et lorsque Catherine avait quitté son travail, ce soir-là, Jean-François l'attendait dans un fiacre pour la ramener chez elle. Jamais il ne renouvela le geste d'un retour en voiture, mais il avait fait la bonne impression nécessaire : la grisette, flattée, s'était laissé éblouir.

Grand et mince, il avait une mine de renard. Il n'était pas laid malgré ses traits taillés à coups de serpe et ses tempes creuses. Ses cheveux châtain clair étaient toujours bien coiffés et sa mâchoire s'ornait de larges favoris qu'il taillait avec soin. L'aisance de son allure et de sa démarche lui donnait un air affecté, et ses manières étaient doucereuses. Mais plus que toute autre chose, ce qui frappa Louise, ce fut son regard. Son air bon enfant ne parvenait pas à dissimuler une dureté que soulignaient ses lèvres épaisses. Elle redoutait de se trouver seule dans la même pièce que lui, car elle détestait la façon dont ses yeux la déshabillaient.

Mais Catherine, aveuglée par ses attentions, ne tarda pas à s'enticher de lui. En un rien de temps, elle fut prête à partager la vie d'un homme marié. Et elle était furieuse que Louise témoignât tant de réserve sur ce M. Noiret.

— Pour l'amour de Dieu, essaie de ne pas rester bouche cousue quand Jean-François viendra tout à l'heure, lui demanda-t-elle sèchement, tout en finissant d'arranger sa toilette devant le miroir. Je sais qu'aucun de mes amis ne t'a plu autant qu'Henri Berrichon, mais ce n'est pas une raison pour leur faire la tête.

— Vous n'avez rencontré personne qui vous convienne, répliqua Louise sur le même ton, car elle avait peur pour son amie. Ce Noiret ne me plaît pas parce qu'il ne vous entourera jamais d'affection comme Henri.

En voyant le visage de son amie s'assombrir, Louise regretta aussitôt ses paroles, mais il était trop tard pour réparer. Jean-François venait de frapper à la porte avec sa canne à pommeau d'argent, et Catherine vola à sa rencontre, sachant qu'il n'aimait pas qu'on le fît attendre.

Il prit Catherine dans ses bras – lui donner des caresses en présence d'une tierce personne ne le gênait nullement – puis lui demanda d'aller chercher son chapeau et son châle dans la chambre.

Il souleva sa canne entre deux doigts et la laissa se balancer ainsi un instant, sans quitter Louise des yeux.

— Comment va notre petite mignonne, ce soir ? Allons, allons… Ne me ferez-vous pas la grâce d'un sourire ?

Louise lui tourna le dos. La fausse politesse de cet homme la consternait.

Pendant plusieurs semaines, les prévenances de Noiret à l'égard de Catherine se poursuivirent. Il l'emmena au théâtre (aux places bon marché), dans des bals populaires et dans des cafés où il avait peu de chances d'être reconnu, mais ces dépenses devaient lui briser le cœur, car Catherine se vit bientôt refuser ces petites joies. Un jour, Louise remarqua sur les épaules de Catherine des bleus inexplicables, et elle ne put retenir ses larmes quand elle vit son amie perdre peu à peu sa vivacité et son éclat, tandis que son amour pour Jean-François se transformait en peur.

— Dites-lui de vous laisser tranquille, lui conseilla Louise d'un ton farouche. Ordonnez-lui de cesser de venir.

— Je ne peux pas !... murmura Catherine. Il se mettrait en colère, et je n'en ai pas envie.

— Vous voulez dire que vous n'osez pas ! s'écria Louise. Est-ce qu'il vous battrait ? Pire que cela ?... Qu'est-ce qu'il vous a donc fait pour que vous ayez peur de lui à ce point ?

— Que je ne t'entende jamais poser des questions pareilles ! répliqua Catherine en se réfugiant aussitôt dans son adage favori : Ta maman n'apprécierait pas que tu mettes ton nez dans les affaires des grandes personnes.

Louise lui prit les mains.

— Ma maman n'apprécierait pas plus que moi de vous voir dans cette situation.

Catherine s'écarta.

— Mais tout va bien, je te dis ! Tu te tracasses pour rien. Il s'en ira de lui-même un jour ou l'autre, tu verras. Tous mes hommes s'en vont, n'est-ce pas ? ajouta-t-elle d'une voix amère, en faisant claquer sa main sur la table pour souligner sa décision. Jusqu'à ce que Jean-François s'en aille, je tiens à avoir la paix. C'est la seule chose que je te demande. Ne lui donnons aucune occasion de se mettre en colère.

C'était donc à Louise de trouver un moyen de briser l'emprise que cet homme exerçait sur son amie, car Catherine ne s'y résoudrait jamais. Elle se pencha sur ce problème avec l'application têtue qu'elle consacrait à toutes les questions importantes.

La première démarche consistait à découvrir où Jean-François habitait, car il s'était toujours montré très discret à ce sujet. Elle se rendit rue de Rivoli, devant le magasin où il travaillait, et elle le suivit jusque chez lui. Il rentra en voiture, ce qui était surprenant pour un homme occupant un poste somme toute assez médiocre. La circulation était très dense et Louise put suivre les chevaux, en courant le long du trottoir. Elle repéra les grilles dans lesquelles la voiture s'engagea : celles d'une vaste demeure, d'un luxe considérable. Elle y retourna plusieurs fois pour observer les allées et venues.

Chaque fois que Noiret leur rendait visite, il ôtait ses vêtements d'extérieur avant d'entrer dans la chambre de Catherine, et chaque fois Louise déplaçait sa canne ou ses gants, dans l'espoir qu'il les oublierait. Il y pensait toujours. Puis, un soir, son écharpe de soie blanche glissa d'une poche de son manteau sans qu'il le remarquât, au moment où il l'accrochait à la patère. Louise se pencha sur son ouvrage, craignant à tout instant de le voir se baisser pour la ramasser. La chance était avec elle. Dès qu'il eut disparu dans la chambre, elle se précipita, prit l'écharpe et la dissimula. Puis elle sortit faire un tour en attendant qu'il parte. Elle ne voulait pas entendre les plaintes étouffées de Catherine à travers la cloison.

Le lendemain, elle rapporta l'écharpe au domicile de Noiret, en se présentant bien entendu à une heure où il était à son travail.

— Dites à Mme Noiret, je vous prie, que je désirerais lui remettre en main propre un objet appartenant à son mari, demanda-t-elle avec tout l'aplomb que lui donnait sa belle robe.

Le domestique la toisa de la tête aux pieds. Elle avait de l'allure, et ses bottines étaient cirées à miroir bien qu'elles eussent visiblement connu de meilleurs jours. Il jugea cependant préférable de ne pas la laisser entrer.

— Attendez ici, répondit-il sans s'engager.

Il revint quelques instants plus tard et accompagna la jeune fille auprès de Mme Noiret.

Louise avait surveillé la maison et savait qui elle allait voir. Les Noiret avaient cinq filles et deux fils âgés de moins de douze ans, une gouvernante, deux bonnes d'enfants, dix domestiques de maison et trois d'extérieur, sans compter le cocher, le palefrenier et le garçon d'écurie. Madame était en train de rédiger son courrier. Elle posa la plume et pivota sur son siège en un chuchotis de taffetas vert moiré. C'était une femme austère, à l'allure imposante. Un regard impérieux et aucun charme féminin. Louise était convaincue que Jean-François l'avait épousée pour son argent. Et son avarice démontrait que sa femme tenait les cordons de la bourse.

— N'est-ce point à mon mari ? dit-elle en montrant l'écharpe brodée d'un monogramme que Louise était en train de déplier. J'ignorais qu'il l'avait égarée. Je suppose que vous espérez une récompense ?

Ses yeux se baissèrent sur les bottines de la jeune fille, et ses sourcils se froncèrent, soupçonneux.

— Qui me dit que vous ne l'avez pas volée ? demanda-t-elle.

— Non, madame, je ne désire aucune récompense, répliqua Louise sans se démonter. Et je peux vous dire exactement où M. Noiret l'a perdue, et quand.

— Vraiment ?

— Chez la grisette dont je tiens la maison. J'ai trouvé l'écharpe sur le parquet, à l'endroit où elle était tombée. Je ne suis pas surprise qu'il ne l'ait pas remarquée : chaque fois qu'il vient, il ne s'intéresse qu'à sa maîtresse. Qui songerait à le lui reprocher ? C'est une femme si charmante…

Ses paroles restèrent en suspens dans le salon silencieux. Sur la cheminée, la pendule de Sèvres lança son carillon, qui parut résonner comme les cloches de Notre-Dame. Louise regarda, fascinée, une tache écarlate remonter de la gorge de Mme Noiret jusqu'à ses joues, où se produisit l'explosion finale de couleur. Son visage était décomposé.

— Où habitez-vous ?

— Rue Saint-Martin.

Louise déposa soigneusement l'écharpe sur le bras d'un divan.

— Il faut que je rentre, murmura-t-elle en esquissant une petite révérence pour prendre congé.

— Attendez !

Mme Noiret tendit sa main chargée de bagues, puis la laissa retomber sur ses genoux.

— Depuis combien de temps cette… euh… hum… est-elle en relation avec mon mari ?

Les yeux d'ambre de Louise demeurèrent fixes derrière ses cils noirs.

— Depuis octobre dernier. J'espère que, lui ayant rendu son bien, nous n'aurons plus l'occasion de le revoir.

Elle sortit de la maison et son pouls battit moins vite. Elle était presque sûre que Jean-François Noiret ne retournerait jamais à l'appartement de la rue Saint-Martin : sa femme y veillerait.

La soirée s'écoula sans un signe de lui. Louise remarqua que Catherine, ne se croyant pas observée, poussa un soupir de soulagement quand il fut manifeste qu'il ne passerait pas. Les semaines se succédèrent et, au bout d'un mois, Catherine reprit progressivement confiance et cessa de sursauter chaque fois qu'une marche de l'escalier se mettait à craquer.

Curieusement, elles ne discutèrent jamais de la disparition de Noiret. Louise, parce que moins elle en dirait mieux ce serait, et Catherine par crainte superstitieuse qu'en parlant du diable on le fît venir.

Catherine se hâtait de rentrer, un soir après son travail, et elle était déjà à quelques dizaines de mètres de chez elle, quand un homme bondit de l'ombre pour lui barrer l'entrée de l'impasse. Elle ne vit pas son visage mais elle le reconnut. Le gémissement étouffé qu'elle poussa parut se répercuter d'écho en écho contre la voûte de brique du porche où il l'avait attirée. Avant qu'elle ait le temps de crier son nom, un coup de poing la jeta au sol. Puis son agresseur la viola.

Louise, qui commençait à s'inquiéter du retard de Catherine, ouvrit la porte pour partir à sa recherche. Au clair de lune, elle aperçut une silhouette blottie sur les marches de l'escalier. La jeune femme avait les vêtements déchirés, son visage meurtri était presque méconnaissable.

Louise éclata en sanglots. Elle se pencha pour aider son amie à monter, et Catherine s'accrocha désespérément à son bras.

— C'était lui, parvint-elle à gémir à travers ses lèvres gonflées.

Elle n'avait pas besoin d'en dire plus. Louise s'accusa de tout. Jean-François avait dû croire Catherine responsable de l'incident de l'écharpe et il s'était vengé, dans le noir, sans prendre le risque d'être vu et dénoncé à son épouse une seconde fois.

Le lendemain, lorsque Catherine voulut se lever, la tête lui tourna et elle s'évanouit. De toute évidence, elle ne pourrait pas se rendre à son travail ce jour-là. Louise prit aussitôt sa cape et son châle.

— Je pars à votre place, dit-elle. Avec tout ce que vous m'avez enseigné, je me débrouillerai.

— C'est impossible ! s'écria Catherine. On te reconnaîtra. Tu gâcheras tout. Et on me mettra à la porte.

— De toute façon, c'est ce qui vous attend si vous ne vous présentez pas ce matin. Vous me l'avez dit cent fois. Alors autant essayer, non ? Souhaitez-moi bonne chance.

Quand Louise arriva dans la petite rue où se situait l'entrée des ouvrières, elle se trouva entourée soudain par tout un essaim de grisettes se rendant au travail. Elle expliqua la situation à deux camarades de Catherine, Berthe et Aude, qui passèrent le mot à tout l'atelier. C'était vraiment un cas où l'on se serrait les coudes. En général, les cousettes se livraient à une concurrence sans merci pour un meilleur salaire ou pour sauver leur place pendant la morte-saison, mais c'étaient des femmes de cœur qui se respectaient mutuellement, et Catherine était très appréciée de ses amies.

— Reste avec nous, dit Berthe à Louise. Du moment qu'il n'y a pas de chaise vide autour de la table, nous nous débrouillerons.

Louise s'était très souvent rendue jusqu'à la porte de l'atelier pour attendre Catherine, mais c'était la première fois qu'elle traversait la cour carrée et pénétrait dans le bâtiment lui-même. Baissant la tête, elle se glissa près de Berthe et d'Aude. Et, comme dans un rêve, elle vit les portes des ateliers s'ouvrir les unes après les autres – mais sur un tableau beaucoup moins pittoresque et romantique que dans son imagination. L'odeur des lampes à pétrole se mêlait à l'arôme étrangement acide du tissu neuf.

Elle traversa à la suite de Berthe la pièce où l'on coupait les patrons, puis la salle de repassage où déjà les fers chauffaient sur les fourneaux, la salle de coupe – avec une sorte d'appentis extérieur où l'on affûtait les ciseaux sur une meule de grès –, la salle des emballages, pleine de cartons, et elle atteignit enfin le royaume des couturières. Comme dans tous les autres ateliers, chaque salle de couture possédait une vaste table occupant le centre de la pièce. C'était le point central de toutes les activités. Ces tables étaient peintes en blanc comme les murs, pour qu'aucune poussière ne puisse tomber sur les étoffes précieuses. Après avoir fait la queue pour recevoir le travail de Catherine, Louise se glissa sur sa chaise entre Berthe et Aude, devant la grande table.

— Enfile ton aiguille et mets-toi à l'ouvrage, lui conseilla Aude. Rester une seconde les mains vides ne fait pas bon effet, surtout aujourd'hui, où il y a du travail par-dessus la tête.

On lui avait remis sept largeurs de taffetas moiré à bouillonner pour une ceinture large. Le secret consistait à piquer de façon absolument régulière. Elle n'avait aucune crainte sur ses capacités de couturière, mais la splendeur du tissu l'émerveilla. Et tandis qu'elle passait son dé, elle surprit le regard d'encouragement de toutes les autres cousettes de la table. Puis toutes les têtes se penchèrent sur les ouvrages. La contremaîtresse, Mme Rousseau, décourageait les bavardages. C'était une femme sèche, énergique, au teint pâle, les cheveux teints en roux. Louise l'avait entrevue dans la salle des brodeuses. Lorsqu'elle n'était pas dans la pièce, comme c'était le cas, les cousettes s'en donnaient à cœur joie. Louise s'étonna de voir qu'autour de la table elles travaillaient toutes sur des tissus de la même couleur ou presque. Elle le fit remarquer à Berthe.

— Tout le monde coud des tissus sombres. Pas du tout ce à quoi je m'attendais.

Berthe fit sauter un faux fil avec la pointe de ses ciseaux.

— La Cour est encore en deuil de la sœur du roi. Elle n'est morte que depuis deux mois, et pendant quelque temps encore les nouvelles robes de toutes les dames seront dans ces nuances. Si le roi Louis-Philippe était mort, nous serions dans des océans de noir jusqu'au cou pour au moins un an. Il paraît qu'aucune couturière ne peut plus trouver un seul mètre de violet ou de gris à Paris ces temps-ci. Tout le monde s'est jeté dessus.

Peu après, Louise entrevit une des vendeuses qui servaient la clientèle dans les salons d'essayage – une jeune femme à l'air prétentieux qui vint, de fort mauvaise humeur, chercher une robe dont elle avait fait modifier les manches. Berthe donna un coup de coude à Louise tandis que la vendeuse s'éloignait.

— Avec l'autre garce du salon, elle fait bien la paire ! Descendre à l'atelier est indigne de ces demoiselles ! Elles voudraient qu'on leur apporte les toilettes sur les cintres de la cabine d'essayage !

— J'aimerais voir l'un de ces salons. Catherine m'a dit qu'il y a des quantités de portemanteaux garnis de robes splendides.

— Ce n'est pas le jour ! Moins tu bougeras de ta chaise, et moins tu auras de chances de te faire repérer.

C'était un conseil que Louise avait l'intention de suivre. Elle avait pris la précaution de remonter ses cheveux sous le bonnet de Catherine, et cela contribuait à la faire passer incognito au milieu des autres, coiffées de la même façon. Elle connut quelques instants d'angoisse quand la « première », qui semblait passer son temps à aller et venir entre les ateliers et les salons de l'étage, entra dans la pièce. C'était une femme au regard inquiet, au nez et au menton aussi pointus que les épingles piquées sur le petit coussin de velours fixé à son poignet. Un centimètre pendait autour de son cou et ses ciseaux se balançaient au bout d'une châtelaine. Elle voulait savoir quelle cousette était responsable des retouches de la robe de deuil en foulard noir d'une de ses clientes. Elle prit Louise au hasard, associant probablement à Catherine la place qu'elle occupait autour de la table.

— C'était vous ?

Louise se hâta de secouer la tête, sans lever les yeux, et, à son grand soulagement, une grisette se dénonça à l'autre bout de la table. Le danger était écarté. Le tintement d'une clochette appela tout le monde au réfectoire. Les jeunes femmes s'installèrent autour de longues tables et mangèrent la nourriture qu'elles avaient apportée. Certaines firent réchauffer sur le fourneau de la soupe ou du café. Louise eut l'impression que toutes les employées de Mme Camille, jusqu'à la dernière, étaient dans le secret, car de tout côté les têtes se tournaient vers elle. Les jeunes gloussaient parfois de rire. Vingt minutes plus tard, elles avaient toutes repris le travail.

Entre cinq et six heures, nouvel arrêt, mais plus court. Autrement, seules des absences de quelques instants étaient tolérées – à peine le temps d'aller jusqu'aux toilettes, dans la cour, et d'en revenir. Louise avait peur de s'y rendre, car, dès qu'elle s'éloignait de l'essaim bourdonnant d'activité, les risques de se faire prendre augmentaient. Elle parvint pourtant à passer inaperçue. Près de la porte d'une réserve, elle entrevit Mme Camille qui se faisait présenter une pièce de tissu. Louise fut très déçue : la grande couturière était vêtue avec beaucoup de discrétion. Rien de remarquable dans sa toilette, contrairement à ce qu'attendait Louise d'une prêtresse de la mode.

De retour à sa table, elle acheva son ouvrage et le jugea satisfaisant. Elle était sûre que la ceinture se dégagerait de la taille exactement comme il était indiqué, lorsqu'on la monterait avec le corsage sur lequel Aude travaillait. Berthe, remarquant que Louise avait terminé, fit signe à la femme qui répartissait le travail. Celle-ci apporta aussitôt cinq largeurs du même taffetas pour faire des ruchés sur la jupe et Louise se remit au travail. Elle se prit de pitié pour la femme qui mettrait cette robe : avec les nombreux jupons raidis par les crinolines, elle aurait un poids considérable à porter – sans parler des manches qui limiteraient tous ses mouvements, car leur forme ne permettait pas de lever les bras au-delà d'un certain angle. Décorative et passive dans son rôle d'objet féminin, ne participant ni à la politique ni aux affaires, entièrement dépendante d'une femme de chambre pour lacer son corset ou défaire une simple agrafe de sa robe, elle ne suscitait même pas l'envie de la jeune fille qui cousait sa jupe de taffetas ! De l'avis de Louise, une vie sans un travail intéressant à accomplir – créer de beaux vêtements par exemple – n'en valait pas la peine.

Louise avait toujours eu des opinions tranchées et Catherine, fière de son éducation de fille des Halles, l'encourageait à les exprimer. En fait, Catherine n'était faible qu'avec les hommes, mais Louise était résolue à ne jamais tomber dans le même travers. Elle pensait toujours à Worth avec une tendresse nostalgique, certaine d'avoir entrevu en lui le visage le plus doux de l'amour. Si elle avait la chance de connaître de nouveau un sentiment semblable, elle s'y abandonnerait – mais il n'était pas question d'accepter la domination d'un homme, avec toutes les inquiétudes et les souffrances que cela impliquait. En toute chose, et surtout dans les affaires de cœur, elle garderait son indépendance.

— Mademoiselle Allard ! Ces ruchés ne sont pas terminés ?

Louise sursauta. Elle s'était laissé entraîner par sa rêverie. Mme Rousseau s'approchait, les yeux baissés sur sa liste.

— Presque, murmura Louise en se tassant sur sa chaise tandis que Berthe et deux ou trois autres grisettes se penchaient pour la masquer.

— Vous êtes bien lente aujourd'hui. Pourquoi ce retard ?

Louise se figea. Le claquement de talons se rapprocha. Un petit cri de stupéfaction, puis le bonnet arraché d'une main preste libéra les cheveux noirs qui se déroulèrent comme un écheveau de soie. Lentement, Louise leva la tête.

— D'où sortez-vous ? cria la contremaîtresse. Depuis quand êtes-vous ici ? Qui êtes-vous ?

Louise expliqua que Catherine avait été agressée, sans préciser davantage… L'enquête se poursuivit dans le bureau de Mme Rousseau, où la « première » se fit présenter le travail de Louise. Elle ne trouva rien à redire.

— Je ne sais qui mérite le plus grand blâme : Mlle Allard ou vous…, commença la contremaîtresse.

— C'est moi. Elle ne voulait pas que je vienne, mais j'espérais éviter qu'elle ne perde son emploi.

— Jamais je n'ai renvoyé une couturière absente pour maladie. Bien sûr, je suis obligée de suspendre son salaire pendant la durée de son absence. Mais être agressée ! Mlle Allard sait très bien qu'il en va autrement. Elle a commis une faute très grave. Mme Camille exige de ses employées une conduite digne. Elles doivent veiller sur elles en toutes circonstances, éviter les rixes de rues et les manifestations politiques, qui sont particulièrement dangereuses en ce moment.

Ses petits yeux scrutèrent le visage de Louise, comme pour y lire la vérité.

— Me donnez-vous votre parole que l'agression dont a été victime Mlle Allard n'était pas le résultat d'une provocation de sa part ?

Louise n'eut pas besoin de mentir.

— Absolument.

— Dans ce cas, je ne prendrai aucune mesure disciplinaire. Pour cette fois…

Le silence se prolongea.

— Quel âge avez-vous ? dit-elle enfin.

— Presque seize ans.

— Vous êtes bien jeune pour posséder les compétences dont vous avez fait preuve aujourd'hui. C'est Mlle Allard qui vous a formée ? Elle mérite toutes mes félicitations.

— Merci, madame.

Elle bomba le torse.

— Mme Camille m'engagerait-elle comme apprentie sur la qualité de mon travail ? Je n'ai pas d'argent…

— C'est hors de question.

La déception se peignit sur les traits de la jeune fille.

— Mais il y a peut-être une autre solution, ajouta la contremaîtresse. Vous savez ce qu'est une petite main ?

— Oui. Une couturière qui exécute des travaux simples à la fin de son apprentissage.

— C'est cela. Je crois que vous êtes arrivée à ce niveau.

Mme Rousseau prit une plume, la trempa dans l'encrier et se mit à écrire sur une feuille qu'elle avait sortie d'un tiroir.

— Étant donné vos qualités, je crois justifié de faire pour vous une petite entorse. Rappelez-moi votre nom.

Elle l'inscrivit.

— Vous direz à Mlle Allard que je lui accorde une autre journée de repos pour se rétablir. Sans salaire, bien entendu. Quand elle reprendra son travail après-demain matin, qu'elle vous ramène avec elle.

Louise courut tout le long du chemin. La petite lanterne de Catherine bringuebalait joyeusement dans son poing serré. Mais, bientôt, elle s'aperçut que la ville était prise de fièvre. Quelque chose de grave se préparait. Plusieurs fois, elle dut contourner des groupes qui se dirigeaient vers des points de rassemblement. Les voix semblaient enrouées à force de discuter. Elle entendit crier « Vive la réforme ! » et, en passant au bout d'une rue, elle reconnut « La Marseillaise » chantée à pleine voix – l'hymne républicain était interdit sous peine de prison. Quand elle parvint, saine et sauve, à sa porte, Catherine la prit dans ses bras, soulagée.

— Dieu merci, te voilà ! Des voisines m'ont dit que le gouvernement a interdit le rassemblement prévu demain. Dieu sait ce qui va se passer.

Mais Louise apportait de grandes nouvelles et Catherine insista pour ouvrir une bouteille de vin. Elles levèrent leur verre à l'avenir de Louise, et à celui de la France.

— Que notre pays connaisse de nouveau la gloire des grands moments de l'Empire, dit Catherine en se tournant vers le drapeau tricolore épinglé au mur. Vive Bonaparte ! Vive le prince Louis-Napoléon ! Que son exil s'achève vite, et que tout ce qui se passera dans les jours qui viennent hâte son retour. Sans que le sang soit versé…, ajouta-t-elle en portant le vin à ses lèvres.

Le lendemain soir, trente personnes tombèrent sous les balles de la garde nationale, au cours d'une échauffourée dans les quartiers Est de Paris. Toute la journée avait été agitée. Les manifestants avaient renversé des omnibus, allumé des feux de joie avec des bancs publics, et brisé des fenêtres.

Le matin suivant, à l'heure où Louise aurait dû partir avec Catherine pour sa première journée de travail chez Mme Camille, la ville était en état de révolte armée. Aucune femme ne pouvait s'aventurer dans les rues. À quelques dizaines de mètres de leur logement, comme un peu partout dans Paris, on arrachait les pavés pour dresser des barricades. Un drapeau rouge volait au vent, en signe de défi. Des immeubles publics étaient la proie des flammes, une fumée épaisse étendait un linceul gris au-dessus de la capitale.

Le 24 février, le roi Louis-Philippe et la reine s'enfuyaient honteusement de Paris, dans une voiture de louage.

À Paris, les pillages se poursuivirent. L'une des belles fenêtres du palais des Tuileries vola en éclats quand on lança le trône royal dans la rue – avant d'aller le brûler sur la place de la Bastille. Un gouvernement provisoire se constitua et proclama la République.

Dès qu'elles purent sortir de nouveau sans risquer leur vie, Catherine et Louise se frayèrent un chemin à travers les décombres, détournant les yeux des flaques de sang sur les pavés. Quand elles arrivèrent devant les ateliers de Mme Camille, la grille était fermée. En même temps que les autres grisettes accablées, elles lurent :

25 février 1848. Madame Camille a le regret d'informer son personnel qu'étant donné l'état actuel d'insécurité l'établissement restera fermé jusqu'à nouvel ordre.

Louise ne dissimula pas sa déception. Elle saisit les barreaux de la grille et se mit à les secouer, avec sur le visage une telle expression de rage que Catherine n'osa pas l'arrêter.

— Il faudra bien que Mme Camille ouvre ses portes un jour ou l'autre, dit-elle. Les monarchies et les républiques passent, mais les femmes auront toujours envie de robes.

Louise repartit d'un pas vif dans la direction d'où elles étaient venues, la tête haute et le dos très droit. Par moments, Catherine avait l'impression de ne pas connaître cette jeune fille forte et ambitieuse. Depuis le début, elle savait qu'elle avait pris sous son aile une individualiste à la volonté de fer. Elle espérait seulement que Louise ne passerait pas à côté des douceurs de la vie à force de vouloir s'imposer une ligne de conduite trop dure.

Mme Camille n'était pas la seule à avoir fermé boutique. La Bourse s'était effondrée, les banques avaient été prises d'assaut et l'on avait suspendu les paiements. Les étrangers, toujours en grand nombre dans la capitale des plaisirs, s'étaient envolés. De nouveaux troubles s'annonçant, ils se gardèrent bien de revenir, et plusieurs hôtels fermèrent leurs portes. Grâce au peu d'argent qu'elles avaient mis de côté et à quelques objets troqués contre de la nourriture, Catherine et Louise parvinrent à survivre, mais comme des milliers de leurs pareilles elles furent bientôt sans ressources, et incapables de payer leur loyer.

Au bout de quelques semaines, Mme Camille ouvrit de nouveau ses ateliers, mais avec un personnel si réduit que même Catherine ne retrouva pas sa place.

En mai, d'autres violences se produisirent. La Deuxième République avait accordé des droits et des libertés, mais n'était pas capable de fournir les emplois que tant de citoyens réclamaient à cor et à cri. Fin juin, cent mille hommes affamés se soulevèrent, réclamant une révolution vengeresse, et de nouveau Paris subit la mitraille, les incendies et les barricades. Le gouvernement fit intervenir l'armée. Les soldats arrivèrent par la route et par l'unique voie ferrée – la ligne de Saint-Germain. Pendant trois jours, la bataille fit rage, sans pitié ni d'un côté, ni de l'autre. Le nombre de morts s'éleva à plusieurs milliers. Catherine et Louise aidèrent à soigner les blessés qui se traînaient autour des barricades. Elles prièrent au chevet des mourants, souvent sans pouvoir trouver, pour donner les derniers sacrements, un des prêtres qui dispensaient leurs secours sans relâche au milieu de la confusion.

Les séquelles de l'insurrection valurent aux citoyens de Paris des heures encore plus sombres. Les banqueroutes se succédaient, les magasins fermaient leurs portes faute de clientèle, les voitures élégantes étaient de plus en plus rares dans les rues. Les dames s'accommodaient des robes qu'elles possédaient déjà, et les couturières ne faisaient guère que des retouches, ou bien raccourcissaient les ourlets de trois ou quatre doigts pour dissimuler l'usure.

Mais, en dépit de tout, certains avaient encore de l'argent et ne craignaient pas de le dépenser, et la Maison Gagelin, dont la situation financière était solide, avait traversé la tempête sans encombre, comme la plupart des autres affaires bien établies. Worth et Marie ne pouvaient escompter aucune amélioration de leur situation financière tant que la crise générale ne serait pas surmontée – ils n'étaient que trop heureux d'avoir conservé leur emploi alors que tant d'autres mendiaient dans les rues.

Ni Catherine ni Louise ne travaillaient. Au début, elles étaient parvenues à gagner quelques petites sommes en allant de porte en porte proposer leurs talents de couturières, mais il y avait tant d'autres femmes dans la même situation que cette ressource fut bientôt tarie. Une nuit, elles descendirent toutes leurs affaires sur une charrette à bras empruntée, pour éviter une saisie pour le loyer impayé. Elles prirent une petite chambre dans un taudis de la place Maubert, près du marché à pain, et la misère de leur nouveau logis rappela à Louise les conditions dans lesquelles elle vivait quand sa mère était morte.

Mais cette fois, elle était plus âgée et n'avait plus peur. Elle revint dans les quartiers de son enfance et appliqua ses ruses d'autrefois pour arracher quelques légumes ou quelques fruits sur les chars à bancs qui passaient.

Partout dans la ville, sur tous les bâtiments et les monuments importants, des mains pleines d'espoir avaient barbouillé la devise *Liberté, Égalité, Fraternité*, mais la famine et la misère démentaient ces beaux idéaux. Chaque fois que la faim lui permettait de penser à autre chose, Louise cherchait sur les murs d'autres slogans, qui parlaient des élections toutes proches, ainsi que les affiches invitant à voter pour Louis-Napoléon – dont le nom, aux yeux des milliers de citoyens admis à voter pour la première fois, symbolisait le retour au pouvoir d'un Bonaparte.

Souvent, Louise ne pouvait ni mendier, ni voler. En désespoir de cause, elle se joignait à la foule des pauvres qui s'amassaient près du marché au pain, où des soldats en armes protégeaient les étalages des boulangers. Avec un peu plus d'audace et d'astuce que les autres, on pouvait parfois se saisir d'un quignon et partir à toutes jambes. Mais c'était un très gros risque, et Louise ne racontait jamais à Catherine d'où provenait son butin. Elle détestait rentrer les mains vides (cela ne lui arrivait que trop souvent) et elle était toujours soulagée quand Catherine réussissait à obtenir un peu d'argent d'une « œuvre de charité » : pendant quelques jours, il y aurait sur la table de la nourriture honnêtement acquise.

Plus tard, beaucoup plus tard, Louise découvrit la vérité sur cette « œuvre de charité » : Catherine, pour la première fois de sa vie, avait accepté les avances d'hommes qu'elle ne connaissait pas… Cette expérience devait laisser des traces profondes sur la grisette. Tout le côté sentimental et joyeux du tempérament de Catherine, le respect qu'elle avait d'elle-même, en furent irréparablement atteints. Le 10 décembre, le prince Louis-Napoléon fut élu, au suffrage universel, président de la République française. À la première occasion, Catherine et Louise allèrent le voir défiler, triomphant, à travers Paris. Le résultat des élections n'avait pas suscité l'enthousiasme dans la capitale, et Louis-Napoléon croyait nécessaire de se montrer au peuple. Ne voulant pas se présenter sans une preuve matérielle de sa loyauté bonapartiste, Louise ramassa quelques boutons de roses d'hiver en passant devant le jardin désert d'une demeure vide, et ôta soigneusement toutes les épines des tiges. Serrée contre Catherine, elle attendit, au premier rang de la foule, tout près du palais de l'Élysée devenu la résidence officielle du nouveau président. C'était une journée fraîche et ensoleillée.

Louise avait trouvé un peu de travail à façon pour la femme d'un commerçant et elle était d'excellente humeur, pleine d'optimisme. Le pincement d'un petit vent d'hiver mettait des couleurs à ses joues.

Les tambours d'une fanfare militaire annoncèrent l'arrivée du prince-président. Les membres les plus âgés de la foule se souvenaient des grands défilés du passé, mais pour Louise et des milliers d'autres badauds c'était le tout premier. Sur l'ordre du prince-président, pour éviter que les émeutiers ne dressent des barricades avec les pavés, la rue du Faubourg-Saint-Honoré avait été revêtue de macadam. L'escorte arriva, des cuirassiers fringants, à perte de vue. Le soleil faisait étinceler les crêtes de cuivre surmontant les casques de métal blanc dont les longs panaches de crin noir flottaient au vent. Au petit trot, dans un grincement de harnais et un tintement d'armes, ils défilèrent, taches d'écarlate et de bleu. Leurs culottes blanches et leurs bottes noires se détachaient sur le gris pommelé de leurs chevaux, tous identiques.

La foule se pressa, enthousiaste, et les badauds du premier rang furent projetés presque sous les sabots de la cavalerie. Louise, inquiète de se retrouver à quelques centimètres des chevaux, fit un bond en arrière et au même instant, le gant blanc d'un jeune officier lui arracha des mains son bouquet de roses. Prise au dépourvu, elle demeura bouche bée. Son regard croisa celui du cuirassier penché juste au-dessus d'elle. Elle vit le visage à la mâchoire ferme d'un jeune homme élégant, svelte, hâlé par les intempéries, et des yeux gris-vert qui s'animaient d'un rire narquois.

— Des fleurs pour moi ? lança-t-il. Toujours à votre service…

Elle suivit des yeux, impuissante, le bouquet de roses qui s'éloignait, porté en triomphe par le jeune officier, qui continua de la regarder en souriant par-dessus son épaule. Il se redressa sur ses étriers une dernière fois, puis tourna ses regards vers l'avant de l'escorte, bien droit sur sa selle, avant de disparaître dans un tonnerre de sabots, tandis que d'autres escadrons de cavalerie passaient devant elle. Les queues des chevaux tournoyaient comme de longues guirlandes de soie.

Quelle audace ! se dit-elle. Elle se retourna et secoua nerveusement la manche de Catherine pour attirer son attention. Les vivats de la foule se firent plus intenses. L'homme que tout le monde était venu saluer s'avançait…

— Vous avez vu ce qui est arrivé à mes fleurs ? s'écria Louise outrée, ne sachant trop si elle devait en rire ou s'en indigner.

Mais Catherine n'écoutait pas. Elle allait voir enfin de ses yeux ce Bonaparte dont elle avait si longtemps espéré la venue au pouvoir.

— Le voilà ! cria-t-elle à pleine gorge. Vive le président !

Monté sur un magnifique étalon noisette ramené de son séjour en Angleterre, très droit dans son uniforme immaculé dont les épaulettes d'or dansaient à chaque pas, le prince-président Louis-Napoléon était un homme aux jambes courtes mais au buste long ; il avait le front haut, un grand nez, des moustaches et une pointe effilées, dont le bout était durci à la cire. Quand il montait, il regardait droit devant lui, sans se départir de son air altier, comme si ses efforts pour rétablir le prestige de la France étaient un combat physique dans lequel il se lançait à corps perdu. Il n'était pas particulièrement impressionnant, mais il était auréolé de la mystique des Bonaparte, et il émanait de lui une sorte de flamme.

Louise se joignit aux vivats et cria avec la foule jusqu'à ce qu'il ait disparu au milieu des acclamations de Paris. Elle était convaincue que le calme du prince-président dissimulait une volonté de réussir aussi acharnée que la sienne. Elle lui souhaita bonne chance.

Le même soir, le lieutenant Pierre de Gand du 6e Cuirassier repassa rue du Faubourg-Saint-Honoré après son tour de garde et s'arrêta à l'endroit où il avait arraché le bouquet de roses à des mains qui ne voulaient pas le lui abandonner. Il avançait d'un pas nonchalant. La redingote à laquelle était fixé l'un des boutons de rose était jetée négligemment sur ses larges épaules, pardessus sa tenue de soirée. Sa bouche, d'habitude vive et mobile, toujours prête à sourire, était anormalement sérieuse, comme s'il comprenait la futilité de la recherche qu'il avait entreprise. Mais son menton creusé d'une fossette se releva d'un air résolu, tandis qu'il parcourait la rue du regard dans l'espoir improbable d'apercevoir de nouveau la jeune fille au bouquet.

Qui était-ce ? Confectionnait-elle des bonnets chez une mercière ? Vendait-elle du pain dans une boulangerie ? Était-elle cousette, boutiquière ? C'était bien la première fois, depuis l'époque où il était cadet, qu'il songeait à se lier à une jolie grisette. Mais cette fille possédait un charme qui l'avait touché.

Il y avait quelques passantes dans la rue, mais aucune silhouette semblable à celle de l'inconnue. Et pourquoi serait-elle revenue ? Comment aurait-elle pu deviner qu'elle avait fait une très forte impression sur lui et qu'il avait eu envie de la revoir ? Quelle folie ! Un fiacre passait, il le héla et donna l'adresse d'une femme mariée dont il consolait de temps en temps les solitudes.

Mais avant que les chevaux n'aient pris leur élan, il se ravisa et lança une autre adresse au cocher. De toute façon, d'autres bras que ceux de la mystérieuse jeune fille ne pourraient pas l'émouvoir ce soir-là. Mieux valait s'en tenir à la compagnie de ses amis officiers qui faisaient bombance dans l'arrière-salle du Grand Café…

Les semaines passèrent et peu à peu l'influence du prince-président sur l'économie se fit sentir. Les hôtels ouvrirent de nouveau leurs portes. Les boutiques baissèrent leurs volets chaque matin. Ici et là, une couche de peinture fraîche lançait une note de couleur optimiste. Rien n'était facile, il ne fallait rien précipiter, mais les étrangers revenaient, à l'affût, comme autrefois, de beaux articles et de menus plaisirs. Le commerce se mit à revivre, de nouveau Mme Camille engagea un essaim de cousettes – y compris une jeune petite main nommée Louise Vernet, recommandée par la contremaîtresse au moment des troubles.

Catherine, ravie de retrouver le travail qu'elle aimait, chantonnait à mi-voix en cousant au milieu de ses amies. À une table semblable, dans une salle voisine, Louise tirait l'aiguille sur des ouvrages moins délicats. Elle songeait parfois au cuirassier impudent qui s'était emparé de fleurs destinées à un président. Si leurs chemins se croisaient de nouveau…

Un sourire joua sur ses lèvres. Rien à voir avec le souvenir du beau cavalier ; elle était heureuse de vivre : ses compétences dépassaient largement le travail qu'on lui confiait ; bientôt elle travaillerait à la même table que Catherine et elle prouverait à Mme Camille qu'elle était la meilleure couturière de Paris.

6

Comme elle l'avait espéré, Louise ne travailla qu'un temps relativement court à des ouvrages faciles. À dix-sept ans, après un bref passage à la table de Catherine, elle entra dans la salle des brodeuses, où l'on remarqua la perfection de ses points. Elle décorait de tous les motifs classiques les toilettes de bal et les robes de jour, les capes de noce et les longues traînes, les poignets, les voilettes…

Louise et Catherine avaient quitté le taudis de la place Maubert. Elles occupaient un logement semblable à ceux qu'elles avaient partagés autrefois, car les gages de Louise n'avaient amélioré que médiocrement leur niveau de vie. Les fluctuations saisonnières du métier interdisaient toute extravagance, mais Louise pouvait acheter des souliers neufs chaque fois qu'elle en avait besoin et elle espérait bien ne jamais être obligée de porter de nouveau des chaussures de rebut.

Depuis le jour de son engagement chez Mme Camille, Louise avait essayé de mémoriser tout ce qui pouvait l'aider dans sa carrière. Les grisettes, par tradition, se transmettaient mutuellement tout ce que leur expérience leur avait permis d'acquérir. Catherine lui avait déjà appris toutes les ficelles du métier – par exemple, utiliser un peu de sa propre salive pour effacer sur un tissu la tache de sang venant d'un doigt piqué – mais Louise glanait beaucoup de savoir-faire auprès de ses autres camarades de travail. Elle apprenait sans cesse de nouvelles techniques. Et, depuis quelque temps, le coupeur de Mme Camille lui donnait des leçons à ses moments perdus sur la réalisation d'un patron et la coupe des tissus. Il se nommait Will Russell et, comme Charles Worth, il était anglais.

Sa présence à la table de coupe était une innovation. Les coupeurs hommes n'étaient pas rares, mais dans les ateliers des couturières on estimait que la coupe du vêtement n'était pas essentielle, et Mme Camille avait toujours préféré des coupeuses, persuadée que les mains de femmes dessinaient des lignes plus féminines. Cependant, le milieu de la mode ne perd jamais de vue ce qui se passe dans le monde de la politique et des affaires. Mme Camille avait pris conscience d'une évolution des tendances vers des lignes d'une élégance nouvelle, qui exprimaient en un sens les revendications des Françaises au lendemain de la révolution de 1848.

C'était avec ces idées de renouveau en tête qu'elle avait décidé d'engager un coupeur anglais pour interpréter ses maquettes, car tout le monde savait que les meilleurs tailleurs du monde se trouvaient de l'autre côté de la Manche. Elle espérait introduire un peu de cette compétence britannique dans la confection de ses robes, et elle était tombée sur Will Russell, qui possédait une grande expérience des ateliers de coupe et travaillait déjà à Paris, chez Ebeling, le célèbre tailleur de la Cour.

— Je tiens à vous préciser, dit-il à Mme Camille dans un français excellent, que j'ai l'intention de rentrer en Angleterre dans quelques mois.

— Cela ne posera pas de problème, répondit la couturière, qui savait à quel point les goûts évoluent vite.

Si elle hésitait à l'engager, c'était pour une tout autre raison : elle craignait l'effet que produirait une présence masculine sur son personnel féminin.

Avec ses cheveux blonds rebelles et sa tête toujours dressée avec arrogance sur un cou de taureau, Will Russell était à vingt-sept ans l'image même de l'homme sûr de son charme. Oui, les cousettes n'auraient qu'à se tenir sur leurs gardes. Toutes celles qui se laisseraient aller à la moindre distraction au détriment de leur travail prendraient aussitôt la porte.

— Très bien, monsieur Russell, dit-elle. Vous resterez chez moi jusqu'à votre retour en Angleterre.

Quand il s'installa dans la salle de coupe, Will Russell balaya tout le bric-à-brac accumulé par les deux coupeuses de la maison, reléguées à la table de couture. Il se débarrassa de toutes les boîtes et de tous les sacs à papier inutiles. Il rallongea les deux grandes tables et installa des étagères à casiers pour les pièces de tissu à couper, ce qui simplifia les manipulations et protégea tous les matériaux fragiles. Il augmenta la luminosité des lampes à pétrole en leur ajoutant des réflecteurs de sa fabrication, car il était inventeur à ses heures.

Dès le début, il avait clairement établi que la salle de coupe était son domaine exclusif, et il faisait volontiers bande à part. Il était fort satisfait d'avoir au réfectoire une petite table séparée où il prenait ses repas à l'écart des grisettes, mais il était toujours très aimable avec elles, et il se rendait compte, beaucoup plus qu'elles ne l'imaginaient, du trouble que provoquait sa présence au milieu d'une telle concentration féminine.

Il était particulièrement courtois à l'égard de Mme Rousseau, ce qui surprit fort les cousettes, qui la jugeaient très prétentieuse alors que son allure était tout à fait quelconque. Quelques jours après son arrivée à l'atelier, il l'avait surprise par hasard, saisie d'un brusque malaise avant d'avoir pu atteindre la porte de son bureau. Elle s'était adossée au mur, le visage crispé de douleur, incapable de faire un pas. Il l'avait aidée, comprenant qu'elle luttait contre une maladie dont elle ne voulait faire l'aveu à personne.

Chaque fois que Mme Camille descendait lui parler dans l'atelier, il la traitait d'égal à égal. Les grisettes qui s'affairaient autour des tables n'en croyaient pas leurs oreilles. Quand il était persuadé d'avoir raison sur une question de travail, il ne cédait jamais et Mme Camille, la « patronne » devant qui tout le monde tremblait, s'inclinait. On avait l'impression qu'elle oubliait soudain son âge et sa position, elle semblait nerveuse et le rose lui montait aux joues.

— Je manipule les tissus comme les chevaux ou les femmes, l'entendit-on lui dire un jour.

Ces paroles arrogantes firent aussitôt le tour des tables. Presque sans exception, les grisettes l'adoraient, bien que certaines eussent un peu peur de lui. La plupart s'étaient entichées de l'Anglais, mais même les plus hardies, qui n'hésitaient pas à faire voleter leurs jupons à son passage, n'obtinrent rien de plus qu'un sourire appréciateur et parfois un regard qui s'attardait, mais pour se refermer aussitôt comme un claquement de porte. Les commérages allaient bon train. Avait-il une femme que personne ne connaissait ? N'entretenait-il pas une maîtresse, comme de nombreux étrangers pendant leur séjour ?

Will Russell était venu à Paris pour se perfectionner dans son métier, non pour se lancer dans des aventures avec les grisettes de Mme Camille. Mais aucun jeune homme ne pouvait rester longtemps seul dans une ville qui offrait tant à tous ceux qui n'avaient pas les poches entièrement vides. Il ne vivait pas en ermite, mais il se gardait bien d'accepter les invitations muettes que les cousettes ne cessaient de lui adresser.

Son père, originaire de Portsmouth, était un capitaine au long cours, et sa mère était galloise. Quand elle prenait la mer avec son mari, comme la plupart des femmes de marin à l'époque, il passait ses vacances scolaires avec son grand-père et ses oncles dans une vaste ferme d'élevage du nord du Pays de Galles. C'était de ce côté de la famille qu'il tenait sa voix grave chantante et ses yeux gris acier. Parfois il se sentait davantage gallois qu'anglais et, de même que le prince-président Louis-Napoléon avait pris au cours de son éducation à Augsbourg un accent allemand qu'il ne perdrait jamais, Will Russell conserverait toute sa vie ses intonations galloises.

Il était entré par hasard dans le milieu du textile, parce qu'il s'était intéressé à la vente de la laine des moutons de son grand-père. Il avait souvent accompagné des charrois de balles de laine jusqu'à l'usine de Bradford, non loin du collège où il avait subi les contraintes de l'éducation anglaise classique : discipline aussi sévère que celle d'une prison, châtiments corporels pour la moindre incartade, et le régime alimentaire le plus écœurant que l'on puisse imaginer.

On n'avait accordé aucune attention à son goût pour la mécanique et tout ce qui touchait à l'industrie. À la mort de son père, comme ses parents étaient des inconnus lointains dont il entendait parler rarement et qu'il voyait moins souvent encore, il quitta la pension et partit à pied à Bradford, vers les métiers à tisser mécaniques qu'il avait vu grincer et cliqueter tant de fois. Il avait quinze ans. Il trouva du travail. Bientôt, il s'occupa de l'entretien des machines et effectua toutes sortes de petites réparations, qui développèrent son ingéniosité et son don d'invention.

La même entreprise possédait un secteur de confection pour hommes. La coupe se faisait à l'usine même et la couture était donnée à façon. Doté d'une grande vivacité d'esprit et prenant de plus en plus d'autorité avec l'âge, Will se lança dans cette voie. Comme il voulait toujours savoir le pourquoi et le comment des choses, il apprit à couper, car c'était la clé du métier qu'il avait choisi. Il avait toujours conçu et fabriqué des outils et des accessoires pour faciliter son travail, et il déposait chaque fois des brevets. Ce fut une navette de conception nouvelle qui lui permit de quitter l'usine et de partir en France pour approfondir ses connaissances.

La première fois que Louise entendit l'accent chantant gallois de Will, elle crut qu'il était aussi nouveau venu en France que Worth lors de leur première rencontre, mais elle comprit vite son erreur quand elle l'entendit jurer comme un vieux batelier des quais de la Seine. Elle adorait imiter son accent cocasse, pour la plus grande joie des autres grisettes de sa table. Mais un jour, elles avalèrent toutes leurs rires. Le coupeur, bras croisés, écoutait depuis le pas de la porte. Ses cheveux couleur de paille, dans un joyeux désordre, semblaient contredire son regard furieux. Sa chemise de travail, trempée de sueur, collait à ses épaules. Louise posa son ouvrage sur la table des brodeuses et ne baissa pas les yeux.

— Oh ! Monsieur Russell ! s'écria-t-elle, le sourire aux lèvres. Je n'avais pas remarqué que vous étiez là.

Il brandit vers elle un index menaçant.

— Quand vous parlerez anglais mieux que je ne parle français, vous aurez le droit de vous moquer de moi, mais pas avant.

C'était compter sans la vivacité d'esprit de Louise et son sens de la repartie. Elle se tourna vers lui d'un air effronté, faisant appel aux quelques mots d'anglais que Worth lui avait appris.

— *You may teach me, yes ?*

Durant une seconde ou deux, il resta interdit, aussi surpris par l'impudence de la jeune fille que par les quelques mots d'anglais sortis de ses lèvres. Puis une lueur amusée dansa dans son regard.

— Oui, je vous donnerai des leçons, mademoiselle Je-ne-sais-qui. Et vous ne pouviez tomber sur un meilleur maître. Mais peut-être allez-vous le regretter, car je ne tolérerai que des résultats excellents.

Il éclata de rire, passa la main dans ses cheveux bouclés et retourna dans la salle de coupe. Toutes les grisettes se mirent à caqueter. Mme Rousseau surgit aussitôt, pour rétablir l'ordre. Peu après, Will Russell se mit à chanter une vieille ballade populaire anglaise, ce qui lui arrivait de temps en temps, mais Mme Rousseau le fit taire également. Mme Camille croyait que le silence était indispensable pour assurer un travail de qualité.

Dès lors, jamais Will Russell ne vit Louise ou ne passa près d'elle sans lui adresser quelques mots en anglais, sur son travail, sur la situation ou sur le temps, pour la familiariser avec de nouvelles expressions, et pour l'habituer à la sonorité et au rythme de la langue. Elle acheta chez un bouquiniste une grammaire et un dictionnaire, et elle apprit par cœur les répliques qu'elle lui dirait. Il la corrigeait sans pitié.

Peu à peu, elle enrichit les bases de la langue qu'elle avait apprises avec Worth. Son oreille précise et sa bonne mémoire surmontèrent presque toutes les difficultés. Sans que ni l'un ni l'autre n'en aient conscience, Will laissa sur elle une empreinte profonde, et le reste de sa vie Louise devait parler anglais avec dans la voix des intonations chantantes et douces, comme si elle l'avait appris dans les montagnes galloises.

Après quelques mois autour de la table à broder, Louise se rendit compte qu'une seule chose lui manquait encore pour que ses talents de couturière fussent complets : savoir couper un patron. Des années auparavant, Catherine lui avait appris à réaliser des patrons d'après n'importe quel dessin de robe. Mais même Catherine, si habile qu'elle fût, n'avait pas le talent de créer l'élégance que Will Russell sculptait avec ses ciseaux. Les grisettes n'étaient pas toutes du même avis sur son travail. Plus d'une regrettait de voir des robes coupées avec la sévérité d'une tenue de chasse, malgré toutes les fanfreluches dont Mme Camille les surchargeait. Beaucoup d'autres, dont Louise, appréciaient la rigueur de ses lignes et son habileté à adapter les patrons aux mesures de chaque cliente. Or, c'était justement cela que Louise désirait acquérir. Il accéda à sa requête.

— Oui. Très bien, dit-il en hochant la tête d'un air songeur. Vous viendrez un quart d'heure plus tôt chaque matin. Et je vous consacrerai un peu de temps pendant la pause de midi.

Elle se montra aussi brillante dans la salle de coupe que pour l'anglais. Mme Rousseau ferma les yeux : pour autant que les leçons n'empiétaient pas sur le temps dû à Mme Camille, tout était pour le mieux à ses yeux. Elle considérait Louise comme sa protégée, mais pendant combien de temps pourrait-elle continuer à encourager la jeune fille ? Sa maladie était incurable et les souffrances ne lui laissaient aucun répit.

Louise s'était habituée aux taquineries des grisettes à propos des leçons de Will, et certaines avaient la dent dure. Mais elle travaillait auprès du jeune Anglais sans se rendre compte de l'effet qu'elle faisait sur lui. Quand elle songeait à un homme, ses pensées revenaient toujours à Worth, qu'elle avait aimé, ou bien au visage impossible à oublier du cuirassier, qui était apparu à plusieurs reprises dans ses rêves de façon troublante.

Par contraste, le visage de Will semblait aussi rocailleux et impersonnel que les montagnes galloises dont il parlait parfois à Louise. Mais, s'il arrivait à la jeune fille de surprendre dans les yeux du coupeur un regard laissant soupçonner qu'il l'avait distinguée entre toutes les autres, elle lui répondait avec l'arrogance que justifient la jeunesse et la beauté, en femme habituée à être admirée par les hommes. Et comme il faisait figure de personnage énigmatique aux yeux de tout le monde, l'idée d'être plus proche de lui que les autres cousettes de l'atelier la flattait.

Elle était la seule à qui Will ait parlé de la machine à coudre qu'il avait mise au point. L'une des raisons de son séjour en France était justement d'étudier sur place la machine conçue par M. Thimonnier, et Will croyait que son aiguille courbe permettait des coutures plus plates. Elle avait discuté de ces machines avec lui, sans en avoir jamais vu une seule, et ce que le jeune Anglais avait répondu pour leur défense lui avait fait une forte impression, bien qu'à son avis on ne pourrait jamais les utiliser pour les robes de qualité.

— Toutes les filles de Mme Camille se trémoussent devant lui comme si elles avaient passé leur vie enfermées dans un couvent, dit-elle à Catherine un jour. Jamais je ne ferai une chose pareille. Pour aucun homme.

— C'est la moitié de ce qui l'attire en toi, murmura Catherine entre ses dents.

Elle avait remarqué la façon dont Will regardait parfois Louise, et la petite rusée avait dû s'en apercevoir elle aussi.

— Que voulez-vous dire ?

— Rien, répliqua Catherine dans un soupir.

Jadis, elle aurait pu s'enticher de Will Russell comme les autres, mais elle avait changé et elle le savait. À ses yeux, ce qui comptait le plus chez un homme, c'était sa douceur. Certes, Will s'était montré très gentil à l'égard de Louise – mais tous les hommes se mettent en quatre pour complaire à une jeune beauté, alors que les femmes ordinaires sont presque toujours délaissées.

Bientôt, Mme Rousseau annonça qu'elle prenait sa retraite. Son visage était devenu ascétique. La plupart des ouvrières regrettèrent de la voir partir, et, après avoir goûté à l'autorité de sa remplaçante, les autres l'auraient accueillie à bras ouverts si elle était revenue. Mlle Annette Deneuve, la nouvelle contremaîtresse, était un véritable dragon. Elle mit son nez partout et réorganisa les tables de façon à séparer les bavardes et les vieilles amies. Elle rouvrit les bouches d'aération malgré les protestations des grisettes, d'autant plus sensibles aux courants d'air dans le dos qu'elles restaient des heures dans la même position. Elle mit à la porte deux brodeuses dès la première semaine, sous prétexte qu'elles lui tenaient tête. Et elle lança contre Will Russell une guerre sans merci. Elle tenta d'exercer son autorité sur lui comme sur toutes les ouvrières, mais il refusa de modifier sa méthode de travail. Lorsqu'elle voulut réorganiser la salle de coupe, il la mit à la porte de son domaine. Elle répliqua en faisant enlever l'une de ses lampes, prétendant qu'on en avait besoin ailleurs. Il la remplaça par celle du couloir qu'elle empruntait pour se rendre dans son bureau. Elle dut se résigner à en faire sortir une du magasin. Elle se mit à critiquer systématiquement son travail, bien qu'il coupât toujours avec la même perfection.

Louise fut la première victime de ce conflit. Elle reçut l'ordre de quitter la salle de coupe, et de ne jamais y reparaître – selon l'ancien règlement de ségrégation absolue entre les sexes, que Mme Rousseau avait osé transgresser en sa faveur. La formation de Louise était arrivée au point où il aurait fallu demander à la contremaîtresse l'autorisation de tracer un patron entier d'après l'une des maquettes de Mme Camille, et de couper la robe sous la supervision de Will. Annette

Deneuve refusa. Louise tapa du pied, mais la mise à la porte des deux brodeuses avait servi d'avertissement pour tout le monde, et elle dut se résigner. Chose curieuse, Catherine ne lui témoigna en la circonstance aucune sympathie particulière.

— Tu as appris ce que tu voulais apprendre. Pourquoi monter sur tes grands chevaux ?

— Ce n'est pas la question, répliqua Louise en arpentant leur chambre. Je voulais prouver que je pouvais le faire sans erreur. C'était important pour moi.

Catherine, qui se reposait, les pantoufles appuyées sur une chaise basse, releva le coussin qui glissait derrière ses épaules.

— C'est aussi bien comme ça. Si tu étais restée plus longtemps avec Will Russell, il t'aurait sûrement appris autre chose que la coupe…

Louise, vexée, lança le menton en avant.

— Je n'ai besoin de personne pour veiller sur moi !

Louise ne dormit pas de la nuit, et le matin venu elle décida de présenter une requête spéciale à Mlle Deneuve. Si la contremaîtresse était mise au courant des faits, elle ne pourrait pas refuser. Dès que la journée de travail fut bien lancée, Louise alla frapper à la porte du bureau. Mlle Deneuve lui ordonna d'entrer, puis, sans lever les yeux vers elle, désigna du bout de son crayon l'endroit où elle désirait que la jeune fille se tînt.

— Oui ?

Louise s'expliqua devant le crâne baissé de la contremaîtresse. Elle ne demandait qu'une chose : l'occasion de montrer qu'elle était devenue une coupeuse qualifiée. Elle attendit une réponse. Elle vint, après un regard fugitif.

— M. Russell est payé pour couper des robes, non pour céder aux caprices d'une ouvrière qui cherche à prendre sa place.

— Ce n'est pas du tout le cas, répliqua Louise en rougissant. M. Russell le sait, et Mme Rousseau m'avait encouragée dans cette voie. Si vous vouliez permettre…

La plume de la contremaîtresse continua de gratter le papier.

— Vous avez le choix : ou bien vous retournez à votre table de broderie à l'instant même, ou bien vous réunissez vos affaires et vous quittez cet établissement sans espoir de retour.

Louise ravala sa fierté et quitta la pièce. Indignée par l'attitude de la contremaîtresse, elle s'arrêta à la porte de la salle de coupe, sans se soucier de cette nouvelle infraction au règlement.

— Mlle Deneuve m'a refusé l'autorisation de couper un modèle, annonça-t-elle à Will. Elle n'a rien voulu entendre.

— Vraiment ? Ne vous en faites pas…

Il s'avança vers elle et appuya son épaule contre le chambranle de la porte. Son visage se détendit en un sourire rassurant.

— Savez-vous ce que l'on dit en anglais ? Il y a plus d'une façon de tuer un chat que l'on ne parvient pas à noyer.

Elle ne put retenir un petit rire amusé.

— Que voulez-vous dire ?

Il n'eut pas le temps de le lui expliquer. Depuis la porte du bureau, au fond du couloir, la voix sèche de la contremaîtresse les rappela à l'ordre.

— Mademoiselle Vernet ! Pourquoi êtes-vous en train de flâner ? Vous connaissez le règlement, non ? Vous désirez un deuxième avertissement ? Monsieur Russell ! Retournez à votre travail.

Louise s'enfuit d'un bond dans la salle des brodeuses, et saisit son ouvrage sans prêter l'oreille aux questions de ses voisines, qui tendaient le cou vers la salle de coupe.

Will n'avait pas quitté le pas de la porte. Des talons claquèrent sur le parquet, Mlle Deneuve s'arrêta en face de lui, lèvres pincées, tremblante de colère.

— Êtes-vous aussi sourd qu'insolent ?

À cette apostrophe, les paupières du jeune Anglais se plissèrent légèrement, et, sans modifier son expression, il se mit à fredonner. La colère de Mlle Deneuve monta. Elle se mit à l'insulter, l'accusa de paresse, et le menaça de la porte.

Il fit comme s'il n'entendait pas et étouffa la tirade de la contremaîtresse en chantant l'une de ses vieilles ballades habituelles, en haussant progressivement la voix. Il retourna vers sa table, sans un regard pour Mlle Deneuve. Hors d'elle, la contremaîtresse s'élança à sa suite, échappant aux regards de Louise. Mais les cousettes qui assistèrent à la scène la lui décrivirent : Mlle Deneuve, le visage convulsé, avait bondi vers lui en brandissant les poings. Puis, retrouvant soudain son calme, elle s'était précipitée hors de la salle de coupe en claquant la porte.

À partir de ce jour-là, Louise devint la tête de Turc de Mlle Deneuve. Tout se passait comme si, après avoir été humiliée par Will, Mlle Deneuve n'osait plus entrer en conflit ouvert avec lui et cherchait un souffre-douleur sur qui passer sa fureur. Avec Will, elle se gardait de perdre son calme, mais avec Louise, cause indirecte de son humiliation, elle pouvait se laisser aller à toutes les sautes d'humeur sans craindre le moindre murmure. Louise bouillonnait intérieurement, grinçait des dents, mais ne relevait jamais les yeux de sa broderie. Certains soirs, elle rentrait à la maison blême de dépit.

— J'ai déjà rencontré ce genre de créature ! lui dit Catherine pour la consoler. Les femmes jalouses essaient toujours de rabaisser les qualités de leurs rivales.

— Et pourquoi serait-elle jalouse de moi ? lui lança Louise.

— Si tu ne le sais pas, ce n'est pas moi qui te l'apprendrai.

Quelques jours plus tard, Louise cessa de songer aux brimades de Mlle Deneuve. À son arrivée chez Mme Camille, Will l'avait rattrapée près des grilles pour lui dire qu'elle pourrait revenir couper le soir, après le départ de toutes les ouvrières, lorsqu'il restait seul pour préparer le travail du lendemain. Elle pouvait choisir la date qui lui conviendrait le mieux…

Elle était ravie mais elle n'en dit rien à Catherine, qui aurait sûrement soulevé des objections.

L'occasion se présenta un soir où Catherine devait dîner avec un de ses galants. Louise suivit le sentier du cimetière des pauvres, où elle avait moins de risques d'être vue, déposa un petit bouquet de fleurs sur la tombe de sa mère comme elle le faisait chaque fois qu'elle passait là, puis sauta le mur en montant sur une grosse caisse de bois que Will avait cachée dans l'herbe. De l'autre côté du mur, une autre caisse l'attendait, dissimulée à la vue du concierge par un renfoncement de l'immeuble. Elle descendit sans difficulté dans la cour. Deux coups brefs frappés aux volets de la salle de coupe, puis quelques pas rapides vers la porte de l'atelier : Will tourna la clé et la fit entrer.

— Quelle aventure ! s'écria-t-elle, les joues en feu.

Dans le couloir, elle esquissa une révérence impudente devant le bureau fermé de Mlle Deneuve, puis elle s'élança dans la salle de coupe.

Sur l'une des deux tables était étalé le velours écarlate que Will était en train de couper.

— Par quoi dois-je commencer ?

— Par le commencement, bien sûr. Prenez le modèle suivant quel qu'il soit, sur le tas de patrons, et mettez-vous au travail.

— Toute seule ?

— N'est-ce pas pour cela que vous êtes ici ?

Elle prit la première maquette sur l'étagère. C'était une robe de voyage en soie grise dont le corsage près du corps à col montant était orné de brandebourgs et de boutons fantaisie. Les manches se terminaient par des poignets étroits et la jupe avait de nombreux volants. Elle fronça les sourcils. Le modèle n'était pas facile, mais ne comportait aucun élément qu'elle n'ait pas réalisé auparavant.

Tandis que Will se remettait à son travail, elle s'installa devant la longue table qu'il lui avait réservée. Elle traça le patron d'après la maquette et en fonction des mesures indiquées. Ils n'échangèrent pas un mot.

Elle était sûre de chacun de ses gestes, mais extrêmement tendue. Il n'y avait pas besoin de patron pour la jupe elle-même, constituée par six longueurs de tissu coupées en pleine largeur et froncées à la taille. Mais tous les éléments du corsage et des manches exigeaient un dessin très précis. Quand elle eut terminé, elle sourit.

— Voilà. Le patron est fini, annonça-t-elle avec fierté.

Du dos de la main, elle releva une mèche de cheveux tombée sur son front en sueur. Il faisait une chaleur étouffante dans la pièce. Les volets massifs étaient clos pour éviter que le concierge aperçût Louise, et les bouches d'aération ne donnaient pas assez d'air pour dissiper la chaleur des lampes à pétrole. Elle avait déboutonné le haut de son corsage, révélant la longue courbe de son cou. Elle ne s'était pas rendu compte que Will s'était retourné à plusieurs reprises vers elle pour contempler, lorsqu'elle se penchait sur son travail, le mouvement souple de ses seins, dans l'échancrure de la robe. Il était comme ébloui par sa présence parfumée. À plusieurs reprises déjà, quand elle passait tout près de lui, il avait ressenti le même élan, mais jamais comme ce soir-là, où il se trouvait pour la première fois seul avec elle.

— Félicitations, murmura-t-il distraitement, l'esprit occupé par la personne de Louise davantage que par son travail. Vous avez terminé dans un temps excellent. Mais ce n'est que la première phase.

Elle ferma les yeux et fit glisser les doigts le long de son cou à la recherche d'un peu de fraîcheur.

— Je vais boire un verre d'eau avant de reprendre.

— Il en reste toujours dans les seaux de la cuisine. Vous avez besoin d'une lampe ?

— Non. Je connais le chemin par cœur.

De retour à sa table, elle déroula la pièce de soie grise prévue pour la robe de voyage. Will ne l'aida pas à la coucher en place, mais elle ne s'attendait nullement à ce qu'il le fît – sans se douter de ses raisons. En fait, il voulait éviter le moindre contact avec elle. Il avait l'impression qu'à chaque mouvement de la jeune fille, la pièce se chargeait d'électricité. De temps en temps, elle poussait un petit soupir tandis que ses ciseaux glissaient sur l'étoffe douce. Quant à lui, il ne pensait plus qu'à une chose : l'entendre soupirer ainsi dans ses bras. Qu'elle finît ou non de couper tout le patron ce soir-là, il se jura de ne pas la laisser revenir seule dans sa salle de coupe. La tentation était trop forte.

— Louise…

Elle était tellement concentrée sur son travail qu'elle sursauta.

— Oui ?

Il avait fini de couper son modèle et il déroulait une pièce de lainage bleu marine.

— Je couperai les longueurs de jupe à votre place demain. C'est un travail que n'importe quel marchand drapier pourrait faire. Vous n'avez pas envie de rester plus longtemps que nécessaire, n'est-ce pas ?

— C'est très aimable de votre part.

Elle posa ses ciseaux et fit un pas vers la porte.

— Je crois que je vais jeter un coup d'œil à la pendule.

— Voulez-vous rapporter un autre casier en même temps ? Nous en aurons besoin pour la robe de voyage quand vous aurez fini de la couper.

Elle laissa la porte entrebâillée pour qu'un filet de lumière guidât ses pas jusqu'à la pendule placée au-dessus de la porte du bureau. Il était moins tard qu'elle ne l'avait craint et, puisque Will l'avait dispensée de couper les longueurs de jupe, elle terminerait le reste avant que Catherine ne rentre à la maison. Elle prit un des casiers vides, garnis de lustrine comme une bonbonnière pour protéger les tissus. Elle le posa au bout de la table de coupe et se remit au travail.

Quand Will eut terminé tout ce qu'il avait l'intention de faire ce soir-là, il plia dans un casier la dernière robe qu'il avait coupée et ôta tous les bouts de chiffon de sa table pour que tout fût net le lendemain matin. Enfin, il balaya le parquet. Louise, absorbée par sa robe, se déplaçait machinalement quand elle sentait le balai près de ses bottines. Enfin, elle coupa le dernier volant et releva la tête. Elle avait complètement perdu le sens du temps. Elle posa une main au creux de ses reins et cambra son dos fatigué.

— Il est plus de minuit, dit-il.

Il éteignit toutes les lampes, sauf une.

— Je vous ai mis en retard, s'excusa-t-elle.

— Non. Au contraire. En général je travaille jusqu'à une ou deux heures du matin. Je vais vous raccompagner chez vous. Ne rangez rien. Je couperai les longueurs de jupe demain en arrivant.

Épuisée mais transportée de joie par ce qu'elle avait fait, elle s'avança vers lui en souriant, pour le remercier. Elle n'en eut pas le temps. Déjà, il la prenait dans ses bras et l'embrassait sur les lèvres, avec une violence qui les laissa tous les deux à bout de souffle.

Ils se séparèrent. Elle le regarda, comme un somnambule éveillé en sursaut. Sa main se porta machinalement à sa bouche, comme pour s'assurer qu'elle n'avait pas rêvé. De nouveau il tendit les bras vers elle et, comme si elle devinait qu'il l'enlacerait avec plus de douceur, elle ne s'éloigna pas ; elle n'essaya pas non plus d'éviter le bras qui s'enroulait autour de sa taille. Il posa la main tendrement sur sa joue, et du bout du pouce lui releva le menton.

Cette fois, les lèvres de Louise répondirent à son appel, et elle s'abandonna à son étreinte. Elle enfouit ses doigts dans les boucles de sa nuque.

Ni l'un ni l'autre n'entendit le cliquetis du trousseau de clés, lorsque le concierge ouvrit les grilles, mais un courant d'air fit grincer la porte entrebâillée de la salle de coupe à l'instant où quelqu'un pénétra dans les bâtiments. Pendant une seconde, ils ne réagirent pas.

— Il ne faut pas qu'on me découvre ici ! murmura Louise, affolée.

Il saisit une chaise et la coinça sous le loquet de la porte.

— Vite ! La fenêtre !

Louise saisit son bonnet et son châle, oubliant ses gants. Il les ramassa et les lui glissa dans la main avant d'ouvrir les volets extérieurs, qui claquèrent contre le mur. Sans effort, il la souleva dans ses bras et la déposa dans la cour. Elle le saisit un instant par la manche pour retrouver son équilibre, puis elle disparut dans le noir. Il n'eut que le temps de refermer la fenêtre ; déjà Annette Deneuve secouait la porte bloquée.

— Monsieur Russell. Ouvrez cette porte !

Il prit tout son temps pour ôter la chaise.

— Vous vous sentez nerveux, le soir, tout seul dans l'atelier vide ? demanda-t-elle d'un ton ironique. C'est pour cela que vous vous barricadez ?

Il haussa les épaules et se tourna vers la table de Louise, où il se mit à plier les pièces de soie grise.

— Je n'aime pas les visites imprévues, répondit-il d'un ton léger.

Elle rougit légèrement et parcourut la pièce d'un regard soupçonneux.

— Les volets étaient clos quand je suis passée dans la cour il y a deux minutes. Pourquoi les avez-vous ouverts à une heure aussi tardive ?

— Pour prendre un brin d'air, mademoiselle.

Elle avança d'un pas vif, ouvrit la fenêtre, regarda dehors pendant quelques instants, puis referma à grand bruit. Elle se retourna et son regard inquisiteur remarqua le désordre de la table de coupe où les ciseaux n'avaient pas été refermés, précaution de sécurité qu'aucun tailleur de métier n'oubliait jamais. Surtout, la coupe sur le rouleau n'était pas aussi franche que d'habitude, et à la quantité qui restait il était manifeste que la jupe n'était pas encore coupée.

— Vous étiez seul ici, ce soir ? lui demanda-t-elle d'une voix âpre.

— Ne suis-je pas toujours seul le soir ?

Elle s'avança entre les deux tables et se tourna face à lui.

— C'est la première fois que je vous vois travailler à cette table, sauf pour un travail urgent quand l'autre est occupée.

Il referma les ciseaux et les déposa dans leur casier.

— C'est la première fois que vous me faites l'honneur d'une visite au milieu de la nuit.

Elle frappa du poing sur la table. Des bouts de chiffon s'envolèrent.

— Cessez de me mentir ! J'ai entendu le claquement des volets et un bruit de pas. Vous avez eu le toupet de faire venir une de mes couturières dans cette pièce avec vous. Et je sais de qui il s'agit. C'est cette petite garce de Louise Vernet !

— Vous vous laissez emporter par votre imagination.

— Absolument pas. Malgré mes instructions, vous l'avez laissée accéder à la table de coupe. Vous lui avez confié des tissus de prix, qu'elle a sûrement gâchés. Mme Camille en entendra parler sans faute demain matin.

— Je ne crois pas, répliqua Will d'un ton léger. Et il y a deux bonnes raisons à cela. Tout d'abord, on ne trouvera aucune erreur dans ce qui a été coupé, ensuite vous ne pouvez dénoncer personne sans me mettre en cause, et vous n'avez pas envie de courir le risque de me voir congédié en même temps, n'est-ce pas ?

Le visage de la contremaîtresse se contracta.

— Je ne vois pas ce que vous voulez dire.

— Ce n'est pas l'accroc à la discipline qui vous met en fureur, c'est le fait que je n'étais pas seul.

— Je suis simplement venue vérifier que tout était en ordre. Il y a eu des chapardages avant mon entrée dans cet établissement. J'ai bien l'intention d'éviter que cela se reproduise. C'est pour cette raison que je tiens à jeter un coup d'œil quand les cousettes ne sont pas là.

— À minuit passé ? À peu près à l'heure où vous savez que je finis de travailler ?

Il lança ses longues jambes par-dessus la table et s'assit sur l'autre côté, tout près d'elle, les mains posées sur les cuisses et les coudes en dehors.

— Vous êtes aussi prétentieux que vulgaire, lui lança-t-elle avec mépris.

Il la saisit par les hanches, à travers les épaisseurs de ses jupes, et il l'attira violemment contre lui.

— J'aurais pu vous cueillir dès le jour de votre arrivée ici, lui dit-il d'un ton brutal. Je vais voir si vous en valez vraiment la peine.

En un autre lieu et à un autre moment, elle lui aurait certainement plu. Il la prit sans douceur, froidement, comme pour apaiser dans la violence sa rage et sa frustration. Elle n'était pas celle à qui il aurait aimé donner de l'amour ce soir-là, et il se vengeait sur elle de son arrivée malencontreuse.

Quand l'aurore inonda la pièce d'une lumière pâle, il s'étira sur leur couche improvisée, faite de chiffons multicolores. Sans quitter Annette Deneuve des yeux, il remit de l'ordre dans ses vêtements. Elle avait la peau très pâle et elle semblait toute jeune. Elle lui tournait le dos et ses longs cheveux cachaient presque tout son visage, mais il sentit qu'elle ne dormait pas. Il était encore très tôt, rien ne la pressait de partir.

Il se rendit dans la cuisine, secoua les cendres du fourneau et mit du petit bois sur les dernières braises. Il sortit dans la petite cour intérieure et fit sa toilette à la pompe, en renversant un seau d'eau sur sa tête. Le contact de l'eau glacée sur son corps lui coupa le souffle. De retour dans la cuisine, il se sécha, s'habilla et mit une cafetière bosselée sur le fourneau. Quand il revint dans la salle de coupe, deux tasses fumantes à la main, Annette Deneuve s'était rhabillée et avait disparu. Il haussa les épaules et but les deux tasses, avala un morceau de pain de la veille, puis s'allongea sur l'une des deux tables, un bras sous la tête. Il dormit jusqu'à ce que les grilles grincent, à l'arrivée des premières ouvrières.

Louise n'avait aucune idée de ce que la journée lui réservait. Peut-être quelqu'un l'avait-il vue franchir le mur et avait-il prévenu Mlle Deneuve. Elle n'avait pas osé lancer un regard en arrière, pour voir s'il s'agissait bien de la contremaîtresse. Sur le moment, elle n'avait songé qu'à fuir au plus vite.

Elle était rentrée avant Catherine et avait fait semblant de dormir, n'étant pas d'humeur à parler. Dans le noir, elle avait récapitulé tout ce qui s'était passé entre Will et elle. L'étreinte brutale du jeune homme l'avait prise au dépourvu, mais elle n'avait perdu ni la tête, ni son cœur. Quand elle s'était laissé embrasser la seconde fois, c'était par pure curiosité, pour vivre des sensations de plaisir entièrement nouvelles, tandis que sa sympathie pour lui devenait tendresse et que son corps s'éveillait.

Mais, ce matin, elle n'avait nulle envie de le voir. Elle aurait aimé lui reprendre la liberté qu'elle lui avait accordée en même temps que son baiser. Pourtant, à sa plus vive surprise, quand elle l'entendit parler à quelqu'un d'autre, le son de sa voix lui fit monter le rouge aux joues. Elle pencha la tête très bas sur son ouvrage et travailla deux fois plus vite que de coutume.

La journée s'annonçait comme les autres. Mlle Deneuve fit ses rondes habituelles mais rien d'exceptionnel ne se produisit. Sa reconnaissance à l'égard de Will redoubla : si le visiteur inattendu de la nuit était bien la contremaîtresse, le jeune Anglais avait su protéger l'identité de Louise. À la pause de midi, elle avait surmonté son premier désarroi, et lorsque Will lui adressa un petit signe de tête depuis sa place au réfectoire, elle lui répondit par un regard de gratitude et baissa aussitôt les yeux.

Tard dans l'après-midi, elle remarqua une certaine confusion dans la salle des couturières, à la table de Catherine. La brodeuse assise en face de Louise se pencha en arrière sur sa chaise pour essayer de comprendre ce qu'il se passait.

— On dirait qu'elle a des ennuis avec de la soie grise.

Aussitôt, toutes les autres voulurent en savoir davantage.

— Si je comprends bien, les morceaux ne vont pas ensemble.

Louise se figea. Le modèle qu'elle avait coupé était sans défaut, elle en était certaine. Du coin de l'œil, elle vit Mlle Deneuve avancer sur le seuil de la salle à broder portant, sur la hanche, le casier contenant la robe de voyage de soie grise, en partie faufilée. Louise leva la tête. Sans un mot, la contremaîtresse lui fit signe. Louise quitta la table, lissa son tablier d'une main hésitante et obéit à l'ordre muet. Tous les regards convergèrent vers elle…

Mlle Deneuve ne la conduisit pas vers son bureau, comme Louise s'y attendait, mais dans le couloir intérieur qui desservait les salons d'essayage et la boutique de Mme Camille. Louise ne put se contenir plus longtemps.

— Qu'y a-t-il ? Qu'est-ce qui ne va pas ? Pourquoi me faites-vous monter ici ?

C'était la première fois qu'elle se rendait dans cette partie de l'immeuble. À sa connaissance, aucune ouvrière n'avait jamais franchi la porte du couloir.

Mlle Deneuve s'arrêta sur le palier revêtu de moquette écarlate, et fixa Louise par-dessus son épaule.

— Je sais que M. Russell a coupé ce matin les longueurs de jupe de cette robe de voyage. En dehors de cela, il n'est responsable de rien. Niez-vous avoir coupé le reste ?

La main de Louise se crispa sur la rampe d'acajou.

— Pourquoi n'avez-vous rien dit plus tôt ? dit-elle.

— J'ai attendu de voir si votre travail était d'aussi bonne qualité que vous le prétendez.

Elle esquissa un sourire satisfait.

— Je suis une femme équitable, poursuivit-elle. Puisque vous étiez prête à prendre le risque de revenir dans l'atelier après la fermeture et de couper une soie aussi précieuse, j'ai cru bon de voir les résultats avant d'entreprendre une action. Si votre patron et votre coupe avaient été comparables à ce que vous faites avec votre aiguille, j'aurais probablement adopté une attitude charitable devant votre obstination à prouver votre valeur. Je ne vous aurais pénalisée que d'une amende sur vos gages, pendant un mois ou deux. Mais comme c'est le contraire qui a été démontré, l'affaire n'est plus de mon ressort.

Elle se remit à monter et Louise se hâta de la suivre.

— Je ne comprends pas l'erreur que j'ai pu commettre.

Elles atteignirent un vaste palier et la contremaîtresse ouvrit les doubles portes à caissons.

— Entrez, ordonna-t-elle.

Louise resta dans une antichambre octogonale tandis que Mlle Deneuve disparaissait dans un corridor qui permettait d'accéder au bureau de Mme Camille sans traverser la boutique. Des draperies de soie séparaient ce saint des saints de l'antichambre, mais Louise aperçut de hautes fenêtres à la ligne élégante qui éclairaient les tapis de prix et les meubles Louis XV dorés. Une des vendeuses en robe noire passa près d'elle, les bras chargés d'une robe de bal en satin.

— Par ici !

Louise sursauta.

Dans un salon de petite taille mais très décoré, elle se trouva soudain en face de Mme Camille, rouge de colère.

— C'est vous qui avez coupé cette soie ?

Elle brandit sous les yeux de Louise le corsage de la robe de voyage, à moitié faufilé. Louise se raidit.

— Oui, madame.

— Comment avez-vous osé !

Elle jeta le tissu par terre.

— Mlle Deneuve m'avait informée, il y a deux ou trois semaines, qu'elle avait dû vous interdire d'importuner M. Russell par votre présence dans la salle de coupe. Et vous avez eu l'audace de lui raconter je ne sais quelle histoire de votre invention, prétendant avoir obtenu l'autorisation de couper un modèle en entier. Vous avez gâché une pièce de soie appartenant à une cliente importante. Elle l'avait achetée à l'étranger et je ne pourrai donc pas la remplacer.

— Qu'est-ce qui ne va pas dans la robe, madame ?

— Rien ne va ! s'écria Mme Camille. Elle n'est pas coupée aux mesures de la cliente. Le tissu a été éraillé et les volants ne sont pas égaux.

— C'est impossible ! s'écria Louise, consternée. Je l'ai coupée avec tant de soin…

— N'importe quelle idiote peut avoir du soin ! interrompit Mme Camille. Vous n'avez aucune compétence professionnelle, et cela s'est soldé par un échec. La pauvre Mme Rousseau doit se retourner dans sa tombe. Vous avez trahi sa confiance en vous lançant à l'aventure dans un domaine qui n'est pas le vôtre. Vous avez délibérément défié les ordres de ma contremaîtresse et votre irresponsabilité va me faire perdre une de mes meilleures clientes.

— Je vous assure que…

— Vous êtes renvoyée ! Et ne faites jamais allusion au temps que vous avez passé chez moi, parce que je ne manquerais pas de signaler votre comportement irresponsable à toute personne qui désirerait vous engager. Sortez !

Pendant toute la scène, Annette Deneuve n'avait ébauché le moindre geste ni prononcé le moindre mot. Elle s'inclina devant Mme Camille et suivit Louise, plus bouleversée d'avoir commis une erreur que d'être mise à la porte. Où s'était-elle trompée ? Quelle erreur de calcul avait-elle commise ? Elle était si désespérée qu'elle préféra ne pas traverser les ateliers. Quelques minutes plus tard, elle se retrouva devant les grilles, exclue sans appel d'un monde auquel elle avait consacré tous ses efforts.

Elle n'avait guère envie de rentrer à la maison et d'attendre Catherine (qui, bien entendu, devait déjà être au courant). Elle se mit à marcher sans but, là où la menaient ses pas, encore étourdie par le choc qu'elle venait de subir. La nuit tombait. Peu à peu, sa volonté reprit le dessus…

À l'atelier, il se passa plus d'une heure avant que Will n'apprît le renvoi de sa protégée. Il travaillait derrière ses portes fermées et ce fut seulement quand il sortit que l'une des ouvrières lui annonça la nouvelle. Il se dirigea droit vers le bureau d'Annette Deneuve et entra.

— Que s'est-il passé ? demanda-t-il. Pourquoi Louise Vernet a-t-elle été chassée ?

La contremaîtresse s'enfonça dans son fauteuil. Son crayon se mit à tourner machinalement entre ses doigts. Elle l'attendait…

— Je ne vous ai pas entendu frapper, dit-elle d'un ton revêche.

L'attitude de la femme ne le surprenait pas. Durant la journée, il était bien normal qu'elle fît comme si rien ne s'était passé entre eux.

— Pas de faux-fuyants ! Je veux savoir la vérité.

Elle lui adressa un sourire pincé. L'expression de Will lui confirmait les soupçons qu'elle avait eus dès le début. Il s'était entiché de cette petite intrigante, et il faudrait plus d'une nuit comme la veille pour l'effacer de sa mémoire. Combien de fois cette fille avait-elle retroussé ses jupes sur le tas de chiffons ? S'ils avaient été seuls en cet instant, au milieu de la nuit, elle lui aurait griffé le visage.

— C'est tout à fait simple, dit-elle, Louise Vernet n'a pas coupé le tissu avec autant d'habileté que vous aviez l'air de le croire. Elle a commis tellement d'erreurs que rien n'a pu être sauvé.

— Pourquoi le renvoi de Louise s'est-il produit sans que l'on me pose de questions sur la robe de voyage ?

Elle feignit la surprise.

— En quoi étiez-vous concerné ? J'ai expliqué à Mme Camille que rien n'était de votre faute, que cette fille avait pris sur elle de couper la soie. Vous devriez me remercier. Sans moi, vous seriez à la porte.

Il se pencha en avant pour la saisir par les épaules et la soulever de son siège ; les papiers s'envolèrent du bureau.

— Vous avez recoupé cette soie ! Quand je vous ai laissée seule dans la salle de coupe ce matin, vous avez pris les ciseaux et vous avez retaillé ici et là, juste ce qu'il fallait pour détruire le modèle !

Elle se dégagea d'une secousse, prise de peur, et recula vers le mur. La chaise faillit basculer.

— C'est faux ! Vous cherchez des excuses à cette fille !

Pendant un instant, elle crut l'avoir convaincu. Il plissa les paupières et la fixa avec mépris.

— Vous avez entendu Louise partir. À votre entrée dans la pièce, vous vous êtes aussitôt rendu compte qu'elle venait de poser les ciseaux. Vous m'avez vu plier les morceaux de tissu dans le casier, prêts pour la salle de couture, pendant que nous bavardions. Et ce matin à l'aube vous avez trouvé un moyen efficace de vous débarrasser de cette jeune fille dont la présence vous était depuis longtemps insupportable.

— Toutes ces suppositions sont ridicules.

— Vous avez oublié une chose : j'avais vérifié tout le travail de Louise, hormis les derniers coups de ciseaux.

Il la toisa avec mépris.

— Cela vous surprend ? dit-il. Vous saviez que l'unique objectif de Louise était de couper le modèle entièrement seule. Et Louise croyait le faire, mais je ne pouvais me permettre de risquer tout son avenir sur une erreur due à la nervosité. Elle a quitté la pièce à deux ou trois reprises, et j'ai pu vérifier le travail qu'elle avait fait. Tout était parfait.

— Pensez tout ce que vous voudrez, racontez tout ce que vous voudrez ; pour moi, cela ne changera rien. Je nierai tout. Et personne ne mettra ma parole en doute. Retournez à votre atelier, monsieur Russell. Vous avez perdu beaucoup trop de temps aujourd'hui.

— Oui, répéta-t-il, j'ai perdu beaucoup trop de temps.

Il revint dans la salle de coupe, rassembla son petit matériel et le plia dans une chute de toile. Il enfila sa redingote, prit son paquet, et sans se soucier des regards stupéfaits des cousettes s'engagea dans l'escalier conduisant au bureau de Mme Camille.

— J'ai le regret de vous donner ma démission immédiate, madame, dit-il à la grande couturière. Je ne vous laisse pas dans l'embarras, puisque vos deux anciennes coupeuses sont restées à l'atelier de couture depuis mon arrivée.

— Pourquoi cette décision soudaine ? lui demanda-t-elle, surprise. Le renvoi de cette cousette stupide vous a donné des scrupules ? Vous vous sentez responsable du gâchis de cette tenue de voyage ? Mlle Deneuve m'a tout expliqué. Vous n'avez aucun reproche à vous faire.

— Au contraire, madame. Je suis entièrement responsable. J'aurais dû mettre le travail de Mlle Vernet sous clé quand j'ai constaté qu'il était parfait. Cela aurait évité qu'une autre personne le sabote. Mlle Vernet devrait être rappelée sans délai.

Mme Camille leva la main.

— N'essayez pas de la défendre. L'incident est clos. Je refuse d'en discuter.

Elle se souvint de ses hésitations lorsqu'elle avait engagé cet homme : il avait dû se laisser tourner la tête par la jeune cousette et, tout compte fait, il valait mieux se débarrasser de lui. De toute façon, la tendance à la sévérité dans la ligne des robes était en perte de vitesse. Le style de coupe masculin allait bientôt passer de mode. Ce départ se produisait vraiment à point nommé.

— J'accepte votre démission, dit-elle en inclinant la tête. Votre travail a toujours été d'un niveau très élevé. Nous vous donnerons toutes les références dont vous pourrez avoir besoin.

— Je crois que ce ne sera pas nécessaire, répondit-il. J'ai d'autres projets. Adieu, madame.

Quand Louise rentra chez elle, il était très tard et elle grelottait. Elle eut la surprise de trouver Will en compagnie de Catherine.

— Je me suis permis de monter jusque chez vous pour vous faire mes adieux. Après ce qui s'est passé… Je m'en vais moi aussi !

— Vous avez perdu votre travail par ma faute, Will…

Il lui sourit.

— Non, j'ai donné ma démission. De toute façon, il était temps que je parte. J'ai fait le tour de la mode parisienne. C'était le but de mon séjour. Je vais rentrer en Angleterre lancer ma propre affaire. Sur une petite échelle au départ, bien entendu. J'ai l'intention d'apprendre à des couturières à coudre avec ma machine. Cela permettra d'augmenter la production.

Catherine était sceptique.

— Jamais une dame ne voudra porter une robe qui ne soit pas entièrement cousue à la main.

— Will songe à des vêtements de confection, précisa Louise.

Le jeune homme acquiesça, et Catherine fit une moue dédaigneuse.

— Oh !... Ce genre de choses...

— Qu'allez-vous faire à présent ? demanda Will à Louise.

Elle avait eu tout le temps, tandis qu'elle errait dans les rues, de réfléchir à son avenir immédiat.

— C'est facile, dit-elle. Je vais trouver une autre place dans une bonne maison.

— Comment ? demanda-t-il.

— Et où ? ajouta Catherine. Aucune couturière ne te prendra sans référence.

Louise redressa la tête, confiante.

— Je réussirai à la force du poignet, dit-elle en riant. Mme Camille n'a pas brisé ma réputation pour l'éternité !

Elle leur expliqua son plan. Elle chercherait une place en prétendant qu'elle venait de rentrer en France après avoir travaillé en Angleterre chez une couturière indépendante.

— J'essaierai d'entrer dans un de ces ateliers-boutiques où l'on fait du prêt-à-porter. Le temps de respirer un peu. Ensuite, je me lancerai de nouveau, avec une réputation intacte.

Catherine n'était guère optimiste et ne le cacha pas, mais Will, très impressionné par l'esprit d'initiative de la jeune fille, lui accorda son soutien sans réserve.

— Vous parlez suffisamment l'anglais pour convaincre un Français que vous venez de passer deux ou trois ans à Londres. Je crois que votre plan est excellent.

— C'est le seul moyen que j'aie de repartir à zéro sans que l'on me pose de questions embarrassantes.

— Je vais vous faire un certificat attestant la qualité de votre travail, lui proposa-t-il. Si vous voulez, je le rédigerai de façon à laisser entendre que vous avez appris à couper sous ma direction, soit à Paris, soit en Angleterre, à votre choix.

— Cela m'aiderait beaucoup.

Elle alla chercher de quoi écrire.

Quand la lettre de recommandation fut signée, il lui fit ses adieux.

— Peut-être nous reverrons-nous un jour, lui dit-il.

— Je le souhaite, Will.

Pendant quelques secondes, le long regard qu'il lui lança lui fit croire qu'il allait l'embrasser, comme la nuit précédente dans la salle de coupe. Mais elle sentit que, malgré ses paroles, ce serait une séparation définitive. Elle le raccompagna jusqu'à la porte de la rue et demeura sur le seuil. Il se retourna pour lui adresser un signe de la main avant de tourner au coin de la rue.

— Veux-tu savoir ? lui dit Catherine à son retour dans la chambre. J'ai eu l'impression qu'il aurait aimé t'employer dans sa nouvelle affaire.

— Je suis sûre que vous vous trompez, mentit la jeune fille.

— Serais-tu partie s'il te l'avait demandé ?

— Non, répondit Louise tout net. Je suis une fille de Paris. Seul Paris peut m'offrir ce que j'attends de la vie.

Mais elle savait que Will lui manquerait. Leurs relations reposaient sur des sentiments profonds. Elle comprit qu'il avait constitué une étape décisive pour la préparer à l'amour, lorsque l'amour se présenterait (exactement comme Worth, sans le savoir, à un autre moment de sa vie).

Le soir même, Will Russell quitta Paris en diligence. Pendant la première étape du voyage, il partagea l'intérieur de la voiture avec une seule personne, un compatriote qui rentrait lui aussi en Angleterre. Ils échangèrent quelques banalités, puis chacun allongea les jambes sur le siège, fit glisser son chapeau sur ses yeux et tenta de dormir. Pendant quelque temps, Will somnola, mais déjà son esprit était de retour chez lui. Pour la première fois depuis qu'il avait quitté l'Angleterre, il se rendit compte à quel point, sans qu'il en ait eu conscience, son pays lui avait manqué. Déjà, il se sentait impatient de retrouver Ellen, à qui il était fiancé depuis plus de deux années – passées pour l'essentiel loin d'elle. En France, il avait profité de toutes les occasions qui s'étaient présentées – celles qui concernaient le travail avaient élargi ses connaissances, et les autres lui avaient fait passer du bon temps, même s'il valait mieux tirer un trait désormais.

Les décisions qu'il allait prendre étaient très claires dans son esprit. Ellen continuerait d'approuver ses efforts, même si son père ne leur permettait pas de se marier avant que Will ait fait ses preuves. Jamais il n'avait embrassé Ellen comme il avait embrassé Louise, mais la raison lui disait qu'en définitive l'intervention d'Annette Deneuve avait été un malheur heureux. Où en serait-il à présent, s'il avait passé deux ou trois heures de plus en tête à tête avec la jeune Française ?

Car Ellen l'avait attendu. Elle était aussi anglaise que les roses, le thé et le drapeau flottant sur l'Empire ; oui, quand il serait près d'elle, Louise s'estomperait vite dans sa mémoire. Après une aussi longue séparation, la pruderie d'Ellen ne tarderait pas à se dégeler. Sous le rebord de son chapeau, les lèvres de Will esquissèrent un sourire paisible. Il y a toujours un début à tout.

Quelques jours plus tard, il lut dans le *Times* les dernières nouvelles du coup d'État du prince-président Louis-Napoléon, qui s'était produit la nuit même où il avait quitté Paris.

Will tendit le journal replié, avec son chapeau, sa canne et ses gants, au valet de pied qui l'avait fait entrer dans la demeure de Bryanston Square. Il redressa sa cravate et fit courir ses doigts dans ses boucles rebelles, en attendant d'être annoncé au salon. Ah, si cette première rencontre avec Ellen avait pu avoir lieu sans la présence de ses parents !… La double porte s'ouvrit et il l'aperçut, assise à côté de sa mère. Son père était debout, le dos à la cheminée. Ellen ! Le visage modeste de la jeune fille s'éclaira quand elle le vit s'avancer, et elle esquissa un sourire. Ellen ! Il oublia tout le reste. Même Paris et ce qu'il y avait laissé.

7

Louise passa ses robes en revue. Elle était au désespoir, aucune ne convenait. Catherine l'observa un moment, puis se dirigea vers un vieux coffre, dans un angle de la pièce, et souleva le couvercle. Dans un froissement de papier jauni, elle en retira une robe de soie et la déplia.

— Voici ce qu'il te faut, dit-elle d'un ton voilé. Modifie-la au goût du jour, et tu auras l'air pimpante comme un sou neuf. Le chapeau qui va avec n'a jamais été porté lui non plus.

Louise reconnut aussitôt la robe que son amie lui tendait.

— Catherine… Je ne peux pas accepter. C'est la robe de votre mariage avec Henri…

— Il est grand temps qu'elle serve à quelque chose, répliqua Catherine en se forçant à sourire.

Elle prit une paire de ciseaux pointus et se mit à défaire les ourlets.

— Aide-moi, reprit-elle. À nous deux, ce sera bien le diable si nous ne la terminons pas pour demain. Le temps presse.

Louise se jeta au cou de son amie. Toute la journée du dimanche se passa à découdre, repasser, recouper, faufiler… Le résultat les étonna toutes les deux : Louise parce qu'elle n'avait jamais rien porté d'aussi beau – la soie moulait ses formes et soulignait sa taille d'où jaillissaient les fronces de la jupe –, Catherine par admiration pure, car Louise, à dix-huit ans, était une beauté digne d'épouser le prince-président, s'il n'avait pas eu au moins deux fois son âge (sans parler de sa réputation de roué).

— Passons au chapeau, s'écria Louise, impatiente.

Elle mit sur sa tête le petit couvre-chef de paille très plat qu'elles avaient orné de dentelles précieusement conservées pendant des années. Elle attacha les rubans, puis pivota sur ses talons pour que Catherine pût juger de l'effet.

— Qu'en pensez-vous ? lui demanda-t-elle. N'ai-je pas l'air d'une couturière de grande classe qui a appris son métier en France et à l'étranger ?

Catherine décida d'être parfaitement sincère.

— Tu as l'air vraiment mignonne, c'est sûr. Mais pour le reste, je n'en sais rien. Ce prétentieux d'Anglais, M. Worth, n'a jamais eu beaucoup de chance en présentant comme références ce qu'il avait fait en Angleterre.

— Mais c'est parce qu'il parlait mal le français, s'écria Louise pleine d'optimisme. Pour moi, ce sera différent, et de toute façon j'ai une belle histoire toute prête.

Catherine fit la moue. Elle n'approuvait pas les mensonges que Louise se proposait d'utiliser. La jeune fille releva le menton d'un air de défi.

— Le jour viendra où j'aurai ma maison de couture à moi. Vous dirigerez le travail de mes ouvrières et nous vivrons dans un hôtel particulier du faubourg

Saint-Germain, à tu et à toi avec nos clientes de la noblesse.

— Quel avenir magnifique tu as dessiné dans ta tête, vraiment ! répliqua Catherine, refusant de prendre au sérieux les paroles de sa jeune amie. Il va te falloir trouver un riche prétendant pour financer tous ces mirages.

— Pas forcément, répliqua Louise en remontant son poignet pour mettre en valeur l'élégance de ses mains. On peut toujours gagner de l'argent quand on sait s'y prendre. Will Russell m'a dit comment je devais placer les sommes que je pourrai économiser. J'ai déjà doublé les quelques francs mis de côté sur mes heures supplémentaires. Et je les ai réinvestis avec chaque sou que j'ai épargné depuis : tout est dans le bas de laine.

Elle haussa les épaules.

— C'est encore une somme minuscule. Mais elle grossira. En ce moment, tout est placé dans le programme de reconstruction du baron Haussmann. Je ne ferai sûrement pas fortune grâce à ces quelques sous, mais avec le temps cependant, cela me permettra de me mettre à mon compte. Un petit atelier, mais une bonne adresse. Et je réussirai un jour par moi-même, sans me vendre en échange d'une bague.

Catherine hocha la tête. Ses boucles voletaient autour de son visage, devenu grave. Pour elle, l'ambition de Louise était tellement incompréhensible ! Elle n'osa pas lui demander si l'amour intervenait quelque part dans ce projet grandiose…

Le lendemain matin, Louise se mit en route, d'humeur à conquérir toutes les forteresses. Par bonheur, c'était une belle journée ensoleillée, sans vent pour ébouriffer ses fanfreluches ou soulever sa jupe large. Pour la maintenir au maximum de son ampleur, elle avait enfilé par-dessus les siens tous les jupons de Catherine – elle portait un poids énorme. Rien d'étonnant, songea-t-elle, que de nombreuses femmes s'évanouissent à force d'être comprimées dans leurs corsets et accablées d'une telle charge. Mais elle était jeune et forte, et, ce jour-là entre tous, elle se sentait le cœur léger. Son pas dansait et son regard brillait. Plus d'une tête se retournait sur son passage. La soie sauvage scintillait sous le soleil, d'une blancheur absolue à côté des gants de dentelle destinés à une épousée et qui sortaient de leur étui pour la première fois.

Après avoir tenté sa chance en vain dans les grandes boutiques de la rue de Rivoli et sous les arcades de la rue de Castiglione, elle passa rue de Richelieu. En entrant au numéro 83, elle évita délibérément la vendeuse qui s'avançait, pour se faire par elle-même une idée des articles mis en vente. Elle se dirigea vers les tissus, qui l'intéressaient particulièrement, et parcourut du regard les velours et les soies drapés comme des tentures dans le palais d'un potentat, les brocarts et les damas tendus ainsi que des voiles exotiques, les gazes, les tulles et les mousselines qui voletaient et se gonflaient…

— Quelqu'un s'occupe de vous, mademoiselle ?

Pendant une fraction de seconde, ses paupières se fermèrent. Elle sentit que ses cils tremblaient. La voix semblait remonter d'un passé vieux de cinq ans. Comment était-il possible d'avoir vécu dans la même ville sans savoir qu'il s'y trouvait encore ? Il tenait à la main une pièce de tulle orné de fils d'or.

— Louise !

Elle comprit en cet instant qu'un premier amour ne peut jamais s'effacer tout à fait. L'ancienne tendresse ressurgit comme si le temps était resté immobile. Elle ne vit en lui qu'un seul changement : ses traits s'étaient durcis, l'adolescent de sa mémoire s'était fait homme.

— Comment allez-vous, mon cher Worth ? lui dit-elle, troublée. Je n'arrive pas à croire que ce soit vous.

— Et comment imaginer que j'ai en face de moi la jeune amie de mes premiers jours à Paris ?

Il lui prit les deux mains, recula d'un pas, et l'admira de la tête aux pieds.

— Vous êtes devenue une belle jeune femme. Et quelle élégance !

Elle éclata de rire.

— Les belles plumes font les beaux oiseaux. Je sais que cette robe n'a rien à voir avec celle dont vous avez dessiné les manches, mais c'est toujours le même principe : je l'ai retaillée dans une robe que Catherine m'a donnée. J'espère que MM. Gagelin et Obigez m'engageront : je suis un modèle de compétence professionnelle.

— Vous avez donc continué de coudre ?

Il parcourut du regard les coutures de sa robe et effleura l'ourlet surpiqué des poignets.

— Jour et nuit. Ou presque.

Elle lui fit la liste de ses capacités, mais sans préciser dans quel atelier elle les avait acquises.

— Et vous ? ajouta-t-elle. Qu'avez-vous fait depuis que vous avez quitté la rue du Fouarre ?

— Nous en parlerons plus tard. Vous cherchez du travail, dites-vous ? Suivez-moi !

Il la prit par le coude et l'entraîna au milieu du salon.

— Faites quelques pas et revenez. Je veux voir comment tombe cette robe, et si elle vous va aussi bien en mouvement qu'elle en a l'air quand vous êtes immobile.

Elle hésitait… Il frappa dans ses mains.

— Allez ! Marchez ! Marchez !

Déconcertée, pas du tout sûre que le jeune homme n'ait pas perdu son bon sens, elle avança. Au bout de quelques pas, elle regarda derrière elle : Worth était en train de répondre à la question d'un vendeur, mais sans la quitter des yeux. Il lui fit signe de continuer. Elle réprima un sourire et lui obéit.

Quand elle revint sur ses pas, il était debout en face d'elle, bien campé sur ses jambes, bras croisés, la tête penchée pour l'observer d'un regard critique entre ses paupières plissées. Le temps qu'elle le rejoigne, il avait répondu d'un signe de tête à un autre vendeur venu lui soumettre un problème, puis orienté deux clientes vers un comptoir lointain – toujours sans cesser de l'observer.

— Vous êtes le premier commis ! s'écria-t-elle.

Elle s'inclina en une révérence discrète.

— Oui. Oui… C'est une promotion relativement récente mais venue fort à propos. J'ai un peu mon mot à dire en ce qui concerne l'atelier de couture. Et comme je ne vois aucun défaut à votre robe, vous avez obtenu l'emploi que vous cherchez. À condition bien sûr que M. Gagelin autorise votre engagement.

Elle le regarda. Elle ne pouvait pas accepter la chance qu'il lui offrait.

— Vous ne pouvez pas me recommander, s'écria-t-elle. Si l'on découvrait la vérité… J'avais l'intention de prétendre que je venais de travailler pendant deux ou trois ans en Angleterre…

Elle lui expliqua tout. Il hésita. Mais le fait même qu'elle lui ait avoué la vérité ne devait-il pas être porté à son crédit ?

— Remettez-moi la lettre de M. Russell, lui demanda-t-il.

Elle la sortit de son réticule. Il la lut.

— Cette recommandation suffira. Attendez-moi ici.

Il revint quelques minutes plus tard.

— Tout est parfait, lui dit-il. Je me suis porté garant de vous et ma proposition de vous engager comme couturière a été acceptée sur-le-champ.

— Je ne saurais trop vous remercier. Jamais vous ne regretterez de m'avoir donné cette chance, je vous le promets.

— Je vais vous présenter une personne qui vous montrera l'endroit où vous travaillerez et vous expliquera le règlement de la maison. À propos, elle a le même nom que vous.

Plus tard, Louise songea que si elle avait porté autre chose que sa robe de soie sauvage, elle se serait sentie, en face de Marie Vernet, aussi mal habillée qu'une souillon. Mais le sourire avenant de Marie, la gentillesse spontanée de son regard et son expression de curiosité sympathique ne trahissaient que la joie de faire la connaissance de Louise.

— Charles m'a parlé de son séjour chez vous, à son arrivée à Paris, lui dit-elle.

Elle n'avait pas oublié ce que Worth lui avait raconté des débuts malheureux de Louise dans la vie. Elle ferait tout ce qui était en son pouvoir pour aider la jeune fille.

— J'espère que nous deviendrons amies et que vous serez heureuse de travailler ici.

— J'en suis certaine, mademoiselle Vernet, répliqua Louise en souriant. Comme c'est étrange d'avoir le même nom…

— Appelez-moi Marie. J'aimerais vous appeler Louise – Charles vous connaît depuis si longtemps. Cela ne vous ennuie pas ?

— Non. Bien sûr que non. Au contraire.

Worth, qui venait de rejoindre Marie derrière le comptoir, lui lança un regard épris.

— Le nom de famille ne devrait pas rester Vernet longtemps – en tout cas s'il ne tient qu'à moi. Marie glissa sa main dans celle de Charles.

— Si tout continue aussi bien qu'à présent, dit-elle, nous espérons nous marier bientôt.

À son insu, Louise conservait encore en elle des rêves vagues et des désirs informulés. Une seule phrase venait de les balayer.

— C'est à mon tour de vous souhaiter tout le bonheur dans la réalisation de vos espoirs.

Normalement, Marie aurait été la première à remarquer la pâleur soudaine de la jeune fille, mais elle était trop absorbée par les événements des mois précédents.

— Voyez-vous, Charles dessine mes robes. Et tellement de clientes ont voulu avoir les mêmes que nos employeurs ont fini par se laisser convaincre. Ils lui ont permis de réaliser quelques « toiles » pour satisfaire la demande – des répliques en mousseline des robes et des manteaux de ses maquettes, que l'on confectionne par la suite aux mesures de la cliente dans le tissu de son choix.

Elle ne put retenir un petit rire ironique.

— Loin de satisfaire la demande, ces premières « toiles » n'ont réussi qu'à la stimuler. Charles a complété la collection et il dessine chaque maquette en ayant en tête un tissu particulier. Si c'est de la laine, il utilise un patron, si c'est du brocart, un autre, et ainsi de suite. De cette façon, la robe est toujours exactement comme il la désirait. La cliente ne peut pas la gâcher en choisissant un tissu qui ne convient pas.

— C'est une excellente idée, répondit Louise, en espérant que son admiration pour Worth dissimulerait ses autres sentiments.

Marie la prit amicalement par le bras et l'accompagna jusqu'à l'atelier pour la présenter à tout le monde.

Le lendemain, Louise se retrouva devant une table de couture – pour douze heures de travail par jour. Les conditions étaient meilleures que chez Mme Camille, et le salaire légèrement plus élevé. Surtout, il n'y avait aucun risque de renvoi dans le cas (pour l'instant peu probable) de ralentissement saisonnier des affaires : les couturières réassortiraient le stock de prêt-à-porter. Enfin, la maison fournissait le repas de midi. Louise aurait aimé que Catherine vînt travailler avec elle, car Gagelin engageait de nouvelles couturières à mesure que Worth enrichissait sa collection de « toiles », mais son amie refusa même de l'envisager.

— Jamais je n'irai là-bas. Ton *Monsieur* Worth n'est qu'un feu de paille. Dans le monde de la mode, plus vite on monte, de plus haut on tombe. Tu verras ce que je te dis. C'est ce qui l'attend. Et à ce moment-là, où nous retrouverions-nous ? À la rue, plus que probable. Non. Je reste chez Mme Camille et, quand le vieux Gagelin s'apercevra que ses clientes les plus huppées commencent à le fuir à cause de toutes les robes vulgaires qui se fabriquent derrière sa façade de luxe, j'aurai toujours un travail, moi, et de quoi faire bouillir la marmite jusqu'à ce que tu trouves une autre place.

Quelques mois plus tard, comme pour confirmer les certitudes de Louise sur l'avenir de Worth, les propriétaires décidèrent qu'un certain nombre de ses modèles seraient présentés au stand qu'ils se proposaient d'ouvrir à la Grande Exposition internationale du Crystal Palace, à Londres, organisée à l'instigation du prince Albert. Louise cousit ces robes avec autant de fierté que si elle allait les porter. Jamais elle n'avait vu plus beau et plus original que ces maquettes. Pour la première fois, elle remarqua la prédilection de Worth pour les couleurs pastel, susceptibles de se fondre l'une dans l'autre comme des reflets d'eau profonde, tandis que l'œil se demandait toujours si c'était du gris ou du bleu, du cassis ou du mauve… Les robes prirent place dans les caisses spéciales, au milieu de forêts de papier de soie bruissant. Comme elle aurait aimé les accompagner à Londres et les mettre en place dans le vaste palais de verre construit pour recevoir les milliers d'exposants…

Le 21 juin, sept semaines après l'inauguration de la Grande Exposition, Louise assista au mariage de Marie Vernet et de Charles Frederick Worth. La cérémonie fut célébrée dans une église catholique romaine : bien qu'il fût anglican et n'eût pas l'intention de se convertir, il avait accepté volontiers que tous les enfants de leur union soient élevés dans la foi de son épouse. Ils devaient se quereller souvent au sujet des réticences de Marie à défiler devant les clientes (et par la suite, chaque fois qu'elle attirerait tous les regards, parée de ses modèles les plus extravagants), mais jamais leur différence de religion ne provoqua la moindre animosité entre eux. À cet égard, ils se comprenaient sans réserve. Charles recherchait le réconfort de la spiritualité à sa manière. Il évitait les religions organisées mais il ne serait jamais passé aux heures de culte devant une église, quelle qu'elle fût, sans y entrer pour quelques instants de méditation silencieuse.

Il l'avait aimée profondément avant leur mariage ; après leur nuit de noces, ce fut de l'adoration. Jamais un homme n'avait possédé une épouse aussi belle et aussi aimante. Worth avait toujours aimé les femmes pour leur féminité, et il avait trouvé une reine entre toutes les reines. Tout ce qu'il dessinerait dans les années à venir ne serait en réalité qu'un chant de louanges à Mme Worth.

Quand la Grande Exposition ferma ses portes en octobre, les robes de Worth s'étaient imposées à l'attention de milliers de femmes venues de tous les coins du monde. Le jury de l'exposition se montra d'une sévérité extrême dans ses critiques, partageant d'ailleurs l'opinion d'une bonne partie du public : bien que Worth ait respecté le dogme de la vaste jupe en cloche, ses robes s'écartaient trop de la mode en vigueur. Mais, en toute honnêteté, les juges ne purent leur refuser un prix, et la Maison Gagelin ramena en France une médaille d'or.

Longtemps avant la fin de l'été 1851, des clientes et des commerçants du monde entier étaient venus de Londres à Paris pour voir les autres maquettes dessinées par ce jeune Anglais plein d'imagination. Leurs commandes allaient s'élever à plusieurs centaines de milliers de francs – et ils avaient bien l'intention d'importer dans leurs pays d'autres modèles de ces robes de Paris, dont la nouveauté enchantait.

Les propriétaires de la Maison Gagelin finirent par s'incliner : un rayon de couture s'ouvrit dans leur sacro-sainte boutique. Ils croyaient rabaisser leur établissement et ils redoutaient la censure de leur clientèle traditionnelle. Quant à Worth, il ne craignait rien : la modestie n'avait jamais été l'un de ses défauts, et dès qu'il connut le succès son arrogance naturelle se donna libre cours, quoique tempérée par son tempérament affable et une conscience aiguë de la justice. Son instinct du théâtre, qui lui avait fait prendre conscience très jeune du drame qui se joue entre la cliente et le vendeur au moment de la vente, se révéla dans la décoration du nouveau salon : c'était la scène dont il avait toujours rêvé.

Contrairement à toutes les inquiétudes des propriétaires, personne ne se plaignit et, loin de perdre la clientèle des élégantes auxquelles ils tenaient le plus, MM. Gagelin et Obigez vendirent des robes aux grands noms qu'ils avaient craint de rayer de leurs livres.

Pour Marie Worth, ce fut un changement radical. Elle fut arrachée soudain de la sécurité du comptoir derrière lequel elle avait porté en toute discrétion les modèles de son mari et projetée à tout instant sous les yeux du public, pour défiler habillée des dernières créations de Charles devant les clientes assises dans le salon. Elle aurait préféré que toutes les robes fussent présentées comme autrefois sur des portants mobiles que l'on poussait devant la clientèle, mais cela ne plaisait plus aux élégantes qui fréquentaient la Maison Gagelin. La foi qu'elle avait dans le talent de son mari et la joie qu'elle éprouvait à chacun de ses succès l'aidèrent à surmonter sa timidité maladive. Les entrées spectaculaires que Worth l'obligeait à faire la mettaient toujours au supplice. Elle attendait derrière les rideaux tirés, dans telle ou telle robe de bal, et comme il était impensable de se montrer en décolleté en plein jour elle portait alors une sorte de guimpe de soie noire qui dissimulait ses bras, ses épaules et sa gorge. Cela produisait un effet étrange, mais n'empêchait pas les clientes d'acheter.

— Pourquoi ne puis-je pas entrer comme d'habitude, se plaignait-elle quand elle était prête. Attendre votre signal derrière ces rideaux me tue !

— Sottises ! répliquait-il, moins insensible qu'elle ne le croyait mais bien déterminé à gagner cette nouvelle escarmouche de leur combat sans fin sur ce point particulier. Tout l'intérêt de la présentation est de vous faire surgir devant la cliente comme l'éclosion soudaine d'une fleur.

Il finissait toujours par arriver à ses fins, mais elle protestait de plus belle chaque fois qu'il lui demandait de porter des modèles extravagants – elle avait peur de paraître ridicule.

Pour Louise, jamais la vie n'avait été plus belle. Les semaines et les mois semblaient glisser à la vitesse de son aiguille agile. Elle vécut un grand jour lorsque Worth, qui surveillait son travail de près, la fit passer de la table de couture au salon d'essayage. Il s'aperçut très vite qu'elle comprenait parfaitement le sens de ses recherches. Sans hésiter, il en fit sa « première ». Son seul regret fut de ne pas en avoir eu l'idée plus tôt.

Dès le début de l'été 1852, Louise devint son bras droit dans les salons d'essayage. Vêtue d'une robe de soie noire, un petit coussin à épingles de velours blanc fixé par un ruban au poignet, elle se trouva parfaitement à l'aise dans un univers où les femmes passent souvent, pour la même robe, de la crise de nerfs à la joie exubérante. Jour après jour, elle vit les mécontentes en jupons, déçues aux premiers essayages de ne pas se voir métamorphosées d'un seul coup de baguette (car à ses premiers stades une robe est loin de flatter la silhouette), se mettre à minauder, ravies, une fois parées de la création terminée.

Worth, transgressant les conventions qui interdisaient la présence d'un homme dans des salons où les femmes étaient souvent à demi dévêtues, contrôlait et dirigeait tous les essayages. Il se montrait extrêmement exigeant. Au contraire de Mme Camille, par exemple, il refusait de céder aux caprices des clientes que rebutaient les rigueurs d'un essayage précis. Il ordonnait autant de séances qu'il le jugeait nécessaire, et il était capable de faire réépingler une manche cent fois, s'il n'avait pas obtenu la perfection à laquelle il tendait. Si Louise avait obtenu sa promotion aussi vite, c'était justement à cause de son souci du moindre détail.

Après chaque essayage, l'ensemble de la toilette était « mis à plat » : étalé sur une grande table, décousu, recoupé en fonction des modifications décidées, puis recousu. L'opération se répétait dans certains cas trois fois et même davantage.

Novembre fut très humide cette année-là. Les brouillards du matin voilaient la ville d'une gaze argentée et semblaient s'attarder sous les marronniers, dont les coques vertes s'ouvraient pour libérer leurs fruits bruns sur les pelouses. Mme de Gand, au cours de l'une de ses visites dans la capitale, se plaignit du mauvais temps à son fils dès que celui-ci arriva à l'hôtel pour lui proposer de l'accompagner dans sa promenade. Elle préférait faire quelques emplettes.

— Pourquoi donc se promener au Bois par un temps pareil, Pierre, accompagnez-moi rue de Richelieu. J'ai décidé de ne plus bouder la Maison Gagelin. Mes amies de Paris m'ont dit qu'ils ont un couturier tout à fait remarquable. Il faut que je me fasse faire une robe avant de partir à Fontainebleau demain.

Pierre s'installa près d'elle dans la voiture. Comme son uniforme de cuirassier lui allait bien ! songea-t-elle. Même la tenue de jour, dont la bande bleue tombait le long des pantalons rouges, mettait un bel homme à son avantage. Et son fils était un très bel homme à ses yeux – un honneur pour la mémoire de son père et le nom de sa famille.

— Puisque le prince Louis-Napoléon nous a invités tous les deux à Fontainebleau, je propose que nous fassions le voyage ensemble, dit le jeune homme dès que la voiture s'ébranla.

— J'en serai ravie.

Marie-Thérèse de Gand répondait rarement aux invitations officielles que l'Élysée envoyait à tous les nobles de quelque rang. Mais cette invitation du prince-président était particulière, et elle se réjouissait de l'avoir acceptée – pour des raisons tout à fait personnelles.

Quand elle était fillette, elle avait rencontré Louis-Napoléon, alors âgé de sept ans, et sa mère Hortense Bonaparte, l'ancienne reine de Hollande. La famille de Gand leur avait accordé l'hospitalité quand ils avaient fui Paris. Hortense venait de faire ses adieux à Napoléon à la Malmaison, juste avant qu'il ne quittât la France pour la dernière fois, sachant que de Sainte-Hélène il ne reviendrait jamais vivant.

Marie-Thérèse de Gand se souvenait encore de la beauté tragique de cette femme, arrivée au milieu de la nuit avec son jeune fils, escortée par un seul officier. Elle se rappelait son visage épuisé, marqué par toutes les épreuves subies pendant les Cent-Jours, après que le roi, qui l'avait répudiée, l'eut privée de son fils aîné.

Louis-Napoléon, tendrement attaché à sa mère, n'avait jamais oublié ceux qui lui avaient conservé leur amitié aux heures difficiles. Tout au long des années, il était resté en contact avec les parents de Marie-Thérèse de Gand, puis avec elle-même. Il était parrain de son fils : il lui avait envoyé comme cadeau une épée à pommeau d'or, et un ami l'avait représenté au baptême car il était alors en exil. Depuis qu'il était prince-président, il l'avait reçue à plusieurs reprises, préférant toujours les petites réceptions intimes et les dîners de moins de vingt personnes aux grandes cérémonies officielles, où ils auraient eu peu d'occasions de se parler. Chaque fois, à l'insu de son fils, elle en profitait pour mettre le nom de Pierre en avant, rappelant indirectement à Louis-Napoléon ses obligations de parrain. Pour un jeune militaire de carrière impatient d'obtenir de l'avancement, rien n'était plus précieux que l'appui de son souverain.

À Fontainebleau, le prince-président allait justement remplir l'une de ses obligations de parrain, mais c'était encore un secret entre Louis-Napoléon et elle, et Pierre ne devait rien soupçonner…

— Savez-vous que le prince-président ne quitte jamais l'Élysée sans que, de toute part, la foule crie « Vive l'Empereur » ?

Elle ne dissimula pas sa joie.

— Oui. N'est-ce pas extraordinaire ? Mais nous avons toujours su, nous, que cela se terminerait ainsi. Il paraît que le plébiscite, à la fin du mois, sera une simple formalité.

De ses doigts gantés, elle lui tapa joyeusement sur le bras.

— C'est pour cela que je suis très curieuse de rencontrer cette jeune Espagnole, dont on parle beaucoup. Elle sera à Fontainebleau. Je veux voir par moi-même si elle fera une impératrice convenable.

Par-dessus la visière de sa casquette, Pierre lui lança un sourire indulgent. À en croire ce qu'il avait entendu, ce n'était pas comme épouse que son parrain désirait Eugénie de Montijo, bien qu'apparemment l'Espagnole résistât à toutes les avances. Mais pourquoi aurait-il brisé les espoirs romantiques de sa mère, et gâché du même coup son séjour à Fontainebleau ?

En entrant dans la Maison Gagelin, il s'attendait à mourir d'ennui, mais comme il n'était pas souvent en compagnie de sa mère il n'avait pas cherché à esquiver cette « corvée de boutique ». Il espérait simplement que l'affaire ne s'éterniserait pas. Quand M. Obigez se précipita au-devant de Mme de Gand, il suivit le mouvement, non sans lancer un regard de gauche et de droite, chaque fois que s'offrait un joli minois ou une belle silhouette – du moins ce que tout homme pouvait en deviner dans un lieu public : quand donc les femmes se débarrasseraient-elles de ces jupons volumineux qui dissimulaient la moitié de leur anatomie, comme de vastes ceintures de chasteté sans grâce ?

Au salon, une vendeuse les conduisit vers les fauteuils dorés. Worth arriva par le passage décoré de tentures qui conduisait au salon d'essayage et s'inclina devant une autre cliente. Puis il se tourna alors vers les nouveaux venus. Mme de Gand le reconnut aussitôt car il l'avait servie plusieurs fois pour de petits accessoires, après lui avoir vendu le châle blanc chinois.

— Ainsi, c'est vous, le monsieur Worth dont tout le monde me parle, s'écria-t-elle, loin d'en être ravie.

Elle n'avait eu qu'à se féliciter de ses services dans le passé, mais elle n'aimait pas les situations qu'elle ne maîtrisait pas entièrement. En matière de robes, nul ne pouvait lui en conter. Mme Palmyre l'avait complimentée à maintes reprises sur son goût exquis, et elle exécutait ses toilettes selon ses directives – comme toute bonne couturière.

— Mon choix s'est fixé sur une toilette de bal en satin. Rouge-rose ou rose soutenu. Ma femme de chambre vous apportera une de mes robes, qui vous servira de modèle pour mes mesures et le style que je désire. Vous pourrez ajouter un petit quelque chose au col, dans une teinte plus claire. Elle devra être terminée et livrée à mon hôtel particulier demain matin. Il vous reste à me montrer un choix de satins dans les nuances que je vous ai indiquées.

Ce n'était pas la première fois que Worth devait s'opposer à cette méthode classique de commander une toilette – et il savait que ce ne serait pas la dernière. Il se passerait des années avant que les clientes adhèrent au nouvel évangile de la mode qu'il prêchait. Or, cette femme avait une silhouette particulièrement difficile, qui exigeait plus de deux essayages pour parvenir au degré de perfection qu'il exigeait.

— Si vous acceptez de faire les essayages tard dans la soirée, répondit-il doucement, nous pourrons vous livrer la robe comme vous le désirez.

Mme de Gand haussa les sourcils.

— Si vous êtes aussi bon couturier qu'on le dit, je n'ai pas besoin de revenir essayer. Je vous ai expliqué ce que je veux.

Il sourit et déploya tout son charme.

— Je n'ai pas l'intention de me fier aux mesures d'un vieux vêtement, qui ne vous va peut-être pas aussi bien qu'une robe dont je couperais le patron, madame. Je vous suggère également un rouge grenat, qui mettra en valeur votre peau beaucoup mieux que les nuances auxquelles vous avez songé. Mme Worth va vous montrer plusieurs robes entre lesquelles vous pourrez choisir.

Sur son signal, les rideaux s'ouvrirent et Marie parut, dans une robe de bal en satin vert-bleu dont la jupe semblait constituée entièrement par des bandes de tissu entrecroisées. L'effet était saisissant. Mme de Gand n'avait jamais rien vu de pareil. Elle oublia toutes les protestations qu'elle était sur le point de lancer avant de partir en claquant la porte.

Pierre admira Marie en connaisseur et déplora que l'heure de la journée l'obligeât à porter un voile de soie noire sur sa poitrine et ses bras.

— Personne ne remarquera Eugénie de Montijo si vous portez cette robe, mère, dit-il en souriant. En rouge grenat, bien entendu.

Marie présenta plusieurs autres modèles, mais Mme de Gand se décida pour le premier, puis se fit présenter des tissus, tous dans la même nuance rouge grenat. Worth l'accompagna, à travers les tentures, jusqu'au salon d'essayage.

La première attendait à l'entrée. Pierre l'aperçut. Une jeune femme aux cheveux aile de corbeau, à la gorge adorable. Elle tourna la tête et leurs regards se croisèrent. Ils se reconnurent sur-le-champ, sans se rappeler pourtant, ni l'un ni l'autre, l'endroit où ils s'étaient déjà rencontrés. Ce fut Louise qui se souvint la première. Il vit ses yeux couleur d'ambre… C'était la jeune fille au bouquet de roses.

Elle disparut aussitôt dans le salon d'essayage, à la suite de Mme de Gand. Il espéra la revoir quand sa mère ressortirait, mais elle ne parut point. La jeune fille l'avait-elle évité délibérément ? Il l'ignorait, mais il ferait tout ce qu'il faudrait pour le découvrir.

Quand, le même après-midi, Pierre de Gand retourna rue de Richelieu avec sa mère pour le premier essayage, puis de nouveau en début de soirée pour le deuxième, elle trouva son fils anormalement prévenant. Et, comme si cela ne suffisait pas, il arriva à son hôtel quelques minutes avant minuit pour l'escorter à l'essayage final. Au cours de la séance, M. Worth autorisa le jeune homme à pénétrer dans le salon pour admirer la toilette tandis que la première et la couturière responsable de la finition effectuaient une retouche d'un millimètre à l'ourlet jugé imparfait. Quant à Mme de Gand, elle n'y avait aperçu aucun défaut.

— Bonne nuit, Pierre, dit-elle, ravie, lorsque le jeune homme la raccompagna à sa voiture (elle devait rentrer seule à son hôtel). À demain…

— À aujourd'hui…, lui lança-t-il par la portière.

— Mais oui, bien sûr. N'arrivez pas en retard !

La voiture s'éloigna.

Il était trois heures du matin lorsque toute activité cessa enfin dans l'atelier de couture. Worth donna ses dernières instructions pour le repassage tandis que tout le monde se préparait à partir. Louise suivit les dernières ouvrières dans le corridor. Le concierge referma derrière elle la porte de la rue latérale. Sur le seuil, elle respira à pleins poumons l'air frais de la nuit. Pas une minute à elle depuis qu'en jetant un coup d'œil dans la boutique elle avait revu le beau cuirassier… Pierre de Gand… Elle ne rêvait plus de le rencontrer depuis au moins un an, et d'ailleurs, dans ses rêves, le décor de leur rencontre n'avait jamais été une maison de couture mais le haut d'une falaise, le versant d'une montagne ou l'étrave d'un bateau – des endroits dangereux où elle était sur le point de plonger dans le vide. Était-ce parce qu'il était soldat ? se demanda-t-elle. Associé dans son esprit à l'idée du danger et de la mort ? Le temps qui s'était écoulé depuis qu'il lui avait arraché le bouquet des mains n'avait nullement estompé l'image qu'elle conservait de sa beauté – et de son audace.

Au cours du dernier essayage, chaque fois qu'elle avait levé les yeux, elle avait rencontré son regard, parfois directement, parfois en reflet dans les miroirs qui tapissaient le salon. Son cœur, sottement, n'avait cessé de battre à tout rompre. Comme si elle ne savait pas que ce jeune homme gâté ne faisait que combler un moment d'ennui par des manœuvres galantes déjà jouées, probablement, des centaines de fois.

— Bonsoir – ou devrais-je dire bonjour ? – mademoiselle Louise…

Elle retint un cri. Le cuirassier l'attendait dans l'ombre. Il fit un pas dans la tache de lumière que projetait l'unique bec de gaz éclairant la petite rue.

— Vous m'avez fait peur !

— Excusez-moi. Ce n'était pas mon intention. Je quitte Paris dans la matinée pour une semaine et j'ai voulu renouer connaissance avec vous avant mon départ.

— Je ne savais pas que nous nous connaissions.

Elle s'éloigna d'un pas vif. D'un bond, il la rattrapa.

— Je vous ai cherchée partout depuis que j'ai pris vos roses, dit-il (en exagérant beaucoup).

Elle ne feignit pas d'avoir oublié leur rencontre.

— Maintenant, dit-elle sèchement, je veille à ne jamais me mettre au premier rang de la foule. Personne n'arrachera les fleurs de mon chapeau.

Elle croyait le décourager, mais il ne semblait nullement pressé de la quitter.

— Pardonnez-moi, insista-t-il. Et prenons un nouveau départ. Je suis Pierre de Gand, vous avez dû entendre mon nom, comme j'ai entendu le vôtre. Il faut que vous acceptiez de me revoir à mon retour. Dites oui.

Il l'observa à la dérobée. Ses yeux luisaient dans l'ombre.

— Je jure que je ne m'emparerai plus jamais d'un bouquet destiné à un autre, dit-il en riant. Même pas des fleurs de votre chapeau, si vive que soit la tentation.

Elle mordit très fort sa lèvre inférieure, pour chasser le sourire qui faisait frémir les coins de sa bouche.

— Non, lieutenant de Gand. Mon travail me retient à n'importe quelle heure, souvent à l'improviste. Et je ne fais jamais de promesses si je ne suis pas sûre de pouvoir les tenir. Bonne nuit.

Elle partit brusquement vers les cousettes avec qui elle ferait un bout de chemin. Elle n'eut pas besoin de tourner la tête pour sentir qu'il ne la quittait pas des yeux, debout au milieu de la rue, à l'endroit où elle l'avait quitté…

Le lendemain matin, Louise avait pris sa décision : elle savait comment elle le traiterait à son retour à Paris. Elle était sûre qu'il chercherait à la revoir. Plus on rembarrait certains hommes et plus ils insistaient. Il devait être de ceux-là – les soldats ont du mal à admettre la défaite. Mais, par bonheur, l'élément de surprise qui avait joué contre elle la veille n'existerait plus lors de leur prochaine rencontre. Elle demeurerait parfaitement maîtresse d'elle-même et de la situation.

Elle ne se faisait aucune illusion sur les intentions du bel officier. C'était aussi clair à ses yeux que si elle l'avait lu noir sur blanc. En général, les jeunes gens de famille noble obtenaient les faveurs des grisettes avec un jupon de soie, des pendants d'oreilles, ou parfois un rang de perles. Elle avait vu plus d'une cousette naïve, victime de ces miroirs aux alouettes, se retrouver, quelques mois plus tard, la silhouette fort alourdie sous le fameux jupon de soie. Où étaient les galants à ce moment-là ? Ils brillaient par leur absence, et la pauvre grisette, renvoyée de son travail, finissait presque toujours par déposer son bébé au guichet tournant de l'hospice des Enfants-Trouvés.

Louise avait résolu qu'au retour de Pierre leurs éventuelles relations s'établiraient selon ses conditions à elle. Elle le tiendrait à la distance qu'elle déciderait. Son ancienne détermination de ne laisser aucun homme se jouer d'elle était plus ferme que jamais…

Au milieu de la matinée, Worth entra en coup de vent dans le salon d'essayage.

— Un instant, je vous prie, mademoiselle Louise.

Pendant les heures de travail, il s'adressait toujours à elle de cette façon un peu guindée, mais son expression était si anormalement sévère qu'elle lui lança un regard surpris.

— Oui, monsieur Worth ? répondit-elle avec la même politesse distante, se demandant quelle erreur elle avait bien pu commettre.

— Je vous prie de bien vouloir aviser votre soupirant de ne pas faire livrer ses présents dans cette maison !

Il lui tendit un bouquet de roses blanches, à peine écloses, présentées dans un écrin de dentelles retenu par des flots de ruban de satin.

Une fois de plus, Pierre l'avait prise au dépourvu. Pas de jupon de soie, pas de belles paroles, pas d'allusion à des intentions ultérieures – elle aurait pu refuser tout d'un bloc, dressée sur ses ergots. Non… Un présent délicat d'amoureux sans espoir, impossible à renvoyer. Elle tendit les deux mains pour prendre le bouquet.

8

Au palais de Fontainebleau, Pierre fut logé dans un appartement aux pièces confortables s'ouvrant sur l'immense escalier en fer à cheval de la cour d'honneur. De sa fenêtre, il pouvait voir l'endroit où Napoléon Ier avait fait ses adieux à la Garde avant de partir pour l'île d'Elbe, et où il l'avait de nouveau passée en revue, plein d'espoir, après son retour. Tout dans le palais rappelait ce dramatique passé, mais Pierre songeait davantage aux plaisirs que lui promettait son séjour. Il chasserait à courre, ce qu'il aimait, et chaque soir il y aurait des bals, des pièces de théâtre, des parties de cartes et d'autres distractions – tout ce qu'il fallait pour lui faire oublier l'unique raison de son impatience de rentrer à Paris… Louise.

Jamais il n'avait été si épris. Son humeur enjouée avait ravi sa mère – mais l'aurait sûrement désespérée si elle en avait connu la cause. Au cours du trajet, elle lui avait fait remarquer d'un ton mystérieux que son séjour à Fontainebleau le maintiendrait sûrement dans ce même état d'esprit.

À peine s'était-il rafraîchi et changé après le voyage qu'un serviteur vint le prévenir que le prince-président désirait le voir sans délai.

Ce n'était pas sa première visite au palais, et il n'avait pas besoin qu'on lui indiquât le salon où il devait attendre Louis-Napoléon. À son entrée, il s'aperçut qu'il n'était pas seul. Le salon, aux boiseries peintes, décoré d'un vaste tapis de soie rond, s'ouvrait sur la cour par de hautes fenêtres. Devant elles, lui tournant le dos, une jeune fille regardait le ciel gris de novembre. Elle portait une robe bleu nuit qui se noyait dans l'ombre et rehaussait l'or pâle de ses cheveux, aussi brillants qu'une flamme de bougie.

Le bruit des doubles portes, quand on les referma, la fit sursauter. Elle se retourna vivement et fixa Pierre de ses yeux noisette. Hormis son teint clair, sans défaut, elle avait une allure assez quelconque. Son nez était un peu trop retroussé, sa bouche un soupçon trop grande, et son sourire ironique montrait des dents légèrement irrégulières, ce qui – curieusement – ne nuisait pas à leur beauté, car elles étaient d'une blancheur nacrée.

— Vous êtes Pierre de Gand, dit-elle d'un ton léger.

— Vous me prenez au dépourvu, mademoiselle.

— Ne vous excusez pas ! Votre mémoire ne vous trahit pas. Nous ne nous sommes jamais rencontrés bien que nous ayons le même parrain, en la personne du prince-président. Non, un instant…

Elle hocha joyeusement la tête avant d'ajouter :

— Il faut que je change ma phrase puisque voici l'Empire presque rétabli.

Elle joignit les mains sous son menton.

— Nous avons l'honneur d'être les filleuls de l'empereur Napoléon III.

Il s'avança vers elle :

— Vous ne m'avez pas encore dit votre nom…

— Stéphanie Casile. Et c'est la première fois que je viens ici. D'aussi longtemps que je me souvienne, j'ai vécu en Savoie. Je n'ai pas encore vu Paris. N'est-ce pas un aveu horrible ? Arriver à l'âge de dix-sept ans sans avoir vu Paris !

— Pas forcément, répondit-il en souriant. J'imagine que vous avez été emprisonnée pour le plus grand bénéfice de votre éducation…

— Exact, monsieur.

— En tout cas, j'ai vu, moi, votre province, dit-il. Et même un peu trop à mon goût. J'ai passé deux ans en Savoie avec mon régiment, le long de la frontière. Visiterez-vous Paris à l'occasion de ce séjour ?

Elle haussa les épaules et les laissa retomber, en poussant un soupir de regret

— Non, il faut que je rentre à l'école. Jusqu'à l'été. Mais mon cher parrain m'a promis de me faire venir à la Cour.

Ses yeux brillaient de plaisir.

— Ce sera au palais des Tuileries. Enfin dans un cadre royal digne d'un empereur tout-puissant. Les fêtes auxquelles j'assisterai ! Les bals !… Le faste !

Il éclata de rire.

— Le palais de l'Élysée n'en a pas manqué. Et je peux vous assurer qu'aux Tuileries vous pourrez vous rattraper de toutes les privations dues à vos années d'études.

Le sourire qu'elle lui lança était plein de malice.

— J'en ai bien l'intention.

Elle pivota sur ses talons. La porte venait de s'ouvrir et Louis-Napoléon entrait dans la pièce. Il était de taille moyenne et se tenait très droit. Il avait lissé ses cheveux sur le côté à l'huile de Macassar, et les bouts de sa moustache, passés à la cire, étaient effilés comme des pointes d'aiguille. En voyant les deux jeunes gens ensemble, il sourit :

— Je vois que vous avez fait connaissance. J'ai pensé que ce serait une bonne occasion de passer un peu de temps en compagnie de mes enfants selon l'Église.

Il releva Stéphanie de sa révérence, l'embrassa sur les deux joues et la complimenta sur sa jeune beauté. Les questions qu'il lui posa montrèrent à Pierre que Louis-Napoléon prenait très au sérieux ses devoirs à l'égard de sa filleule. Le tour du jeune homme vint ensuite et le futur empereur lui donna quelques éclaircissements sur la présence de la jeune fille.

— Stéphanie est la fille d'un de nos bons amis, Joseph Casile, qui m'a soutenu en des jours moins heureux. Hélas ! il nous a quittés sans avoir vu la France sortie de l'ornière.

Le regard de Louis-Napoléon passa de l'un à l'autre, puis il prit le poignet de Stéphanie dans sa main gauche et posa sa main droite d'une manière très paternelle sur l'épaule de Pierre.

— Votre jeunesse, mes chers enfants, symbolise l'avenir de notre pays et représente tout ce pour quoi vos parents ont lutté, tout ce qu'ils ont rêvé de réaliser.

Louis-Napoléon les entraîna vers les fauteuils et bavarda avec eux durant presque une heure. Il fuma des cigares avec Pierre, et Stéphanie picora des amandes sucrées dans une bonbonnière d'argent. Il encouragea les deux jeunes gens à lui parler d'eux-mêmes et, à plusieurs reprises, il se joignit à leurs rires.

Ils constatèrent l'un et l'autre que leur parrain désirait qu'une amitié se nouât entre eux, et, quand Louis-Napoléon partit enfin, Pierre se rendit compte qu'il avait été habilement amené à faire une promesse qui ne l'enchantait guère : celle d'être le cavalier de Stéphanie durant son séjour à Fontainebleau. Il aurait fallu être aveugle pour ne pas deviner là une combinaison matrimoniale à laquelle sa mère ne devait pas être étrangère…

Comme toujours dans ce genre de réception, un jeune officier de belle mine avait plus d'une occasion de se lancer dans quelque aventure, et la présence de Stéphanie à sa droite pendant le dîner, puis de nouveau à ses côtés pour la première danse, commença de lui peser. Soumis à ses devoirs, il dansa avec elle, mais il fut ravi de voir d'autres cavaliers s'empresser autour d'elle.

Car il y avait une femme avec qui il tenait à tout prix à danser. Personne, même pas Marie-Thérèse de Gand, royale dans sa robe de satin rouge grenat qui attirait tous les regards, ne pouvait rivaliser ce soir-là avec Eugénie de Montijo, comtesse de Teba. La soirée lui appartenait. Qu'elle valsât avec Louis-Napoléon, qu'elle dînât avec lui, qu'elle esquivât ses attentions jalouses pour danser avec un autre, ou bien qu'elle se plongeât dans la conversation autour d'une table, elle éclipsait toutes les autres femmes par son extraordinaire beauté.

Elle avait un visage classique, d'un ovale délicat, avec un grand front dégagé ; ses yeux étaient d'un bleu pervenche rare, et son teint aussi pâle et transparent que de coutume chez toutes les femmes à qui la nature a accordé des cheveux d'un somptueux blond vénitien. Elle les portait bouclés en anglaises légères, qui encadraient son visage comme le diadème d'or rouge d'une impératrice de légende. Elle avait vingt-cinq ans, et c'était la fille d'un grand d'Espagne. Sous sa douceur de porcelaine, on devinait un tempérament violent et aventureux.

Elle savait à quel point Louis-Napoléon la désirait, mais, tout en essayant de la séduire, il continuait de tourner ses regards vers les maisons royales d'Europe, cherchant une dame plus digne qu'elle, par sa naissance et son rang, de devenir l'épouse d'un empereur. Quant à Eugénie, elle avait déjà dans le passé envisagé le mariage et elle avait connu deux déceptions, la deuxième encore plus douloureuse que la première. Dans chaque cas, l'homme en question avait préféré sa sœur Paca tout en adorant Eugénie, car c'était la plus aimable et la plus douce de toutes les créatures, incapable de la moindre intrigue. Mais tous ces malheurs l'avaient rendue beaucoup moins facile à vaincre. On s'arrachait sa présence partout, mais, bien qu'elle tournât les têtes de tous les jeunes gens qui lui avaient été présentés, sa réputation demeurait sans tache. Quand Pierre de Gand l'invita à danser, elle accepta avec sa grâce habituelle, et dans ses bras s'élança sur le parquet, aérienne dans sa robe de tulle vert d'eau.

— Votre parrain m'a dit que vous étiez dans la cavalerie, lui dit-elle dans un français parfait. L'avez-vous escorté à son retour à Paris après sa tournée triomphale dans les provinces françaises, il y a quinze jours ?

— Oui. Vous avez assisté au défilé ?

— Depuis la fenêtre d'un appartement. Quel spectacle magnifique ! Les généraux à cheval, rendant les honneurs. Les membres du Sénat venus à sa rencontre…

Ses sourcils fins, d'un étrange dessin oblique, donnaient à son visage un charme un peu hautain.

— Et l'empereur… il est déjà empereur sans le titre… chevauchait seul à la tête de la colonne, sans un regard à gauche ni à droite.

Elle se tut.

— Il regarde toujours droit devant lui, comme un soldat, répondit Pierre.

— J'ai entendu dire que le coup d'État de votre parrain, il y a deux ans, lui a valu de nombreux ennemis, poursuivit Eugénie.

— Assurément.

— Alors il aurait dû savoir qu'il offrait une cible parfaite à n'importe quel assassin.

— Il ne songe jamais au danger. Il ignore la peur, sous quelque forme que ce soit.

La deuxième fois qu'il l'invita à danser ce soir-là, il s'aperçut que Louis-Napoléon en prenait ombrage, et il décida qu'il serait plus avisé de passer le reste de la soirée avec Stéphanie Casile. Il dansa avec elle jusqu'à la fin du bal.

Le lendemain matin, il était debout et en tenue de chasse dès l'aurore. Stéphanie l'avait précédé dans la cour. Montée sur une jument noire, elle avait un petit air décidé, mais son costume de chasse coupé dans un couvent manquait autant de grâce et de style que sa robe de mousseline de la veille… Son haleine se condensait dans l'air glacé. Sous sa voilette, il devina un sourire joyeux, plein de vie.

— Vous a-t-on appris à monter aussi bien qu'à prier ? lui demanda-t-il en la rejoignant.

Elle lui fit une grimace.

— Vous verrez, monsieur le lieutenant-supérieur.

Mais, déjà, les yeux de Pierre se détachaient de la jeune fille. Eugénie venait de faire son apparition. Stéphanie se retourna vers l'Espagnole. Elle dut avouer que ce matin-là Vénus elle-même, sortant toute nue de l'écume des flots, n'aurait pu rivaliser avec la cavalière qui s'avançait sur le pur-sang le plus fringant des écuries du château.

Méprisant les selles d'amazone, elle montait à califourchon, habillée d'une jupe longue qui recouvrait le pantalon gris qu'elle enfonçait dans ses bottes de cuir à talons hauts, à l'espagnole. Son chapeau de feutre rappelait un peu ceux que portent les matadors, et une broche de diamant fixait la plume d'autruche qui retombait en boucle sur ses anglaises. Elle souriait, le visage animé, les yeux brillants à la perspective de la chasse

Elle salua la compagnie en levant sa badine courte, dont la poignée s'ornait de perles. Elle adressa un sourire particulièrement étincelant à Louis-Napoléon, qui se pencha en avant sur sa selle pour lui dire quelques mots que personne n'entendit – mais il eût fallu être aveugle pour ne pas deviner qu'il s'agissait d'un compliment. Elle baissa les cils. Il continua de lui parler tout en s'éloignant vers la forêt avec le reste des chasseurs.

Stéphanie comptait faire beaucoup d'effet sur Pierre ce jour-là, car elle montait à la perfection, mais personne ne pouvait rivaliser avec Eugénie, qui éclipsait toutes les autres femmes avec sa monte espagnole. Elle s'élançait par-dessus les clôtures et les fossés avec grâce et aisance, ne faisant qu'une avec sa monture, et elle arriva à l'hallali la première

Stéphanie, qui avait retenu son cheval pour ne pas voir le cerf s'écrouler au milieu des chiens, fut rejointe presque aussitôt par Eugénie, qui avait fait volte-face sur-le-champ. Bien que passionnée de courses de taureau, l'Espagnole avait le cœur moins bien accroché quand elle voyait se prolonger les souffrances d'animaux plus doux.

— Quel spectacle ! s'écria Pierre en aidant Stéphanie à descendre de son cheval couvert d'écume, tandis que toute la compagnie mettait pied à terre. Vous avez vu comment monte Eugénie de Montijo ? Jamais aucune femme n'a tenu un cheval de façon si magnifique.

— Magnifique, magnifique, répéta Stéphanie avec un soupir que Pierre ne remarqua pas.

Il passa le bras autour de la taille fine de la jeune fille pour la conduire vers le palais, mais ses yeux ne quittèrent pas la cavalière espagnole qui recevait en souriant les louanges de tous.

Le lendemain, Louis-Napoléon fit présent à Eugénie, accompagné d'un bouquet, du pur-sang andalou qu'elle avait monté de façon si splendide – et les commérages allèrent bon train. Ce cadeau munificent embarrassa un peu la belle Eugénie, mais elle alla tout de même aux écuries donner une pomme et quelques morceaux de sucre à sa nouvelle monture.

La générosité de Louis-Napoléon ne s'arrêta pas là. Au cours d'une promenade près du lac, Eugénie, Stéphanie et d'autres dames marchaient en avant des messieurs, et la conversation tomba sur les toilettes et les couleurs préférées de chacune.

— Corail dans toutes les nuances, s'écria Stéphanie, les yeux brillants.

— Je préfère le vert, fit observer Eugénie. Dans les nuances soutenues, comme par exemple ces feuilles de trèfle.

Elle se baissa pour cueillir une feuille. Croyant qu'elle avait trouvé quelque chose, Louis-Napoléon se détacha du groupe des hommes et vint à ses côtés.

— Regardez…, lui dit Eugénie, émerveillée par la beauté de la feuille toute simple qu'elle tenait dans sa main gantée. La rosée s'accroche à elle comme une larme.

Le soir même, elle portait un nouveau présent de Louis-Napoléon, qu'un courrier spécial avait ramené de Paris. C'était un bouquet de feuilles de trèfle… en émeraudes. Ce geste romantique enchanta Stéphanie. Ah ! si un homme lui exprimait ainsi sa passion ! Elle l'adorerait pour le reste de ses jours. Combien de temps Eugénie résisterait-elle à la poursuite amoureuse de Louis-Napoléon ?

Le dernier jour à Fontainebleau, le temps était gris et les hommes partirent à cheval tout seuls – y compris Pierre. Stéphanie, déçue, le regarda s'éloigner. Elle n'avait fait aucune impression sur le bel officier dont l'allure l'avait éblouie au premier regard. Elle était tellement sûre de faire tourner toutes les têtes dès qu'elle paraîtrait dans le monde… Mais rien de tel ne s'était produit. Bien au contraire. Du début à la fin de son séjour, elle avait senti les regards dédaigneux glisser sur ses robes horribles. Jamais plus elle ne subirait une humiliation pareille ! Quand son héritage lui appartiendrait, le jour de ses dix-huit ans, elle dépenserait sans compter pour pouvoir changer de toilette à chaque heure de la journée. Elle mettrait en concurrence Mme Palmyre,

Mme Camille, Mme Delatour et toutes les autres couturières en renom, mais il lui fallait les plus belles robes de Paris ! Des rêves, des rêves ! Elle tapa du pied. Combien de mois encore avant qu'elle puisse les réaliser…

Faute de mieux, elle se joignit à Eugénie et quelques autres dames qui visitaient la partie la plus ancienne du château. Elles arrivèrent bientôt dans l'une des chapelles. À la faible lumière qui tombait des vitraux, elles essayèrent de déchiffrer de vieilles inscriptions rongées par le temps, chuchotant entre elles tout en admirant des fresques peintes trois siècles avant leur naissance. Dans le silence, elles entendirent au loin les chevaux des chasseurs qui rentraient, et elles sortirent aussitôt sur le balcon de la chapelle pour connaître le résultat de la chasse.

Épuisés, trempés jusqu'aux os et couverts de boue, les chasseurs saluèrent de leur cravache la rangée de beautés accoudées à la balustrade de pierre. Louis-Napoléon fit avancer son cheval couvert de sueur.

— Comment puis-je monter près de vous ? demanda-t-il en riant.

Stéphanie se pencha pour lui tendre la main.

— Venez, je vais vous aider.

Le balcon était beaucoup trop haut et tout le monde éclata de rire. Une autre dame proposa de lancer une écharpe. L'atmosphère était joyeuse et tout au badinage. Puis Eugénie parla, l'air candide, mais avec l'ombre d'un sourire sur les lèvres.

— Tout ce que je vois, prince, c'est que vous êtes venu jusqu'à la chapelle pour me chercher.

Le silence se fit. Ce qu'elle voulait dire était très clair : « Le mariage ou rien. » Presque toutes les autres femmes dissimulèrent un sourire derrière une main gantée, et l'on échangea des regards entendus. Plusieurs chasseurs se baissèrent sur l'encolure de leur cheval ou resserrèrent une sangle pour dissimuler leur amusement. Pierre fit pivoter sa jument. Stéphanie rougit jusqu'aux oreilles en entendant cet ultimatum lancé devant un si grand nombre de témoins.

— Je sais comment résoudre ce problème, s'écria-t-elle, consciente de paraître ridicule mais tenant à dissiper la gêne. Que tout le monde sur le balcon aille rejoindre les chasseurs dans le vestibule.

Eugénie préféra s'enfermer dans ses appartements.

Le jour suivant, on se sépara. La plupart des invités rentraient à Paris mais certains avaient de plus grandes distances à franchir. Mme de Gand fit ses adieux à son fils. Elle transmettrait les amitiés du jeune homme à toutes les familles amies chez qui elle s'arrêterait en chemin avant de rentrer au château de Gand, sur les bords de la Loire.

Stéphanie attendit Pierre dans le vestibule pour lui faire, elle aussi, ses adieux. Elle portait pour le voyage une affreuse cape en tissu écossais, et un chapeau démodé qui dissimulait ses cheveux et privait son visage de tout éclat.

— Ce fut pour moi un honneur de vous être présenté, lui dit-il. Je vous souhaite un agréable voyage de retour jusqu'à votre couvent.

Le ton conventionnel du jeune homme et l'absence d'intérêt qu'elle lut dans ses yeux redoublèrent le désespoir de Stéphanie. Il avait l'esprit occupé par d'autres images, et elle allait le quitter sans laisser la moindre trace dans son souvenir ! Mais il ne fallait pas qu'il l'oublie !

Brusquement, elle s'avança d'un pas, jeta les bras autour du cou de Pierre et plaqua sa bouche sur les lèvres du jeune officier en un baiser parfaitement inattendu de la part d'une jeune fille bien élevée. Mais, à Fontainebleau, elle était tombée deux fois sur des amoureux en train de s'enlacer, et peu de temps auparavant, en compagnie de quelques autres élèves, elle avait surpris les ébats amoureux d'une servante et du fils du jardinier, qui se croyaient à l'abri des regards.

La stupéfaction paralysa le jeune homme pendant une fraction de seconde, puis il profita pleinement de l'occasion qui s'offrait. Une jolie fille est toujours une jolie fille. D'ailleurs, il l'aimait bien ; il le lui aurait certainement fait comprendre ce matin-là, si ses pensées pleines de l'image de Louise avaient pu se concentrer sur un autre objet.

Il ne lâcha Stéphanie qu'à bout de souffle et il sourit de voir à quel point la jeune fille était soudain décontenancée. Elle n'osait plus lever les yeux, et les chuchotis des autres invités témoins de tout l'incident ne faisaient qu'augmenter son embarras.

— Au revoir, Pierre.

Elle releva fièrement le menton et lui tendit la main. Ce geste distant, après s'être donnée en spectacle, ne manquait pas de drôlerie. Mais, réprimant un sourire, il s'inclina comme il convenait au-dessus de la main tendue.

— À notre prochaine rencontre, Stéphanie.

Elle sortit du château. Sa cape écossaise volait. Il la suivit des yeux, s'apercevant soudain que la conversation joyeuse de la jeune fille avait contribué pour beaucoup à animer son séjour à Fontainebleau. Oui, dès qu'il s'était résigné à lui accorder son attention fraternelle, jamais il ne s'était ennuyé auprès d'elle. Fraternelle ? Il n'y avait rien eu de fraternel dans sa réaction au geste audacieux de la jeune fille.

9

Louise se frayait un chemin au milieu de la foule des grands jours. Elle tenait à la main une carte d'invitation pour une place assise dans l'une des tribunes du Champ-de-Mars, d'où elle pourrait suivre tout à son aise le défilé militaire en l'honneur de l'investiture de Louis-Napoléon, empereur des Français. Tous les ateliers et toutes les boutiques étaient fermés en ces jours de fête, et Paris s'était paré de façon inoubliable. Les bâtiments publics et les immeubles particuliers s'ornaient de guirlandes et de drapeaux. L'aigle impérial était partout, et sur les Grands Boulevards des centaines de banderoles, gonflées comme des voiles, claquaient dans l'air sec de l'hiver. Des fontaines publiques coulaient des cascades de vin, et des guirlandes de feuillage couraient de mât en mât en dessinant des boucles gracieuses. Il y avait tellement de monde entassé dans la ville, venu de tous les coins de France, qu'on eût dit tous les dimanches de dix années réunis en un seul.

Louise n'avait pas vu Pierre depuis la nuit où elle l'avait fui, à la porte de l'atelier. En lui envoyant cette invitation, il confirmait ce qu'elle avait supposé dès le départ : il ne renoncerait pas à la poursuivre de ses assiduités. Mais elle n'avait que très peu de chances de le voir pendant le défilé. On disait que soixante mille soldats y prendraient part.

Elle était très bien placée : au centre du premier rang de la deuxième tribune (la première était réservée aux membres du Sénat et aux plénipotentiaires étrangers). Devant elle s'étendait la vaste esplanade sablonneuse du terrain de parade, avec en arrière-plan la pierre couleur crème de l'École militaire. Un peu en retrait trônait le dais tapissé de rouge où Napoléon III prendrait place dans un instant. Mais la tache de couleur la plus vive était celle des fleurs de soie jaunes dont Louise avait orné son chapeau, assorti au châle de la même nuance que Marie Worth lui avait prêté. Ce ne serait pas de sa faute si Pierre ne la voyait pas.

Il la vit. À cheval au milieu de ses camarades officiers, dans le fracas d'un spectacle fabuleux où s'exprimait la puissance militaire de la France en un tapis mouvant de rouge, de bleu, de vert et d'or, il distingua le visage éclatant de la jeune fille au milieu des centaines d'autres visages qui ne signifiaient rien pour lui. Mais il ne pouvait évidemment rien faire pour attirer son attention.

Louise s'intéressa tout particulièrement aux cuirassiers qui portaient sur la poitrine et dans le dos les plaques d'acier étincelantes. Les rangs se succédaient devant elle, mais elle ne parvint pas à apercevoir le jeune officier. Elle ressentit une certaine fierté quand ce fut le tour du régiment du jeune homme de recevoir l'aigle impérial, que Louis-Napoléon remettait à ses troupes. Ensuite, un orchestre militaire joua « Partant pour la Syrie », morceau composé par Hortense Bonaparte, la mère de l'empereur, et spontanément les spectateurs se levèrent et se mirent eux aussi au garde-à-vous. « La Marseillaise », née de la Révolution, avait été bannie dans la nouvelle ère de paix et de prospérité qui s'annonçait enfin. Un tonnerre de vivats adressés à l'empereur retentit d'un bout à l'autre du Champ-de-Mars dès les dernières notes du nouvel hymne.

Tout était terminé. Autour de Louise, les gens se levaient et s'éloignaient lentement. Elle resta assise, toute seule dans l'immense tribune, jusqu'à ce que des soldats en tenue de corvée viennent ratisser les traces de la cavalerie et balayer les papiers que le vent avait fait voler sur le champ de manœuvres. Elle n'avait aucune idée du temps qu'il fallait à un officier pour ôter son casque et son épée, détacher sa cuirasse, passer un uniforme de ville, mais elle se dit qu'une heure devrait suffire, en comptant la distance séparant la cour des chevaux des chambres particulières, quelque part dans le dédale des casernes. S'il n'avait pas paru, passé ce délai, elle partirait.

Il lui fallut une demi-heure pour sortir des bâtiments et traverser le Champ-de-Mars jusqu'à la tribune où elle l'attendait. Elle n'était pas sûre qu'il viendrait. Elle savait seulement qu'elle espérait sa venue. Il s'arrêta, comme s'il était de nouveau en train de défiler, et il la salua. Ensuite, seulement ensuite, il permit à un sourire d'errer sur ses lèvres.

— Dieu soit loué, vous avez attendu, murmura-t-il. Sinon, comment vous aurais-je dénichée dans Paris en fête ?

— Et comment aurais-je trouvé le moyen de vous remercier de m'avoir invitée, capitaine de Gand ? Sans parler des belles roses.

Elle avait remarqué à ses galons qu'il avait monté en grade. De nombreuses distinctions et promotions venaient d'être décernées à l'occasion de l'accession au trône impérial d'un second Bonaparte.

Il leva le bras pour prendre la main de la jeune fille par-dessus la balustrade branlante, et il avança à sa hauteur jusqu'aux trois marches qui permettaient de quitter la tribune. Il lui demanda si le défilé lui avait plu. Elle ne dissimula pas son enthousiasme. En bas des marches, il lui offrit le bras.

— Le reste de la journée nous appartient. Jamais nous n'aurons une meilleure occasion de faire la fête. C'est le jour des grands commencements.

Son regard était grave malgré son sourire, et ses paroles marquèrent Louise profondément, sans qu'elle en laissât rien paraître. Elle posa les doigts au creux du coude de Pierre. Elle avait confiance. Pierre ne lui faisait pas peur. Il serait le bienvenu dans la petite partie de son cœur qu'elle lui avait déjà accordée – mais tout le reste demeurerait sévèrement protégé, quoi qu'il puisse advenir.

Des milliers de soldats à qui l'on avait donné quartier libre ajoutaient la splendeur de leurs uniformes aux bigarrures de la foule qui montait et descendait sans relâche les Champs-Élysées, les avenues et les Grands Boulevards, qui emplissait les cafés, regardait les forains et dépensait sans compter, comme si la présence d'un empereur aux Tuileries était la garantie d'une bourse toujours pleine d'or. Lorsque Pierre l'entraîna dans un grand café pour prendre un rafraîchissement, Louise se rappela son premier avant-goût de luxe – le chocolat chaud qu'Henri Berrichon lui avait offert. L'endroit était bondé mais, par miracle, dès que le maître d'hôtel aperçut le jeune officier il sembla y avoir une table libre malgré tout.

— Par ici, capitaine de Gand. Je crois que cette table près de la vitrine sera à votre convenance.

Près de la vitrine ! Louise, émerveillée, ne perdit rien du flot joyeux des passants qui se pressaient sur le boulevard. Le décor opulent ne la gênait pas. Auprès de Worth, elle avait appris tous les raffinements de la bonne société. Quand Pierre de Gand lui demanda ce qu'elle aimerait commander, elle détourna son regard de la fenêtre.

— Du chocolat chaud à la crème.

La modestie de sa demande intrigua le jeune officier. Il s'attendait à la voir profiter de l'occasion. Il n'aurait pas été surpris de la voir commander une consommation chère et extravagante. Un vieil adage, souvent vérifié, affirmait qu'on pouvait gagner le cœur d'une grisette avec un homard, une place de théâtre et une balade sur les montagnes russes du champ de foire. Il commanda du café pour lui et, tout en bavardant, il remarqua la joie de la jeune fille devant son chocolat. Elle était différente de toutes les autres grisettes qu'il avait connues : elle n'était pas intimidée et elle n'affectait pas une suffisance vulgaire, elle s'était attablée comme si elle venait là tous les jours, et rien dans son attitude n'avait le côté tapageur qui trahissait trop souvent les jeunes femmes de sa classe. Elle portait une robe de lainage marron foncé, ornée de broderies très savantes. Le corsage s'ajustait aux rondeurs de sa gorge avec une perfection provocante et soulignait la courbe de ses épaules, encore plus séduisantes (se dit-il à la réflexion) que celles d'Eugénie l'Espagnole.

— Avez-vous déjà parlé à l'empereur ? demanda Louise au cours de la conversation.

Elle lui avait raconté ses débuts dans la vie, ses ambitions d'enfant, sa chance d'avoir retrouvé M. Worth le jour où elle était allée chercher du travail chez Gagelin et Obigez, et elle en était arrivée au défilé du matin.

Il hésita un instant.

— Parfois, répondit-il, préférant rester dans le vague. Peut-être ne le savez-vous pas, mais les cuirassiers ont toujours compté parmi les troupes qui lui sont restées le plus loyales et ils jouissent d'une faveur spéciale. Maintenant que nous faisons partie de la Garde impériale, aux Tuileries, je suis sûr de voir l'empereur presque tous les jours.

— Avez-vous toujours désiré entrer dans l'armée, comme je rêvais d'être couturière ?

Il posa les bras sur la table et la regarda.

— Oui. Et c'est une chance pour moi car j'aurais eu peu de choix. Servir dans l'armée est une tradition familiale que j'ai à cœur de perpétuer. Dans mon enfance, j'avais des régiments entiers de soldats de plomb, et je m'amusais à reconstituer les grandes batailles auxquelles les de Gand ont pris part dans le passé.

Il n'ajouta pas qu'à l'instar de la plupart de ses camarades officiers il était impatient de payer de sa personne. Il aurait aimé avoir un Austerlitz ou un Iéna à son actif. Il avait pris part à des combats sanglants pour le maintien de l'ordre au cours des émeutes qui avaient suivi la fuite de Louis-Philippe, mais cela n'avait rien de glorieux et il n'en avait conservé qu'un sentiment d'amertume.

— Notre demeure se trouve dans la campagne tourangelle, dit-il. C'est là que j'ai grandi.

Il entrouvrit les lèvres en un sourire qui révélait ses dents éclatantes.

— J'étais le plus jeune d'une maisonnée de femmes. J'ai six sœurs, toutes mariées maintenant, et je crois que mes parents commençaient à désespérer de donner un soldat à la France.

— Vous avez dû être gâté.

— Je le crains, avoua-t-il, les yeux pétillants de malice.

En réalité, elle connaissait mieux sa famille qu'il ne le croyait. Elle avait glané chez Gagelin et Obigez de nombreux détails sur Mme de Gand. Elle savait que ce qu'il avait appelé modestement sa « demeure » était un vaste château au milieu d'un immense domaine. Quand il avait parlé de chevaux, il avait donné l'impression d'avoir simplement le choix entre deux montures, mais Louise imaginait sans mal la taille des écuries à sa disposition. Elle apprécia qu'il n'essayât pas de l'ébouir en lui offrant le rang de perles devenu classique. Peut-être avait-il compris dès le départ qu'il ne pourrait pas la gagner de cette façon.

Lorsqu'ils quittèrent le café, il héla un fiacre dans la cohue et ils traversèrent la ville sans rien perdre du spectacle, s'arrêtant pour écouter la musique des fanfares. Bientôt, le crépuscule tomba et les becs de gaz installés depuis peu dessinèrent des guirlandes jaunes de lumière. Sur les boulevards, la foule parut soudain plus dense.

Il lui avait pris la main dès que le fiacre s'était mis à rouler. Elle ne protesta pas mais la retira au bout d'un instant. Il comprit qu'il ne progresserait guère en utilisant les avances classiques, et au lieu de lui offrir un dîner aux chandelles, en tête-à-tête, comme il l'avait prévu, il décida de poursuivre leurs relations dans un décor correspondant mieux à l'ambiance de ce jour de fête. Il demanda au fiacre de les conduire à la Grande-Chaumière, près du boulevard Montparnasse, guinguette animée qu'il avait souvent fréquentée lorsqu'il était cadet.

Il faisait très chaud à l'intérieur et la salle était pleine. Les garçons en grand tablier blanc couraient en tout sens, brandissant leurs plateaux très haut au-dessus de l'épaule. L'orchestre jouait fort, pour couvrir le tintamarre des couverts, les rires bruyants et le brouhaha sans fin des conversations. Dehors, les jardins étaient bondés de couples qui bravaient l'air frais de la nuit, sous des lanternes chinoises, pour danser aux accents d'un deuxième orchestre. Des braseros chauffés à blanc répandaient un peu de chaleur destinée aux sièges placés près des arbres, mais, comme dans ce genre d'endroits les hommes et les femmes dansaient toujours avec leurs chapeaux et leurs châles, les danseurs semblaient engendrer leur propre chaleur en tournoyant au rythme de la polka.

— Vous aimeriez danser ? demanda Pierre quand le vin fut servi et qu'ils eurent commandé leur repas.

Sous les lampions, Louise noua les deux extrémités de son châle pour bien s'assurer qu'il ne s'envolerait pas. Pierre lui tendit la main. Elle y glissa ses doigts. Il baissa les yeux vers elle et la serra contre lui. Le tissu marron de sa robe glissa un peu sur son corset. Ses seins s'appuyèrent contre la poitrine du jeune officier. Tout en elle vibrait en une invitation sensuelle – à laquelle il aurait été bien incapable de résister.

— La musique, s'écria-t-elle gaiement, en penchant la tête de côté. C'est une autre polka.

Ils se joignirent au tourbillon de la foule. Toute la soirée ils dansèrent, retournant sur le parquet de danse après chaque plat. Ils venaient de s'arrêter, hors d'haleine après le dernier accord d'un galop, quand le ciel s'emplit soudain d'étoiles roses, baignant le décor autour d'eux d'une lueur indécise, qui se mua en un vert éclatant à mesure que les feux d'artifice se succédaient, final somptueux de la fête. Tous ceux qui dînaient sortirent pour regarder, certains hommes sans prendre le temps d'ôter leur serviette glissée sous le menton ! Des vivats saluaient chaque explosion de couleur dans la nuit. Pierre glissa le bras autour des épaules de Louise. Il sentit que la jeune fille s'appuyait contre lui – était-ce volontaire, ou était-elle entièrement captivée par le feu d'artifice ?

Lorsqu'ils arrivèrent dans la rue étroite, devant le grand immeuble où Catherine et Louise habitaient, elle s'arrêta au pied de l'escalier pour prendre congé.

— Jamais je n'ai vécu une aussi belle fête, dit-elle en s'adossant.

— Moi non plus.

Il posa une main contre le mur à côté d'elle. Ils étaient déjà convenus de se rencontrer le samedi suivant, unique jour ouvrable où Gagelin et Obigez fermaient à cinq heures au lieu de huit.

— Je prendrai des billets pour le Conservatoire. Si cela vous fait plaisir…

Il avait découvert un peu plus tôt qu'elle adorait la musique, et de toute façon mieux valait ne pas proposer le théâtre pour la première fois – l'adage lui était devenu odieux lorsqu'il songeait à elle. Il y avait du homard au menu de la Grande-Chaumière et (peut-être par excès de sensibilité) il avait évité d'en commander. Coïncidence ou non, elle n'en avait pas désiré non plus.

— J'aimerais beaucoup aller à un concert, dit-elle en souriant. Mais à présent, il faut que je vous souhaite bonne nuit.

Il lui barra la route en allongeant le bras pour saisir la vieille rampe rouillée. Sans le regarder, elle se raidit. À travers ses cils baissés, son regard glissa le long de la main du jeune homme et remonta en suivant la manche pour rejoindre ses yeux. Dans le demi-jour provenant de l'unique lampe du petit vestibule, il devina de la lassitude et même un peu d'impatience au fond de ses yeux.

— Pas encore, implora-t-il à mi-voix. Pas tout à fait encore.

Il se pencha en avant et effleura sa bouche d'un très léger baiser. Presque en même temps, il la prit par la taille et l'attira vers lui. Son baiser perdit toute légèreté. Louise passa les bras autour de ses épaules. Il la repoussa un instant pour contempler son visage. Leurs yeux se cherchèrent, puis la tête de Louise bascula en arrière et il reprit ses lèvres. Elle sentit tout son être se tendre vers lui en un abandon total. Sa tête tournait, elle avait oublié tout le reste. C'était comme si, depuis l'instant où il avait traversé le Champ-de-Mars vers la tribune où elle l'attendait, ils avaient su l'un et l'autre que tout ne serait qu'intermède jusqu'à ce baiser.

Elle s'écarta de lui, le souffle court, les joues en feu, les yeux brillants. Comme il regrettait de la laisser partir… Sur la première marche, elle s'arrêta pour effleurer de nouveau ses lèvres.

— Bonne nuit, Pierre. Bonne nuit.

La voix du jeune homme la suivit jusqu'en haut des marches, comme brisée par l'écho de la cage d'escalier.

— Bonne nuit, Louise.

Dans sa chambre, elle se mit à virevolter sans fin, bras écartés, au comble de l'allégresse. Puis la tête lui tourna et elle se laissa tomber à la renverse sur le lit en lançant ses chaussures en l'air d'un coup de pied. Pierre était l'homme de sa vie, et elle était la femme de la vie de Pierre. Pierre ! Pas à ses conditions à lui, uniquement aux conditions qu'elle-même fixerait, uniquement lorsqu'elle y consentirait. Et elle ne voulait pas d'une aventure brève dans l'ombre, ce serait entre eux un amour sincère et durable – ou rien. La vieille règle du tout ou rien serait rigoureusement appliquée, sinon, qu'il s'en aille. Oui, qu'il parte ! Qu'il disparaisse. Elle rit. Elle comptait bien s'en tirer sans une égratignure, comme elle l'avait toujours décidé.

Aussitôt, son expression s'adoucit. De la tendresse se peignit sur ses lèvres. Elle tisserait sa toile jusqu'à ce qu'il s'y prenne. La toile de son propre amour. « S'abandonner » n'était pas seulement pour elle offrir son corps le moment venu. Cela signifiait soumettre sa volonté à celle d'un autre. Et cette perspective l'effrayait. Elle ne pourrait pas « s'abandonner » facilement, si profonds que fussent ses sentiments. Pierre devrait d'abord lui démontrer qu'il l'aimait davantage que toutes les autres femmes, et qu'il ne soumettrait jamais la liberté de l'esprit, à laquelle elle tenait tant, à des caprices et des inconstances qui la briseraient.

Elle s'assit brusquement sur le lit et posa les pieds par terre. Elle frissonna et se frotta les bras comme si elle était glacée.

Peu après, Catherine rentra, les joues en feu de passion et de vin. Elle était encore tout à la joie de la fête, et elle « délaça ses bottines, dit-elle, pour délasser ses orteils endoloris ». Elle avait dansé presque toute la soirée avant de participer, avec une trentaine d'autres grisettes, à une longue farandole autour de la place de la Concorde. Quand elle eut terminé son récit, elle se rendit compte que Louise, enfoncée dans son oreiller, n'avait presque rien dit.

— Alors, tu t'es bien amusée avec ton petit soldat ?

Louise avait décidé de ne rien révéler de son amour pour Pierre. Elle ne se souvenait que trop de la jalousie de Catherine quand elle s'était intéressée à Worth, et elle craignait que Catherine ne réagisse de la même manière. Mieux valait traiter les choses à la légère. Elle aviserait par la suite.

— Jamais je n'oublierai le défilé. Quel spectacle !

Elle s'attarda sur le Champ-de-Mars et passa rapidement sur le reste. Catherine bâilla. Louise la laissa supposer que le cuirassier ne comptait pas plus à ses yeux que les autres jeunes gens avec qui il lui arrivait de sortir.

Le lendemain matin, elles quittèrent la maison à la même heure matinale pour leur atelier respectif. Pour

Catherine, ce qui s'était passé la veille n'était plus qu'un souvenir agréable...

Ne pouvant parler à Catherine, Louise prit Marie Worth pour confidente. Il s'était établi entre elles une solide amitié, bien que leurs caractères fussent diamétralement opposés. Marie reconnaissait en Louise la même ambition obstinée qui animait son mari, alors qu'elle était ravie de jouer un rôle secondaire, tout de dévouement et d'encouragement.

Marie garda le silence sur ses pressentiments concernant les amours de Louise et de son officier. Louise n'avait-elle pas compris que les origines aristocratiques et les relations haut placées de Pierre de Gand éliminaient tout avenir pour elle ? Marie remarqua, lorsque la jeune fille lui fit ses confidences, que le jeune homme l'avait emmenée chaque fois (en dehors du Conservatoire où il avait retenu des places dans une baignoire isolée) dans des lieux de distraction où il n'aurait jamais accompagné une jeune femme de sa propre classe sociale. C'étaient toujours des établissements respectables, mais populaires, où l'on festoyait, dansait et faisait bombance, des endroits fréquentés par des officiers et d'autres jeunes gens de la bonne société, mais où aucune jeune fille ou jeune femme de l'aristocratie ne se rendait.

Lorsque Louise alla au théâtre pour la première fois avec lui, elle demanda l'avis de Marie à propos d'une retouche qu'elle venait de faire à sa robe de soie sauvage, qui occupait encore une place de choix dans sa modeste garde-robe. Louise avait recoupé le corsage, taillé un décolleté bas, et appelait Marie à son aide pour la mise en place finale des roses confectionnées avec la chute de tissu. Elles opéraient dans l'un des salons d'essayage, après la fermeture. Marie épingla les roses pour juger de l'effet.

— J'espère que vous aimerez la pièce, dit-elle.

Sa voix trahissait ses doutes. C'était le sujet même qui motivait ses inquiétudes, non l'interprétation. Elle recula d'un pas pour voir le reflet de Louise dans le grand miroir.

— Voilà. Qu'en pensez-vous ?

Worth venait de paraître sur le seuil. Il était prêt à rentrer.

— De quoi s'agit-il ? Quelle pièce ?

Sans attendre la réponse, il s'avança et fit pivoter Louise brusquement devant lui.

— Pas *trois* fleurs sur le décolleté, dans ce cas. Une seule suffit pour le souligner.

Sans tenir compte des regards furieux que se lançaient sa femme et Louise, il ôta deux des roses et les plaça plus bas, comme si elles tombaient sur la jupe.

— C'est là qu'il faut qu'elles soient. Comme si elles n'osaient pas rivaliser avec l'éclat de vos épaules et de votre sein.

Louise était habituée depuis longtemps à ses commentaires extravagants, qui faisaient se rengorger, rougir et minauder tant de femmes. Mais elle savait que tout ce qu'il disait se fondait sur une vérité. Jamais il ne flattait à tort et à travers.

— Louise va voir la pièce que nous avons vue il y a quelques jours, dit Marie à Worth en lui tendant l'aiguille et le fil que Louise avait préparés et qu'il avait réclamés en claquant les doigts. *La Dame aux Camélias.*

— Ils jouent encore devant des salles combles, je crois, murmura-t-il d'un ton distrait.

Il se concentrait sur la rose du corsage. En toute chose, il apportait toujours le plus grand soin.

— J'ai vu de mes yeux la vraie Marie Duplessis « aux camélias » quand j'étais petite, raconta Louise, tandis que ses pensées remontaient aux dimanches de son enfance. Une dame pâle, aux cheveux très bruns, qui passait dans sa voiture. Je ne m'étais pas rendu compte qu'elle était si jeune. Elle n'avait alors que deux ou trois ans de plus que moi.

Les doigts de Worth qui effleuraient sa peau en piquant la rose à sa place ne lui faisaient plus le même effet qu'autrefois, lorsqu'il avait touché la collerette de sa robe. C'était à peine si elle avait conscience de leur présence – elle attendait patiemment, comme toutes les femmes quand il mettait la touche finale à leur toilette.

— Voilà !

Worth rendit l'aiguille à Marie, et Louise le remercia. Avant de s'éloigner il la regarda longuement.

— C'est une pièce triste, dit-il. La plupart des femmes pleurent, et ma chère épouse n'a pas fait exception… Ne vous laissez pas prendre au dépourvu, ajouta-t-il sur un autre ton.

Elle ne pleura pas. Si intéressante que fût l'interprétation de ce thème classique d'une femme qui se sacrifie à l'amour, Louise ne parvint pas à identifier l'actrice bien en chair, aux cheveux d'or, qui jouait Marie Duplessis, à la beauté frêle dont elle se souvenait. Et elle avait aussitôt compris le conseil que Worth lui avait donné : ne devait-elle pas faire un parallèle entre la courtisane que des questions de classe et de statut social empêchaient d'épouser l'homme aimé, et ses propres relations avec Pierre ? Mais elle n'était pas une Marie Duplessis ballottée jusqu'à la mort sous la pression d'influences extérieures. De toute sa vie, elle n'avait jamais rien obtenu sans lutter, et les obstacles ne lui faisaient pas peur. Elle savait gré à ses chers amis Worth de se faire du souci pour elle, mais son étoile était en train de monter, et elle était bien résolue à ne pas lui permettre de retomber.

Jamais Pierre ne s'était montré aussi attentionné que ce soir-là. Il la regardait davantage que la scène. Il ne fit donc pas le rapprochement entre l'incompatibilité sociale des deux principaux personnages de la pièce et leur propre situation. Il avait d'autres choses en tête.

— Au cours des semaines qui viennent, lui dit-il pendant le souper, je vais avoir du mal à vous voir aussi souvent que je le souhaiterais. Selon des bruits qui courent depuis ce matin aux Tuileries, l'annonce officielle des fiançailles de l'empereur et d'Eugénie de Montijo ne saurait tarder. Depuis l'aube, toute la garde est mobilisée, le service des officiers est doublé et même parfois triplé. Ce genre de cérémonie est souvent l'occasion de complots. Les assassins cherchent à attirer l'attention sur leurs causes.

Elle pinça les lèvres pour qu'il ne devine pas à quel point elle était désespérée d'être privée de sa compagnie. S'il soupçonnait à quel point elle était éprise…

Maintenant, chaque fois qu'il la raccompagnait chez elle, il allait jusqu'à sa porte bien qu'elle ne l'eût jamais invité à entrer. Ce soir-là, quand elle glissa la clé dans la serrure, il posa la main sur celle de la jeune fille.

— Laissez-moi voir où vous vivez, Louise. C'est pour moi un supplice de ne pas pouvoir vous imaginer dans votre milieu familial lorsque vous êtes loin de moi.

Elle n'osa pas refuser. Elle fit glisser son châle de ses épaules et alluma une lampe. La lumière gris perle du globe d'opaline tomba sur son visage quand elle remonta la mèche. Il parcourut la pièce du regard, remarquant les meubles simples, la propreté. Puis il la fixa, debout près de la lampe – ses épaules, sa gorge, le nid de ses seins étaient auréolés d'une lueur diaphane. Jamais il n'avait désiré une femme autant qu'il la désirait en cet instant.

— Louise…

Comme un écho, une autre voix, endormie derrière la porte de la chambre, appela à son tour :

— Louise ? C'est toi ?

Louise entrouvrit légèrement la porte et lança un coup d'œil.

— Oui, c'est moi. Bonne nuit, Catherine. Je vous raconterai la pièce demain matin.

Elle referma la porte sans bruit et se retourna. Elle lut de l'agacement sur le visage de Pierre. Sans doute avait-il cru qu'ils étaient seuls.

— Catherine est pour moi une mère, une sœur et une tutrice, chuchota-t-elle. Elle aime toujours s'assurer que je suis bien rentrée.

— Ne trouvez-vous pas cela abusif de la part d'une personne qui n'est pas de votre famille ?

— Parfois, avoua la jeune fille. Mais je lui dois tout. Si elle ne m'avait pas prise sous son aile, comme je vous l'ai raconté, ma vie ne serait pas ce qu'elle est aujourd'hui. (Un sourire triste erra sur ses lèvres.) Certes, j'aurais de toute façon survécu. L'un de mes premiers souvenirs est un combat à coups de griffe et de dent, pour un croûton de pain. Cela vous étonne ?

— J'ai beaucoup de peine à la pensée de toutes les épreuves que vous avez subies.

Il lui prit le visage entre les mains et fit glisser ses doigts dans le flot de ses cheveux.

— J'aimerais compenser toutes vos privations du passé. Vous donner tout ce dont vous avez manqué. Vous rendre plus heureuse que vous ne l'avez rêvé.

Elle recula, sur la défensive, devinant ce qui allait se produire si elle ne le faisait pas taire tout de suite. Très vite, elle posa le bout des doigts sur les lèvres du jeune officier et secoua la tête.

— Non… Ne dites plus rien. Ne me parlez jamais de ce genre de chose.

Elle ne lui en voulait pas d'essayer de la séduire. Elle savait que, tôt ou tard, il tenterait de le faire. Mais elle ne pouvait pas supporter l'idée qu'il lui offrît l'équivalent du proverbial jupon de soie, et du non moins fameux rang de perles.

Jamais elle ne serait une autre Catherine. Jamais elle ne se contenterait d'attendre les moments furtifs qu'un homme marié pourrait lui octroyer. Malgré tout l'amour qu'elle éprouvait pour lui, s'il la quittait à cause de son intransigeance, ma foi, tant pis ! Qu'il s'en aille. Elle ne le rappellerait pas. Elle avait trop de fierté.

Il ne s'en alla pas. Quoique blessé par sa rebuffade, il eut la délicatesse de ne pas le laisser paraître. Chaque grisette avait son prix : il lui suffisait de patienter, il découvrirait le prix de celle-ci. En attendant, il continuerait de manœuvrer vers son but, tout en glanant quelques menus plaisirs. Il s'écarta de Louise et baissa la tête pour lui embrasser le cou, la courbe des épaules, le moindre centimètre de peau que le décolleté révélait.

Quand leurs bouches s'unirent enfin, elle l'embrassa avec toute sa passion. Seule la présence dans la pièce voisine d'une tierce personne qui risquait d'ouvrir la porte à tout moment retint le jeune homme de pousser plus avant sa stratégie amoureuse.

Dans l'escalier sombre, puis lorsqu'il sortit de l'immeuble, il décida d'une ligne d'action. Ce n'était pas la première fois qu'il songeait à prendre à Paris un appartement bien à lui, où il pourrait passer toutes ses heures de liberté. Il fallait maintenant en trouver un au plus tôt. Il avait besoin d'un endroit où il serait seul avec Louise. Il connaissait désormais son prix – ou croyait le connaître –, c'était l'amour. La façon dont elle l'avait embrassé l'avait trahie. Mais n'avait-elle pas déjà obtenu son amour ? Jamais il ne s'était senti aussi épris. Sinon, il ne l'aurait pas traitée, dès le début, avec des égards qu'il n'aurait jamais témoignés à une fille de son niveau social. Louise…

Le lendemain, comme Pierre l'avait supposé à la suite de l'alerte générale de la garde du palais, Louis-Napoléon annonça son mariage avec Eugénie de Montijo, et stupéfia tout le monde en déclarant que la cérémonie civile aurait lieu une semaine plus tard. Le mariage religieux serait célébré en grande pompe le jour suivant. Plus d'un Français jugea cette hâte insensée de la part d'un fiancé impérial, mais ceux qui le connaissaient bien savaient que sa passion pour l'Espagnole était presque parvenue à son point de rupture.

Pour tous les responsables de l'organisation de la cérémonie et de la mise en état des carrosses dont un certain nombre portaient déjà les armes impériales, sept jours était un délai excessivement court, et l'on fit appel à des armées de selliers, de bourreliers, de tapissiers et d'autres artisans.

Pour les couturières et les fournisseurs de tissus, l'annonce du mariage eut pour conséquence un accroissement des ventes qui dépassa toutes les prévisions. La Maison Gagelin fut submergée de commandes. Worth prenait les mesures des clientes sans désemparer, et à peine étaient-elles notées que le tissu correspondant au modèle choisi parvenait entre les mains des coupeuses. Ce fut le coup de pouce dont Worth avait besoin pour convaincre enfin ses employeurs que le service de couture devait être développé. En attendant, Marie, Louise et le reste de son équipe de couturières travaillèrent vingt-quatre heures sur vingt-quatre pour pouvoir terminer les commandes.

Dans tous les ateliers de Paris régnait la même ambiance effrénée. À l'un de ses rares moments de liberté, Louise alla voir les robes confectionnées pour le trousseau de Mlle de Montijo, exposé au public dès que le dernier faux fil était enlevé. Quarante-quatre toilettes créées par Mmes Palmyre et Vignon. Mais, si somptueuses qu'elles fussent – depuis la robe rose de moire bordée de dentelles, jusqu'à l'ensemble de taffetas émeraude décoré de plumes –, aucune d'elles n'éclipsait les modèles conçus par Worth.

Le mariage civil était une affaire privée, mais la cérémonie religieuse à la cathédrale Notre-Dame, célébrée un dimanche, attira des foules immenses qui s'entassèrent derrière la haie de fantassins en habit bleu qui jalonnaient la route entre les Tuileries et l'île de la Cité. Le soleil brillait d'un éclat inattendu pour la fin de janvier, le ciel étalait au-dessus de la ville envahie de banderoles et de guirlandes une touche de bleu gentiane très clair. Louise et Catherine avaient trouvé de bonnes places – mais c'était Pierre que Louise désirait voir, davantage que la nouvelle impératrice. Il lui avait écrit que, comme il l'avait craint, il lui serait impossible de la rencontrer.

La chance lui sourit. Quand la cavalerie de la Garde impériale passa à sa hauteur dans un tintamarre de harnais et de sabots, elle l'aperçut, seul à côté d'un officier du même rang que lui. Il avait la tête droite, le soleil scintillait sur ses joues qui encadraient son casque, mais ses yeux glissaient à droite et à gauche à la recherche de Louise. Il savait qu'elle serait dans la foule. Elle se leva sur la pointe des pieds et lui fit de grands signes joyeux, mais il passa sans la voir. Son cheval, rendu nerveux par les cris, se mit à caracoler.

Peu après arriva le carrosse vitré, rouge et or, où l'empereur et l'impératrice se tenaient côte à côte, saluant leur peuple au milieu des clameurs sans fin : « Vive l'empereur ! Vive l'impératrice ! » Louise remarqua à quel point cette belle femme avait l'air tendu et fatigué. Son visage était aussi blanc que sa robe de velours, derrière sa voilette vaporeuse de dentelle violette. Dans sa chevelure, la couronne de diamants, portée autrefois par l'impératrice Joséphine, lançait mille feux qui éblouissaient le regard des spectateurs et les empêchaient de remarquer l'expression dramatique de ses yeux. Mais, déjà, on l'aimait. Elle avait indiqué la voie qu'elle comptait suivre en donnant le cadeau de noces que lui avait fait la ville de Paris pour fonder un foyer où seraient recueillis les orphelins, et un hospice pour les incurables. Chacun louait sa générosité. Elle avait été la première à porter secours à une ouvrière tombée d'un échafaudage. Un jour, croyant que personne ne la voyait, elle avait donné son propre manteau à une mendiante. Eugénie avait su toucher le cœur de la France, Jamais aucun empereur n'avait eu d'épouse plus digne de la couronne.

Quand l'aurore effleura les rideaux de soie des fenêtres de la chambre nuptiale, dans le palais de Saint-Cloud où le couple impérial était arrivé incognito la veille au soir, Eugénie était allongée près de son époux endormi, fixant sans les voir les guirlandes du dais au-dessus de sa tête. Si elle ne l'avait pas aimé, et si elle n'avait pas eu le devoir de lui donner un héritier, elle aurait quitté le lit en voilant sa nudité et se serait enfuie dans une autre aile de la demeure pour ne plus partager le lit conjugal. Elle était bouleversée, désemparée et vaguement dégoûtée qu'un gentilhomme princier fût aussi exigeant sur ce plan que le premier paysan venu.

Louis-Napoléon ne dormait pas non plus. Jamais il n'avait été aussi déçu de sa vie. Où étaient donc le feu et la passion qu'il avait escomptés de cette créature en apparence sensuelle, dont les charmes physiques l'avaient séduit par leur perfection ? Aucun homme n'aurait pu se montrer plus tendre, plus patient, plus ardent qu'il ne l'avait été. Il l'aimait tant ! Machinalement, il tendit le bras vers elle. Avec tristessc, il sentit qu'elle se résignait à son enlacement.

10

Marie attendait un enfant. Pour son mari, c'était le comble du bonheur. Malgré une grossesse difficile, elle parvint à assurer son service avec efficacité dans la boutique, sans profiter des réductions d'horaires accordées par ses employeurs. Mais elle se trouva bientôt dans un tel état d'épuisement que son médecin lui ordonna le repos jusqu'à l'accouchement. MM. Gagelin et Obigez, qui s'attendaient, semblait-il, à la voir servir à son comptoir comme un automate jusqu'à la dernière minute, lui accordèrent un congé, mais non sans réserve et en précisant qu'elle devrait reprendre sa place aussitôt après l'heureux événement.

Le premier enfant de Worth fut un garçon, qu'ils baptisèrent Gaston. Marie, toujours aussi consciencieuse, retourna à la boutique le plus tôt possible, bien qu'elle éprouvât beaucoup de chagrin à confier son bébé aux soins d'une autre femme. Il était hors de question qu'elle quittât son emploi étant donné leur situation financière.

Pierre de Gand ne trouva pas aussi vite qu'il l'aurait souhaité un logement à sa convenance. Il fallait que l'appartement soit non loin des Tuileries et que sa taille convienne aux besoins d'un célibataire que les obligations militaires éloigneraient probablement pendant de longues périodes. Il opta enfin pour une petite résidence élégante, située dans l'une des rues inscrites sur la liste des démolitions du baron Haussmann, chargé par l'empereur de créer un Paris qui serait à toutes les autres villes ce que l'impératrice était à toutes les autres femmes.

La coutume voulait que l'empereur et l'impératrice convient à dîner l'officier de la garde se trouvant de service, et Pierre avait eu plus d'une occasion d'entendre discuter de ces projets grandioses. Son parrain l'invitait de temps à autre à converser avec lui tout en prenant un verre ou en fumant un cigare, ou bien le retenait à déjeuner avec deux ou trois autres gentilshommes.

— Je dois avouer que c'est l'un de mes deux rêves de toujours, lui avoua l'empereur un jour où ils étaient seuls. L'autre, c'est libérer l'Italie de sa servitude. À l'époque où ma mère fut chassée de France en même temps que mon frère et moi, les révolutionnaires italiens nous ont témoigné une affection et un dévouement que je n'ai jamais oubliés. Mais ce rêve-là doit demeurer dans le domaine des rêves – pour l'instant et peut-être pour toujours. Aujourd'hui, c'est la reconstruction de Paris qui me préoccupe. J'ai lu les récriminations de Voltaire, il y a bien des années, et c'est ce qui m'a mis ce projet en tête. De plus, cela va fournir du travail à des centaines de milliers d'hommes. Or, le chômage est l'une des principales causes des troubles que nous avons connus.

Ses yeux brillaient d'enthousiasme à travers la fumée de sa cigarette.

— Les taudis laids et insalubres qui servaient de repaires aux agitateurs vont être abattus. Et l'on construira à la place de beaux immeubles solides, donnant sur des boulevards assez larges pour que le cas échéant des bataillons entiers puissent y manœuvrer. Le long des avenues, à des endroits stratégiques, s'élèveront des casernes pour la troupe, qui fera respecter l'ordre et la loi. L'époque des barricades est révolue. Il n'y aura plus d'insurrection dans la capitale des capitales. Nous planterons en grand nombre des arbres et des fleurs. Mon règne sera un règne de paix, et jamais le monde n'aura vu une ville semblable à Paris.

C'étaient de beaux discours, mais, pour un officier pressé de trouver un logement où il pourrait recevoir la belle qu'il aimait, rien n'était plus agaçant que de voir des maisons susceptibles de lui convenir tomber par rangées entières sous les pioches, tandis que les boulevards s'élargissaient selon des proportions qui semblaient alors gigantesques.

Rien, dans l'attitude de Louise, n'avait indiqué un changement de résolution depuis qu'elle avait délibérément repoussé sa proposition, le soir où, pour la première fois, il était entré chez elle. Mais il ne perdait pas espoir. Il lui avait fait prendre conscience sans ambiguïté des sentiments profonds qu'il ressentait pour elle, et, s'il n'avait pas encore prononcé le mot « amour », c'était uniquement parce qu'il attendait le moment le plus propice. Il voulait éviter à tout prix une deuxième fausse manœuvre.

Ils sortaient constamment ensemble, dînaient, dansaient, fréquentaient les lieux où l'on s'amuse, prenaient des rafraîchissements aux petites tables des terrasses des

« cafés chantants », sur les Champs-Élysées. Parfois ils se joignaient aux chants, parfois ils bavardaient main dans la main. Avant que le temps froid reprenne possession de la ville, ils se promenèrent en voiture par les soirées douces d'automne, souvent au bois de Boulogne, que l'empereur avait offert à la ville de Paris pour transformer en parc public cette vaste étendue. Et Pierre songeait que jamais il ne se souviendrait de l'été 1853 sans l'associer à leur bonheur presque parfait.

Il était certain qu'elle éprouvait pour lui un amour de plus en plus profond, aussi fort que son amour pour elle. Et la perspective de sa conquête, lorsqu'elle serait amoureuse au-delà du point de non-retour, pimentait chaque sortie avec elle.

Ce fut par pur hasard qu'il apprit l'existence d'un appartement libre dans un immeuble épargné en raison de sa valeur architecturale. Il le visita : il était de bonnes proportions et convenait en tout point. Trouver des artisans compétents pour ses réparations et la décoration ne fut pas une mince affaire. Tout le monde était employé à temps plein sur les chantiers du baron Haussmann. Mais des milliers d'hommes montaient des provinces pour profiter des offres d'emploi, et il en retint plusieurs, qui effectuèrent ses travaux avant de s'engager dans les équipes de l'État.

Quand tout fut presque terminé, il compléta l'ameublement en y ajoutant quelques belles pièces qu'il fit venir de son château. Il n'avait rien dit à Louise, mais, comme l'immeuble où elle habitait était condamné à disparaître, elle sauterait sur l'occasion quand le moment serait venu.

La vie lui souriait. Ses heures de service aux Tuileries ne lui pesaient pas trop, et se révélaient même très souvent agréables. L'impératrice avait estimé que le filleul de son mari devait jouir de certains privilèges – dont l'un était de faire partie de son escorte personnelle. Il chevauchait à la hauteur de son carrosse au cours de ses promenades de l'après-midi. Comme l'empereur, elle tenait à ce que le peuple la vît, et la foule ne manquait jamais de répondre à ses sourires par des vivats et des applaudissements. Les mères soulevaient les enfants au-dessus de leur tête pour leur montrer la plus belle dame du pays. Elle adorait les enfants. Elle leur adressait de grands signes, et visitait souvent le foyer qu'elle avait fondé.

Pierre savait que ces visites étaient particulièrement émouvantes pour elle, depuis la fausse couche dont elle avait été victime au début de son mariage. Chaque fois, quand elle remontait dans la voiture, des larmes perlaient à ses yeux. Mais nul ne sut jamais combien de larmes elle versa sur les infidélités de son époux. Car, peu de temps après son mariage, les proches de la Cour avaient pu se rendre compte que l'empereur n'avait pas renoncé à son goût insatiable pour le sexe opposé.

Pourtant, en dépit d'une certaine amertume qui se manifestait parfois dans le comportement d'Eugénie, l'empereur et elle s'entendaient parfaitement sur bien des points. Elle prenait un vif intérêt à la politique et aux nombreux problèmes du gouvernement, dont ils discutaient souvent ensemble. Ils étaient persuadés tous les deux que la cour impériale devait susciter une grande renaissance de ce qui avait constitué dans le passé la gloire de la France, et par son éclat même renforcer l'image du pays aux yeux du monde entier. Les bals officiels des Tuileries auxquels des milliers de personnes étaient conviées, les banquets, les réceptions et toutes les manifestations de prestige furent célébrés dans le faste et valurent à la cour de Napoléon III la réputation d'être la plus brillante de toute l'Europe, et de dépasser en splendeur les soirées de Saint-Pétersbourg. Aucun souverain ne se souciait avec autant de goût de promouvoir tout ce qui touchait à l'élégance. Aucune souveraine n'offrait autant de charmes à tous les regards – dans l'apparat des crinolines somptueuses comme dans la simplicité des toilettes qu'elle choisissait pour les réceptions plus intimes.

Depuis quelque temps, elle s'entourait constamment de femmes exquises, dont la beauté semblait mettre en valeur sa propre perfection. Jamais elle n'était plus heureuse qu'en leur compagnie. En la voyant s'avancer au milieu d'elles, un diplomate grec déclara qu'elles évoquaient des déesses descendant de l'Olympe – leurs immenses jupes étaient les nuages colorés sur lesquels les divinités glissaient…

Certains officiers de l'entourage de Pierre commencèrent à prendre des paris : lequel d'entre eux pourrait présenter à l'une des soirées des Tuileries une cavalière assez belle pour supporter la comparaison avec les dames de compagnie de l'impératrice. Comme la règle du jeu ne s'appliquait qu'à de nouveaux visages, la concurrence était très vive et plus d'une sœur au joli minois fut invitée à monter de la province accompagnée de son indispensable chaperon, pour paraître à telle ou telle réception impériale au bras d'un jeune officier. Le comité des juges était constitué par une demi-douzaine d'officiers mariés : comme ils ne pouvaient conduire à ces soirées que leurs épouses, on supposait qu'ils demeureraient impartiaux. Les paris atteignaient, en s'accumulant, plusieurs milliers de francs, et il arrivait que personne ne gagnât la prime. Aussitôt après, la partie recommençait.

Pierre songea bientôt à tenter sa chance avec Louise. La plupart des personnes qui participaient aux grands bals officiels n'occupaient pas un rang élevé dans la société : l'empereur les invitait pour que l'auréole de sa cour s'étendît le plus loin possible, et Pierre savait qu'il serait assez facile de faire glisser le nom de Louise sur une des listes. Plus il caressait cette idée, et plus il se persuadait qu'elle avait de bonnes chances d'aboutir. Le seul problème serait de lui faire accepter la toilette dont elle aurait besoin pour la circonstance. Un cadeau direct était hors de question. Il savait qu'elle le refuserait. Il tourna la difficulté en faisant appel au concours d'une femme dont les faveurs étaient toujours à sa disposition, et qui avait à peu près la même taille et la même silhouette que Louise. Lorsqu'ils eurent passé une heure ensemble entre les draps de soie de la dame, il entra dans le détail du projet qu'il lui avait esquissé dès son arrivée.

— Mais je ne suis jamais allée chez Gagelin pour une robe ! lui dit-elle en faisant la moue, la tête enfouie dans son oreiller de dentelle. Je ne fréquente que Palmyre ou Camille.

Il se pencha au-dessus d'elle, dans les rais de lumière qui tombaient des persiennes closes.

— Qu'importe ? dit-il en souriant. De toute façon, vous ne la porterez pas. Dites que vous ferez ce que je vous demande, Éliane…

— N'ai-je pas toujours fait tout ce que vous attendiez de moi ?

Dès qu'Éliane Valmont entra dans le salon de couture, Worth reconnut en elle une demi-mondaine. C'était une femme svelte, au visage mince, qui n'avait pas trente ans. Ses cheveux étaient teints de la nuance d'or roux que l'impératrice avait mise à la mode. La moralité des clientes de la Maison Gagelin et Obigez n'était pas le problème de Worth, mais il considérait comme un mauvais présage pour la vie conjugale que ce genre de personnes, confinées jusque-là dans l'ombre, aient commencé à se pavaner sans vergogne dans la nouvelle ambiance extravagante qui prenait possession de Paris.

Worth et son domaine firent sur Éliane une impression beaucoup plus forte qu'elle ne daigna le laisser paraître. Elle avait entendu dire que la Maison Gagelin avait dépensé sans compter pour agrandir son département de couture, mais elle ne s'attendait guère à pénétrer dans des salons plus vastes que ceux des autres couturières dont elle était la cliente. Même les grandes maisons qui se flattaient d'avoir la clientèle de l'impératrice ne disposaient pas d'autant d'espace.

Elle prit le siège qu'on lui offrait et regarda Mme Worth lui présenter, à la suite l'une de l'autre, les dix plus belles robes qu'elle ait jamais vues. Il était presque impossible de faire un choix, même pour quelqu'un d'autre, et elle finit par se décider pour un corsage de soie décolleté qui se prolongeait en étoile dont les pointes tombaient sur une jupe de tulle vaporeux d'une teinte légèrement plus claire et rayée de fils d'or.

— Je la prendrai en soie jaune paille, avec le tulle de couleur plus pâle.

C'était une couleur qu'elle n'aurait pas choisie pour elle, mais Pierre lui avait parlé d'un châle de soie jaune qui mettait en valeur les cheveux bruns de Louise.

— Permettez-moi de suggérer un vert jade, madame, lui dit Worth. Avec la jupe en couches vaporeuses de bleus et de verts, rehaussés d'argent.

Oui, une robe comme celle-là serait parfaite sur elle. Mais ce n'était pas pour elle qu'elle choisissait. Elle secoua la tête, et contredit tout ce que Worth avança pour lui démontrer que n'importe quelle nuance ou presque lui irait mieux que le jaune. Et avec quelle habileté il la complimentait pour la faire changer d'avis ! Elle devina aussitôt en lui un homme habitué à rencontrer des obstacles et à les surmonter, et elle prit plaisir à lui tenir tête. Il en devint tout rouge de dépit.

— Vous voulez *vraiment* avoir l'air d'un champ d'avoine au soleil couchant, madame ? lança-t-il en écartant les bras – geste purement français qui semblait démentir son accent britannique.

Elle ne se démonta pas pour autant.

— Un de mes spectacles préférés, monsieur Worth. Vous m'avez complètement convaincue.

Il était hors de lui. Il pinça les lèvres et la fit passer dans un des salons d'essayage. Éliane Valmont était certaine que, si la boutique lui avait appartenu, il lui aurait ordonné d'en sortir sur-le-champ et de ne plus y remettre les pieds. Quelques instants plus tard, elle devina, d'après la description que Pierre lui avait faite, que la jeune fille ravissante aux gestes vifs et précis qui s'avançait pour prendre ses mesures était Louise Vernet.

— Vous travaillez ici depuis longtemps ? lui demanda-t-elle tandis que le centimètre se déroulait autour de sa taille. C'est vous qui faites tous les essayages ? Oh ! sous la direction de M. Worth. Comment vous appelez-vous ?

Éliane se chamailla avec Worth à chaque essayage. Dans cette couleur qui étouffait complètement son teint et ses cheveux, elle avait l'air quelconque. Furieuse de ne pas paraître à son avantage, elle trouva des défauts partout, mais quand la robe fut terminée, il n'y avait rien à redire – hormis la couleur –, et elle put jouer la scène prévue.

— Vous avez raison, monsieur Worth, avoua-t-elle en larmes. Le jaune ne me va pas du tout. J'ai *vraiment* l'air d'un champ d'avoine.

Dans le miroir, elle vit le visage du couturier se fermer. Louise, qui patientait à l'écart, semblait inquiète. Se figuraient-ils qu'elle allait refuser la robe ? Tant mieux.

— Rien ne pourra me convaincre de la porter en dehors de ce salon d'essayage.

Worth s'éclaircit la gorge.

— Madame…

— Je sais, je sais, soupira-t-elle en sortant son mouchoir de dentelle. Vous me l'avez dit et j'ai refusé d'écouter. Eh bien, je vais payer sur-le-champ le prix de mon erreur, et nous recommencerons par le commencement.

Elle lui sourit : c'était le moment qu'elle attendait avec impatience, car Pierre lui avait promis une robe pour la payer de son temps et de ses peines.

— Cette fois, dit-elle, vous me conseillerez pour tout.

Le regard de triomphe de Worth l'amusa beaucoup.

Dès qu'il eut quitté le salon d'essayage, Louise aida Éliane à ôter la robe jaune et lui promit de la lui faire livrer dans la journée.

— Non ! refusa Éliane. Je ne veux plus jamais, jamais, revoir cette horreur. Sa présence dans ma garde-robe me rappellerait trop ma sottise.

La robe était dans les bras de Louise, Éliane la prit entre deux doigts et l'ajusta contre la jeune fille.

— Vous pouvez la garder ! Prenez-la ! Je vous en fais cadeau pour votre patience au cours des essayages.

Louise se figea.

— Madame ! Je ne peux pas accepter !

— Mais si. Faites venir M. Worth. J'insiste pour que vous la gardiez.

L'affaire fut vite réglée. Louise en demeura abasourdie pour le reste de la journée. Chaque fois qu'elle disposait d'une seconde, elle jetait un coup d'œil dans la pièce où l'on suspendait les robes vendues avant de les empaqueter. Worth lui avait promis de faire toutes les retouches nécessaires – il fallait que toutes ses créations aillent à la perfection aux femmes qui les portaient.

Au cours des mois précédents, Pierre lui avait ouvert Paris ! Elle avait pénétré dans un monde de lumière dont elle n'avait entrevu jusque-là que les ombres. Il lui arrivait de dîner dans des restaurants ou de prendre l'apéritif dans des cafés à la porte desquels elle avait mendié autrefois, ou ramassé un croissant tombé par mégarde d'une table. Il y avait encore des mendiants et beaucoup de miséreux, mais avec le travail qui s'offrait plus personne ou presque n'avait faim – les extravagances des riches fournissaient de nouveaux emplois dans tous les domaines de l'artisanat et du commerce. La mode occupait la crête de cette vague de prospérité, et les robes que Louise faisait essayer s'ornaient de crinolines de plus en plus vastes, avec des coussinets, des cerceaux et des jupons tellement raidis par le crin de cheval qu'ils pouvaient tenir debout tout seuls. Sa nouvelle robe était conçue pour être portée par-dessus ce genre de jupon, bordé et recouvert d'un satin assorti aux couches de tulle de la robe.

Elle était impatiente de montrer sa nouvelle toilette à Catherine avec qui elle partageait toujours les plaisirs et les peines, à la seule exception de ses sentiments réels pour Pierre de Gand. Il lui était difficile de ne pas se trahir, mais heureusement Catherine attribuait son allégresse à la satisfaction que lui donnait son travail chez Worth. Si Louise lui avait avoué son amour, elle n'aurait sûrement pas pu dominer sa jalousie. Chez Mme Camille, avec l'afflux constant de travail, les couturières étaient retenues de plus en plus tard le soir, et Catherine, esclave de son aiguille, rentrait toujours épuisée. Quant à Louise, son bonheur n'était menacé que par un petit nuage. Les journaux parlaient chaque jour de la déclaration de guerre de la Turquie à la Russie, sous un obscur prétexte religieux, et Pierre, comme la plupart des gens bien informés, estimait que la France serait très vite entraînée dans le conflit du côté de la Turquie si une intervention diplomatique ne mettait rapidement fin aux hostilités. Dans un Paris insouciant et avide de plaisirs, il semblait impensable que la guerre pût éloigner des Tuileries la Garde impériale, et elle essaya de ne plus y songer, espérant que ces lointains pays signeraient bientôt un traité de paix.

Les journées passent vite quand on travaille d'arrache-pied. Inlassablement, elle ajustait les toilettes qu'exigeaient les bals officiels et les autres grands événements mondains, et, tandis qu'elle épinglait et faufilait les créations de Worth sur d'autres femmes, elle ne se doutait guère qu'elle était sur le point de porter sa propre robe de Worth dans le cadre même des Tuileries.

Cependant, tous les projets de Pierre allaient être réduits à néant. L'empereur le convoqua.

Il le trouva en train de lire des documents d'État, et il se demanda aussitôt s'il n'allait pas être chargé d'une mission militaire. Il ne rêvait que de bataille. Il adorait la vie parisienne et tout ce qu'elle impliquait, mais son éducation avait été orientée vers la guerre, et il n'avait nulle envie de vieillir dans son bel uniforme sans le tacher de sang. Hélas ! le sujet dont l'empereur désirait l'entretenir était aussi éloigné que possible de la guerre ! Comme il était de service, Pierre se mit au garde-à-vous devant le bureau.

— Repos ! lui dit son parrain avec un sourire affable. Pas de cérémonie entre nous aujourd'hui. Prenez ce fauteuil, où je pourrai vous voir sans avoir besoin de me tordre le cou. Parfait.

Louis-Napoléon se pencha en arrière et, comme très souvent lorsqu'il bavardait, il se mit à tortiller le bout de sa moustache.

— Vous vous souvenez certainement de ma filleule Stéphanie Casile (ses yeux pétillèrent de malice). À en croire ce que l'on m'a raconté, vous vous êtes fort bien entendus au cours de votre séjour à Fontainebleau l'an dernier. La passion de vos adieux dépassait même, je crois, les convenances…

Pierre fronça les sourcils. Il ne pouvait révéler la vérité sans mettre Stéphanie dans l'embarras.

— J'aurais dû éviter l'incident, reconnut-il.

— Sans doute, sans doute. Mais il ne me déplaît pas de voir une certaine affection s'épanouir entre deux jeunes gens à qui je m'intéresse de près. Eh bien, Stéphanie est à Paris.

L'empereur haussa les sourcils comme pour se faire l'écho de la surprise ravie que Pierre aurait dû ressentir à cette nouvelle.

— Elle est arrivée il y a quatre semaines, et elle demeure chez la duchesse de Bassano qui l'initie à la vie de la Cour. L'impératrice s'est prise d'affection pour elle et a décidé de l'accueillir parmi sa suite personnelle.

La duchesse de Bassano était l'une des plus belles dames de compagnie de l'impératrice – la plus apte à mettre la nouvelle venue au fait de l'étiquette.

— La duchesse conduira Stéphanie au prochain bal officiel, et je veux que vous alliez au-devant de la jeune fille à son arrivée au palais et que vous soyez son cavalier pendant la soirée. Ce n'est pas une mission bien compliquée, n'est-ce pas ?

— Non, Sire, répliqua-t-il.

Dieu merci ! il n'avait pas encore invité Louise ! Eh bien, il perdrait son pari une fois de plus – et il avait misé une forte somme, certain de gagner s'il venait avec la grisette. Il se leva tandis que son parrain faisait le tour du bureau.

— Je compte sur vous pour veiller à ce que Stéphanie ne soit pas solitaire ou sans protection pendant sa nouvelle vie à Paris. Elle continuera de résider chez la duchesse, et se rendra au palais pour remplir ses devoirs comme les autres dames de la suite. Je ne vous retiendrai pas plus longtemps.

Pierre sortit, furieux. L'empereur lui avait clairement enjoint de jouer les cavaliers servants de Stéphanie pendant les deux ou trois mois à venir, et il ne pouvait absolument rien contre cet ordre. Car c'était un ordre, malgré tous les sourires qui l'accompagnaient.

Le soir du bal officiel, son humeur était des plus sombres. Sous la marquise qui formait un premier vestibule devant l'entrée, il dansait d'un pied sur l'autre sur l'épaisse moquette de laine, en attendant la voiture des Bassano. De toutes les fenêtres du palais, des flots de lumière se répandaient sur Paris. Le drapeau tricolore flottait doucement au-dessus du dôme du pavillon de l'Horloge, où étaient situés les appartements privés de l'empereur. Dans les jardins, des milliers de globes éclairés au gaz formaient des guirlandes parmi les arbres, et les fontaines, tombant en cascade, se teintaient de mille couleurs – un décor de conte de fées.

Comme d'habitude, plus de cinq mille personnes avaient été conviées. La rue de Rivoli et le quai des Tuileries étaient bloqués par des équipages faisant la queue pour prendre place dans la cour d'honneur. Les invités, en tenues somptueuses, étaient conduits sous la marquise. Les laquais en perruque poudrée ouvraient portière sur portière à mesure que les voitures s'avançaient. Des diplomates, des sénateurs, des officiers de haut rang et de nombreuses personnalités françaises et étrangères se succédaient sans relâche, les hommes parés de décorations, les femmes de bijoux. Les Bassano arrivèrent enfin. Pierre s'avança, salua la duchesse et son époux, puis se tourna vers Stéphanie qui descendait de voiture. Il faillit ne pas la reconnaître.

— Nous voici de nouveau réunis, Pierre.

Un large sourire se peignit sur le visage du jeune homme. Il allait gagner son pari malgré tout !

Depuis leur dernière rencontre, elle s'était littéralement épanouie. Les petites irrégularités de ses traits donnaient un intérêt et un charme insolite à son visage couronné de cheveux d'or qu'elle portait « à l'impératrice », tirés en arrière pour former un chignon au creux de la nuque. Un diadème de fleurs en forme de fer à cheval les maintenait en place. La duchesse n'avait pas épargné sa peine pour préparer à son entrée à la Cour la jeune fille confiée à sa charge : toute trace de gaucherie avait disparu. L'effronterie aussi s'était dissipée. En descendant de voiture, elle avait relevé sa jupe large avec plus de grâce que la plupart des autres femmes.

— C'est un honneur pour moi, Stéphanie. Vous voici arrivée, comme promis, à la conquête de Paris.

Elle plissa les lèvres en un sourire aussi espiègle que dans le souvenir du jeune homme.

— Oui, me voici. Que cette ville prenne garde !

Son cœur battait si fort qu'elle avait du mal à respirer. Elle entra dans le palais, à son bras. La duchesse s'était montrée impitoyable dans ses instructions sur la façon de marcher, de s'asseoir, de sourire, et Mme Palmyre avait fourni une garde-robe capable de répondre à toutes les invitations. Mais, au long des interminables leçons et des essayages sans fin, Stéphanie avait rongé son frein. Pour elle, tout convergeait vers l'instant où elle reverrait Pierre. C'était pour *lui* qu'elle s'était soumise à cette discipline. C'était pour *lui* qu'elle avait envie de paraître à son avantage. L'honneur que lui concédait l'impératrice passait au second plan auprès de sa joie de *le* sentir près d'elle en cette soirée si longtemps attendue.

Ils traversèrent une antichambre où des valets de pied en redingotes chamarrées se tenaient raides comme des piquets, et ils parvinrent au grand escalier. Deux trompettes étaient au garde-à-vous de chaque côté, leur instrument étincelant appuyé sur la hanche. Des oriflammes brodées d'or pendaient, immobiles. Des gardes resplendissants avec leurs casques et leurs plaques pectorales formaient un double rang sur chaque marche. En haut de l'escalier, Pierre tendit leurs invitations à deux huissiers en grand uniforme.

Quand elle entra dans la salle des Maréchaux, Stéphanie demeura bouche bée. Elle ne parvenait pas à croire à tant de magnificence. Le plafond tout entier semblait constellé de cascades de cristal, des milliers de bougies se dressaient dans les énormes lustres. Sous cette lumière merveilleuse, la nombreuse assemblée rivalisait d'éclat. Tous les hommes qui n'étaient pas en uniforme portaient l'habit de cour officiel, toutes les femmes avaient des jupes en forme de roses épanouies. L'immense salon semblait un jardin vivant.

On la présenta à beaucoup de monde, et elle ne manqua pas d'attirer les regards. Un nouveau visage adorable provoquait toujours des questions au sein d'une cour où l'impératrice avait instauré le culte de la beauté. Plusieurs camarades de Pierre tinrent absolument à être présentés : ils entourèrent la jeune fille de leurs attentions et elle fit la coquette avec grâce – toujours dans les limites que lui avait enseignées la duchesse, mais radieuse de constater l'étendue de son pouvoir de séduction. Elle espérait bien que Pierre s'en apercevrait, et elle fut rassurée lorsqu'elle vit deux ou trois officiers lui donner des claques dans le dos pour le féliciter de sa bonne fortune de l'avoir pour cavalière.

À neuf heures et demie exactement, l'empereur et l'impératrice firent leur entrée. Tous les regards se fixèrent sur eux, et la salle prit l'aspect d'une mer houleuse tandis que les têtes s'inclinaient à leur passage au milieu d'un murmure sans fin de satin et de soie, auquel se mêlait le tintement fugitif d'une médaille. Napoléon portait la tunique écarlate et la culotte blanche de général, ses cheveux noirs et les pointes de sa moustache brillaient. Eugénie avait choisi un taffetas azur de la couleur de ses yeux, elle portait des saphirs dans les cheveux et autour du cou. Ses épaules étaient nues, et elle tenait à la main gauche un éventail d'ivoire.

Ils ouvrirent le bal, et dès que tout le monde dansa, Pierre entraîna Stéphanie. Il l'abandonna ensuite à plusieurs cavaliers, mais lui demanda la danse du dîner. Ils ne dînèrent pas avec la foule des invités, car ils devaient rejoindre l'empereur et quelques personnalités de haut rang (dont les Bassano) dans un salon privé. Pierre et Stéphanie furent honorés d'une attention spéciale. Tout d'abord leur parrain bavarda avec eux, puis Eugénie les invita à s'asseoir près d'elle. Comme elle avait une conversation brillante, amusante et pleine d'esprit, son groupe était toujours le plus animé.

Si elle n'avait pas eu la certitude de danser de nouveau avec Pierre, Stéphanie aurait volontiers passé toute la soirée ainsi, mais l'empereur et l'impératrice décidèrent bientôt de rejoindre leurs invités, Ils se mêlèrent à la foule, parlant comme toujours au plus grand nombre de personnes possible.

Ils quittèrent le bal à minuit et Eugénie, se tournant à demi, lança comme de coutume un gracieux salut de la main. La fête continuerait sans eux jusqu'au matin, mais les Bassano avaient décidé de partir et il fallait que Stéphanie rentrât avec eux. Elle était tout à fait désolée de s'éclipser si vite mais elle se garda bien de le montrer – sauf à Pierre, lorsqu'il la raccompagna jusqu'à la marquise.

— La soirée ne faisait que commencer, murmura-t-elle.

Il pensait de même, mais il la consola de son mieux.

— Beaucoup d'autres occasions vont se présenter maintenant. Essayez de convaincre la duchesse de vous dénicher un chaperon disposé à veiller jusqu'au matin.

La voiture des Bassano s'éloigna. Pierre s'attarda sous la marquise déserte, se demandant où il allait passer la fin de la nuit. Il n'avait pas envie de retourner au bal, mais aucune des distractions nocturnes qui s'offraient à lui ne le tentait vraiment. Rien ne l'intéressait en dehors de la présence de Louise.

Cette soirée aurait dû appartenir à la grisette, et malgré tous les attraits de la compagnie de Stéphanie, il s'était senti frustré. Son désir de revoir Louise devint soudain si violent que, sans plus réfléchir, il fit appeler un fiacre et donna au cocher l'adresse de la jeune fille.

Avant de monter, il leva les yeux vers les fenêtres de l'immeuble où elle vivait. Le plâtre de la façade s'écaillait, on apercevait une bougie derrière des rideaux.

Il s'élança dans l'escalier d'un pas vif. Sans hésiter, il frappa à la porte.

La voix de Louise, vaguement inquiète, lui répondit.

— Qui est là ?

— Moi… Pierre.

— Une seconde.

Il entendit le verrou glisser et la clé tourner. Puis la porte s'ouvrit. Elle était debout, le bougeoir à la main, un châle drapé autour de ses épaules par-dessus sa chemise de nuit, cheveux défaits.

— Que se passe-t-il ? demanda-t-elle d'une voix angoissée.

Aucune femme parée de tous ses atours, ce soir-là aux Tuileries, n'aurait pu rêver de paraître plus belle que Louise dans cette tenue simple et intime, à la lueur de la bougie qui modelait son visage. C'était la première fois qu'il voyait ses cheveux dénoués : ils tombaient, raides et lourds, presque jusqu'à sa taille, où ils se relevaient en boucles légères, On eût dit de la soie. Il entra dans la pièce et referma la porte derrière lui.

— Il fallait que je vous voie. Êtes-vous seule ?

Son regard s'était posé sur la porte ouverte de la chambre sans lumière de Catherine, et il avait remarqué que Louise n'avait pas baissé la voix.

— Oui, répondit-elle spontanément. Catherine est à son travail. Elle ne rentrera pas avant le matin.

La visite de Pierre à cette heure l'avait aussitôt angoissée : n'allait-elle pas le perdre ? Elle tendit une main hésitante vers le bras du jeune homme – c'était la première fois qu'elle le voyait dans son uniforme de cérémonie.

— Est-ce que vous partez ? murmura-t-elle. C'est pour cela que vous êtes venu si tard ?

Il se souvint aussitôt de lui avoir dit que la France risquait d'être rapidement impliquée dans le conflit entre la Russie et la Turquie. Il n'avait pas deviné à quel point elle avait craint d'être séparé de lui. Il se rendit compte que pour la première fois elle s'était laissé surprendre garde baissée, vulnérable. Sans le vouloir, il avait provoqué l'instant qu'il avait attendu si longtemps avec une patience dont il ne se serait jamais cru capable.

— Non. Pas encore. Peut-être très bientôt, dit-il.

Il déposa sur une chaise le bicorne qu'il tenait sous le bras.

— Ce n'est pas pour cela que je suis venu, dit-il. Soudain, il fallait que je vous voie. Si vous aviez été endormie, j'aurais réveillé toute la maison. Je ne pouvais pas supporter de vivre une heure de plus, un jour de plus, une nuit de plus sans vous dire ce que j'aurais dû vous avouer il y a bien longtemps.

Elle recula d'un pas, pieds nus sur le parquet, et la bougie laissa tomber des perles de cire. Il lui prit le bougeoir des mains, et lorsqu'il le posa sur la table voisine ils furent tous les deux nimbés de lumière jaune. Le revers de soie de sa jaquette d'uniforme scintilla lorsqu'il l'ôta et lança son vêtement sur la chaise. Il prit Louise dans ses bras et la serra très fort contre lui, caressant doucement le flot de ses cheveux.

Chaque fois qu'il parlait de guerre, elle était bouleversée à la perspective des dangers qu'il allait courir. Elle s'accrocha à lui. Elle avait besoin soudain de se sentir serrée, protégée par son corps et de s'entendre dire que ces moments leur appartenaient sans qu'un départ vers les champs de bataille étrangers pût y mettre un terme. Leurs lèvres s'unirent avec une violence toute nouvelle pour Louise, et leur baiser sembla se prolonger indéfiniment. Quand leurs bouches se séparèrent, il se pencha en arrière pour atteindre la clé dans la serrure. Elle comprit qu'elle s'était laissé entraîner trop loin.

— Non.

Elle essaya de lui retenir le bras mais il la serra plus fort contre lui. La clé tourna.

— Je vous aime, murmura-t-il en cherchant de nouveau ses lèvres.

Rien n'aurait pu l'arrêter. Il souleva la jeune fille dans ses bras et la transporta jusqu'au lit. Elle tenta encore de s'éloigner de lui, mais tout ce qu'elle aurait pu dire se serait perdu dans ses baisers. Il tira sur le nœud des rubans de sa gorge, et la chemise douce glissa aussitôt, révélant sa nudité. La soie noire de ses cheveux masqua un instant son visage tandis qu'instinctivement elle s'arc-boutait contre lui. Mais sa lutte fut de courte durée. Elle se soumit.

Il se déshabilla et se glissa près d'elle. Lorsqu'il l'enlaça enfin pour le dernier assaut de l'amour, il n'y eut plus de monde, plus de temps, plus de nuit, plus de jour – uniquement ses bras qui la serraient, uniquement Pierre.

Dans la lumière naissante de l'aube, il la gardait pelotonnée doucement contre lui tandis qu'ils chuchotaient sans fin.

— Nous resterons toujours ensemble, lui promit-il en déposant des baisers sur ses yeux. Rien dans la vie ne pourra nous séparer désormais, et dans peu de temps nous pourrons apprendre à tout le monde que vous êtes à moi et seulement à moi, aussi longtemps que nous vivrons.

Il comprenait maintenant que depuis leur première rencontre elle représentait pour lui toutes les femmes. Il n'imaginait plus son avenir autrement qu'avec Louise dans sa vie. Il le lui dit.

Elle eut du mal à le persuader de partir avant le retour de Catherine. Il s'habilla à regret, puis, près de la porte, il la serra une dernière fois contre lui.

— Il se passera plusieurs jours avant que je vous revoie, soupira-t-il.

Jamais ses devoirs ne lui avaient paru plus accablants, et il était furieux de consacrer au service des heures qu'ils auraient pu passer ensemble.

— Dites-moi que je peux rester un peu plus longtemps, murmura-t-il encore

— Il faut que vous partiez tout de suite ! le gronda-t-elle avec tendresse.

Il parvint à voler une ou deux minutes de plus.

Le soir même, au mess des officiers, une surprise l'attendait : on lui remit le montant des paris, au cours de la petite cérémonie de rigueur, arrosée de champagne et de cognac. Il avait complètement oublié qu'il était le vainqueur.

Il avait gagné un prix auquel il tenait beaucoup plus.

11

Marie, consternée, regardait son image dans la psyché. Elle devait assister avec Worth à un bal donné aux Halles en l'honneur de l'impératrice et de sa Cour – l'une des nombreuses festivités que « la Ville » organisait pour suivre le rythme imposé par « les Tuileries » – et Charles avait créé pour elle une robe vraiment trop extravagante. Un flot de tulle rose, orné de rubans violets assortis, avec la crinoline la plus large que l'on ait jamais vue. Et Marie la détestait. Tout, dans son tempérament modeste et discret, s'insurgeait contre cette robe. C'était le genre de toilette qu'elle haïssait le plus car elle attirerait tous les regards et provoquerait des murmures sans fin. Peu lui importait que la moitié des femmes présentes la lui envient. Elle savait que les autres ricaneraient sous cape.

Pourquoi fallait-il que Charles créât un modèle si *nouveau* et si *différent* chaque fois qu'ils sortaient ? Les épreuves qu'elle subissait à la boutique ne suffisaient-elles donc pas ? Elle avait l'impression d'être un bouffon dans ces toilettes trop voyantes. Un jour, tôt ou tard, elle s'effondrerait brusquement et mourrait de honte, blessée par tous ces regards inquisiteurs et ironiques.

Entendant Worth monter l'escalier, elle se raidit : il fallait qu'il la laisse porter une tenue de bal plus conventionnelle. Ses robes n'avaient rien de banal lorsqu'elle les avait mises pour la première fois, mais la mode les avait adoptées, et d'autres femmes se présenteraient sûrement avec des toilettes du même style. La porte s'ouvrit et il entra en coup de vent, très beau dans sa tenue de soirée au plastron d'un blanc éclatant. Il tenait à la main un petit bouquet de pensées dont les rubans flottaient.

— La touche finale, ma chérie !

— Charles !… protesta-t-elle.

D'un geste doux, elle voulut l'empêcher d'épingler à sa robe le bouquet de soie et de velours.

Il n'écouta pas. Et le bouquet n'était pas destiné à orner la robe. Elle s'aperçut avec stupeur qu'il glissait dans ses cheveux le peigne invisible auquel les fleurs étaient fixées. Les rubans tombèrent en boucles souples sur l'une de ses épaules. Au même instant, ses yeux s'emplirent de larmes.

— Je n'irai pas au bal avec cette *chose* dans mes cheveux !

Il leva les bras au ciel, désespéré par tant d'incompréhension. Au cours des années, ils s'étaient souvent querellés dans des circonstances semblables, et rien ne l'avait jamais autant blessé que de s'apercevoir qu'elle n'appréciait pas ses modèles. Chaque fois, son chagrin aggravait sa colère et sa susceptibilité aux critiques.

— C'est un simple bouquet. Les plus belles pensées qui aient jamais été réalisées. Les fleuristes y ont travaillé pendant des heures.

— Des pensées ! Je suis censée aller au bal ce soir, et non pousser la charrue ou traire les vaches. Personne n'a jamais porté de bouquets de pensées dans les cheveux pour un bal à Paris ! Pourquoi pas un collier de pâquerettes piqueté de brins de paille pour compléter l'effet !

— Vous vous rendez ridicule, et vous aurez les yeux rouges.

— Ridicule ! répéta-t-elle en rejetant la tête en arrière. C'est votre robe qui me rend ridicule. On dirait un surplis de nonne.

Elle enfouit sa tête dans ses mains et éclata en sanglots.

— Vous ne voyez donc pas que je serai la risée de tous ?

La colère de Worth tomba aussitôt. Il la prit dans ses bras et la serra contre son épaule. Il lui caressa les cheveux, lui embrassa le front, et, tout en la cajolant, se mit à lui parler à mi-voix :

— J'ai choisi les pensées pour la raison même que jamais personne n'en a porté jusqu'ici. Leur simplicité est en harmonie avec la robe. Au milieu de toutes les toilettes surchargées, vous allez vous distinguer comme l'exemple même de la beauté d'une femme dans une robe atteignant par sa seule ligne l'élégance suprême. Si j'avais opté pour les roses ou le jasmin, la touche finale n'aurait rien eu d'inhabituel.

Il finit par gagner – comme toujours. Sans même se rendre compte de l'instant où elle abandonnait la lutte, elle se laissa convaincre de porter non seulement la robe détestée, mais le bouquet et ses rubans. Elle sécha ses larmes, se moucha dans le mouchoir de batiste qu'il avait tiré de sa manche, se laissa embrasser et consoler, et s'entendit dire qu'elle était la meilleure épouse du monde. Toutefois, à l'instant où elle lui prit le bras pour se rendre à la fête, elle crut revivre les angoisses de Marie-Antoinette sur la charrette la conduisant à l'échafaud.

Tout se passa comme Worth l'avait prédit. Sa robe suscita l'admiration de presque toutes les femmes et même celles que sa simplicité choquait ne pouvaient en détourner leurs regards. De plus en plus souvent, chaque fois que Marie assistait à une réception publique, les femmes présentes examinaient ce qu'elle portait. Comme elle demeurait toujours souriante et détachée, personne ne soupçonnait à quel point elle était vulnérable. Elle se consola de son supplice en entendant Worth murmurer qu'à la fin de la semaine la boutique recevrait des dizaines de commandes de robes semblables.

— Et avec des pensées pour la coiffure, ajouta-t-il, incapable de résister au plaisir de lui prouver qu'il avait eu raison.

Ce fut l'une des rares circonstances où, malgré tout l'amour qu'elle ressentait pour lui, elle jugea sa suffisance insupportable.

— Mais aucune ne sera aussi belle que vous, lui murmura-t-il aussitôt.

La salle de bal de la Ville rivalisait d'opulence avec les salons des Tuileries : tentures de velours d'un bleu profond, guirlandes de fleurs enrubannées, cordelières de soie… Tout le décor était éclairé par des lustres et se réfléchissait dans des miroirs qui multipliaient l'assemblée nombreuse en des foules infinies. Les Worth étaient salués de tout côté. Ils connaissaient maintenant beaucoup de monde à Paris, et les invitations ne manquaient pas. Ils en refusaient plus qu'ils n'en acceptaient. Worth avait beaucoup trop de travail pour perdre son temps en compagnie de gens qui l'intéressaient peu ou pas du tout. Et Marie s'aperçut bientôt qu'il devenait aussi impérial dans sa sphère que l'empereur dans la sienne. Il considérait que sa présence dans les cercles mondains était un honneur qu'il condescendait à faire – et uniquement lorsque cela lui convenait. Pourtant, avec leur petit groupe d'amis personnels, il demeurait toujours d'excellente compagnie.

Louise, qui lui faisait honneur dans sa robe neuve à rayures d'or, avait été invitée à se joindre aux Worth ce soir-là, avec son cavalier Pierre de Gand.

Enfin, l'impératrice arriva. C'était l'instant que tout le monde attendait. Vêtue d'une robe de gaze argentée, la tête couronnée d'un diadème d'émeraudes, comme toujours elle enchanta les regards. Elle s'avança au milieu de ses dames de compagnie… Stéphanie était parmi elles. Elle avait remplacé à la dernière minute la duchesse de Bassano souffrante.

Toute la joie que Pierre escomptait de cette soirée s'éteignit aussitôt. Stéphanie l'avait aperçu dès son entrée.

Au cours du bal qui suivit, il entraîna Louise sur la piste en même temps que les autres couples du cercle des Worth. Son devoir exigeait qu'il témoignât à Stéphanie les mêmes attentions que de coutume. Mais il fallait à tout prix éviter que les deux jeunes femmes se rencontrent.

La chance lui sourit lorsque Worth invita Louise à danser. Il se fraya un chemin à travers la foule qui entourait le groupe de l'impératrice. Au départ, il avait décidé d'assister à ce bal pour donner à Louise l'occasion de voir de près l'impératrice dans tous ses atours. Il ne pouvait plus l'emmener à une soirée des Tuileries, où le retenaient ses obligations à l'égard de Stéphanie, mais les fêtes de la ville de Paris étaient aussi somptueuses. Il ne prévoyait aucune difficulté une fois qu'elle serait sa femme. Après tout, le trône était occupé par un « parvenu » qui ne se cachait pas de l'être, et les barrières sociales étaient en France beaucoup moins rigides que dans de vieilles monarchies. Pourtant, il n'avait pas encore révélé à Louise la nature de ses relations avec l'empereur ; peut-être était-ce le moment, enfin.

Stéphanie devait le suivre du coin de l'œil. Dès qu'il s'avança elle se détourna vivement du groupe avec qui elle parlait, et lui tendit la main.

— Quelle surprise ! Par quelle ruse avez-vous appris que je serais ici ce soir ? Je ne l'ai su qu'à la dernière minute moi-même. Oui, je serais ravie de danser !

Il l'entraîna dans une valse de Strauss et elle continua de bavarder tandis qu'ils virevoltaient au milieu de plus de mille autres couples.

— Vous m'avez sauvée de la plus abominable des soirées. Je ne comprends pas comment l'impératrice parvient à sourire à toutes les personnes assommantes qu'on lui présente.

— J'ai bien peur de ne pas pouvoir être votre sauveur ce soir, répondit-il d'un ton grave.

— Ne me taquinez pas. Vous ne méritez pas que je vous promette toutes les danses, mais je suis prête à vous pardonner.

— Stéphanie, dit-il en lui serrant la main pour qu'elle comprenne bien qu'il ne plaisantait pas. Je ne suis pas venu ici tout seul.

La réaction de la jeune fille le stupéfia. Elle le regarda, ses joues devinrent écarlates, puis ses yeux très brillants et furieux.

— Le diable emporte votre arrogance, Pierre de Gand ! Vous m'avez laissée me ridiculiser. Ne pensez pas un instant que je me soucie de savoir qui vous accompagne. Mais vous n'aviez pas le droit de me laisser croire que vous étiez venu spécialement pour moi.

Son accusation manquait de toute logique, mais lorsqu'elle se détourna brusquement pour le quitter au milieu de la valse, il la retint de force, aussi furieux qu'elle.

— Personne ne me quitte au milieu d'une danse ! Vous finirez cette valse avec moi, même si elle doit se prolonger toute la nuit.

Elle lui aurait sûrement échappé si ses paroles ne lui avaient pas rappelé indirectement les commérages que susciterait un comportement de ce genre. Il fallait à tout prix qu'elle ne fît rien qui pût compromettre sa situation à la Cour. La duchesse de Bassano l'avait prevenue que l'impératrice était très stricte sur la morale et ne tolérait pas la moindre rumeur de scandale dans son entourage.

Sur l'accord final de l'orchestre, Pierre raccompagna Stéphanie vers le groupe de l'impératrice. Eugénie lui parla – honneur qu'il avait espéré éviter ce soir-là. Louise, qui quittait rarement le jeune homme des yeux, ne manqua pas de s'en apercevoir.

— L'impératrice parle à Pierre de Gand ! murmura-t-elle.

— Et pourquoi pas, lui répondit une personne du groupe des Worth. Après tout, l'empereur est son parrain.

Louise interrogea Marie du regard, et celle-ci lui adressa un sourire rassurant :

— Le capitaine préfère sûrement ne pas en faire état. Il juge indigne de se vanter de ce genre de chose.

Quand Pierre la rejoignit, la musique appelait de nouveau tout le monde à la danse. Stéphanie, à la dérobée, essaya de suivre des yeux le jeune officier pour entrevoir la cavalière inconnue qui avait fait naître en elle une aussi vive jalousie. Mais elle le perdit de vue au milieu des couples dansant la gavotte. Dans son dos, une voix de femme demanda qui était la dame en robe de tulle rose, et une autre voix répliqua aussitôt :

— C'est Mme Worth, l'épouse du couturier de la Maison Gagelin.

— Vous croyez que c'est lui qui a dessiné le modèle ? (Curiosité avide.)

— Elle ne porte que ses créations. (Envie.)

— Comme c'est intéressant. (Un instant d'hésitation.) Ces pensées sont tout à fait ravissantes.

Stéphanie oublia un instant sa mélancolie pour regarder danser cette Mme Worth. Sans aucun doute, c'était la simplicité insolite de sa toilette qui faisait apparaître les robes des autres femmes apprêtées à l'excès. Même celle de l'impératrice.

Eugénie partit à minuit comme de coutume, au grand soulagement de Worth. Il était las de toutes ces mondanités, si agréables qu'elles fussent, et songeait à la journée de travail qui l'attendait quelques heures plus tard. Il souhaita bonne nuit à ses amis et partit avec Marie (qui ôta les pensées de sa coiffure dès qu'elle se trouva à l'abri des regards). Worth s'était mis à somnoler, les chevilles croisées sur le siège d'en face, le haut-de-forme sur les yeux, et ne vit pas la petite grimace qu'elle adressa aux fleurs posées sur ses genoux.

Au même instant, dans un autre fiacre, Pierre donnait à Louise l'explication qu'il lui devait, pensait-elle, depuis beaucoup trop longtemps.

— Oui, j'aurais dû vous dire plus tôt que ma famille est liée à l'empereur et à sa mère, la reine Hortense, depuis longtemps, avant même ma naissance. Pendant son exil en Angleterre, Louis-Napoléon a fait à mes parents et à moi-même l'honneur d'être mon parrain. Vous vous demandez peut-être pourquoi j'ai attendu jusqu'à maintenant pour vous raconter tout ceci. C'est que je ne suis pas homme à me targuer de ce genre de chose. Et, surtout, je ne voulais pas que vous vous alarmiez sans raison. Maintenant que vous me connaissez, vous pouvez comprendre. C'est une simple affaire de famille, qui a pris des proportions que ni mon parrain, ni mes parents ne pouvaient prévoir à l'époque. Bien entendu, je bénéficie de certains privilèges, mais la plupart du temps ma vie est la même que celle de n'importe quel officier des cuirassiers affecté aux Tuileries.

Dans la pénombre de la voiture, il se rapprocha d'elle.

— Voici. Je n'ai plus rien à vous dire sur moi que vous ne sachiez déjà, ajouta-t-il d'une voix amusée. Voulez-vous que je vous raconte une seconde fois ? Mes six sœurs ? Mon enfance ? Mes chevaux ? Mes années à l'École militaire ?

Elle ne se lassait jamais de l'entendre parler de lui, que ce soit d'un sujet nouveau, ou d'un complément à ce qu'elle savait déjà. Elle fit une réponse vague, d'un ton léger. Le problème semblait donc être réglé. Satisfait, il se mit à regarder par la portière, impatient d'atteindre leur destination. Pour la première fois, elle remarqua que le fiacre ne roulait pas vers son appartement mais dans un quartier complètement différent.

— Où sommes-nous ? demanda-t-elle.

— Vous le verrez bientôt. C'est une surprise.

Ils s'arrêtèrent en face d'une rangée d'élégantes maisons de pierre blanche, et elle reconnut la rue Lenoir. Le concierge les fit entrer et les précéda dans le vestibule et l'escalier pour éclairer le chemin. Au premier étage, Pierre ouvrit la porte à double battant de l'appartement qu'il avait loué. Aucun serviteur n'y logeait. Ses pas résonnèrent sur les parquets cirés lorsqu'il alla d'une lampe à l'autre avec sa chandelle. Elle le suivit… Les mèches prenaient feu et chassaient les ténèbres. Enfin, dans un salon au plafond haut dont les trois grandes fenêtres offraient une belle vue de Paris illuminé, il s'accroupit devant la cheminée de marbre pour allumer un feu de bûches, puis il se releva et se tourna vers elle.

— Eh bien ? Qu'en pensez-vous ?

La décoration était riche, dans des nuances de vert, d'or et de bleu, rehaussées par l'éclat du bois de rose et de la marqueterie. Par les portes ouvertes, elle entrevit les autres pièces, sans doute aussi somptueuses. Elle laissa glisser son châle de soie de ses épaules et le garda à la main, tandis qu'elle s'avançait vers l'une des fenêtres. Elle regarda la nuit. La lumière de la lampe, réfléchie par un miroir à facettes, retombait sur l'ivoire de ses épaules que révélait le décolleté de la robe.

— Sur quoi donnent ces fenêtres ? demanda-t-elle, profondément émue par la surprise qu'il lui avait réservée.

— Est-ce que la vue vous plaît ?

— Presque toutes les vues sur Paris me plaisent. Et celle-ci doit être encore plus magnifique de jour que de nuit.

Il s'avança vers elle. Elle le sentit tout près dans son dos mais ne se retourna pas. Il la prit par les épaules et l'attira contre lui.

— C'est à vous et à moi, dit-il près de son oreille. À vous aussi longtemps que vous le désirerez.

Il la fit pivoter vers lui, puis, doucement, du bout des doigts, il lui souleva le menton.

— La première demeure de notre mariage.

— C'est l'appartement le plus splendide de tout Paris, balbutia-t-elle. Je sais que nous y serons très heureux.

— Il ne reste plus qu'un détail à régler : la date où l'on m'accordera ma permission de mariage. Et la durée de mon congé. Dès que je le saurai, nous fixerons la date et plus rien ni personne ne viendra nous troubler.

Il l'entraîna vers un fauteuil. Elle appuya la tête contre son épaule et sa jupe large forma comme une vaste corolle. Il avait fait mille projets pour le voyage de noces. Il voulait l'emmener chez lui, dans la vallée de la Loire, par le chemin des écoliers. Elle verrait la demeure fortifiée qui serait un jour la leur. Il y avait dans les environs tellement d'endroits qu'il voulait lui montrer ! Il lui apprendrait à monter à cheval. Toutes ses sœurs l'adoreraient. Et, lorsqu'ils quitteraient le château, leur voyage continuerait tout à loisir jusqu'à leur retour à Paris.

Elle nota – mais se garda bien de lui en faire la remarque – qu'il n'avait pas cité sa mère parmi tous ceux qui l'accueilleraient à bras ouverts dans la famille de Gand. Ma foi, le jour venu, elle affronterait ce qui se présenterait, Ils décidèrent qu'elle emménagerait dans l'appartement avec Catherine dans le plus bref délai.

Elle se redressa.

— Mais ne me demandez pas que ce soit demain ou après-demain. Je dois choisir le meilleur moment pour apprendre à Catherine que nous allons nous marier. Et quand je le lui aurai annoncé, il faudra que M. Worth m'accorde du temps libre.

Il la regarda, sans en croire ses yeux.

— Du temps libre ? Que voulez-vous dire ? Vous ne retournerez pas à l'atelier après notre mariage.

— Vous ne me demandez tout de même pas d'abandonner mon métier. C'est toute ma vie.

Il lui serra la taille d'un geste indulgent.

— Quand vous serez ma femme, vous n'aurez pas le temps…

— Presque toutes les grandes couturières sont mariées.

— Sans doute, mais ce sont des femmes qui ont besoin de gagner leur vie. Vous ne serez plus dans cette situation.

— Cela n'a rien à voir. Je vous l'ai dit, j'aime beaucoup ce que je fais. Travailler est tout naturel pour moi. Je serais incapable de traîner toute la journée bras croisés dans un appartement où les servantes feront le ménage et la cuisinière les repas.

Pierre comprenait qu'elle ne pourrait pas rester inactive, mais il escomptait que Louise dépenserait son énergie dans les passe-temps dont jouissaient les femmes de l'aristocratie : jamais elles n'avaient (semblait-il) une minute à elles, entre toutes les réceptions de chaque jour de la semaine. Louise n'avait pas encore compris à quel point sa nouvelle vie allait être différente, mais il réussirait à la convaincre à force de patience.

— Je veux que vous soyez heureuse, dit-il, et si cela doit vous rendre heureuse de demeurer dans le monde de la mode, très bien. Mais je ne permettrai pas que vous vous mettiez à genoux pour épingler les ourlets des robes portées par des femmes qui ne sont pas dignes de lacer vos chaussures. Il vous faudra de l'avancement. Un poste de responsabilité, où vous pourrez diriger au lieu de partager les corvées.

Elle baissa la tête pour lui embrasser le front. Comme il était gentil – et comme il comprenait mal les choses. Il n'y avait pas de déshonneur à se mettre à genoux pour épingler un ourlet. Comme Worth, elle estimait qu'une belle robe était une création artistique, aussi importante à son avis qu'un tableau ou une sculpture.

— Laissons les choses comme elles sont pour le moment, répondit-elle gentiment. Je sais qu'après notre mariage, il me faudra modifier beaucoup dans ma vie… Jamais je ne renoncerai à mon vieux rêve d'avoir un jour mon salon de couture, mais notre amour passera toujours en premier.

Plus tard, lorsqu'ils furent prêts à quitter l'appartement, il drapa le châle de la jeune fille autour de ses épaules et l'embrassa tendrement

— Et moi qui avais tellement peur il y a quelques heures, murmura-t-elle.

Il lui sourit d'un air interrogateur, en relevant d'une caresse une boucle tombant sur son visage.

— Peur ? De quoi aviez-vous donc peur ? Pas de moi, je pense.

Elle secoua la tête.

— Non. Du filleul de Napoléon. J'ai cru que vous occupiez au palais une position importante dont vous ne m'aviez pas parlé, et que vous ne pourriez jamais m'épouser sans la permission de l'empereur. Mais tout est bien…

— Tout est bien… Chassez toutes vos craintes. C'est moi qui vais avoir peur de vous perdre tant que vous n'aurez pas mon anneau à votre doigt !

— À mes yeux, il y est déjà, répondit-elle à mi-voix.

Quand il la quitta, devant sa porte, il la pressa d'annoncer la nouvelle à Catherine et de s'installer avec elle dans l'appartement le plus tôt possible. La fiancée d'un officier du palais devait résider à une bonne adresse et être chaperonnée comme il convient. Elle promit de ne pas perdre de temps.

Ce qu'il ne lui avait pas dit, c'est qu'il attendait pour formuler sa demande de permission le moment où il pourrait donner sa nouvelle adresse – tout simplement pour éviter des questions importunes. Il n'avait aucune raison de croire qu'il rencontrerait des difficultés lorsqu'il présenterait à son commandant la demande d'autorisation obligatoire et la permission spéciale pour mariage, que l'on accordait en général aussitôt. Pour ménager la susceptibilité de Louise, il avait préféré lui cacher qu'elle ne pouvait pas donner son adresse actuelle qui, sans être un taudis, se trouvait dans un quartier pauvre. Bien entendu, on préférait que les officiers ne se marient pas avant l'âge de trente ans, mais au-delà de vingt-cinq ans, et dans la mesure où la jeune fille était au-dessus de tout reproche, la permission n'était même pas discutée.

Quand il arriva à ses quartiers militaires, il avait décidé de n'accorder à Louise qu'une semaine pour parler à Catherine. Passé ce délai, il lui révélerait la raison de l'urgence. C'était une explication qu'il espérait ne pas avoir à donner pour lui éviter un affront.

Louise ne s'en doutait guère, mais Catherine avait bien entendu deviné son secret. Loin de se mettre en colère, elle avait eu peur : et si ce qui s'était passé entre Louise et l'officier avait des suites indésirables ?

Tout sembla aller pour le mieux. La période mensuelle pendant laquelle Louise était particulièrement pâle et se plaignait de crampes vint comme de coutume. Catherine décida qu'il fallait sans plus tarder lui donner quelques précieux conseils pour éviter tout incident à l'avenir. C'est ce qu'elle fit, tout en aidant Louise à repasser le tulle de la robe de Worth que lui avait donnée une cliente. Elle parla sans lâcher son fer, et son côté pudibond, si souvent en conflit avec sa nature sensuelle, lui faisait monter le rouge aux joues. Louise, la tête penchée, ne la quittait pas des yeux, prise de tendresse. Enfin, elle ne put garder plus longtemps le silence.

— Oh ! ma bonne Catherine. Vous vous faisiez du souci pour moi et je n'en savais rien !

Elle ôta le fer des mains de Catherine et le posa sur le fourneau.

— Je ne trouvais pas les mots pour vous le dire, mais nous nous aimons, Pierre et moi, et nous nous marierons dès qu'il aura obtenu sa permission. Accordez-moi votre bénédiction, je vous en prie. Jamais je n'aurais cru qu'un bonheur pareil fût possible.

Ces propos ne manquèrent pas de déclencher le genre de scène sentimentale à laquelle Catherine se laissait aller volontiers. Elle rit, pleura, serra Louise dans ses bras, s'extasia sur sa chance, assura (ce qui était faux) qu'elle avait su dès le début qu'un gentilhomme comme le capitaine ne songerait à rien qui ne fût honorable.

— Je voyais bien que tu étais amoureuse, s'écria-t-elle en séchant ses larmes. Comment n'aurais-je pas, moi, reconnu les signes ? Pendant un certain temps je n'ai guère eu envie de t'entendre me le dire, c'est vrai. Je l'avoue, l'idée de te perdre me pinçait le cœur. Mais, de toute façon, le jour de ton mariage sera le plus beau de toute la vie de ta vieille Catherine. C'est ce que j'ai espéré depuis la nuit où je t'ai recueillie comme un chaton affamé dans le cimetière des pauvres.

— Ne parlez à personne de nos fiançailles, lui demanda Louise. Tout cela m'a rendue un peu nerveuse. Je veux que la date soit fixée avant de mettre les autres dans le secret.

— Est-ce lui qui a suggéré de garder le silence ? demanda Catherine, méfiante.

— Oh non… Je crois qu'il le crierait du haut de l'Arc de Triomphe si c'était possible, répondit Louise en riant. Cependant, ce comportement ne serait pas apprécié de la part d'un officier du palais. Son régiment est très à cheval sur ce genre de chose. Mais j'ai une grande nouvelle pour vous. Nous allons nous installer tout de suite dans l'appartement où je serai Mme de Gand. Pierre y tient beaucoup. (Elle vit Catherine changer de visage et se hâta de la rassurer.) Il n'y habitera pas, ne vous inquiétez pas. Il restera dans son logement militaire jusqu'au mariage.

— Où est cet appartement ?

Elle conservait ses doutes.

— Rue Lenoir.

— Quoi ! Cette rue élégante. Je vais avoir l'air d'une idiote d'aller au travail chaque jour depuis une adresse pareille.

— Mais je le ferai aussi. Même quand je serai mariée. J'apprends de plus en plus auprès de Worth. C'est un véritable artiste. À mon avis, il commence à peine à montrer ce dont il est capable. Je ne veux absolument pas le quitter.

Catherine ne l'écoutait que d'une oreille. Comment allait-elle réagir à l'envie, à la jalousie et peut-être aux railleries de certaines de ses camarades de travail, lorsqu'elles apprendraient sa nouvelle adresse ?

— Déménager…, répondit-elle. Il faut que j'y réfléchisse. Je ne te promets rien encore.

Elle demeura intraitable. Souvent, autour des tables de couture, les grisettes discutaient de ce que chacune d'elles ferait si une fortune leur tombait du ciel, et un appartement de rêve arrivait en tête de liste pour la plupart d'entre elles. Mais habiter réellement ce genre de résidence, au milieu de domestiques méprisantes et de voisines qui s'habillaient probablement chez Mme Camille, constituait une perspective alarmante. Le rêve devenait cauchemar. Il faudrait à Catherine un certain courage…

Pierre, que ce retard impatientait, se trouva de plus en plus contraint par la force des choses à tenir officiellement compagnie à Stéphanie. Ils s'étaient rencontrés par hasard le lendemain de leur dispute. Elle se rendait à l'appartement de l'impératrice en compagnie de la première dame d'honneur, la princesse d'Essling, ce qui empêcha toute conversation, même s'il en avait eu envie. Stéphanie, le rose aux joues, répondit au salut du jeune officier par un signe de tête hautain, et ne baissa pas la tête en passant devant lui.

Il ne devina pas qu'à peine hors de vue une vague de remords l'assaillit. Pourquoi n'avait-elle pas souri ? Pourquoi ne lui avait-elle pas adressé un regard aimable qui lui aurait prouvé qu'elle ne lui tenait pas rigueur ?

À l'entrée du salon rose de l'impératrice, elle dut faire un effort pour refouler ses larmes et elle laissa la princesse prendre quelques pas d'avance dès qu'elles parvinrent au salon bleu où se déroulaient les réceptions. Cette pièce était magnifique avec ses rideaux de soie blanche et ses tentures de tulle bleu, ses porcelaines de Sèvres et ses bronzes splendides, mais ce matin-là Stéphanie garda les yeux baissés jusqu'au moment où le changement de motif du tapis lui apprit qu'elle se trouvait dans le bureau de sa protectrice. C'était une pièce de proportions élégantes aux rideaux violets, où Eugénie faisait sa correspondance et réunissait une collection de documents qu'elle jugeait d'une importance historique mais qui, sans elle, auraient été jetés. Sans cesse, elle ajoutait des souvenirs et de petits objets qu'elle aimait à ceux qu'elle avait déjà réunis. Sur les murs décorés de satin à rayures vert tendre, on voyait des portraits de l'empereur, de la sœur d'Eugénie, Paca, et des dames de sa suite qu'elle tenait en plus haute estime. Stéphanie s'approcha du portrait de l'empereur et feignit de l'examiner pour pouvoir à la dérobée s'essuyer les yeux. Derrière elle, la princesse se plaignit d'une lettre qui n'était pas à sa place. Dès qu'elle ressortit à sa recherche, Stéphanie se laissa tomber dans le fauteuil incliné, où l'impératrice s'asseyait toujours devant le feu pour écrire sur ses genoux. Elle s'abandonna à son désespoir trop longtemps contenu. Elle se rendit compte qu'elle n'était plus seule, uniquement lorsqu'une main se posa sur son épaule.

— Qu'y a-t-il, mon enfant ?

C'était Eugénie. Elle venait de sa chambre, vêtue, comme d'habitude à cette heure-là, d'une robe très simple, d'un bleu qu'elle aimait. Stéphanie se leva aussitôt, rouge de confusion, et esquissa une révérence hâtive en balbutiant des excuses. Mais Eugénie ne renonça pas.

— Allons, allons, insista-t-elle aimablement. À votre arrivée ici, je vous ai dit que je serais une mère pour vous chaque fois que vous auriez des problèmes ou des difficultés que vous ne sauriez pas affronter. Pourquoi ces larmes ? Êtes-vous souffrante ? A-t-on été cruel avec vous ?

Un léger froncement de sourcils plissa son beau front.

— Vous ne pleurez tout de même pas pour un homme ?

Stéphanie hocha affirmativement la tête.

— Ne répandez jamais vos larmes pour un homme, je vous en conjure, soupira l'impératrice en la prenant par les épaules. Aucun homme ne mérite une seule larme de femme. Quel est le misérable qui vous a causé tant de chagrin ?

— Ce n'est pas un misérable, protesta Stéphanie. Je l'ai perdu par ma faute.

— Asseyons-nous et racontez-moi tout.

Protégée de l'ardeur de la cheminée de marbre par un écran de soie vert, Stéphanie s'assit sur un tabouret près de l'impératrice et avoua toute l'histoire, depuis qu'elle était tombée amoureuse de Pierre, lors de leur première rencontre à Fontainebleau, jusqu'au dédain qu'elle lui avait témoigné dans le corridor, quelques minutes plus tôt.

Eugénie, toujours pratique et sachant dans quel but l'empereur avait rapproché son filleul et sa filleule, la rassura aussitôt.

— Vous m'accompagnerez à la promenade cet après-midi. C'est Pierre qui escortera ma voiture. Cela vous donnera l'occasion de vous rattraper.

Tout se passa comme Eugénie l'avait prévu. Pierre, qui ne nourrissait aucune rancune à l'égard de Stéphanie, répondit sur-le-champ au premier sourire hésitant de la jeune fille. Plus tard, quand la promenade s'acheva, ils bavardèrent pendant quelques minutes avant qu'elle rejoigne la suite de l'impératrice.

Dès le lendemain, il reprit son rôle de cavalier servant comme si rien ne s'était produit, dansant avec elle lors des réceptions officielles, l'accompagnant au concert et au théâtre, bien entendu sous la garde de son chaperon. Souvent, il trouvait cette obligation extrêmement agréable, mais il attendait avec impatience le jour où elle fixerait son choix sur tel ou tel prétendant – ce qui lui rendrait la liberté d'aller et venir en toutes circonstances sans tenir compte des désirs de Stéphanie. Non sans fatuité, il se figurait que c'était elle qui insistait pour accompagner l'impératrice à la promenade quand il était de service. Ce subterfuge innocent flattait sa vanité masculine, et il n'y voyait pas la moindre menace. Enfin, il était ravi de constater que, par sa beauté, la jeune fille éclipsait les femmes les plus recherchées de l'entourage d'Eugénie – il ne lui vint pas à l'esprit que cette beauté s'épanouissait justement à cause de l'amour que Stéphanie ressentait pour lui.

Elle ne vivait que pour le voir, et chaque regard, chaque parole, chaque sourire de Pierre prenaient pour elle un sens spécial. Elle en vint à imaginer qu'il lui faisait une cour dans les règles. Pourtant, elle aurait eu l'embarras du choix. Tous les jeunes gens s'intéressaient à elle. Mais, à ses yeux, aucun n'avait autant d'élégance que Pierre en uniforme, autant de prestance à cheval, autant d'humour dans la conversation. Et parfois, elle lisait dans son regard une lueur fugitive si troublante qu'elle se sentait nue et souillée – pour des raisons qu'elle n'osait pas chercher à comprendre. Parfois aussi, elle imaginait dans l'attitude naturellement courtoise du jeune officier à son égard plus de choses qu'il n'y en avait en réalité.

Ainsi, par exemple, lorsqu'il essaya, par simple délicatesse, de dissuader l'impératrice d'emmener Stéphanie visiter la prison d'enfants de la Petite Roquette.

— Sottises ! rétorqua Eugénie. Mlle Casile a le devoir chrétien de participer à nos œuvres de charité. Votre souci pour sa sensibilité est louable mais déplacé.

Il n'ajouta pas un mot, mais demeura près de Stéphanie lorsque celle-ci suivit l'impératrice et les autres membres de la Cour qui visitaient les bâtiments sous la direction du gouverneur. Eugénie, qui s'attendait pourtant au pire, jugea les conditions de détention encore plus épouvantables que tout ce qu'elle avait redouté. Stéphanie pâlit dès le début de la visite, mais demeura stoïquement avec les autres – et fut très reconnaissante à Pierre lorsque celui-ci lui prit le coude pour la soutenir un peu.

Cinq cents enfants étaient emprisonnés entre ces murs, la plupart condamnés pour vol, bien que quelques-uns eussent commis des crimes plus graves. Les détenus, dont certains semblaient trop jeunes pour comprendre pourquoi ils se trouvaient là, étaient mis en cage dans des cellules individuelles qui les empêchaient de se voir, et aucun contact humain ne venait adoucir leur épreuve. Chaque jour, on les faisait tourner en rond durant quelques minutes dans des cours isolées par de hauts murs. C'était là leur seul exercice.

Plusieurs dames de compagnie, prises de faiblesse, durent se retirer. Mais Eugénie adorait les enfants et ne songeait qu'à leur malheur. Sans tenir compte de l'odeur immonde et des invectives grossières qu'elle risquait d'entendre, elle insista pour entrer dans des cellules et parler à de jeunes détenus. Stéphanie surmonta sa nausée et la suivit. Lorsque des enfants tendirent les bras vers elle, elle s'agenouilla pour répondre à leur appel bouleversant. Elle tenta de communiquer avec ceux que les conditions inhumaines de détention avaient réduits à un état de stupeur proche de l'hébétude. Elle ne broncha pas quand d'autres lui crièrent des obscénités.

À l'heure du départ, Stéphanie était complètement brisée. Elle remarqua la pâleur anormale de l'impératrice, sûrement aussi secouée qu'elle-même.

— Vous avez du courage, Stéphanie, lui murmura Pierre. Un courage remarquable

Pendant tout le reste de la journée, elle eut l'impression de marcher sur des nuages.

Peu après, tout le monde apprit que l'impératrice avait décidé de réformer les conditions de détention de la Petite Roquette. L'opinion soutint en général son action, mais il y eut, comme toujours, des murmures : de quoi se mêlait-elle ? Cela ne la regardait pas. Stéphanie ne put s'empêcher de la comparer à Marie-Antoinette (à qui Eugénie s'intéressait beaucoup : elle collectionnait les souvenirs liés à la reine guillotinée, et elle avait visité Versailles et le Petit Trianon). Elle avait le même don, peu enviable, de se faire des ennemis quand elle n'avait en vue que le bien.

Chaque jour, les journaux donnaient des nouvelles du conflit entre la Turquie et la Russie. Les Turcs remportèrent la bataille de Citate, mais trois jours plus tard les troupes russes envahirent la Dobroudja. Catherine ne partageait pas l'angoisse quotidienne de Louise : elle ne songeait qu'à la gloire de la France si leur pays se lançait dans la guerre – et quant au déménagement dans l'appartement, elle s'entêtait à le remettre indéfiniment.

— Qu'il t'épouse d'abord ! Comme ça, personne ne te montrera du doigt, lui conseillait-elle avec une sagesse qu'elle n'avait elle-même jamais mise en pratique dans ses affaires de cœur.

En fait, c'était une raison plus personnelle qui la poussait à refuser de déménager, une raison qu'elle n'osait pas avouer, ni même s'avouer, mais qui l'emportait sur tout le reste.

Et toujours Louise cédait, lasse de discuter sans fin.

Sans que Louise s'en rendît compte, Pierre était arrivé à la limite de sa patience : il remit sa demande d'autorisation de fiançailles, en donnant comme adresse de

Louise la maison de la rue Lenoir. Il comptait obtenir sa permission sans retard.

Dans les cercles militaires, tout le monde savait, sans oser trop le dire, que la France allait entrer en guerre contre la Russie. Ce n'était plus qu'une question de temps. La perspective de faire ses preuves sur le champ de bataille enthousiasmait le jeune officier, mais il aurait aimé passer le temps qui lui restait marié et avec sa jeune épouse. Le lendemain, son colonel le fit appeler, et l'entrevue se déroula sans histoire. Pierre ne mentionna pas la profession de Louise, et donc la question ne se posa pas. Si elle s'était posée, tout aurait été compromis, mais, selon toutes les apparences, il désirait épouser une jeune dame demeurant à une bonne adresse, une orpheline toujours bien chaperonnée – rien qui puisse ternir un nom honorable. Juste au moment où il s'attendait à ce que le colonel prît une plume et signât la demande, celui-ci replia la feuille et la rangea parmi ses dossiers.

— Je veillerai à ce que votre requête soit présentée à Sa Majesté aujourd'hui même.

— Est-ce nécessaire, mon colonel ? demanda Pierre, très inquiet. Le fait que je sois le filleul de l'empereur n'a jamais été reconnu officiellement dans ma vie militaire. Pourquoi cette affaire ferait-elle exception ?

Le colonel lui sourit, manifestement ravi.

— Parce qu'une affectation spéciale vient de me parvenir. J'ai l'agréable devoir de vous informer, capitaine de Gand, que vous faites partie des officiers choisis pour prendre le commandement de l'escadron des Cent-Gardes à cheval, que l'on est en train de constituer.

En toute autre circonstance, Pierre se serait félicité d'une chance aussi inespérée. Les Cent-Gardes étaient un corps de cavalerie d'élite spécialement créé pour servir de gardes du corps à l'empereur, et l'escorter dans toutes les cérémonies officielles. Cet escadron aurait, de par ses devoirs, la préséance sur toutes les autres unités de l'armée française. Il savait qu'il répondait aux conditions physiques exigées (une taille de plus de six pieds) mais il ne s'attendait nullement à apprendre sa promotion ce jour-là. Il s'entendit bredouiller une réponse confuse.

— Oui. Je vous félicite, continua le colonel. Vous savez maintenant pourquoi l'empereur doit approuver votre demande d'autorisation de mariage.

Que faire, sinon espérer que tout irait pour le mieux ? Toute la colère de Pierre se retourna contre Catherine, dont les atermoiements à propos du déménagement avaient empêché sa requête de passer alors qu'il aurait encore pu échapper au contrôle de l'empereur. À son avis, Louise accordait beaucoup trop de considération à cette femme, et il veillerait à ce qu'elle ne reste pas sous leur toit plus longtemps qu'il ne serait absolument nécessaire après le mariage.

Quand l'empereur prit sur son bureau la demande de Pierre, il sourit et se mit à caresser sa moustache – puis son regard tomba sur le nom de la future épouse. C'était un homme de caractère toujours égal, qui ne s'emportait pas aisément, mais ses traits exprimèrent un déplaisir extrême. La demande fut rangée dans un tiroir, où elle resta jusqu'à ce que l'empereur reçût en main propre, quelques jours plus tard, le rapport qu'il avait aussitôt ordonné. Il convoqua son filleul sur-le-champ.

— Ce mariage est hors de question. C'est une union si indésirable qu'il est inutile d'en discuter.

L'empereur resterait manifestement inflexible. L'entrevue n'avait rien d'intime ni de familier, ce qui suffisait à indiquer l'humeur de Louis-Napoléon. Pierre se tenait aussi raide qu'à la parade, bien que son menton se mît à trembler.

— Je demande la permission d'en discuter, Sire. J'aime cette dame et je n'en désire nulle autre pour épouse.

D'un geste brusque, Louis-Napoléon prit le rapport sur son bureau et choisit plusieurs passages marquants.

— « Rien ne prouve que les parents de cette jeune personne fussent mariés… Elle a vécu pendant de nombreuses années avec une femme de mœurs douteuses et elle a travaillé comme couturière depuis l'âge de quatorze ans… Le loyer de l'appartement qu'elle a donné comme adresse est payé par un certain capitaine de Gand… »

Il lança la demande de Pierre sur le bureau avec mépris.

— Vous niez qu'elle est déjà votre maîtresse ?

— Je veux qu'elle soit mon épouse, répliqua le jeune homme.

— Est-elle enceinte ? Vous vous sentez obligé de l'épouser pour l'honneur ?

Pierre sentit ses mâchoires se crisper.

— Non, elle ne l'est pas. Je veux l'épouser parce que je l'aime.

L'attitude de Louis-Napoléon se fit plus compréhensive.

— Je ne doute pas que vous l'aimiez. Nous avons tous aimé, dans notre jeunesse, des femmes qui ont beaucoup compté pour nous mais à qui nous ne pouvions pas faire l'honneur de notre nom, ni le privilège de donner naissance à nos héritiers légitimes. Le mariage que vous sollicitez mettrait un terme à votre carrière militaire et à votre vie mondaine.

Il fixa le jeune officier dans les yeux avant de poursuivre.

— Êtes-vous réellement prêt à tourner le dos non seulement à l'Armée, au commandement dans les Cent-Gardes dont vous venez de bénéficier, mais à votre devoir de soldat à l'heure où votre pays est au bord de la guerre ?

— Non, Sire. Je ne demande que la permission de me marier. Ma loyauté à l'égard de mon empereur et de la France n'est pas en question.

— Il se trouve que je pense le contraire. Vous vous opposez à mes désirs, et cette affaire confine à la trahison.

— Sire ! s'écria Pierre, indigné.

Louis-Napoléon haussa les épaules. Quittant son fauteuil de velours vert, il fit le tour du bureau.

— J'exagère un peu, j'en conviens, mais comment dois-je donc qualifier cet acte d'insubordination ? Un mariage comme celui-ci serait dégradant pour vous, pour la famille de Gand, pour votre lien avec moi et tout ce que je représente. Je ne peux pas le permettre. Je refuse l'autorisation que vous demandez.

Louis-Napoléon prit son filleul par l'épaule.

— Croyez-moi, votre petite grisette comprendra la situation. Beaucoup mieux que vous, j'en suis sûr. Ces femmes-là finissent toujours par s'accommoder de vivre sans anneau au doigt. Après tout, vous lui avez déjà préparé un petit nid d'amour, et je suis bien le dernier à m'opposer à ce genre d'arrangement…

Il espérait que ces paroles feraient leur chemin dans l'esprit de son filleul. Il tenait à ne pas se brouiller avec lui. Peut-être aurait-il dû lui annoncer depuis longtemps qu'il lui avait choisi pour épouse Stéphanie Casile. Mais, comme les relations des deux jeunes gens semblaient suivre naturellement le cours désiré, il lui avait paru préférable de ne pas révéler ses desseins. Si Stéphanie n'avait pas voulu de Pierre, le problème aurait été différent, mais à en croire Eugénie la jeune fille était profondément amoureuse et ne demandait qu'à l'épouser, alors que Pierre s'était laissé entraîner comme un blanc-bec dans une aventure stupide. Heureusement, son parrain, plus âgé, plus sage et beaucoup plus expérimenté que lui en ces matières, allait le sauver. Dieu merci ! il avait replacé la situation dans ses justes perspectives avant qu'aucun mal ne soit commis… Louis-Napoléon estima donc le moment tout à fait opportun pour éclairer son filleul sur le « choix » que l'on attendait de lui.

— Détendez-vous, Pierre, lui dit-il. C'est une affaire réglée. Soyez certain que je n'y ferai jamais allusion désormais, bien que je sois amené à vous parler encore un peu de mariage. Croyez-moi, je comprends pleinement les sentiments de tout homme qui n'a pas encore de fils alors qu'une guerre menace. Mais vous n'avez pas à aller très loin pour trouver une épouse… Une jeune femme que vous appréciez beaucoup, je le sais, et qui vous rendra votre affection au centuple…

Encore étourdi par le coup qu'il venait de subir, Pierre ne réagit pas.

— Je ne suis pas certain de vous comprendre, Sire.

Louis-Napoléon fit quelques pas dans la pièce.

— Je songe évidemment à Stéphanie Casile. Je me suis engagé à lui donner un mari, un homme qui puisse lui offrir une vie pleinement accomplie, dans tous les sens du mot, et il était bien naturel que je pense à vous.

Il n'ajouta pas que Mme de Gand estimait elle aussi que ce serait une union bien assortie, car il ignorait si Pierre était au courant des opinions de sa mère sur ce point. Il revint près de son bureau, tournant le dos à l'immense carte de Paris sur laquelle on avait porté les transformations du baron Haussmann.

— Je ne veux exercer aucune pression sur vous, surtout en ce moment où vous êtes au comble de la déception. Je vous fais simplement connaître mes désirs. Un gentilhomme se doit de faire un mariage de raison, pour s'assurer de la santé, de la fortune et de la race de la femme qui mettra au monde ses enfants. Stéphanie vous offrira en plus la joie de l'amour.

— Peut-être l'impératrice ne désire-t-elle pas qu'une personne si jeune de son entourage se marie tout de suite, répondit Pierre sans grand espoir.

Son parrain sourit, et les pointes de sa moustache cirée remontèrent vers le haut.

— L'impératrice sera enchantée. Vous aurez sa bénédiction et la mienne.

La résolution de Pierre demeura inchangée. Quoi qu'il arrive, il ne renoncerait pas à Louise, même si les quelques phrases d'une cérémonie de mariage devaient manquer à leur union. Il l'aimait. Elle était à lui. Et il prendrait toutes les mesures qu'il faudrait pour qu'elle le reste.

Quatre jours après l'ordonnance impériale qui créait l'escadron des Cent-Gardes, la France et la Grande-Bretagne déclaraient la guerre à la Russie, comme tout le monde s'y attendait. Toutes les permissions furent aussitôt suspendues et les régiments qui n'étaient pas envoyés sur le champ de bataille furent mis en état d'alerte dans tout le pays. Cela signifiait que toutes les affaires privées (et notamment les demandes de permission de mariage des officiers) étaient placées pour l'instant en attente. Cela donna à Pierre un certain répit, qui lui permit de dissimuler encore à Louise ce qui s'était produit. Elle s'aperçut qu'il était déprimé mais elle se méprit sur la raison, et elle essaya de le consoler : peu importait que la cérémonie du mariage fût légèrement retardée, lui dit-elle, puisqu'ils allaient passer ensemble le reste de leur vie. La confiance de la jeune fille ne fit que remuer le fer dans la plaie et suscita en lui une passion désespérée, encore renforcée par sa peur de la perdre à jamais.

Louise essaya de lui dissimuler qu'elle vivait dans l'angoisse de le voir partir à la guerre. Pour l'instant, les Cent-Gardes ne se souciaient que de leurs nouveaux devoirs, et Pierre et les autres officiers passaient la nuit à tour de rôle devant la porte de l'empereur et escortaient le couple impérial en tous lieux. Comme il était inconcevable que la nouvelle unité d'élite de l'armée française ne reçût pas sa première distinction au combat, Louise et Pierre savaient, sans en avoir jamais discuté, que les tuniques bleu ciel des Cent-Gardes ne tarderaient pas à paraître sur le champ de bataille. Mais elle ne permit pas à son angoisse de gâcher le temps qu'ils passaient ensemble. Elle était toujours prête à réagir d'un éclat de rire à toutes ses saillies. À chacune de leurs rencontres, elle s'attachait davantage à lui…

Stéphanie se montra moins discrète. Dès qu'elle entendit parler d'un éventuel départ des Cent-Gardes à la guerre, elle demanda une entrevue à l'empereur. Il la reçut dans le boudoir de l'impératrice, où il aimait bavarder avec son épouse. Eugénie invita la jeune fille à prendre un siège en face de la bergère où ils étaient assis. Après quelques mots sur des sujets divers, Stéphanie exposa sa requête.

— Je vous supplie de ne pas laisser Pierre aller à la guerre, Sire, implora-t-elle. J'aimerais mieux partir comme cantinière plutôt qu'il ne lui arrive malheur.

Louis-Napoléon esquissa un sourire.

— Vous seriez sans doute charmante dans l'uniforme de ces femmes qui soignent les blessés ou apportent des vivres sur le front, mais l'échange que vous proposez n'est pas réalisable. De toute façon, je vous suggère de ne pas ajouter un mot de plus. Pierre ne vous saurait aucun gré de l'empêcher de faire son devoir.

La jeune fille prit peur.

— Mais c'est votre filleul ! Il risque d'être tué ou blessé.

Louis-Napoléon demeura inflexible.

— C'est aussi un très bon soldat. Il se comportera avec courage.

Stéphanie s'adressa à l'impératrice.

— Madame ! Je vous en supplie…

Eugénie se pencha vers elle.

— S'il était mon propre fils et s'il désirait combattre pour la France, je remuerais ciel et terre pour qu'il parte sur le champ de bataille.

Stéphanie se leva, incapable d'ajouter un mot.

Dès qu'elle fut sortie, Eugénie tourna vers son époux un regard interrogateur.

— Pierre est-il désigné ?

Louis-Napoléon hocha la tête et prit une autre cigarette dans le coffret d'or près de lui.

— Je sais qu'il attend depuis longtemps une occasion comme celle-là, Et cela ne lui fera pas de mal de quitter Paris pendant un certain temps. Les jeunes gens disposant de beaucoup de loisirs semblent avoir le don de se compliquer l'existence. Une période de combat contre les Russes l'aidera à réfléchir sur les vraies valeurs de la vie.

Mars devint avril, un mois d'avril anormalement glacé. Louise prenait chaque jour qui s'offrait comme un sursis. Pour sa part, Pierre brûlait le temps qu'ils passaient ensemble comme s'ils n'avaient eu ni l'un ni l'autre besoin de parler sérieusement ou même de penser à l'avenir. Il avait retenu des loges à l'Opéra et à l'Opéra Comique, ils fréquentaient tous les théâtres, finissaient les nuits en dansant au Café Anglais, soupaient (le moment le plus joyeux et le plus pittoresque pour les Parisiens fortunés) au célèbre Véfour ou à l'étonnante Maison Dorée.

Pour Pierre, l'entraîner dans des lieux où il serait vu et reconnu était un geste de défi aux pressions exercées sur lui. La rancœur qui le consumait était aussi violente que sa passion pour elle. L'allure de Louise et son beau visage attiraient les regards et retenaient l'attention partout où ils allaient. Jamais il n'avait été plus fier d'elle, jamais il n'avait été plus heureux de la posséder.

Entraînée dans cette ronde de plaisirs, Louise fit appel à toute son habileté pour varier sa garde-robe limitée. Par bonheur, Worth lui donna un corsage et une jupe de soie noire qu'une cliente avait refusée à cause de sa garniture. Las des « agréments » traditionnels, il avait eu l'idée de créer une brillance en utilisant du jais, ce qui n'avait jamais été fait. Mais c'était vraiment trop bizarre pour des femmes habituées aux rubans et aux plumes. Louise en fut enchantée et elle n'eut qu'à se féliciter de son aubaine. Quand elle dansait avec Pierre, le jais en mouvement lançait des feux, semblables à des diamants noirs.

Pour ses sorties de la journée, elle changeait constamment les garnitures de ses chapeaux à l'aide des chutes de soieries récupérées à l'atelier. Le jour de son anniversaire, Pierre arriva à l'appartement avec un carton à rayures rouges et blanches portant le nom de Madame Virot, la modiste de l'impératrice. À l'intérieur, Louise trouva une création dans le style le plus en vogue : une capeline souple, en soie couleur corail, ornée de plumes crème et de rubans de velours léger… Elle la mit aussitôt et fit des pirouettes devant le miroir, penchant la tête à gauche puis à droite, sous le regard amusé de Pierre. Enfin, elle se jeta dans ses bras pour le remercier d'un baiser.

Souvent, elle avait l'impression de vivre les jours les plus heureux de sa vie, un instant privilégié, embelli par les lumières de la ville et les feux de la rampe, par le scintillement du jais et le pétillement du champagne, par le parfum qu'il lui offrait en flacon de cristal, accompagné par les mots d'amour les plus doux qu'ait jamais entendus une femme.

Un soir, alors qu'elle était seule à la maison après le travail, il arriva à l'improviste. Elle savait que l'on modifiait très rarement les tableaux de service. Elle éprouva aussitôt un pincement au cœur. Un seul regard au visage de Pierre confirma ses pressentiments.

— J'ai une nouvelle grave, dit-il.

Elle ne bougea pas. Lorsqu'il voulut parler, elle secoua la tête et l'aida à ôter sa redingote. Puis elle le prit par le bras et l'entraîna dans la chambre. Elle le fit asseoir dans un fauteuil et s'assit sur le tapis à ses pieds. Sa jupe se gonfla tout autour d'elle, puis les plis de la soie retombèrent. Elle croisa les mains et posa les bras sur ses genoux, les yeux tournés vers son visage.

Du bout du doigt, il effleura tendrement sa joue.

— Je pars demain sur le champ de bataille. C'est notre dernière rencontre avant longtemps.

Elle ferma les yeux. Elle s'y attendait, elle le redoutait depuis longtemps… Mais elle avait espéré que, le moment venu, elle aurait au moins la consolation d'être son épouse. Le temps avait fui trop vite.

— Quand l'avez-vous appris ? demanda-t-elle d'une voix brisée.

— Les ordres sont arrivés ce matin. Je suis venu dès que j'ai pu me libérer.

— Combien de temps avons-nous ?

— Très peu. Deux heures au plus.

Elle baissa la tête. Il ne fallait pas gâcher en larmes inutiles les instants qui leur restaient.

— Je suis heureuse pour chaque seconde qui nous est accordée.

— Nous devons envisager le pire. Si quoi que ce soit devait m'arriver…

Elle leva brusquement la tête, les yeux dilatés.

— Ne dites pas cela !

Il lui adressa un sourire grave.

— Prenons les événements sous un autre angle. Personne ne sait combien de temps va durer cette guerre. Si vous avez besoin de quoi que ce soit, mon banquier a reçu l'ordre de vous donner ce qu'il vous faudra. Et si je devais mourir, vous seriez pourvue jusqu'à la fin de vos jours.

Elle enfouit son visage contre le genou du jeune officier. Il lui caressa les cheveux, puis il la releva. Il passa un bras autour de sa taille, fouilla dans sa poche de gilet et en sortit un minuscule écrin recouvert de velours. Il l'ouvrit. À l'intérieur, elle découvrit un anneau de mariage en or et une bague de sûreté sertie de diamants, à porter avec l'anneau. C'était ce qu'il lui avait acheté pour le grand jour qui n'était pas venu. Quand elle parla, sa voix n'était qu'un murmure à peine audible.

— Je porterai la bague jusqu'à votre retour.

— Portez les deux pour moi, ce soir. Laissez-moi les passer à votre doigt. Je veux me souvenir de les y avoir vus. Je veux savoir que vous n'appartenez qu'à moi.

Elle ne pouvait pas refuser. Ils demeurèrent face à face. La lumière de la lampe projetait leurs ombres dans la pièce. Il lui prit la main et elle le regarda faire glisser l'anneau d'or autour de son doigt.

— Je vous aime, Louise. Ma Louise à jamais.

Allongés dans le lit étroit de Louise, ils s'embrassèrent de nouveau. L'imminence de leur séparation anima leur passion d'une ardeur nouvelle. L'abandon total de Louise à l'amour le hanterait au cours des interminables nuits de la guerre…

Il enfila sa redingote, puis ce fut l'instant du dernier adieu. Il la serra dans ses bras comme s'il espérait assouvir dans cette ultime étreinte un désir qui ne le quitterait jamais. Au prix d'un effort suprême, il se détourna. Elle saisit la lampe et courut à sa suite sur le palier pour le regarder s'éloigner. Avant d'ouvrir la porte de la rue, il s'arrêta dans la pénombre et regarda par-dessus son épaule la silhouette de la jeune fille en haut de l'escalier, figée par l'auréole de la lampe en une image de madone. Peut-être ne la reverrait-il jamais.

Lentement, elle retourna dans la pièce. Elle s'appuya contre la porte pendant quelques minutes, puis elle s'assit et ôta la bague pour enlever l'anneau d'or – elle le porterait suspendu à une chaîne autour de son cou jusqu'au retour de Pierre. La bague de sûreté reprit sa place à son doigt. Les brillants étincelaient à la lueur de la lampe. Une bague de sûreté… Un nom bien choisi : grâce à elle leur amour resterait sain et sauf. Et c'était un talisman qui veillerait sur Pierre et le protégerait de tous les hasards de la guerre.

Elle ne le vit pas quitter Paris. Elle comptait demander à Worth la permission de s'absenter pour aller contempler le défilé et l'apercevoir en tête de ses troupes, mais la boutique était pleine de monde, des clientes attendaient dans les salons d'essayage, c'était impossible. Quand les aiguilles de la pendule marquèrent midi, un sentiment de solitude absolue l'envahit. Un convoi militaire l'emportait loin d'elle. Vers la guerre. Vers les canons russes. Vers les champs de bataille de Crimée.

12

Paris semblait avoir oublié que la France était en guerre. La capitale se prélassait dans son opulence. Les fêtes impériales somptueuses se succédaient. Les crinolines devenaient de plus en plus larges, froncées et passementées, de plus en plus raffinées pour rester au diapason de la frivolité triomphante. La ville entière était comme un carrousel paré de couleurs vives qui tournait de plus en plus vite, sous l'impulsion de l'humeur épicurienne des Parisiens et de tous ceux qui se pressaient dans la capitale pour goûter à ses multiples plaisirs.

Plus d'une année s'était écoulée depuis que Pierre était parti en Crimée, et les hostilités semblaient encore loin de toucher à leur fin. Tandis qu'à Paris retentissaient les chants et les rires, que le vin coulait à flots, les soldats français et leurs alliés subissaient les rigueurs de la guerre. Louise écrivait régulièrement à Pierre. Il avait été blessé à la bataille d'Inkerman, pas assez gravement toutefois pour être renvoyé en France. Il lui affirmait dans ses lettres qu'il était complètement rétabli mais elle sentait bien qu'il avait du mal à surmonter des « coups de cafard » de plus en plus fréquents.

« Maintenant je sais ce qu'a dû être la retraite de Russie, écrivit-il au plus fort de l'hiver, mais, grâce à Dieu, les revers que nous avons subis ne sont pas du même ordre. Par moments, j'ai du mal à croire qu'il existe et qu'il a existé autre chose que cette guerre. Ai-je vraiment connu Paris ? Ai-je respiré un jour le parfum des fleurs sur les Champs-Élysées ? Ou bien tout cela n'était-il qu'un rêve dont je me suis éveillé pour plonger dans la réalité ? Puis je me souviens que je vous aime et la raison revient avec son crève-cœur. »

Elle éprouvait une envie désespérée de le voir. Dieu merci, Worth ne lui laissait jamais une minute de libre au salon… Elle n'était pas la seule à se dépenser sans compter. Worth travaillait aussi dur que les autres, sinon plus, sans profiter de ses privilèges de premier commis. Parfois, pressés par les exigences des clientes, ni Worth ni Marie ne déjeunaient avant trois heures de l'après-midi. Leur repas attendait sur un réchaud dans la salle à manger du personnel. Le matin, ils étaient toujours les premiers à la boutique, malgré la longueur du trajet qu'ils avaient à effectuer, et Marie devait toujours se lever très tôt pour pouvoir être impeccablement habillée et coiffée lorsqu'elle se présenterait au comptoir, à huit heures et demie. Elle ne pourrait plus s'asseoir avant l'heure de la fermeture…

De nombreuses robes de Worth étaient maintenant présentées sur mannequin dans le salon de couture, mais on lui demandait de passer des robes et de les présenter aux clientes plusieurs fois par jour. Souvent, lorsqu'elle n'était pas occupée ailleurs, Louise l'aidait à les mettre et à les ôter. Presque toujours, Marie et son époux étaient les derniers à quitter le magasin – il y avait toujours un problème imprévu à résoudre, une commande de plus à préparer pour le lendemain.

Que les propriétaires en aient eu conscience ou non, Worth était devenu peu à peu le bras droit de leur commerce. Il connaissait le moindre bout de tissu qui entrait et sortait des magasins, et il tenait toutes les rênes. À Paris, mais aussi dans de nombreuses provinces de France, son nom commençait à être connu, et il passait pour un homme d'affaires astucieux qui savait ce qu'il voulait et s'arrangeait toujours pour l'obtenir.

Louise souriait en songeant que le jais était maintenant utilisé comme garniture de robes sur une vaste échelle, uniquement grâce à Worth. Les clientes qui s'étaient moquées de lui exigeaient qu'il en orne leurs toilettes. Mais il s'intéressait déjà à une idée nouvelle et il talonnait les passementiers pour qu'ils fabriquent une frange de sa conception. Il exigeait un tressage spécial pour un nœud de rubans, et il commanda pour ses créations des kilomètres de lisière à fil doré qui donnaient aux fronces l'impression d'avoir été trempées dans de l'or liquide. Son esprit d'invention semblait inépuisable et les passementiers s'apercevaient qu'en suivant ses avis leurs ventes augmentaient toujours. Les plus malins avaient déjà agrandi leurs ateliers et engagé de nouvelles ouvrières.

Louise pensait souvent qu'il était scandaleux que le crédit de tout ce que faisait Worth aille à ses propriétaires. La Maison Gagelin avait acquis une réputation enviée pour l'élégance de ses robes, et pour des idées avancées qui n'avaient jamais vu le jour entre les murs du bureau de ses directeurs. Louise aurait aimé avoir le capital nécessaire pour inviter Worth à lancer avec elle une affaire entièrement à eux, mais ses investissements infimes ne leur auraient pas permis de s'établir à une bonne adresse, or c'était essentiel.

Parfois, certaines clientes aidaient Louise, sans s'en douter, à effectuer de petits placements. En bavardant dans les salons d'essayage, souvent avec une parente ou une amie qui les accompagnait, elles laissaient glisser des bribes d'informations, faisant allusion à des hausses et des baisses probables dans certains domaines du commerce et de l'industrie. Louise n'en perdait jamais un mot, tout en épinglant et réépinglant son ourlet…

Un jour, une femme particulièrement aimable et charmante parla des intérêts de son mari dans la concession accordée pour la construction d'un canal, à Suez. Quel merveilleux projet, disait-elle. Et Louise, s'armant de courage, lui demanda si ce serait un bon investissement quand la compagnie se formerait. La dame, surprise et intriguée par une question aussi inattendue de la part d'une « première », répondit par l'affirmative : elle réservait à cet effet une partie de ses propres capitaux. Lors de l'essayage suivant, elle glissa à Louise un autre conseil pour un placement profitable. Et Louise, comme un écureuil, accumulait en prévision d'une occasion encore lointaine.

Elle ne mêlait jamais Pierre à ses pensées lorsqu'elle réfléchissait aux aspects financiers de son avenir. Elle savait qu'il n'approuvait pas son désir de rester dans le monde de la couture, bien qu'une épouse à la tête d'une affaire prospère ne puisse lui porter préjudice sur le plan social et mondain. C'était la gloire et la fortune qu'elle visait depuis le début, et cet objectif, elle l'atteindrait toute seule, car elle avait besoin de s'affirmer aux yeux de tous pour compenser le fait de ne pas avoir connu son père et de ne rien savoir, ou presque, de ses origines. Tout ce qu'elle avait appris sur la vie de sa mère à Lyon, elle l'avait raconté à Worth des années plus tôt, lors de leur première rencontre. Elle lui avait parlé des techniques uniques au monde mises au point au cours des siècles par des tisserands lyonnais, et qui étaient sur le point de se perdre car l'industrie de la soie battait de l'aile : les métiers se taisaient les uns après les autres.

Elle se demandait parfois si le souvenir de ses anciens récits n'était pas à l'origine de l'intérêt passionné de Worth. Mais il était curieux de toutes sortes de techniques et, en étudiant les costumes des portraits du Louvre – ce qu'il faisait encore chaque fois qu'il en avait le temps –, il avait dû découvrir la soie de Lyon sur quelque personnage richement vêtu du passé.

En sa qualité de premier commis, Worth avait commandé à titre expérimental quelques pièces de soie dont les motifs traditionnels n'avaient pas paru depuis un siècle, sinon plus, sur les comptoirs des marchands de tissus. Enchanté du résultat, il avait effectué un voyage à Lyon pour y étudier la technique par lui-même. Il avait toujours aimé la fluidité et la matière de tous les beaux tissus, et ce qu'il découvrit à Lyon l'enchanta. Il jugea sacrilège que les soyeux lyonnais, qui avaient travaillé autrefois pour les rois et les reines de France, fussent contraints de ne plus faire fonctionner leurs métiers, faute de commandes. Il résolut de changer cet état de choses. Il commanda d'autres pièces, à tisser spécialement sur ses indications, et ces soieries merveilleuses servirent à confectionner certaines des robes prévues pour le stand de Gagelin et Obigez à l'Exposition universelle qui devait se tenir à Paris cet été-là. Des visiteurs du monde entier pourraient admirer le superbe mariage de ses créations et de la soie de Lyon.

Parmi les commandes spéciales livrées de Lyon se trouvait une pièce de soie d'un blanc pur, qui devait être utilisée pour le fond de jupe d'une robe sur laquelle planait un certain mystère. La maquette avait été commandée par l'une des jeunes dames de la suite de l'impératrice, non pour elle-même mais pour « une amie qui n'avait pas le temps de venir en personne ». L' « amie » voulait que la robe fût simple, légère et charmante, le genre de toilette que Marie-Antoinette aurait porté pour jouer à la laitière avec des seaux dorés, au Petit Trianon. Le nom de l'« amie » avait-il été révélé à Worth ? Louise n'en était pas certaine, mais elle le croyait. En tout cas, il n'était pas bien difficile de percer à jour l'identité de la mystérieuse cliente, mais, lorsqu'ils vérifièrent et replièrent le tissu précieux qui allait être remis aux couturières, ni Worth ni Louise n'échangèrent le moindre regard trahissant qu'il s'agissait de l'impératrice. Le seul regret de Louise fut que le caractère très privé de la commande ne permettrait pas à Worth de voir ses talents reconnus publiquement aux Tuileries – ce qui serait revenu à lui accorder officiellement le titre de fournisseur de la Cour ; or on ne le faisait jamais à la légère ni sur une première commande.

C'était Stéphanie qui avait eu l'idée de demander des maquettes à la Maison Gagelin. L'empereur avait chargé le peintre Winterhalter de faire le portrait d'Eugénie entourée de ses dames de compagnie préférées et l'on avait discuté sans fin de la robe qu'elle porterait. Aucune des idées que lui avaient soumises ses couturières ne lui avait plu. Enfin, Stéphanie, se rappelant la simplicité somptueuse de la robe qu'elle avait vu porter par Mme Worth, suggéra de consulter la Maison Gagelin. Eugénie fit une petite grimace à la pensée de laisser une boutique entrer en compétition avec ses couturières, mais après une autre série d'esquisses qui la déçurent, elle accepta en dernier ressort d'étudier ce que lui proposerait ce fournisseur inhabituel.

Après une visite préliminaire pour expliquer les exigences de la cliente impériale, Stéphanie s'attendait à ce qu'on lui présente un choix de créations du couturier, dessinées et peintes par un artiste professionnel. À sa vive surprise, une seule maquette fut sortie du classeur de vélin qui la protégeait.

— Est-ce tout, monsieur Worth ? demanda-t-elle sèchement.

Il ne se troubla pas.

— Cette maquette répond à toutes les exigences formulées, répliqua-t-il avec un geste dédaigneux de la main.

Quelle arrogance insupportable ! Elle était à peu près sûre qu'Eugénie serait aussi furieuse qu'elle. Mais ce ne devait pas être le cas. L'impératrice, au contraire, parut ravie de n'avoir pas à choisir une fois encore entre un large éventail de propositions, et elle déclara que la robe dessinée était exactement ce qu'il lui fallait. Stéphanie songea aussitôt que M. Worth avait dû se douter de la lassitude de la souveraine, saturée de maquettes au point de rejeter tout ce qui impliquait un choix. Il avait préféré ne faire qu'une proposition.

Mais quelle proposition ! C'était une création de rêve, l'image d'un jour d'été, fronces de tulle blanc sur fond de soie, avec pour seuls ornements des rubans du violet le plus pâle. La robe devait être portée avec des bouquets de véritables violettes de part et d'autre du visage. Tout naturellement, Winterhalter décida de peindre l'impératrice en train de tendre un bouquet de ces mêmes fleurs modestes à l'une de ses dames de compagnie.

Stéphanie, de nouveau, mesura l'astuce de ce M. Worth : tout le monde savait que les violettes étaient les fleurs préférées de l'impératrice, et qu'elle adorait toutes les nuances de leur couleur. Il en avait habilement tiré parti pour rehausser sa robe vaporeuse. Stéphanie décida aussitôt de devenir elle-même la cliente de M. Worth, dès que s'achèverait la visite officielle de la reine d'Angleterre et dès que l'exposition qui prévoyait de très nombreuses fêtes impériales fermerait ses portes. Elle pourrait alors consacrer plus de temps à ses propres projets. Elle avait besoin de vêtements à la fois chauds et élégants, capables de supporter un long voyage. Personne n'était encore au courant, mais elle avait résolu d'aller rendre visite à Pierre, en Crimée.

Elle lui écrivait souvent, des lettres charmantes, pittoresques, pour lui donner des nouvelles de gens qu'il connaissait, lui rapporter des ragots qui le distrairaient, et toutes les petites choses amusantes qui se passaient à la Cour. À en juger par ses réponses, qui lui parvenaient de façon irrégulière, il appréciait sa correspondance. Jamais il ne lui adressait de mots tendres et il concluait toujours ses lettres par des hommages affectueux, mais elle comprenait qu'un homme de cœur, constamment menacé de mort ou d'une blessure qui le rendrait infirme, ne veuille pas se lier à une jeune femme par des promesses susceptibles d'entraîner le désespoir et la déception.

Depuis quelque temps déjà, elle songeait à aller le voir. Elle trouvait parfaitement injuste que seules les épouses d'un très petit nombre d'officiers de haut rang soient autorisées à rendre visite à leur mari. Puis un article de journal attira son attention : un Anglais, un certain Thomas Cook, avait organisé un voyage en groupe pour la Crimée, et les visiteurs avaient même été témoins d'une escarmouche, depuis les collines. Si tout le reste échouait, elle entrerait en contact avec cet homme, mais elle espérait bien que son parrain lui faciliterait le voyage. Tout ce que l'empereur lui avait dit au cours des derniers mois confirmait qu'il serait ravi de la voir épouser Pierre. Quant à elle, la question ne se posait pas.

Vers la fin du mois de juin, on apprit qu'Eugénie attendait un enfant. Elle avait fait deux fausses couches dans le passé et son état exigeait les plus grandes précautions. Les dames de sa suite, Stéphanie la première, ne songeaient qu'à la soulager de toutes ses tâches et à l'aider de leur mieux pendant cette période difficile.

Au mois d'août, l'état d'Eugénie l'empêcha de jouer son rôle lors de la visite officielle de la reine Victoria et du prince Albert. Ce fut cependant un immense succès. Tout Paris descendit dans les rues et les boulevards brillamment décorés pour saluer les souverains britanniques. Worth et Marie, qui s'intéressaient à ce genre d'événements, allèrent les voir à l'arrivée du train royal dans la gare tendue de couleurs vives, tandis que l'*Union Jack* et le drapeau tricolore claquaient côte à côte. Mais Worth, lorsqu'il rentra chez lui, ne put dissimuler sa déception : la reine d'Angleterre était habillée de façon atroce.

— Un chapeau de paille horrible ! Une ombrelle d'un vert grinçant ! Et comme si cela ne suffisait pas, un caniche brodé sur son énorme sac à main. Un *caniche*…

— Elle en est tellement fière ! C'est sa fille qui l'a brodé, répondit Marie. N'est-ce pas charmant ?

Mais Worth avait ses idées sur les toilettes que devait porter la première dame de n'importe quel grand pays, et les caniches brodés n'y avaient pas de place.

À l'Exposition universelle, où le couple royal se rendit plusieurs fois, le stand de la Maison Gagelin exposait un magnifique manteau de Cour, que Worth avait créé en songeant à des reines, des impératrices et des princesses. Décoré somptueusement de broderies d'or sur soie sauvage blanche, moirée à l'ancienne, il tombait avec grâce, directement des épaules et non depuis la taille comme le voulait la tradition. D'après le nombre de lettres à monogrammes couronnés qui étaient parvenues accompagnées de commandes, il était évident que Worth venait d'établir une mode destinée à durer longtemps dans toutes les cours royales. Ce manteau valut un premier prix à MM. Gagelin et Obigez, mais Worth ne fut même pas invité à assister à la remise des récompenses, où ses employeurs reçurent cet honneur des mains mêmes de l'empereur…

À la fin de l'été, une fois terminées toutes ces mondanités, Stéphanie put enfin respirer un peu et commander tout ce dont elle aurait besoin pour se rendre en Crimée. Coûte que coûte, elle irait voir l'homme qu'elle aimait.

Elle ne révéla pas à Worth la destination de son voyage, car elle ne voulait pas que ses projets secrets fussent commentés par les langues bavardes des couturières, ou pussent tomber dans l'oreille indiscrète d'une servante. Rien ne devait parvenir jusqu'à l'empereur tant qu'elle n'était pas prête à lui demander audience. Elle expliqua simplement au couturier qu'elle serait obligée de voyager par mer et par terre, et qu'elle prévoyait un climat très rude.

Mme Worth lui présenta une garde-robe de voyage qui l'enchanta. Des robes de laine très chaudes dans des nuances vives : cerise, bordeaux, corail ; des toilettes du soir éclatantes portées sur un fond de robe très pratique pour arrêter les courants d'air ; une tenue de cheval solide et élégante, protégée par une pèlerine imperméable, et surtout une belle cape à capuchon, doublée de fourrure.

— Commencez sans attendre, monsieur Worth, ordonna-t-elle, sans songer que, si ses projets étaient réduits à néant, elle se retrouverait encombrée d'une quantité de vêtements inutiles.

Chaque essayage fut pour elle une nouvelle occasion de se réjouir. Chaque robe serait admirée par Pierre… Son humeur joyeuse et la gentillesse naturelle de son caractère faisaient d'elle une cliente appréciée de tout le personnel. Louise, en particulier, prenait beaucoup de plaisir à travailler pour elle. Jamais Stéphanie ne se laissait aller à des gestes de nervosité ou d'impatience comme la plupart des autres femmes, jamais elle n'émettait un soupir de lassitude ou une plainte. Mlle Stéphanie Casile arrivait d'un pas aussi léger que son cœur semblait l'être, n'épargnait pas ses louanges, et ne pouvait contenir un fou rire communicatif chaque fois que quelque chose allait mal. À tout propos, elle bavardait joyeusement, même si elle devait rester des heures debout tandis que Worth arrachait les manches ou une autre partie de la toilette, pour recommencer l'essayage à son point de départ.

Stéphanie aimait beaucoup Mlle Louise et s'estimait heureuse d'avoir une compagnie aussi agréable pendant les séances fastidieuses. Elle la trouvait intelligente et cultivée. Sur le plan de la musique, elles avaient les mêmes goûts, et un jour, au cours d'une conversation sur un opéra qu'elles connaissaient toutes les deux, elles se mirent à fredonner à l'unisson – ce qui attira Worth dans le salon d'essayage. Il avait l'air si scandalisé que, dès qu'il tourna le dos, elles éclatèrent de rire toutes les deux.

Si le secret sur ses projets de voyage n'avait pas été aussi important, Stéphanie se serait confiée à Mlle Louise – il y avait entre la cliente et la « première » la même intimité qu'entre n'importe quelle femme et sa coiffeuse – mais il fallait qu'elle reste prudente et elle ne glissa pas un seul mot sur ce sujet… Elles parlèrent longuement des événements marquants de leur vie, sentant l'une et l'autre que leur condition d'orpheline les rapprochait. Elles savaient ce que représente le manque d'affection paternelle et maternelle lorsqu'on est très jeune, malgré tous les efforts des autres pour combler le vide.

Le jour vint où tous les costumes furent terminés. Impulsivement, Stéphanie prit les mains de Louise dans les siennes.

— Merci d'avoir participé à ces beaux vêtements, mademoiselle Louise. J'espère qu'un jour vous m'aiderez à préparer mon trousseau de mariage.

Louise lui adressa un sourire plein de chaleur.

— Ce serait un honneur pour moi, mademoiselle Casile.

Tandis que sa garde-robe de voyage se préparait, Stéphanie n'avait pas perdu son temps. Elle avait posé des questions indirectes aux femmes dont les maris combattaient en Crimée, et elle avait fini par rencontrer une veuve qui devait se rendre là-bas pour ramener en France les cendres de son époux. L'empereur lui-même lui avait accordé ce privilège spécial par égard pour un officier tombé au champ d'honneur et qui avait fait preuve d'une extrême bravoure. Mme Hélène de Vincent accepta sans hésiter de chaperonner Stéphanie si celle-ci obtenait l'autorisation de faire le voyage – elle était ravie de profiter de sa compagnie.

— Je parlerai moi-même à l'empereur en votre nom si cela se révèle nécessaire, proposa-t-elle à la jeune fille. De toute façon, dites-lui que votre présence sera d'un grand réconfort pour moi tout au long de mon voyage.

Napoléon III écouta Stéphanie jusqu'au bout sans prononcer un seul mot.

— J'aime Pierre de tout mon cœur, Sire, conclut-elle, les yeux pleins de larmes. Je vous supplie de m'accorder cette faveur, la seule que j'aie jamais sollicitée. Laissez-moi aller le voir.

Elle tomba à genoux, près du fauteuil de l'empereur, et elle joignit les mains.

— Vous êtes-vous adressée à l'impératrice ? Vous permettra-t-elle de vous lancer dans ce pèlerinage romantique ? demanda-t-il lentement, en penchant la tête en arrière pour tirer une bouffée de sa cigarette.

— Non, Sire. J'ai pensé qu'étant votre filleule et votre pupille je devais obtenir votre permission en premier.

Il y eut un long silence. Puis elle s'aperçut qu'il y avait dans le regard de son parrain une lueur amusée qui ne prêtait pas à équivoque.

— Eh bien, qu'attendez-vous ? Vous avez ma permission. Je vous suggère de présenter votre requête à l'impératrice sans le moindre délai.

Elle se releva d'un bond et lui saisit la main pour l'embrasser. La cendre de la cigarette de Napoléon vola partout. Quand la porte se referma sur elle, il brossa sa redingote et son pantalon, le sourire aux lèvres. Mme de Vincent était une dame de très bonne réputation, on pouvait compter sur elle pour veiller sur la jeune fille, la tenir éloignée des champs de bataille et lui épargner tout spectacle désagréable. Ayant vécu la vie des camps dans sa jeunesse, il ne savait que trop bien l'effet que produirait sur le capitaine la présence d'une jeune et belle Française après des mois de solitude au milieu des violences de la guerre. Finis les désirs inopportuns d'épouser une maîtresse… Tout irait pour le mieux.

L'impératrice fut plus difficile à convaincre. Elle était très inquiète de voir Stéphanie s'aventurer au milieu de tous ces soldats.

— Mais pendant la durée de notre séjour nous serons, Mme de Vincent et moi, sous la protection personnelle du général Bosquet, protesta Stéphanie. On nous escortera du bateau à son quartier général, à l'aller comme au retour.

Eugénie finit par accepter.

— Mais soyez rentrée lorsque je devrai m'aliter. J'aurai besoin de toutes mes dames auprès de moi.

Une fois seule, Eugénie ferma les yeux et s'allongea sur ses coussins, épuisée. Elle désirait de tout son cœur la naissance qui allait se produire, elle était impatiente de prendre son enfant dans ses bras et de donner libre cours à son amour maternel, qui n'avait pu s'exprimer jusque-là que dans sa tendresse à l'égard de ses dames.

Stéphanie prit le bateau avec Mme de Vincent au début du mois de novembre. Le voyage fut particulièrement agréable. Non seulement le temps demeura relativement beau en Méditerranée, mais le capitaine et les officiers se montrèrent très courtois.

Elles débarquèrent dans un port très animé de la mer Noire, où les attendait un certain capitaine Desgranges. Il présenta ses condoléances à Mme de Vincent, évoqua le courage de feu son mari, qui avait été un exemple pour tous, puis salua Stéphanie de façon conventionnelle, mais avec dans le regard une expression d'admiration intense – qu'elle devait revoir avec des nuances dans les yeux de bien des officiers français, d'un bout à l'autre de son voyage.

— Le capitaine de Gand n'est pas avec vous ? demanda Stéphanie aussitôt.

— Non, mais il a été convoqué et vous le verrez ce soir.

— Sait-il que je suis ici ?

Le capitaine Desgranges secoua la tête.

— Les consignes officielles ne comportent pas de notes personnelles, mademoiselle. On lui a donné l'ordre de se présenter au QG du général Bosquet, où il restera trois jours. (Il esquissa un sourire.) Je crois qu'il sera très intrigué… Et je l'envie pour la surprise qui l'attendra.

Escortées de lanciers, la veuve et la jeune fille voyagèrent d'abord dans une vieille voiture réquisitionnée auprès des habitants de l'endroit, puis à cheval tandis qu'un chariot de l'armée les suivait, chargé de leurs bagages. Il faisait un froid vif. Des plaques de neige recouvraient par endroits un sol aussi gris que le ciel.

Elles dépassèrent des soldats français réfugiés sous des tentes de toile. Les feux de camp lançaient des reflets d'or rouge et la fumée montait en tourbillons vers le ciel. Aucun regard ou presque ne se tourna dans leur direction ; comment auraient-ils pu imaginer que deux femmes passaient près d'eux ? Ils se blottissaient les uns contre les autres pour se protéger du vent. Les uniformes étaient en loques, ravaudés, et certains hommes se drapaient dans des couvertures pour conserver un peu de chaleur. Leurs guêtres, autrefois élégantes, étaient sales et déchirées. Certains avaient ajouté à leur tenue des houppelandes russes ou des capes d'allure cosaque – et Stéphanie, désespérée par ce spectacle, préféra ne pas songer à la façon dont ces vêtements avaient été obtenus.

Un jour, un groupe de soldats anglais parut. Ils avançaient d'un pas vif, disciplinés et rigoureusement au pas, mais dans l'ensemble leur allure n'était pas meilleure que celle des Français – à l'exception de leurs ceinturons, d'une blancheur éclatante. Le capitaine Desgranges leur apprit que les Anglais avaient beaucoup plus souffert que les Français au cours du premier hiver terrible de la guerre. Sans Miss Nightingale, un plus grand nombre de blessés seraient morts, faute d'installations hospitalières. Et quand la voiture traversa un campement de soldats turcs dont les visages émaciés témoignaient d'une insuffisance de vivres et de bien d'autres épreuves, Stéphanie songea que la guerre n'allait pas être gagnée de sitôt.

Elles arrivèrent enfin. Le village avait subi des dommages au cours des combats. Le QG du général Bosquet était établi dans une vaste maison qui avait changé de mains deux fois avant que les Français aient regagné du terrain après la prise de Sébastopol. Les plafonds peints et les décors dorés attestaient une grandeur passée, mais les appliques avaient été arrachées aux murs tapissés de damas, et les gros meubles qui n'avaient pas été pillés portaient des traces de sabres et d'épées. Des balles de fusil avaient troué le bois. En entrant, le changement de température était saisissant, des poêles énormes dégageaient une chaleur intense, des flammes pétillaient derrière les grilles et les deux voyageuses furent ravies de pouvoir ôter leur cape.

— Je dois vous présenter mes excuses pour un certain désordre dans le décor, dit le capitaine Desgranges non sans ironie, mais je suis sûr que vous ne manquerez pas de confort ; lorsque le général Bosquet rentrera ce soir, il sera honoré, comme nous tous, de vous avoir à dîner.

Dans leur chambre, communiquant par une double porte, deux servantes les attendaient pour les assister – deux paysannes placides, nettes et propres, les cheveux et le front recouverts d'un foulard. Elles leur servirent du thé, brûlant dans le samovar. Des tranches de citron flottaient dans des tasses de porcelaine délicate, échappées à tous les maraudeurs, français et russes, qui avaient fouillé la maison. Elles leur servirent aussi des petits pains blancs sucrés et de minuscules gâteaux parfumés au cumin.

Dès la fin de la collation, les servantes allèrent chercher des brocs d'eau chaude et emplirent une baignoire en fer-blanc de l'armée. Les deux voyageuses furent heureuses de chasser les fatigues du voyage en prenant chacune un bain. En même temps que de vapeur, la pièce s'emplit du parfum des savons qu'elles avaient emmenés de Paris. Les deux servantes firent chauffer devant le poêle de grandes serviettes de bain dans lesquelles elles s'enveloppèrent en sortant de l'eau.

Mme de Vincent, qui désirait passer un moment seule dans la chapelle où l'on avait placé le cercueil de son époux, se vêtit aussitôt d'une robe de soie noire qui accentuait la pâleur de ses traits ; elle quitta sa chambre en emmenant la branche de buis qu'elle avait coupée elle-même dans son domaine, en France. Stéphanie était encore en train de s'habiller, frémissante d'impatience, tandis que la servante lui brossait les cheveux et les bouclait. Elle avait décidé de porter la robe la plus élégante de Worth. Les malles étaient défaites et le moindre faux pli avait été repassé.

Voulant faire dès son entrée autant d'effet que possible, elle quitta sa chambre lorsqu'elle estima que Mme de Vincent devait être rentrée de la chapelle et avoir rejoint les officiers et le général Bosquet. En haut de l'escalier, elle attendit, pour ne descendre qu'après avoir reconnu la voix douce de la veuve au milieu du murmure grave des voix d'hommes. La porte voûtée qui s'ouvrait sur la salle était encadrée de tentures de brocart réduites en loques au cours d'une attaque. Elle s'arrêta sur le seuil. Les têtes se tournèrent vers elle et il se fit un silence complet.

Tous les officiers présents avaient l'habitude d'assister aux visites des épouses d'officiers de haut rang, mais c'étaient toujours des dames de l'âge de Mme de Vincent, et souvent beaucoup moins jolies. Stéphanie sentit le regard tendu de chacun de ces hommes glisser sur la soie cuivrée de sa robe, sur ses cheveux blonds qui dessinaient une auréole de feu sur la ligne douce de ses épaules et sur sa poitrine. Ses seuls bijoux étaient des pendants d'oreilles de perle et d'ambre, cadeau de l'empereur, qui lançaient en tout sens des flèches de lumière.

La voir apparaître si brusquement, parée de toute l'élégance d'un Paris à moitié oublié au milieu des horreurs de la guerre, provoqua en chacun des hommes présents un sentiment d'incertitude. Le silence ne dura que quelques secondes, mais l'image de Stéphanie avait chassé pendant ce bref instant tout l'accablement, toutes les souffrances de leur existence en Crimée, de bataille en bataille et de bombardement en bombardement, ponctués par les cris des hommes blessés et des chevaux mourants – le prix amer à payer pour acquérir l'honneur et le prestige qu'ils offraient à leur pays et à leur empereur.

Un homme à la silhouette lourde s'avança pour la saluer. C'était le général Bosquet. D'un geste vif, il caressa de son index les bouts de sa moustache en broussaille, puis s'inclina devant la jeune fille.

— Je vous souhaite la bienvenue, mademoiselle Casile. Je connaissais votre père. Un homme de valeur et un grand soldat.

Jamais Stéphanie ne sut quelle réponse elle fit, tandis que les conversations reprenaient de toute part. Terriblement déçue, elle avait cru un instant que Pierre n'était pas là, puis, tandis que le général s'avançait, elle l'avait aperçu. Il la regardait par-dessus l'épaule comme s'il avait cessé de respirer depuis l'instant où elle était apparue. Son regard exprimait à la fois l'incrédulité et une ironie amère, comme s'il s'agissait d'une plaisanterie dont il faisait les frais. Elle se sentit aussitôt perdue, incapable de comprendre sa réaction, et elle eut peur. Puis il lui adressa un sourire, hésitant tout d'abord, mais qui modifia complètement son expression – il était heureux de la voir, cela ne faisait aucun doute.

Elle eut du mal à détacher son regard pour saluer les autres officiers que le général lui présentait, et elle sentit qu'il était impatient d'avoir l'occasion d'être en sa compagnie. Quand ils se trouvèrent face à face, elle s'aperçut qu'il avait minci, que sa bouche avait durci, et cela lui fit mal. Elle eut envie de presser contre les siennes ces lèvres aimées, mais elle n'était plus la gamine impulsive qui l'avait embrassé à Fontainebleau, et elle ne pouvait se comporter ainsi devant toute une assemblée d'inconnus. Tout ce qu'elle avait eu l'intention de lui dire disparut en fumée, elle demeura immobile et silencieuse, comme si sa langue d'habitude si vive avait soudain perdu le pouvoir de parler.

Elle joignit les mains puis les sépara, en un unique geste qui exprimait la joie muette née de leur rencontre. Elle lut de l'admiration dans son regard.

— Vous nous réservez de ces surprises, Stéphanie ! Depuis notre toute première rencontre, je ne sais jamais à quoi je dois m'attendre de votre part.

Aussitôt, elle reprit confiance – et son aplomb lui revint. Un soupçon de malice parut au coin de ses lèvres.

— J'espère que c'est une *bonne* surprise.

Il éclata de rire et se pencha en avant pour approcher son visage de celui de la jeune fille.

— La meilleure de toutes. Vous êtes bien la seule à apparaître sur le théâtre de la guerre comme si vous sortiez du chapeau de quelque magicien – tout en me procurant trois jours de permission.

Elle rit, enchantée, et prit le bras qu'il lui offrait. On venait d'annoncer le dîner et le général Bosquet, Mme de Vincent à son bras, se dirigeait vers la salle à manger.

Tout au long du repas, Stéphanie fut au centre de toutes les attentions. Elle bavarda joyeusement avec les officiers près d'elle, et répondit par des sourires et des regards moqueurs à tous ceux qui levaient leur verre à sa santé. Elle s'amusa beaucoup. Elle était aux côtés de son cher Pierre et c'était tout ce qui comptait vraiment. Pendant un instant, sous la nappe, elle glissa sa main dans celle du jeune homme et il lui serra les doigts si fort qu'elle faillit crier – mais leurs regards ne se croisèrent pas : il semblait entièrement plongé dans une conversation avec d'autres officiers. La poignée de main d'un homme en train de se noyer, songea-t-elle. Ensuite, grâce à la finesse qu'elle avait acquise aux Tuileries, elle comprit ce qu'il avait voulu exprimer. Une tache de couleur lui teinta les joues. Il avait besoin d'elle. Un besoin désespéré. Elle sentit son cœur battre dans sa poitrine comme une cloche sonnant à toute volée.

Mme de Vincent remplissait avec diligence ses devoirs de chaperon. Elle était responsable de la jeune fille devant l'empereur lui-même et elle ne voulait pas manquer à ses devoirs. Elle aurait préféré ne pas accompagner les deux jeunes gens au cours de leurs promenades dans le village, par un temps glacial, ni partir à cheval en territoire conquis pour visiter une ancienne forteresse d'un grand intérêt historique. Emmitouflée dans sa cape de fourrure, aussi volumineuse que celle de Stéphanie, elle avait hâte de voir ces expéditions s'achever pour rentrer au quartier général – mais sans défaillance demeurait en permanence avec eux.

À son vif soulagement, il ne fut pas question de visiter la ville conquise de Sébastopol, pour la simple raison qu'une épidémie de choléra venait de se déclarer, mais ils allèrent à cheval jusqu'à une colline des environs, d'où ils purent voir de loin ce qui restait de cette cité longtemps bombardée avant de tomber aux mains des alliés, quelques semaines plus tôt

À l'intérieur, Mme de Vincent se tenait toujours à la distance imposée par le tact, un livre ou une broderie à la main, tandis que Stéphanie et le bel officier bavardaient côte à côte à la lueur des flammes qui pétillaient derrière les grilles du poêle. Jamais elle ne les perdait de vue.

Pour eux, le temps passait comme un éclair. Mais Mme de Vincent ne faisait que s'enliser dans l'ennui. Elle ne désirait qu'une chose : voir le cercueil de son mari en sûreté à bord du bateau et quitter au plus vite cette partie du monde où son époux avait trouvé la mort. Elle fut enchantée lorsque s'acheva la troisième journée, et il lui arriva même de sourire pendant le banquet donné par le général et ses officiers en l'honneur des deux dames venues de France.

Cette nuit-là, elle s'endormit tôt, mais les images de leur départ le lendemain aux premières heures du jour envahissaient son sommeil, et de temps à autre elle s'agitait nerveusement sur son oreiller. Puis, brusquement, elle s'assit dans son lit. Qu'avait-elle entendu ? Quel bruit l'avait donc fait sursauter dans son rêve ?

Elle vit un filet de lumière effleurer le parquet sous la double porte de communication. Stéphanie serait-elle souffrante ? La pensée du choléra lui vint aussitôt à l'esprit. Repoussant les draps d'un geste, elle se leva, prise de panique. Il fallait partir à l'aube, et la perspective de rester immobilisée des semaines par la maladie de la jeune fille était trop désespérante. Jamais elle n'avait eu autant envie de retourner chez elle. Elle chercha son peignoir à tâtons. Elle l'enfila à la hâte, releva d'une main les tresses prises dans le col de dentelle, se précipita vers les doubles portes et les ouvrit à la volée.

— Stéphanie ! Êtes-vous…

Elle se figea.

Ils n'étaient pas nus… Comme elle se le répéta des milliers de fois par la suite : ils n'étaient pas nus. Bien entendu, cela ne prouvait rien sur ce qui s'était passé entre eux. Jusqu'où les choses étaient-elles allées ? Ses pensées bondissaient dans le silence de la surprise : comment croire que Pierre de Gand, avec ses yeux de fauve et sa bouche sensuelle, ait pu respecter la pudeur d'une femme et se contenter de préludes ?

Stéphanie, consternée mais le regard chargé de défi, était assise contre les oreillers. Les pointes de ses seins se dressaient sans honte sous le tulle blanc transparent de sa chemise de nuit. Elle avait les jambes repliées. Pierre était sur le lit, lui aussi, mais assis sur le bord, les mains dans les poches de sa robe de chambre de satin, un pied nu posé sur le sol. Son visage exprimait une exaspération qu'il avait du mal à contenir, mais pas plus que Stéphanie il ne semblait surpris. Mme de Vincent comprit que le craquement des lames du parquet leur avait signalé sa venue.

— Que va dire l'empereur ?

Puis elle s'effondra dans un fauteuil, enfouit son visage dans ses mains et éclata en sanglots. Elle entendit Stéphanie se mettre à rire comme une possédée, à mi-chemin entre la fureur et l'humiliation…

À huit heures et demie, le lendemain matin, le général Bosquet, ses officiers et tous les hommes affectés au quartier général se mirent au garde-à-vous pour rendre les honneurs au cercueil qui rentrait en France, recouvert par le drapeau tricolore. Quand Mme de Vincent, déjà à cheval, inclina la tête et se mit en route, l'escorte de lanciers s'ébranla. Stéphanie, sur une jument alezane, était aux côtés de Pierre ; il devait la raccompagner au bateau avant de rejoindre son unité.

Mme de Vincent fixait sans le voir le paysage vide qui s'étendait jusqu'à l'horizon parsemé de plaques de neige accrochées dans chaque repli du terrain. Toute l'expédition n'avait été qu'un long cauchemar, songeait-elle, et cette maudite fille, loin d'être un réconfort pour elle au moment où elle en avait le plus besoin, n'avait fait qu'aggraver son épreuve. Si l'empereur découvrait qu'elle avait failli à ses devoirs de chaperon, elle tomberait aussitôt en disgrâce et il la jugerait indigne des privilèges qu'il lui avait accordés – ce qui ternirait également la mémoire de son époux. Dans l'incident de la nuit précédente, c'était cet aspect qui l'effrayait le plus.

Pour cette unique raison, elle avait gardé le silence, sinon elle aurait parlé. Mais son silence même était un nouveau fardeau à porter, d'autant plus lourd qu'il était en conflit avec son sens du devoir.

Lorsqu'elle avait entendu le rire de Stéphanie, ses propres sanglots avaient redoublé. Puis Stéphanie, reprenant contenance, avait paru navrée de provoquer un tel désarroi. Mais c'était le capitaine qui avait apaisé ses larmes – et, sans le vouloir, il lui avait démontré à quel point il était difficile de résister à son charme persuasif. Oh oui… Elle comprenait très bien comment ils avaient pu en arriver là, surtout dans de telles circonstances, mais cela ne les excusait nullement. Elle était résolue à ne plus jamais parler à Stéphanie de sa vie.

Après un arrêt dans une hôtellerie pour une collation, elle remonta avec la jeune fille dans la voiture de louage qui les avait emmenées jusque-là à l'aller – et la dernière étape du voyage commença. Elles arrivèrent sur les quais au crépuscule. Un spectacle bouleversant les attendait : des blessés entassés dans des chariots étaient transportés sur des brancards jusque sur le pont du bateau ; ils prendraient dans les cales la place des stocks de nourriture, de vêtements et de munitions qui constituaient la cargaison à l'aller. Tous ces hommes avaient perdu un membre, ou étaient trop invalides pour pouvoir reprendre le combat. Stéphanie fut saisie d'un frisson.

Avant de quitter Pierre, elle se jeta dans ses bras.

— Prenez garde ! Je vous en prie. Que rien ne vous arrive…

Il était bouleversé. Son haleine en suspens dans l'air glacé s'unit à celle de la jeune fille.

— La guerre ne durera plus longtemps. C'est impossible. Le plus mauvais est passé. Et vous avez entendu le général Bosquet affirmer que les deux camps désirent entamer des pourparlers de paix. De toute façon, qu'est-ce qui pourrait m'empêcher de rentrer sain et sauf vers tout ce qui m'attend en France ?

Il l'embrassa. Sans douceur, presque avec colère, la laissant les lèvres meurtries. Elle le suivit des yeux. Son cheval prit une direction différente de celle des lanciers.

À bord, elle essaya de converser un peu avec Mme de Vincent avec qui elle partageait une cabine, mais elle ne rencontra qu'un silence obstiné. L'agrément d'être deux, comme à l'aller, n'existait plus. Mais il y avait beaucoup d'autres personnes enchantées de lui parler… Prise de pitié pour les blessés entassés sans le moindre confort dans tous les coins du bateau, elle offrit son assistance au médecin-major. Elle fit manger les malades, et soulagea les infirmières qui purent accomplir d'autres tâches. Dès qu'elle se rétablit de son mal de mer, Mme de Vincent offrit elle aussi son aide. Plusieurs blessés moururent et l'on procéda à leurs funérailles en mer.

Après tout ce qui s'était passé, et tout ce qu'elle avait vu et entendu depuis le début de son voyage, Stéphanie se sentait plus âgée et plus sage, plus triste et plus heureuse à la fois qu'avant d'embarquer pour la Crimée. Jamais elle ne serait aussi frivole et légère. Elle avait l'impression de se connaître enfin elle-même, ainsi que Pierre, et ne serait-ce que pour cette raison son voyage était positif. Mais elle avait réalisé en outre le véritable but pour lequel elle était partie. Elle osait à peine y songer, partagée entre l'allégresse et la crainte. Son seul regret était de s'être abandonnée à la colère contre cette pauvre femme timide dont l'intrusion intempestive n'était manifestement dictée que par la meilleure des raisons.

À Marseille, elle eut l'occasion de réconforter Mme de Vincent. L'un des porteurs du cercueil glissa sur l'échelle de coupée. Pendant un instant horrible et macabre, on crut que leur fardeau allait tomber à la mer... Dans le train, Mme de Vincent remercia Stéphanie pour ses égards en cette circonstance, et elles bavardèrent un peu durant le retour à Paris.

Stéphanie reprit sa vie aux Tuileries, dans une atmosphère plus gaie et plus extravagante que jamais – en tout cas, c'est l'impression qu'elle ressentit après les scènes de guerre dont elle venait d'être le témoin. Pendant plusieurs jours, elle se sentit égarée, comme s'il y avait quelque chose d'irréel dans ce tourbillon de plaisirs que les bataillons n'avaient pas troublé. Au cours des banquets, tandis que se succédaient les plats fabuleux et que le vin coulait comme d'une source vive, elle se rappela les visages hâves des soldats turcs, et eut beaucoup de mal à terminer son dîner. Mais, peu à peu, elle se réadapta et se sentit de nouveau à l'aise, enchantée de l'accueil de l'impératrice. La souveraine était impatiente de lui montrer tous les vêtements délicatement brodés de la somptueuse layette du bébé impérial tant attendu, qui allait être exposée au public en même temps que le berceau offert par la ville de Paris.

Parmi la foule qui fit la queue pour cette exposition se trouvait Marie Worth. Elle attendait un second enfant et elle était sûre que la joie de l'impératrice en ces circonstances était égale à la sienne. À une différence près cependant : l'impératrice décevrait profondément son époux et tout le pays si elle ne mettait pas au monde un garçon.

Louise, qui l'avait accompagnée à l'exposition de la layette, ne put s'empêcher de comparer la routine quotidienne de Marie aux loisirs et aux soins dont jouissait l'impératrice. Dans son enthousiasme pour son travail, Worth oubliait souvent que sa femme était plus fatiguée que de coutume. Parfois elle semblait anormalement pâle, et des ombres lourdes cernaient ses yeux. Mais elle ne se plaignait jamais. Elle devait avoir du mal à avaler les plats réchauffés qu'on lui présentait quand elle prenait enfin quelques minutes pour déjeuner mais elle mangeait sans protester, pour le bien de l'enfant et pour conserver ses forces.

Un après-midi, en revenant de l'un de ces repas hâtifs, Louise remarqua un visiteur qui attendait Worth. Le paquet rond qu'il portait trahissait le but de sa venue. Un flot continu d'inventeurs de porte-crinolines faisait la tournée des couturiers – leurs idées étaient pour la plupart ridicules et peu pratiques. L'homme lui tournait le dos, mais en avançant elle remarqua que sa silhouette lui était vaguement familière.

— Vous désirez voir M. Worth ? demanda-t-elle en arrivant près de lui.

L'homme pivota brusquement et des yeux clairs, pétillants de malice, la fixèrent.

— Louise ! Eh bien, quelle surprise…

— Will Russell ! Depuis quand êtes-vous revenu à Paris ?

— Une heure, à peine. Quelle joie de vous revoir !

Il rit, tout au plaisir de leur rencontre.

— Après si longtemps !

Elle l'aurait à peine reconnu avec ses boucles blondes bien coiffées et ses vêtements élégants. Il parut tout aussi intrigué par l'apparence de la jeune femme : il la prit par les épaules et la tint à bout de bras en l'examinant de la tête aux pieds.

— Quelle toilette ! La soie noire d'une vendeuse, mais vous la portez à merveille ! La chance de vous voir valait à elle seule le voyage.

Il lui prit la main, et voyant qu'il n'y avait pas d'anneau de mariage, il haussa les sourcils.

— Pas mariée ? Tous les hommes de ce pays auraient-ils perdu l'esprit ?

Louise regarda sa main gauche. Il portait un anneau d'or.

— Cela ne saurait tarder, avoua-t-elle, les joues en feu. La Conférence de la Paix va s'ouvrir à Paris, et l'armistice sera proclamé en Crimée dans quelques semaines, ou peut-être même quelques jours.

Will fit une grimace de sympathie.

— Votre fiancé s'est laissé prendre dans ce bazar, n'est-ce pas ? Enfin ! Au moins les Français s'en sont-ils mieux sortis que les Anglais. Mon usine avait fabriqué des tissus chauds pour la Brigade légère, mais après la terrible charge des canons russes à Balaclava personne ou presque n'en a eu besoin ! Comment s'appelle votre fiancé ? Dans quel régiment sert-il ?

De nouveau, il haussa les sourcils en apprenant que le futur époux de Louise était dans les Cent-Gardes.

— Pour vous, c'est la crème des régiments ou rien, hein ? Mais c'est lui qui a de la chance. (Il regarda autour de lui.) Où est M. Worth ? Je règle mon affaire, puis nous dînons ensemble pour fêter ces retrouvailles.

— Je vais le chercher.

Elle pivota vivement puis se figea pour regarder Will par-dessus son épaule.

— C'est exactement comme si nous nous étions quittés hier, dit-elle. Sauf que vous avez un air tout à fait prospère. Je suis heureuse que tout se soit bien passé pour vous.

Il lui lança un large sourire et la regarda disparaître du côté des salons d'essayage. Oui, sur le plan financier, tout s'était bien passé, mais pour son mariage c'était une autre histoire. Il était demeuré profondément amoureux d'Ellen Moncrieffe pendant les deux ans de son séjour à Paris et, à son retour en Angleterre, elle lui était apparue plus désirable que jamais. Le père d'Ellen l'avait obligé à attendre une année encore, le temps de se réinstaller dans son pays. La fille unique des Moncrieffe avait eu alors un mariage somptueux, plus de quatre cents invités et une pièce montée d'un mètre de haut. Ellen, en satin blanc et dentelle, avait pris plaisir à chaque instant de la fête, refusant de quitter la réception et repoussant leur départ le plus tard possible.

Par la suite, il avait compris pourquoi. Elle avait désiré l'épouser pour l'excitation de la fête, pour pouvoir être une « femme mariée » et rivaliser avec ses amies dans la décoration de sa maison et le luxe de son mode de vie. Mais être une épouse n'est pas seulement cela. Leur nuit de noces avait été un désastre. Excessivement protégée et gâtée par des parents trop indulgents, d'un naturel timide et renfermé, Ellen était arrivée jusqu'au lit conjugal dans une ignorance totale – sa mère l'avait simplement prévenue que ce qui se passerait serait dégoûtant, dégradant et douloureux, mais devait être supporté pour le plaisir égoïste du mari.

Cuirassée jusqu'au cou, les poignets et les chevilles emprisonnés dans sa chemise de nuit, elle s'était tapie loin de lui en tremblant de peur. Il avait compris aussitôt que son propre corps était pour elle un mystère, lié à de nombreux tabous. Même s'il ne l'avait pas aimée, il aurait été désespéré de découvrir que, pour elle, la nudité était honteuse. Il l'apaisa, la cajola, la rassura, se résignant à l'abstinence sexuelle pendant une ou deux nuits. Mais la lune de miel se termina et ils vécurent cinq semaines ensemble dans leur maison avant que le mariage ne soit enfin consommé…

À l'instant de l'abandon, elle oublia toute la tendresse patiente qu'il avait déployée et les caresses sans fin qui avaient fini par la conduire au bord du plaisir. Elle cria de douleur et de répulsion. Il eut soudain l'impression de tenir dans ses bras un papillon épinglé… Par la suite, même dans leurs moments d'intimité, elle demeura toujours tendue et hostile, sans pouvoir parfois se retenir de pleurer. Leur mariage devint une caricature, bien que pendant la journée elle jouât en toutes circonstances le rôle d'une épouse idéale.

Il n'avait pas tardé à se rendre compte que c'était une femme inconsistante, pleine de fatuité. Les sentiments qu'il lui avait témoignés pendant sa cour n'avaient fait qu'alimenter sa vanité. Elle avait cru pouvoir le faire danser au bout d'une corde jusqu'à la fin de ses jours, mais sur le plan affectif elle ne voulait rien donner en retour, et son cœur était aussi froid et vide que son corps.

Un enfant aurait apporté un peu de joie dans un foyer où le moindre volant des rideaux de dentelle était amidonné, et où chaque morceau de charbon jeté dans le feu aurait été ciré si cela avait été possible. S'il n'avait pas désiré un fils, Will aurait été moins touché par l'attitude de sa femme. Et il espérait peut-être aussi, au fond de lui-même, qu'avec le temps l'amour répondrait à l'amour.

— Monsieur Russell ? Vous désirez me voir ?

Worth était devant lui, les mains derrière le dos. Il avait parlé en français, mais Will, sachant qu'il était son compatriote, répondit en anglais.

— Comment allez-vous, monsieur ? Je suis venu à Paris spécialement pour vous présenter une invention que personne d'autre n'a encore vue Je crois qu'elle vous intéressera beaucoup.

Worth fronça les sourcils, contrarié : Louise lui avait appris que le visiteur parlait français couramment, et il ne considérait pas que Will Russell lui faisait un compliment en s'adressant à lui dans sa langue maternelle. Worth ne parlait plus jamais anglais quand il pouvait l'éviter. Comme ceux convertis à une nouvelle foi – dans son cas un amour sans limites pour son pays d'adoption –, son zèle l'emportait souvent très loin. Peu à peu, il en était arrivé à se sentir plus français que les Français eux-mêmes. Il pensait, priait et même rêvait en français, qu'il considérait maintenant comme sa première langue. Il avait toujours eu des gestes théâtraux et avait adopté les manières françaises, à mesure qu'il répudiait ses origines anglo-saxonnes.

Les matériaux qu'il commandait pour la boutique et pour son atelier de couture étaient tous tissés en

France. Quand il avait besoin de lainages fins, il ne se tournait pas vers les îles Britanniques mais faisait appel à des artisans français peu connus mais qui parvenaient à des résultats de qualité égale. Il souffrait de voir que la France n'arrivait pas à produire de la toile de lin aussi belle que celle d'Irlande. Il continuait à en importer parce qu'il n'avait pas le choix ; une invention anglaise, proposée par un Anglais qui préférait ne pas parler français, ne le tentait guère. Il était bien disposé à la refuser d'emblée.

— C'est peu probable, répondit-il, toujours en français. Je devine que vous avez un système de crinoline à me montrer, et je les connais tous.

Will essaya d'évaluer l'homme et décida de ne changer de langue que lorsqu'il serait prêt. Il était anglais et il discutait avec un Anglais, pourquoi aurait-il adopté une langue étrangère pour négocier ? Avec une arrogance naturelle, au moins égale à la présomption de Worth, Will sourit et enfonça le pouce dans la pochette de son gilet.

— Vous devez être très sûr de vous pour parler ainsi, monsieur Worth ! Je ne vous propose pas un de ces appareils en fil de fer, ou une variante des cages de métal qui immobilisent les femmes au sol. Non, non… (Il secoua la tête.) Ce que j'ai conçu est entièrement différent : des cerceaux d'acier fin fixés l'un à l'autre par du gros-grain, de diamètre de plus en plus grand de la taille à l'ourlet. Et c'est aussi léger qu'un ressort de montre.

Ses épaules pivotèrent comme s'il allait prendre congé.

— Mais puisque vous n'êtes pas intéressé, ajouta-t-il, je ne vous ferai pas perdre davantage de temps.

— Une minute ! s'écria Worth en anglais, et l'accent chantant du Lincolnshire de son enfance passa dans sa voix. Pourquoi êtes-vous venu me voir en premier ?

Will se retourna et le regarda dans les yeux.

— Gagelin et Obigez sont renommés pour leurs idées avancées en matière de mode. Je m'adresse toujours au sommet.

Worth pinça les lèvres de dépit. C'était toujours la même chose. Tout le crédit de son esprit créateur allait à la boutique, et la seule chose qu'il obtenait des propriétaires était une opposition systématique à toute idée nouvelle. Il devait se battre pour chaque invention et chaque progrès, mais jamais les succès ne lui étaient attribués.

— Très bien, monsieur Russell. Je vais jeter un coup d'œil à vos ressorts de montre.

Avec un sourire malicieux, Will passa enfin au français.

— Vous avez pris une décision avisée, monsieur Worth.

Dès que Worth vit le prototype de l'invention, il comprit que tous ses problèmes de crinoline étaient résolus. Non seulement l'appareil de Russell soulagerait les femmes du poids considérable des jupons et des coussinets, mais il permettrait d'exécuter une crinoline encore plus large. Et de la forme circulaire actuelle il pourrait passer à une silhouette en éventail ! Quel cadre pour soutenir ses robes ! Et comme les tissus allaient tomber avec élégance ! Il était impatient de voir l'invention dans son atelier.

— Je veux que le cerceau d'en bas ait six mètres de circonférence, déclara Worth, imaginant l'effet que feraient dix mètres de tissus par-dessus, avec les fronces, les plissés, les ruchés et les smocks qui allaient donner à la mode une nouvelle ligne étonnante.

— Six mètres !

Will était surpris, mais il ne discuta pas la commande. Worth savait, tout comme Will, qu'il y avait une fortune à gagner en lançant les cerceaux très vite et en envahissant le marché avant que des imitateurs ne produisent des variantes, ce qui était inévitable. Mais, étant donné le prix élevé exigé par Will pour son appareil, il fallait consulter les propriétaires. Il se passa ce que Worth avait craint. Au lieu de voir l'occasion fantastique qui se présentait d'obtenir les droits exclusifs de diffusion de l'invention en France, MM. Gagelin et Obigez reculèrent, effrayés par l'importance de la mise de fonds. Worth eut beaucoup de mal à les convaincre d'investir ce qu'il fallait pour lui donner quelques semaines d'avance, le temps de distancer la concurrence. Leur manque d'initiative le mettait en rage. Ah ! si seulement il disposait des fonds nécessaires ! Il ferait acheter aux femmes des cerceaux garnis de diamants, s'il décidait que c'était de bon ton !

Will était plus que ravi. Non seulement il allait submerger Paris de cerceaux par l'entremise de la Maison Gagelin, mais, pendant le délai qu'il leur avait accordé, il aurait le temps de fabriquer des stocks énormes d'appareils qu'il lancerait lui-même dans le monde entier, profitant du sceau d'approbation que constituait l'adoption du procédé par Worth.

Comme convenu, il se rendit, ce soir-là, à l'adresse de Louise et il retrouva Catherine. Il arriva les bras chargés de gardénias et d'un magnum de champagne qu'il voulut ouvrir tout de suite. Ensuite, il les emmena dîner toutes les deux à la Maison Dorée – une soirée fabuleuse pour Catherine, qui n'était jamais allée dans un endroit aussi chic. Le décor aurait évoqué pour Louise des souvenirs émouvants si Will n'avait pas été un convive si différent de Pierre – exubérant, expansif, et d'excellente humeur.

À l'origine, son intention était de régler ses affaires le plus rapidement possible et de quitter Paris aussitôt, mais, comme le lendemain était un dimanche et que Louise ne travaillait pas, il repoussa son départ jusqu'au soir. Dans la matinée, ils se joignirent aux promeneurs, car il voulait voir de ses propres yeux les modifications effectuées par le baron Haussmann pour l'embellissement de Paris.

Will trouva remarquables les vastes espaces aménagés partout. Il serait prêt à parier, dit-il, que cinquante voitures pouvaient descendre les Champs-Élysées de front ! Il admira les nouveaux squares et les jardins publics. Nulle part la destruction d'immeubles vétustes ne lui fit plus d'effet qu'en face de Notre-Dame. La cathédrale se dressait maintenant dans toute sa splendeur. Ils allèrent jeter un coup d'œil au Louvre restauré et achevé, et, dans la rue de Rivoli, le jeune Anglais faillit tomber lorsqu'il recula pour apprécier l'ampleur des embellissements. Auparavant, un îlot de maisons sordides bloquait la vue des Tuileries.

L'après-midi, il loua un coupé et prit lui-même les rênes pour conduire Louise à travers les allées du bois de Boulogne, devenu le plus étonnant et le plus élégant de tous les parcs publics, avec son lac agrandi, alimenté par une cascade. Ses pelouses, ses buissons fleuris et ses allées cavalières semblaient s'étendre sans fin, ombragées par des milliers de grands arbres. Nulle part au monde on ne pouvait voir de plus beaux équipages. C'était là que l'élite de la société, imitant l'impératrice, se promenait roue contre roue en même temps que les plus tapageuses des demi-mondaines, dont les cochers et les laquais en perruques poudrées et livrées flamboyantes rivalisaient même avec ceux du carrosse impérial. Louise remarqua que les femmes les plus élégantes, courtisanes ou comtesses, portaient la nouvelle nuance de bleu baptisée « Cendres de Sébastopol », lancée pour accueillir l'armée victorieuse à son retour de Crimée. Elle avait fait essayer à des clientes des mètres et des mètres de cette couleur, dans toutes sortes de tissus, et elle ne manquait jamais de s'émerveiller du talent de Worth à rendre chaque robe unique.

Ce soir-là, ils dînèrent en tête-à-tête chez Ledoyen, très tôt pour que Will pût prendre son train. Il se montra d'une humeur très différente de la veille, au cours de laquelle les flots de champagne l'avaient rendu très gai. Toute la soirée, avec Catherine, ils avaient bavardé d'un ton léger, échangeant des nouvelles sans importance et des souvenirs du passé. Mais depuis le début de ce dimanche, ils avaient pu parler plus en détail de leur vie. Louise lui avait raconté sa première rencontre avec Pierre et il avait évoqué à son tour sa loyauté à l'égard d'Ellen pendant ses deux années de séjour à Paris. Il avait voulu tout savoir de la carrière de Louise et elle l'avait interrogé sur ses affaires, mais, tandis qu'on leur servait une des spécialités, elle s'aperçut qu'il l'avait poussée à parler la plupart du temps. Elle voulait en savoir beaucoup plus sur lui avant son départ.

— Dites-moi exactement comment vous avez débuté à votre retour en Angleterre, lui dit-elle, pendant qu'un serveur versait sur les tranches roses de saumon une sauce verte délicate, dont la recette n'était connue que du restaurateur en personne. (La rivalité entre les grands restaurants à la mode était extrême.)

— D'abord, lui répondit Will, j'ai ouvert un petit atelier dans un immeuble à moitié en ruine de l'East End de Londres, et j'y ai installé mes machines à coudre. J'ai trouvé – ai-je besoin de vous le préciser ? – de la main-d'œuvre bon marché, sans laquelle j'aurais été incapable de lancer mon affaire. Mes vêtements n'étaient pas à la pointe de l'élégance, mais ils ne manquaient pas de style. Au début, je coupais tout moi-même et il m'est arrivé de travailler vingt-quatre heures d'affilée, sans jamais m'accorder un dimanche de repos. Malheureusement, les affaires n'ont pas bien marché, les vêtements invendus se sont accumulés, et mes finances ont baissé. Alors, j'ai eu une idée : j'ai habillé mes plus jolies couturières des meilleurs modèles que j'avais et je suis allé avec elles faire le tour des acheteurs éventuels.

Il raconta les ennuis qu'il avait eus avec ces filles jalouses et vindicatives, qui se battaient et s'insultaient, mais son idée de présenter ses modèles sur leur dos lui avait valu un afflux de commandes et lui avait permis d'engager aussitôt d'autres couturières. Ses machines avaient pu, ainsi, marcher vingt-quatre heures sur vingt-quatre. Au bout d'une année, il s'était installé dans des locaux plus vastes et plus pratiques. Comme ses modèles étaient d'une qualité supérieure, il avait pu s'assurer un marché de plus en plus large. Les jeunes femmes se plaignaient souvent du poids de leurs crinolines mais déclaraient qu'elles n'y renonceraient pour rien au monde, ce qui l'avait poussé à inventer un système plus pratique.

— Les premiers cerceaux seront livrés à la Maison Gagelin à la fin de la semaine, promit-il.

— J'ai hâte de les voir, répondit-elle pleine d'admiration pour sa réussite.

Il but une gorgée de vin et lui lança un regard songeur.

— Vous m'avez dit que vous faisiez vos toilettes vous-même. Est-ce Worth qui vous donne les maquettes ?

— Non, je dessine les patrons. Bien entendu, quand il s'agit d'une robe de travail, je dois soumettre le modèle à l'approbation de Worth, mais il ne m'en a jamais refusé un seul, tout en me suggérant parfois des modifications. Je suis toujours de son avis. J'ai appris tellement de choses auprès de lui. (Son regard brillait d'enthousiasme.) C'est un génie. S'il avait été sculpteur, il serait un second Michel-Ange. S'il avait été peintre, le Louvre serait plein de ses chefs-d'œuvre.

Will posa son verre.

— Hmm ! Vous ne tarissez pas d'éloges !

Elle sentit une note de scepticisme dans sa voix et elle résolut de le convaincre.

— Pourquoi le tissu serait-il un matériau inférieur au marbre ou à la peinture à l'huile ? Worth peut prendre n'importe quel bout de chiffon et en faire tout ce qu'il veut. Les tissus prennent vie sous ses doigts. Ses robes sont de véritables œuvres d'art.

Mais les talents de Louise l'intéressaient davantage que ceux de Worth.

— Pour moi, vos toilettes ont assez de classe. J'ai remarqué les regards que vous lançaient les femmes partout où nous sommes allés aujourd'hui. (Il plissa les yeux.) J'ai vu que les hommes réagissaient aussi, mais pas pour la même raison.

Elle sourit mais ne répondit pas. Les serveurs vinrent leur présenter un autre plat – le canard à la marengo de Joséphine, qui était parfait, ainsi que le bordeaux, étincelant comme un rubis. Ce fut seulement au café que Will aborda de nouveau le sujet de la mode.

— Si vous n'étiez pas sur le point de vous marier, je vous demanderais de venir en Angleterre travailler pour moi. Vous donneriez à mes robes la touche parisienne qui les distinguerait de tout ce que mes concurrents pourraient mettre sur le marché.

Elle leva les yeux de son café brûlant.

— Ne me l'avez-vous pas demandé une fois déjà, avant de quitter Paris ?

Il lui lança un regard surpris.

— Oui, c'est vrai. Je sentais que nous pourrions faire une bonne équipe. Malheureusement, je n'avais rien de concret à vous offrir à l'époque. Mais maintenant…

Elle leva le menton, tout à ses souvenirs.

— Catherine ne s'était donc pas trompée. Elle m'a demandé, ce jour-là, si je serais partie avec vous.

— Seriez-vous partie ?

Elle secoua lentement la tête.

— Je n'aurais pas pu quitter Paris. Et il en va de même aujourd'hui. J'ai toujours eu le sentiment que le grand bonheur de ma vie serait lié à cette ville.

Il hocha la tête.

— Je comprends. Mais si les circonstances changent, ou si jamais vous revenez sur votre décision pour une raison ou une autre, il y aura toujours une place pour vous en Angleterre.

Il y avait dans sa voix un léger tremblement qui étonna Louise.

— Merci, Will.

Elle l'accompagna à la gare. Un porteur lui indiqua une place libre en première classe et posa l'unique valise de Will dans le filet. La vapeur de la locomotive tombait en volutes le long du quai, les enveloppant de tourbillons de blancheur. Il lui prit les mains, le sourire aux lèvres.

— J'espère que nous nous reverrons avant longtemps, Louise. Pour moi, cette rencontre a été merveilleuse.

— Pour moi aussi, Will.

— Ai-je le droit de donner un baiser d'adieu à la future mariée ?

— Tout le monde a le droit d'embrasser la mariée.

Mais pas comme il l'embrassa ! Ce fut une répétition de l'étreinte qui les avait rapprochés un instant, des années plus tôt, dans un atelier désert au milieu de la nuit, un baiser intime et avide, débordant de passion. Un coup de sifflet retentit, les dernières portières des wagons claquèrent. Will lâcha la jeune fille, bondit sur les deux hautes marches, un porteur referma la portière derrière lui. La vitre était ouverte. Elle remarqua son visage grave. Il lui fit un signe du bras, le train démarra puis elle ne vit plus rien.

En traversant la place du Havre, à la sortie de la gare, elle était songeuse. C'était stupide de s'attarder sur ce qui n'avait pas eu lieu, mais elle se demanda ce que serait devenue sa vie si une femme vindicative n'était pas survenue dans cet atelier pour les séparer.

Dans la semaine, le premier envoi des « cerceaux Russell » arriva comme prévu à la Maison Gagelin. L'un d'eux était un présent pour Louise. Worth fut évidemment contrarié de renoncer à l'un de ses précieux cerceaux, mais le second envoi suivit deux jours plus tard et tout rentra dans l'ordre.

Worth se mit au travail d'arrache-pied, oublieux du temps, pour lui et pour les autres. Il en résulta que les robes à crinoline furent les plus larges et les plus légères que l'on ait jamais vues. Marie fut la première à en porter une (Worth avait masqué l'épaississement de sa taille par un jeu de franges tombant de son corsage). Elle déclara que l'inventeur méritait une médaille pour avoir libéré les femmes du poids et de l'encombrement des crinolines d'autrefois. Dans son état, la légèreté était plus que bienvenue. Louise consacrait tous ses moments de liberté à confectionner une nouvelle robe, qu'elle voulait terminer pour le retour de Pierre. Aucune de ses autres robes n'avait de jupe assez large pour recouvrir les nouveaux cerceaux, aux dimensions que Worth avait décrétées « à la mode ».

Deux semaines après l'armistice en Crimée, l'impératrice s'alita. Stéphanie ne faisait pas partie de l'entourage immédiat d'Eugénie, mais avec les autres dames de compagnie elle reçut les ministres et les membres de la famille qui devaient entrer dans la chambre au moment exact de la naissance – elle fut donc témoin à tout instant des souffrances de l'impératrice. Tout au long de la journée suivante, les douleurs se poursuivirent sans répit. Partout dans le palais, les gens allaient et venaient, le visage tendu. L'empereur, livide, arpentait son bureau comme un lion en cage, incapable de manger ou de dormir. À plusieurs reprises, Stéphanie reçut la permission de quitter l'antichambre, mais elle avait l'impression que ce serait abandonner l'impératrice, qui s'était montrée si bonne avec elle. Elle resta jusqu'au bout.

Aux petites heures du troisième jour, cela devint une question de vie ou de mort. Il fallait provoquer la naissance sans plus attendre. Les médecins placèrent les fers et Eugénie mit au monde un garçon robuste et plein de vie. Les cloches donnèrent le signal des réjouissances, et le canon fit trembler les fenêtres.

13

Le second enfant de Marie Worth fut également un fils. Aussi robuste et éveillé que le Prince impérial, il allait être pour ses parents la source de mille joies. Ils lui donnèrent le nom de Jean-Philippe. Worth fit une donation à l'une des églises protestantes de la ville, et pour ne pas être injuste donna une somme égale à une église catholique. Il suivait en cela la ligne de conduite qu'il s'était tracée depuis ses fiançailles avec Marie, distribuant toujours ce qu'il pouvait pour exprimer sa gratitude à chaque bénédiction qui lui était accordée. Il continuait de se ménager, chaque fois qu'il pouvait dérober quelques minutes de son temps, de brèves périodes de méditation spirituelle, dans une cathédrale, un temple ou une chapelle. Peu importait l'endroit, du moment qu'il pouvait s'asseoir dans le silence et la solitude, sans être dérangé par des chants ou des prières organisées.

Il connaissait ses défauts et ses vanités, mais il se disait que personne n'était parfait et il essayait simplement d'agir pour le mieux. Jamais il ne jurait ni ne blasphémait, si furieux qu'il fût. Toujours hanté par le souvenir des excès de son père, jamais il n'avait fumé une seule cigarette, et tout en appréciant le bon vin il en buvait toujours avec modération. Son amour pour Marie était total. Il l'aimait de corps, de cœur et d'esprit : il était fidèle et heureux dans son mariage.

Sa mère entreprit la grande aventure d'un voyage en France pour voir son nouveau petit-fils. Elle vivait désormais de façon beaucoup plus agréable. Worth lui avait toujours envoyé tout ce qu'il pouvait économiser, même quand il avait du mal à joindre les deux bouts, et elle ne dépendait plus de cousins désagréables. Au début, elle avait caressé l'espoir qu'il retournerait un jour s'installer en Angleterre, mais s'était peu à peu rendu compte que cela ne se produirait jamais. Il lui avait dit clairement dans ses lettres qu'il considérait désormais la France comme sa patrie, et qu'il ne remettrait jamais les pieds outre-Manche. Il n'éprouvait aucune animosité à l'égard de son pays natal, mais la France lui avait donné tant : une femme qu'il aimait, l'occasion de donner le meilleur de lui-même dans une profession qu'il ne pourrait jamais exercer de la même façon en Angleterre, et, plus récemment, deux fils nés français.

— As-tu reçu des nouvelles de ton père ? lui demanda sa mère un soir tandis qu'elle couchait le bébé.

Il se tourna vers la fenêtre et regarda dehors.

— Oui, répliqua-t-il avec une froideur extrême. Il m'écrit de temps en temps

— Pour demander de l'argent ?

— Toujours.

— Tu lui en envoies ?

— Oui. Je suis ravi de ne pas l'avoir vu pendant toutes ces années, et je ne le reverrai jamais, mais je ne peux pas le laisser mourir de faim.

Elle s'avança près de lui.

— Ne peux-tu trouver dans ton cœur la charité de lui pardonner ? Je lui ai pardonné il y a bien longtemps.

Il se tourna vers elle et la regarda tendrement.

— Je suis bien certain que vous lui avez pardonné ! Le jour même où il a filé, sans doute. (Son visage se durcit.) Moi, je ne peux pas. Je ne lui en veux nullement en ce qui me concerne, mais je ne peux pas oublier la honte et les souffrances auxquelles il vous a contrainte. Enfin… Il est sorti de notre vie. Évitons de parler de lui à l'avenir.

Il passa les bras autour des épaules de la vieille dame et l'entraîna au milieu de la pièce, changeant aussitôt de sujet.

— À propos de lettres d'Angleterre, j'ai eu l'autre jour des nouvelles de mon ancien employeur de Londres, M. Allenby, de *Lewis and Allenby*. Il y a plusieurs années que nous correspondons de temps en temps : quand il a appris ma promotion comme premier commis, il m'a envoyé une lettre de félicitations et de vœux.

— C'était très aimable de sa part.

— Il m'a demandé récemment de recevoir le fils de l'une de ses relations d'affaires. Le jeune homme en question voyage en ce moment pour élargir son horizon, et à son retour il se retrouvera à la tête de la boutique familiale, sans aucune connaissance du métier ou presque. M. Allenby pense que je pourrais former ce jeune garçon, mais il n'a encore rien dit à son père, voulant d'abord obtenir mon accord.

— Comment s'appelle ce jeune homme ?

— Robert Prestbury. Il parle français couramment et il a reçu une excellente éducation. J'ai accepté de le prendre avec moi à son retour d'Australie, ou d'Amérique, vers le début de l'année prochaine. Je crois que ce sera intéressant pour moi d'avoir un disciple.

Il s'arrêta, en penchant la tête comme s'il tendait l'oreille.

— C'est très calme dans la chambre d'enfants. Voulez-vous dire bonne nuit à vos petits-fils ?

Rien ne pouvait lui faire plus de plaisir. Ils trouvèrent Gaston déjà endormi, mais le nouveau-né n'était pas dans son berceau. Il était blotti dans les bras de sa mère et ses yeux semblaient suivre les mouvements d'une écharpe de soie indienne que Marie agitait doucement de sa main libre. La jeune mère lança aux deux arrivants un regard radieux – ses traits s'étaient épanouis comme ceux d'un enfant.

— Nous nous amusons si bien ! Jean-Philippe a pleuré quand je l'ai déposé dans son berceau et je n'ai pas pu supporter de le voir malheureux.

Mme Worth remarqua toute la tendresse qui se peignit sur les traits de son fils. Marie et le bébé offraient un tableau ravissant, comme cela arrivait si souvent. Sa belle-fille était une jeune femme d'une grande beauté, et une maîtresse de maison capable, mais en tant que mère elle manquait totalement de compétence. Elle n'avait aucune idée de la façon dont il faut élever les enfants.

— Il est exactement comme vous, Charles, s'écria Marie, toute son attention concentrée sur l'enfant sans cesser d'agiter sous ses yeux le foulard de soie blanche. Regardez. Il aime déjà les belles choses.

Worth s'avança, posa un genou à terre près de sa femme, passa le bras autour de ses épaules et contempla lui aussi le bébé.

— Exactement comme moi, confirma-t-il, très fier.

Mme Worth n'était pas la seule à considérer que Marie n'était pas la plus efficace des mères. Worth, en secret, était du même avis, mais il adorait trop sa jeune femme pour lui reprocher un défaut aussi mineur. Louise pensait elle aussi que Marie cédait trop facilement aux caprices de ses enfants, mais elle estimait que Gaston et Jean-Philippe avaient beaucoup de chance d'être nés dans un foyer où régnait tant d'amour.

Louise venait de vivre plusieurs semaines d'angoisse. Elle avait espéré qu'avec l'armistice Pierre rentrerait vite à Paris, mais il fallut attendre avril pour qu'un traité mît fin officiellement à la guerre. Puis la mauvaise nouvelle arriva, sous forme d'une lettre écrite par l'un de ses camarades de combat : Pierre était atteint du choléra, qui faisait encore des ravages ; on la tiendrait informée de l'évolution de la maladie. Après une interminable attente, elle apprit enfin qu'il se rétablissait lentement, et bientôt elle reçut de Pierre une lettre dont l'écriture suffit à lui indiquer à quel point il était encore faible. Dès qu'il pourrait supporter le voyage, écrivait-il, on l'évacuerait de Crimée et il passerait sa convalescence dans son château du Val de Loire. Elle aurait de ses nouvelles constamment. Il l'aimait de tout son cœur.

Au cours des derniers mois de la grossesse de Marie et pendant qu'elle se rétablissait après la naissance, Louise avait pris sa place dans la boutique : c'était elle qui présentait les modèles aux clientes. Les premiers temps, ce changement de routine lui plut énormément, puis, bien qu'elle ne le montrât pas, elle finit par se lasser de défiler et de virevolter sous les yeux de la clientèle, et attendit avec impatience le moment où elle pourrait se consacrer de nouveau à un travail plus créateur. Mais Worth était très content d'elle. Il estimait qu'une haute taille parachevait la beauté d'une femme ; avant de rencontrer Marie, il avait toujours préféré les grandes femmes. Personne à son avis ne pouvait rivaliser avec son épouse pour mettre en valeur ses toilettes, mais Louise, plus grande que la moyenne des Françaises, leur conférait une grâce particulière.

Pendant toute la fin de l'été, Louise reçut régulièrement des lettres du château de Gand. Elle attendait avec impatience l'instant où ils pourraient se revoir, et elle souffrit beaucoup quand elle apprit que ce ne serait pas avant longtemps. Il avait subi une rechute, et on lui accordait une longue permission pour qu'il puisse se rendre dans le Midi jusqu'à sa guérison définitive. Louise supposa que l'on s'inquiétait pour ses poumons, et elle se rassura en songeant qu'il recevait tous les soins nécessaires. Elle supporterait plus longtemps son absence. Ce qui comptait avant tout, c'était sa santé.

Dans la boutique, à la période de pointe des collections d'automne succéda l'afflux des commandes pour les fêtes de la nouvelle année. Marie Worth reprit sa place au comptoir, confiant Jean-Philippe, comme son frère aîné, à une bonne nourrice. Elle fut bientôt aussi surchargée de travail qu'auparavant. À la fin de la journée, elle était toujours impatiente de rentrer à la maison auprès de ses fils, et jamais la distance entre la boutique et leur logement ne lui avait paru plus pénible. Elle aurait bien aimé – ce n'était pas la première fois qu'elle y songeait – habiter avec son mari l'un des appartements en location dans les étages supérieurs de l'immeuble qui abritait la boutique, mais ils étaient tous occupés.

Worth était enchanté de la vogue de ses crinolines à cerceaux. Il avait fait faire dans ses ateliers des jupons d'une grande beauté qui protégeaient la pudeur des dames et ne s'envolaient pas si la jupe se balançait mal à propos. Des imitateurs fabriquaient déjà des cerceaux semblables et l'on avait même mis sur le marché, par pure coïncidence, des cerceaux en fanon de baleine. Mais quel que fût le procédé adopté pour soutenir la jupe, l'objectif ne variait pas : les crinolines devaient devenir de plus en plus larges, caprice tout à fait en harmonie avec l'humeur prodigue d'une capitale en proie à la frénésie des plaisirs, sous les auspices de la cour la plus brillante de toute l'Europe.

À la boutique, Marie portait des crinolines immenses, mais pour des raisons de commodité Worth limitait la circonférence des robes de son personnel – à la seule exception de Louise qui, en tant que « première », pouvait se distinguer un peu des autres couturières.

Quand elle quittait le magasin à la nuit tombée, elle relevait toujours sa jupe avec soin pour ne pas la frotter contre les murs de l'impasse. Un soir où il neigeait très fort, préoccupée par son ourlet, elle ne remarqua pas qu'un homme l'observait près d'un fiacre arrêté. Dans sa hâte de rentrer chez elle, elle passa devant lui rapidement, n'entrant dans l'auréole jaune d'un bec de gaz que pour s'enfoncer dans les ténèbres perlées de flocons. Il courut à sa suite, la prit par la taille et la fit pivoter dans ses bras, l'enveloppant de la chaleur de sa cape doublée de fourrure.

Le cri qu'elle poussa s'éteignit aussitôt sous les lèvres de Pierre. Leur baiser effaça d'un coup tout le temps qui s'était écoulé, comme s'ils ne s'étaient séparés que la veille.

— Comme vous m'avez manqué ! murmura-t-il, prenant à peine le temps de détacher ses lèvres avant de l'embrasser de nouveau.

— Êtes-vous vraiment ici ? Je ne peux pas le croire.

— J'ai craint que cet instant ne viendrait jamais. Deux êtres ont-ils déjà eu le malheur d'être si longtemps séparés ?

— C'est fini maintenant.

Elle ne pouvait s'empêcher de toucher son visage, ses cheveux, ses épaules, en de petites caresses légères, comme si elle avait encore besoin de se rassurer sur sa présence, et elle se blottit entre ses bras tandis qu'il l'entraînait vers le fiacre.

— Je mourais d'envie de vous voir.

Il lui enleva son chapeau et prit son visage entre ses mains. Elle le laissa lire dans ses yeux tout ce qu'elle ressentait pour lui.

— Plus de séparation ! dit-il d'une voix qui tremblait sous la véhémence de son vœu. Dites-moi que vous m'aimez encore autant que je vous aime. Dites-moi ce que nous nous sommes écrit dans chacune de nos lettres. Je veux vous entendre prononcer ces mots.

Elle se jeta contre sa poitrine.

— Je vous aime plus que jamais.

Il lui prit les bras, et la regarda dans les yeux.

— Assez pour défier le monde entier s'il le faut ?

— Oui, oui… Mais pourquoi cette question ?

Le doute assombrit l'ambre de ses yeux.

— Il y a quelque chose ? insista-t-elle.

— Non, répondit-il dans un murmure grave, en la serrant contre lui. Plus maintenant. Plus jamais. Vous m'avez dit tout ce que je voulais savoir.

Elle ne lui demanda pas où ils se dirigeaient. Ils s'arrêtèrent devant l'appartement de la rue Lenoir. Il n'y avait personne. Les domestiques l'avaient préparé pour le retour de Pierre à Paris, puis s'en étaient allés. Les lampes étaient allumées en veilleuse et des flammes pétillaient dans toutes les cheminées.

Elle s'abandonna dans ses bras, sans réserve. Tout au long de leur étreinte, elle prit conscience d'une nouvelle passion, qu'elle n'aurait pu arrêter ou simplement modérer, même si elle l'avait voulu. C'était comme s'il avait décidé de posséder son âme. Sa bouche, ses mains et son corps étaient animés d'une violence inconnue, et la joie qu'il fit naître en elle fut presque trop douloureuse pour être supportée.

Il dormait lorsqu'elle se glissa hors du lit le lendemain matin à l'aurore. Elle fit sa toilette et s'habilla en faisant le moins de bruit possible. Avant de partir à son travail, elle retourna près du lit et le regarda, à peine couvert par le drap froissé. Elle se pencha et posa doucement les lèvres sur son front, désirant qu'il s'éveillât – mais il ne bougea pas. À la porte, sans savoir pourquoi, elle se retourna pour le regarder une dernière fois. Dans le sommeil, ne s'était-il pas éloigné d'elle ? Elle fut saisie par une étrange impression de solitude. Elle secoua la tête – quelle sottise ! – puis elle referma la porte sans bruit. Quelques instants plus tard, elle sortait de l'appartement et descendait l'escalier baigné de soleil.

Tout au long de la matinée, elle se sentit le cœur et l'esprit aussi légers que si elle avait déjeuné au champagne – ce qui se serait certainement produit si, oubliant ses obligations à l'égard de Worth, elle avait attendu le réveil du jeune officier.

Au cours de l'après-midi, au moment où elle rangeait le salon après un essayage, elle prit soudain conscience d'un changement d'atmosphère : l'air s'était chargé d'électricité à l'arrivée d'une cliente de marque.

— Qui est-ce ? demanda-t-elle à l'une des vieilles vendeuses de la maison.

— Le vieux dragon ! Mme de Gand !

La curiosité la poussa à s'avancer vers les tentures qui la séparaient de la boutique. M. Gagelin venait de remettre la cliente entre les mains de Worth. Mme de Gand lançait autour d'elle des coups d'œil impatients.

— J'ai rendez-vous ici avec la fiancée de mon fils, où est-elle ? Amenez-la-moi.

Prise complètement au dépourvu, Louise se figea. Pierre aurait dû la prévenir que sa mère était à Paris et désirait la rencontrer. Il l'aurait sans doute fait si elle l'avait réveillé avant de quitter l'appartement. Au cours de la nuit, ils n'avaient parlé de rien en dehors de la joie d'être ensemble. Elle respira à fond, tira sur son col et ses poignets, et vérifia sa coiffure d'un geste (d'ailleurs inutile) pour s'assurer que tout était parfait. Elle avança dans le salon, mais à peine avait-elle fait un pas que Mme de Gand se détournait dans la direction opposée.

— Ah ! voici Mlle Casile, qui vient du salon des tissus. Pourquoi personne ne m'a prévenue qu'elle s'y trouvait ?

Stupéfaite, Louise suivit le regard de Mme de Gand.

Stéphanie s'avançait d'un pas vif…

— Je vous demande pardon, dit-elle. J'étais en avance et j'ai voulu jeter un coup d'œil aux dernières étoffes. Je n'ai pas vu le temps passer.

— Ne vous excusez jamais. Même pas auprès de moi. Cela manque de dignité. Expliquez à M. Worth ce que vous désirez.

Worth demeura impassible.

— C'est un honneur, mademoiselle. Dois-je comprendre que l'heureux fiancé est le capitaine de Gand ?

— Oui, nous devons nous marier au début de l'automne.

Louise ne s'était pas rendu compte que ses mains se crispaient sur les tentures près d'elle, mais la pièce s'était mise à tourner et elle ne pensait plus qu'à une chose : ne pas s'évanouir en présence de tous. Elle recula et dès qu'elle fut hors de vue s'appuya au mur et ferma les yeux, le temps de se reprendre. Deux ou trois camarades de l'atelier s'avancèrent vers elle, inquiètes. Elle fut incapable de répondre à leurs questions. Ses bras retombèrent, inertes, le long de son corps. Si Worth, qui passait dans le couloir à cet instant-là, ne l'avait pas retenue, elle se serait écroulée. Quand elle revint à elle, elle se retrouva seule avec Marie, allongée sur un récamier, dans une petite pièce obscure. La mémoire lui revint aussitôt et elle se redressa brusquement.

— C'est vrai ? demanda-t-elle.

Marie reposa le flacon de sels et la prit dans ses bras.

— Je le crains, Louise. Les deux clientes sont reparties, mais d'après ce qu'elles ont dit à Charles, Mlle Casile a beaucoup fréquenté le château des de Gand pendant la convalescence du capitaine. Il y a quelques jours, ils ont donné une réception privée en l'honneur des fiançailles. Ils sont rentrés à Paris hier pour reprendre l'un et l'autre leurs devoirs à la Cour. Mme de Gand les a accompagnés pour être présente à l'annonce officielle, la semaine prochaine, au cours d'un bal aux Tuileries.

Louise se détourna pour enfouir son visage au creux de son bras. Elle était secouée de sanglots d'autant plus déchirants qu'ils étaient complètement silencieux. Les yeux de Marie s'emplirent de larmes. C'était ce qu'elle avait craint dès le début, mais Louise était restée sourde à toutes ses recommandations amicales. Parfois, hors de la boutique, elle avait vu à son doigt un anneau de diamants ressemblant beaucoup à une bague de sûreté de grand prix. Elle venait de découvrir la vérité : en déboutonnant la robe de Louise pour lui permettre de respirer plus à l'aise, elle avait vu la bague de diamants et l'anneau d'or suspendus à une chaîne sur la poitrine de son amie. Louise avait été dupée par le plus vieux tour qu'un homme puisse jouer pour séduire une femme.

— Que puis-je faire, Louise ? demanda-t-elle, déconcertée.

— Rien, rien…

Marie la laissa seule quelques instants. À son retour, la pièce était vide. Elle découvrit, stupéfaite, que Louise était revenue à son travail. Elle était à genoux devant l'ourlet d'une robe, qu'elle réglait selon les indications de Worth. Elle était très pâle, les yeux rouges, mais ses doigts ne tremblaient pas et elle semblait parfaitement maîtresse d'elle-même. En se concentrant sur son travail, elle était parvenue à masquer le désespoir qui l'étreignait.

Ce soir-là, à son retour chez elle, elle trouva un bouquet de roses rouges envoyé par Pierre, et une lettre disant son regret qu'elle l'ait laissé dormir alors qu'ils avaient tellement de choses à régler pour leur avenir. Ses devoirs l'empêchaient de la voir ce soir-là, mais il lui proposait un rendez-vous à l'appartement le lendemain.

Elle laissa tomber la lettre sur ses genoux. Elle posa le coude sur la table près d'elle et appuya le front dans sa main. Une heure s'écoula… Pierre l'avait trahie, et maintenant il lui fallait envisager de vivre sans lui. C'était la crise la plus grave qu'elle ait traversée, mais elle n'était pas de caractère à s'apitoyer longtemps sur son sort. Elle avait assez pleuré. Elle payait maintenant le juste prix de son arrogance : ne s'était-elle pas vantée en affirmant qu'aucun homme ne la tromperait jamais, et qu'elle était pleinement maîtresse de sa destinée ? Peut-être se montrerait-elle à l'avenir plus tolérante pour les faiblesses des autres ! Et, de toute façon, elle survivrait. Le lendemain soir, elle s'arrangea pour arriver tôt à l'appartement, avant que Pierre ne soit là. Les domestiques étaient au courant de sa venue, mais elle refusa d'ôter sa cape et son chapeau, et elle alla attendre dans le salon. Des flammes pétillaient dans la cheminée, décorant la pièce de reflets rouges. Par les doubles portes ouvertes, elle pouvait voir une table dressée pour deux personnes, du champagne dans un seau à glace, et parmi le cristal et l'argent des girandoles ornées de fleurs. Elle comprit que l'appartement avait été prévu depuis le départ pour des tête-à-tête intimes. Il avait voulu l'installer là grâce à des promesses sans valeur, et il serait venu la voir selon son caprice. Elle se félicitait, maintenant, des hésitations de Catherine qui l'avaient empêchée d'emménager avant le départ de Pierre en Crimée. Comme elle avait été naïve à l'époque ! Croire innocemment à tout ce qu'il disait ! Tant de mensonges et de duplicité, avant et après la Crimée.

Il était là ! Au son de sa voix (il parlait à une servante tout en ôtant sa pelisse), le cœur de Louise faillit s'arrêter. Elle respira à fond, s'arma de courage, et se tourna vers lui au moment où il entrait d'un pas joyeux dans la pièce, refermant aussitôt la porte.

— Chérie ! Quelle merveilleuse surprise de vous trouver déjà ici ! Mais pourquoi portez-vous encore votre cape et votre chapeau ? Je vais vous aider..

Elle parla avant que sa main tendue ne la touche.

— Je ne reste pas. Je suis venue vous dire adieu. Et vous rendre cela.

Elle posa sur un guéridon l'anneau d'or et la bague de diamants qu'elle tenait dans sa main nue.

Il se figea. Au regard qu'il lui lança, elle comprit qu'elle avait eu tort de douter de son amour pour elle. Mais ce n'était pas le genre d'amour auquel elle avait cru. C'était une passion qu'il pouvait faire passer au second plan, un amour égoïste, un amour qui comprenait seulement les plaisirs sexuels, sans l'épanouissement tendre et constant d'un véritable lien entre un homme et une femme.

— Vous avez appris ! s'écria-t-il d'une voix brisée. Mais comment est-ce possible ? Il n'y a eu aucune annonce…

— La future Mme de Gand a commandé son trousseau à la Maison Gagelin.

— Je ne savais pas qu'elle était cliente. Jamais je n'ai songé que ce genre de catastrophe… Louise, ma chérie…

— Je vous en prie ! Plus de « chérie » et plus de mensonges.

— Il faut me croire ! J'avais l'intention de tout vous dire, le matin au réveil…

— Vous auriez dû me parler le soir, répliqua-t-elle, saisie d'une colère froide.

— Non !

Il lui prit les bras, sans se soucier de la voir se débattre, et il l'attira contre lui.

— Je voulais que rien ne nous sépare. Après tant de mois loin de vous ! Je voulais partager avec vous quelques heures parfaites avant de vous expliquer pourquoi je vous ai demandé si vous m'aimiez assez pour défier le monde entier s'il le fallait.

Pendant quelques instants, elle cessa de lutter.

— Alors, c'est à ce moment-là que vous avez changé mon rôle d'épouse en celui de…

— Taisez-vous !

Il la secoua violemment pour la réduire au silence. Elle sentit son chapeau glisser et danser dans son dos, au bout des rubans… Puis il relâcha son étreinte, comprenant qu'il lui faisait mal. Elle s'arracha à lui. Il ne fit aucune tentative pour la saisir de nouveau, mais tout son corps était tendu, prêt à se jeter sur elle si elle essayait de s'enfuir. Quand il parla, sa voix était amère.

— Nous aurions été mariés longtemps avant mon départ s'il n'y avait pas eu tous ces atermoiements. Nous avons laissé passer notre chance.

Il lui raconta toute l'histoire de sa demande de permission, et la réponse qu'il avait obtenue. Oui, le caprice de l'empereur avait changé le cours de leurs deux vies.

— J'avais espéré que, pendant mon absence, Stéphanie rencontrerait un autre homme, mais ni l'empereur, ni l'impératrice ne l'ont encouragée dans cette voie. Ils lui ont accordé l'autorisation de venir me voir en Crimée pour bien montrer publiquement qu'ils approuvaient cette union. Elle était devenue inévitable.

Inutile d'avouer à Louise qu'il avait également compromis la jeune fille : à ce moment-là, il avait déjà accepté son destin et il ne voyait aucune raison de se priver des avantages qui en résultaient. N'importe quel homme aurait fait de même.

— Alors ces fiançailles ne sont pas le résultat d'une idylle d'été, au cours de votre convalescence, comme je le supposais ! Elles remontent à beaucoup plus loin. Vous saviez, quand vous êtes parti à la guerre, qu'il n'y aurait pas d'avenir pour nous à votre retour.

— Non, c'est faux, répliqua-t-il avec véhémence. J'avais prévu que, si j'avais la chance de revenir indemne, nous ferions notre vie ensemble. Cette union montée de toutes pièces avec Stéphanie n'est qu'un mariage de raison. Rien de plus. Cela ne fera pour nous aucune différence.

— Aucune différence ? répéta-t-elle, stupéfaite.

— Si j'avais refusé, je sais très bien ce qui me serait arrivé. J'aurais été chassé des Cent-Gardes. On m'aurait chassé de l'Armée, j'aurais été déshonoré pour avoir encouru la disgrâce de l'empereur sur une question de discipline.

Son regard se fit suppliant.

— Vous commencez à comprendre tout ce que cela impliquait pour moi ? dit-il.

Elle hocha la tête.

— Oui…

Ne subissait-elle pas, en ce moment même, une épreuve semblable, mais pour une autre raison ?

Encouragé par ce qu'il prit pour un début de pardon de la part de Louise, il fit un pas vers elle.

— Vous avez déjà porté mon anneau, et c'est à votre doigt qu'il appartient de droit. Je vous ai toujours considérée comme ma véritable épouse, la seule femme que j'aimerai jamais, et vous aurez toujours tout ce que votre cœur désire.

Il tendit la main vers l'anneau d'or et sa bague de sûreté posés sur le guéridon. Louise ne le remarqua pas, car elle avait détourné les yeux, tentant mais en vain de retrouver son calme. Il fit un autre pas vers elle. Il aurait pu la toucher.

— Si vous vous lassez de cet appartement, je vous ferai construire une maison selon vos désirs, ou je vous achèterai n'importe quelle demeure qui vous plaira, au faubourg Saint-Germain peut-être, ou…

Elle sentit qu'il lui prenait la main, puis isolait son doigt pour remettre l'anneau.

— Non, cria-t-elle.

Elle écarta sa main avec une telle violence que l'anneau vola, scintillant un instant dans l'air avant de retomber sur le parquet et de rouler hors de vue. Pendant quelques secondes, elle crut que, blessé dans sa vanité, il allait la frapper.

— Votre amour ne tient donc qu'à un certificat de mariage ? Il n'en était pas question la première fois que vous vous êtes donnée à moi ! C'était moi, moi, qui ne pouvais supporter la pensée de ne pas vous avoir près de moi jusqu'à la fin de mes jours. Est-ce que je compte moins pour vous du fait que, contre mon gré, j'ai perdu toute chance d'obtenir le morceau de papier qui légaliserait notre union ? Vous n'avez donc songé qu'à ce certificat depuis le début ?

Elle secoua la tête.

— Non ! Non ! Jamais je ne vous aurais quitté, sous aucun prétexte. J'aurais préféré mourir. Il vous suffisait de me dire la vérité. Je ne voulais que vous, pour toujours.

Il s'apaisa soudain. Son front se détendit et il esquissa un sourire de soulagement.

— Vous m'avez pour toujours. Je vous aime. Je n'aime que vous. Rien n'a changé entre nous.

Elle lui lança un regard de pitié comme si elle voyait, au-delà de son refus d'admettre la défaite, toutes les souffrances à venir. Elle se força à continuer comme s'il n'avait rien dit.

— Si vous m'aviez avoué que l'empereur s'opposait à notre mariage, nous aurions pu en discuter ensemble et trouver une solution. Vous auriez pu renoncer à votre grade sans déshonneur, nous aurions quitté la France pour faire notre vie en Amérique, ou à la Martinique. Peut-être même aurions-nous suivi l'expédition française au Mexique.

Le visage de Pierre se figea pendant une fraction de seconde, et Louise comprit qu'il avait envisagé cette solution et l'avait écartée.

— Comment aurais-je pu quitter notre pays en temps de guerre ? répondit-il sans lever les yeux.

Elle haussa les épaules en un geste d'impuissance. Elle aimait trop la France pour lui reprocher son patriotisme, mais ils étaient arrivés au point où ils n'avaient plus rien à se dire.

Il l'aimait, mais pas assez pour abandonner tout pour elle, comme elle l'aurait fait pour lui si la question s'était posée. Dans un éclair d'intuition, elle comprit la raison pour laquelle il lui avait dissimulé la vérité. S'il n'y avait pas eu la guerre, tout se serait passé exactement de la même façon. Et le vieil adage si souvent répété par Catherine lui revint à l'esprit : les hommes veulent en même temps manger leur gâteau et le garder dans le four. Il ne faisait pas exception à la règle. Elle ramassa un de ses gants qui était tombé et se prépara à partir, incapable de supporter plus longtemps sa présence et de feindre une force d'âme qu'elle n'avait pas.

— J'aurais accepté que vous ne puissiez pas m'épouser. Il y a eu avant nous, et il y aura après nous, de nombreux couples unis par l'amour mais que des circonstances adverses empêchent de se marier. Mais je ne *peux* pas vous partager, Pierre. Vous sous-estimez la qualité de mes sentiments, si vous m'en croyez capable. Ne comprenez-vous pas que je ne pourrais jamais passer le reste de mes jours à attendre des heures, des jours ou même des semaines que vous puissiez m'accorder quelques restes ? J'ai vu où cela a conduit mon amie Catherine. De toute façon, accepter la seconde place n'est pas dans ma nature.

— Vous passerez toujours en premier pour moi, protesta-t-il avec véhémence.

Elle vit à quel point il souffrait. Elle se mordit la lèvre pour s'imposer un calme qu'elle était loin de ressentir, mais quand elle parla, le tremblement de sa voix révéla qu'elle était sur le point de s'effondrer.

— Pour l'honneur de votre mariage, et pour me permettre un nouveau départ dans la vie, nous devons cesser de nous voir. Mlle Casile sera pour vous une épouse excellente et vous pouvez être sûr qu'aucune allusion à notre liaison ne lui parviendra, ni de moi, ni des quelques amis qui l'ont apprise.

Sa voix sembla se briser dans sa gorge. Il lui fallait partir tout de suite.

— Adieu, Pierre.

Elle se força à redresser la tête et passa devant lui. Il ne tenta pas de l'arrêter, mais au moment où elle tendit la main vers le loquet de la porte, il lui lança :

— Rien n'est fini entre nous. C'est impossible. Souvenez-vous comment nous nous sommes rencontrés, puis séparés et retrouvés. Je ne crois pas que le destin puisse jouer des tours semblables sans une bonne raison. Vous serez de nouveau à moi. C'est forcé. Et à ce moment-là, je réparerai tout le mal que je vous ai fait. Jamais plus vous ne souffrirez.

Elle sortit dans la rue, comme dans un nuage. Catherine l'attendait à la porte. Sans un mot, son amie passa un bras autour de ses épaules et l'entraîna loin de la rue Lenoir. Le visage de Louise était décomposé, mais ses yeux restaient secs. C'était sur les joues de Catherine que les larmes coulaient. Elle se souvenait du jour où Henri Berrichon était sorti de sa vie. Elle l'aimait encore. Elle pria pour que Louise ne soit pas déchirée dans les années à venir par un amour impossible à oublier.

14

Worth ne savait que faire. À la demande de Marie, il avait tout prévu pour épargner à Louise les essayages des nombreuses robes du trousseau de Stéphanie Casile, et la jeune fille ne participerait pas non plus à la confection de la robe de mariée. Mais Stéphanie s'était plainte.

— J'ai promis depuis longtemps à Mlle Louise qu'elle travaillerait sur ma robe et sur mon trousseau, déclara-t-elle d'un ton têtu. Faites l'impossible, monsieur Worth, je vous en prie. Elle est si gentille. J'aime beaucoup bavarder avec elle. Je suis sûre que vous ne voulez pas que je m'ennuie d'un bout à l'autre des essayages, surtout si l'on considère l'importance de ma commande.

C'était une menace voilée de faire appel à une autre maison, et Worth n'avait guère envie de perdre une bonne cliente. Le problème fut résolu par Louise elle-même – une de ses collègues qui avait entendu les exigences de Stéphanie l'avait mise au courant.

— Mais je comptais bien faire les essayages de Mlle Casile, dit-elle à Worth sans trahir la moindre émotion.

Il la dévisagea pendant un instant avant de répondre. Louise ne manquait pas de courage. À l'atelier, elle avait continué comme si rien ne s'était passé : ni larmes, ni scènes imprévues, ni querelles avec ses camarades – comme c'était souvent le cas lorsque l'une des employées avait un chagrin d'amour. Elle était simplement un peu plus pâle que de coutume et des ombres cernaient ses yeux. Ses traits pourtant avaient changé, mais il n'aurait su dire en quoi.

— Merci, Louise, murmura-t-il. J'apprécie votre collaboration. Et je comprends pleinement tout ce que cela signifie pour vous.

Elle hocha la tête, ne voulant pas entendre un mot de lui, et retourna à son travail. Dans les moments difficiles, elle préférait écouter n'importe quoi plutôt que des paroles aimables et des témoignages de sympathie.

Jusqu'ici, personne ne soupçonnait encore son secret, même pas Catherine, et elle avait réussi (à plusieurs reprises, en début de matinée) à se rendre aux toilettes sans montrer une hâte anormale qui aurait sûrement donné l'éveil.

Sa première pensée, quand elle n'avait plus douté qu'elle attendait un enfant, avait été de prendre la fuite. Elle comprenait enfin ce que Pierre avait voulu dire en affirmant qu'elle serait forcée de revenir à lui. Au cours de la nuit de leurs retrouvailles, après plus de dix-huit mois de séparation, il avait décidé de lui donner un enfant, pour mieux la prendre au piège. Avec quelle habileté il était allé la chercher à la sortie de la boutique pour s'assurer qu'elle ne disposait pas de l'appareil tout simple qu'elle avait toujours utilisé, sur les conseils avisés de Catherine. Et il n'avait pris aucune précaution.

Il avait cru pouvoir l'attacher ainsi à lui, l'empêcher de se dégager quand elle découvrirait que leur mariage était impossible.

Elle dormait très mal. Souvent elle faisait les cent pas dans sa chambre : comment allait-elle surmonter la nouvelle épreuve qui lui était imposée ? Elle supposa que Catherine lui aurait conseillé une visite à une faiseuse d'anges, mais, même si son enfant n'avait pas été engendré par l'homme qu'elle aimait, elle ne se serait jamais résolue à détruire une vie. Ce n'était pas sa faute, à lui, s'il venait au monde en un siècle de passions effrénées et désinvoltes. Refuser l'obligation qu'elle ressentait serait une insulte à elle-même en tant que femme.

De nouveau, elle choisit la vie, et cette fois le bébé vivrait avec elle. Elle ne serait plus seule.

Pendant les deux ou trois premiers jours, prise de panique, elle avait envisagé de faire ses valises et d'aller rejoindre Will Russell en Angleterre. Il lui avait proposé du travail et elle savait que jamais il ne la laisserait dans les difficultés. Elle s'était presque décidée pour cette ligne de conduite lorsqu'elle se souvint de la façon dont il l'avait embrassée sur le quai de la gare. Pour lui comme pour elle, ce serait une folie de se lancer dans une aventure qui ne déboucherait sur rien.

Mieux valait rester, et continuer de travailler tant qu'elle pourrait dissimuler son état. Quand ce ne serait plus possible, elle irait quelque part dans la campagne, mettrait son enfant au monde, et trouverait de bons parents adoptifs pour l'élever jusqu'à ce qu'elle pût lui offrir elle-même un foyer. Heureusement, elle avait quelques économies, bien qu'elle fût ulcérée à la pensée de toucher à ses précieux investissements, prévus pour le jour où elle pourrait ouvrir son salon de couture. Il fallait à tout prix que Pierre ne sût pas qu'il avait réussi dans sa tentative, sinon il ne cesserait jamais de revendiquer des droits sur elle, à travers leur enfant.

Puis vint le jour du premier essayage de Stéphanie. Elle avait commandé quarante robes sur les maquettes de Worth. La vendeuse qui s'occupait d'elle l'aida à ôter sa cape et sa robe. Elle était dans son jupon à cerceaux lorsque Louise entra. Elle aperçut le reflet de la « première » dans le triple miroir et elle pivota sur elle-même avec un petit cri de joie.

— Quel plaisir de vous revoir, mademoiselle Louise. Ce sera comme je vous l'ai promis. Vous serez la seule à faire les essayages de toutes ces robes magnifiques que Worth a créées pour moi. Comment allez-vous ? Vous allez bien ? Vous êtes contente de me voir ? Je suis tellement heureuse.

Louise força ses lèvres à sourire et avant de répondre posa sur un récamier, avec l'aide de la vendeuse, la robe qu'elle portait.

— Je vais très bien, merci. Je suis sûre que vous allez être une mariée merveilleuse.

Elle ne ressentait aucune animosité personnelle contre cette jeune fille aimable et gaie, parfaitement innocente de toutes les peines qui l'accablaient. Mais se trouver en sa présence se révélait plus pénible qu'elle ne s'y attendait.

— Regardez !

Stéphanie tendit le bras et fit danser fièrement ses doigts pour montrer un gros diamant monté sur un jonc d'or.

— C'est la bague de fiançailles des de Gand. Avez-vous jamais vu un joyau aussi fabuleux ? (Elle rit.) Et tellement tape-à-l'œil ! Je préfère de beaucoup le bel anneau que Pierre m'a choisi lui-même, mais il faut que je porte celui-ci pour l'instant. Nous en faisons toutes sortes de plaisanteries. Il dit qu'il m'épouse parce que je suis toujours pleine d'imprévu et que je le fais rire. C'est pour me taquiner, bien sûr.

— Bien sûr, renchérit Louise à mi-voix.

— C'est vraiment le plus bel homme de Paris, continua Stéphanie en se rengorgeant de sa conquête, mains sur les hanches et menton relevé. Ah ! il a fallu que je sois maligne pour l'obtenir. Toutes les femmes lui courent après, vous savez.

Louise se pencha sur la robe qu'elle préparait.

— J'en suis certaine. Vous avez raison de dire qu'il est très beau.

Stéphanie haussa les sourcils.

— Vous l'avez vu ? demanda-t-elle avec passion.

— Oui. Il est venu une fois avec Mme de Gand. C'était il y a fort longtemps. (Elle prit la robe.) Si vous voulez ne pas bouger un instant, Mlle Michelle et moi allons vous aider à passer cette toilette avant l'arrivée de M. Worth.

Louise et la vendeuse soulevèrent les couches de soie transparente sous lesquelles Stéphanie disparut. Worth entra, et comme d'habitude se montra mécontent de tout jusqu'à ce que la perfection fût atteinte. C'était évidemment impossible pour un premier essayage, mais rien d'autre ne pouvait le satisfaire. Sans oser l'avouer, Stéphanie le craignait un peu. Il était si impérieux, si hautain ! À la fois charmant avec elle et sans pitié pour la robe… Il lançait à sa première un flot d'instructions que personne d'autre n'aurait manifestement pu comprendre.

Quel soulagement quand il quitta le salon après avoir tout réglé en dehors de quelques dernières épingles. Stéphanie resta seule avec Louise jusqu'à ce que la vendeuse vînt l'aider à remettre sa robe. C'étaient ces moments-là que Stéphanie aimait le plus, car elles pouvaient rire et bavarder ensemble. Ce jour-là, ce fut surtout Stéphanie qui parla, sans remarquer que Louise était anormalement silencieuse tandis qu'elle lui racontait son voyage en Crimée, comment Pierre avait eu le choléra au moment de rentrer en France, puis la joie qu'elle avait eue de partager sa convalescence au château de Gand.

— J'étais là-bas à son arrivée. Rien n'aurait pu me retenir. Je ne peux pas vous dire à quel point il avait l'air malade. La peau et les os ! Et il marchait avec une canne. Mais nous avons tous pris soin de lui, et très vite nous avons pu sortir à cheval ensemble et rendre visite aux voisins. Tout le monde voulait fêter le retour du guerrier victorieux. J'étais si fière de lui ! Vous êtes déjà allée à Tours ? Le château de Gand est dans les environs. Quel paysage ! Des collines, des forêts et des vignes à perte de vue. Il y a une maison de douairière pour Mme de Gand et elle se prépare déjà à s'y installer, mais je ne crois pas que nous passerons beaucoup de temps au château, Pierre et moi, bien que le voyage depuis Paris ne soit pas trop épuisant.

Et elle continua ainsi sans fin, ravie d'avoir une auditrice de son âge. Elle n'était pas beaucoup plus jeune que les autres dames de compagnie de l'impératrice, mais elle avait peu de chose en commun avec elles, et elle se sentait souvent très solitaire dans le tourbillon mondain des Tuileries.

Quand elle put enfin confier Stéphanie aux soins de la vendeuse, Louise était épuisée, complètement vidée, et elle se demanda comment elle supporterait les innombrables essayages du trousseau. Mais il le faudrait. La commande avait été passée à cette condition et il n'était plus question de reculer.

Quand vint le moment de travailler sur la robe de mariée, elle s'aperçut que ce serait la plus douloureuse de toutes les épreuves. Stéphanie était tellement excitée, tellement captivée par l'avenir qui l'attendait que dès les premiers essayages elle était radieuse comme une mariée devant l'autel, parmi les flots de satin blanc et de dentelle de Valenciennes que Worth avait associés pour une création qui dépassait en beauté même la robe de mariage de l'impératrice.

Un jour, après l'un des nombreux essayages imposés par Worth, Louise trouva l'une des boucles d'oreilles de Stéphanie prise dans un repli de dentelle. Sachant que la jeune fille venait juste de quitter la boutique, elle courut derrière elle et la rattrapa sur le trottoir.

— Merci beaucoup, lui dit Stéphanie en passant le fin crochet d'or dans son oreille. C'étaient celles de ma mère. J'aurais été navrée d'en perdre une.

Ce fut à peine si Louise l'entendit. Pierre attendait Stéphanie à l'entrée de la boutique. Il regarda Louise, étudiant sa silhouette de la tête aux pieds. Elle savait à quoi il pensait – et la question qu'il lui posait dans un silence qui lui déchirait les oreilles. Elle murmura à la hâte une vague réponse sur sa joie d'avoir retrouvé le pendant, puis elle se détourna et rentra dans le magasin.

Aussitôt, elle ralentit le pas, une main appuyée contre sa taille. Pendant combien de temps pourrait-elle encore continuer à se corseter aussi serré ? Dès que le bébé avait bougé, elle avait lâché quelques centimètres aux lacets de son corset, mais était-ce suffisant ? Ne mettait-elle pas la croissance de l'enfant en danger ? Elle aurait aimé pouvoir demander conseil à quelqu'un. Catherine, qu'elle avait mise dans la confidence, n'avait jamais été enceinte, mais elle connaissait assez d'histoires de bonnes femmes pour faire trembler n'importe quelle future mère impressionnable. Elle ne serait pas de bon conseil. Contrairement à ce que Louise avait supposé, Catherine s'était d'ailleurs opposée à l'avortement, effrayée par le risque.

— T'en fais pas, s'était écriée Catherine en apprenant la nouvelle (elle était la seule à « s'en faire », mais elle était trop nerveuse pour s'en rendre compte). Ce qui est fait ne peut être défait, sauf en mettant ta vie en danger sur la table de cuisine d'une faiseuse d'anges, et nous ne voulons pas de ça ! Tu peux compter sur moi. À nous deux, nous nous débrouillerons pour élever ce petit.

— Calmez-vous, calmez-vous, lui répondit Louise doucement en lui prenant les mains. Rien ne me séparera de mon bébé avant sa naissance, et si je m'en sépare après ce sera pour une période brève. J'ai tout prévu.

Et elle avait raconté ses projets à son amie…

Lorsqu'elle arriva près du comptoir des robes, Marie était en train de défiler devant une cliente. Leurs yeux se croisèrent par hasard, et, en voyant le regard de Marie soudain soucieux, Louise supposa qu'après sa rencontre avec Pierre ses joues devaient être très pâles. Puis elle comprit que Marie savait. Marie avait deviné. Ce fut pour Louise comme si un rideau se levait. Elle avait quelqu'un à qui demander conseil pour tout.

Marie ne lui offrit pas seulement des conseils. Elle lui donna toute la layette de Jean-Philippe, et elle informa Worth de la situation. Avec sa permission, Louise se fit des vestes courtes à franges dans la même soie noire que ses robes de magasin, semblables à celles que Worth avait dessinées pour Marie quand elle était au même stade de sa grossesse. Elles masquaient l'épaississement de la taille. Ces petites vestes, une fois de plus, furent très admirées, et Worth reçut plusieurs commandes de la part de femmes qui n'attendaient pas d'enfant.

Les semaines passèrent, toutes les pièces du trousseau furent terminées, il ne resta plus que la robe de mariée, objet de toutes les attentions. Dieu merci, Louise se sentait forte, tout à fait capable de poursuivre son travail. Après les nausées matinales des premiers jours, elle n'avait souffert d'aucun malaise, bien qu'à la fin de sa journée elle fût souvent terrassée de fatigue. Lorsqu'elle montait la dernière volée de marches vers son logement, où elle arrivait invariablement avant Catherine, ses pas devenaient de plus en plus lents. Sur le dernier palier, il lui fallait souvent s'arrêter un instant pour reprendre souffle.

Un soir, dans l'ombre du palier, elle prit vaguement conscience d'une présence. Elle n'était pas seule. Elle se raidit. Le moment de la confrontation avec Pierre était arrivé : la rencontre qu'elle redoutait le plus et que, contre tout espoir, elle avait espéré éviter.

Feignant de ne pas l'avoir aperçu, elle prit la clé dans son sac, décidée à se barricader derrière sa porte avant qu'il ne pût faire un geste. La clé cliqueta dans la serrure, elle s'élança. Le poing de Pierre bloqua la porte en train de se refermer. Il était à l'intérieur avec elle.

Elle vit tout de suite qu'il avait bu. Ses yeux brillaient d'un éclat trop vif. D'une main il arracha sa cape et de l'autre il écarta la veste de soie noire, qui glissa sur son épaule. Saisie de frayeur, elle n'osa plus faire un geste. Lentement le regard de Pierre remonta de sa taille à son visage. Elle lut sur ses traits une expression de triomphe.

— Et *maintenant*, me reviendrez-vous ?

Elle arracha la veste de soie de ses mains et recula d'un pas.

— Non. Vous appartenez déjà à une autre. Je n'accepterai d'aucun homme une moitié d'amour. Quand je vous ai dit adieu, je le pensais. Partez, maintenant, je vous en prie.

Il releva le menton, agressif.

— Vous portez mon enfant. Comment pourrions-nous appartenir davantage l'un à l'autre ?

Elle sentit ses mains se crisper. Depuis le début de sa grossesse, sa sensibilité était à fleur de peau. Dans ses yeux perlèrent des larmes qu'elle aurait voulu cacher.

— Ce n'est pas *votre* enfant. C'est le mien ! Jamais vous ne pourrez prouver votre paternité. Personne ne peut jurer que j'étais la femme qui a partagé votre lit rue Lenoir ce soir-là. Personne ne nous a vus y arriver et personne ne m'en a vue partir.

Plus rien n'aurait pu l'arrêter.

— C'est mon enfant ! À moi ! Stéphanie Casile vous donnera tous les enfants légitimes dont vous aurez envie. Des fils qui seront reconnus par tout le monde comme vos fils. Ce sera elle, l'épouse toujours à vos côtés. C'est avec elle que vous vivrez votre vie et, avec le temps, vous oublierez même que vous m'avez connue.

Ses sanglots éclatèrent d'un seul coup et elle enfouit son visage dans ses mains.

Il l'enlaça, lui prit les mains et les écarta de son visage, puis couvrit ses yeux, son cou et sa gorge de baisers.

— Vous m'aimez encore, murmura-t-il.

Troublée, blessée, humiliée, dégradée, elle le frappa sur le visage et la poitrine, le martelant de ses poings fermés. Pris au dépourvu, il relâcha son étreinte.

— Sortez ! cria-t-elle à travers ses larmes.

Elle ne maîtrisait plus ses nerfs. Elle ne désirait plus qu'une chose : le voir disparaître.

— Je vous avertis, cria-t-elle. Si jamais vous osez encore vous approcher de moi, je me tuerai. Je me jetterai dans la Seine et mon enfant mourra avec moi.

Il se figea, stupéfait.

— Je suis profondément désolé. J'ai laissé mes sentiments pour vous se donner libre cours. Louise…

Elle passa devant lui d'un pas hésitant, ouvrit la porte et détourna le visage, la joue contre la surface rugueuse du bois, pour ne pas le voir sortir. Il avait les traits décomposés. Il s'arrêta près de la porte et tendit la main vers elle comme pour une dernière prière, puis il se ravisa. Il prit son chapeau, qu'il avait jeté sur une chaise en entrant, et sortit.

Elle claqua la porte derrière lui et tira le verrou. Puis elle tomba à genoux, les mains croisées sur sa taille. Elle baissa la tête et au milieu de ses sanglots murmura à son enfant :

— Je ne le pensais pas. Jamais je ne te ferai de mal. Mais il fallait qu'il parte, il fallait qu'il parte, il fallait que je me débarrasse de lui. Je ne peux pas passer le reste de mes jours déchirée ainsi. Il faut que je sauve ce qui me reste…

Elle posa le bras sur le siège du fauteuil près d'elle, enfouit son visage au creux de son coude, et versa toutes les larmes qu'elle avait ravalées depuis des semaines.

Au cours des journées qui suivirent, elle modifia ses projets. Puisque Pierre était au courant de son état, inutile de quitter Paris – c'était lui qu'elle désirait éviter, et elle était convaincue que sa menace le dissuaderait de toute nouvelle tentative. Sans trop savoir comment Worth réagirait, elle lui demanda de travailler à l'atelier de couture où ses compétences seraient utilisées sans risquer d'offenser les clientes par le spectacle de son état, quand les petites vestes ne pourraient plus le cacher. Il avait le pouvoir de la renvoyer sans références, en de telles circonstances. Après tout, il s'était porté garant de sa moralité lorsqu'elle était venue demander du travail à la Maison Gagelin et, en un certain sens, elle s'était montrée indigne de sa confiance. Mais elle sentait bien que, s'il avait eu l'intention de la congédier, il l'aurait fait plus tôt. Elle n'avait pas mis Marie au courant de l'identité du père, et celle-ci avait trop de tact pour l'interroger sur un sujet aussi délicat, mais elle savait que Marie l'avait deviné dès le premier instant – ainsi que Worth.

— Hmm, murmura Worth en retournant l'idée dans sa tête. Très bien, aucune objection de ma part.

Vous vous mettrez à la table de broderie où une ouvrière de plus ne serait pas de trop. Mais je tiens à ce que vous finissiez les essayages de la robe de mariée de Mlle Casile.

— Oui, bien entendu.

— Autre chose. Comme vous le savez, j'ai toujours des clientes qui commandent des robes lorsqu'elles sont dans le même état que le vôtre, et jusqu'ici je n'ai jamais pu leur montrer l'allure du vêtement terminé, ni dans quelle mesure il dissimulerait leur ligne. Voyez-vous une objection à présenter ces robes pour moi ? Vous ne défileriez que dans le petit salon réservé aux femmes enceintes, et vous pourriez porter une voilette pour vous épargner toute gêne. Qu'en dites-vous ?

Elle répondit sans hésiter.

— J'en serai heureuse. Et je vous serai éternellement reconnaissante de me permettre de rester.

À partir de ce jour-là, elle passa tout son temps dans l'atelier, à la table de broderie ; elle ne le quittait que pour assister aux derniers essayages de Stéphanie ou pour défiler devant une femme enceinte. Louise, déjà revêtue de l'une des créations spéciales de Worth, portant un voile sur les cheveux et le visage, attendait dans l'un des alvéoles attenants au salon de Worth. Lorsqu'il l'appelait, elle se levait et faisait quelques pas lentement devant la cliente. Cette nouvelle idée fut très appréciée, car les femmes trouvaient encourageant de voir qu'à ce stade avancé de la grossesse il était possible de se mouvoir avec grâce et de porter des robes à la mode, adaptées spécialement à leur état.

L'existence de la « dame voilée » de Worth se répandit comme une traînée de poudre parmi toutes les élégantes attendant un heureux événement, et le carnet de rendez-vous fut bientôt garni du matin au soir. Mais Worth n'échappa pas à la bataille habituelle. Il dut convaincre MM. Gagelin et Obigez, comme d'habitude, que c'était une idée brillante qui augmenterait leur chiffre d'affaires. Après beaucoup d'hésitations et une étude des comptes, les propriétaires finirent par trancher : comme toute l'affaire était menée avec bon goût et une discrétion digne de leur vénérable boutique, ils cédèrent. Mais c'était là leur dernière concession. À l'avenir, le rayon de couture ne devrait faire aucune entorse à la convention. Par bonheur, dans le feu de toutes ces discussions, ils n'avaient pas demandé l'identité de la dame voilée. S'ils avaient appris qu'il s'agissait d'une employée non mariée, dans une situation inacceptable et immorale, toute l'innovation aurait été condamnée sans appel.

Worth, comme toujours, sortit de l'épreuve exaspéré. Il se froissait de plus en plus des obstacles mesquins et des opinions bigotes de ses employeurs. Il avait toujours eu envie de posséder sa boutique bien à lui, mais jamais autant que depuis les deux ou trois dernières années, car de son petit comptoir il avait exercé une influence déterminante sur la mode. Sa situation financière s'était bien entendu sensiblement améliorée depuis ses débuts, mais il ne disposait pas des fonds nécessaires pour se mettre à son compte. Souvent, le dimanche, quand il se promenait avec Marie, tandis qu'il poussait le petit Jean-Philippe dans sa voiture d'osier et que Gaston tirait son bras, ils prenaient note d'immeubles qui conviendraient et ils discutaient des moyens qui lui permettraient de réaliser son rêve : fonder une Maison

Worth. Mais ce n'était toujours qu'un rêve, et chaque jour son amertume augmentait.

Stéphanie vint enfin pour son dernier essayage. Le mariage devait avoir lieu trois semaines plus tard, le 10 septembre. Louise, déjà au septième mois, portait un surtout de soie noire qui tombait des épaules jusqu'au premier anneau de sa crinoline – une variante de ces « hauts de robe », dans tous les coloris et dans tous les tissus, faisait partie de la collection qu'elle présentait aux clientes « spéciales ». Ces toilettes étaient si élégantes et si habilement conçues que, pendant longtemps, Stéphanie avait hésité à croire que Louise attendait un enfant. Comme elle ne portait pas d'anneau, ce n'était pas un sujet qu'elle pouvait aborder. Mais, cette fois, la maladresse des mouvements de Louise et quelques coups d'œil à sa silhouette dans les miroirs des salons d'essayage suffirent à la convaincre.

— Ma robe de mariée est la plus belle de vos créations, monsieur Worth, s'écria Stéphanie quand le couturier et Louise reculèrent de quelques pas pour admirer son image en pied.

Les couches de dentelle créaient un effet de légèreté éthérée, le brillant du satin s'associant à l'éclat des bouquets de fleurs composés de perles. Stéphanie se tourna vers le reflet de Louise dans le miroir.

— Vous serez près de moi le matin de mes noces pour m'aider à me parer, n'est-ce pas ?

— Nous y serons tous les deux, répondit Worth.

Il tenait toujours à ce que « ses grandes mariées », comme il disait, partent pour l'église vêtues d'une robe et d'un voile en parfait état, sans bijoux inutiles ou mal assortis qui auraient pu détruire l'effet d'ensemble.

Comme l'impératrice en personne serait parmi les invités de marque du mariage, il était particulièrement soucieux de bien mettre sa robe en valeur. Dans son for intérieur, il regrettait un peu que Stéphanie n'eût pas assez de style pour en faire ressortir la beauté. Stéphanie était jolie, et une fois la robe passée elle avait grand air, mais elle manquait de cette qualité rare de « chic » qui arrête les yeux et vous coupe le souffle. Marie avait cette allure-là, même en chemise de nuit.

Louise était stupéfaite : Worth avait-il entièrement oublié la raison pour laquelle elle aurait préféré ne pas aider Stéphanie le jour du mariage ? Elle avait supposé qu'il emmènerait la première vendeuse, comme c'était la coutume, mais il avait accordé à Stéphanie ce qu'elle demandait sans réfléchir, pour la simple raison qu'il était habitué à voir Louise s'occuper de cette cliente. Mais elle ne songea plus à esquiver cette corvée lorsque Stéphanie, dès qu'elles furent seules, tourna vers elle un visage où elle lut de l'angoisse.

— J'ai peur, mademoiselle Louise. J'aime tellement mon fiancé ! Mais je crains qu'il ne redoute le jour de notre mariage. Quand on en parle, je vois dans ses yeux un regard de bête traquée, comme s'il détestait soudain toutes les personnes présentes dans la pièce, et moi plus que les autres.

— Chut ! Chut ! s'écria Louise, voulant à tout prix la faire taire. Il ne faut pas me dire des choses pareilles. Vous êtes nerveuse comme toutes les jeunes filles à la veille de leurs noces. Mais vous ne devez pas confier vos craintes à une couturière.

— Pourquoi pas ? Après toutes ces semaines, je vous considère comme une amie. Je suis arrivée aux Tuileries en inconnue – naïve et pas du tout à ma place dans cette compagnie raffinée. Personne ne m'écoute avec affection.

— Je suis sûre que l'impératrice...

— Plus maintenant. Je lui ai parlé un jour où j'étais désespérée et où je croyais que Pierre m'en voulait... Elle est bonne et aimable de mille manières, mais elle se montre plus impatiente que jamais chaque fois que ses dames parlent de leurs amours ou de leurs aventures, et elle tourne en ridicule tout ce qu'elles disent. Je ne comprends pas pourquoi, parce qu'elle a du goût pour les beaux hommes et ne s'en cache pas. Depuis toujours, m'a-t-on dit, elle les aguiche, flirte avec eux et se sert de sa beauté pour leur chavirer le cœur. Mais ensuite, si un homme ose lui déclarer son admiration, elle devient très cruelle et même méchante. Sur sa requête, l'empereur bannit aussitôt l'importun de la Cour. Les hommes ne valent rien, dit-elle sans cesse. Et c'est ce qu'elle me répondrait si je me confiais à elle comme je le fais à vous.

— Dans ce cas, parlez à la duchesse de Bassano. Vous demeurez chez elle depuis votre arrivée à Paris, et c'est de chez elle que vous partirez à l'église.

— Non, elle ne m'a jamais aimée. Un jour où je lui ai déplu, elle m'a traitée de petite bécasse, et c'est ce que je suis. Rien d'étonnant que Pierre regrette sa promesse de m'épouser. Après tout c'est le résultat de mes manigances. Je l'ai pris au piège et...

En désespoir de cause, Louise posa un doigt sur la bouche de la jeune fille.

— Chassez toutes ces pensées ridicules. Ne songez qu'à votre amour pour l'homme que vous allez épouser.

Souvenez-vous de tous les bons moments que vous avez passés ensemble l'été dernier. Il en sera de même lorsque vous serez mariés. La période des fiançailles est toujours difficile, souvent pleine de doutes. Il en est de même pour lui, et c'est à vous de bannir les ombres du passé et de créer une nouvelle vie.

Stéphanie hocha la tête et essuya ses yeux du dos de la main comme un enfant, sans même s'en rendre compte.

— Comme vous êtes raisonnable et réconfortante. Oui, je ferai comme vous dites.

Spontanément, elle tendit les bras vers Louise.

— Si j'avais eu une sœur, j'aurais aimé qu'elle soit comme vous.

La vendeuse entra dans le salon d'essayage, ce qui mit fin à toute conversation privée. Louise demeura désespérée tout le reste de la journée. Ses mains avaient du mal à se concentrer sur sa broderie…

La veille du mariage, Louise et l'une des vendeuses débutantes escortèrent les énormes cartons circulaires contenant la toilette de la mariée jusqu'à la résidence du duc et de la duchesse de Bassano, vaste hôtel particulier aux grilles dorées, non loin du palais de l'Élysée. Le trousseau était livré depuis longtemps, mais non la robe de mariée. On repasserait ses plissés et ses traînes à la dernière minute sur un mannequin d'osier. Louise et la vendeuse terminèrent leur mission puis rangèrent le papier de soie dans les boîtes. Au moment du départ, une servante vint dire à Louise que Mlle Casile désirait lui parler. Redoutant une nouvelle crise de désespoir. Louise suivit à regret la servante jusque dans la bibliothèque.

Au premier regard, elle crut que Stéphanie était malade. Ses traits étaient tirés, ses yeux ternes, mais, quand la jeune fille s'avança pour la saluer, il y avait dans sa démarche une vivacité et une légèreté peu compatibles avec une douleur physique. Elle invita Louise à s'asseoir cependant qu'elle-même restait debout, torturant nerveusement entre ses doigts son mouchoir de dentelle.

— Puis-je vous appeler Louise ? Je crois le moment venu de supprimer les formalités entre nous.

— Je vous en prie.

— J'aimerais vous poser une question purement personnelle.

Les premières appréhensions de Louise firent place à une véritable crainte. Elle n'avait pas la moindre idée de ce qui allait suivre mais elle était certaine qu'il n'en sortirait rien de bon, ni pour Stéphanie, ni pour elle.

— Si je peux répondre…, murmura-t-elle.

— Qui est le père de votre enfant ?

Louise blêmit. Sa main se crispa involontairement sur l'accoudoir du fauteuil.

— Personne n'a osé me le demander, et vous n'avez pas le droit de le faire.

— Je crois au contraire que j'en ai le droit !

Louise comprit aussitôt qu'une indiscrétion avait dû se produire. Elle essaya de ne pas trahir ses craintes.

— Je ne comprends pas ce que vous avez voulu dire.

Stéphanie fit quelques pas vers la fenêtre, puis revint et s'arrêta. Elle griffait si fort son mouchoir que l'on entendait dans la pièce silencieuse le crissement de la dentelle déchirée.

— Il y a trois jours, aux Tuileries, je devais me rendre auprès de l'impératrice. Les pièces de ses appartements sont en enfilade et, sachant qu'elle serait dans sa chambre, j'y suis allée directement. À la hauteur de son cabinet de toilette, je l'ai entendue distinctement prononcer mon nom de sa voix sonore. Pensant qu'elle était pressée de me voir, je suis entrée sans frapper dans l'antichambre. Elle est divisée par une cloison dorée, et c'est là que l'impératrice assiste parfois à la messe et fait ses dévotions. C'est son oratoire privé. Avant que je n'arrive à la porte, j'ai entendu de nouveau mon nom – mais associé au mot « scandale ». L'impératrice était avec deux ou trois dames de son entourage, aussi suis-je restée près de la cloison pour écouter. Voulez-vous savoir ce que j'ai entendu ?

— Non, murmura Louise en se relevant.

— Je crois que vous le devriez. Une de ces dames avait découvert une situation cocasse : la femme avec qui l'on voyait Pierre partout avant son départ en Crimée – une courtisane, selon la rumeur publique – avait effectué les essayages du trousseau de la femme qu'il allait épouser le lendemain ! Que dites-vous de ça ?

Louise lui lança un regard désespéré.

— Je dis que je donnerais n'importe quoi pour que vous n'ayez jamais surpris ces paroles cruelles.

— Niez-vous que ce soit la vérité ?

— La vérité, c'est que tout était fini entre Pierre et moi avant vos fiançailles avec lui. En toute sincérité, je dois vous dire que je l'ai revu une fois depuis, mais cela n'a rendu notre séparation que plus définitive.

Le visage de Stéphanie trahit le conflit de ses émotions. L'espoir, la méfiance et la crainte se mêlaient.

— Vous l'aimez encore ?

— Je n'ai plus la liberté de l'aimer, et s'il m'avait vraiment aimée il ne vous épouserait pas.

— Mais un gentilhomme n'épouse jamais…

Stéphanie, écarlate, se tut brusquement.

Louise haussa les sourcils et finit sa phrase à sa place.

— … n'épouse jamais sa maîtresse. C'est ce que vous alliez dire ? Ou bien est-ce : Un gentilhomme, en particulier un officier des Cent-Gardes, n'épouse jamais une femme de la classe ouvrière ?

Stéphanie était sincèrement confuse.

— Je n'avais pas l'intention de vous insulter.

Louise inclina la tête.

— Je le sais. Mais nous vivons encore dans une France monarchiste. Des fossés infranchissables séparent les classes sociales, et nul ne sait tout ce que cachent les fastes de la cour impériale. Mais il existe d'autres endroits au monde, où un homme et une femme de milieux sociaux différents auraient été acceptés. En fait, Pierre a donc eu un choix réel. C'est vous qu'il a choisie. Je vous le répète, il n'y a plus rien entre lui et moi.

Un sourire glacé erra un instant sur ses lèvres.

— Ne croyez pas que je sois noble, ou que je me sacrifie, reprit-elle. Je pense davantage à moi-même qu'à vous. Franchement, quand je vous souhaite du bonheur, mes motifs sont entièrement égoïstes. Votre mariage avec Pierre me rend ma liberté.

Elle ne voulait absolument pas que Stéphanie rompît son mariage à la dernière minute. Il n'en résulterait aucun bien et cela ne ferait que prolonger la situation. Si Pierre n'épousait pas Stéphanie, il ne manquait pas d'autres fiancées en puissance qui obtiendraient l'approbation de l'empereur. Ce ne serait jamais elle. Jamais celle qui serait partie au bout du monde avec lui, s'il avait choisi de tenir tête à Louis-Napoléon.

— Mais l'enfant ? Est-ce le sien ?

Le visage de Louise se figea.

— Je n'ai avoué le nom du père qu'à une seule personne. La femme qui m'a élevée. Je vous le répète : vous n'avez aucun droit de me poser cette question.

Stéphanie hocha la tête, encore hésitante.

— Je… Je crois ce que vous me dites. Oui, vous m'avez persuadée que je n'ai rien à craindre de vous, et l'impératrice a interdit à ses dames de faire allusion à cette affaire devant quiconque. Mais comment affronter la cérémonie, demain, sachant que le scandale s'est peut-être déjà répandu ? D'abord aux Tuileries pour le mariage civil, puis à l'église ! Avec l'ironie et le mépris que je lirai dans les yeux de tous. À cela s'ajouteront les chuchotis et les ricanements de la grande réception, qui durera quatre ou cinq heures, peut-être davantage…

Le mouchoir qu'elle tenait à la main était en lambeaux, et elle le regarda d'un air déconcerté comme si elle ne comprenait pas ce qui avait pu le mettre dans cet état.

Louise eut soudain pitié d'elle, et elle comprit aussitôt à quel point le lien d'amitié qui les unissait était fort.

— Qui oserait se moquer de vous en présence de l'empereur et de l'impératrice ? s'écria-t-elle pour lui donner du courage. De toute façon, je suis sûre que vous n'avez rien à craindre. Les dames de l'impératrice respectent ses désirs, et les autres oublieront tout ce qu'elles ont pu entendre quand ils vous verront heureuse et rayonnante. Demain se passera comme vous le souhaitez depuis si longtemps. Vous m'en avez si souvent parlé ! Ne laissez rien ni personne gâcher votre joie. Vous allez épouser l'homme que vous aimez.

Pour Stéphanie, ce fut comme si au milieu de tous ses malheurs elle venait de s'accrocher à une bouée de sauvetage. Elle allait épouser Pierre et rien d'autre ne comptait. Tous les hommes avaient des aventures avant leur mariage, et il ne tenait qu'à elle de lui faire oublier Louise et toutes les autres qu'il avait dû connaître au cours de sa vie de garçon !

— Je crois, dit-elle, qu'il vaudrait mieux vous dispenser de venir demain. Que M. Worth prenne quelqu'un d'autre.

Louise respira plus à l'aise.

— Je le lui dirai.

— Adieu, Louise.

Quand elle sortit dans l'air du soir, Louise dut s'arrêter deux fois avant d'atteindre le trottoir, au-delà des grilles. En traversant le boulevard elle faillit se faire renverser par un fiacre. Elle ne comprit à quel point elle était passée près du danger qu'en entendant le cocher hurler de frayeur.

Sur le pont de l'Alma, qui venait d'être inauguré, elle s'arrêta près du parapet de pierre et fixa les reflets des becs de gaz dans l'eau noire. Songea-t-elle un instant à mettre fin à tous ces déchirements ? Le bébé bougea dans son ventre, lui rappelant sa présence vivante. Elle s'écarta brusquement du garde-fou, redressa les épaules et poursuivit son chemin. Un gendarme qui s'était arrêté pour l'observer se remit à déambuler de son pas tranquille.

Un mois et demi plus tard, aux petites heures du dernier jour d'octobre, Louise donna naissance à un fils, en présence de la sage-femme épuisée et de Catherine bouleversée par l'angoisse. Cela n'avait pas été un accouchement facile, mais tout fut oublié quand Louise reçut le bébé dans ses bras. Elle le regarda : elle l'aimait, elle était fière de lui. Oui, c'était d'amour et de fierté qu'elle souriait malgré l'épuisement. Il fut baptisé Paul-Michel, pour la simple raison que ce prénom lui plaisait – et peut-être voulait-elle, en choisissant l'initiale « P », donner à l'enfant un lien avec le père qu'il ne connaîtrait jamais.

15

Robert Prestbury ne manquait pas d'aplomb... L'entrée de service et la casquette à la main ? Très peu pour lui. Il arriva à la Maison Gagelin dans un fiacre de louage, donna au cocher un pourboire royal et s'élança vers la porte que lui ouvrait le groom comme s'il était venu acheter la boutique. Il claqua des doigts pour appeler un assistant.

— Où puis-je trouver M. Worth ?

Il avait commencé en français, et il avait l'intention de continuer dans cette langue. Aucun de ces fichus étrangers n'allait le regarder de haut et croire qu'il ne parlait pas le jargon du pays aussi bien que sa propre langue. Il n'avait jamais beaucoup brillé dans les études, mais il était doué pour les langues et ses nombreux voyages lui avaient donné une certaine maîtrise de l'italien, de l'espagnol et de l'allemand, qu'il parlait aussi bien que la langue française.

— Suivez-moi, monsieur.

Il suivit donc d'un pas allègre, en faisant tourner sa canne, captant chaque détail du décor somptueux. Dieu ! Quelle différence entre cet édifice opulent et l'intérieur de la boutique de son père, à Londres ; il y avait de l'espace, des palmiers en pots, quelques mannequins pour présenter les modèles – et rien d'autre. Pas même une jeune vendeuse avenante avec qui musarder un peu – mais de vieilles guenons au visage acariâtre, aussi sèches que leur aune de drapier, aux lèvres toujours aussi pincées que si elles tenaient des épingles à la bouche. Elles seraient les premières à prendre la porte le jour où il serait le maître du Magasin Prestbury.

Mais avant d'espérer diriger la boutique, il fallait démontrer à son père qu'il en était capable : qu'il était prêt à rentrer ses ailes et à prendre la vie plus au sérieux que dans le passé. D'ailleurs, il n'avait pas le choix. Le legs de sa grand-mère maternelle, qui lui avait donné deux ans d'indépendance et d'extravagance, venait de s'épuiser : il en était réduit à une malle de vêtements de luxe et… rien de plus.

Il connaissait Paris. Il y avait fait deux séjours, chaque fois les poches pleines. Il s'était mêlé aux cercles de libertins du demi-monde, il avait offert deux ou trois réceptions à la Maison Dorée, et à plus d'une occasion il avait élargi son horizon sexuel avec la belle Castiglione, entichée de sa jeunesse.

Cette fois, les circonstances seraient entièrement différentes, mais c'était tout de même Paris et, comme Allenby, le vieil ami de son père, lui avait procuré une introduction, il n'avait cessé de se féliciter de sa chance. Personne d'autre qu'Allenby n'aurait pu convaincre M. Prestbury père – il avait l'esprit trop étroit – qu'une période de formation dans une boutique parisienne réputée était exactement ce dont le fils et héritier Prestbury avait besoin pour s'intéresser enfin à la routine de l'entreprise familiale.

Robert tenait les étrangers en piètre estime, mais il jugeait l'attitude chauvine de son père à l'égard de la France aussi retardataire que celle de Lord Raglan qui, tout au long de la campagne de Crimée, n'avait cessé de traiter l'ennemi russe de « Français » – pour lui, l'insulte suprême. De santé faible, John Prestbury avait vraiment besoin de quelqu'un de jeune et de capable pour prendre l'affaire en main, et il avait longuement hésité avant de se décider à financer l'expérience parisienne de son fils au lieu de le rappeler auprès de lui au plus vite. Il n'avait accepté que pour une seule raison : le premier commis de la Maison Gagelin était un Anglais que M. Allenby connaissait personnellement. Il s'était dit qu'une boutique dirigée par un Anglais correct ne pouvait être qu'un établissement respectable, même au milieu de tous les péchés de Paris. Robert sourit dans sa barbe.

Quand il arriva au comptoir de couture, M. Worth était occupé. On lui proposa de s'asseoir, il n'aurait pas longtemps à attendre. Il s'installa sur une chaise dorée, parfaitement à l'aise… La boutique était très animée. Les clientes se faisaient servir par des vendeuses élégamment vêtues de soie noire, ou bien admiraient une robe d'après-midi présentée par l'un des plus beaux mannequins qu'il ait jamais vus. Une vendeuse rousse passa non loin. Une poitrine menue mais une belle ligne. Il aimait cette couleur de cheveux…

— Qui présente la robe bleue ? lui demanda-t-il, une lueur polissonne dans le regard.

— C'est Mme Worth, monsieur.

— Ah bon ? Merci.

Il suivit des yeux la jeune fille qui s'éloignait. Elle avait rougi ! Bon dieu, les vendeuses étaient plus jolies que dans la boutique de son père, mais sûrement aussi vertueuses. Assommant !

Il vit s'avancer vers lui un homme grand et mince en pantalon et redingote noirs, la cravate impeccablement nouée et retenue par une épingle ornée d'une perle. Son gilet n'avait pas un pli. C'était donc Worth ! Plus jeune qu'il ne s'y attendait. La trentaine, peut-être un peu plus. Distingué, sérieux et très vif. Robert se leva nonchalamment. Autant faire impression sur le bonhomme dès le départ, et pour commencer il parlerait français.

— C'est un honneur, monsieur Worth.

Il prit un air désinvolte, comme s'ils se rencontraient au cours d'une réception mondaine, puis il tendit la main vers le couturier.

— Je suis Robert Prestbury. Vous m'attendez, je crois. C'est un endroit tout à fait acceptable, n'est-ce pas ?

Worth ignora la main tendue. Il avait cru que, si on le dérangeait d'un essayage important, c'était pour traiter une affaire urgente. En apprenant le nom du nouveau venu, il eut beaucoup de mal à contenir sa colère.

— Cette maison n'est pas un club, Prestbury ! Je ne reçois pas mes employés au salon à l'heure la plus animée de la journée comme s'ils étaient des clients de marque. J'ai indiqué dans ma réponse à la dernière lettre de votre père le jour et l'heure à laquelle vous deviez prendre votre travail. C'était il y a cinq jours. Quittez les lieux, je vous prie, et revenez, convenablement vêtu de noir, demain matin à huit heures. Par l'entrée de service.

Il lança un regard de mépris sur le costume de dandy de Robert.

— Une épingle de cravate simple en or est acceptable, mais pas de breloques à la chaîne de montre. Vous vous raserez la lèvre supérieure. Les moustaches ne sont pas autorisées dans cet établissement. Ce sera tout.

Il tourna les talons et repartit à grands pas.

Robert quitta la boutique, ulcéré. Il n'avait pas du tout reçu l'accueil auquel il s'attendait. Il se figurait qu'en raison des relations indirectes qu'il avait avec Worth on lui offrirait une position privilégiée. Mais, de toute évidence, il n'allait jouir d'aucune faveur. Il hésita : y retournerait-il ? Quand il étudia l'autre option, il décida que ce serait une folie de perdre un séjour à Paris pour une simple question de vanité.

Ce soir-là, il prit son coupe-chou et rasa la moustache châtain clair qui ornait son visage depuis très longtemps. Sans elle, il paraissait plus jeune que ses vingt-quatre ans, et il n'était pas certain que ce fût à son avantage. Il avait un visage osseux, mâchoire carrée, front carré, et un beau nez bien proportionné aux narines bien dessinées. Ses yeux, d'un bleu de fumée, étaient profondément enfoncés, ce qui donnait une douceur trompeuse à son regard (c'était en tout cas l'opinion des femmes). Ses cheveux avaient tendance à tomber sur son front en boucles qu'une de ses relations passagères avait qualifiées d'« engageantes » – et que plus d'une main de femme avait eu envie de relever. Il avait une bouche large, trouée de fossettes rieuses de chaque côté. Ses lèvres étaient charnues et son menton s'ornait du pli des hommes à qui la fortune souriait.

Le lendemain matin, il arriva à l'heure dite et fut surpris de voir que non seulement Worth, mais Mme Worth elle-même étaient là avant lui. Elle était vêtue de soie noire comme les autres femmes du personnel, mais à la dernière mode, une robe très élaborée que l'on aurait crue composée de pétales de tulipe. Ses cheveux étaient impeccablement coiffés, et il se demanda en souriant si elle passait la nuit enfermée dans une boîte de poupée pour pouvoir paraître si ravissante à une heure si matinale.

Nul n'appréciait plus que Worth l'élégance de Marie. Il l'aimait plus que jamais et ses fils représentaient tout pour lui. Il n'avait dans la vie qu'un problème : les mesquineries de MM. Gagelin et Obigez. Après la naissance de son deuxième enfant, son désir de se libérer et de monter sa propre boutique était devenu encore plus vif. Il avait le devoir de préparer un avenir qui permettrait à ses enfants de suivre les traces de leur père. Mais rien ne pouvait être fait sans argent. Étant donné les sommes importantes qu'il avait fait gagner à ses employeurs, il aurait dû bénéficier depuis longtemps d'une forme d'association, mais à son grand dépit il s'était rendu compte que ce ne serait jamais le cas. Il était condamné à ne jamais avoir la liberté de manœuvrer dont il avait besoin – sans parler des bénéfices matériels qu'il était en droit d'attendre.

Il ruminait ces pensées ce matin-là en faisant le tour de la boutique à son habitude, pour bien s'assurer que tout était en ordre, chaque comptoir net, chaque étagère époussetée, chaque étalage parfaitement disposé, et tout le personnel masculin et féminin dans des tenues impeccables, prêts derrière leurs comptoirs avant l'ouverture des grandes portes. Il termina sa ronde d'inspection par son propre service. C'est là qu'il trouva Robert Prestbury qui l'attendait près de l'entrée de son bureau, juste avant les ateliers.

Il examina son protégé d'un œil critique, de la tête aux pieds. La moustache avait disparu et rien ne laissait à désirer dans la tenue de Prestbury. La redingote noire ne manquait pas de style, et l'on apercevait juste ce qu'il fallait de manchette amidonnée aux poignets. Worth, malgré son parti pris en faveur de tout ce qui était français, ne put s'empêcher de reconnaître qu'un certain type d'Anglais bien fait de sa personne et bien habillé éclipsait n'importe quel Français – notamment par la taille –, et il imaginait déjà ses clientes en train de succomber au charme du jeune homme, à ses bonnes manières et à sa pointe d'accent anglais.

— Que savez-vous des tissus, Prestbury ? demanda-t-il sèchement. Après tout, c'est par là que commence la mode.

— Je sais reconnaître une belle étoffe quand je la vois. Tweed écossais, drap fin, serge, coutil, casimir, soie et velours.

— C'est un début. Votre garde-robe vous a donné des leçons, je vois. Mais en général, mis à part la soie et le velours, nous utilisons ici des tissus plus légers. La mode est un phénomène vivant, vous savez. Ne vous moquez jamais, ne rabaissez jamais une tendance de la mode : elle est le reflet de l'humeur et des problèmes d'une société. En travaillant ici, vous aurez l'occasion unique d'observer et d'apprendre tout ce qu'il faut savoir sur la mode et sur la qualité d'exécution qui est devenue synonyme de notre griffe dans le domaine de la haute couture.

— Je suis conscient de ce privilège, monsieur.

Robert ne put s'empêcher d'admirer l'aplomb incroyable de cet homme et sa foi totale en ses talents – teintée par une vanité d'ailleurs pleinement justifiée.

— Bien. J'attends de tous mes collaborateurs et du personnel de l'atelier honnêteté, loyauté, ponctualité et un travail acharné. Quand il y a des commandes à exécuter, nous ne tenons compte ni de l'heure, ni de notre fatigue. Je vous accorde un mois d'essai, où vous aurez l'occasion de vous montrer digne de la formation que vous recevrez ici. Ah…

Worth chercha des yeux quelqu'un à qui il puisse confier le nouveau venu pour les recommandations préliminaires, et il se souvint que c'était justement le jour où Louise reprenait le travail après ses relevailles. Cette mission peu pénible lui conviendrait très bien pendant les premières semaines.

— Je vais vous présenter à Mlle Louise. Elle a franchi toutes les étapes de ce métier, en commençant par faufiler des ourlets et jusqu'à présenter mes créations dans ce salon. Elle confectionne elle-même des robes d'excellente qualité et elle fait autorité pour juger du tissage ou des motifs d'une étoffe. Ah ! la voici.

Louise ne se souvint jamais de la première impression que lui fit Robert – sauf qu'il était grand. Le fait que Worth l'ait fait appeler l'avait beaucoup inquiétée, car elle avait cru pendant quelques instants qu'un des employés l'avait vue amener Paul-Michel en cachette dans l'immeuble. Il n'avait pas encore un mois : il fallait lui donner régulièrement le sein et elle ne pouvait donc le confier à personne. Il y avait à l'arrière des salons de Worth plusieurs petits cagibis peu pratiques dont on ne se servait plus depuis longtemps ; dans l'un d'eux, elle avait fait un lit à l'enfant, à l'aide d'un tiroir enlevé à une commode et posé sur une étagère à l'abri des courants d'air. Enveloppé dans son châle, Paul-Michel était parfaitement bien, et s'il pleurait il était peu probable qu'on puisse l'entendre.

Elle avait beaucoup de chance d'avoir pu retrouver son travail à la Maison Gagelin, et elle savait qu'elle le devait uniquement à Worth, dont elle dépendait directement. Jamais il n'avait fait allusion au bébé. Il avait traité son absence comme s'il se fût agi d'une bronchite, et quand elle était revenue il lui avait simplement souhaité un rétablissement rapide. Une autre femme enceinte présentait les vêtements de grossesse aux clientes – et elle avait un anneau au doigt. Même s'il n'avait pas feint d'ignorer qu'elle avait mis au monde un enfant illégitime (afin qu'elle pût conserver son emploi), Louise n'aurait pas pu lui demander de garder l'enfant avec elle dans la journée. Marie elle-même n'était revenue travailler que lorsqu'elle avait pu confier ses enfants à d'autres personnes. Louise ne pouvait que prier pour que Worth ou les propriétaires ne découvrent jamais qu'un nouveau-né passait la journée dans les locaux.

Louise savait enseigner et Robert ne manquait ni d'intelligence ni d'intuition commerciale. Il apprit très vite à juger la qualité, le motif, le poids, le velouté et la résistance des tissus, mais aussi la façon dont ils tomberaient, se draperaient ou se fronceraient. Elle lui montra les différences entre les dentelles à la main – à quoi l'on distingue le point de Valenciennes et celui d'Alençon, celui de Chantilly et celui de Bruxelles – et comment l'on peut juger les meilleures dentelles mécaniques, remises à l'honneur à l'instigation de Worth. Il avait utilisé la dentelle dans un très grand nombre de robes et la nouvelle mode qu'il avait lancée avait été suivie par toutes les femmes : l'industrie de la dentelle avait aussitôt connu un nouvel essor. Il en était de même de la production des décorations de jais, devenues très prospères sur son impulsion. Toutes les femmes en deuil ajoutaient maintenant un peu de lustre à leurs robes.

Si Robert n'avait pas été paresseux par nature, il aurait pu tirer parti du bon travail accompli au cours de son mois d'essai, et devenir un excellent élément dans le secteur commercial de la mode. Mais sa nature jouait contre lui, et il comptait toujours davantage sur son astuce et sur la gentillesse des autres que sur son travail.

Louise ne soupçonna pas ce côté de son caractère pendant la période de stage. Elle remarqua seulement l'habitude qu'il avait de se tenir un peu trop près d'elle. Souvent, pour examiner une longueur de passementerie ou de tissu, il plaçait son visage à quelques centimètres de celui de la jeune femme, et il était toujours prêt à lui prendre le coude et le poignet, ou même à la soutenir par la taille dans les escaliers. Elle s'écartait à chaque fois. Même si elle n'avait pas eu l'esprit entièrement absorbé par son enfant, elle n'aurait apprécié les attentions d'aucun homme – et à plus forte raison les siennes. Elle avait du mal à ne pas trahir son impatience et son irritation quand il la retardait avec ses bavardages à l'heure où elle devait se glisser dans le cagibi de Paul-Michel, mais elle parvenait cependant à conserver son calme.

C'était toujours sur la pointe des pieds qu'elle s'enfonçait dans le labyrinthe des vieux corridors de l'arrière-boutique jusqu'au réduit où elle cachait l'enfant. Une fenêtre grillagée, très haute dans le mur, donnait un peu de lumière à la pièce, et aux beaux jours le soleil pénétrait. Elle sentait sa chaleur sur sa peau chaque fois qu'elle déboutonnait son corsage pour donner le sein à l'enfant. Immanquablement, ses pensées se tournaient alors vers Pierre, malgré tous ses efforts pour l'oublier. Bien entendu, Stéphanie n'était pas revenue à la boutique, mais Louise avait appris par hasard que le jeune couple de Gand accompagnait l'empereur et l'impératrice au cours de leur visite dans les provinces.

Souvent, elle fredonnait doucement pour Paul-Michel tandis qu'il prenait le sein, tout en caressant du bout des doigts ses cheveux fins comme du duvet. Une seule chose la tourmentait : l'enfant allait grandir sans l'amour d'un père. Cela lui avait tellement manqué dans sa propre enfance ! Elle se souvenait très bien d'avoir envié les autres enfants de la rue qui avaient un père pour les lancer joyeusement en l'air, ou leur tirer les oreilles quand ils faisaient des sottises… Elle avait douloureusement ressenti cette absence – et elle était une fillette. Pour un garçon, ce serait pire.

La plupart du temps, le bébé s'endormait dès la fin de la tétée, et elle le déposait dans son lit improvisé. Jamais elle ne le quittait sans un dernier baiser sur le front. Il grandissait vite et prenait du poids normalement. Jusque-là, elle n'avait eu aucun mal à le dissimuler sous sa cape dans une sorte de bride que Catherine avait fabriquée. Catherine adorait l'enfant, et entre Louise et elle il avait plus que sa part de tendresse féminine.

Mais il ne fallait pas le gâter. Louise voulait faire de lui un homme fort, libre et indépendant.

Elle allait voir l'enfant plusieurs fois par jour, refermant toujours la porte sans bruit derrière elle, et les semaines passèrent sans qu'elle se rendît compte que sa présence dans cette partie de l'établissement commençait à être remarquée.

Il n'avait pas fallu longtemps à Robert pour apprendre de la bouche de deux ou trois jeunes vendeuses, toujours prêtes à échanger des commérages avec lui, que Louise était ce que l'on appelait à l'époque une « femme déchue ». Elle avait eu un bébé quelques semaines plus tôt et personne ne savait qui en était le père. Louise n'était pas femme à parler de sa vie privée, et si les Worth étaient au courant, ils s'étaient bien gardés de la trahir.

Ces ragots sur Louise la rendirent encore plus séduisante aux yeux de Robert. Il fut ravi d'apprendre qu'elle était en réalité beaucoup moins intouchable qu'elle n'en avait l'air. Il la trouvait absolument séduisante. Il y avait en elle un côté feu follet qui attirait et se refusait à la fois. Jamais il n'avait vu d'aussi beaux yeux – en général distants, calmes et froids, mais qui lançaient des étincelles lorsqu'elle riait à l'une de ses saillies, les paupières aux longs cils mi-closes, la tête rejetée en arrière, son fin cou ployé. À ces moments-là, pendant quelques secondes, il avait l'impression d'avoir comblé le fossé entre eux. Mais ces instants demeuraient très brefs, la jeune femme secouait la tête, toujours souriante, le ramenait à des sujets plus sérieux, et redevenait sur-le-champ son mentor. Le jour où elle cessa de superviser sa formation, il regretta sa présence. Elle retourna à la table de broderie et non au salon d'essayage comme elle l'avait espéré. Worth avait dû juger qu'elle avait intérêt à demeurer discrète et prudente pendant quelque temps, à cause des propriétaires.

Si Robert ne s'était pas tellement intéressé à elle, au point de la chercher des yeux en tout temps, il n'aurait pas remarqué la régularité avec laquelle elle se rendait dans un corridor particulier, qui desservait une partie de l'arrière-boutique qu'il ne connaissait pas. Il supposa qu'il s'agissait de magasins contenant les fournitures nécessaires aux tables de broderie.

Il travaillait maintenant au comptoir de couture. Il allait chercher les pièces de tissu pour les montrer aux clientes et les aider à faire leur choix, il prenait des rendez-vous, présentait des motifs de garnitures et de doublures. Toutes ces activités lui permettaient d'aller et de venir de la boutique aux ateliers et aux réserves. Il s'appliquait à avoir toujours l'air très occupé, et c'était souvent le cas, mais il s'arrangeait à faire le moins de choses possible. Ainsi, il se débarrassait volontiers de ses devoirs sur un autre, en s'avançant quelques secondes trop tard vers une nouvelle cliente. Systématiquement, il évitait tout ce qui était pénible et ennuyeux.

Profitant d'un moment de calme dans le salon, en début de soirée, il se glissa dans le corridor où il avait vu Louise disparaître quelques instants plus tôt, bien décidé à la prendre au piège. Ici et là, des manchons à gaz brûlaient, répandant une lumière diffuse, mais au-delà des placards à balais, après deux ou trois portes fermées à clé, les ombres devenaient plus épaisses. Il recula d'un pas en voyant Louise surgir soudain des ténèbres. Sans se rendre compte de la présence du jeune homme, elle s'arrêta devant un miroir mural poussiéreux pour vérifier sa toilette. Deux boutons de son corsage étaient mal boutonnés, elle répara l'erreur. Elle sursauta, alarmée, quand le reflet de Robert parut dans le miroir à côté du sien. Elle se retourna brusquement.

— Que faites-vous ici ? demanda-t-elle, plus agitée que de raison.

— Je suis simplement venu vous voir. Pour vous tenir compagnie pendant que vous allez dans ces couloirs…

— Que voulez-vous dire ? s'écria-t-elle plus affolée que jamais.

— Mais… Ne trouvez-vous pas ennuyeux de faire toute seule ces courses de l'atelier aux réserves ?

— Oh ! je vois…

Elle se détendit et lui sourit en inclinant le visage.

— Cela ne me gêne pas, vraiment…

Il la regarda dans les yeux.

— Les heures que nous passions ensemble me manquent, dit-il. Ce soir, après la fermeture, permettez-moi de vous emmener dîner en ville. Ne refusez pas.

Elle secoua la tête.

— Non, merci. Il faut que je rentre directement chez moi.

Mais pour qui se prenait-elle donc, pour le repousser ainsi ? Il lui faisait une faveur, et il était prêt à aller beaucoup plus loin pour lui plaire. Mais au diable ses grands airs de vertu offensée !

Lorsqu'elle voulut s'éloigner, il lui barra le passage.

— Allons, Louise, dit-il d'une voix caressante. Pourquoi voulez-vous rentrer chez vous si tôt ? On m'a dit que personne ne vous y attendait, à part la femme avec qui vous habitez. Je sais que votre mystérieux protecteur vous a quittée. Je suis un homme à l'esprit large. Tout cela ne compte pas pour moi. La seule chose que je regrette, c'est de voir une jolie femme ne pas profiter de la vie.

Il baissa la tête pour que ses yeux soient au niveau de ceux de Louise.

— Et vous êtes plus que jolie. Vous êtes belle.

Incapable de se contenir plus longtemps, il posa ses mains sur la poitrine de la jeune femme.

— Ne me touchez pas.

Elle s'écarta mais il la serra de plus près, soudain pris de colère.

— Pas de comédie ! Nous savons tous les deux que vous aimez bien vous amuser, et cela fait assez longtemps que vous m'aguichez.

Il voulut lui prendre un baiser mais elle pivota dans ses bras avec une telle violence qu'après une brève lutte il dut la laisser s'enfuir. Il tira sur sa redingote et arrangea ses cheveux. La garce ! Et prétentieuse, en plus !…

Mais il pestait davantage contre lui-même que contre elle. Pourquoi n'avait-il pas joué son jeu avec plus de finesse ? Il était sans excuses, car il connaissait assez les femmes pour éviter ce genre d'erreur. Laisser voir ses sentiments réels ! Mais il la désirait avec une telle ardeur… Elle l'avait attiré dès le début et, sachant ce qu'il savait sur elle, il avait cru pouvoir la traiter comme une prostituée. C'était une folie.

Pris de regret (c'était assez rare de sa part), il retourna tête basse vers les salons. Tout était calme, et une vendeuse s'occupait de la seule cliente présente.

Avec le talent qu'il avait de paraître occupé alors qu'il ne faisait rien, il remit de l'ordre dans des albums de maquettes de Worth, que les clientes feuilletaient souvent – mais l'esprit toujours entièrement concentré sur Louise. Soudain, il se souvint qu'elle avait les mains vides au retour de l'arrière-boutique comme à l'aller. Et n'en était-il pas de même chaque fois qu'il l'avait surprise dans cette partie du magasin ? Bizarre. Très bizarre.

À l'insu de tout le monde, Marie Worth avait beaucoup songé à cette série de pièces inutilisées. Ne pourrait-on pas les transformer en logement ? Elle avait plus que jamais envie de vivre sur place. Surchargée de travail, elle était souvent à bout de nerfs, et elle commençait à se demander pendant combien de temps encore elle pourrait supporter des journées de labeur qui l'obligeaient à partir de chez elle à l'aurore pour ne rentrer que tard dans la soirée. Ce fut par pur hasard qu'en regardant un jour par les fenêtres du salon, elle vit qu'une famille occupant depuis longtemps l'appartement de l'étage supérieur de l'immeuble était en train de déménager.

Sans même prendre le temps de prévenir Worth, elle se rendit au bureau des propriétaires, qui étaient là tous les deux ; elle crut que la chance lui souriait. Ils la reçurent comme toujours avec beaucoup de courtoisie, et elle leur demanda aussitôt si l'appartement de l'étage était déjà reloué.

— Non, madame Worth, non, lui répondit M. Obigez. Pourquoi cette question ?

Elle se pencha en avant, les mains posées sur les genoux.

— Je vous le demande parce que mon mari et moi aimerions beaucoup l'occuper. Nous désirons habiter sur place depuis longtemps. Cela faciliterait beaucoup la tâche de Charles, et cela m'éviterait le matin et le soir de longs trajets qui épuisent mes forces, car ma santé n'est plus ce qu'elle était. Surtout, je serais tout près si quelque chose arrivait à mes enfants, et j'aurais l'esprit plus libre. Ce serait un arrangement avantageux sur tous les plans.

Elle poussa un soupir de satisfaction et attendit leur réponse, le visage radieux à la nouvelle perspective qui s'offrait. Mais, quand elle vit les regards stupéfaits des deux hommes, son sourire s'effaça aussi vite qu'il était apparu.

— Impossible ! C'est hors de question ! s'écrièrent-ils d'une seule voix.

Elle n'en croyait pas ses oreilles.

— Mais pourquoi ? Nous ne demandons pas de faveur particulière, ni de rabais sur le loyer. Au contraire. Nous savons que dans cette rue les appartements ont beaucoup de valeur et sont très recherchés. Quelle objection voyez-vous ?

Ils avaient tous les deux le même air grave et choqué. Ils étaient entièrement différents de stature, de traits et de caractère, mais leurs expressions étaient si semblables qu'on eût dit des frères. M. Gagelin prit la parole avec véhémence.

— Madame Worth ! Vous ne voyez donc pas que c'est socialement inacceptable ? Le *premier commis* et pour ainsi dire associé d'un établissement aussi important que le nôtre, vivre sur le lieu de son travail comme un vulgaire concierge ! Et sa dignité ? Son bon renom ? Accepter une proposition aussi inouïe serait ravaler sa position et la nôtre.

Elle trouva leur prétention insupportable. Comment osaient-ils traiter avec mépris sa requête banale de vivre en toute respectabilité cinq étages au-dessus de la boutique ? Leur attitude trahissait un manque absolu de considération pour elle. Comment osaient-ils lui refuser la possibilité d'alléger ses peines, alors que son mari, infatigable, se dépensait sans compter pour eux – avec toujours le même enthousiasme et sans jamais se plaindre du peu d'avantages qu'il en retirait ? C'était du cerveau de Worth et non des leurs que venaient toutes les idées originales, que toutes les entreprises profitables avaient été lancées. C'était l'intelligence et l'intuition de Worth qui avaient fait la réputation du salon de haute couture, ranimé des industries tombées en désuétude pour le bénéfice de tous, et créé de nouvelles modes qui avaient donné du travail à des centaines d'ouvrières anonymes, tout en plaçant la Maison Gagelin au premier rang du monde de la mode. Elle répliqua à leur réponse pompeuse avec une dignité offensée.

— Je ne comprends absolument pas votre attitude, messieurs. J'avais même songé à vous demander de louer les pièces inutilisées de l'arrière-boutique si l'appartement du dernier étage était déjà loué.

Elle se leva :

— Charles Worth est un maître dans son art, dit-elle. Rien ne peut toucher ou salir un homme d'honneur comme lui. Il peut vivre dans un palais ou dans une cave, derrière une boutique ou au-dessus – il continuera toujours de forcer le respect de tous. Bonjour.

Elle continua de faire bonne contenance jusqu'au salon de couture. Puis elle s'effondra : elle alla se réfugier dans le bureau de son mari, loin des regards et des oreilles de la clientèle, et elle éclata en sanglots. Ce fut ainsi que Worth la trouva.

— Qu'y a-t-il, ma chérie ? Que s'est-il passé ?

Il était extrêmement inquiet car c'était bien la première fois qu'il la voyait dans cet état. Elle lui dit tout : ses inquiétudes croissantes pour leurs enfants toute la journée, la crainte que lui donnait sa faiblesse physique et la déception insupportable de voir sa requête pour l'appartement repoussée.

Il l'enlaça tendrement et l'écouta sans répondre. Puis il prit la décision qui le hantait depuis très longtemps. Pendant des années, il avait supporté les mesquineries de ses employeurs, et il s'était surchargé de travail pour le bien de la boutique. Il avait dû arracher le moindre progrès de haute lutte tandis que MM. Gagelin et Obigez recueillaient toute la gloire.

Mais les propriétaires étaient allés trop loin dans leur indifférence à l'égard de Marie. Le bien-être de sa jeune femme et de ses enfants était en jeu et les propriétaires avaient refusé de tenir compte de ses années de travail désintéressé. C'était la première petite faveur que Marie ou lui-même aient demandé, et ils lui avaient opposé des considérations secondaires égoïstes. C'était fini. Leurs chemins allaient se séparer.

Ce soir-là, quand la boutique fut fermée, il se rendit chez un ami suédois qu'il connaissait de longue date. Il fut accueilli par l'offre d'un havane – qu'il refusa – et d'un verre de bon vin – qu'il accepta. Otto Gustav Bobergh avait un passé semblable à celui de Worth. Il avait fait son apprentissage de drapier en Suède avant de s'installer en France, et il avait travaillé pendant un certain nombre d'années dans une boutique à la mode. Ils s'étaient rencontrés pour affaires et à titre privé, et comme ils avaient bien des points communs, ils avaient forgé, sinon une véritable amitié, une relation très solide, bâtie sur l'estime personnelle et le respect de leurs compétences professionnelles. Ils avaient souvent parlé avec enthousiasme de la façon dont ils dirigeraient leurs entreprises respectives un jour. Une seule chose les retenait : le manque de fonds. Bobergh n'était guère plus à l'aise que Worth sur le plan financier, mais sa situation venait de s'améliorer, et Worth aborda le sujet si souvent évoqué entre eux.

— Je quitte Gagelin. Je vais ouvrir un salon et un atelier de haute couture, et j'ai besoin d'un associé. Pourquoi ne pas unir nos ressources et nous lancer ensemble ? Nous trouverons bien, d'une façon ou d'une autre, ce qui nous manquera.

Bobergh, confortablement installé dans un fauteuil de velours, fixa le rond de fumée parfait qu'il venait de lancer vers le plafond.

— À quel local avez-vous songé ?

— Il y a une suite de pièces qui occupe tout le premier étage, rue de la Paix, au numéro 7. Je sais que c'est une rue calme et non un centre commercial prospère, mais deux ou trois modistes de grande classe y font de bonnes affaires. Doucet vend ce qui se fait de mieux en mouchoirs et cravates au numéro 17, et il y a aussi un joaillier qui monte des pierres précieuses pour la Cour. En plus, le numéro 7 a une entrée imposante, flanquée de caryatides, qui passe de la rue à une cour intérieure sur laquelle s'ouvrent tous les étages. Le 7 est situé sur le côté ouest de la rue, à deux pas de la place Vendôme et de ses résidences somptueuses. Eh bien ? Qu'en dites-vous ? Est-ce que cela vous intéresse ?

Bobergh se pencha en avant et un large sourire illumina son visage.

— Beaucoup. Voyons un peu les détails.

Ils parlèrent jusque très avant dans la nuit.

Louise avait mis une semaine à se débarrasser de sa crainte d'être de nouveau suivie par Robert dans l'arrière-boutique, mais elle se persuada bientôt qu'elle avait suffisamment blessé sa vanité masculine pour ne plus rien avoir à craindre du jeune homme. Peu à peu sa nervosité disparut, et elle recommença d'aller voir le bébé l'esprit plus tranquille.

Depuis qu'elle travaillait à la table de broderie, son déjeuner était rarement décalé comme au temps où elle assurait les essayages, et elle était donc en mesure d'accorder régulièrement du temps à Paul-Michel à l'heure de midi. L'hiver était très froid, elle avait toujours peur qu'il se découvre pendant son absence, et elle fut saisie d'inquiétude le jour où, en entrant dans la pièce, elle aperçut l'une des couvertures tombée sur le parquet.

— Mais comment as-tu fait, Paul-Michel ? s'écria-t-elle d'une voix angoissée en se précipitant vers le lit improvisé de l'enfant.

Son cœur s'arrêta de battre. Le bébé n'était plus là. Elle se retourna, Robert, assis dans l'ombre, sur une caisse, tenait contre son épaule l'enfant enveloppé dans un châle.

— C'est cela que vous cherchez ? dit-il, le sourire aux lèvres.

Elle s'élança, bras tendus, encore sous le coup de la peur.

— Rendez-moi mon enfant !

— Une minute !

D'un bond, il s'écarta et passa derrière un ancien comptoir, pleinement satisfait d'être maître de la situation.

— Je me demande si vous êtes vraiment digne d'assurer la garde de cet enfant. Il hurlait à tue-tête quand je suis arrivé, et son oreiller était trempé de larmes. Vous avez de la chance que ce soit moi, et personne d'autre, qui l'ait trouvé.

— Vous m'avez espionnée ?

— C'est une manière bien injuste de décrire l'intérêt que je vous porte. Vous avez tort de m'insulter. Qu'est-ce qui peut m'empêcher de révéler votre petit secret à toute la Terre ?

Elle posa ses deux poings crispés sur le comptoir qui les séparait.

— Rien ! Mais vous ne me ferez pas chanter. Allez raconter ce que vous voudrez à qui vous voudrez, mais rendez-moi mon enfant !

Il hésita un instant, puis lui tendit le bébé. Louise lui arracha Paul-Michel des mains et se mit à le bercer au creux de son bras en lui murmurant des mots tendres. Avec un coin de son châle, elle essuya le petit visage mouillé de larmes. Robert la regarda, gêné soudain. En découvrant l'enfant, il avait aussitôt songé que ce serait un bon moyen de faire pression sur Louise, mais il se rendait compte de sa méprise. Cette femme était trop forte, trop entière, pour se laisser soumettre de cette manière. Elle l'attirait plus que jamais, malgré le maudit moutard qu'elle avait sur les bras.

— Écoutez, balbutia-t-il. Je ne pensais pas ce que je vous ai dit. Je vous admire d'avoir pris tant de risques dans la situation où vous êtes. Jamais je n'ai songé à vous dénoncer.

Elle releva la tête. Ses yeux, à travers ses larmes de soulagement et de gratitude, prirent un éclat d'or roux.

— Merci, monsieur Prestbury. Je crois que vous tiendrez parole.

— Vous pouvez m'appeler Robert.

Elle hocha la tête.

— Voulez-vous me laisser seule avec mon enfant, Robert, je vous prie ?

— Oui. Bien sûr.

Il devint écarlate, dégoûté par le rappel des obligations maternelles pour lesquelles Louise était venue. Il gagna rapidement la porte, mais avant de l'ouvrir il lui proposa :

— Je pourrai monter la garde, si cela vous arrange.

Elle avait déjà tourné le dos pour dégrafer son corsage. Elle s'interrompit, le regarda par-dessus son épaule et son visage tendu s'épanouit en un sourire de conciliation que souligna un rayon de lumière dorée tombant de la fenêtre grillagée.

— Ce ne sera pas nécessaire. De toute façon, je ne permettrai pas que vous preniez des risques pour moi. Mais je vous remercie de votre proposition.

Le sourire de Louise lui redonna confiance. Il avait failli tout gâcher, mais miraculeusement il quittait l'arrière-boutique en bien meilleure position qu'à son entrée – ce qui lui donnait un excellent indice pour les manœuvres futures… Il s'arrêta devant le mur poussiéreux du couloir et ôta de son revers un brin de duvet provenant du châle de l'enfant. L'odeur aigrelette de lait caillé, qu'il avait encore sur les mains, lui souleva le cœur. Il se hâta vers le premier cabinet de toilette et se nettoya, utilisant le savon parfumé que la maison offrait aux clientes.

Worth n'était pas entièrement satisfait de son protégé. Pendant le premier mois, Prestbury s'était bien conduit, et dans les semaines suivantes il ne s'était jamais montré ouvertement paresseux ou désagréable. Il avait des manières raffinées et accordait aux femmes le genre d'attentions qui invariablement aboutit à la conclusion des ventes. La clientèle l'appréciait et le louait. Mais Worth conservait des doutes : il ne parvenait pas à chasser sa conviction que Prestbury dépensait davantage d'énergie à paraître occupé qu'à travailler vraiment. Depuis peu, il l'avait surpris en train de traîner à l'entrée du corridor de l'arrière-boutique, comme un gendarme au coin d'une rue et non comme un vendeur assistant ayant une clientèle à servir. Il faudrait y mettre le holà. Souvent, une réprimande et un avertissement suffisaient à chasser la paresse. Worth décida donc de le rappeler à l'ordre, non seulement dans l'intérêt de Prestbury mais pour M. Allenby, qui lui avait recommandé le jeune homme. Worth tenait à faire de Robert un homme d'affaires capable et compétent, aux idées larges.

Prestbury n'était pas le seul sujet de mécontentement de Worth. Depuis qu'il avait donné son congé aux propriétaires – très longtemps avant de partir car il voulait leur accorder un délai suffisant pour trouver un remplaçant –, ses relations avec eux s'étaient sensiblement dégradées. Il avait espéré qu'en apprenant son départ ils lui permettraient de louer l'appartement de l'étage supérieur – cela n'aurait d'ailleurs modifié en rien sa décision – mais ils refusèrent. Au contraire, ils se montrèrent encore plus méprisants et hautains que jamais, le traitant comme un employé ordinaire dont ils pouvaient très bien se passer, et non comme le premier commis à qui ils devaient leur fortune.

Étaient-ils persuadés que Worth échouerait sans les relations commerciales et la renommée de leur maison ? Ils semblaient certains de voir Worth revenir chez eux dans les plus brefs délais, après avoir appris sa leçon. Son départ ne les troublait pas le moins du monde. Peut-être fut-ce pour cette raison qu'ils lui interdirent de mentionner sa décision à quiconque avant qu'ils ne l'aient eux-mêmes annoncée ; ils pensaient ainsi réduire au minimum les inconvénients qui en découleraient pour la clientèle et le personnel.

Ils prirent l'habitude d'aller et de venir dans le salon de haute couture, arborant un air de propriétaire touche-à-tout, comme pour bien lui montrer qu'il avait déjà perdu l'indépendance et l'autorité qu'ils avaient bien voulu lui accorder sur de nombreux problèmes, souvent à l'encontre de leur propre jugement. Mais c'était bien fini. Ils ne l'estimaient plus indispensable. Quelles références pouvait-il offrir aux clientes ? Tous les modèles qu'il avait créés, qui avaient quitté la boutique portaient la griffe de la Maison Gagelin. La réputation qu'il avait acquise ? Mais ils en avaient recueilli tout le crédit. Quand la presse parlait des tissus précieux et des toilettes remarqués aux Tuileries ou dans d'autres réceptions, on ne citait jamais le nom du premier commis. Seuls leurs noms paraissaient. Ils estimaient que, sans eux et leur boutique, Worth n'aurait rien pu faire. Sans eux, il retournerait au néant d'où il était sorti. Jamais ces messieurs prétentieux et obstinés ne songèrent un instant qu'ils étaient en train de perdre le plus grand couturier de tous les temps.

Ce fut l'allusion de Marie à l'arrière-boutique inutilisée qui les incita à y faire une petite visite. M. Obigez fit observer ironiquement à son associé que M. Worth aurait mieux fait de passer du temps à donner une utilisation à ces pièces au lieu de leur occasionner tant d'ennuis avec ses nouvelles idées de modes insensées, qui avaient rapporté, certes, mais sans jamais leur plaire personnellement.

Un jour, vers midi, alors que Louise recouchait Paul-Michel dans son lit-tiroir, Robert entra en coup de vent dans la pièce.

— Vite ! Cachez-le ! Et cachez-vous, vous aussi ! Il ne faut pas qu'on vous trouve ici. Les propriétaires sont en train de fureter dans ces pièces.

Elle demeura paralysée de peur un instant, sans savoir de quel côté se tourner. Il la poussa dans le coin le plus sombre, écarta quelques cartons vides et la fit se glisser contre le mur.

— Restez là, et pas un bruit.

— Mais Paul-Michel…

— Je m'en occupe. Ne vous en faites pas.

Il remit les cartons en place pour la dissimuler, non sans maudire le volume de la crinoline qu'il écrasa de son mieux, puis il se tourna vers le tiroir et le glissa dans la commode où Louise l'avait pris, ne laissant qu'une petite fente pour le passage de l'air. À peine s'était-il redressé que la porte s'ouvrit : les deux propriétaires parurent sur le seuil.

— Qui êtes-vous ? demanda M. Gagelin stupéfait. Que diable faites-vous ici ?

— Je suis Prestbury, monsieur. Du salon de couture. Je suis venu voir si je pouvais allumer la rampe à gaz pour que vous puissiez mieux vous rendre compte des lieux.

— La rampe à gaz ? Quelle rampe à gaz ? Il n'y a jamais eu que des lampes à manchon dans cette partie ancienne de la maison.

Les yeux du propriétaire se firent soupçonneux.

— Votre cravate n'est pas droite, et il y a de la poussière sur votre manche. Vous étiez en train de faire un mauvais coup, hein ? Vous vous êtes approprié des étoffes et vous craignez d'être découvert, c'est ça ?

— Non, monsieur. Vraiment non.

— Je regrette, mais je ne vous crois pas.

M. Gagelin entra dans la pièce et la parcourut du regard. Son associé l'imita, suivi par un jeune apprenti qui portait une lampe, car la journée était grise et peu de lumière pénétrait par les vasistas recouverts de toiles d'araignée. Normalement, les propriétaires n'auraient jeté qu'un coup d'œil dans la pièce, mais ils inspectèrent tout avec soin. M. Obigez remarqua plusieurs triangles sans poussière sur des cartons empilés, et les écarta. La lumière de la lampe s'associa à un petit filet de grisaille hivernale pour toucher le visage d'une jeune femme affolée, le dos plaqué au mur.

— Mademoiselle !...

Il ne connaissait pas son nom de famille. Elle était son employée depuis très longtemps mais il n'avait que très peu de contacts avec le petit personnel du salon de couture, laissant ces corvées à Worth.

Au ton de sa voix, Louise devina quelles conclusions il venait de tirer – et son associé pensait visiblement de même.

Elle quitta aussitôt son refuge et brossa du plat de la main la poussière de ses manches.

— Je suis Louise Vernet, et Prestbury n'a rien à voir avec ma présence ici, se hâta-t-elle d'expliquer, pour sauver Robert. Je suis la seule...

— Silence ! Mentir ne fera qu'aggraver votre cas, mademoiselle ! s'écria M. Gagelin. Il est manifeste que notre venue vous a surprise, ainsi que ce jeune vaurien, dans une situation compromettante. Je ne vous demanderai pas combien de rendez-vous clandestins du même ordre ont eu lieu ici pendant les heures de travail, parce que je ne veux pas le savoir. Une fois suffit pour justifier votre renvoi immédiat à tous deux. Quittez les locaux sur-le-champ.

— Je partirai, répliqua Louise sans baisser les yeux, mais je ne veux pas qu'un innocent soit mis à la porte par ma faute.

Elle se rendit à la commode, ouvrit le tiroir et prit Paul-Michel avec toutes ses couvertures.

— Si je me suis isolée ici, monsieur, c'est à cause de mon fils. Je l'ai emmené à l'atelier tous les jours, à l'insu de tous sauf de M. Prestbury qui a voulu, par pure bonté, m'épargner d'être renvoyée en me prévenant de votre arrivée. C'était un acte généreux de sa part. Il n'avait que des intentions louables. Je vous supplie de ne pas lui en tenir compte.

— Mais… Vous n'êtes pas mariée ! s'écria M. Gagelin outré, comme si c'était un détail qu'elle avait négligé. Il y a longtemps que vous auriez dû épargner votre honte à notre établissement. Partez tout de suite !

Elle ne bougea pas.

— Mais pas M. Prestbury. Je suis la seule à blâmer.

— Il vous a aidée et encouragée à enfreindre tous les règlements de cette maison respectable. Vous êtes renvoyés tous les deux.

Exaspérée par le silence de Robert, Louise se tourna vers lui.

— Défendez-vous, puisque personne ne tient compte de mes paroles !

Il comprit que c'était une cause perdue, et avec son flair pour tirer toujours le meilleur parti des situations qui se présentaient, il s'adressa à elle avec un sourire rassurant.

— Pour le principe, je ne resterai pas une minute de plus ici, après la façon dont on vous a traitée ! Nous partirons ensemble.

Il posa un bras protecteur sur les épaules de la jeune femme, et ils quittèrent l'arrière-boutique. Louise, désolée, fut incapable de lui dire à quel point elle était touchée qu'il ait pris sa défense avec autant de détermination.

Ce qu'elle ignorait, c'était que Worth avait donné son congé et proposé à Robert de venir avec lui quand son départ serait officiellement annoncé. Worth avait trop d'honneur pour prélever sur le personnel de la Maison Gagelin la main-d'œuvre du salon qu'il allait ouvrir rue de la Paix. Mais Robert était son protégé, et il avait promis à M. Allenby de veiller personnellement sur la formation du jeune homme. Il n'était pas question de ne plus s'occuper de Robert si celui-ci décidait de rester près de lui, et Robert n'avait plus le choix.

Sa mise à la porte prématurée impliquait plusieurs semaines sans emploi avant l'ouverture du salon de Worth, peu après le Nouvel An. Mais pour Robert, ces instants de liberté furent les bienvenus, d'autant que la pension de son père lui permettait de passer agréablement cette période de transition.

Tout l'incident s'était déroulé à l'insu de Worth, occupé à ce moment-là à servir une cliente, et M. Gagelin ne permit pas aux deux renvoyés de faire un départ en fanfare. Il les fit sortir par l'entrée de service et tira les verrous derrière eux. C'était la deuxième fois de sa vie que Louise était renvoyée sans références, et elle avait maintenant un enfant à sa charge. Elle respira profondément dans l'air glacé de la rue. En tout cas, ils ne mourraient pas de faim. Ses petites réserves leur permettraient de survivre jusqu'à ce qu'elle ait trouvé un autre emploi – mais ses rêves les plus chers étaient de nouveau repoussés à un avenir lointain.

— Entrons dans un café pour nous réchauffer et parler un peu, proposa Robert au bout de deux ou trois pas sur le trottoir. Nous avons tout le temps.

C'était la première invitation qu'elle acceptait de lui. Elle aurait eu mauvaise grâce de refuser : ne venait-il pas de perdre son emploi à cause d'elle ? Jamais elle n'oublierait la fermeté dont il avait fait preuve. Elle lui avait déjà entièrement pardonné les libertés qu'il avait essayé de prendre avec elle.

Ils parlèrent longuement, surtout d'eux-mêmes et de la vie qu'ils avaient menée jusque-là. Le récit des voyages de Robert la captiva, car elle s'intéressait à tous les pays étrangers qu'il décrivait. Il avait la parole facile et le don de faire revivre les scènes qu'il racontait. Elle le trouva beaucoup plus agréable qu'elle ne l'avait jugé après leurs premières rencontres. Après tout, il n'était pas le premier homme à tenter sa chance avec une femme et à reconnaître son erreur – et il ne serait pas le dernier

Il la raccompagna chez elle et porta le bébé dans l'escalier jusqu'à sa porte. Elle ne l'invita pas à entrer, et il ne s'y attendait pas. À partir de ce moment-là, il jouerait le jeu selon les règles, car il avait obtenu, sans qu'elle s'en doute, un énorme avantage.

— J'espère que vous trouverez un autre emploi très vite, lui dit-elle en reprenant le bébé.

— Je suis sûr qu'il en sera de même pour vous, répondit-il avec assurance, sachant que son attitude optimiste avait beaucoup réconforté la jeune femme. Restons en contact, pour voir comment les choses vont se passer. Nous nous reverrons bientôt…

Elle acquiesça et il partit satisfait. Il avait bien le temps de lui dire que Worth aurait besoin de couturières au 7, rue de la Paix. Comme elle ne travaillait plus chez Gagelin et Obigez, elle serait libre de se présenter. Entre-temps, il consoliderait ses relations avec elle.

Son plan ne fonctionna pas tout à fait. Dès que Marie apprit le renvoi de Louise, elle lui écrivit pour lui faire part des possibilités qui s'offriraient bientôt à elle, lorsque Worth ouvrirait son salon. Mais Robert eut pourtant de la chance : Louise ne soupçonna pas qu'il lui avait dissimulé cette bonne nouvelle.

16

Le carrosse impérial qui conduisait l'empereur et l'impératrice à la soirée de l'Opéra s'avançait rue Le Peletier, escorté par des lanciers à cheval et suivi par deux autres équipages – l'entourage du couple impérial. Stéphanie, assise à côté de Pierre dans la première voiture, regardait par la portière, à la lumière des becs de gaz, les centaines de personnes rassemblées pour témoigner par leurs vivats de leur loyauté et de leur affection. Aux yeux de la foule, songeait-elle, Eugénie devait passer pour la reine des fées, parée de ses diamants et de ses dentelles blanches. Elle répondait aux acclamations par un sourire et un geste de la main. Plus d'une femme devait envier l'existence en apparence parfaite de l'impératrice avec son noble époux et le fils qu'elle adorait… La foule ignorait que l'empereur avait pris pour maîtresse la femme de son ministre des Affaires étrangères.

Tous les maris étaient-ils infidèles ? Stéphanie observa Pierre à la dérobée, à travers l'écran de ses cils. Il regardait distraitement par l'autre portière.

Il était en grand uniforme, et les médailles que lui avait valu sa bravoure en Crimée brillaient sur sa poitrine. Son pantalon violet était tendu sans un pli. Jamais elle ne lui donnerait une raison d'aller chercher ailleurs. Après quatre mois de mariage, elle l'aimait d'une manière aussi farouche et possessive qu'au premier jour et elle n'avait pas lieu de croire qu'il eût été déçu par elle. Au contraire, il ne tarissait pas d'éloges à son propos : elle savait le surprendre et lui plaire, comme autrefois mais sur un plan différent ! Et elle était résolue à ne jamais perdre le don qu'elle avait de le faire rire. Il lui suffisait de murmurer un commentaire ironique au cours de telle ou telle réception officielle ennuyeuse, pour susciter une lueur d'amusement dans les yeux de Pierre – et quand leurs regards se croisaient, alors elle se sentait plus proche de lui que jamais, même lorsqu'ils faisaient l'amour. Pourquoi en était-il ainsi ? Et aussitôt ses pensées dérivaient toujours vers Louise, et les doutes l'accablaient. Peut-être pensait-il encore à elle ? Mais les souvenirs s'estomperaient avec le temps. Le passé, quel qu'il fût, était révolu. Elle était désormais la seule – Stéphanie de Gand – à occuper son présent et son avenir.

Le bruit des roues ralentit. Par la portière, elle vit que le carrosse impérial s'arrêtait devant l'escalier de l'Opéra. Elle se tourna vers Pierre, dans un élan soudain d'amour : elle était toujours ravie de paraître à ses côtés, et elle lui tendit sa main gantée de blanc. Ce geste impulsif lui épargna d'être blessée au visage, car au même instant se produisit une explosion fantastique, de son côté de la ruc, qui la projeta violemment contre Pierre tandis que les débris de verre tombaient en pluie autour d'eux.

Elle hurla. Il l'entraîna sur le plancher de la voiture et se jeta sur elle tandis qu'une autre bombe explosait au milieu de la foule terrifiée. Tout devint complètement noir. Les lampes à gaz du théâtre et de la rue s'éteignirent d'un coup, aggravant la panique. Le dais s'effondra sur les personnes qui gravissaient déjà l'escalier de l'Opéra. Puis l'éclair aveuglant d'une troisième bombe vint compléter le massacre. Les hurlements des femmes se mêlaient aux hennissements affolés des chevaux blessés. D'autres chevaux galopaient au loin.

Pierre se releva et aida Stéphanie à se rasseoir. L'air avait une odeur de fumée et d'explosifs.

— Vous allez bien ? lui demanda-t-il.

Du sang coulait sur ses joues, un éclat de verre l'avait blessé au crâne mais il n'avait rien ressenti.

— Ne bougez pas, je reviens, lui ordonna-t-il. Il faut que j'aille près de l'empereur.

S'il est encore en vie, ajouta-t-il pour lui-même en descendant de voiture. Des lanternes commençaient à apparaître à l'entrée du théâtre, révélant les morts et les blessés qui gisaient en désordre, les chevaux à l'agonie et ceux qui ne bougeaient plus. Un homme apparut soudain au milieu de la fumée, venant d'une ruelle voisine. Il avait un pistolet à la main. Il parvint près du carrosse impérial à l'instant où Eugénie ouvrait la porte. Pierre poussa un cri et se précipita vers l'assassin. Des gendarmes arrivèrent avant lui et l'homme fut réduit à l'impuissance. Eugénie, impassible, ne trahit aucune émotion devant cet attentat qui visait le couple impérial. L'empereur n'avait qu'une écorchure sur le nez, et, bizarrement, un trou dans son chapeau. Eugénie elle-même avait reçu un éclat de verre près de l'œil et un peu de sang s'était répandu sur sa jupe.

Pierre voulut l'aider à descendre, mais elle refusa sa main. Elle se redressa, impériale jusqu'au bout, et sa voix demeura de glace.

— Nous avons plus de courage que le premier assassin venu. Que tout le monde le voie !

Louis-Napoléon descendit à son tour du carrosse ; étourdi par le choc, il se déplaçait comme un automate. Jamais il n'avait eu peur pour lui-même, mais il était écœuré par la suprême lâcheté de l'assassin, qui, par ses bombes, n'avait pas hésité à détruire la vie de badauds innocents. Il gémit à la vue des blessés, dont certains étaient des lanciers de son escorte. Il voulut aller près d'eux mais Eugénie, s'arrêtant brusquement sur les marches de l'Opéra qu'elle avait commencé de gravir, l'en dissuada aussitôt.

— Pas de sottises ! murmura-t-elle avec autorité pour ramener l'empereur à ses devoirs. Il ne faut pas que l'incident tourne à la farce.

Retrouvant aussitôt sa dignité, Napoléon la rejoignit. Les membres de l'entourage, dont la plupart n'avaient que des coupures ou des contusions sans gravité, se réunirent pour les suivre. Pierre allait retourner auprès de Stéphanie, quand son attention fut attirée soudain dans une autre direction. De tous les côtés, des secours arrivaient pour les blessés. Des lanternes s'allumaient dans la foule, à la recherche des personnes ayant subi des blessures légères au moment où la panique avait éclaté. Une jeune femme était adossée au mur d'un immeuble. Elle venait à peine de se relever. Pierre se précipita.

— Louise !

Il surprit de l'amour et du soulagement dans les yeux de la jeune femme lorsqu'elle reconnut sa voix. Il vit ses bras se tendre instinctivement vers lui. Puis la mémoire parut lui revenir et elle s'éloigna de nouveau. Les mains tendues se retirèrent pour se crisper sur les bords de sa cape…

— Vous avez été blessé, dit-elle, confuse.

— Ce n'est rien.

Il prit un mouchoir et essuya le sang qui coulait sur son front.

— Mais vous ? demanda-t-il. Que vous est-il arrivé ?

— J'ai été renversée quand tout le monde a pris peur.

Elle sursauta, bouleversée : un lancier venait de tirer un coup de feu pour mettre fin à l'agonie d'un cheval. Elle fixa cette scène d'horreur, et ses lèvres se mirent à trembler malgré elle.

— Ces pauvres gens ! murmura-t-elle. Et ces chevaux !

Il fit un pas de côté pour lui boucher la vue.

— Il faut que vous rentriez. Je vous raccompagne.

— Non, non. C'est tout près et je vais très bien. Merci de me l'avoir proposé.

Elle s'éloigna rapidement.

— Un instant !

Il la rattrapa et la regarda dans les yeux.

— Dites-moi, l'enfant ?…

Les yeux de Louise se mirent à briller dans l'ombre.

— Un garçon.

— Il s'appelle ?

— Paul-Michel.

Il la suivit du regard jusqu'à ce que sa silhouette se perdît dans la nuit. Puis il se retourna et se dirigea vers la voiture où Stéphanie l'attendait, devant la portière ouverte. Il supposa qu'elle avait assisté à tout l'incident, et qu'elle se montrerait curieuse.

— Cette jeune femme avait été renversée dans la panique. J'ai voulu m'assurer qu'elle n'était pas blessée.

— Je l'ai reconnue. Elle est couturière.

— Ah bon ?

Il écarta aussitôt le sujet.

— Prenez mon bras, dit-il. Les autres sont déjà entrés.

Soumise, Stéphanie posa sa main au creux du bras de Pierre. Il sentit ses doigts trembler comme un oiseau pris au piège, et il ne soupçonna pas qu'il pût y avoir une autre raison que sa peur à la suite de l'attentat. En entrant dans le théâtre, ils entendirent le tonnerre des vivats et des applaudissements de toute la salle : l'empereur et l'impératrice venaient d'apparaître sains et saufs dans la loge impériale. Stéphanie ne vit rien du premier acte de *Guillaume Tell*, ni du ballet qui suivit. Elle avait les yeux encore pleins d'une autre image : les regards que son mari avait échangés avec Louise au milieu de la foule. Si elle avait encore des doutes sur l'identité du père de l'enfant de Louise, ils avaient disparu en cet instant-là.

Louise mit longtemps à se rétablir après cette soirée où elle était allée voir, par pure curiosité professionnelle, la robe que porterait l'impératrice pour cette soirée de gala. Plus de cent cinquante personnes avaient été blessées ou tuées par les bombes d'Orsini, le conspirateur italien, et de ses complices, aussitôt déférés à la justice.

Quant à elle, le choc l'avait obligée à sevrer Paul-Michel prématurément – mais elle était tout de même ravie d'avoir pu s'occuper de lui entièrement pendant les onze premières semaines de sa vie. En tout cas, elle pourrait reprendre son travail en toute liberté lorsque Worth ouvrirait son salon. Une de ses voisines, qui élevait très bien ses propres enfants, avait accepté de prendre soin de Paul-Michel en échange d'une somme modique. En attendant, Louise effectuait les petits travaux de couture qu'on voulait bien lui confier et essayait d'oublier sa rencontre fortuite avec Pierre – qu'elle avait quitté profondément troublée, une fois de plus.

Enfin le jour vint où Worth prit possession de ses locaux du 7, rue de la Paix, entièrement redécorés et réaménagés. Jamais il n'avait été aussi heureux. Pour fêter son nouveau statut de seul maître dans son domaine, il s'était laissé pousser une grosse moustache qui lui donnait, de l'avis de Marie, un air encore plus élégant.

Elle était également satisfaite de sa nouvelle demeure. Le premier étage du numéro 7 était très spacieux (il faisait le tour de la cour intérieure) et il comportait un si grand nombre de pièces qu'ils avaient pu installer leur appartement à côté des salons.

Otto Bobergh avait conservé son logement ailleurs dans Paris, et préférait demeurer dans l'ombre et s'occuper des aspects plus terre à terre de l'entreprise. En fait, ses relations dans l'aristocratie suédoise avaient permis de réunir l'argent nécessaire sans difficulté. Une commande de deux robes pour la reine de Suède, obtenue sur les instances de la famille Bobergh, constitua un début de bon augure.

Le personnel, vingt employés, avait été trié sur le volet. Pour les ateliers, on avait engagé les meilleures couturières – et il restait de la place pour augmenter le nombre de tables plus tard. Louise était devenue la « première » de Worth, et il y avait bien entendu le complément habituel de vendeuses pour servir dans les salons, toutes choisies pour leur grande taille, leur jeunesse et leur beauté. Robert Prestbury et plusieurs autres jeunes gens d'allure distinguée s'occupaient du comptoir des tissus dans un salon tout en longueur, où les belles étoffes pouvaient être mises en valeur. Ce n'était pas par hasard si la moitié du personnel des salons était anglais. Worth demeurait persuadé que ses compatriotes, hommes et femmes, contribuaient efficacement par leur élégance et leurs manières distinguées à la bonne marche d'une entreprise. M. Allenby l'avait considérablement aidé en lui envoyant des éléments compétents et zélés – sans comparaison avec le jeune Robert Prestbury.

Le décor de tout l'étage reflétait une atmosphère de luxe et d'opulence : piliers dorés, guirlandes de staff, miroirs biseautés aux cadres somptueux, lustres de cristal qui lançaient des reflets étincelants sur les tentures de satin ivoire, fauteuils Louis XV, sofas moelleux.

Des annonces publicitaires dans la presse avaient appris au public que Worth et Bobergh avaient ouvert une maison de grande classe pour « robes et manteaux, soieries et nouveautés », mais hormis l'ordre royal de la reine de Suède, il n'y eut aucun afflux immédiat de commandes. De toute évidence, il faudrait du temps pour constituer une clientèle. Les prix devaient être maintenus à un niveau modeste, car même les clientes qui avaient suivi Worth à sa nouvelle adresse l'abandonneraient si on leur demandait de payer aussi cher que chez Gagelin et Obigez.

Habiter sur les lieux était pour Marie une véritable bénédiction. Elle se trouvait toujours à portée de voix, ou presque, de ses enfants, dont elle pouvait s'occuper à l'autre bout du couloir. Comme auparavant, une nourrice compétente prenait soin d'eux pendant que leur mère travaillait, mais dès le début les deux petits garçons eurent le droit de courir librement dans les salons, où ils faisaient la joie du personnel et de la clientèle.

Une seule chose prenait beaucoup de temps à Marie : les cheveux de Gaston et de Jean-Philippe, qu'elle crêpait et enroulait à grand-peine autour de ses doigts à l'aide d'un peigne humide, pour donner à ses enfants les boucles qu'ils n'avaient pas. Gaston supportait stoïquement les papillotes de sa mère, mais Jean-Philippe était moins soumis.

De même que les enfants de Worth, Paul-Michel était en excellente santé. Toujours prêt à sourire, il avait les cheveux noirs de son père et le même regard. Louise aurait pu revoir Pierre souvent. Il lui suffisait d'assister à n'importe quel défilé officiel : il serait dans l'escorte de l'empereur. Mais elle évitait ce genre de manifestations publiques, pour donner à son cœur une chance de guérir.

Malgré toutes ses précautions, elle le vit cependant de nouveau, quelques mois plus tard. Robert Prestbury, qui semblait ne jamais se lasser de sa compagnie, l'avait emmenée au Théâtre-Français. Ils avaient d'excellents

« fauteuils de galerie » car en toutes choses Robert exigeait ce qu'il y avait de mieux, même s'il n'avait pas les moyens de se l'offrir. Elle regardait avec ses jumelles le rideau se lever sur le deuxième acte, lorsque son attention fut attirée par l'arrivée dans une corbeille de deux spectateurs très en retard. Instinctivement, elle se tourna dans leur direction. Son cœur se serra. La femme aux côtés de Pierre était une demi-mondaine à la chevelure de feu dont la magnifique poitrine d'ivoire semblait jaillir de son décolleté plongeant. Louise posa ses jumelles et fixa la scène, mais comment n'aurait-elle pas vu les doigts couverts de bijoux de la femme sortir des marrons glacés d'une bonbonnière enrubannée posée sur le rebord de velours de la loge ? Ses petites dents blanches scintillaient dans l'ombre lorsqu'elle en croquait la moitié, avant de glisser le reste entre les lèvres de Pierre, un sourire provocant aux lèvres.

Lorsque, à l'entracte suivant, les lumières de la salle se rallumèrent, il ne restait dans la corbeille que la bonbonnière vide. Pierre et sa courtisane avaient disparu. Louise fut prise de pitié pour Stéphanie et se sentit enfin complètement oubliée. C'était ce qu'elle désirait, et pourtant cela ne fit que redoubler son chagrin.

Le même soir, par tristesse ou par solitude, elle répondit au baiser de Robert. Jusque-là, elle s'était bornée à tolérer ses baisers, lèvres molles, sans fermer les yeux. Le besoin de consolation momentané qu'elle ressentait l'encouragea plus qu'elle ne s'y attendait, et il se risqua à des caresses qu'il n'avait pas tentées depuis qu'elle l'avait repoussée dans le couloir de l'arrière-boutique. À son corps défendant, elle sentit renaître en elle des désirs latents qui lui rappelèrent qu'elle était une femme jeune et passionnée, privée d'amour depuis longtemps. Elle aimait bien Robert, mais elle ne voulait pas se lancer dans une aventure avec lui, et elle le lui avait expliqué sans ambiguïté dès le début.

Elle croyait le connaître très bien. Ses défauts étaient légion, mais elle faisait preuve à son égard d'une tolérance qu'elle n'aurait accordée à nul autre, car elle se souvenait toujours de la façon dont il avait perdu sa place en essayant de la protéger. Et puis sa compagnie était agréable et drôle. Il était généreux à l'extrême lorsqu'il avait de l'argent, et quand il n'en avait plus, il n'hésitait pas à lui en emprunter, oubliant parfois de le lui rembourser. Un jour, voulant lui offrir un bouquet et n'ayant que quelques centimes en poche, il acheta des fleurs des champs à une petite bohémienne et arriva à sa porte, les bras chargés. S'il était de bonne humeur, il pouvait vendre à une cliente à peu près n'importe quoi, mais il se lassait beaucoup trop vite, et il lui arrivait souvent d'enfreindre les règlements de Worth et d'aller fumer un petit cigare près de la fenêtre ouverte d'un débarras, quand il savait le couturier occupé ailleurs.

S'il pouvait éviter une corvée, il ne s'en privait pas – ce qui le rendait très impopulaire auprès de tous ceux qui travaillaient avec lui. Il préférait notamment servir les clientes lorsqu'elles étaient jeunes et belles (surtout les femmes mariées) et laissait les autres à ses collègues. Sans la protection de M. Allenby, il ne serait probablement pas resté longtemps 7, rue de la Paix, mais Worth faisait preuve de patience. Chaque fois que sa colère était sur le point d'éclater, Robert semblait s'amender – ce qui prouvait qu'il était tout à fait capable de bien faire. Puis, très vite, il recommençait comme par le passé, prenant la vie comme si elle lui devait des faveurs particulières.

— Tout est de votre faute, répondit-il à Louise aimablement quand elle voulut le convaincre de se montrer plus consciencieux. Comment voulez-vous que j'aie de l'ambition alors que vous détruisez chaque jour de ma morne existence en refusant de croire que je suis fou d'amour pour vous.

C'était toujours la même chanson. Il se débrouillait en toutes circonstances pour faire retomber les responsabilités sur autrui ; sa personnalité était si forte et son sourire si désarmant qu'il n'était que trop facile de lui pardonner.

Pardonner... Eugénie s'était montrée extrêmement charitable à l'égard du conspirateur Orsini avant qu'il ne montât sur l'échafaud. Et elle estimait que cet homme méritait de vivre. C'était un patriote italien qui avait tenté d'assassiner l'empereur pour inciter la France à la révolution, exemple que suivrait l'Italie écrasée sous le joug de l'Autriche. Tout en condamnant ses méthodes, l'impératrice admirait les rêves de liberté de cet homme, et elle encouragea son mari à libérer l'Italie qu'il avait appris à aimer au cours de sa jeunesse. Louis-Napoléon avait déjà pris ses décisions. Il commença ses préparatifs de guerre.

Louise fut au désespoir : le nombre des soldats augmentait, les murs se couvraient de slogans patriotiques, les journaux soulignaient la tyrannie de l'Autriche et ses ambitions. Louise songeait à tous ceux qui seraient blessés et tués, ainsi qu'aux veuves et aux enfants qui resteraient sans père. Et toujours ses pensées revenaient à Pierre, ce qui la rendait particulièrement sensible et émotive. Elle se rapprocha de Robert plus qu'elle ne l'aurait fait en d'autres circonstances : il prit son besoin de compagnie pour un sentiment plus profond, et il attendit avec un espoir renouvelé le jour où elle s'abandonnerait complètement à lui.

La guerre fut déclarée fin avril, et l'empereur partit sur le front d'Italie. Louise fit une entorse à sa règle de n'assister à aucune cérémonie impériale. Les rues étaient pleines de monde et elle fut prise dans la bousculade dès que l'empereur et son escorte parurent. Tout le monde criait et lançait des vivats, la ferveur patriotique était à son comble. Elle vit Pierre. Quand il passa, elle était à peine à deux mètres de lui. Elle aperçut son regard cynique sous le casque scintillant et l'ébauche d'un sourire sur ses lèvres. La foule autour d'elle l'entraîna loin de l'officier, mais à la dernière seconde elle se surprit à crier :

— Pierre ! Bonne chance !

Par miracle, il l'entendit. Il se retourna sur sa selle, son regard balaya la foule dans la direction de son cri, mais il ne la vit pas. Longtemps, il regarda par-dessus son épaule. Ce fut en vain. Il n'aperçut pas son dernier signe de la main.

La guerre allait être brève et sanglante. Au début de juin, les troupes remportèrent la grande victoire de Magenta, et à Paris on tira le canon pour célébrer le triomphe. Dans les jours qui suivirent, les teinturiers mirent au point une nouvelle nuance et, peu de temps après, Worth reçut des pièces de tous les tissus, depuis la soie jusqu'au brocart et à la laine, dans un beau violet chargé de rose qui fut baptisé aussitôt magenta. Les commandes affluèrent, toutes les femmes voulaient des robes de cette teinte. Quelques semaines plus tard, un nouveau bleu appelé solférino parut sur le marché pour célébrer la victoire de l'armée française, qui venait d'écraser les Autrichiens près du village de ce nom.

La flambée des affaires obligea même Robert à se surpasser au comptoir des tissus, ce qui ne l'enchantait guère. Et il fut encore plus contrarié quand lui parvint l'ordre de rentrer immédiatement chez lui. La santé de son père, qui s'était améliorée lorsque l'intervention de M. Allenby l'avait déchargé de ses inquiétudes sur l'avenir de son fils et de l'affaire Prestbury, venait de se dégrader de nouveau. Robert, sachant que sa mère se laissait facilement entraîner à la panique, ne supposa pas que la situation fût aussi mauvaise qu'elle le disait ; il était d'autant plus furieux que sa sœur célibataire vivait encore à la maison et aurait dû le soulager de tous ces tracas. Mais il lui fallut partir.

— J'ai encore deux mois de stage prévus, dit-il à Worth, et je serai heureux de revenir le plus tôt possible, quand mes affaires seront réglées à la maison.

Worth poussa un soupir résigné. Il se faisait une joie de voir disparaître ce jeune homme qu'il considérait comme un enfant gâté toujours prêt à profiter des autres. Il ne donnait pas cher de la Maison Prestbury lorsque Robert en prendrait la direction, mais ce ne serait pas de sa faute : il avait donné à ce jeune gandin toutes les leçons qu'il fallait.

— Très bien, Prestbury. Vous présenterez mes respects à M. Allenby.

Robert hésita, comme pris au dépourvu.

— Euh... Oui, monsieur Worth.

Quand il sortit, Worth s'enfonça dans son fauteuil de cuir capitonné et, exaspéré, lança sur le bureau la plume qu'il tenait. À la réaction de Robert, il avait bien vu que cet égoïste entièrement préoccupé de lui-même n'avait pas songé à présenter ses propres respects à la personne qui l'avait chaudement recommandé. Worth détestait l'ingratitude, surtout quand des hommes comme M. Allenby en étaient les victimes.

Il se pencha sur ses dernières esquisses. Jamais la crinoline n'avait été aussi large et il commençait à s'en lasser. Il avait déjà acquis une réputation solide sous son propre nom, et il tenait de nouveau bien en main les rênes de la mode. Récemment, il avait conçu un nouveau type de jupe qui supprimait la masse des rentrés et des pinces obligatoires pour que les énormes quantités de tissu de la crinoline puissent s'ajuster correctement à la taille. Il l'avait baptisée « jupe à godets ». Elle nécessitait davantage de tissu, car le corsage et la jupe devaient être coupés d'une seule pièce – souvent vingt ou trente mètres –, mais elle donnait une ligne que les femmes avaient adoptée avec autant d'enthousiasme que s'il leur offrait une éternelle jeunesse.

Quant à la crinoline elle-même, le sexe féminin tout entier semblait en être obsédé et refusait de l'abandonner. Peu importait que partout dans le monde des femmes fussent mortes brûlées dans le piège de leurs cerceaux lorsque leurs immenses jupes avaient effleuré un feu de cheminée ou renversé une lampe ou une bougie. C'était vraiment devenu une absurdité et, déjà longtemps avant la guerre, il avait fallu réduire le nombre des invités aux Tuileries car l'espace manquait à cause des énormes jupes. Sur scène, au théâtre et à l'opéra, que le décor fût médiéval ou antique, toutes les robes des femmes avaient des crinolines, et l'effet était évidemment ridicule.

Personne ne le soutenait dans son désir de changement, et sa chère Marie moins que toute autre, car jamais elle n'aimait une mode avant qu'elle n'ait triomphé pendant assez longtemps pour que la plus humble des concierges s'y soit habituée. Elle se félicitait comme le reste de son sexe de voir la crinoline demeurée intacte. Worth était toujours à l'affût d'idées neuves pour des lignes et des silhouettes différentes, mais pour la première fois l'opinion féminine le bloquait sans espoir. Comment vaincre l'obstacle ? Il quitta son fauteuil et se mit à la fenêtre, baissant les yeux vers la rue de la Paix sans rien voir, les poings enfoncés dans les poches. Le problème serait résolu s'il pouvait trouver une femme de grande classe, une personnalité reconnue aux yeux du public, qui acceptât de porter une robe de style différent.

Il avait beaucoup de clientes dans les cercles mondains les plus recherchés, mais ce qu'il voulait, c'était un arbitre des élégances, une femme possédant tout le chic indispensable à un lancement comme celui-là. Il esquissa un sourire plein d'amertume. Pourquoi ne pas l'avouer ? La femme qu'il désirait voir porter ses nouveaux modèles était l'impératrice Eugénie elle-même. Après l'unique création de Worth qu'elle avait portée (sous la griffe de la Maison Gagelin) pour son portrait par Winterhalter, tout Paris avait été envahi par des copies de son modèle blanc et lilas. Dans tous les domaines, elle lançait la mode et toutes les femmes suivaient. Mais pour l'impératrice, même si elle avait entendu son nom, Worth n'était qu'un couturier parmi tant d'autres.

Il leva vivement la tête : les vitres tremblaient, l'instant suivant un coup de canon retentit du côté des Invalides. Une autre victoire ? Il sortit de son bureau et envoya un jeune vendeur aux nouvelles. À son retour, il était radieux. La guerre était finie ! Elle avait duré moins de onze semaines. Le personnel et les clientes se laissèrent aller à la joie. Dans son excitation, Louise froissa involontairement la robe bleu solférino qu'elle avait à la main.

Quelques jours plus tard, une vendeuse la fit appeler pour prendre les mesures d'une cliente qui se rendait 7, rue de la Paix pour la première fois… C'était la femme de Pierre qui l'attendait dans le salon d'essayage.

— Comment allez-vous, Louise ?

Le sourire était aimable.

— Très bien. Vous-même ?…

Stéphanie inclina la tête.

— Surtout maintenant que toutes mes inquiétudes sur le retour d'Italie de mon mari viennent de s'estomper. Il a traversé toutes les grandes batailles de la campagne sans une égratignure.

Louise essaya de ne pas trahir son soulagement. Elle avait parcouru sans omettre une seule ligne les listes de blessés et de morts, redoutant toujours d'y lire son nom. S'entendre confirmer sans l'ombre d'un doute qu'il était sain et sauf constituait vraiment la meilleure des nouvelles.

— Je suis ravie pour vous qu'il ait été épargné, dit-elle d'un ton égal.

Stéphanie lui lança un long regard pensif.

— Je vous remercie de vos paroles aimables. Si je suis ici, c'est parce que je dois paraître à mon avantage pour le retour de mon époux, avec l'empereur. Et M. Worth m'a promis que six belles robes seraient prêtes à temps.

— Je vais me mettre au travail sans délai.

Louise prit le centimètre posé autour de son cou, et prépara son crayon et son carnet pour y noter les mesures.

— Quel est l'âge de Paul-Michel, à présent ? demanda Stéphanie.

Louise sentit glisser de ses mains le centimètre qu'elle plaçait autour du buste de Stéphanie. Elle le rattrapa aussitôt.

— Vingt mois, dit-elle en avalant sa salive. Comment avez-vous appris son nom ? Et que c'est un garçon ?

— De manière indirecte.

Inutile d'avouer que c'était à la suite d'une violente scène avec Pierre, la nuit de l'attentat d'Orsini. Incapable de garder pour elle ce qu'elle avait vu, elle s'était abandonnée à son dépit, à sa colère et à sa jalousie. Si elle ne les avait pas vus ensemble, tout aurait pu continuer comme par le passé, elle aurait pu se persuader qu'elle pourrait éliminer toutes les autres femmes de la vie de Pierre. Oui, elle aurait pu être heureuse ainsi. Au lieu de cela, elle l'avait poussé à lui avouer que Louise hantait encore ses pensées, et que c'était Louise, et non lui, qui avait décidé de rompre toute relation, au moment de leur mariage. Stéphanie avait mordu ses lèvres pour les empêcher de trembler. Quelle cruauté dans sa franchise ! Mais n'avait-elle pas exigé la sincérité ? Il l'avait prise au mot, il lui avait dit la vérité sans comprendre qu'elle avait envie qu'il mente à jamais, pour qu'elle pût croire encore que seule son épouse comptait vraiment pour lui.

Obéissant à la requête de Louise, elle plia le coude pour la mesure de la longueur des manches. Pourquoi était-elle venue ici ? Mme Palmyre lui avait coupé toutes les robes dont elle avait besoin quelques semaines plus tôt. Devinait-elle que seul Worth pourrait lui donner le surcroît d'élégance dont elle aurait besoin pour paraître à son avantage quand elle en avait le plus besoin ? Elle plaçait tous ses espoirs dans ces retrouvailles avec Pierre. Pendant un certain temps, après leur querelle, le fossé entre eux s'était creusé. À tel point qu'elle avait pris peur. Mais au moment du départ pour l'Italie, ils s'étaient quittés comme si tout était raccommodé entre eux.

La veille du jour fatidique, elle lui avait tendu les bras, poussée par un désir douloureux de réconciliation, et il était revenu vers elle sans réserve – ce qui lui faisait croire qu'il lui vouait tout de même des sentiments profondément enracinés. Elle tenait à consolider cet état de choses dès son retour et à le rendre vraiment heureux d'être de nouveau près d'elle.

Elle lança un regard de côté à Louise qui prenait des notes sur son carnet. Elle comprenait qu'un homme pût avoir du mal à oublier une femme pareille. Ce profil, ces yeux étrangement fascinants, la longue gorge blanche, la silhouette fine… Mais une épouse est une épouse, tandis qu'une ancienne maîtresse, même dont on a un enfant, disparaîtrait avec le temps. Elle sursauta : Louise lui parlait.

— Toutes mes mesures sont prises ? parvint-elle à répondre. C'est bien.

Elle arrangea ses cheveux sous son chapeau et prit l'ombrelle de soie verte que lui tendait Louise.

— Je suppose que vous ferez mes essayages, comme autrefois chez Gagelin ?

Louise la regarda sans ciller.

— Si vous le désirez, madame.

— Je le désire. Au revoir.

Stéphanie quitta la boutique de Worth par le grand escalier. Le groom l'attendait près des portes de verre donnant dans l'entrée à colonnes. Le cocher, qui avait fait demi-tour dans la cour intérieure, conduisit les chevaux au petit trot à l'instant exact où elle sortait, pour qu'elle pût monter directement dans le cabriolet découvert. Elle ouvrit son ombrelle dès qu'elle passa de l'ombre du porche au soleil de la rue de la Paix.

Elle venait de comprendre pourquoi elle était allée chez Worth ce matin-là. Le retour imminent de Pierre lui faisait ressentir le besoin d'une amie qui lui redonnât confiance. Louise possédait la force intérieure nécessaire, et elle l'avait déjà aidée dans le passé lorsqu'elle avait cherché un bon conseil. C'était une situation étrange, mais elle n'avait pas le sentiment d'avoir mal agi. Elle était sûre que Louise, si elle avait connu ses raisons, les aurait appréciées. Très réconfortée, elle affronta l'avenir pleine d'espoir.

En août, les soldats français rentrèrent au pays ; Marie Worth était impatiente d'aller voir le grand défilé. Tout en mettant son petit chapeau plat à la dernière mode, elle bavardait avec Jean-Philippe.

— Maman vous soulèvera pour que vous voyiez l'empereur, et il faudra que vous ayez un bouquet de fleurs que vous donnerez au plus brave soldat que vous verrez. N'est-ce pas dommage que votre papa soit surchargé de travail et ne puisse pas venir avec nous ?

Jean-Philippe, âgé de trois ans, la fixait d'un air captivé – mais ce n'étaient pas ses paroles qui le touchaient, c'était sa beauté. Il adorait les couleurs. Depuis sa naissance, il était entouré des maquettes de son père et de toutes sortes de tissus. Quand il coloriait des dessins sur son album, il utilisait toujours les nuances les plus vives.

Ce jour-là, sa mère portait une immense crinoline blanche recouverte de dentelle qui flottait et se gonflait comme des bouffées de nuages, mais ce qui enchantait le plus l'enfant, c'était l'écharpe longue : un paradis de bleu, de rouge, de rose et de vert, dans une soie qui venait d'un endroit lointain appelé « les Indes ». La même soie merveilleuse bordait le chapeau qui couronnait le visage clair et souriant de Marie. Elle se pencha pour le prendre dans ses bras – un instant d'amour parfait qu'il ne devait jamais oublier… C'était comme si des feux d'artifice lançaient ces mêmes couleurs magiques en étoiles venant de son cœur. Il passa les bras autour du cou de sa mère et la serra très fort. Elle protesta en riant. Elle ne craignait pas qu'il dérange sa propre toilette, mais plutôt qu'il froisse son petit costume neuf ou qu'il mette du désordre dans les boucles qui lui avaient donné tant de mal.

Avant de partir, elle voulut voir son mari.

— Vous laisserez tout le personnel aller sur le balcon quand le défilé passera rue de la Paix, n'est-ce pas ?

Il sourit avec indulgence.

— Même si je ne tenais pas à vous faire plaisir, je ne crois pas qu'il serait possible d'empêcher une seule femme de cet étage, couturière, vendeuse ou cliente, d'aller contempler toute cette belle soldatesque.

Elle rit. Elle prit les bouquets qui attendaient sur la table pour Jean-Philippe et pour elle. Elle avait l'intention de l'embrasser et de partir, mais il la retint dans ses bras. Elle venait tout juste de rentrer des eaux, et il avait envie de lui offrir toute sa tendresse après leur séparation. Il songea qu'elle avait dû naître de l'amour d'un papillon et d'une rose : elle était si belle !... Comme souvent dans le passé, il jugeait criminel que ses beaux cheveux coiffés en lourdes anglaises soient dissimulés par le conventionnel bavolet ornant les chapeaux des femmes. C'était le plus ridicule des accessoires.

— Ôtez votre chapeau, dit-il doucement. Je n'aime pas ce bavolet.

— Qu'a-t-il donc ? s'écria-t-elle inquiète, en dénouant les rubans.

— Il existe, c'est tout, répliqua-t-il sans s'expliquer davantage.

Elle lui tendit le chapeau. Il prit des ciseaux, et défit la couture que retenait la soie multicolore. Elle retint son souffle. Du bout des doigts, il façonna le tissu déplacé en une sorte de croissant qu'il épingla très haut sur la coiffe du chapeau. Il fit pivoter sur son poing le couvre-chef transformé.

— Voilà ! dit-il. Maintenant, l'empereur pourra admirer la couronne de ma femme dans toute sa gloire.

Pour une fois, Marie approuva. Elle pencha la tête à gauche puis à droite, devant son miroir à main : toute la ligne de la coiffure était améliorée et l'on pouvait voir ses cheveux, dont elle était très fière. Le cœur léger, elle partit avec son jeune fils.

Gaston les attendait dans l'entrée, enthousiasmé par ce qu'il avait déjà vu. La rue de la Paix, comme toutes les rues de Paris, s'ornait de drapeaux, de banderoles et d'arcs de triomphe de verdure. Tous les balcons étaient tendus de riches draperies. Worth avait choisi un brocart d'or qu'il avait installé tout le long de son étage. Marie prit ses fils par la main et les entraîna au milieu de la foule jusqu'à la place Vendôme, baignée de soleil. Son ombre dansait derrière elle. Elle prit place sur l'une des estrades réservées où se pressaient déjà des milliers de spectateurs. Autour d'elle, elle entendit des dames discuter à mi-voix de son chapeau – ce n'était pas nouveau pour elle. Elle ne put retenir un sourire. Partout où Worth ouvrait la voie, les femmes suivaient ! Elle était certaine qu'il y aurait, à la même heure le lendemain, plusieurs centaines de chapeaux transformés comme le sien. Non loin, elle reconnut Stéphanie de Gand, et elle répondit à son signe de tête. Marie trouvait très curieux que Stéphanie et Louise aient renoué les liens de leur ancienne amitié au cours des essayages. À sa connaissance, il n'existait aucune raison pour que Stéphanie ne se montrât pas amicale, mais Louise devait vivre la situation de façon douloureuse.

D'être sur une estrade de la place Vendôme fut pour Jean-Philippe une expérience extraordinaire.

— Regarde ! lui dit sa maman.

Elle attira son attention vers le dais à frange d'or de l'entrée du ministère de la Justice où venait d'apparaître, sur fond de velours écarlate orné de l'abeille napoléonienne, une dame à l'allure magnifique. C'était l'impératrice.

Toute la place retentit de la musique que jouait l'orchestre militaire précédant le défilé le long de la rue de la Paix. Le soleil faisait miroiter les instruments de cuivre. Jean-Philippe retint son souffle.

Tout le long du balcon du numéro 7, la joie était à son comble : les salons s'étaient vidés, ce n'étaient que vivats et fleurs jetées. Le dernier rang de l'orchestre passa et, après l'espace prévu par l'étiquette, l'empereur s'avança. L'or de son bicorne et de ses épaulettes scintillait au soleil. Il chevauchait tout seul à la tête de la colonne, les yeux droits devant lui selon son habitude, le visage impassible, sa monture parfaitement maîtrisée. Tandis que les sabots des chevaux écrasaient les fleurs que jetait la foule, Louise songea qu'il devait être comblé par la réception enthousiaste que lui offrait Paris…

Derrière lui défilait l'élite de la cavalerie française. Le reste de la colonne s'étirait au loin, hors de la vue, sur le boulevard des Capucines. On eût dit une guirlande gigantesque qui ondulait sur toute la largeur de la rue, car chaque officier, chaque soldat, portait un bouquet de fleurs, à la main ou planté dans le canon de son fusil. Les casques scintillants et les panaches blancs des Cent-Gardes passèrent juste au-dessous du balcon : Louise parcourut leurs rangs du regard. Elle n'avait aucun espoir de reconnaître Pierre au milieu d'eux, mais elle était heureuse de savoir qu'il était dans leurs rangs.

Elle lança le dernier bouquet qu'elle avait, et presque aussitôt Robert lui apporta d'autres fleurs prises dans un panier voisin. Il était revenu à Paris après un bref séjour en Angleterre. Il passa familièrement le bras autour de la taille de la jeune femme, profitant de l'un des rares privilèges qu'elle lui avait concédés.

— Nous célébrons notre petite fête ce soir, tous les deux, lui rappela-t-il en la serrant tendrement.

— Je m'en fais une joie, répondit-elle, sans arrière-pensée.

Paris en fête était un spectacle à ne pas manquer, et elle était ravie d'y participer avec lui.

À cet instant, un tonnerre d'applaudissements survint de la place Vendôme. Marie était aussi excitée que toute la foule. L'empereur, qui avait arrêté son cheval pour recevoir les honneurs de ses régiments victorieux, prit le petit prince impérial des bras de l'impératrice et l'assit à califourchon devant lui sur la selle.

L'« Enfant de France » acclamé par le peuple était vêtu de l'uniforme de la Garde impériale, et même du bonnet à poil. L'enfant, solennel, répétait tous les gestes de son père en réponse à l'hommage du défilé, et la foule était en délire. Jamais la famille impériale ne fut plus proche du peuple qu'en cette journée de triomphe.

Dès que la nuit tomba, tout Paris dansa dans les rues. Les cafés et les restaurants étaient pris d'assaut. On plaçait des tables supplémentaires partout sur les trottoirs, bien au-delà des auvents des terrasses. C'était comme si la guerre n'avait été qu'une ombre fugitive : maintenant qu'elle était terminée, la ville se montrait aussi frivole et joyeuse que jamais dans sa recherche des plaisirs. Ici et là, des danseuses de cancan lançaient en l'air leurs culottes bouffantes et aguichaient les hommes pris de frénésie. Partout les bouchons de champagne sautaient, et les chefs de cuisine transpiraient devant leurs fourneaux pour satisfaire les commandes des serveuses affolées. Toute la ville vibrait au son d'innombrables fanfares et orchestres qui répandaient dans l'air embaumé les accents d'Offenbach et de Strauss.

Robert avait retenu une table la veille – une bonne table, dans un coin relativement calme malgré la cohue.

Ils firent un repas splendide. Au café, il se rapprocha de Louise sur la banquette et lui prit la main.

— Vous savez que je ne resterai plus longtemps chez Worth… commença-t-il. Je vais bientôt rentrer en Angleterre pour de bon.

Elle se dit qu'il lui manquerait. Elle n'avait pas passé que des moments agréables avec lui. Elle avait souvent cherché à l'éviter et, parfois, ils s'étaient querellés, mais ils s'étaient toujours réconciliés.

— Quelles nouvelles avez-vous reçues de votre père ? demanda-t-elle. Sa santé s'est-elle améliorée depuis votre retour ici ?

— Oui. Mais il ne peut plus diriger l'affaire.

Il se tut, les yeux baissés comme s'il examinait les doigts de Louise, qu'il caressait doucement.

— Je tiens beaucoup à vous, Louise, reprit-il. À tel point que j'ai abrégé mon séjour à Londres pour vous revoir. Je ne pouvais plus attendre. Je vous demande de m'épouser et de rentrer en Angleterre avec moi.

Louise ne cacha pas sa surprise. Il l'avait poursuivie de ses assiduités mais elle n'avait jamais songé qu'il eût des sentiments profonds à son égard.

— Je n'ai pas envie de quitter Paris, Robert, dit-elle. De toute façon, je n'ai nullement l'intention de me marier.

— Mais vous le devriez. Ne serait-ce que pour le bien de votre fils. Je serais un bon père pour lui. Il irait dans les meilleures écoles. Vous devez penser à son avenir, et songer à moi du même coup.

Elle ne put s'empêcher de sourire – mais c'était un sourire triste. Retors comme toujours, Robert cherchait à parvenir à ses fins par l'argument le mieux capable de la convaincre.

— Vous n'aimez pas particulièrement les enfants, Robert, lui dit-elle. À ma connaissance, vous n'avez pas pris Paul-Michel sur vos genoux une seule fois.

— Est-ce ma faute ? Il pleure et se cache derrière vos jupes dès que je m'approche. Ce qui est d'ailleurs tout naturel : un garçon enfermé dans un monde de femmes…

Il vit qu'il avait touché au but, car elle avait baissé les paupières et elle détournait vivement le visage. Il continua sur sa lancée…

— Je sais que vous ne m'aimez pas autant que je vous aime… Pas de faux-semblants entre nous. Mais je crois qu'avec le temps je pourrai vous persuader de m'aimer, et c'est tout ce qui compte pour l'instant. Vous désirez depuis longtemps une affaire à vous : avec moi, vous l'aurez. Nous serons associés. Le Magasin Prestbury a besoin d'être réorganisé et vous pourrez tout faire à votre idée. Je sais que ce n'est pas la même chose que de partir de zéro, mais vous aurez l'occasion de créer un centre de la mode parisienne en plein cœur de Londres.

Elle secoua la tête à tout ce qu'il lui offrait.

— Je vous en prie, n'ajoutez pas un mot. Je ne peux pas me marier…

Il s'avança contre elle et l'empêcha de poursuivre en lui donnant un baiser.

— Je ne vous permets pas de me dire « non » tout de suite. Réfléchissez à ma proposition. Je vous aime. J'ai besoin de vous. Je ne veux pas quitter Paris sans vous.

Il l'embrassa de nouveau, mais dans un tout autre état d'esprit : il avait envie de rire et de s'amuser. Il entrelaça ses doigts avec ceux de Louise.

— Et maintenant, allons voir si cette ville a de quoi nous distraire ! Nous danserons jusqu'au matin.

Il fit signe au garçon d'apporter l'addition, et quelques instants plus tard, riant tous deux aux éclats, ils valsaient sur les Champs-Élysées. Il ne s'arrêtait de danser que pour grimper comme un enfant sur les branches des arbres ou lancer à une fleuriste une pièce de deux sous pour un bouquet de marguerites. Il plantait une fleur dans le décolleté de Louise, une autre à sa boutonnière, et lançait le reste en l'air comme une pluie d'étoiles filantes.

Le soleil était déjà levé quand ils arrivèrent devant la porte de Louise. Il l'embrassa avec beaucoup d'ardeur, lui prit le visage entre les mains et la serra contre lui.

— Réfléchissez. Passons le reste de notre vie ensemble. Tout sera toujours comme cela entre nous…

— La réponse est non, mon cher Robert, protesta-t-elle doucement. Et elle demeurera non.

Il secoua la tête, avec un sourire résolu.

— Je n'ai pas compris vos paroles. Je dois être devenu sourd tout à coup. Mon ouïe ne reviendra que le jour où vous me donnerez la bonne réponse. Vous avez encore un peu de temps pour la trouver. Bonne nuit, mon amour.

Elle était si déterminée qu'au cours des jours qui suivirent elle ne pensa qu'à la façon dont elle pourrait lui présenter son refus définitif sans trop le blesser. Elle décida de prendre en souriant tout ce qu'il lui dirait, jusqu'à ce qu'il se rendît compte, progressivement et sans douleur, qu'elle pensait tout ce qu'elle lui avait dit. Elle était incapable d'envisager des circonstances susceptibles de la faire changer d'idée.

17

Ce fut une cliente qui parla à Louise d'une petite suite de pièces à un étage élevé, dans un immeuble respectable. Louise se rendit sur place. La bonne adresse était trompeuse car l'entrée se faisait par une sorte d'impasse privée donnant boulevard des Capucines. C'est ce qui expliquait le montant abordable du loyer. Elle aurait tout juste les moyens de se lancer à son compte dans un endroit comme celui-là. Elle disposerait d'un petit salon et d'un atelier pour sa couturière, qui serait Catherine. Elle ferait elle-même la coupe et les essayages. Le reste de l'espace leur servirait de logement. Ce serait très juste, mais cela suffirait.

Quand elle apprit la nouvelle à Robert, il demeura confondu.

— Je ne peux pas croire que Worth soit prêt à vous laisser partir pour une autre raison que le mariage.

— Au contraire ! Il connaît mes ambitions depuis très longtemps, et il m'a toujours encouragée. Il m'a déjà proposé de m'aider en me faisant profiter de prix réduits pour les tissus et la passementerie, parce que je n'aurai pas les moyens de constituer un stock au départ.

— Ça ne durera pas. Il ne pourra jamais supporter un établissement rival.

Elle éclata de rire.

— Worth est sans rival. Maintenant et dans l'avenir. Mais je peux creuser mon petit trou sans rien devoir à personne.

Le visage de Robert s'éclaira.

— Venez creuser votre trou à Londres. Chez Prestbury. C'est ce que vous déciderez en fin de compte et vous le savez.

Son sourire était confiant, sûr de lui – et Louise en fut désespérée. Comment convaincre cet homme, tellement habitué à voir tous ses caprices exaucés, que pour une fois il ne gagnerait pas ? Quel dommage qu'elle n'ait pas encore les clés en sa possession, cela l'aurait peut-être persuadé enfin. Mais elle devait attendre le départ de l'ancien locataire.

Le dimanche suivant commença à peu près comme tous les autres. Rue de la Paix, les Worth partirent avec leurs enfants pour leur promenade habituelle. Dans un autre quartier, Louise et Catherine se frayaient déjà un chemin au cœur de la ville et Paul-Michel trottinait entre elles. Elles le laissaient toujours marcher pendant un moment, puis le portaient chacune à son tour lorsqu'il était fatigué. Catherine connaissait bien les endroits où il y avait quelque chose à voir. Ce jour-là, le spectacle était à l'ambassade d'Autriche, rue de Grenoble. Catherine baissa les yeux vers l'enfant, laissant percer son impatience – ce qui était très rare de sa part.

— Dépêche-toi, Paul-Michel. Tu vas nous faire arriver en retard et nous ne verrons pas les chevaux et les voitures.

Elle essayait d'éveiller son intérêt, car il adorait les chevaux. Quant à elle-même, c'était la jeune épouse du nouvel ambassadeur d'Autriche qu'elle désirait voir, la princesse Pauline de Metternich qui devait se rendre à sa première réception au palais des Tuileries. On avait beaucoup écrit et beaucoup cancané à son sujet. Elle avait son franc-parler et elle se gaussait de toutes les conventions. Elle était auréolée de la gloire des Metternich car son propre grand-père était le père de son mari – ce qui constituait en soi une situation tout à fait scandaleuse. Elle avait la réputation d'être laide comme une guenon et aussi fascinante qu'une sirène. Catherine était impatiente de voir de ses yeux cette créature extraordinaire.

Obéissant, Paul-Michel trottina un peu plus vite, puis il trébucha et tomba sur le nez. Ce fut la fin de tout. Catherine trépignait presque d'impatience. Louise l'invita à partir devant.

— Nous vous suivrons dans quelques minutes, dit-elle en essayant de calmer les sanglots de son fils. Je sais où est l'ambassade.

Catherine n'attendait que cela. Elle hâta le pas, craignant d'arriver trop tard pour se trouver au premier rang des badauds.

Paul-Michel se montra plus difficile à consoler que d'habitude, et pour le distraire de sa douleur Louise le porta jusqu'à un jardin public voisin, où des enfants jouaient. Quand elle vit son pouce remonter vers sa bouche, elle comprit qu'il avait sommeil. Elle le serra contre elle et rebroussa chemin le long d'une allée solitaire, bordée d'arbres. Elle n'avait pas remarqué que l'un des cavaliers se promenant dans le parc mettait pied à terre, nouait ses rênes à un arbre et traversait une pelouse vers elle. Quand il arriva à sa hauteur, surprise par la présence complètement inattendue de l'homme, elle se figea. Elle se força à regarder Pierre dans les yeux. Ce qu'elle y vit fit fondre toute la solitude passée et la transporta en arrière dans le temps – non au calvaire de la trahison et de la rupture, mais aux premières joies de l'amour partagé.

— Je ne peux pas continuer de vivre sans vous, dit-il. (Puis ses yeux se posèrent sur l'enfant endormi.) Ni sans lui.

Il pencha la tête et embrassa son fils sur la joue.

Louise, paralysée, ne pouvait détacher ses yeux du visage de Pierre. Il la prit dans ses bras et la serra contre lui avec l'enfant, puis il chercha ses lèvres avec une tendresse qui semblait définitive. C'était comme si elle n'avait plus de volonté, comme si plus rien n'existait en dehors de leur liaison, de leur étreinte, de cette allée déserte. Il l'avait vaincue par surprise, au moment où elle était le plus vulnérable. Pour la première fois, elle était perdue et ne pouvait donc que se tourner vers lui.

Il l'entraîna vers un banc de pierre sous les arbres.

— Un nouveau commencement, mon amour. Rien de ce qui s'est passé autrefois ne gâchera notre avenir. Nous ne nous quitterons plus. Et ce sera comme vous le désirez, à vos conditions.

— Je ne peux pas le croire.

Elle ne parvenait pas à reprendre ses esprits.

— Partout où j'allais, je vous cherchais des yeux. Je savais que, tôt ou tard, je vous retrouverais. C'était le seul moyen de nous rencontrer. Pas dans un décor que nous connaissions déjà. Il y a tant de choses à dire. Tant de choses que je désire entendre. Où habitez-vous, maintenant ?

— À la même adresse. Mais nous allons déménager bientôt, Catherine et moi.

Elle lui parla des locaux du boulevard des Capucines et il se montra très intéressé, la félicitant de son initiative : elle avait enfin atteint son but. Il avait appris la leçon du passé et il était assez habile pour ne pas lui offrir de l'aider, financièrement ou de toute autre manière, pour préparer leur avenir ensemble.

— J'aimerais voir cet endroit. Pouvons-nous prendre rendez-vous bientôt ?

Ils savaient tous les deux quelle serait l'issue d'un tête-à-tête. Pour elle, c'était s'engager de façon irréversible à l'aimer dans une situation de compromis. D'un autre côté, elle forçait Pierre à accepter son indépendance. Elle poussa un profond soupir.

— Les clés seront à moi dans peu de temps.

Le visage de Pierre se détendit.

— Fixez-moi un jour et une heure. J'y serai.

Le rendez-vous précisé, elle se leva du banc. Il la prit par les épaules et lui donna un dernier baiser.

Elle rencontra Catherine qui rentrait de la rue de Grenelle, encore tout excitée par ce qu'elle avait vu. Le bavardage de son amie semblait rebondir sur ses oreilles comme du gravier – un bruit sans plus de signification. Et Catherine était trop énervée pour reprendre haleine.

— C'est vrai, ce que tout le monde dit. La princesse est vraiment laide : des yeux globuleux, la peau jaune, une bouche lippue comme une guenon. Mais oh là là !

Quelle allure ! Ne me demande pas pourquoi. Cela n'a rien à voir avec ses bijoux, bien qu'elle en soit couverte. Elle m'a laissée bouche bée. Vraiment. Et je n'étais pas la seule.

La voix de Catherine resta en suspens. Pourquoi Louise se taisait-elle ? Elle la regarda dans les yeux et aussitôt elle comprit.

— Tu l'as vu ! Et tu lui as parlé, j'en suis sûre. Je peux le voir à ton visage !

Catherine n'avait jamais prononcé le nom de Pierre depuis le jour où elle avait appris la grossesse de Louise.

Quand elle répondit, Louise entendit ses propres paroles comme si elles venaient de très loin.

— Vous devriez en être heureuse. Tout ira très bien maintenant.

Le visage de Catherine se referma.

— Comment « très bien » ? Il est marié, non ? Il se lassera de toi comme il s'est déjà lassé d'elle. N'es-tu donc pas capable de voir un peu plus loin que le bout de ton nez ? Dieu sait que jamais je ne lui ai fait confiance. Et c'est pour cette raison que j'ai toujours refusé d'emménager dans cet appartement de luxe où tu voulais me faire aller. Et j'ai bien fait de prendre mon temps pour me décider. Je savais que si je résistais assez longtemps tout tomberait en morceaux. J'aurais juré qu'il avait déjà cherché ailleurs – et j'avais raison. Comme j'ai encore raison aujourd'hui, tu verras !

Au cours de toutes les années de vie commune, Louise ne se souvenait pas d'avoir vu Catherine dans une telle fureur.

— Si vous aviez déménagé quand je vous l'ai demandé, Pierre m'aurait épousée. Si vous n'aviez pas été jalouse de me voir amoureuse, vous n'auriez pas hésité un seul instant. Au lieu de cela, vous avez fait traîner jusqu'à ce que ma chance passe. Non seulement vous m'avez empêchée de devenir la vraie femme du seul homme que j'aimerai jamais, mais vous avez refusé à Paul-Michel le droit d'être reconnu par le monde entier comme le fils de son père.

Catherine demeura bouche bée.

Jamais Louise ne lui avait parlé sur ce ton. Mais surtout elle savait, au fond de son cœur, que sa jalousie et son envie avaient pesé dans la balance aussi lourd que ses doutes sur Pierre de Gand. Ce fut pour elle le moment de la vérité. Louise se mit à marcher, mais elle ne la suivit pas. Elle s'adossa au mur et enfouit son visage entre ses mains.

Les voitures dorées du cortège de la princesse de Metternich s'avançaient vers les Tuileries. Les Worth hâtèrent le pas en les apercevant, et ils eurent la chance de voir l'épouse de l'ambassadeur lorsqu'elle sortit de son carrosse orné de satin blanc, dans un scintillement de joyaux. Ils furent tous les deux frappés par son magnétisme personnel extraordinaire, qui attirait l'œil et transformait son physique ingrat en un avantage plutôt qu'un inconvénient. Lorsqu'elle fut hors de vue, les Worth continuèrent leur promenade en silence, réfléchissant chacun de leur côté à ce qu'ils avaient vu. À peine avaient-ils fait trois pas qu'ils se tournèrent spontanément l'un vers l'autre et parlèrent en même temps.

— Ah ! si la princesse avait porté l'une de vos robes aujourd'hui, Charles !

— Voilà une femme capable de rendre justice à mes modèles !

Ils éclatèrent de rire. Ils avaient eu la même pensée – et elle continua de les hanter longtemps après la fin de leur promenade dominicale. Marie, incapable de trouver le sommeil ce soir-là, ne cessait de la tourner et de la retourner dans sa tête…

Les sentiments de Louise, quand elle se rendait chaque jour à son travail, se bousculaient dans son cœur au point d'en devenir étrangement irréels. C'était comme si toutes ses émotions s'étaient élevées sur un autre plan qu'elle ne comprenait pas tout à fait, et qu'elle préférait ne pas examiner de trop près. Il lui suffisait d'être illuminée par la certitude que Pierre et elle allaient être de nouveau unis. À la maison, la querelle du dimanche était déjà oubliée car il était manifeste que Catherine, prise de remords de conscience, ne se risquerait plus à intervenir dans la vie de Louise ou à prononcer un seul mot contre Pierre.

Louise était dans cet état d'esprit lorsqu'elle aperçut, par une porte du palier, Worth et Marie en train de s'embrasser amoureusement en haut de l'escalier. Ils ne l'avaient pas vue et elle s'arrêta pour ne pas les gêner, sans pouvoir cependant revenir sur ses pas. Marie portait une nouvelle robe de ville de velours vert bronze et tenait dans ses bras un album relié de parchemin.

— Bonne chance, ma chérie, lui dit Worth.

Marie sourit, et de sa main gantée effleura la joue de son mari. Ses yeux brillaient d'un secret partagé. Elle disparut très vite dans l'escalier principal tandis que Worth retournait dans le salon principal. Louise demeura quelques instants à l'endroit où elle se trouvait, réchauffée par l'harmonie qui régnait entre eux. C'était la même harmonie qui avait marqué sa rencontre avec Pierre – mais avec une différence, et une différence capitale : aucune ombre ne planait entre Marie et l'homme qu'elle aimait.

Marie se rendait rue de Grenelle. Son cœur battait plus vite à chaque pas qui la rapprochait de l'ambassade d'Autriche. Depuis le jour où ils avaient vu la princesse de Metternich, Charles n'avait cessé de parler d'elle. S'il pouvait convaincre cette femme de porter une seule de ses nouvelles toilettes, la robe serait remarquée partout où elle irait. Avec le temps, tout le monde apprendrait où elle l'avait commandée, et cela vaudrait aux salons de la rue de la Paix la clientèle spéciale dont Worth avait besoin pour pouvoir donner libre cours à son génie créateur – des femmes pour qui le prix ne comptait pas, des femmes dont le but dans la vie était de porter les plus belles toilettes du monde.

Et ils s'étaient décidés. Il avait réuni ses maquettes les plus récentes, que personne n'avait encore vues : c'était l'album que Marie portait avec tant de soin. Elle allait le présenter à la célèbre princesse… Les grilles de l'ambassade semblaient menaçantes. Marie prit son courage à deux mains et les franchit.

Pauline de Metternich n'avait pas l'habitude de recevoir des inconnus. Elle repoussa d'un geste la requête d'une certaine Mme Worth qui désirait la voir. Le mari de cette jeune dame souhaitait, semblait-il, lui faire une robe mais elle n'avait jamais entendu son nom, et elle avait ses couturières attitrées. En outre, elle trouvait parfaitement ridicule qu'un Anglais eût la présomption d'apprendre l'élégance aux Français. Et comment osait-il lui faire une proposition pareille alors qu'elle était capable d'éclipser par sa présence n'importe quelle élégante d'Europe ?

— Renvoyez-la, dit-elle à sa dame de compagnie.

Et elle reprit le livre qu'elle lisait avant d'être dérangée.

La dame de compagnie, qui tenait l'album dans ses bras, hésita un instant. Impressionnée par l'élégance même de Mme Worth, elle avait jeté un coup d'œil sur les maquettes, et les croquis l'avaient persuadée que la jeune femme méritait d'être reçue.

— Puis-je suggérer à Votre Altesse de feuilleter rapidement ces dessins ? Je n'ai jamais rien vu d'aussi nouveau.

Si le roman qu'elle lisait avait été plus captivant, la princesse n'aurait peut-être jamais cédé à l'insistance inhabituelle de sa dame de compagnie, toujours prête à protéger ses heures d'intimité, assez rares pour une personne dans sa position. Avec un léger soupir de contrariété, elle prit l'album sur ses genoux et l'ouvrit. Pourquoi pas, après tout… Le premier dessin était très beau. Elle tourna une page, puis une autre. Les maquettes étaient plus ravissantes les unes que les autres. Elles révélaient un véritable artiste de la haute couture.

— Faites entrer cette dame, dit-elle d'un ton décidé, sans détacher les yeux de l'album.

Marie s'avança timidement vers la princesse.

— Asseyez-vous, madame Worth, et expliquez-moi pourquoi vous êtes venue me voir.

— Nous vous avons aperçue, mon mari et moi, à votre arrivée au palais des Tuileries le jour de la réception de Votre Altesse, et depuis ce jour-là il n'a plus parlé que de vous faire une robe.

Marie expliqua rapidement comment Worth avait quitté la Maison Gagelin pour ouvrir sa boutique. La princesse, très intéressée, posa des questions, tout en regardant de temps à autre l'album ouvert sur ses genoux. Elle faisait déjà son choix, et bien que fort riche elle avait l'esprit assez pratique pour exiger qu'on lui en donnât pour son argent.

— Bien entendu, M. Worth vous laisse le soin de déterminer votre prix, conclut Marie.

La princesse hocha la tête.

— Je prendrai une robe de jour et une robe du soir. Ni l'une ni l'autre ne devront me coûter plus de trois cents francs.

C'était un prix élevé pour un couturier inconnu, mais si les robes étaient aussi bien faites que celle de cette Mme Worth, elle n'aurait pas conclu une mauvaise affaire. Elle ajouta un petit stimulant :

— Si les toilettes me plaisent, je porterai la robe du soir au bal officiel la semaine prochaine.

Quand Marie revint rue de la Paix, un seul coup d'œil à son visage apprit à Worth qu'elle avait réussi. Il la souleva et la fit tournoyer dans ses bras avec un rire de triomphe, tandis qu'elle lui racontait que son succès dépassait toutes leurs espérances.

— La princesse portera votre robe au prochain bal officiel des Tuileries ! s'écria-t-elle. Et le monde entier la verra !

Malgré toute l'excitation provoquée par la commande de la princesse, il fallait que les autres clientes reçoivent les mêmes attentions qu'à l'accoutumée. Worth ne se permettait jamais le moindre relâchement pour quelque raison que ce fût. Le jour où Stéphanie de Gand vint pour son rendez-vous, il l'attendait pour la saluer. Lorsqu'il s'était installé dans ses locaux, il avait conservé son innovation : une femme enceinte voilée défilait dans un salon particulier pour les clientes dans le même état. Ce fut là que Stéphanie prit place, et l'on envoya chercher Louise.

Louise n'oublierait jamais l'instant où elle vit la femme de Pierre dans ce salon… La sensation de bulles de champagne parcourant ses veines, qui lui faisait envisager l'avenir comme une perpétuelle joie, s'évapora et disparut si brusquement que les forces faillirent lui manquer. Peut-être Stéphanie, elle-même nerveuse et exubérante, devina-t-elle pourquoi les yeux de Louise semblaient se creuser soudain, car elle fit à Worth une requête imprévue.

— J'aimerais que Mlle Louise s'assoie près de moi, dit-elle aimablement, en posant la main sur le fauteuil voisin du sien. Si vous le permettez, je veux la consulter : elle a déjà traversé l'épreuve qui m'attend.

Hormis la femme enceinte qui présentait les robes, aucun membre du personnel n'était autorisé à s'asseoir en présence d'une cliente. Worth fut extrêmement choqué par la requête de Stéphanie. Il fit signe à Louise qu'un tabouret suffirait. Mais n'était-on pas dans un salon où les règlements devaient parfois être un peu contournés pour satisfaire les caprices de certaines clientes, qui profitaient de leur grossesse pour se montrer irascibles ou ultra-sensibles ? Il se félicitait que Marie n'ait jamais affecté ce genre d'attitude absurde…

Lorsqu'il fit signe de présenter la première robe, Stéphanie se tourna vers Louise.

— Je ne peux pas vous dire à quel point je suis heureuse. Quelle chance pour moi ! Nous avons eu, Pierre et moi, nos petits différends dans le passé, mais tout est fini à présent.

Son attention se concentra aussitôt sur la robe de dentelle grise, ornée de rubans magenta, qui défilait devant elle.

— Oh ! qu'elle est belle ! Vous croyez que je pourrai la porter à l'aise jusqu'aux derniers moments, Louise ?

Worth devint écarlate.

— Toutes mes robes sont conçues pour cela, madame !

Louise aurait aimé lui dire que Stéphanie le savait très bien, mais qu'elle saisissait le premier prétexte venu pour renouer avec elle une amitié qu'elle craignait de perdre. De toute évidence, Stéphanie se sentait seule et avait peur. Elle était beaucoup moins sûre d'elle qu'elle ne voulait le paraître.

La séance se prolongea. Jamais Louise n'avait subi pareil supplice. Les commentaires prolongés de Stéphanie sur chaque robe qu'on lui montrait étaient en réalité un cri du cœur exprimant tous ses espoirs et ses rêves candides d'un amour et d'un bonheur éternels, construits sur la naissance de son enfant.

Et tout cela ne pouvait advenir que si Louise s'engageait à demeurer dans le passé. Qu'est-ce que Stéphanie avait soupçonné au juste ? Il était impossible de le préciser. Les instincts de l'amour lui avaient-ils permis de lire dans le regard absent de son époux ? Ne l'avait-elle pas senti préoccupé par des pensées qui n'avaient rien à voir avec elle ? Ou bien le prétexte qu'il avait donné pour s'absenter un soir prochain avait-il sonné faux ?

Le monde nouveau qu'avait voulu édifier Louise s'effondrait brusquement… Pendant deux jours, elle s'était persuadée que l'amour de Pierre suffirait pour que tout allât bien désormais, mais rien n'avait changé. Il était toujours marié à une autre femme qui avait la préséance sur elle, et bientôt l'enfant légitime de leur mariage prendrait le pas sur son propre fils. Plus tard, il y aurait d'autres enfants dans la vie de Pierre. Oui, elle serait toujours l'intruse – l'autre femme.

Comment avait-elle pu oublier les attentes solitaires de Catherine lorsque, dans le passé, elle était éprise d'un homme marié ? Ses déceptions sans fin, ses humiliations constantes. Mais ce n'était pas tout. Elle n'avait pas le droit de compromettre davantage l'existence de son fils. Prise de remords, elle se rendait compte qu'elle n'avait songé qu'à elle-même, qu'elle n'avait pas fait passer son fils avant tout le reste. Sa naissance illégitime le marquait déjà suffisamment.

Il n'était pas trop tard. Elle avait encore une chance de succès. Elle la saisirait. Si elle restait à Paris, Pierre continuerait de la pourchasser. Il avait prouvé qu'il ne renoncerait jamais à elle.

Elle annula son option sur les locaux du boulevard des Capucines le jour même, et dans la soirée elle accepta la demande en mariage de Robert. Il était au comble de la joie. Comme le temps manquait et que de nombreuses dispositions restaient à régler, ils décidèrent que le mariage aurait lieu le jour de leur départ. Ils prendraient le vapeur de nuit à Calais. Elle n'annonça pas la nouvelle à Pierre par lettre, car jamais dans sa vie elle n'avait esquivé une obligation difficile. Elle alla le voir aux Tuileries.

Elle eut beaucoup de mal à le prévenir de sa visite car il n'était pas facile, si l'on était une simple femme, sans rang ni distinction, d'entrer dans un palais aussi illustre. Il la reçut dans une petite salle d'attente des quartiers militaires. Elle s'aperçut au premier regard qu'il était mécontent.

— Qu'est-ce qui me vaut votre présence ici ? lui demanda-t-il d'un ton assez sec. C'est très inhabituel, vous savez. Bien que ce soit merveilleux de vous voir.

Il l'aurait embrassée, mais elle s'écarta, sachant qu'elle avait tout juste la force d'aller jusqu'au bout de sa décision. L'embarras qu'il manifestait à cette demande d'entretien pendant ses heures de service confirmait le bien-fondé de sa résolution.

— Depuis notre rencontre, j'ai eu le temps de réfléchir. C'était stupide de ma part d'imaginer que la situation avait changé. Pour de nombreuses raisons, ce serait impossible pour vous et pour moi, sans parler de ceux dont nous sommes l'un et l'autre responsables.

Il était devenu livide.

— Mon dieu ! Vous êtes venue pour me dire cela ? N'auriez-vous pu choisir un meilleur moment et un meilleur endroit ?

Il lança un regard rageur à la pendule murale.

— Dans exactement sept minutes, il faut que je sois prêt à escorter l'empereur dans les rues, et vous décidez de jouer de nouveau votre éternel numéro de coquette à je ne sais quelle fin. Dieu seul sait ce que vous voulez de moi, mais vous l'aurez, même si c'est ma tête sur un plateau. Je ferai tout pour vous plaire, mais je n'apprécie pas que vous menaciez de tout rompre entre nous pour quelque maudit caprice, en un moment aussi inopportun.

Il saisit son casque sur la table, le plaça sur sa tête et ajusta sa jugulaire. Le plumet blanc tomba à sa place sur le col de son uniforme.

— Nous devons nous rencontrer vendredi soir à l'adresse que vous m'avez indiquée. Nous parlerons à ce moment-là de tous nos problèmes. Rien n'est insoluble.

— Je n'y serai pas. J'ai annulé ma location.

Il enfila ses gants blancs.

— Une décision sage. Quand vous m'en avez parlé, j'ai pensé aussitôt que vous pourriez trouver quelque chose de mieux. Nous irons donc au Café Anglais vendredi. Je réserverai un cabinet particulier. Il y a une entrée spéciale et un escalier qui permettent une discrétion absolue…

Il donnait déjà le ton de ce que seraient devenus leurs moments communs. Elle eut envie de se boucher les oreilles.

— Je ne serai ni boulevard des Capucines ni à l'endroit que vous suggérez.

Pourquoi son destin lui faisait-il rencontrer des hommes toujours préoccupés uniquement d'eux-mêmes ? Ou bien était-ce le propre de tous les hommes ?

— Vendredi soir, ajouta-t-elle, je ferai mes bagages. Je quitte Paris. Je pars.

Son front se plissa.

— Où ? À Lyon ? C'est de là que venait votre mère, non ? Ou bien allez-vous ouvrir votre boutique de mode ailleurs en province ? Vous avez décidé de nous rendre les choses difficiles, c'est cela ?

Elle fit une dernière tentative.

— Je suis venue vous le dire, parce que je ne pouvais pas me contenter de vous envoyer une lettre. Je me marie. Je pars en Angleterre. Je vais être l'épouse d'un Londonien nommé Robert Prestbury.

Il se figea. La pendule du mur sonna. De la cour voisine parvenait le claquement assourdi des sabots des chevaux, des ordres criés et des pas des sentinelles. C'était la relève de la garde. Elle dut se détourner, émue jusqu'aux larmes par la rigidité de son visage. Lorsqu'il parla, ce fut avec une douleur paisible, maîtrisée. Toute sa colère, toute sa violence avaient disparu.

— Ne faites pas la même folie que moi, Louise. Vous savez que si deux êtres ont jamais été faits l'un pour l'autre, c'est bien vous et moi. Ne saccageons pas le peu qu'il nous reste.

Elle secoua la tête. Prête à s'effondrer, elle dut faire un effort pour répondre.

— Aucun bien n'en sortirait. Et nous ferions un mal immense à nous-mêmes et aux autres. Il faut que cela finisse.

Elle quitta la pièce sans rien voir. Deux fois, des gardes s'arrêtèrent et la remirent sur le bon chemin tandis qu'elle cherchait la sortie à travers les larmes qui brouillaient sa vue. Plus tard, elle ne se souvint pas de son retour chez elle.

Le même soir, la princesse Pauline de Metternich porta sa première robe de Worth. C'était un chef-d'œuvre de simplicité : tulle blanc doublé de soie agrémenté de fils d'argent et orné d'un unique bouquet de marguerites sur l'immense jupe. Elle tranchait sur toutes les autres toilettes surchargées, comme si un rayon de soleil la suivait partout où elle allait, illusion que confirmaient les regards qui s'arrêtaient à son passage. L'impératrice, parée de ses magnifiques joyaux, observa depuis le dais tendu de rouge où elle se trouvait avec l'empereur la robe splendide que portait l'étonnante ambassadrice. Avant la fin de la soirée, elle demanda à la princesse le nom de celui qui l'avait coupée. Eugénie baissa les sourcils en apprenant que c'était la création d'un Anglais du nom de Worth, que la princesse loua comme la nouvelle étoile dominant de son talent le monde de la mode parisienne. L'impératrice hocha la tête, amusée, et son diadème lança mille feux.

— Cette étoile doit être pourvue de satellites. Je suis prête à être l'un d'eux.

La princesse de Metternich promit à Sa Majesté que Worth se présenterait au palais le lendemain matin. Elle savait aussi qu'à l'avenir elle devrait payer trois fois plus cher la moindre toilette de « cet Anglais ». L'impératrice était elle aussi une étoile dans son propre firmament et, quoi qu'elle fît, tous ses satellites suivraient.

Worth était extrêmement occupé quand la nouvelle lui parvint que l'impératrice l'attendait à dix heures. Quelle que fût l'heure de la journée, la coutume voulait que les messieurs portent une tenue de soirée lorsqu'ils étaient reçus par Sa Majesté. Cependant, au plus grand désarroi de Marie, il refusa d'ôter sa redingote habituelle.

— Je suis un commerçant indépendant, déclara-t-il fièrement. Pas un laquais.

Elle souleva Jean-Philippe et Gaston dans ses bras pour leur montrer par la fenêtre leur papa qui se rendait au palais. Peut-être avait-il raison de porter sa redingote à col de velours. Rien ne lui allait aussi bien. C'était aussi, se dit-elle, d'une arrogance suprême. Worth, qui se croyait si français, ne s'était jamais révélé plus anglais.

18

Louise vit les maquettes choisies par l'impératrice, mais ce fut tout. Avant que le premier patron ne fût coupé, Robert et elle étaient mariés. Catherine, les Worth et quelques proches assistèrent aux cérémonies civile et religieuse, puis l'on se retrouva au restaurant pour un déjeuner de mariage. Tout le monde pouvait lire sur les traits de la mariée que ce n'était pas le plus beau jour de sa vie, mais elle avait résolu d'être une bonne épouse pour Robert. N'avait-il pas prouvé qu'il l'aimait assez pour accepter l'enfant d'un autre comme son propre fils – ce que plus d'un homme aurait refusé ? Surtout, elle avait l'intention de faire l'impossible pour que l'affaire Prestbury connaisse le succès, et Robert avait promis qu'elle pourrait créer au cœur de Londres un petit coin de son cher Paris.

Toute la noce les accompagna à la gare. Louise prit Paul-Michel dans ses bras et se mit à la portière du compartiment pour saluer jusqu'au dernier instant le petit groupe d'amis sur le quai. Robert, terrassé par tout le champagne qu'il avait bu, s'était déjà effondré sur la banquette. Il attendait l'instant de la prendre sur ses genoux, mais elle demeura collée à la vitre jusqu'à ce que le dernier clocher et le dernier toit de Paris eussent disparu.

À leur arrivée à Calais, il faisait presque nuit. Le vent était glacial et la mer houleuse paraissait noire sous la pluie fine. Robert avait retenu une cabine de première classe assez confortable, mais à peine le vapeur avait-il quitté le port qu'il se mit à tanguer. Robert dîna de bon cœur, mais Louise ne put rien avaler – autant en raison de son chagrin de quitter la France qu'à cause du roulis du bateau. Elle se retira dans la cabine, abandonnant son époux à son cognac et à son cigare.

Quel soulagement de s'allonger sur la couchette étroite ! Elle ferma les yeux pour ne plus voir le mouvement de pendule de ses vêtements, accrochés à la patère, et l'assaut constant de l'écume sur le hublot. Elle n'avait pas baissé la mèche de la lampe à pétrole pour que son fils, endormi dans la couchette opposée, ne prît pas peur s'il s'éveillait dans ce décor inconnu.

Quand Robert entra, d'un pas mal assuré, il fit un tel tapage que Paul-Michel s'éveilla aussitôt. Robert souffla la lampe, plongeant la cabine dans un noir de poix, et l'enfant poussa un cri de terreur. Louise protesta, mais Robert, sans en tenir compte, continua de se déshabiller. Elle avait espéré qu'il s'allongerait sur la troisième couchette, mais c'était sa nuit de noces. Lorsqu'elle se leva pour aller consoler l'enfant effrayé, il lui barra la route. Il lui arracha sa chemise de nuit et la repoussa sur la couchette. Pendant longtemps, son fils pleura à chaudes larmes au milieu des craquements du bateau et du déferlement des vagues – avant de sombrer enfin dans un sommeil entrecoupé de sanglots. Pas un seul instant, elle n'eut la possibilité de s'occuper de lui.

Le lendemain matin, le soleil brillait sur les falaises de Douvres, mais le vent demeurait violent et les nuages se pourchassaient dans le ciel. Dans le train de Londres, Louise fit la découverte de son nouveau pays, ravie par la campagne aimable du Kent, avec ses étranges séchoirs à houblon et ses hectares de vergers. Paul-Michel était d'excellente humeur, à genoux près d'elle sur la banquette pour admirer la campagne qui défilait ; puis il joua avec le singe articulé que Catherine lui avait offert sur le quai de la gare.

Enfin les faubourgs de Londres apparurent, tassés sous une forêt de cheminées. Robert s'éveilla brusquement de la somnolence qui avait fait de lui un compagnon silencieux pendant la plus grande partie du voyage. Il se redressa, puis arrangea sa cravate et ses manchettes, l'air surpris. Il regarda le paysage à droite et à gauche pour se repérer. Il se mit à mâchonner sa lèvre inférieure. Soudain, il parut à Louise étrangement jeune. On eût dit un lycéen rentrant chez ses parents avec un mauvais carnet de notes. Quelle différence avec son visage, celui qu'il avait révélé au cours de la nuit – mais c'était un moment auquel elle préférait ne plus songer. Il s'éclaircit deux fois la gorge. Depuis qu'ils avaient débarqué à Douvres, il ne parlait plus qu'anglais et elle lui avait répondu dans cette langue. Il en serait toujours ainsi à l'avenir et c'était bien naturel, mais elle veillerait à ce que Paul-Michel n'oublie jamais sa langue maternelle. Ils parleraient français quand ils seraient seuls tous les deux.

— Je dois vous dire une chose, Louise. Une chose que j'aurais dû vous avouer avant notre départ de France.

Elle frémit.

— Oui ?

— Euh… Eh bien, voilà. Mes parents croient que Paul-Michel est mon fils.

Elle estima que cela partait d'un bon sentiment. Désormais, Paul-Michel serait son fils à tous égards et ils étaient tombés d'accord pour qu'il porte le nom de Prestbury.

— C'était très galant de votre part, mais tout de même une erreur. Vous vous doutez bien que vos parents s'apercevront immédiatement qu'il est beaucoup trop âgé par rapport au temps que vous avez passé à Paris. Il avait déjà trois semaines quand vous êtes arrivé chez Gagelin, il y a deux ans. Ils s'attendent à voir un enfant d'un an, tout au plus.

De nouveau, il s'éclaircit la gorge.

— Ce n'est pas le problème. J'avais déjà séjourné à Paris, vous comprenez. À deux reprises. Je leur ai dit que nous nous étions rencontrés à ce moment-là. L'ennui, c'est que je ne pouvais pas dire que nous étions mariés pendant tout le temps où vous m'avez fait lanterner, mais j'ai essayé de les préparer à l'idée du mariage lors de mon retour il y a quelques mois. Quand j'ai télégraphié que nous allions nous marier, j'ai ajouté que nous avions déjà un « enfant de l'amour ». Ils supposeront donc que j'ai réparé mes torts et fait de vous une femme honnête.

Elle n'aimait pas cette expression qu'elle jugeait paternaliste, mais il était dans un tel état d'agitation, remettant sans cesse en place la mèche qui tombait sur son front, qu'elle préféra l'apaiser.

— Il n'y a pas de mal à cela, dit-elle d'une voix douce.

— Mais mes parents ont l'esprit tellement étroit. Je ne sais pas quel genre de réception vous attend. Alors, j'ai préféré vous prévenir.

C'était donc ça ! Et elle remarqua qu'il ne s'était pas inclus dans la remarque mais n'avait parlé que d'elle.

— J'espère qu'ils m'apprécieront assez pour m'accorder une pensée charitable. En tout cas, lorsqu'ils verront Paul-Michel, je suis sûre qu'ils l'aimeront sur-le-champ.

Il ne partageait pas son parti pris maternel à l'égard de l'enfant et il parut peu convaincu.

— N'y comptez pas trop. Ma mère n'a jamais eu de temps pour ma sœur Agnès ou pour moi. Et jusqu'à huit ans, je n'ai vu que notre nourrice et notre gouvernante. Ensuite, on m'a envoyé en pension, et ce fut plus ou moins la fin de mes relations familiales. Mon père a toujours cru que l'on doit voir ses enfants mais ne jamais les entendre. Dès que je prononçais un mot, il levait sa canne sur moi. Il ne sera pas fier d'un petit-fils né hors des liens du mariage, et ma mère en mourrait si la vérité devait se faire jour. Quand ils auront vu Paul-Michel, je crois que vous découvrirez que nous nous sommes mariés en secret il y a environ trois ans.

Le train se mit à ralentir au milieu d'un immense nuage blanc. Quand la vapeur se dissipa, ils étaient arrêtés sous la grande voûte de la gare de London Bridge. Robert saisit son chapeau dans le filet et donna des instructions au porteur qui ouvrit la portière. Louise prit Paul-Michel dans ses bras et descendit du wagon, perdue dans ses pensées. Elle avait été placée sans le vouloir dans une situation fausse, et c'était contraire à sa nature. Mais il lui fallait s'en accommoder, ne serait-ce que pour son fils.

Un domestique sobrement vêtu était venu pour surveiller le transport de leurs malles et de leurs caisses, et ils se dirigèrent aussitôt vers l'équipage de la famille qui les attendait dans l'avant-cour de la gare.

Quelle émotion de découvrir Londres ! Tandis qu'ils traversaient le pont, elle montra à Paul-Michel tous les chalands et les bateaux de la Tamise, aussi animée que la Seine. Sans cesse, elle interrogeait Robert sur les magnifiques édifices qu'ils longeaient, le Parlement, enchâssé dans des échafaudages car il était en cours de reconstruction, les rues et les places bondées de monde.

À Piccadilly, elle chercha des yeux la boutique de *Swan and Edgar* où Worth avait fait son apprentissage, et elle en remarqua la belle façade. Elle décida de s'y rendre à la première occasion. Elle eut beaucoup de mal à faire parler Robert des beautés de la ville qui s'offraient à leur vue. Il savait tout ce qu'on pouvait en dire mais ses réponses restaient évasives : il s'était enfoncé dans un coin de la voiture, et sa bouche était si crispée qu'elle eut l'impression qu'il n'y avait plus une seule goutte de sang dans ses lèvres. Elle jugea rassurant qu'il se montrât si inquiet de la réception qu'allaient lui réserver ses parents, mais sa mine décomposée était contagieuse, et elle sentit la crainte l'envahir peu à peu.

Ils s'arrêtèrent devant une vaste demeure à terrasse, d'allure plaisante, agrémentée d'une petite cour bordée de grilles et d'un escalier de pierre blanche. La poignée de la clochette et le gratte-pieds de cuivre brillaient sous le soleil. La maison s'ouvrait sur un square assez vaste planté d'arbres, de pelouses et de fleurs. On devait guetter la voiture car la grande porte s'ouvrit presque aussitôt. Lorsqu'elle monta les marches tenant Paul-Michel dans ses bras, Louise sentit qu'on l'observait à travers les rideaux de dentelle du premier étage. Robert les précédait.

Elle fut frappée, à l'intérieur de la maison, par l'obscurité qui y régnait, par l'odeur de cire d'abeille, de mine de plomb et d'huile de lin. Tout était astiqué à miroir. Ce n'était pas une atmosphère accueillante pour un enfant. Robert appela le maître d'hôtel Gayfield – nom qu'elle trouva singulièrement mal choisi pour un personnage à l'air si triste. Mais l'homme s'adressa à elle dans un français presque parfait.

— J'espère que vous avez fait un bon voyage, madame. Ce sera un honneur de vous servir dans cette maison.

Elle le remerciait vivement, appréciant sa courtoisie, lorsqu'une voix tonnante, tombant du haut de l'escalier, lui coupa la parole.

— Pas de ce jargon de Bonaparte sous mon toit ! L'anglais est la langue en usage dans notre grand pays, madame.

C'était le père de Robert, un homme de forte stature, sans cou, au crâne chauve et le visage encadré d'énormes favoris – un teint d'apoplectique, plus près du violet que du rouge. Il était courbé sur une canne à pommeau d'argent, mais sa voix n'était pas celle d'un invalide. Robert le salua d'un ton brusque, nerveux, et monta l'escalier pour lui serrer la main, laissant Louise et son enfant le suivre tout seuls.

Lorsqu'elle arriva sur le palier, Robert avait accompagné son père dans un salon et il embrassait sa mère, installée dans un fauteuil à grand dossier. Louise mit Paul-Michel sur ses pieds, prit sa petite main dans la sienne et franchit le seuil. M. et Mme John Prestbury posèrent aussitôt sur l'enfant un regard glacé. Ils voyaient en lui la preuve vivante du libertinage de leur fils en compagnie d'une jeune femme immorale dans la capitale d'un pays réprouvé par tout Anglais pourvu d'un peu de décence. Robert releva le menton et redressa sa cravate sans nécessité. De la sueur perlait sur son front et sa lèvre supérieure. Il avait un air étrangement triste.

— Mes chers parents, dit-il avec dans la voix une dureté qui semblait plus proche de la haine que de l'affection filiale, permettez-moi de vous présenter ma femme Louise et mon fils Paul-Michel.

Les lèvres fines de Verena Prestbury se pincèrent davantage, mais ses yeux ne se détachèrent pas de l'enfant. Elle avait plus de cinquante ans, presque vingt ans de moins que son mari. Ce n'était pas une femme laide, mais la sévérité de sa nature, alliée à son insatisfaction dans la vie, avaient creusé un pli permanent sur son front et des rides profondes au coin de ses lèvres. Ses cheveux châtain clair, un peu roux, de la même couleur que ceux de son fils, trahissaient sa vitalité et une certaine jeunesse, mais son bonnet de dentelle les dissimulait presque entièrement.

— Ça n'ira pas, dit-elle d'un ton glacial. Ça n'ira pas du tout, Robert. Je vous interdis de dire à quiconque que vous vous êtes mariés hier. C'est la raison de l'absence d'Agnès en ce moment. Nous tenions à lui épargner une telle honte.

— Comme vous voudrez, mère, répliqua-t-il très vite.

Louise eut l'impression qu'il aurait donné n'importe quoi pour être ailleurs.

Mme Prestbury daigna enfin accorder son attention à Louise. Elle l'examina depuis son élégant chapeau parisien jusqu'à l'ourlet de son costume de voyage.

— C'est donc vous ! J'espère que vous êtes prête à vous conduire en épouse respectueuse : mon fils s'est conduit en homme d'honneur, le moins que vous puissiez faire est de lui témoigner votre gratitude jusqu'à la fin de vos jours.

Avant que Louise ait pu répliquer, John Prestbury lança un regard impatient à son fils.

— Elle parle tout de même anglais, je suppose ?

Louise répondit sans rien perdre de sa dignité.

— Je comprends vos paroles, ne craignez rien. Je suis heureuse de voir que votre santé s'est améliorée depuis votre maladie, monsieur Prestbury, et que Mme Prestbury va très bien.

— Je me porte comme un charme, j'aime mieux vous le dire tout de suite, s'écria John Prestbury en faisant claquer sa canne deux fois pour souligner triomphalement ses paroles. J'ai du nerf, ah ah ! Je suis du bois dont on a fait l'Empire. Je me suis fait tout seul et j'en suis fier.

C'était manifeste. L'allure raffinée de Mme Prestbury dénotait à coup sûr de meilleures origines, bien qu'elle manquât singulièrement de manières. Aucune phrase de bienvenue n'avait été prononcée et Louise savait que ses souhaits de politesse étaient tombés dans l'oreille de sourds.

— Vous n'avez pas de bavolet à votre chapeau, Louise.

— Cela ne se fait plus.

C'était exact. Depuis que Marie Worth était sortie en public sans bavolet, les ciseaux des Parisiennes s'étaient mis à l'œuvre…

— Nous sommes en Angleterre. (Mme Prestbury parlait de son pays comme si elle le plaçait sur le même plan que le Paradis.) Vous montrez votre cou ! C'est indécent.

Louise s'attendait à recevoir un clin d'œil chaleureux et réconfortant de Robert, en souvenir de leur joie partagée le jour où Marie, partie avec un chapeau sans bavolet aux courses de Longchamp, avait été critiquée de la même façon par l'une de ses amies pudibondes. Mais Robert se contenta de baisser les yeux. Elle regretta que Worth ne fût pas présent ! Il aurait éclaté de rire en entendant quelqu'un prétendre que montrer son cou était impudique…

— J'ai une boîte où je garde des chutes de tissu, continua Mme Prestbury. Je vous trouverai un bout d'étoffe que vous coudrez à votre chapeau – et à tous ceux que vous avez apportés.

Louise se demandait pendant combien de temps encore elle pourrait tenir sa langue. Son indignation commençait à prendre des allures de rage froide, et l'absence de soutien de la part de Robert ne faisait qu'aggraver les choses.

John Prestbury regarda de nouveau Paul-Michel, et s'adressa à lui en brandissant dans sa direction sa canne à pommeau d'argent.

— Ton papa t'a donné un nom avec une drôle de prononciation étrangère, mais nous ne voulons pas de ces sottises ici. Il faut dire *Paul-Michael*, insista-t-il en accentuant la prononciation anglaise. Et puis un seul prénom suffit pour tous les jours. On t'appellera Paul désormais, et quand tu iras à l'école : Prestbury. Compris ?

La lèvre inférieure de Paul-Michel s'était mise à trembler dès le début de cette tirade incompréhensible, aboyée sur un ton inquiétant. Depuis qu'ils avaient quitté le bateau, même sa maman parlait une langue incompréhensible quand elle ne s'adressait pas à lui. Ça ne lui plaisait pas. Et puis l'homme en colère et la femme méchante ne lui plaisaient pas non plus. Elle n'avait pas souri une seule fois et ne l'avait pas pris dans ses bras comme faisaient toujours les autres dames. Il avait envie que sa maman le ramène à la maison, loin de ces murs inconnus. Il avait envie que sa tante Catherine le prenne sur le merveilleux coussin de ses genoux. Et il avait envie du pot de chambre. Il enfouit son visage dans la jupe de sa maman et se mit à pleurer tandis qu'un filet tiède glissait le long de ses jambes pour former une flaque sur le tapis…

La chambre qu'on leur donna avait un immense lit sculpté et une armoire occupant toute la longueur d'un mur. Les autres meubles étaient de mêmes dimensions. Quand Robert entra, Louise arpentait la pièce en berçant dans ses bras son enfant, sec et changé. Elle l'invectiva aussitôt, non en anglais mais dans un français qui libérait sa langue et sa colère rentrée.

— Comment avez-vous pu les laisser me parler sur ce ton ! Je n'ai même pas été invitée à m'asseoir. Je ne resterai pas dans cette maison une minute de plus que nécessaire. Je veux déménager dès demain dans un logement à nous.

Robert s'étendit de tout son long sur le dessus-de-lit en dentelle amidonnée. Défiant les règles de la maison qui interdisaient de fumer dans les chambres, il alluma une cigarette. Ses yeux ne quittèrent pas le plafond, comme si la honte l'empêchait de regarder en face l'indignation justifiée de sa femme.

— Je suis désolé. C'était l'enfer, et je savais que ce serait ainsi, mais je n'y pouvais rien. Rentrer à la maison a toujours eu sur moi le même effet, depuis mes années de pension. C'est une malédiction. Tout se révulse en moi et je ne peux qu'attendre une heure ou deux, le temps que ça passe.

Elle parut troublée.

— Vous voulez dire que vous n'avez jamais été heureux de rentrer chez vous ?

— Jamais. C'était chaque fois comme aujourd'hui, même du temps de l'école primaire. Toujours la même désapprobation sur tout. Malheureusement, cette fois il vous a fallu partager la scène. (Il plissa les lèvres en un sourire cynique.) Je crois que ma mère a été vraiment ravie d'avoir une nouvelle cible. C'était beaucoup plus amusant pour elle que de tirer sur moi seul, et Paul complétait vraiment le tableau de façon superbe.

Il ne put retenir un rire satisfait.

— Je ne vois pas ce que vous trouvez si drôle ! s'écria Louise, exaspérée. Et cessez de raccourcir le nom de Paul-Michel !

Il aspira une bouffée de sa cigarette.

— C'est Paul et cela restera Paul. Autant vous y habituer tout de suite. Pourquoi soulever des questions inutiles avec mes parents à ce sujet ? Il y en aura suffisamment comme ça, je vous le promets. Ne croyez pas surtout que j'aie envie de rester dans cette maison davantage que vous, mais je crains que nous n'y soyons forcés pendant un certain temps.

— Pourquoi ?

— Des raisons financières pour commencer. Je suis fauché.

— Je paierai le loyer. N'importe où. Vous savez que j'ai des économies.

Il se redressa pour écraser sa cigarette dans une soucoupe de Dresde posée sur la coiffeuse.

— C'est hors de question. Pour l'instant, nous devons faire semblant de nous installer définitivement dans cette maison. Mon père ne veut pas qu'à sa mort ma mère en soit expulsée, et il compte sur moi pour veiller sur elle jusqu'à la fin de ses jours – sans parler de ma sœur Agnès, qui ne se mariera probablement jamais. Il me suffit de faire des courbettes à tous ses désirs, et à sa mort je mettrai la main sur le Magasin Prestbury.

Elle respira à fond pour se calmer un peu.

— Vous m'aviez dit à Paris que le magasin était déjà à vous. Vous m'aviez assuré que nous serions associés.

— Et nous le serons. Bientôt. Ne vous laissez pas abuser par les fanfaronnades de mon père. Le docteur lui a conseillé très sérieusement de ne faire aucun effort et de rester au calme, mais avec son tempérament irascible ça lui est pratiquement impossible.

Elle était ulcérée.

— Ne me faites pas miroiter la mort de votre père ! Je ne veux pas de ça. Lançons nous-mêmes notre affaire, sans dépendre de qui que ce soit. Nous travaillerons dur tous les deux et…

— Ça ne marchera pas.

Il lança ses longues jambes hors du lit et vint prendre Louise dans ses bras.

— Il faudrait des années pour mettre sur les rails une petite affaire comme celle dont vous rêvez, lui dit-il. Ce n'est pas comme à Paris, où vous aviez des relations. Et de toute façon, ajouta-t-il en choisissant un argument qu'elle serait obligée d'accepter, comme vous entendrez souvent mon père le rappeler avec son manque de tact habituel, mon devoir filial m'oblige à prendre en main le Magasin Prestbury. N'est-ce pas pour cette raison qu'il a financé ma formation chez Worth ?

Il vit qu'il avait gagné. Il se moquait complètement des principes, mais il n'allait pas lancer une affaire alors qu'une situation toute prête l'attendait. Surtout, il ne voulait pas mettre en danger sa part d'héritage pour le jour où « le vieux casserait sa pipe ».

— La moitié des problèmes de mon père tiennent aux soucis que lui donnent les affaires. S'il avait pris un bon directeur dès le début de sa maladie, tout aurait été différent, mais c'est le genre d'homme qui ne fait jamais confiance à personne. Il n'est plus du tout de son temps, et il ne s'en rend pas compte. La vieillesse l'a privé de l'esprit d'initiative qui lui avait permis de conquérir sa place au soleil. Il ne peut plus rivaliser avec la concurrence mais il refuse de le reconnaître.

Il la serra plus fort contre lui.

— Patientez encore un peu, mon amour. Je veux que vous soyez la seule maîtresse de la boutique. Je sais que vous avez tout le flair qu'il faut pour influencer son style et je reconnais qu'il y a davantage de sens des affaires dans votre petit doigt que dans ma tête, malgré tout ce que Worth a essayé d'y faire entrer. Vous avez la possibilité de soulager mon père de tout son fardeau, et je vous aiderai de mon mieux. Cela prolongera ses jours et nous en tirerons pleinement avantage, car, dès que la boutique sera assez prospère, nous pourrons quitter cette morgue pour nous installer dans notre maison à nous et assurer la sécurité de ma mère sous ce toit, ce qui est en réalité la seule préoccupation de mon père.

Il se mit à la cajoler, oubliant volontairement qu'il lui avait présenté sous un jour très différent ce qui serait leur existence en Angleterre

— Tout ira très bien, vous verrez, dit-il.

On frappa à la porte. Il poussa un soupir excédé et alla répondre de mauvaise grâce. Aussitôt, son visage prit une expression d'affection sincère.

— Agnès ! Comment vas-tu ?

Le frère et la sœur s'embrassèrent, puis Agnès s'avança d'un pas hésitant. Elle avait les mêmes traits que son père, mais affinés et ciselés, un visage agréable, presque délicat, comme si les origines plus racées de sa mère avaient pris le dessus. Elle avait les yeux bleus et les cheveux légèrement plus clairs que ceux de Robert, mais sans les reflets de bronze qui chatoyaient encore dans les tresses de sa mère.

Son sourire, étrangement doux, s'harmonisait avec son attitude, et sa timidité semblait si extrême qu'elle bégaya légèrement quand elle s'adressa à Louise.

— Je n'ai p-pas p-pu attendre le t-thé pour venir vous voir, ma chère s-sœur, ainsi que mon p-petit neveu.

À cette chaleur inattendue dans ce décor glacial, Louise faillit verser des larmes de joie. Elle embrassa Agnès sur la joue.

Paul-Michel reconnut la même gentillesse profonde dans les intonations de la jeune fille et ne s'écarta pas lorsque Agnès s'avança. Quand elle le prit dans ses bras, il comprit que tout allait pour le mieux et il se borna à enfoncer timidement son menton dans son col. Très enfantine, Agnès s'assit sur le tapis de la chambre et se mit à jouer avec lui, puis elle lui fit avec son mouchoir un lapin à longues oreilles. Louise pendant ce temps prit un bain pour chasser les fatigues du voyage, avant d'enfiler une robe d'après-midi pour le thé.

Ce fut son premier thé à l'anglaise. La table s'ornait d'une belle nappe de dentelle et le thé était servi dans des tasses de porcelaine très fine. Il y avait des sandwichs au concombre et des galettes chaudes beurrées, accompagnés d'un cake aux prunes. John Prestbury dévora avec un tel appétit que Louise supposa qu'il ne dînerait pas, mais ce ne fut pas le cas. À son grand soulagement, Paul-Michel se tint à merveille, entièrement séduit par Agnès, assise près de lui.

La morosité de Robert ne s'était pas entièrement dissipée, et Louise n'avait pas compris que la présence de ses parents avait un effet désastreux sur son humeur. Cela lui imposait une sorte de retenue dont il se départait parfois brusquement sans raison, compliquant encore leurs difficiles relations. Sa sœur se bornait à esquisser un sourire de temps en temps. Louise se demanda si son silence n'était pas un simple réflexe de défense – car, à suivre la conversation incessante de sa mère, il était manifeste qu'Agnès ne faisait jamais rien de bon : elle était englobée dans le flot sempiternel des critiques, allant de la négligence des domestiques aux mauvaises pratiques des commerçants, en passant par le manque de parfum du thé.

Agnès sortit davantage de sa coquille quand vint le soir, lorsqu'elle accompagna Louise et Paul-Michel dans les chambres d'enfants.

— C'est ici que n-nous avons p-passé p-presque toute notre enf-fance, Robert et moi, expliqua-t-elle avec un regard ému à la salle de jeux où la lueur d'un feu de bois jouait à travers un écran de cuivre sur le cheval à bascule, le coffre à jouets et l'arche de Noé.

Elle semblait enchantée d'avoir eu un prétexte légitime pour retourner dans un domaine interdit depuis de nombreuses années. Grâce au télégramme de Robert, elle avait pu faire ôter les housses et procéder d'urgence à un grand nettoyage.

— Je suis sûre que P-Paul s'y plaira autant que nous, et on p-peut faire confiance à Daisy pour s'occuper de lui à la p-perfection.

Daisy était une fille souriante, aux joues roses, promue au titre de gouvernante depuis qu'Agnès avait appris qu'elle s'était occupée de ses frères et sœurs avant de devenir femme de chambre. Paul-Michel commençait à trouver les choses plutôt à son goût et aima tout de suite les boucles rousses de Daisy, qui dansaient tout autour de son bonnet blanc.

Au cours du dîner, Louise comprit vite qu'il y avait eu, pendant qu'elle couchait Paul-Michel, une discussion sur son avenir immédiat dans l'affaire Prestbury.

John Prestbury parut favorablement impressionné (à son corps défendant) par sa grande expérience en matière de couture. N'étant pas homme à négliger un avantage, il était prêt à lui confier un rôle actif.

— On dirait qu'un peu de labeur honnête ne vous fait pas peur, et c'est tout à votre honneur, lui concéda-t-il. Il y dans le personnel une vieille bonne femme qui prend les mesures depuis des années, mais sa vue baisse, et vous pourrez la remplacer. Tous nos travaux de couture sont donnés à façon à l'extérieur, les couturières passent au magasin tous les jours, il vous faudra vérifier les sorties et les retours. Nous vendons selon le principe habituel : nous fournissons le tissu et les clients choisissent leur modèle. Rien d'extravagant chez Prestbury, j'aime mieux vous le dire. Toujours les modes les plus conservatrices.

Il fronça les sourcils dans sa direction.

— Rien dans le genre des toilettes voyantes que j'ai vues sur votre dos depuis votre arrivée. Mon personnel porte des robes de soie noire toutes simples. Vous avez sûrement une ou deux toilettes noires convenables pour la boutique, je suppose ?

— J'en ai plusieurs.

Du coin de l'œil, Louise remarqua que Robert avalait à la hâte son verre de vin. Il savait comme elle qu'une toilette jugée normale chez Worth paraîtrait de la dernière élégance chez Prestbury ; mais elle croyait que cela stimulerait les affaires – les clientes n'avaient-elles pas exigé, dans le passé, des robes semblables à celles de Marie ?

— Bien…

John Prestbury hocha la tête et enfourna dans sa bouche un morceau de canard rôti.

— Robert pourra faire ses débuts demain. Il m'a remplacé quand il est revenu pendant ma courte maladie. Il m'évitera d'aller au magasin tous les jours et cela me soulagera d'un grand poids... Non que j'aie l'intention de prendre ma retraite, hein, tant qu'il me reste un souffle d'air dans les poumons, se hâta-t-il d'ajouter en lançant des regards de défi autour de lui.

De l'autre bout de la table, Mme Prestbury prit la parole :

— Je suis sûre que Robert sera enchanté de recevoir vos directives en toutes circonstances, John.

Louise se mordit la lèvre pour ne pas répondre. Pourquoi cette femme n'encourageait-elle pas Robert, au lieu de saper la décision de son mari en laissant entendre que leur fils serait incapable de diriger l'affaire tout seul ? Elle vit en Mme Prestbury une mère possessive, qui écrasait systématiquement ses deux enfants.

Et cette femme l'accablait à tout instant de sa désapprobation, comme si elle était affligée d'une tare impossible à effacer ! Oh ! N'importe quoi plutôt que de rester dans cette maison détestable ! Et elle n'y était que depuis quelques heures. Elle ferait tout pour que la Maison Prestbury connaisse un succès financier immédiat. Stimulée par la perspective d'avoir sa demeure à elle, rien ne la retiendrait.

John Prestbury brandit sa fourchette vers Robert.

— J'attends dorénavant de vous un travail assidu et la conscience de vos responsabilités. Je n'ai pas payé votre séjour de deux ans à Paris sans en espérer une juste rétribution.

— Je ferai de mon mieux, père, répondit Robert d'un ton contraint.

Le repas s'acheva enfin. Agnès se montra excellente pianiste, mais pendant qu'elle jouait, John Prestbury ne cessa de grommeler contre la politique en remuant bruyamment son café. Louise fut enchantée de tourner les pages de la partition, à l'autre bout de la pièce.

Plus tard, dans le lit sculpté, Robert se montra anxieux de faire oublier ses débordements d'ivrogne de la veille. Il prouva qu'il pouvait devenir un amant délicat, et Louise, abusée par les excuses qu'il lui avait présentées, chercha à noyer dans ses bras tout le désespoir qui l'accablait au terme de cette journée.

Trois jours plus tard, elle se rendit au Magasin Prestbury. Elle nourrissait de grandes inquiétudes. Le premier jour, John Prestbury avait accompagné son fils. Il en était revenu épuisé et avait dû s'aliter. Le lendemain, elle avait proposé à Robert de l'accompagner, mais il l'en avait dissuadée, prétendant qu'il était inutile de précipiter les choses – ce qui l'étonna, car il avait manifestement besoin de sa présence là-bas. Lorsqu'il la quitta le troisième matin, elle eut soudain le pressentiment qu'il lui avait caché quelque chose. Ou bien avait-elle mal compris ? Depuis qu'elle avait travaillé avec lui chez Worth, elle savait qu'il fuyait toujours les difficultés ou les contournait. Elle prit peur : qu'allait-elle trouver ?

Elle se rendit à pied au magasin, situé non loin de la maison. La rue était très animée et tous les commerçants semblaient faire de bonnes affaires – les épiciers de luxe comme les bottiers, les tapissiers et les modistes. Elle arriva à la hauteur de la Maison Prestbury. Elle s'arrêta sur le trottoir d'en face et toutes ses vagues appréhensions se confirmèrent.

La boutique présentait une vaste façade, qui avait besoin d'une couche de peinture ; toutefois ce n'était pas le plus grave. Les vitrines étaient garnies de manteaux, de châles et de capes, ce qui prouvait l'existence d'un stock suffisant. Mais tous les articles étaient noirs. D'un noir de deuil. Et elle comprit ce que Robert n'avait pas eu le courage de lui avouer. Tout au long du fronton de la devanture, de fines lettres dorées sur fond noir annonçaient :

Articles de deuil Prestbury

Robert la vit traverser la rue. Il ouvrit la porte vitrée pour la recevoir, le visage livide. Elle entra sans lui jeter un regard. À l'intérieur, le noir des vêtements à l'étalage et les dais de crêpe tendus sur les murs sombres lui donnèrent l'impression qu'elle venait de pénétrer dans les oubliettes d'un donjon. Il y avait un peu de violet foncé pour le demi-deuil, et même une touche de blanc donnée par des mouchoirs bordés de noir disposés en petites pyramides sur un comptoir, mais tout était sinistre. Sans un mot, elle se dirigea vers le bureau. Un feu joyeux flambait dans l'âtre et un parfum de cigare planait dans la pièce. Elle aurait juré que, deux minutes plus tôt, il avait les pieds sur la table.

— Louise…

Elle se retourna brusquement et le gifla à toute volée, le regard fou.

— Si jamais, à l'avenir, vous me mentez ou me trompez une seule fois, je vous quitte. Je le jure !

Il demeura sur place, stupéfait.

Déjà elle arrachait son chapeau, jetait sa cape, ôtait ses gants.

— Et maintenant, au travail ! s'écria-t-elle. Je veux examiner le moindre morceau de tissu existant dans cette maison, vérifier le stock, consulter les livres, voir la liste des grossistes, faire la connaissance du personnel, et savoir où habitent les couturières à façon.

Durant les jours qui suivirent, elle le força à travailler à un rythme forcené. Au début, il en fut enchanté : cela prouvait qu'elle avait surmonté ce qui avait dû être pour elle un choc terrible. Puis sa satisfaction se mua en irritation. Il savait qu'elle travaillerait dur, mais il n'était pas prêt à l'imiter plus longtemps que nécessaire... Il s'était déjà trop fatigué chez Worth.

C'était pendant son bref séjour à Londres, après la crise cardiaque de son père, qu'il avait eu l'idée de l'épouser au lieu de la séduire. Les avantages étaient manifestes : tout d'abord, elle lui plaisait beaucoup, car il trouvait splendides son étrange regard ambré et sa bouche passionnée, mais surtout, si quelqu'un était capable de sortir la Maison Prestbury de l'ornière et d'en faire un succès commercial, c'était bien elle. Elle assurerait son avenir sans qu'il ait à se fatiguer. Plusieurs raisons s'élevaient contre le mariage : l'horreur de son père pour tous les étrangers et en particulier les Français. Et puis sa mère, dont la nature acariâtre se dresserait contre n'importe quelle belle-fille. Enfin, Louise elle-même. Sachant qu'elle ne l'aimait pas autant qu'il l'aurait désiré, il n'avait osé prendre aucun risque et lui avait dressé un tableau enjolivé de leur avenir à Londres.

À son arrivée, il avait préféré lui laisser découvrir toute seule la nature particulière des Magasins Prestbury.

— Je vais rendre visite aux couturières à façon, lui dit-elle un matin. Votre père passera plus tard dans la journée, vous pourrez lui montrer les livres et le mettre au courant du reclassement des stocks. Vous soulignerez l'amélioration de la propreté générale de la boutique.

L'une de ses premières décisions avait été le renvoi d'une femme de ménage paresseuse. Elle avait engagé un jeune homme aux épaules larges pour cirer les parquets et nettoyer les vitres, et elle avait fait la guerre aux vendeuses pour qu'elles époussettent correctement les étagères et les comptoirs. Mais évidemment, tout était porté au crédit de Robert. Les jours où John Prestbury ne venait pas passer une heure ou deux dans la boutique, Robert lui faisait son rapport complet après le dîner dans la bibliothèque, et pas une seule fois il ne mentionna le nom de Louise. Robert en avait décidé ainsi, sous prétexte que son père se méfierait de tout ce qu'elle entreprendrait de sa propre initiative, indépendamment des résultats.

Elle avait noté par écrit l'adresse des couturières à façon, et elle prit un cabriolet qu'elle fit attendre pendant chacune de ses visites. Dans la première maison, tout semblait aller bien. C'était un logis misérable dans une arrière-cour, mais il y avait une lampe donnant une bonne lumière au-dessus de la table où cousaient une veuve et ses trois filles, dont l'aînée n'avait pas douze ans. Leurs petits doigts habiles faufilaient les coutures tracées, ou bien faisaient les surjets, avec une précision étonnante. Leur mère était une excellente couturière pour les travaux plus fins. Louise fut navrée d'apprendre qu'elles travaillaient toutes les quatre douze heures par jour pour gagner les quelques sous que John Prestbury leur donnait par vêtement. Elle décida d'augmenter les tarifs dès qu'elle le pourrait.

Après cette maison, elle s'enfonça de plus en plus dans les taudis, et ce qu'elle eut sous les yeux lui sembla pire que les plus sinistres moments de son enfance. Dans de petites cours misérables, sales, puantes, insalubres, les gens s'entassaient comme des lapins dans les clapiers. Entre les bâtiments sombres, en ruine, les rues étaient étroites, et partout régnait l'odeur d'ordures et d'excréments humains. Elle trouva vingt femmes serrées dans une cave dont les murs ruisselaient d'humidité, et elle comprit pourquoi les travaux livrés sentaient souvent si mauvais qu'il fallait les suspendre à l'air libre à l'arrière de la boutique avant de les ranger sur les étagères. La nouvelle de sa visite se transmit aussitôt comme par miracle, et une partie des ouvrières allait chaque fois se cacher pour que Louise ne leur retirât pas les commandes par crainte que les tissus ne fussent maltraités dans ces ateliers aussi surpeuplés que des bagnes.

Elle rentra chez Prestbury complètement bouleversée par ce qu'elle avait vu. C'était épouvantable, et dans l'ensemble la qualité du travail était déplorable. Mais comment s'en étonner ? Ces malheureuses créatures travaillaient dans de telles conditions ! Louise vit tout de suite ce dont elle avait besoin : deux ou trois bons ateliers aérés, équipés convenablement, où elle pourrait installer ses meilleures couturières et leur donner un salaire leur permettant de vivre décemment. À commencer par cette pauvre veuve. Elle en parla à Robert.

— Il y a deux ou trois pièces inutilisées au premier, où l'on pourrait installer des tables. Je contrôlerais le travail moi-même.

— Mon père n'acceptera jamais.

Il avait eu une matinée infernale ! La façon dont on avait reclassé le stock n'avait pas plu à John Prestbury et il y avait eu une dispute assez vive.

— C'est à vous de le convaincre, insista-t-elle. Rien d'étonnant à ce que la clientèle quitte la maison. Quand les gens viennent, ils sont si accablés de chagrin qu'ils ne remarquent pas sur le moment qu'on leur « refile » de mauvais tissus mal coupés. Mais plus tard ils s'en rendent compte, et ils se retrouvent avec une garde-robe d'horreurs qu'ils doivent porter souvent douze mois. C'est encore plus dur pour les veuves aux moyens limités, qui ont trois ans de deuil en perspective.

Elle baissa les yeux vers l'ourlet de sa jupe et pinça le nez de dégoût en constatant qu'il s'était couvert d'immondices dans l'un des endroits qu'elle avait dû traverser.

— Il faut que je trouve immédiatement de quoi me changer.

Elle avait remarqué dans le stock une robe grise de demi-deuil en un seul exemplaire, probablement un modèle présenté par un atelier de prêt-à-porter auquel John Prestbury n'avait pas accordé sa clientèle. Il s'agissait bien entendu d'une cotonnade bon marché, mais le style était agréable et elle n'eut pas honte de la porter pendant le reste de sa journée de travail. Présenter quelques robes de ce genre dans la boutique serait sûrement une bonne initiative, mais il n'était pas question de le proposer pour l'instant. Il fallait avant tout relever le niveau de la fabrication.

John Prestbury se montra intraitable : pas d'ouvrières dans l'établissement.

— Cela coûterait les yeux de la tête en salaires, sans parler de la consommation de gaz et de charbon en hiver. Point final.

Il lança à son fils un regard soupçonneux.

— J'imagine que c'est une des idées extravagantes de votre Française ? Tenez-la à sa place au magasin, sinon vous serez vite à la porte tous les deux. Vu ?

L'étroitesse d'esprit du vieil homme ulcéra Louise, mais ce ne devait être que la première des innombrables vexations. John Prestbury s'opposait au changement sur tous les fronts. Elle fit ce qu'elle put pour améliorer les vêtements mis en vente, refaisant les coutures elle-même pour que la robe aille mieux à la cliente, mais cela restait très limité.

Des ennuis vinrent d'ailleurs. Son refus de modifier ses chapeaux avait provoqué un violent conflit avec sa belle-mère. Elle estimait que céder pour avoir la paix et la tranquillité serait une mauvaise politique. Il ne s'agissait pas seulement d'un bavolet, c'était toute son attitude dans la vie qui était en jeu : ses aspirations profondes, son refus de reculer parce que l'avenir exigeait toujours de nouvelles initiatives et un nouveau courage. Ses robes de travail déplaisaient elles aussi. Elles étaient jugées trop ostentatoires et beaucoup trop *françaises.* On prenait prétexte de sa nationalité pour condamner tout ce qu'elle faisait. Pour tout dire, son beau-père la méprisait, sa belle-mère la détestait, et il y avait peu de chances pour que cela change. Seule, Agnès continuait à lui témoigner de l'amitié, mais la jeune fille, étrangement enfantine, préférait la compagnie de Paul-Michel à celle des adultes. Il était impossible d'avoir une conversation sérieuse avec elle.

Les Prestbury recevaient parfois, et Robert et sa femme furent invités à leur tour. Louise fit la connaissance de M. Allenby et ils parlèrent longuement de Worth, dont son ancien employeur était très fier. Robert et Louise assistèrent à une réception chez les Allenby, et se rendirent à des parties de cartes ou à des soirées musicales. Louise aurait aimé bénéficier de la même hospitalité dans la maison de son mari…

Le magasin était devenu pour elle une cage. Les règles du deuil étaient observées de façon très stricte et toutes les familles étaient condamnées au noir après un décès. Bien souvent, une autre mort survenait avant la fin des douze mois de deuil, et le noir demeurait de rigueur. Cela signifiait que, si la Maison Prestbury pouvait rétablir sa réputation de bonne qualité, tous les problèmes financiers seraient résolus, car la clientèle serait nombreuse. Louise comprenait que c'était son devoir, mais cela impliquait de renoncer à toutes ses ambitions en matière de haute couture. Worth avait souvent créé des robes de deuil, mais toujours avec l'élégance nécessaire à des femmes jouant un rôle dans la société. La clientèle s'adressait à la Maison Prestbury dans un tout autre état d'esprit. Jamais une dame désirant une toilette de classe ne franchissait les portes du magasin.

Elle s'aperçut très vite que les ouvrières à façon volaient tout le tissu qu'elles pouvaient. Depuis le déclin de John Prestbury, elles s'étaient approprié des quantités énormes de fournitures, et Louise se mit aussitôt à séparer le bon grain de l'ivraie. Les vendeuses du magasin étaient d'une honnêteté exemplaire, mais il leur manquait l'esprit d'équipe qu'elle avait connu chez Worth, où chacun faisait l'impossible pour l'entreprise.

Il y avait cinq femmes, tiraillées par des jalousies mesquines, en butte à de vieilles querelles, mais toujours prêtes à se liguer contre la nouvelle Mme Prestbury, dont le sens de l'ordre et de la discipline était jugé abusif. Elle eut la chance exceptionnelle de voir quatre d'entre elles donner leur congé parce qu'elles se mariaient, partaient à la retraite ou déménageaient. Elle allait rester avec la moins désagréable de toutes, personne plutôt stupide qu'elle manœuvrait sans peine. Elle comptait bien engager quatre femmes loyales et travailleuses. Mais Robert lui coupa l'herbe sous le pied un jour où elle dut rester à la maison avec Paul-Michel qui avait de la fièvre. À son retour au magasin, elle apprit qu'il avait engagé du personnel de son propre chef, et elle se retrouva avec une aussi mauvaise équipe qu'auparavant.

— Et pourquoi n'aurions-nous pas des jeunes vendeuses présentables ? lui dit-il plein de défi. Dieu sait qu'il entre assez de visages tristes dans cette boutique.

— Les gens accablés de chagrin ont besoin d'être servis avec sympathie et compétence, répliqua-t-elle, et la bande que vous avez engagée serait mieux à sa place derrière un rayon de jarretelles fantaisie et de bas résille que dans un magasin de deuil.

— Vous faites la moue pour tout ce qui concerne la boutique ces temps-ci, lança-t-il de mauvaise humeur. Bientôt vous direz que je ne suis pas capable de la diriger.

Il s'attendait à ce qu'elle lui réplique que c'était le cas – car il savait qu'elle le pensait – mais elle ne se laissait pas emporter si facilement ; elle commençait à se lasser de toutes ces histoires. Elle se borna à lui tourner le dos et à pousser un soupir de lassitude.

Il reconnaissait en lui-même qu'il était parfois injuste à son égard, mais il se déchargeait de sa culpabilité en accusant les circonstances. Il avait cru sincèrement que son père ne demeurerait pas longtemps en bonne santé. En fait, quand il avait dit que les talents commerciaux de Louise prolongeraient la vie du vieil homme, c'était uniquement pour la flatter – mais il espérait se tromper.

Il se voyait déjà, après le décès rapide de son père, seigneur et maître de la Maison Prestbury. Il passerait son temps selon sa fantaisie pendant que Louise s'occuperait de l'affaire et peu lui importait de la voir balayer les robes de deuil pour lancer ses chères toilettes de Paris, ainsi qu'il le lui avait promis…

Mais la réalité était différente. John Prestbury continuait de se porter à merveille – il atteindrait cent ans ! – et Louise servait au comptoir, mesurait des tissus dont Worth n'aurait pas voulu se servir comme chiffon à poussière. Quant à Robert, sa principale occupation au bureau était de trouver un moyen de modifier légèrement les comptes pour pouvoir remplir ses poches vides à l'insu de sa femme et de son père.

Les rares fois où il aidait à servir dans la boutique, il détestait se rendre agréable à la clientèle. Il y avait de temps en temps de jeunes veuves, qui observaient le deuil par simple convention après la mort d'un époux plus âgé ; parfois, de belles femmes mûres que l'on devinait à l'affût d'un mari ; mais dans l'ensemble les clientes qui entraient chez Prestbury présentaient un visage bouleversé, même aux derniers mois de leur deuil. Les flirts innocents qui lui avaient embelli la vie chez

Worth lui manquaient beaucoup – ainsi que les suites moins innocentes qui en résultaient parfois.

Londres, au même titre que Paris, offrait un large éventail de distractions. Mais à la différence de la capitale française, où le demi-monde s'affichait dans la haute société, les Londoniens feignaient de croire que rien n'existait en dehors des joies classiques et morales de la famille. Peut-être pour cette raison, le monde nocturne de Londres abritait toutes sortes de vices, tandis que Paris, du moins en apparence, pratiquait le péché dans la joie. Dans sa jeunesse, Robert avait fréquenté les rhumeries, et il avait eu parfois du mal à s'en sortir indemne. Dans n'importe quelle rue sombre, on risquait d'être agressé et volé dès la tombée du jour, et dans les bas-fonds de Londres on ne donnait pas cher d'une vie. Jamais il ne sortait la nuit sans sa canne-épée.

Il disait toujours à Louise qu'il passait la soirée à son club et c'était le plus souvent le cas. Mais de temps en temps, il se transformait en oiseau de nuit.

Louise mit vite au pas les nouveaux membres du personnel. L'atmosphère de la boutique n'incitait pas aux rires, et au bout de quelques jours les jeunes personnes s'assagirent et servirent convenablement les clientes, à peu près comme Louise le souhaitait. En leur nom, elle essaya de convaincre son beau-père de renoncer à sa règle de la soie glacée pour les robes du personnel (les vendeuses devaient les payer de leur poche). La soie glacée se froissait et s'effilochait facilement, en particulier sous les bras, et les robes devenaient très vite impossibles à porter. Mais sa proposition d'un matériau plus solide fut écartée sans réplique par John Prestbury.

— Si elles ne veulent pas s'habiller comme je le dis, il y en a des quantités prêtes à mettre un sac sur la tête pour obtenir un emploi en ce moment. Ce sera de la soie glacée ou rien !

Il ricana, méprisant.

— Vous ne savez pas ce qu'est la vraie classe. C'est ça, l'ennui avec les étrangers ! Le raffinement et le bon goût, c'est la soie glacée. Cela donne le ton de la maison.

Il n'en démordrait pas. Plus tard, il ordonna à Robert de cantonner sa femme aux tâches simples qui lui étaient confiées : vérifier les tissus et servir au comptoir. Il ne souffrirait plus à l'avenir qu'elle se mêle des questions de gestion. Que deviendrait le monde si les femmes se mettaient à contester la supériorité masculine ?

— C'est une créature arrogante, dit-il à son fils. Je l'ai bien vu dès le départ. N'aie pas peur de la corriger un peu s'il le faut. Il a fallu que je donne une ou deux leçons à ta mère au début du mariage. Ça ne leur fait pas de mal, et ça leur enseigne le respect qu'elles nous doivent. Rien ne vaut le bâton pour une femme…

La haine que Robert ressentait pour son père ne fit que décupler. Toute la situation l'humiliait et le frustrait. Et lorsqu'il se retrouvait seul avec Louise, c'était sur elle qu'il déversait le trop-plein de sa rage.

— À l'avenir, pas un mot sur le magasin ou sur tout ce que vous avez à redire dans la maison de mon père. Ne vous ai-je pas suffisamment avertie ? Pourquoi croyez-vous que j'ai décidé de paraître à l'origine de toutes les améliorations ? Savez-vous le conseil qu'il m'a donné ?

Il s'avança vers elle, menaçant.

— Que je vous batte ! Et par Dieu, je vous battrai si vous ne marchez pas droit.

Elle se figea sous l'insulte, si pâle qu'il recula d'un pas, repentant soudain, et plus frustré que jamais. Pendant plusieurs jours, l'atmosphère fut douloureusement tendue entre eux, mais il finit par se montrer magnanime : il lui offrit des fleurs, l'emmena au théâtre à Drury Lane, et au restaurant ensuite. Tout semblait pour le mieux. S'il eut le pressentiment que plus rien ne serait comme avant entre eux, il écarta vite cette pensée fugitive.

Il regarda de plus près les robes des vendeuses. Louise avait raison. Les coutures se détendaient, la soie faisait des poches au coude, et il y avait de nombreux ravaudages autour des boutons du dos, où le tissu avait craqué. Une des nouvelles avait l'air particulièrement mal fagotée – elle avait acheté sa robe d'occasion à la vendeuse qu'elle remplaçait. C'était une jolie fille, pleine de piquant et très délurée, mais elle perdit le sourire quand il lui ordonna d'acheter une robe neuve pour venir travailler.

— Je ne peux pas, monsieur, pleurnicha-t-elle. Je ne suis pas assez payée. Quand vous m'avez engagée, je ne travaillais pas depuis assez longtemps et j'ai encore des loyers en retard. Il faut que je rogne sur tout.

Il la regarda d'un air glacé, pour cacher le trouble né du contraste qui existait entre le côté misérable de la robe de cette femme et l'élégance de ses bagues en or. Il aperçut un soupçon de lingerie blanche à travers certaines coutures, et ailleurs le rose de la peau nue.

— Cela ne regarde en rien la Maison Prestbury, demoiselle Ashcroft. Vous avez obtenu cette place à condition de vous conformer aux règlements de la maison, et l'un de ces règlements est d'être correctement vêtue.

Il vit les mains de la jeune femme se crisper sur ses genoux.

— Je vous en prie, monsieur, ne me renvoyez pas. Je travaille dur et je plais à la clientèle, j'en suis certaine. Jamais personne n'a eu à se plaindre de moi. Je vous jure que je vais trouver une autre robe. Je ne vous demande qu'un peu de temps.

Il secoua la tête sans pitié.

— C'est hors de question. Vous êtes presque en haillons.

Elle perdit soudain contenance et ses yeux bleus s'emplirent de larmes.

— J'en trouverai une dimanche au marché. Donnez-moi une chance, je vous en prie, monsieur…

Il quitta son fauteuil derrière le bureau et se rapprocha d'elle tandis que son regard glissait sur la moitié supérieure de la robe condamnée.

— Un rebut de marché ne conviendra pas à la Maison Prestbury. Les coutures ne vaudront sûrement pas mieux que celles-ci… Et celle-là.

Il posa une main sur l'épaule qui tremblait et la laissa glisser vers le bas, jusqu'à la rondeur des seins. Elle cessa de sangloter : elle avait compris. Elle fixa à travers ses cils humides les yeux plissés qui l'épiaient, et elle avala nerveusement sa salive.

— Je crois que vous avez raison, monsieur.

Elle semblait encore accablée mais un peu de son effronterie lui était revenue.

— Si vous trouviez un autre moyen de remplacer ma robe, je vous serais vraiment reconnaissante.

Il esquissa un sourire et se dirigea vers la porte pour la fermer à clef. Louise faisait sa tournée des ouvrières à façon : personne ne l'interromprait.

Une semaine plus tard, Lily Ashcroft avait sa robe neuve – et elle sut se montrer discrète. Ce qui s'était passé relevait de l'ordinaire. Elle n'était pas la première à faire passer son emploi avant sa vertu – qui, d'ailleurs, n'était pas précisément sans tache. Mais ce Robert Prestbury était vraiment pingre et ne lui plaisait pas beaucoup. Dieu merci, elle n'était pas mariée avec lui !

Louise souffrait beaucoup du mal du pays. Elle ne s'habituait pas. Tout lui manquait : depuis sa chère Catherine et les Worth jusqu'à l'atmosphère animée des dimanches parisiens, si différents du sinistre et déprimant sabbat anglais, où tout est si calme et si solennel. Son mariage était loin de correspondre à ce qu'elle en avait espéré. Robert avait fait changer légalement le nom de famille de Paul-Michel, mais ne s'intéressait jamais à lui et ne jouait aucunement le rôle d'un père.

Chaque lettre venue de France était pour elle une grande joie. Catherine lui écrivait sans faute une fois par mois pour lui donner des nouvelles de leurs amis et lui poser des questions sur Paul-Michel. Les lettres de Marie étaient entièrement différentes. Elles ramenaient Louise dans le monde scintillant de la haute couture qui lui manquait tant. Les pages, à l'écriture ne, ne parlaient que de couleurs et de falbalas, louant beauté des nouvelles toilettes que Worth créait non seulement pour l'impératrice, mais pour ses dames de compagnie et toutes les femmes qui comptaient dans la société. Parfois, Marie joignait des gravures de robes de Worth, publiées dans des revues de mode, et Louise les affichait sur les murs du bureau du magasin. Pour conserver la main, car elle craignait de perdre son goût instinctif pour la mode, elle dessinait de nombreuses maquettes de robes, de vestes et de chapeaux, cherchant toujours de nouvelles idées et des variantes à partir des lignes traditionnelles. Comme elle l'avait toujours fait, elle coupait et cousait chacune des nouvelles toilettes qu'elle ajoutait à sa garde-robe.

Toutes les lettres qu'elle recevait de Paris indiquaient que Worth faisait fortune. Quinze années s'étaient écoulées depuis que le jeune Anglais sans le sou, rêvant de devenir le grand couturier de Paris, avait franchi le seuil de sa porte…

Marie lui parla aussi de la nouvelle décoration du numéro 7, et de l'aménagement de locaux à d'autres étages de l'immeuble pour agrandir les ateliers. Le personnel avait plus que doublé et des commandes commençaient à affluer du monde entier, et notamment des États-Unis. Jamais le nom des de Gand n'apparaissait dans les lettres – sauf une fois : Stéphanie avait accouché avant terme et perdu le bébé.

Un jour où Robert arriva en retard au magasin, il trouva Louise dans son bureau, en train de replier une lettre de Marie.

— Qu'est-ce que c'est que tout ça ? demanda-t-il en indiquant du menton une feuille posée sur le buvard du bureau.

— Un projet détaillé que j'ai mis au point pour le magasin. Je crois que si votre père pouvait le lire à tête reposée, il serait sûrement plus enclin à l'envisager. J'ai remarqué qu'il confond de plus en plus tout ce qu'on lui explique de vive voix.

Robert, intéressé et inquiet, se pencha sur le bureau, prit le projet et le lut. Il savait que Louise avait déjà constitué un noyau de quelques bonnes ouvrières dans le logement de la veuve qui lui avait fait dès le début une impression favorable. En les installant toutes sous le même toit et en augmentant leurs salaires avec ce qu'elle économiserait sur les autres couturières, elle était certaine d'obtenir des vêtements convenablement confectionnés.

Dans son projet, elle proposait de présenter en rayon et en devanture des toilettes de deuil venant d'ateliers dignes de confiance qui offraient une qualité régulière. On apprendrait aux clientes de chez Prestbury, qui appartenaient toutes à la classe moyenne, que leurs robes n'avaient pas besoin d'être faites à la main pour répondre aux normes classiques. Et, grâce à un choix soigneusement orienté de prêt-à-porter toujours en vitrine, on pourrait progressivement les convaincre. Au point de vue pratique, cela éviterait de confectionner en toute hâte les vêtements nécessaires à la cérémonie des obsèques, et dont la façon était de plus en plus médiocre. Robert comprit aussitôt que l'avenir du magasin résidait dans la vente de vêtements de deuil prêts à porter de bonne coupe.

— C'est à mon sens un projet magnifique, dit-il prudemment. Vous avez songé à une manufacture en particulier ?

— J'ai envie d'essayer celle qui a envoyé la robe de demi-deuil que j'ai trouvée à mon arrivée. J'ai noté l'adresse. C'est l'usine de Boston Street à Southwork. Si votre père donne son consentement, j'irai voir ce qu'ils peuvent produire.

Robert eut une moue songeuse. La santé de son père s'était beaucoup plus dégradée que sa mère et Louise ne s'en rendaient compte. Il l'avait vu convulsé de douleur dans son fauteuil quand il croyait que personne ne l'observait, et il avait complètement renoncé à venir au magasin. Ce n'était pas, comme le croyait Louise, parce qu'il était satisfait de sa bonne marche, ou qu'il prenait les choses moins à cœur. Il y avait une autre raison : il déclinait de jour en jour.

— Je choisirai le bon moment pour lui remettre ce papier. Faites-moi confiance. Ce sera fait.

Quelques jours plus tard, il lui dit que son père avait pris le projet et accepté de le lire. Son accord suivit peu après.

— Tout est réglé, s'écria Robert, enchanté. J'ai dit que c'était mon idée, alors, quoi qu'il arrive, ne vendez pas la mèche.

Il y avait peu de chance qu'elle le fît. Après ce que John Prestbury lui avait dit, elle n'ouvrait jamais la bouche pendant les conversations d'affaires et elle n'avait pas envie de compromettre tout le projet en défiant l'autorité du vieillard.

Le jour où elle dut se rendre à Southwork, sur l'autre rive du fleuve, elle rechercha la lettre de la manufacture de Boston Street et essaya de déchiffrer la signature que le directeur avait apposée au bas de la lettre de son secrétaire. Soudain elle devina le nom. *William Russell.*

Était-ce le Will Russell qu'elle avait connu ?

Les ateliers, dans la rue de Boston, étaient un vaste bâtiment de cinq étages en brique rouge. Au bureau de la réception, elle demanda un entretien avec M. Russell, et après quelques minutes d'attente on l'accompagna au premier étage. Elle le vit avant qu'il ne lève les yeux vers elle. Au fond d'un long couloir, la porte vitrée de son bureau était ouverte : il était en bras de chemise, en train de discuter avec un homme qui déroulait une pièce d'étoffe. Au regard qu'il lança par-dessus son épaule, elle se rendit compte que l'interruption d'une visite l'impatientait. L'homme au tissu sortit tandis que Will Russell tendait la main vers sa redingote et enfilait une manche. Elle se tourna vers le réceptionniste.

— Laissez-moi, je vous prie. M. Russell et moi sommes de vieux amis. J'aimerais le rencontrer seul.

L'employé s'éloigna et elle continua de marcher. Il s'était avancé sur le seuil pour l'accueillir. Elle vit ses yeux se plisser d'incrédulité puis s'élargir tandis qu'il haussait les sourcils. Il poussa un petit cri puis s'élança vers elle, les mains tendues.

— Ma chère Louise ! Je ne peux pas le croire. Vous ! Ici ! Et l'on m'a annoncé Mme Prestbury ! Expliquez-moi tout.

Jamais de toute sa vie elle n'avait été aussi heureuse de voir un visage ami. Des larmes se mêlaient à la joie de le retrouver. Il la fit passer dans son bureau, l'installa dans un fauteuil et avança un autre fauteuil près d'elle. Il se pencha en avant, les coudes sur les genoux et l'assaillit d'un flot de questions. Quel miracle d'être réunis à Londres ! C'était toujours le même Will, en tout cas au premier abord : exubérant et enthousiaste, un peu prétentieux, toujours prêt à rire en renversant la tête en arrière et en montrant toutes ses dents. Mais peu à peu, à mesure que les souvenirs s'égrenaient, il devint plus sérieux et le ton de la conversation changea. Dès que ses yeux et sa bouche cessaient de sourire, on pouvait voir que les années l'avaient profondément marqué. Il avait évidemment l'air plus âgé, ses traits semblaient plus durs, plus accusés, ses lèvres plus impitoyables, et une sorte d'indifférence lointaine noyait son regard.

Impatient de lui offrir un rafraîchissement, il commanda un plateau de thé, et quand les tasses furent pleines il s'enfonça dans son fauteuil, croisa les jambes et baissa le menton dans sa cravate de soie noire, sans quitter Louise des yeux. Elle lui raconta tout ce qui lui était arrivé, ne taisant que ce qu'elle ne pourrait jamais confier à personne. Quand elle en vint à son mariage, il ne tint plus en place. Il se leva d'un bond et posa brusquement sa soucoupe sur le plateau, qui se mit à vibrer.

— Pourquoi ne m'avez-vous pas écrit ? demanda-t-il d'un ton furieux. Vous avez traversé cette période difficile toute seule alors que j'aurais pu vous aider. Un mot de vous et j'aurais pris le premier vapeur.

— J'ai vraiment songé à entrer en rapport avec vous, avoua-t-elle. Vous m'aviez dit que vous auriez toujours du travail pour moi dans votre entreprise, mais j'ai fait un autre choix.

— Dans mon entreprise ? répéta-t-il. Bon dieu ! Mais je vous aurais épousée et j'aurais été un père pour votre fils.

Elle demeura sans voix.

— Mais vous êtes marié…

Il fit glisser ses doigts à travers ses cheveux épais, en un geste que Louise n'avait pas oublié.

— Évidemment, vous ne pouviez pas savoir. Comment l'auriez-vous appris… ?

Sa voix parut venir de très loin.

— Ma femme est morte en couches il y a trois ans. Et six semaines plus tard j'ai déposé ma fille dans la même tombe.

— Oh ! Will…

Elle comprenait son amertume.

— J'aimais Ellen profondément. Nous avions nos problèmes et nous n'étions pas toujours d'accord, mais je l'aimais. La tragédie, c'est qu'elle ne voulait pas d'enfant. L'idée de mettre un bébé au monde la terrifiait et je ne me rendais pas compte de la gravité de ses craintes. Égoïstement, j'avais envie d'une famille, et j'étais sûr qu'elle serait plus heureuse et que tout irait bien quand l'enfant serait là. Ses crises de nerfs pendant la grossesse furent une véritable torture pour moi. Un jour, après m'avoir pris à partie, elle tenta de se jeter par une fenêtre. Par la suite, une infirmière demeura près d'elle jour et nuit. Je pense que c'est un vrai miracle que l'enfant ait vécu, mais quand je l'ai perdu j'ai eu l'impression que l'on m'arrachait toutes mes raisons de vivre.

Elle se leva, pleine de compassion, et lui tendit une main.

— Mes condoléances les plus sincères, mon cher Will. Comment avez-vous pu surmonter toutes ces souffrances ?

Il garda sa main entre les siennes.

— Le travail…

D'un signe de tête, il indiqua les liasses de papiers et les échantillons de tissus sur son bureau.

— Je me suis mis à travailler vingt-quatre heures sur vingt-quatre. N'importe quoi plutôt que de rentrer dans une maison vide. Il y a dix-huit mois, j'ai ouvert cette nouvelle manufacture, j'ai plus de deux cents employés sous mes ordres. J'ai déménagé il y a peu de temps, mais je passe presque toutes mes heures de liberté à mon club.

Il serra les lèvres, non sans amertume.

— Des amis me demandent parfois pourquoi je ne me remarie pas. Je réponds que je n'ai plus de goût pour la vie de famille et que je me sens davantage chez moi au milieu des roues qui grincent et des ciseaux qui claquent.

— Mais vous dites que vous m'auriez épousée…

Tandis qu'elle parlait, elle vit ses yeux devenir plus intenses, obligeant son propre regard à ne pas se détourner.

— Vous m'avez toujours troublé, Louise, avoua-t-il avec une tendresse amère. Depuis l'époque où vous me taquiniez en me frôlant avec vos jupes pendant que j'essayais de me concentrer pour vous enseigner des rudiments d'anglais.

Il baissa les yeux vers la main de la jeune femme qu'il tenait toujours entre les siennes. Il tâta son alliance à travers le chevreau de son gant.

— Lors de notre dernière rencontre, je vous ai demandé pourquoi il n'y avait pas d'anneau à votre doigt… J'aurais aimé qu'il en fût de même aujourd'hui.

— Si c'était le cas, je ne serais pas ici mais encore à Paris, et cette rencontre n'aurait jamais eu lieu.

— Bien sûr.

Il ébaucha un sourire grave. Les paroles de Louise lui rappelaient les limites que leurs relations ne devaient pas dépasser.

— En tout cas, dit-il, je suis enchanté que nos chemins se croisent de nouveau. Il n'y a aucune raison pour que de vieux amis ne se rencontrent pas souvent. Il faut que votre mari et vous veniez dîner avec moi très bientôt. Je serai ravi d'avoir une bonne raison de donner une grande soirée.

Elle lui rendit son sourire.

— Nous serons très heureux d'accepter votre invitation.

Ils se tenaient encore la main. Ils prirent conscience en même temps de ce contact prolongé et il desserra son étreinte pour que les doigts de Louise puissent glisser.

— Mais j'oublie la raison de votre venue à Boston Street, s'écria-t-il d'un ton enjoué, en croisant les mains derrière son dos. J'aimerais vous montrer toute la manufacture avant de vous présenter notre production. Je crois que ce que vous verrez vous intéressera. Je travaille sur une invention pour accélérer la fabrication des boutonnières, mais je suis encore loin du stade des brevets.

Ils sortirent aussitôt du bureau. La visite se révéla intéressante. À la différence de toutes les usines dont elle avait entendu parler, le bâtiment était clair et aéré. Will expliqua qu'il se refusait à infliger à ses semblables les conditions de travail détestables dont il avait souffert dans sa jeunesse. Les ouvrières n'étaient pas entassées autour des tables, et celles qui piquaient à la machine étaient installées en longues rangées face à face. Bien entendu, des enfants travaillaient. C'étaient eux qui apportaient aux ouvrières les corbeilles contenant les pièces coupées selon les patrons. Les plus jeunes triaient des chiffons avant de les mettre en sacs. Will lui apprit que c'étaient les enfants des ouvrières, qui pouvaient soit les renvoyer après huit heures de travail, soit les garder près d'elles deux heures de plus – elles travaillaient dix heures. Elle fut ravie d'apprendre que la cuisine de l'entreprise servait chaque jour aux enfants une assiette de soupe chaude.

— Les autres propriétaires de manufactures m'accusent de pourrir la main-d'œuvre, lui dit-il, mais mon règlement est très strict. Pas d'ivrognerie, pas de négligence. Et les contremaîtres ne molestent jamais les femmes ni les enfants. Si vous vous en souvenez, j'ai travaillé en usine autrefois, et je sais à quel point la vie peut être douloureuse quand le patron ne se soucie pas du bien-être de ceux qui travaillent pour lui.

Quand ils arrivèrent dans la salle des stocks, Louise se montra très exigeante, choisissant uniquement les styles qu'elle jugeait acceptables par la clientèle de chez Prestbury. Le plus gros de la commande fut du noir, mais elle opta également pour une gamme de violets et plusieurs gris pour le demi-deuil. Ils réglèrent la question des dates de livraison et elle s'apprêta à partir, mais une fois pris le rendez-vous pour un dîner chez lui avec Robert. Au dernier moment, alors que le cabriolet attendait déjà Louise à l'entrée, Will la retint sur l'escalier de l'usine.

— J'aurais dû vous faire promettre depuis longtemps de vous adresser à moi si vous aviez des ennuis. Je veux votre parole que, si vous avez besoin d'aide un jour, vous n'hésiterez pas.

Elle acquiesça. Pour la première fois depuis son arrivée en Angleterre, elle avait l'impression de n'être plus toute seule.

— Merci, Will. Je vous le promets.

Pendant le reste de la journée et les jours qui suivirent, il ne put chasser Louise de ses pensées. Elle était revenue le hanter avec la même violence érotique que dans le passé. Il savait maintenant qu'elle avait été dans sa vie un élément plus puissant qu'Ellen. Pourquoi s'était-il attaché à Ellen ainsi ? C'était incompréhensible. La délicatesse d'Ellen et son corps fragile avaient toujours suscité en lui un besoin de la protéger, un désir de la chérir malgré tout.

Avec Louise, ses émotions étaient d'une tout autre trempe. Plus élémentaires peut-être, mais aussi plus violentes. Sur le plan de l'esprit et du corps, elle était la seule femme qu'il pût considérer comme la moitié de lui-même. Semblables par la pensée et les attitudes, prêts à aller de l'avant en dépit de toutes les épreuves de la vie, ils auraient vécu un amour capable de soulever des montagnes. Depuis tant d'années qu'il la connaissait, il ne l'avait embrassée que trois fois, mais il se souvenait de ces trois baisers, alors que des nuits d'amour avec d'autres femmes étaient depuis longtemps oubliées.

Le soir du dîner chez Will, Robert se montra extrêmement sociable : sourires, conversation pleine d'esprit et galanterie avec les dames. Autour de la nappe de damas, dans la salle à manger aux lambris d'acajou, vingt invités s'étaient réunis. Louise était assise à la droite de l'hôte. Pour Will, c'était comme si sa belle maison prenait vie pour la première fois, et la raison en était l'éclat qui brillait dans les yeux de Louise et la beauté de ses épaules, qui émergeaient de sa robe couleur crème. Auprès d'elle, toutes les femmes présentes semblaient ternes. Quel gâchis de la voir mariée à ce Prestbury ! Entre-temps, Will avait fait des recherches discrètes sur cet homme et sa famille. En dehors de ses bonnes origines, il y avait peu à dire en sa faveur.

Will prit une gorgée de vin rouge. Avec l'âpreté dont il avait fait preuve à l'égard de tous et de lui-même dans sa lente ascension jusqu'à la prospérité, il se dit qu'il n'éprouverait aucun scrupule à détacher Louise de son mari, s'il le voulait. La difficulté était la même maintenant que dans le passé : les sentiments de la jeune femme étaient fixés ailleurs. Mais il n'était pas homme à abandonner, surtout au moment où le destin semblait lui offrir une deuxième chance d'obtenir ce qu'une visite intempestive lui avait arraché des années plus tôt, au milieu de la nuit, dans un atelier parisien.

19

John Prestbury regarda le calendrier. Depuis combien de temps ne s'était-il pas rendu dans son magasin ? Il avait de plus en plus de mal à se souvenir de certaines choses ces temps-ci, mais cela ne signifiait pas qu'il était devenu gâteux, loin de là. Quand Robert avait pris la direction des affaires, il s'était fait un devoir de se rendre sur place deux ou trois fois par semaine, sans jamais s'annoncer, pour prendre son fils et le personnel la main dans le sac. C'est ce qui obligeait les gens à se tenir à carreau ! Après avoir écrasé toute interférence possible de la part de cette espèce de Française qu'il avait pour belle-fille, tout avait semblé marcher sans heurt et il en avait profité pour s'épargner les peines du trajet en voiture.

Pour tout dire, le moindre effort l'épuisait, et la fatigue s'accompagnait toujours de ces sortes de crampes douloureuses dans la poitrine que les médicaments du docteur parvenaient mal à apaiser. Il reconnaissait les symptômes de la crise qui l'avait abattu la fois précédente, mais il était devenu plus sage : il savait que la clé de tout était le repos.

Et ce jour-là, miraculeusement, il se sentait mieux. Il n'avait eu aucune douleur depuis une semaine ou presque, et le soleil était une invite à sortir. Surtout, il avait envie de revoir sa boutique. L'odeur des tissus neufs lui manquait, le carillon de la porte d'entrée, le froissement du papier de soie quand on enveloppait les commandes, et les regards de reconnaissance des clientes lorsqu'il leur exprimait sa sympathie… Les affaires avaient baissé à mesure que les vieux clients mouraient. D'autres magasins avaient ouvert des rayons de vêtements de deuil prêts à porter, mais la maison Prestbury n'avait jamais changé : elle accordait des attentions personnelles aux exigences de chacun, et c'était ce qui comptait.

— Je sors, dit-il à sa femme.

Non sans grogner et souffler, il se hissa dans le cabriolet. Il voulut repousser le valet de chambre pour monter seul mais il dut accepter son aide. Il s'affala sur le siège avec un soupir de soulagement, genoux largement écartés pour laisser la place à son énorme bedaine. Sa main tremblait très fort sur la canne qu'elle agrippait. Cela faisait si longtemps qu'il n'était pas sorti ! Sa visite allait surprendre tout le monde… Il espérait de tout cœur trouver Robert en plein travail, comme il le lui racontait dans ses rapports quotidiens sur la marche de la boutique. Rien ne lui aurait fait autant de plaisir. Allenby avait-il eu raison de prétendre que la formation sévère d'un maître excellent remettrait le jeune homme dans le droit chemin ?

L'ennui, c'est que Robert était un sale petit bonhomme et l'avait toujours été. En toute sincérité John Prestbury reconnaissait qu'il n'avait jamais aimé son fils.

Si c'était bien son fils ! Jamais il n'avait pu chasser ce doute obsédant. Malgré ses airs hautains, Verena s'était montrée plutôt rapide à changer d'avis et à l'épouser précipitamment. Un jour, dans une crise de rage, il avait essayé de lui faire cracher la vérité. C'était bien des années plus tôt, Verena était déjà enceinte d'Agnès, et il s'était retenu à cause de l'enfant à naître.

Jamais il n'avait retrouvé dans Robert, sur le plan physique ou dans le caractère, quoi que ce fût de lui-même ou de ses ancêtres laborieux. Oui, Robert était bien à l'image de toute la famille de Verena, la même allure supérieure et les mêmes grands airs : ceux de tous les jeunes gentilshommes qu'elle fréquentait à l'époque où il essayait de lui faire la cour, malgré leur différence d'âge, et avec nulle autre recommandation qu'une poignée d'argent assez grosse pour faire oublier sa tare – il était « boutiquier ».

Il soupira de nouveau, clignant les yeux par la vitre pour voir s'il n'arrivait pas bientôt dans Hampton Street où se trouvait le magasin qui faisait sa fierté depuis tant d'années. Il avait commencé à vendre sur les marchés des chapeaux noirs achetés à bas prix et il était assez malin pour voir où il y avait de l'argent à gagner. La guerre contre Napoléon battait alors son plein, mais même une fois la paix venue les gens continueraient de mourir, et les survivants auraient toujours besoin de s'habiller en noir pour les pleurer. Il n'y avait dans tout cela rien de macabre ou de morbide. Bien au contraire. C'était à cette époque qu'il avait mis au point les répliques pleines de sympathie et les attentions délicates dont la cliente se souviendrait lors du deuil suivant. Les affaires s'étaient développées. À trente-cinq ans, une chaîne de montre en or en travers de son gilet, il pouvait se camper devant sa nouvelle boutique de Hampton Street et songer à se marier. Alors, il avait jeté son dévolu sur Verena.

Idiot qu'il était ! Il aurait mieux fait de trouver une fille intelligente de son propre milieu : elle lui aurait donné des fils bien à lui et n'aurait jamais jugé indigne d'elle de paraître dans le magasin qui lui offrait le confort et le luxe auxquels elle estimait avoir droit. Si encore il avait pu la satisfaire ! Mais rien ne la contentait. Elle s'était complètement étiolée dans le mariage, et tout ce qui l'avait attiré en elle s'était flétri. Mais il ne la laisserait pas démunie. Comme elle aimait la maison où ils vivaient, elle la garderait, ainsi que tout ce dont elle aurait besoin, jusqu'à la fin de ses jours.

Une rue de plus et il arriverait en face de la Maison Prestbury. Pourquoi Robert avait-il donc épousé cette espèce de Française ? L'Angleterre était pleine de filles jolies comme des roses, et ce jeune idiot choisissait une étrangère ! Elle avait assez d'allure pour tourner la tête de n'importe quel homme, mais il avait l'impression désagréable que Robert avait été trompé exactement comme lui-même des années plus tôt. L'enfant était cent pour cent français. Rien d'anglais dans son allure. Les cheveux bruns, les beaux yeux d'un vert gris étaient des traits inconnus dans sa famille comme dans celle de sa femme. Verena était du même avis, et ils en avaient discuté. De plus, elle avait fouillé dans les lettres que « leur » fils avait écrites à Agnès au cours de ses voyages, et, au moment de la conception de l'enfant, Robert se trouvait en Italie. John Prestbury ricana. Son petit-fils ? Jamais de la vie.

Quand le cabriolet s'arrêta, il reçut un tel choc que sa bouche s'ouvrit et que sa mâchoire se mit à trembler. L'une des deux vitrines présentait une gamme de robes noires drapées d'une manière inhabituelle certes, mais c'était surtout l'autre étalage qui le scandalisait : il y avait là des robes de couleurs jamais vues dans la Maison Prestbury. Du mauve ! Du gris *pâle* ! Et du lilas !

Il bondit du cabriolet avec une force qu'il ne soupçonnait pas en lui. Il s'élança au pas de charge. Sa canne claquait sur le trottoir… Il y avait plusieurs clientes dans le magasin, et il retint dans sa gorge le cri de rage qu'il était sur le point de pousser. De la salive écumait déjà au coin de ses lèvres. Il écarta le rideau de la vitrine scandaleuse et arracha l'une des robes exposées. Il sentit que les yeux lui sortaient de la tête.

Du *prêt-à-porter* ! Dans *sa* boutique ! La Maison Prestbury, qui s'était flattée depuis ses débuts les plus humbles d'accorder des attentions personnelles à chaque cliente, était déshonorée et ravalée par ces saletés d'articles faits à la machine, achetés uniquement par les pauvres et les basses classes.

Il jeta la robe par terre et parcourut le magasin du regard. Louise servait à un comptoir, mais il ne pouvait plus se contenir. Il s'élança, leva sa canne et la fit claquer sur la table juste devant elle. La cliente hurla de frayeur et Louise leva les yeux vers lui comme s'il avait perdu la raison.

— Où est votre bon dieu de mari ? Au bureau ? Suivez-moi !

D'un geste maladroit, il souleva son chapeau à l'adresse de la cliente.

— Mes excuses, madame.

Tous les regards étaient tournés vers lui. Il partit à grands pas vers le bureau, suivi de Louise. Il ouvrit la porte à toute volée. Robert sursauta d'un air coupable et referma brutalement le registre sur lequel il faisait semblant de travailler.

— Père ! Que faites-vous ici ? Je veux dire, allez-vous assez bien pour venir ? Que se passe-t-il ?

— Je vais vous dire ce qui se passe ?

John Prestbury serra le poing et le brandit sous le nez de son fils.

— Ces robes dans la vitrine ! Comment osez-vous vous moquer ainsi de la réputation de la Maison Prestbury !

Robert parut complètement abasourdi. Louise crut comprendre ce qui n'allait pas.

— Ce sont sûrement les couleurs claires. J'ai refait la devanture ce matin avant d'ôter les volets.

La réaction de Robert la stupéfia autant que le comportement de son père. Il explosa littéralement de rage.

— Je vous avais dit de ne jamais mettre en vitrine vos sacrés articles. Mais il faut toujours que vous soyez plus forte que tout le monde.

John Prestbury se tourna vers elle.

— *Vos* articles ? Qu'est-ce que ça veut dire ? Qu'est-ce qui se passe ici, hein ?

Louise comprit aussitôt que Robert n'avait jamais montré à son père le projet qu'elle avait préparé. John Prestbury n'était pas au courant des vêtements prêts à porter commandés à la manufacture de Will. Et les réserves en étaient pleines.

Tout éclata. John Prestbury tonna et tempêta. Les vêtements de confection devaient être rapportés, il n'en voulait pas un seul dans son magasin. Et il ne voulait pas non plus de cette Française. Il brandit un poing furieux vers elle.

— Rentrez à la maison ! Et gardez-vous à l'avenir de poser le pied dans cette boutique. Je n'ai jamais eu confiance dans votre sang français et j'avais bien raison. Sortez ! Sortez !...

Il suffoqua soudain, tandis que la douleur explosait dans sa poitrine. Il sentit qu'il s'écroulait dans le fauteuil. Il vit le visage affolé de Louise se pencher vers lui pour lui arracher sa cravate et ouvrir son col. Le tonnerre grondait dans sa tête et quelque chose cognait derrière ses yeux. Le dernier contact qu'il sentit fut les bras de cette Française autour de ses épaules, comme si elle tentait de l'empêcher de sombrer en lui insufflant sa propre jeunesse et sa force.

Il y eut beaucoup de monde aux obsèques. De nombreux confrères vinrent présenter leurs respects à un commerçant honnête. Les chevaux qui tiraient le corbillard portaient des plumets noirs de belle taille et le cortège des voitures s'étirait sur près de cinq cents mètres.

Le lendemain, la veuve, son fils, sa fille et sa belle-fille se réunirent dans la bibliothèque pour l'ouverture du testament. John Prestbury n'avait pas d'autres parents et ses dernières volontés étaient très claires. La maison, le magasin et tout le reste de ses biens revenaient à sa femme, et après son décès à leur fille Agnès. Robert n'était pas cité. Verena entendit le grognement de déception de son fils, mais elle ne tourna pas la tête. Ce testament ne la surprenait pas. Elle s'y attendait depuis toujours. Jamais John n'avait pu se résoudre à léguer sa boutique, symbole de son succès personnel, à un fils qu'il ne croyait pas le sien. Par son testament, il marquait un point sur elle : il montrait qu'il n'avait jamais été vraiment dupe.

Pendant deux jours, Louise ne vit pas Robert. Il avait quitté la maison sans un mot et n'avait pas reparu. À la requête de sa belle-mère, elle ouvrit le magasin comme d'habitude.

— Votre mari m'avait interdit d'y revenir, lui fit-elle observer.

— Il était le patron, avait répliqué Verena. Maintenant, c'est moi.

Robert resta à la maison pendant les heures de travail. Lorsque Louise revint du magasin, il était pâle, à jeun, et d'une humeur détestable. Il la salua d'un ton hostile.

— J'ai appris que vous aviez pris les rênes pendant mon absence. Cela vous plaît, hein ? Si je n'avais pas accepté toutes vos propositions, nous n'en serions pas là. J'aurais dû me douter qu'en épousant une Française je ne m'attirerais que des ennuis. Mon père vous a pris en grippe et c'est la raison pour laquelle il n'a jamais ajouté un codicille pour me laisser le magasin.

Elle eut du mal à se contrôler, mais se lancer dans une querelle avec lui n'aurait rien résolu. Elle le connaissait trop bien pour lui demander de prendre un nouveau départ avec elle, comme elle l'avait déjà fait une fois.

— J'ai proposé à votre mère de vous offrir une association, lui dit-elle. Rien ne l'empêche de le faire. Cela vous donnera autant de droits qu'elle sur l'affaire et vous partagerez les bénéfices.

Il plissa les yeux et son humeur changea du tout au tout.

— Est-elle d'accord ?

— Je crois. Il faudra que vous en discutiez avec elle.

Il sentit que c'était pratiquement acquis. Sa mère n'aimait peut-être pas Louise, mais elle reconnaissait ses qualités et son intelligence. Elle avait dû ravaler sa vanité et demander à Louise de persuader Robert de continuer à travailler au magasin ; Louise avait profité de l'occasion pour défendre intelligemment les intérêts de son mari. Mais Robert, loin de l'en féliciter, lui répondit avec hauteur :

— Il vous appartiendra, pour vous racheter auprès de moi, de montrer ce que vous êtes capable de faire avec cette boutique. Je ne crois pas que ma mère ait des préjugés désuets sur le prêt-à-porter, si les ventes continuent d'augmenter comme elles l'ont fait depuis peu.

Il fit un geste élégant de la main, comme s'il lui remettait la direction officielle de l'entreprise.

— Allez de l'avant. Donnez-nous la mesure de votre intelligence. Je vous rappelle que nous ne quitterons cette maison que si nous pouvons disposer d'un logement comparable. À vous de jouer. Sans perdre de temps.

Elle comprit alors la raison exacte pour laquelle il l'avait épousée. L'amour n'entrait pour rien dans sa décision, car il était incapable d'aimer qui que ce fût en dehors de lui-même. Il l'avait désirée, et il savait qu'elle lui serait utile. Dans sa naïveté, elle avait tout fait pour défendre ce qui pouvait être sauvé dans leurs relations, s'accrochant constamment à la sympathie qu'elle avait éprouvée pour lui dès le départ. Aujourd'hui, il n'en restait rien.

Et, dans ce vide, le désir qu'elle ressentait encore pour Pierre devint plus ardent et plus déchirant que jamais.

Robert lui lança un sourire ironique.

— Qu'est-ce qui ne va pas ? Pourquoi ces larmes dans vos yeux ? Vous ne vous croyez plus capable de réussir ?

C'était plus qu'elle n'en pouvait supporter. Elle en avait assez de lui, de cette maison, du Magasin Prestbury et de tout ce qui avait été leur vie ensemble.

— Oh si ! lui cria-t-elle d'une voix qu'elle ne reconnut pas. Je suis capable de réussir et je réussirai. Mais pas comme votre femme ! Je rentre à Paris ! Je rentre chez moi !

Il la rattrapa au milieu de l'escalier et la plaqua contre la rampe

— Si vous partez, lança-t-il entre ses dents serrées, vous partirez seule. Paul est légalement mon fils. Il reste avec moi.

Elle ferma les yeux pour effacer le visage haineux de Robert et conserver quelques instants encore la vision de liberté qu'elle venait d'entrevoir. Elle n'avait pas d'issue. Si elle fuyait avec Paul-Michel, il la forcerait à revenir près de lui. Les femmes n'avaient aucun droit, même pas sur leurs enfants.

Il la relâcha doucement, sachant qu'il avait gagné.

Des jours et des semaines s'écoulèrent. Les affaires prospérèrent. Comme les Prestbury étaient en deuil ils ne recevaient personne et personne ne les invitait hormis Will Russell, qui continua de convier Louise et son mari chez lui – ce dont elle lui sut infiniment gré. Les autres invités étaient toujours charmants, et ses robes du soir noires ornées de perles de jais à la manière de Worth avaient tellement de style qu'à son arrivée elle captait tous les regards, et tous les hommes l'entouraient.

Un soir, dans le salon de Will, la conversation prit un tour plus grave. Depuis deux ou trois jours, le *Times* signalait que le prince consort était alité. Au début, on avait parlé d'un rhume, puis d'une fièvre sans gravité, mais l'une des personnes présentes qui fréquentait régulièrement Buckingham Palace donna des détails plus précis, qu'elle avait appris une heure plus tôt.

— Il a des migraines très douloureuses et des troubles digestifs graves.

— On en connaît la cause ? demanda Louise.

— Est-il possible que ce soit grave ? dit Will.

— On soupçonne la typhoïde. Il en a tous les symptômes.

Le désarroi se peignit sur tous les visages. Pour des personnes jeunes et fortes, c'était une maladie difficile à vaincre, mais pour un homme de quarante-deux ans que l'on savait peu robuste, c'était extrêmement dangereux.

Le lendemain matin, quand elle quitta la boutique pour sa visite hebdomadaire aux couturières à façon, elle acheta un journal annonçant les toutes dernières nouvelles de la santé du prince Albert. Il publiait simplement que la fièvre légère persistait ; tout en poursuivant son chemin, Louise songea avec émotion à l'angoisse que devait éprouver la reine Victoria en un moment pareil. Depuis son arrivée à Londres, Louise n'avait pas vu le couple royal, mais elle se souvenait bien de leur dernière visite officielle à Paris : ils avaient l'air ravis de l'accueil enthousiaste que leur avait réservé la foule lorsqu'ils avaient traversé la ville en voiture découverte, accompagnés de l'empereur et de l'impératrice.

Et chemin faisant, sa mémoire la ramena en arrière, jusqu'à la première robe qu'elle avait conçue chez Mme Camille, le jour où elle avait demandé pourquoi toutes les toilettes avaient des couleurs sombres. On lui avait répondu que la Cour était encore en deuil de la sœur de Louis-Philippe. Et que, si le roi lui-même était mort, elles seraient dans le noir jusqu'au cou.

La pensée qui lui vint lui coupa le souffle, et elle ralentit le pas. Relevant sa jupe, elle rebroussa chemin aussi vite que le lui permettaient ses cerceaux, pour faire part à Robert de son extraordinaire idée. Ne voulant pas perdre de temps, elle décida de rentrer dans la boutique par l'arrière, et elle franchit le portail de bois qui ne servait normalement qu'à la livraison des marchandises. Elle s'avança vers la fenêtre du bureau de Robert pour lui faire signe.

Ce qu'elle vit à travers la vitre la glaça. Elle se jeta aussitôt de côté, le dos contre le mur de brique, bouleversée, doutant de ses yeux. Son mari et Lily Ashcroft ! Allongés sur le divan du bureau dans une attitude lascive – et tout à fait ridicule. Elle comprit soudain toutes sortes de petits incidents dont le sens lui avait échappé jusque-là : les ricanements échangés dans son dos par les autres vendeuses ; les murmures qui s'arrêtaient brusquement quand elle s'approchait ; l'arrogance de plus en plus manifeste de Lily et sa tendance à répondre avec effronterie ; la robe de soie noire de bonne qualité qui avait si belle allure à côté de celle qu'elle portait auparavant ; les petites extravagances de la jeune fille, qui n'étaient pas compatibles avec son salaire modeste. Tout s'expliquait…

Louise s'éloigna du mur et ressortit par le portail de bois. Dans la ruelle, elle épousseta la poussière de sa jupe, déconcertée de se sentir si calme. Elle héla un fiacre et lui donna l'adresse de Boston Street.

Will la reçut dans son bureau. Elle lui exposa le projet qu'elle n'avait plus l'intention de partager avec Robert. Il l'écouta attentivement.

— Et vous êtes prête à risquer sur ce coup de dés toutes vos économies jusqu'au dernier sou ? lui demanda-t-il.

— Oui ! Et davantage. Je vais demander du crédit partout où je pourrai, ici et en France. Mais il me faudra un local pour stocker et pour revendre ensuite, au détail et en gros. Voulez-vous m'aider ?

Il sourit, songeur, et se pencha en arrière dans son fauteuil.

— Vous avez des nerfs d'acier. Je m'en doutais depuis toujours. Mais avant d'aborder ce problème, j'aimerais vous poser une question.

— Oui ?

— Pourquoi vous êtes-vous adressée à moi au lieu de vous associer à votre mari ? Il était normal que disposant du Magasin Prestbury…

— Non !

Elle se leva, rouge de colère.

— Je ne ferai plus jamais rien sous le nom de Prestbury ! C'est fini. Toutes les commandes pour cette affaire seront faites sous mon nom de jeune fille.

Il se frotta le menton.

— Je vois. Mais puis-je vous faire une proposition ?

— Vous ne me ferez pas changer d'avis !

— Je n'en ai pas l'intention.

Il se leva sans hâte et contourna le bureau jusqu'à elle.

— Je voulais simplement vous faire observer que la loi ne reconnaît pas la signature d'une femme sur un contrat. Mais nous prendrons un accord privé d'association et, si vous voulez bien me concéder une part dans cette entreprise, tout pourra se faire depuis mes locaux et avec ma main-d'œuvre, sans aucune intervention extérieure.

Elle ne savait pas comment le remercier, tant elle était émue qu'il accepte de participer à son pari insensé.

— Vous feriez ça pour moi ?

Il eut envie de lui répondre qu'il ferait pour elle n'importe quelle folie – mais ce n'était ni le moment, ni l'endroit.

— Vous êtes d'accord ? demanda-t-il.

— Oh oui… bien entendu !

L'ensemble du projet reposait sur un sujet beaucoup trop douloureux pour qu'ils se réjouissent, et ils en avaient pleinement conscience.

— Associés ! s'écria-t-elle.

Ils se serrèrent la main et se mirent au travail.

Des commandes partirent aussitôt pour Manchester, Leeds et Bradford. Un message télégraphique toucha Worth, qui entra à son tour en contact avec les fabricants français, notamment ceux de Lyon, susceptibles de fournir les articles nécessaires. Worth envoya lui-même sans délai tout ce qu'il avait à sa disposition, en particulier des garnitures de jais et de la passementerie noire.

Dans les jours qui suivirent, l'état du prince consort demeura stationnaire – tandis que dans les locaux de Boston Street s'entassaient balle après balle les tentures funéraires pour les rues et les fenêtres, d'énormes pièces de crêpe et toutes sortes de tissus, depuis le velours noir le plus doux jusqu'au coutil robuste, en passant par la soie spéciale que les couturières transformaient en cravates et en brassards aussi vite que leurs aiguilles pouvaient voler.

À la maison et au Magasin Prestbury, Louise poursuivait sa routine quotidienne comme si de rien n'était. La seule décision marquante qu'elle prit fut le renvoi de Lily Ashcroft. Engager ou renvoyer le personnel était une des prérogatives de Robert mais, quand elle le mit devant le fait accompli, il se borna à hausser les épaules, insouciant, faisant semblant d'être absorbé par le journal qu'il lisait pendant les heures de bureau.

— De nouveau insolente, hein ? Vous m'en aviez parlé la semaine dernière, je crois.

Il frappa du bout de l'ongle la feuille imprimée pour bien montrer à quoi il consacrait toute son attention.

— Je vois que le prince Albert ne fait pas les progrès que l'on attendait de lui. Cela n'annonce rien de bon. Je croyais qu'il allait mieux.

Comme sa femme ne répondait pas, il lui lança un regard de côté. Elle avait l'air triste et grave, très préoccupée soudain. Il ne s'attendait guère à la voir se faire du souci pour un membre de la famille royale d'Angleterre. Elle devait donc s'inquiéter pour autre chose. Soupçonnait-elle ses relations avec Lily ? Ou bien avait-elle simplement perdu patience devant les grands airs de la vendeuse ? De toute façon, il n'allait pas prendre le risque d'essayer de le découvrir. Lily n'avait pas besoin de travailler au magasin pour être à sa disposition chaque fois qu'il en avait envie.

La nouvelle de la mort du prince consort stupéfia le pays tout entier. Les gens n'arrivaient pas à le croire. Sa maladie avait été de si courte durée ! Il y avait eu de nombreuses allées et venues de médecins, mais la presse était toujours restée très optimiste. Il ne semblait pas possible que ce grand homme grave, toujours aux côtés de la reine, ne fût plus là désormais.

Il fallait témoigner son respect sans attendre et cela impliquait l'achat de vêtements noirs, de tentures noires pour les maisons et les magasins, de draperies noires pour les calèches de famille et les voitures d'enfants, de voiles noirs pour les nourrices, de cravates et de brassards noirs pour les domestiques et même pour les jeunes enfants.

En quelques heures, tous les détaillants de Londres apprirent que la Manufacture de Boston Street, à Southwork, possédait des stocks illimités de tout ce dont on pouvait avoir besoin, et avant la fin de la journée les commandes affluèrent de toute part. Will avait prévu une main-d'œuvre supplémentaire, mais il fallut en engager davantage. En bras de chemise, le front en sueur, il classait les commandes pendant que ses emballeurs préparaient les colis. Les chariots entraient et sortaient sans arrêt de la cour, à destination des gares ou pour effectuer des livraisons par la route. De nombreux commerçants venaient, parfois de très loin, charger leur commande sur leurs chars à bancs, et ils ne repartaient que lorsque plus rien ne pouvait être emporté.

La Maison Prestbury, elle non plus, ne désemplissait pas. Louise et tout le personnel étaient débordés. Quand les stocks commencèrent à s'épuiser, Robert alla se réapprovisionner rue de Boston. Furieux d'être obligé de faire la queue, mêlé aux autres commerçants, il alla ailleurs – mais il ne trouva qu'un maigre choix et à peine la moitié de ce qu'il désirait.

À l'approche du jour des funérailles nationales, la vente des tissus noirs devint de plus en plus active. Londres était entièrement tendu de draperies funéraires, et toutes les villes et les villages d'Angleterre en avaient fait autant. Les vitrines des magasins étaient en deuil, et la majeure partie du crêpe entourant les énormes portraits de feu le prince consort provenaient de la Manufacture de Boston Street, qui se flattait de vendre les plus belles soieries noires de Lyon.

Louise ne rencontra Will qu'après les funérailles nationales, au cours d'un dîner chez une de leurs relations communes. L'épouse de l'hôte et toutes les dames présentes portaient le deuil. Robert étant à ses côtés, Louise ne put échanger avec Will que les plus brèves salutations. Mais au cours du repas, il lui adressa depuis l'autre bout de la table des regards qui en disaient long. Plus tard, il profita de la première occasion pour la prendre à part.

— Quelle est votre ambition la plus chère ? lui demanda-t-il d'un ton faussement sérieux. Est-ce toujours d'ouvrir votre salon de couture ?

Elle retint son souffle.

— Vous le savez bien. Êtes-vous en train de me dire que c'est devenu possible ?

— Autre chose ? dit-il.

— Acheter une maison.

— Eh bien, vous pouvez vous mettre à chercher dès demain. La maison vous regarde personnellement, mais pour la boutique je me permets de vous en conseiller une qui vient d'être mise en location au coin de Regent Street. Voici l'adresse.

Il lui tendit une carte.

— Nous vendons encore aussi vite que nous le pouvons. Et cela n'est pas près de s'arrêter. Les commandes nous parviennent de tout le pays. J'ai l'impression qu'en tant qu'associés nous devrions continuer dans le commerce de gros, en particulier pour des tissus de luxe importés de France. MM. Marshall et Snelgrove d'Oxford Street sont venus en personne acheter ce qu'il nous restait en stock de satins lourds et de brocarts de Lyon, et avant de repartir ils ont renouvelé leur commande. Il faut que nous en parlions. Quand pouvons-nous nous voir ?

— Demain, dit-elle après avoir rangé l'adresse dans son réticule de velours. Quand j'aurai visité la boutique.

Il regarda par-dessus l'épaule de la jeune femme.

— Je crois que votre mari se dirige vers nous. Peut-être trouve-t-il que je vous ai monopolisée trop longtemps. Par curiosité, comment allez-vous lui apprendre que vous avez gagné une jolie petite fortune ?

Elle ébaucha un sourire.

— En annonçant que je ne remettrai plus jamais les pieds au Magasin Prestbury. J'ai enfin obtenu ma liberté sur tous les plans, et jamais je n'y renoncerai.

De nouveau, il rit.

— Vous êtes une femme redoutable, ma belle Louise. La conquête de Londres vous est assurée.

Elle redressa le menton fièrement.

— Par mes robes, sûrement !

— Je n'en doute pas.

Robert les rejoignit en même temps que plusieurs autres personnes, et elle ne parla plus à Will ce soir-là. Elle annonça la nouvelle à Robert dans la voiture, sur le chemin du retour. D'abord, sa réaction fut mitigée. Le fait qu'ils aient enfin de l'argent (car aussitôt il avait calculé dans sa tête que tout ce qui était à elle lui appartenait aussi) le réjouissait fort. Mais quelle offense pour son orgueil, de voir qu'elle avait tout fait sans le consulter ! Et surtout, quel cauchemar si le prince consort avait survécu ; elle aurait tout perdu et aurait sombré dans des dettes incalculables. Il fit courir un doigt nerveux à l'intérieur de son col haut.

— Oh là là ! Quel risque vous avez pris !

Puis il entrevit l'importance du changement de leur situation. Il éclata d'un rire de triomphe.

— Mais vous avez réussi. Pleinement réussi. Et cela ne fait que commencer, j'en suis sûr. Bien entendu, vous en avez terminé avec la Maison Prestbury. Je suis d'accord avec vous. Dès maintenant, il faut vous concentrer sur ce qui est à nous, et je serai près de vous tout au long du chemin. Que tout le reste aille au diable.

— Non, Robert. Vous êtes l'associé de Prestbury et, si vous suivez la voie que j'ai tracée, vous pourrez en faire un succès.

Il la regarda, surpris, à la lueur des becs de gaz.

— Vous ne croyez tout de même pas que je vais m'enterrer dans une affaire qui ne sera jamais à moi. Puisque nous pouvons monter notre maison de couture…

Elle le coupa.

— J'espère qu'avec le temps je pourrai racheter la part de votre mère pour votre compte. Prestbury sera alors à vous. En attendant je vais monter *mon* salon et je le dirigerai *seule.*

— L'argent vous a déjà tourné la tête ? Vous ne pouvez pas me donner des ordres. Je vous rappelle que vous êtes ma femme, vous m'appartenez…

Elle se tourna vers lui, le sourire aux lèvres.

— Ne me parlez pas de liens conjugaux, je vous prie. En ce qui me concerne, ils sont rompus. Vous avez le choix. Vous pouvez vous installer dans la maison que j'ai l'intention d'acheter, ou vous pouvez rester avec votre mère et votre sœur. De toute façon, peu m'importe.

— J'ai Paul et…

— Votre mère m'a laissé entendre qu'elle ne croyait pas que Paul-Michel soit votre fils. Il me suffira de lui dire la vérité, elle me renverra mon fils aussitôt, où que j'aille, trop heureuse de nous voir tous les deux disparaître. Vous pourrez toujours m'empêcher de le ramener en France, je le sais, mais vous ne persuaderez jamais votre mère de le garder plus longtemps sous son toit – et je vous vois mal parti ailleurs avec lui. Alors ? Que décidez-vous ?

Il devint écarlate et s'enfonça dans l'angle de la voiture en se mordant la lèvre…

— Mon père disait que vous étiez une garce effrontée, et il avait raison. Très bien. Je continuerai pour l'instant au Magasin Prestbury. Mais il faudra revoir toute la situation un jour. Il n'est pas question que je n'habite pas avec vous. Quoi que vous puissiez dire, nous sommes toujours mari et femme.

Il ne put retenir un rire ironique.

— Pour le meilleur, dans notre cas, n'est-ce pas ?

Elle préféra ignorer le sarcasme et hocha simplement la tête, très femme d'affaires.

— Tout est donc réglé. Je suis à votre disposition pour tous les conseils que vous jugerez bon de me demander quant à la gestion de votre magasin. Je vous suggère d'ores et déjà de laisser les livres entre les mains d'un comptable qualifié. Il ne faut pas susciter des doutes quand viendra le moment de racheter l'affaire. Il y a aussi la question des robes des vendeuses, dont j'ai oublié de vous parler. J'ai obtenu de votre mère que chaque employée reçoive une robe de confection du stock, dans un tissu résistant, qui sera remplacée tous les deux ans, ou plus souvent si nécessaire. Elle a très bien compris que la soie glacée n'a jamais convenu à des femmes dont la situation financière est modeste.

Ils poursuivirent leur route en silence. Il se sentait aussi vidé que s'il avait reçu un coup dans la poitrine. Quand et comment Louise avait-elle découvert l'histoire des registres ? Et celle de Lily ? Elle devait avoir des yeux derrière la tête. Cela expliquait sans doute pourquoi elle l'avait tenu à distance depuis plus de trois semaines, sans jamais venir dans ses bras ni lui permettre de s'approcher d'elle dans le lit. Au début, il l'avait crue souffrante. Puis il avait attribué son attitude à la fatigue et à l'excès de travail. Il comprenait maintenant qu'il y avait autre chose, et que c'était très grave.

Bah ! il laisserait traîner ainsi jusqu'à ce que la nouvelle maison soit achetée. Ensuite, tout repartirait sur de nouvelles bases. Il l'entourerait de petits soins et, comme elle était toujours prête à pardonner, elle ne lui tiendrait pas rigueur longtemps. D'une manière ou d'une autre, il fallait qu'il mette la main sur les cordons de la bourse. Il avait toujours eu envie d'une bonne écurie, deux ou trois équipages rapides. Et la possibilité d'entrer dans l'un des clubs exclusifs de Saint-James. Sans parler de tout le reste. Tout ce que pourrait lui permettre un afflux permanent d'argent. Jamais l'avenir ne lui avait paru plus brillant. Il avait sagement agi en épousant cette Française.

Louise visita plusieurs boutiques avant de se décider pour l'adresse que Will lui avait donnée. C'était incontestablement la meilleure. Elle occupait un angle, avait une vitrine sur Regent Street et l'autre, ainsi que l'entrée, dans une rue latérale très animée. Les artisans entreprirent la décoration et l'installation d'un salon d'essayage. Elle reçut ses futurs employés, et de même que Worth à Paris avait accordé la préférence au personnel anglais, de même elle choisit pour le salon des vendeurs et des vendeuses de sa propre nationalité. Elle avait très vite découvert que pour la plupart des Anglais l'accent français était chez une femme synonyme d'élégance, et chez un homme, synonyme de passion.

Ses couturières travaillaient dans son atelier, derrière les salons, longtemps avant que la boutique n'ouvre ses portes. Elles confectionnaient des robes selon les maquettes que Louise avait dessinées au cours des semaines précédentes. Worth avait décrété depuis peu que les jupes des robes de ville seraient plus courtes, ce qui révélait les bottines et les chevilles, et Louise suivait la tendance. L'audace remarquable de Worth l'émerveillait. C'était sa première attaque à la crinoline, que les femmes portaient depuis trop longtemps. La variante qu'il proposait semblait innocente, mais elle provoquait subitement une impression d'insécurité qui aboutirait à la disparition pure et simple de tout le volume encombrant

L'une des robes qui allaient sortir de l'atelier de Louise était taillée selon des mesures particulièrement bien proportionnées. Se souvenant de la façon dont Marie avait pris contact avec la princesse de Metternich, Louise était allée voir une jeune actrice étonnante qui faisait fureur à Londres et dont on disait qu'elle était la dernière maîtresse du prince de Galles. Les maquettes de Louise firent une excellente impression sur l'actrice, mais, comme elle était entièrement vénale, elle n'accepta de porter la robe que si elle lui était offerte. En échange, elle parlerait en toute occasion du nouveau salon de mademoiselle Louise de Paris, ouvert à l'angle de Little Street et de Regent Street. Louise accepta et promit d'autres robes si la clientèle affluait.

Louise choisit sa nouvelle maison, dont l'acquisition se fit sans problèmes. C'était une demeure bourgeoise de bonne construction, donnant sur un parc où Paul-Michel pourrait jouer sous la responsabilité de Daisy, promue au rang de gouvernante pour la circonstance, et dotée d'une coiffe, d'un voile et d'un uniforme dont elle se montra très fière. Elle s'était révélée digne de confiance, douce et raisonnable, et Louise lui confiait son fils en toute tranquillité.

Elle acheta des meubles, fit poser des tapis et engagea du personnel de maison. L'emménagement se fit quelques jours avant l'ouverture de la boutique. Louise avait eu la chance de trouver une cuisinière française et, pour le premier dîner que Robert et elle prirent ensemble dans leur nouvelle demeure, ils eurent l'impression d'être de nouveau à Paris, chez Magny ou au Café Riche.

— Excellent, ma chère, s'écria Robert en portant sa serviette à ses lèvres. Merveilleuse soirée !

Il parcourut la pièce d'un regard satisfait. Quel plaisir, disaient ses yeux, d'être chez soi, après un bon repas, avec sa femme… Il leva son verre vers elle. Jamais elle n'avait cessé d'enchanter ses regards, sans parler du reste. Et elle était là, à l'autre bout de la table… Une peau satinée, de beaux cheveux coiffés à la nouvelle mode, chignon et anglaises… Il se sentait, à juste titre, très fier d'elle. Leurs relations avaient repris un tour aimable, il s'était montré attentionné sur tous les plans, et pour cette première nuit dans leur nouvelle maison il avait bien l'intention de renouer leurs relations conjugales au plein sens du terme.

Il était ravi d'avoir sa propre chambre, avec garde-robe et salle de bains. Cela signifiait qu'il pourrait rentrer à la maison à n'importe quelle heure sans subir de questions – non que Louise lui eût jamais adressé de reproches, mais il appréciait le sentiment d'indépendance que cela lui procurait. Et les portes de communication en acajou ciré permettaient d'accéder à la chambre de Louise.

Déjà émoustillé à la perspective de l'amour, il noua la cordelière de son peignoir de soie, donna un dernier coup de brosse (à manche d'argent) à ses cheveux rebelles et saisit les poignées des doubles portes pour les ouvrir d'un seul geste. Elles ne bougèrent pas. Il exerça davantage de force. Son visage devint blanc : elles étaient fermées à clé. Plus tôt dans la soirée, elles ne l'étaient pas ! Quand ils s'étaient préparés pour le dîner, il était passé librement d'une chambre à l'autre en bavardant avec Louise.

— Louise ! Les portes ont l'air coincées…

Il voulait lui laisser une chance de se rattraper. Mais aucune réponse ne lui parvint. De toute façon, les portes étaient épaisses et massives (peut-être pour épargner à une épouse les ronflements de son mari) et ils n'auraient pu discuter qu'en criant. Il essaya de les secouer, mais elles semblaient aussi robustes que les murailles de Troie. Ses premiers coups sur les panneaux avaient dû résonner dans la chambre de Louise. Il attendit, mais aucune clé ne tourna. Furieux, il passa dans le couloir et courut jusqu'à l'autre porte. Elle était verrouillée elle aussi.

Le lendemain matin au petit déjeuner, elle lui versa du café français, dont la bonne odeur emplissait la maison, tout en parlant de l'épicerie où elle l'avait acheté – comme si rien ne s'était passé, feignant de ne pas remarquer son regard sombre. Quand elle lui tendit la tasse, il ne fit aucun geste pour la prendre.

— Je veux du thé, dit-il d'un ton grinçant. Et un petit déjeuner anglais convenable. Du porridge, des harengs, des rognons, du bacon, des œufs, du haddock frit, des *scones*, du pain au raisin, des toasts et tout ce qu'un gentleman anglais s'attend à trouver sur sa table le matin. Pas de ces saletés étrangères.

D'un revers de main, il fit voler de la table la corbeille ornée de dentelles garnie de croissants chauds et de brioches qui lui avaient paru si appétissants à son entrée dans la pièce. Louise ne se laissa pas démonter.

— Comme vous voudrez. Je vous ai si souvent entendu dire chez vos parents que vous regrettiez les petits déjeuners servis en France…

— Plus maintenant.

Elle agita la petite clochette qu'elle gardait à portée de la main pour appeler la servante.

— Il vous faudra attendre un peu, le temps qu'on le prépare…

— Tant pis !

Il se leva d'un bond, repoussa sa chaise et jeta sa serviette sur la table.

— Je prendrai le petit déjeuner à mon club. Et nous aurons une conversation plus tard, à propos de quelques malentendus. J'entends être le maître chez moi, je préfère vous le dire tout de suite.

Elle demeura seule devant la table du petit déjeuner et dégusta le meilleur café qu'elle ait bu depuis son arrivée en Angleterre. L'attitude de propriétaire qu'affectait Robert ne la troublait pas. Il fallait bien qu'il rassure son ego, et les portes fermées avaient été pour lui une gifle. Mais elles resteraient fermées. Et pas seulement à cause de Lily. Si tous les mariages se brisaient à cause des Lily existant dans le monde, peu de couples demeureraient ensemble. Les liens conjugaux authentiques résistent à ce genre de tempête. Si, au cours des mois précédents, Robert lui avait témoigné une véritable affection, elle aurait fait de leur emménagement dans cette maison une occasion de réconciliation. Mais jamais il n'avait songé à elle autrement que pour l'utiliser à sa convenance, de toutes les façons possibles. Elle ne le supporterait plus. Désormais, aucun homme ne la manipulerait à ses propres fins. Il y avait d'abord eu Pierre, puis Robert. Chacun aussi égoïste à sa manière, mais au moins Pierre l'avait-il aimée. Et il l'aimait encore. Elle n'en doutait pas. Ni Pierre ni elle-même ne connaîtraient à l'avenir un amour aussi intense. Ils l'avaient vécu passionnément du début à la fin. Sauf qu'un amour pareil ne pouvait connaître de fin. Il était de nature à surmonter tous les obstacles, même la trahison et la séparation définitive.

Elle reposa sa tasse vide avec un petit soupir et passa la main devant ses yeux. Elle se permettait rarement de songer à Pierre, mais elle avait laissé ses pensées partir à la dérive…

Elle releva la tête et regarda la pendule. Le travail l'attendait, il était temps de partir. Will voulait qu'elle voie une nouvelle livraison de velours français. Leur affaire de tissus en gros marchait de mieux en mieux. Et c'était ce jour-là qu'elle devait livrer personnellement la robe de l'actrice. Rien de commun avec la simplicité grandiose du tulle blanc et de la soie argentée que Worth avait créés pour la princesse de Metternich. Elle avait dû tenir compte de la scène sur laquelle son modèle serait jugé – il ne serait pas comparé aux toilettes raffinées qui faisaient fureur à Paris. Elle avait donc rajouté là où Worth avait retranché, décoré là où il avait dépouillé, et choisi pour tissu un riche taffetas dans l'une des dernières nuances obtenues par les nouvelles teintures chimiques : un fuchsia brillant. La jupe n'avait pas moins de cent plissés.

L'actrice l'avait adorée dès le premier essayage et s'était prise de passion pour les petits papillons de soie qui orneraient ses cheveux. De longs gants noirs (une innovation car d'habitude ils ne dépassaient jamais le poignet) et un châle, de velours noir également, rendaient hommage au deuil de la Cour. La personnalité très piquante de l'actrice forçait l'attention de tous partout où elle se rendait. Personne ne pourrait ignorer la robe de « Mademoiselle Louise ».

Pleine d'espérance, Louise monta passer quelques instants près de Paul-Michel avant de partir. Il n'avait que quatre ans et demi, mais il était déjà complètement bilingue. Il confondait parfois les mots des deux langues, mais elle savait qu'avec le temps ces fautes se corrigeraient d'elles-mêmes. Elle n'utilisait l'anglais que pour lui enseigner l'alphabet et le faire lire, car ce serait, par la force des choses, la langue dans laquelle il ferait ses études.

En entrant dans la chambre d'enfant, elle le salua en français et il courut aussitôt vers elle, encore en chemise de nuit. Elle le cajola et le prit sur ses genoux devant la cheminée. Sa ressemblance avec Pierre devenait de plus en plus marquée, confirmant les dires de bonnes femmes selon lesquels les enfants de l'amour ressemblent toujours à leur père.

Ce soir-là, en rentrant à la maison, Louise découvrit que Robert avait fait enlever les verrous des portes de communication. Il était adossé au chambranle, bras nonchalamment croisés, un sourire satisfait aux lèvres.

— Comment osez-vous ! s'écria-t-elle, furieuse. Ça ne changera rien. Je m'installerai dans une autre pièce.

— Si vous le faites, j'enverrai Paul en pension, malgré son jeune âge.

— Vous êtes fou ? C'est encore un bébé !

Il demeura intraitable.

— Ce sont mes conditions. Je vous ai dit que je serai le maître dans cette maison.

Elle sentit qu'il ne s'agissait pas d'un bluff de sa part. Le destin exigeait d'elle un nouveau sacrifice. Elle détourna le visage sans répondre.

Il comprit qu'il avait gagné.

20

Trois ans après l'ouverture de sa boutique, Louise décida de faire un voyage à Paris. Une certaine Mlle Brousseau, Beauceronne des environs de Chartres, était devenue son bras droit. Elle veillait avec compétence à la bonne marche de l'affaire, ce qui permettait à Louise de s'absenter beaucoup plus qu'au début. *Mademoiselle Louise de Paris* avait ouvert ses portes en étalant dans ses vitrines des robes qui attiraient l'œil, confectionnées dans des tissus éclatants grâce aux nouvelles teintures à l'aniline – mais toutes arboraient une touche de noir. En quelques semaines, des copies avaient commencé d'apparaître sur le marché, destinées aux femmes qui ne pouvaient s'offrir ni les toilettes de cette boutique française, ni la couture sur mesure. Elles suivaient tout de même la mode en adaptant à leurs robes des mètres et des mètres de ruban noir bon marché.

Le succès vint très vite ; toutes les élégantes de Londres se donnèrent rendez-vous chez Mademoiselle Louise. L'actrice avait tenu parole : elle chantait les louanges de sa couturière française partout où elle se rendait. Et elle en fut récompensée par de nouvelles robes, à mesure que la clientèle affluait. Avant la fin de l'année, Louise aurait pu agrandir ses locaux le long de Little Argyll Street, mais elle n'avait nullement l'intention d'entrer en concurrence avec des boutiques plus vastes. Elle loua donc les étages au-dessus de son magasin, ce qui lui permit de conserver une allure de petite boutique exclusive, et disposa de toute la place nécessaire pour doubler son atelier et ses salons d'essayage.

Le mariage royal consolida sa réussite. Le prince de Galles prenait pour épouse la belle princesse Alexandra de Danemark, et toute la haute société de Londres voulait paraître sous son plus beau jour. Louise créa un modèle de veste près du corps qu'elle baptisa « Alexandra », et qui se vendit aussi vite qu'elle pouvait le confectionner. Un grand nombre de ses toilettes embellirent les innombrables bals, réceptions et banquets en l'honneur du couple royal. Les créations de Worth éclipsaient les siennes, mais elle venait en seconde place après le maître, que personne ne pourrait surpasser. Récemment, Worth avait lancé la mode des jupes à panier : il avait repris le mouvement que donne à sa jupe la femme de ménage lorsqu'elle la remonte par-dessus son jupon pour ne pas la salir en frottant le parquet ! Rien ne pouvait être plus éloigné de cette inspiration originale que les tissus somptueux utilisés par Worth, mais il avait conservé le même drapé.

Louise tenait toujours Marie au courant de ses progrès, et à chaque réponse recevait ses félicitations et ses encouragements. Worth avait à peine le temps de lire les lettres de Louise, mais Marie lui en rappelait le détail. Jamais il n'avait été aussi surchargé de travail – et aussi heureux. Comme Midas, il changeait en or tout ce qu'il touchait. Ses prix faisaient hausser le sourcil à ses clientes les plus fortunées, mais aucune ne l'abandonnait tant ses créations étaient enchanteresses. Et elles supportaient son arrogance sans se plaindre.

Il avait été pauvre pendant trop longtemps pour ne pas savoir comment dépenser l'argent maintenant qu'il disposait de sommes énormes. Ses coffres ne cessaient de s'emplir, quelles que fussent ses extravagances. Marie se retrouva avec plus de bijoux qu'elle n'en pouvait porter. Il avait fait faire son portrait trois fois. Ses moindres caprices étaient exaucés sur-le-champ. Elle disposait pour ses sorties de sa « daumont » personnelle, garnie de satin ivoire. Chaque après-midi, elle se rendait à la promenade élégante du bois de Boulogne, et ses pur-sang et ses cochers en livrée rivalisaient avec ceux des voitures impériales. Les chapeaux de paille d'Italie faisaient fureur, et l'on ne pouvait imaginer plus beau spectacle : tandis que les voitures découvertes défilaient, les plumes d'autruche, les rubans et les larges pétales de fleur dansaient sur les coiffes tombantes.

Comme il était commerçant, Worth ne pouvait être accepté dans la haute société, mais de nombreuses personnalités le tenaient en très grande estime. Il évitait toujours les réceptions quand il le pouvait, pourtant Marie appréciait sa nouvelle vie de loisirs et on la voyait à presque tous les grands événements de la saison, fréquemment en compagnie des Metternich et d'autres personnes célèbres de l'aristocratie. Jamais elle n'avait été aussi utile à la carrière de son mari, car à chacune de ses apparitions on l'examinait de la tête aux pieds. Partout où elle allait, elle était le centre des attentions, et seul Worth savait qu'au fond de son cœur elle demeurait aussi timide et modeste que dans le passé.

Leur appartement privé, 7, rue de la Paix, reflétait leur richesse de plus en plus grande. Worth avait fait tisser toutes les soieries d'ameublement à Lyon selon des motifs dessinés de sa main. Il se montra très mystérieux sur le choix du tissu qu'il avait commandé pour le salon que Marie aimait le plus. Quand elle lui posait des questions, il souriait et prenait des airs de conspirateur. Lorsque la commande arriva, il déroula l'étoffe devant elle à la manière d'un magicien, la lançant loin de lui pour la faire voler en larges vagues, telles des flammes roux et or sur le parquet.

— Regardez !

Son cri de triomphe fit vibrer le lustre !

Elle se pencha, stupéfaite, au-dessus d'un étrange motif d'yeux et d'oreilles qui scintillait sur chaque ondulation de l'étoffe magnifique. Elle devina aussitôt de quoi il s'agissait.

— C'est le tissu dont vous m'avez si souvent parlé ! s'écria-t-elle. Celui que vous avez vu sur le portrait de la reine Elizabeth, quand vous étiez à Londres.

Combien de fois avait-il raconté l'histoire à ses fils…

Son visage brillait de fierté. Il était campé sur ses jambes écartées, la tête penchée en arrière, le velours de soie entre les mains.

— Il est enfin à moi, murmura-t-il.

Il avait toujours considéré ce motif comme son talisman, et le tissu de ses rêves était devenu une réalité. Quelques mois plus tard, il en commanderait une variante pour décorer une résidence plus somptueuse encore, où ils passeraient le printemps et l'été. Il avait remarqué à Suresnes, juste en dehors de Paris, un terrain magnifique, où il avait fait construire une belle demeure enfin digne d'eux. Pourquoi se serait-il montré modeste ? Il était aussi tout-puissant dans son domaine que la grande Elizabeth dans son royaume. Il était le seul et unique Worth, les yeux et les oreilles de tout l'univers de la haute couture.

Marie se rendait compte mieux que son mari de la jalousie que son fabuleux succès suscitait. Elle fut au désespoir quand parut dans la presse un article injurieux sur le couturier anglais qui prenait des libertés quand il se trouvait avec ses clientes à demi nues. Worth lut l'article et le repoussa avec mépris. Ce n'était pas la première fois qu'il était victime de calomnies. Il avait vu des femmes presque dévêtues pendant toute sa carrière commerciale, et plus d'une poitrine s'était dévoilée sous ses yeux, par hasard ou à dessein. Mais dans les salons d'essayage il ne s'occupait que de la robe et rien d'autre ne l'intéressait.

— Vous savez à quoi tient ce scandale ? dit-il à Marie. La princesse de Metternich a déçu le public à l'Opéra de Paris en n'applaudissant pas la nouvelle œuvre de Wagner. Comme elle est ma protectrice en même temps que celle de Wagner, je dois être traîné dans la boue et brocardé en même temps que lui.

— Mais c'est une injustice monstrueuse ! protesta Marie.

Il sourit et posa un baiser sur sa joue.

— Quand les clientes commenceront à aller ailleurs, je trouverai le temps de m'inquiéter. Pas avant.

Personne ne lui fit d'infidélités. De nouvelles clientes, intriguées par ce qu'elles avaient lu, apparurent dans les salons. Elles furent peut-être déçues par l'absence de familiarités de Worth, mais non par les robes dont il les habilla. L'article fut très vite oublié et, peu après, le même journal chantait les louanges des travestis magnifiques que Worth dessinait pour les bals masqués, devenus très populaires dans la haute société.

Il habilla l'impératrice en Marie-Antoinette (velours rose avec, sur la tête, des plumes d'un mètre de haut), en dogaresse de Venise (velours noir et satin écarlate, qui mettaient en relief ses magnifiques diamants) et dans bien d'autres costumes tout aussi somptueux. Il habilla la princesse de Sagan (qui donnait elle-même de nombreux bals masqués) en paon. Sur sa tête, l'oiseau était vert et or, elle avait des centaines de plumes de paon sur sa traîne, et le devant de sa jupe, d'un bleu très doux, s'ornait de nuages légers tenus par un Cupidon peint.

Ses idées étaient d'une extravagance sans limites, et chaque cliente savait qu'aucune autre femme présente ne porterait un travesti comparable au sien. Worth ne se rendit lui-même qu'à un seul bal ; il portait un manteau de soie tissé selon son motif « yeux et oreilles », qui fit sensation. Les commandes pour ce tissu affluèrent. Elles furent toutes refusées.

Lorsqu'ils avaient installé les tentures « yeux et oreilles » dans le salon préféré de Worth de la rue de la Paix, Marie avait gardé une chute pour la glisser dans une lettre à Louise, sachant qu'elle en comprendrait, elle aussi, l'origine. Quand Louise lut la lettre, le morceau de tissu glissa entre les feuillets et tomba sur ses genoux. Elle le ramassa et sourit au souvenir de Worth décrivant ce même motif bien des années auparavant, rue du Fouarre, dans son français hésitant. Plus tard, le même jour, elle se rendit à la National Gallery et vit pour la première fois le portrait de la Reine Vierge. Elle approcha le morceau de tissu près du tableau. On eût dit qu'il avait été coupé dans l'un des plis de la robe royale.

Quelques mois plus tard, Louise décida d'aller à Paris avec Paul-Michel. Robert l'accompagnait : jamais il ne l'aurait laissée emmener l'enfant sans lui, car il constituait son seul moyen de pression. Elle était en train de négocier l'achat du Magasin Prestbury, mais la mère de Robert faisait des difficultés, et Robert lui-même ne décolérait pas. Leurs relations personnelles s'étaient détériorées à tel point qu'il lui parlait toujours méchamment, souvent avec une ironie grinçante. Dans ses colères, il avait recours à la violence, n'hésitant pas à la frapper (sur la poitrine et sur le ventre pour que personne ne vît les traces de ses coups). Il était fourbe et lâche, malgré sa force physique supérieure, son air autoritaire et ses fanfaronnades. Elle avait parfois l'impression d'être confrontée à un gamin capricieux et veule, qui ne s'amenderait jamais. Comment avait-elle pu croire un jour qu'il remplirait à l'égard de Paul-Michel le rôle d'un père ? Il savait se montrer strict, exiger une obéissance immédiate, mais il n'éprouvait pour l'enfant aucune affection susceptible de compenser cette dureté. Non qu'il fût toujours de mauvaise humeur. Il lui arrivait d'être réellement gentil et Paul-Michel, d'une nature généreuse et tendre, répondait joyeusement, souvent avec trop d'enthousiasme, ce qui se terminait en général par des ennuis et des larmes.

Will Russell faisait davantage pour l'enfant. Il l'emmena à la pêche et en bateau, lui apprit à jouer au cricket, et lui donna ses premières leçons d'équitation. Louise les accompagnait de temps en temps dans ces expéditions, et elle goûtait des heures aussi joyeuses que son fils. Elle voyait Will très souvent, par nécessité professionnelle car leur association les obligeait à prendre des décisions en commun, et Robert n'hésita pas à lancer des insinuations deplacées sur le temps qu'ils passaient ensemble. Mais il ne croyait pas sérieusement qu'il y eût quoi que ce fût entre eux. Sinon, il aurait réagi beaucoup plus violemment, Louise en était certaine.

Elle savait que Will la désirait. C'était un problème toujours présent – jamais abordé depuis le jour où il avait reconnu qu'elle suscitait des passions en lui, et l'atmosphère était parfois si chargée d'électricité que l'air semblait grésiller entre eux. Ces jours-là, elle évitait soigneusement le moindre contact physique. Être embrassée par Will n'était pas une chose banale et sans conséquence, comme elle le savait de longue date. Autant pour lui que pour elle, elle ne voulait pas en prendre le risque.

Au début, il avait établi des rapports mondains mais il était certain qu'une longue amitié tendre, étrangement fidèle, et aiguisée par un désir sensuel conduirait Louise à devenir sa maîtresse. Quand il s'aperçut que ce ne serait pas le cas, il battit en retraite et s'enferma dans une vigilance de tous les instants. Il suffirait qu'elle lui lançât un regard : il le comprendrait. Elle se méfia donc de ses yeux, car elle n'avait aucun message de ce genre à lui transmettre. Elle savait pertinemment pourquoi il lui arrivait de se montrer impatient sans raison avec elle quand ils n'étaient pas d'accord sur une petite question d'affaires...

La veille de son départ pour Paris, elle alla le voir à l'usine. Il s'était rendu plusieurs fois en France au cours des années précédentes et c'était maintenant le tour de Louise d'aller en pèlerinage dans la capitale de la mode.

— Vous allez me manquer, Louise, lui dit-il. Ne vous avisez pas de retourner vivre à Paris, quand vous l'aurez revu !

Elle sourit.

— Je ne prétendrai pas que je n'ai jamais rêvé d'une « Mademoiselle Louise » rue de Rivoli, ou sur le nouveau boulevard Haussmann. Mais pour le moment c'est hors de question.

— Pierre, bien sûr ?

Elle haussa les épaules avec une désinvolture bien française, qu'il trouvait séduisante.

— Pourrait-il y avoir une autre raison ?

— Êtes-vous sûre que vos vies ne vont pas se croiser de nouveau pendant que vous serez là-bas ?

— J'ai posé la question à Marie Worth, et j'ai appris que les de Gand seront au palais de Saint-Cloud avec l'empereur et l'impératrice pendant la durée de mon séjour. Stéphanie a commandé toute une garde-robe neuve, car le couple impérial n'aime pas voir ses invitées dans la même toilette pendant plus de quelques heures. Et jamais, jamais une seconde fois, bien sûr...

Elle ne put retenir un petit rire.

— Rien d'étonnant à ce que Worth ait fait fortune.

— Tant mieux pour lui, approuva Will avec un sourire. À propos, présentez-lui mes compliments.

— Je n'oublierai pas.

Elle se leva, prête à prendre congé. Il détestait la voir partir. C'était un homme rationnel, peu enclin aux envolées de l'imagination, mais un pressentiment le rongeait : un jour, Paris ou Pierre de Gand – car ce serait l'un ou l'autre – lui arracherait Louise pour de bon.

Ce n'était pas le mariage avec Robert qui l'inquiétait – son mari était un être sans consistance ni volonté, avec qui elle avait très peu de chose en commun – mais tout ce qui était cent pour cent français en elle, car cela la liait de façon aussi contraignante qu'un grand amour. Une barrière de cet ordre était désespérément infranchissable, et le bloquait sur tous les fronts. Il tenait beaucoup à elle. L'aimait-il ? Il espérait simplement qu'un jour prochain elle déciderait de libérer dans ses bras toute sa sensualité naturelle, et sa féminité qui la rendait si désirable à ses yeux. Jusque-là, il ne pouvait qu'attendre, et préparer la voie de son mieux.

— Essayez d'être heureuse de rentrer en Angleterre quand votre voyage sera terminé, lui conseilla-t-il sans sourire, tout en la raccompagnant à la porte. Ne quittez pas la France avec le cœur de nouveau brisé…

Son cœur n'avait jamais cessé de l'être, mais Will l'ignorait… Elle adopta un ton léger.

— Ne vous en faites donc pas pour moi. J'ai la tête trop pleine d'idées nouvelles pour penser à autre chose qu'à mes maquettes pour la prochaine saison.

— Je l'espère.

— Souhaitez-moi bonne chance.

Ses yeux aux reflets d'or devinrent anxieux soudain.

— Toujours. Bonne chance, ma chère Louise, dit-il en français.

Elle se pencha en avant et l'embrassa sur les deux joues. Si leurs lèvres s'étaient effleurées, il n'aurait pas pu se contenir.

— Au revoir, Will. Je vous enverrai une de ces cartes postales illustrées qui font fureur en ce moment.

Elle tint sa parole. C'était un dessin patriotique de l'empereur, de l'impératrice et du jeune prince impérial : l'image du bonheur familial. Il aurait préféré une lettre, car il n'y avait guère de place sur ces cartes postales, en dehors de la signature ; elle lui envoyait simplement ses « salutations affectueuses ».

Quand Louise revit Paris, ce fut à travers un voile de brume – la brume de ses larmes d'émotion et de bonheur. Catherine n'avait pu l'attendre à la gare car elle travaillait ce jour-là, mais Marie Worth, accompagnée de ses fils, était là, dans les rais de soleil que filtrait le dôme de verre. Robert dissimula de son mieux son ennui tandis que les deux femmes s'extasiaient sur la croissance des enfants, riaient, bavardaient, s'embrassaient. Paul-Michel était grand pour sept ans. Gaston (onze ans) et Jean-Philippe (huit ans) étaient aussi forts et en bonne santé l'un que l'autre mais très gênés par les boucles que leur maman avait frisées au fer pour cette occasion. Ils envièrent les vêtements conventionnels de Paul-Michel.

Marie avait insisté pour que les voyageurs se rendent aussitôt rue de la Paix où les attendait un déjeuner. Les bagages des Prestbury partirent vers le Grand Hôtel avec la femme de chambre de Louise, le valet de Robert et Daisy la gouvernante. La daumont tendue de satin attendait Marie et ses invités dans la cour de la gare. Louise remarqua le monogramme d'or sur la portière.

En arrivant rue de la Paix, elle s'étonna de voir cette artère à ce point transformée. D'autres commerçants, désireux de profiter du succès de Worth, s'étaient installés dans tous les immeubles libres, et ce qui était autrefois une rue paisible et résidentielle s'était métamorphosé en une voie commerciale animée. Devant le numéro 7, où le nom *Worth* brillait en lettres d'or sur le fronton de l'entrée, attendait une file de voitures conduites par des laquais en livrée. La daumont s'arrêta à la porte. En descendant, Louise vit que le porche donnant sur la cour intérieure avait été rénové et que le monogramme doré de Worth avait été incorporé aux motifs en fer forgé de tous les piliers.

Mais ce n'était rien en comparaison de la splendeur de l'intérieur, entièrement redécoré depuis le départ de Louise. Tous les étages de l'immeuble étaient maintenant consacrés à la couture, et partout où se posaient les regards ce n'étaient que tapisseries d'Aubusson, panneaux de damas, or moulu et marbre resplendissants sous la lumière des lustres de cristal. Worth était occupé avec une cliente ; en l'attendant, Marie fit visiter les locaux à Louise et à Robert pendant que les enfants allaient jouer dans leurs appartements privés.

Louise eut du mal à se reconnaître dans les salons du premier étage. Chaque pièce était réservée à une gamme particulière de tissus ou de couleurs : l'une ne présentait que les soies noires et blanches, la suivante contenait toutes les nuances de vert et de bleu, une autre le rose et le corail… La clientèle était nombreuse et toutes les vendeuses semblaient occupées. Celles qui avaient reconnu Louise la saluèrent d'un signe de tête ou d'un sourire.

Une atmosphère beaucoup plus reposante régnait dans le long salon où les dernières créations de Worth étaient exposées comme des œuvres d'art. Plusieurs élégantes les examinaient dans un silence respectueux. D'autres clientes étaient installées dans une belle pièce où des « mannequins » (comme on appelait maintenant les jeunes femmes qui présentaient les robes) défilaient dans d'autres toilettes magnifiques.

Si une cliente désirait voir exactement de quoi elle aurait l'air dans telle ou telle robe de bal tandis qu'elle valserait sur le parquet de la salle des Maréchaux, aux Tuileries, il lui suffisait d'entrer dans un salon entièrement tapissé de miroirs, dont l'éclairage tamisé reproduisait exactement la lumière douce qui tombait des célèbres lustres. C'était une innovation pleine d'imagination, tout à fait digne de Worth.

Quand « il » apparut, se confondant en excuses, le déjeuner touchait à sa fin.

— Ma chère Louise ! Quand je pense que j'ai tout juste le temps de vous saluer et de retourner au travail !

Il lui baisa la main, puis la fit pivoter devant lui en examinant d'un œil critique son costume de voyage.

— Oui, oui. La jupe très plate devant avec une crinolette à demi-cerceau pour donner toute l'ampleur à l'arrière. Vous vous souvenez ? On disait autrefois que les crinolines ne disparaîtraient jamais…

— Le monde entier a suivi la voie que vous avez tracée, répondit-elle.

— Oui, c'est vrai, avoua-t-il, ravi. J'ai appris que vous continuez de faire de bonnes affaires. Félicitations. N'oubliez jamais que les femmes s'habillent pour leur propre plaisir mais que leur joie est beaucoup plus grande si elles peuvent faire ombrage aux autres et les éblouir. C'est par l'« épate » que vous ferez votre chemin en tant que couturière de mode.

Elle sourit, entièrement d'accord avec lui.

— Les femmes se confient maintenant à moi comme elles se sont toujours confiées à vous, elles veulent mes idées, non les leurs. Elles ont le choix, mais seulement entre mes créations.

— Bien joué. Il faut qu'il en soit ainsi. Si elles inventaient toutes seules, nous perdrions vous et moi la moitié de notre pratique. Décidez toujours à leur place, cela les rend heureuses. Quand je leur dis qu'une robe leur va, elles n'ont pas besoin d'autre preuve. Ma griffe sur leur robe suffit.

Il s'aperçut qu'en parlant d'un sujet qui leur tenait à cœur à tous les deux il passait plus de temps qu'il ne pouvait lui consacrer pour l'instant.

— Quels sont vos projets à Paris ?

— Eh bien, demain…

— Demain, vous venez avec moi aux Tuileries. J'ai une nouvelle robe pour l'impératrice et il risque d'y avoir de petites retouches que vous pourrez exécuter sur place.

Louise fut davantage troublée par cette nouvelle que de le voir monopoliser tout naturellement son temps.

— L'impératrice à Paris ? Je croyais la famille impériale à Saint-Cloud.

— L'empereur a dû s'aliter, tout a été annulé à la dernière minute. Il va mieux, paraît-il, mais il souffre. À mon avis, les médecins ne savent pas de quel mal il est atteint et ne veulent pas le reconnaître.

Il sortit sa montre en or de son gousset et y jeta un coup d'œil.

— Soyez ici à neuf heures et demie demain matin. Mon rendez-vous est toujours à dix heures.

Marie protesta énergiquement.

— Charles ! Louise n'est plus votre première. Elle est à Paris pour ses affaires.

Mais il n'écoutait plus. Il venait de remarquer Robert et lui tendait la main.

— Bonjour. Comment allez-vous ?

Puis il regarda autour de lui :

— Où est le jeune homme ?

— Avec Jean-Philippe et Gaston, répondit Marie. Ils sont déjà bons amis tous les trois.

— Ah bon ? Alors, je le ferai inviter à la réception du prince impérial. Ils iront ensemble. Il faut que je parte…

Il salua Louise et Robert d'un geste, mais il s'arrêta brusquement sur le seuil, stupéfait par ce qu'il venait d'apercevoir dans le vestibule : les trois enfants s'étaient glissés côte à côte dans une robe aux proportions impressionnantes. Gaston avait enfilé une manche et le fils de Louise l'autre, la jupe tombait en grosses vagues autour de leurs pieds. Au milieu, le visage joyeux de Jean-Philippe émergeait du décolleté.

— Mme de Villemont veut vous voir, papa, carillonna-t-il d'un ton faussement sérieux.

Worth ne put retenir ses éclats de rire et les autres l'imitèrent. Au même instant, une vendeuse passa la tête à la porte du vestibule.

— Mme de Villemont est arrivée, monsieur Worth, annonça-t-elle en toute innocence.

Les rires redoublèrent, à la stupéfaction de la vendeuse, bouche bée. Louise et Marie se mirent à extraire les enfants de la robe. Les fils de Worth, songea Louise, grandissaient dans une atmosphère merveilleuse. Leur présence était acceptée aussi naturellement dans les salons que dans les appartements.

Elle passa la soirée à l'hôtel avec Catherine dont la joie était immense. Quand l'enthousiasme se fut un peu calmé, Louise remarqua que son amie avait beaucoup vieilli pendant son absence. Elle prit dans ses mains les doigts piqués de coups d'aiguille et examina d'un œil inquiet les articulations gonflées.

— Ce n'est qu'un peu de rhumatisme, dit Catherine d'un ton joyeux en retirant ses mains.

Elle souffrait aussi de douleurs dans la poitrine mais elle avait réussi jusque-là à tenir son mal secret, et elle ne voulait pas que Louise le découvre.

Louise aurait aimé que Catherine reste à l'hôtel avec eux, mais elle refusa, trop impressionnée par le décor somptueux. Elle accepta pourtant de rentrer chez elle en cabriolet. Louise décida d'acheter avant de quitter Paris un appartement confortable pour Catherine, à une adresse modeste, où elle vivrait jusqu'à la fin de ses jours.

Louise se rendit au palais avec Worth dans la voiture portant le monogramme du grand couturier. L'énorme boîte contenant la robe était amarrée sur la grille de fer du toit. Ils parlèrent mode tout le long du chemin. Worth avait commencé de lancer les motifs géométriques, qui lui semblaient exprimer un changement nouveau, indéfinissable, dans les attitudes des femmes. Aux Tuileries, ils passèrent par l'entrée d'honneur, laissant aux domestiques le soin de décharger la boîte. Le cœur de Louise se serra quand elle vit l'uniforme familier des Cent-Gardes partout autour d'elle. Elle prit l'escalier de marbre aux côtés de Worth, consciente qu'il y avait très peu de chances qu'elle rencontrât Pierre dans cet immense labyrinthe…

Dans les appartements de l'impératrice, ils se dirigèrent vers le cabinet de toilette aux nombreux miroirs. Toujours ponctuelle, Eugénie parut à dix heures précises. Elle leur adressa l'un de ses sourires ensorceleurs. À trente-huit ans, Eugénie de Montijo était encore au zénith de sa beauté.

— Montrez-moi ma nouvelle robe, monsieur Worth.

— Elle est en brocart de soie de Lyon, Majesté.

Il fit un signe à Louise, qui tenait la robe, et elle s'avança pour présenter à l'impératrice le tissu magnifique.

— Il a été tissé spécialement pour vous, et son motif exclusif n'a été vu qu'une seule fois dans le passé, sur un châle chinois très ancien, précisa Worth.

Eugénie regarda la robe, et elle la détesta sur-le-champ. Le fond beige parsemé de fleurs jaunes, corail et vert pâle lui déplaisait.

— On dirait un vieux rideau. Je ne porterai pas ça !

Ce brocart, incontestablement magnifique, ne lui avait pas plu, mais son hostilité avait une autre origine. Worth en avait déjà été le témoin chaque fois qu'un article provenait de Lyon. Cette ville n'avait jamais été loyale envers l'empereur et Eugénie était particulièrement sensible aux critiques violentes qui s'élevaient contre son époux et elle-même un peu partout dans le pays.

À bien des égards, Worth la jugeait aussi difficile à habiller que Marie autrefois : elle était ravie d'être l'arbitre de la mode, mais seulement lorsqu'il s'agissait de lignes classiques. À la différence de Pauline de Metternich, il avait toujours du mal à la convaincre de porter quelque chose d'entièrement nouveau. Il lui avait fallu toutes ses qualités de persuasion pour lui faire adopter sa nouvelle ligne de jupe, que maintenant elle adorait. Il était décidé à livrer une fois pour toutes la bataille en faveur de la ville de Lyon. Il déploya toute son adresse, et tout son charme.

— Sur vous, ce brocart retrouvera la splendeur de son motif original. Rien n'a été tissé de semblable depuis mille ans et peut-être davantage. Je ne peux pas imaginer une autre harmonie de couleurs mieux adaptée à la teinte de vos cheveux. Elle attirera les regards partout et du jour au lendemain les métiers de Lyon se remettront à bourdonner.

Mais cette fois, elle était résolue à ne pas se laisser convaincre.

— On ne me verra jamais dans cette robe. Emportez-la !

Il ne renonça pas. Au bout du compte, il arrivait toujours à ses fins avec Marie, et aucune femme au monde n'était aussi têtue qu'elle. L'impératrice ne ferait pas exception.

— Je crois que vous devriez encore réfléchir, Majesté. Quand vous aurez porté cette robe, toutes les femmes du monde entier voudront une toilette en brocart de Lyon.

De nouveau, elle secoua la tête, lèvres serrées, et Louise s'étonna de voir Worth discuter, alors que tout autre se serait incliné avec déférence Si elle avait été une cliente ordinaire dans sa boutique, il l'aurait probablement mise à la porte, car il ne s'en laissait jamais imposer. Un jour où une cliente très importante lui avait demandé une robe indécente, il l'avait renvoyée en lui disant que l'orfèvre voisin lui vendrait quelques bijoux, puisque c'était tout ce dont elle avait apparemment besoin pour se vêtir.

Au milieu de la discussion, qui devint bientôt très vive – Worth, calme mais résolu, l'impératrice glaciale et hautaine –, l'empereur monta l'escalier en spirale qui reliait les appartements d'Eugénie aux siens. L'arôme de la cigarette qu'il fumait le précédait... Worth vit aussitôt le parti qu'il pourrait tirer de sa présence, et réclama son soutien.

— Je vous en supplie, Sire, aidez-moi à persuader Sa Majesté de porter cette robe.

Et il expliqua ses raisons avec enthousiasme.

— Ainsi, par exemple, je peux vous assurer qu'à mon retour rue de la Paix toutes les élégantes présentes dans nos salons se précipiteront vers moi pour me demander quelle couleur et quel tissu va porter l'impératrice. Si je parle de ce brocart, j'aurai des quantités de commandes d'ici ce soir.

Louis-Napoléon examina la robe puis demanda à Louise de la présenter devant elle. Les yeux couleur d'ambre, voilés par des cils d'un noir de jais, mirent aussitôt en valeur les motifs. Sa dernière maîtresse avait le même regard expressif…

— Hmm. Très beau.

Il tira lentement sur sa cigarette en plissant les yeux pour éviter la fumée.

— Je trouve cette robe très belle, dit-il.

Il adressa à l'impératrice un signe de tête engageant.

— Ce serait de bonne politique que vous la portiez une fois, même si vous ne deviez jamais la remettre. Un renouveau de prospérité pour une de nos industries ne peut que faire du bien à la France.

La bataille était gagnée. Eugénie essaya la robe. Elle lui allait à la perfection. Louise la disposa sur un mannequin de rotin, puis dans un monte-charge qui descendit à travers les rosaces du plafond. La robe disparut dans les pièces de l'étage supérieur où l'on rangeait les toilettes de l'impératrice.

Émerveillée par ce qu'elle avait vu, Louise quitta le palais avec Worth, sans savoir qu'elle avait suscité chez une femme une surprise très vive. Stéphanie de Gand, qui arrivait au palais où l'appelaient ses devoirs, l'avait aperçue au moment où elle s'éloignait. Aussitôt, elle fut prise d'inquiétude. Louise était-elle revenue pour de bon ? Il fallait qu'elle en ait le cœur net.

Elle décida de passer rue de la Paix le soir même. Elle avait un excellent prétexte, car les clientes de marque se rendaient souvent au numéro 7 dans la soirée qui précédait les réceptions de grande importance. Des coiffeuses aux mains habiles modelaient leurs cheveux et Worth surveillait en personne les ornements, fleurs ou bijoux qu'elles avaient choisis pour décorer leurs coiffures. Puis, quand elles s'étaient parées de leurs robes somptueuses, il les inspectait pour déceler le moindre défaut, que l'aiguille agile d'une première corrigeait aussitôt. Elles ne quittaient les salons que lorsqu'il avait déclaré leur toilette parfaite.

À son arrivée, Stéphanie fut déconcertée : la confusion régnait partout. Worth était souffrant, terrassé par une de ces migraines horribles qui l'accablaient de temps en temps. Tout le premier étage était rempli de princesses, de duchesses et autres dames de haut rang attendant qu'il se rétablisse pour mettre la dernière main à leurs atours. Mme Worth était invisible, elle ne voulait pas quitter son mari en un pareil moment.

La princesse de Metternich, toujours impatiente, tapa du pied sur le parquet.

— S'il ne descend pas à nous, il nous faut monter à lui.

L'élite de la clientèle se précipita dans l'escalier où Marie vint à leur rencontre, les suppliant de faire le silence, et de laisser Worth se reposer entre chaque visite.

Quand vint le tour de Stéphanie, Worth était allongé sur un récamier recouvert de brocart, le visage recouvert d'une compresse froide. Marie, inquiète, se penchait au-dessus de lui. Il souleva un coin de la compresse, et son œil vif examina Stéphanie de pied en cap. Il poussa un grognement mécontent.

— Affreux ! Votre ceinture est trop serrée. Vous avez l'air aussi horrible que les autres.

Sans un mot, elle alla rejoindre toutes celles dont il avait critiqué la toilette, chacune plus découragée que l'autre.

Puis ce fut le tour de la princesse de Metternich. Elle portait ce jour-là une magnifique robe en satin gris tourterelle, parée de rubis et de perles noires. Worth laissa retomber la compresse sur ses yeux comme si le spectacle était trop affreux pour être supporté.

— Épouvantable ! gémit-il d'une voix excessivement faible.

Pauline de Metternich ne se laissa pas démonter pour si peu. Ses yeux pétillèrent joyeusement et sa bouche esquissa un sourire.

— J'ai l'impression, monsieur Worth, que, si nous avons toutes l'air si horribles, c'est que vous avez perdu la main… Vous êtes fini, mon bon monsieur !

Ses paroles eurent un effet immédiat. Worth s'assit et repoussa le bandeau qui recouvrait ses yeux, éteints par la souffrance. Sa voix tonnait déjà comme de coutume.

— Venez, mesdames ! Descendons !

Stéphanie, volontairement, fut la dernière à passer. Tandis que Worth réajustait sa ceinture et mettait en place le bouquet de jasmin qui ornait ses cheveux, elle aborda le sujet pour lequel elle était venue.

— Dommage que Mlle Louise ne soit pas ici ce soir pour vous aider.

Worth était épuisé. Son crâne éclatait de douleur et la nausée le menaçait. Pendant un instant, il ne comprit pas pourquoi Stéphanie prononçait le nom d'une personne qui avait quitté son salon depuis si longtemps. Puis il se souvint de la liaison de Louise avec Pierre de Gand.

— Je la reprendrais demain si elle en avait envie. Mais Paris l'a perdue pour Londres. C'est sa nouvelle patrie.

Stéphanie comprit que tout allait bien, et partit rassurée.

Les journées passèrent très vite pour Louise. Elle régla toutes ses affaires et commanda les dernières nouveautés en matière de passementerie et d'ornementation, notamment du jais blanc que Worth avait lancé depuis peu. Paul-Michel et les deux jeunes Worth étaient inséparables : il fut invité à séjourner dans leur demeure de Suresnes. Les enfants avaient des poneys, des courts de tennis, des stands de tir à l'arc, des terrains de croquet...

Louise et Robert furent souvent invités à dîner, parfois dans la vaste serre pleine de fleurs et de plantes exotiques luxuriantes, ou bien dans la maison, comble du luxe et de l'extravagance. Les salons étaient lambrissés ou tendus de riches brocarts. Les colonnes et les dallages de marbre allaient du rose veiné et de l'ébène jusqu'au blanc pur des plus beaux carrares. Dans les niches, les porcelaines rares, le jade, les lapis-lazuli et l'ivoire apportaient des taches de couleurs vives. À travers les rideaux de gaze d'Orient, le soleil tombait sur les pendules du XVIIIe siècle, les meubles de marqueterie et les bronzes magnifiques. Le décor le plus étonnant était constitué par des murs de verre, construits spécialement, derrière lesquels de belles orchidées formaient des tapisseries vivantes. Dans le vestibule, des fontaines en or massif lançaient leurs jets d'eau sous un immense lustre où clignaient des milliers de perles taillées dans le cristal le plus pur.

Chaque matin, Worth se rendait rue de la Paix à cheval, silhouette insolite coiffée d'un haut-de-forme, vêtue d'une redingote de velours dont les basques volaient au vent, et dont le beau visage s'ornait d'une moustache de plus en plus fournie.

Le jour de la réception du prince impérial, Paul-Michel aurait préféré rester jouer à Suresnes, mais Jean-Philippe, qui avait déjà assisté à ce genre de cérémonie, l'avertit qu'ils s'amuseraient. L'impératrice avait pris l'habitude de rassembler un grand nombre d'enfants une fois par an dans les jardins des Tuileries, invitant des garçons nés la même année que son fils et tous ceux qui, pour une raison ou une autre, figuraient sur la liste annuelle.

La réception fut exactement comme on le lui avait annoncé. Un magicien fit sortir des lapins de son chapeau et des colombes de sa manche, des clowns les divertirent de leurs cabrioles et des funambules constituèrent une pyramide humaine qui paraissait aussi haute que le palais. Il y eut des concours de vitesse, une course au trésor – et tous les genres de friandises qu'un enfant peut aimer : glaces, choux à la crème et éclairs au chocolat, dont la crème épaisse fuyait dans les quatre directions dès qu'on les croquait. Une journée mémorable qu'il raconta en détail à sa mère, quand elle vint le border dans son lit au Grand Hôtel. C'était leur dernière nuit à Paris.

— Jean-Philippe et Gaston ont été présentés à l'impératrice ; comme j'étais avec eux, on m'a présenté aussi. Elle était tout en blanc avec une ceinture bleue, et son chapeau avait des bords très larges.

Il était tellement habitué à entendre parler de mode qu'il connaissait les détails susceptibles de faire plaisir à sa mère.

— Ensuite, un des officiers est venu me parler. Il avait entendu mon nom anglais et il voulait tout savoir sur mes parents, la ville où je vivais en Angleterre et depuis combien de temps j'étais à Paris. Je lui ai dit que j'aimais monter, et il a fait seller son propre cheval pour que je fasse un tour dans la cour. C'était formidable. Après, il y a eu les feux d'artifice.

Il fronça les sourcils et pencha la tête en observant sa mère. Elle avait l'air bouleversée.

— Qu'y a-t-il, maman ?

— L'officier vous a dit son nom ? balbutia-t-elle.

— Oui. Capitaine de Gand.

Elle devint si pâle qu'il prit peur. Il repoussa les draps, se dressa à genoux et passa les bras autour du cou de Louise.

— Vous n'êtes pas bien, maman ?

Elle se serra contre lui et enfouit son visage contre sa petite épaule.

— Si, si… Un peu fatiguée, peut-être.

— Moi aussi. Mais je pourrais rester à Paris pour toujours. Enfin, pas à Paris, à Suresnes. J'aimerais que Jean-Philippe et Gaston soient mes frères.

Il se mit à énumérer tout ce qui lui manquerait quand il serait rentré, puis il s'enfonça dans son oreiller et remonta les couvertures.

Laissant l'enfant sous la surveillance de Daisy, Louise prit un fiacre et alla attendre Catherine à la sortie de son travail – Robert passait ses nuits comme il l'entendait et elles avaient prévu de dîner ensemble pour cette dernière soirée. Dès que Catherine entra dans le fiacre, elle lut dans les yeux de Louise que quelque chose n'allait pas.

— Pierre et Paul-Michel se sont rencontrés.

Catherine écouta le récit de l'incident et rassura son amie.

— N'y pense plus. Paul-Michel ne se souviendra plus de rien demain.

Louise secoua la tête.

— Pour une fois, je ne songeais pas à Paul-Michel. Il oubliera, comme vous le dites. Mais Pierre n'oubliera pas. Après la troisième fausse couche de Stéphanie, les médecins lui ont dit qu'elle ne pourrait jamais avoir d'enfant. C'est Marie qui me l'a appris.

Catherine garda le silence. Qu'aurait-elle pu répondre ?

21

Louise engagea un précepteur pour Paul-Michel dès leur retour de France, et la salle de jeux se transforma en salle de classe. Elle se remit au travail avec une ardeur renouvelée et finit par acheter le Magasin Prestbury à Robert – espérant que leur vie privée se déroulerait sans trop de heurts.

Tout alla si bien pendant les mois suivants qu'elle eut l'impression d'avoir ramené de Paris un peu de la chance de Worth. Elle était devenue *la* couturière à qui les mères commandaient les robes de leur fille pour leur première présentation à la Cour. Après la mort du prince Albert, la reine s'était presque entièrement retirée de la vie mondaine mais la princesse Alexandra la remplaçait pour la grande réception annuelle, et c'était un des jours les plus attendus par les jeunes filles faisant leur entrée dans le monde.

Les cerceaux avaient disparu. La jupe se portait droite devant, avec des drapés et beaucoup d'ampleur derrière.

Parfois, Louise subissait le contrecoup des critiques dont la France faisait l'objet. Depuis 1863, la presse britannique attaquait la présence des troupes françaises au Mexique et condamnait l'intervention de l'empereur. En son for intérieur, Louise jugeait plus inquiétants les éditoriaux du *Times* qui analysaient l'essor de la Prusse et la menace qu'elle représentait pour la France. Depuis la guerre, brève et sanglante, livrée par la Prusse à l'Autriche, et la victoire de Sadowa, Bismarck était l'homme le plus puissant d'Europe, alors que Napoléon III, malade, ne cessait de décliner. Pourtant, Marie avait décrit dans ses lettres l'accueil enthousiaste réservé au chancelier prussien à son arrivée à l'Exposition universelle de 1867 qui venait d'ouvrir ses portes à Paris.

Worth avait présenté des robes de couleur « brun Bismarck », et aussitôt chaque femme à la mode voulut porter cette nuance. Tout était « brun Bismarck », jusqu'aux chapeaux et aux ombrelles. Louise frissonna. C'était une couleur d'ombre. Pourquoi tant de louanges adressées au chancelier de fer alors que tant d'autres souverains et personnages royaux assistaient à l'Exposition ? Paris essayait-il de le séduire et de le détourner de ses idées belliqueuses en lui offrant tous ses charmes ?

Elle eut vraiment le mal du pays lorsque M. Allenby vint dîner chez elle à son retour de l'Exposition, qu'il avait visitée à l'invitation de Worth. Will Russell, parmi les amis qu'elle avait réunis à sa table, revenait lui aussi de Paris. Robert était absent. Elle donnait ce dîner en l'honneur de son anniversaire, mais il n'était pas rentré la nuit précédente et elle n'avait eu aucune nouvelle de lui durant toute la journée. Elle était sûre qu'il paraîtrait à la dernière minute, avant l'arrivée des invités, mais il ne s'était pas montré et elle avait dû leur présenter des excuses. Elle ne savait ni où, ni avec qui il se trouvait, car son comportement devenait de plus en plus déplorable. Elle avait espéré que, étant maître de sa propre affaire, il ferait preuve d'un sens réel des responsabilités, mais l'illusion n'avait pas duré. Il avait simplement installé un directeur qui faisait tout le travail, et il allait à la boutique uniquement quand cela lui chantait. Sa paresse était plus grande que jamais.

Au cours du dîner, tous les invités encouragèrent M. Allenby et Will à décrire l'exposition de Paris, qui occupait de vastes espaces et abritait de véritables merveilles industrielles et culturelles dans les dômes, pavillons et palais construits spécialement à cette occasion. Pour les deux hommes, l'un des grands moments avait été la première exécution publique, sous la baguette du compositeur en personne, de la nouvelle valse de Strauss, *Le Beau Danube bleu*. On parla beaucoup aussi de la tentative d'assassinat du tsar de Russie au cours de sa visite à Paris. Il s'en était tiré indemne mais l'incident avait plongé l'empereur et l'impératrice dans un profond embarras.

La nouvelle de l'exécution de Maximilien au Mexique avait été plus douloureuse, car elle marquait la fin de l'influence française dans cette partie du monde.

M. Allenby raconta que Worth avait livré à l'impératrice une robe d'un jaune très clair, peu après qu'elle eut appris l'affreuse nouvelle.

— De la dentelle d'Alençon sur de la soie lourde, et une traîne de plusieurs mètres de long. J'ai vu la robe avant qu'elle quitte la rue de la Paix, et j'affirme sans hésiter que c'est sûrement la plus belle qui ait jamais été créée. Worth m'a dit que, malgré sa tristesse, l'impératrice avait poussé une exclamation de joie à sa vue, mais elle était trop accablée par le chagrin pour songer à la porter lors de la distribution des prix de l'Exposition. Elle avait été commandée pour cette cérémonie, et je me demande si elle sera portée un jour. Cela lui rappellerait trop la mort de Maximilien.

Un peu plus tard dans le salon, quand on servit le café, M. Allenby s'assit près de Louise sur le sofa et prit dans sa poche un morceau de papier de soie qu'il déplia avec mille précautions, pour présenter quelques violettes séchées.

— Quand Worth a vérifié la toilette de l'impératrice, juste avant son départ à l'Exposition, dit-il, elle a laissé tomber quelques violettes d'un bouquet qu'elle fixait à sa taille. Il les a ramassées et lui a demandé s'il pouvait me les offrir en souvenir d'elle. (Son visage ridé s'éclaira d'un sourire.) Eugénie a donné à Worth tout le bouquet de ses fleurs préférées, en le priant de me les remettre avec ses compliments. J'ai voulu en partager quelques-unes avec vous, ma chère Louise de France.

Louise fut enchantée de cette aimable pensée et de l'exquise galanterie du vieux monsieur.

— Je ne m'en séparerai jamais, dit-elle sans quitter les violettes des yeux.

Les invités se retirèrent peu après, sauf Will qui demeura dans le salon. Quand elle revint du vestibule, elle se sentit soudain très lasse. Il lui tendit un verre dans lequel il avait versé deux doigts de cognac.

— Buvez. Cela vous fera du bien. La soirée vous a épuisée.

Elle trempa ses lèvres dans l'alcool puis reposa le verre et s'enfonça dans le sofa. Sa robe de taffetas moiré forma autour d'elle des vagues d'azur qui crissaient.

— J'espère que les invités n'ont pas été trop mal à l'aise. J'ai essayé de maintenir une atmosphère agréable.

— Et vous avez réussi. Je suis sûr qu'au bout de trois minutes votre mari n'a manqué à personne. Pendant combien de temps allez-vous supporter ça, Louise ?

Elle lui lança un regard intrigué.

— Je ne comprends pas. De quoi parlez-vous ?

— Je parle de divorce.

Elle devint toute pâle.

— Vous pensez bien que je l'ai envisagé ! Mais c'est hors de question.

— Pourquoi ? Je sais que cela coûte une fortune, mais je peux vous aider sur ce plan.

Elle ferma les yeux et secoua la tête.

— Jamais Robert ne me permettra de divorcer. Souvenez-vous que Paul-Michel n'est pas son enfant. Avant même d'entrer dans la salle d'audience, je serais cataloguée comme une femme impure, et donc coupable. En outre, il a adopté légalement Paul-Michel, ce qui signifie qu'il n'hésiterait pas à me priver de mon fils. En fait, c'est cette menace qui m'arrête.

Sa voix tremblait. Elle se leva brusquement comme si ce geste allait lui permettre de retrouver son calme. Will se pencha vers elle.

— Êtes-vous en train de me dire que Robert vous aime ? Est-ce par amour qu'il ne veut pas vous rendre votre liberté ?

Le verre de cognac était sur la table basse, où elle l'avait reposé. Elle fit courir son doigt sur le bord du cristal.

— Non. Il ne m'a jamais aimée. Je suis son cheval de trait, sa bête de somme, son scieur de bois et son porteur d'eau. Avec moi, non seulement il ne crèvera jamais de faim, mais il vivra dans le confort jusqu'à la fin de ses jours.

Will posa sa grosse main sur le bras de Louise comme s'il voulait l'empêcher de s'en échapper.

— Est-ce tout ce à quoi se réduit votre mariage maintenant ?

Elle détourna les yeux.

— Vous n'avez pas le droit de me poser une question pareille.

— J'ai tous les droits. Je vous connais depuis tant d'années. Et ne vous ai-je pas aimée durant tout ce temps ?

À la minute précédente, il ne savait pas encore qu'il l'aimait, mais la certitude explosa en lui. Soudain, à travers la plus illogique des émotions humaines, il comprit la raison de tout ce qui l'avait lié à Louise depuis le jour lointain où il avait entendu sa voix de fausset imiter son accent anglais dans un atelier surpeuplé de Paris. L'image qu'il conservait de ce jeune visage mutin se tournant vers lui le rire aux lèvres se superposa sur celui de Louise, embelli par la maturité… Et il lut de l'angoisse dans les yeux de la jeune femme comme si les paroles qu'il venait de prononcer la laissaient sans défense, vulnérable.

Il serra son bras plus fort et l'attira vers lui.

Cela faisait longtemps qu'elle n'avait pas vu de l'adoration brûler dans le regard d'un homme. Et plus longtemps encore que des bras amoureux ne s'étaient pas refermés autour de son corps. Du fond de sa solitude, elle se sentit attirée par la chaleur de Will comme par un feu. Il lui prit le menton dans la paume de sa main et caressa tendrement sa peau. Une sorte de langueur sensuelle l'envahit. Elle sentit qu'elle serait tombée s'il ne l'avait serrée contre lui. Il pencha la tête pour embrasser sa gorge. Elle frissonna et ses paupières se fermèrent. Quand il lui prit les lèvres, elle s'accrocha à lui et abandonna sa bouche.

— Mon amour, mon amour, murmura-t-il à son oreille.

Lentement, elle releva la tête, qui s'appuyait contre son épaule, et elle prit le visage de Will entre ses mains. Elle était sincèrement triste pour lui.

— Will, mon cher ami… Ce n'est pas possible. Ce n'est pas possible.

La voix de Robert éclata comme un coup de fouet. Depuis quelques instants, il était sur le seuil.

— Je suis tout à fait ravi de l'entendre. Un homme n'a guère envie de partager sa femme avec le premier gredin qui passe dans la rue…

Le son de la voix la fit sursauter, non qu'elle se sentît coupable, mais de dégoût. Ses mains glissèrent du visage de Will et il les prit entre les siennes. Il ne l'avait pas quittée des yeux.

— Partez avec moi tout de suite, dit-il. Allez chercher Paul-Michel et venez telle que vous êtes. Nous réglerons le problème juridique plus tard.

Robert lança un ricanement incrédule.

— Nom de dieu, Russell ! Sortez de chez moi !

Louise répondit à Will comme s'ils étaient encore seuls.

— Ce que vous me demandez est impossible. Je vous ai dit pourquoi. Rien ne peut être changé.

Robert bondit et arracha Louise des bras de Will avec une telle violence qu'elle trébucha en arrière.

— En voilà assez ! lança-t-il dans sa rage, Si vous ne partez pas sur-le-champ, j'appelle les valets pour vous jeter dehors.

Derrière eux, Louise poussa un cri. Sa jupe avait glissé sur les braises ardentes quand elle s'était rattrapée au manteau de la cheminée pour ne pas tomber, et des flammes envahissaient le taffetas. Will plongea en avant et la jeta par terre, enroulant aussitôt le tapis autour d'elle pour étouffer le feu. Robert ôta sa redingote et se mit à genoux pour éteindre les flammes. Tout fut terminé en quelques secondes. Louise tremblait de tous ses membres mais elle était indemne, à l'exception d'une petite brûlure à la main.

Dieu merci, songea Will, la crinoline était passée de mode. Si elle avait été prise au piège dans des cerceaux, rien n'aurait pu la sauver. Il la fit asseoir en la prenant par les épaules, mais lorsqu'il voulut l'aider à se relever Robert se pencha entre eux, les poings serrés.

— Laissez ma femme tranquille !

Il avait le visage congestionné et sa colère ne s'était pas calmée. Blême de rage, Will le saisit à la gorge.

— À cause de vous, Louise aurait pu être brûlée mortellement !

Il serra plus fort.

— Si jamais vous la maltraitez de nouveau, je vous briserai les reins, Prestbury ! Je le jure.

— Will ! Arrêtez ! Vous l'étranglez !

Il relâcha son étreinte d'une secousse si brutale que Robert tomba à la renverse. Puis il aida Louise à se relever. Il y avait un énorme trou dans la jupe, et les jupons étaient roussis.

— Je vous accompagne jusqu'à votre chambre. Montrez-moi le chemin !

Will la souleva dans ses bras malgré ses protestations, et la porta dans sa chambre. Il la déposa sur le lit. Elle était encore très pâle. Il voulut tirer la sonnette pour appeler la femme de chambre, mais elle se souleva sur l'oreiller.

— Non. Pas encore. Je préférerais rester seule dans le silence pendant quelques minutes.

— Mais cette brûlure sur votre main. Il faut la panser.

Il avait enveloppé la main de Louise dans son mouchoir.

— C'est beaucoup moins grave que tout ce que j'ai pu m'infliger avec les fers à repasser autrefois, lui dit-elle en esquissant un sourire. Merci, Will. Vous avez toujours été très bon pour moi.

On frappa. Deux domestiques, parmi les plus jeunes et les plus vigoureux, se tenaient devant la porte ouverte. Ils avaient l'air très mal à l'aise.

— Je vous demande pardon, madame. Monsieur nous a donné l'ordre de raccompagner ce monsieur hors de la maison.

Will saisit la main de Louise sur la couverture et la tint pendant un instant.

— Je prendrai de vos nouvelles demain.

Il quitta la pièce, suivi des deux hommes. Lorsqu'il traversa le palier, Paul-Michel arriva d'une autre direction, en chemise de nuit. Il frottait ses yeux rouges de sommeil.

— Papa est à la maison ?

Puis il reconnut Will et son visage s'éclaira.

— Bonsoir, monsieur Russell. Vous êtes venu pour le dîner d'anniversaire ?

Will sourit et ébouriffa les cheveux de l'enfant.

— Il est très tard et le dîner est terminé depuis longtemps. Il vaut mieux que tu retournes au lit. Bonne nuit.

— Bonne nuit, monsieur Russell.

Au rez-de-chaussée, Robert s'était servi un verre de whisky. Par la porte du salon, il regarda Will quitter la maison. Il avait encore le visage crispé par la colère, et quand il parla à ses domestiques sa voix tremblait.

— Ne laissez jamais entrer cet homme chez moi !

Will s'arrêta sur le seuil et lui lança par-dessus l'épaule un regard de mépris.

— N'oubliez pas mon avertissement, Prestbury. Je ne parle jamais à la légère.

La porte claqua. Robert jura entre ses dents, vida son verre d'un trait et le remplit de nouveau. Le flacon cliqueta sur le bord du verre, et les deux servantes qui roulaient le tapis brûlé et balayaient les cendres éparses lui lancèrent des coups d'œil intrigués. Il se précipita vers elles.

— Qu'est-ce que vous avez à me regarder, hein ? Disparaissez, nom de Dieu !

Elles s'éclipsèrent en emmenant le tapis. Il avala son second whisky et quand le verre fut vide il le reposa avec une telle violence qu'il se brisa sur la table. La scène dont il avait été témoin entre Russell et sa femme ne cessait de le hanter. Que s'est-il passé entre eux auparavant pour qu'ils osent s'embrasser sous son toit ?

pensa-t-il. Quand il avait ouvert la porte et les avait surpris enlacés, lèvres contre lèvres, il était demeuré complètement abasourdi. Puis la pensée que Louise, sa propre femme, ait pu s'abaisser à un comportement pareil l'avait mis dans un état de folie furieuse. Cela faisait longtemps qu'il n'agissait, lui, qu'à sa tête, mais ce n'était pas une raison suffisante. Il y avait toujours eu des règles de conduite pour les hommes, et d'autres pour les femmes. Quelle ordure ! Il était blessé dans sa vanité et son orgueil, et sa rage n'était pas près de se calmer ! Malgré tout ce qu'il avait entendu à la fin de leur baiser, il n'était pas sûr qu'elle soit restée fidèle à ses vœux de mariage. Mais il le découvrirait !

Il quitta le salon d'un pas vif et monta l'escalier quatre à quatre. Sur le palier, Paul-Michel lui barra le chemin : à la lueur de l'unique manchon à gaz allumé, on aurait dit un fantôme.

— Qu'est-ce que tu veux ? jappa Robert d'une voix impatiente. Sors de là.

— Bon anniversaire, papa. C'est mon cadeau. J'espère qu'il te plaira.

L'enfant lui tendit une canne dont le pommeau d'ivoire s'ornait d'une tête de licorne gravée. Une carte d'anniversaire y était accrochée. Robert ne songea même pas que l'enfant avait attendu toute la journée l'occasion de lui offrir ce présent. Il ne voyait qu'une chose : il était retardé alors qu'il devait avoir sur-le-champ une explication avec sa femme.

— Je ne veux pas de cette saleté !

Il prit la canne, la brisa en deux sur son genou et jeta les morceaux loin de lui, sans se soucier de l'endroit où ils tombaient. S'élançant dans la chambre de sa femme, il claqua la porte derrière lui avec une violence qui fit vibrer toute la maison.

Louise venait d'ôter sa robe brûlée, et le premier de ses jupons était atteint en plusieurs endroits. À son entrée, elle sursauta. Cela faisait longtemps qu'il n'avait pas paru dans sa chambre. La soumission absolue de Louise depuis qu'il avait fait enlever la serrure des portes s'était révélée un moyen efficace de tuer en lui tout désir. Il n'éprouvait plus pour elle que de la haine.

— Espèce de garce ! cria-t-il. Petite putain sans honneur !

Elle se raidit brusquement, et il lut du dégoût dans ses yeux.

— Vous n'avez aucune raison de m'insulter ainsi.

— Je n'en suis pas si sûr ! Cela fait longtemps que vous connaissez Russell. Qui sait s'il n'est pas le père de votre bâtard ?

Jamais elle ne tolérerait qu'il pût parler de son fils en ces termes. Ne le ferait-il pas un jour à portée de voix de l'enfant ? C'était une arme dont il s'était déjà servi contre elle. Il s'aperçut avec stupéfaction qu'il avait suscité en elle une colère aussi vive que la sienne.

— Pensez ce qu'il vous plaira, répliqua-t-elle en lançant par terre la robe brûlée. Mais vous êtes loin de la vérité. Jamais vous n'avez su qui était le père de mon fils, et vous ne le saurez jamais.

Il était devant la coiffeuse, et d'un revers de main il fit voler tout ce qui s'y trouvait.

— Des secrets, hein ? Le passé ne compte pas pour moi, mais le présent et l'avenir comptent. Combien de fois Russell vous a-t-il demandé de partir avec lui, comme ce soir ?

— Jamais.

— Je ne vous crois pas.

Il avança lentement vers elle, comme s'il mesurait ses pas.

— Vous savez qu'il m'a menacé de me briser les reins si je levais de nouveau la main sur vous ? Il ne veut pas que j'abîme la marchandise, c'est ça ?

— Cessez de dire des horreurs pareilles.

— Ne faites pas la sainte-nitouche avec moi, répliqua-t-il avec des sous-entendus grivois. Vous étiez amants dès le début, n'est-ce pas ?

— Non.

— C'est pour cela qu'il vous a aidée dans votre première affaire. Je comprends tout, maintenant. Combien de fois par semaine, ma chère épouse ? Trois fois par semaine ? Quatre fois ? Ou bien au hasard de vos rencontres ? Six fois par semaine derrière mon dos ?

— Je n'écoute plus rien !

— Vous écouterez ce que j'ai à vous dire.

Les senteurs sensuelles des parfums français montaient des flacons brisés. Il y avait dans l'air une sorte d'ivresse qui renforçait les désirs de plus en plus effrénés de Robert. Il la vit reculer d'un pas, terrorisée soudain car il s'avançait inexorablement vers elle, en proie à une excitation trouble.

— Je veux savoir quelles faveurs vous préférez de lui. Je suis sûr de pouvoir mieux faire.

Voyant qu'elle était prête à prendre la fuite, il bondit sur elle. Il lança le bras vers sa gorge et la projeta en arrière sur le lit. Elle se débattit de toutes ses forces pour lui échapper mais il était comme fou. Quand la dentelle se déchira, libérant ses seins, il la mordit à pleines dents et elle hurla de douleur. En sanglots, elle essaya de griffer son visage, mais il se redressa et se mit à ôter ses vêtements…

Soudain, ils n'étaient plus seuls dans la pièce.

— Qui diable ?… rugit Robert.

Un morceau de canne à pommeau d'ivoire s'abattait sur lui. Comme dans un cauchemar, Louise horrifiée vit le visage révulsé de son fils.

Robert se releva à demi et, de toutes ses forces, lança le poing vers la poitrine de l'enfant. Il disparut du champ de vision de Louise, mais elle entendit le choc sourd de la tête et du corps contre le mur. La paume de Robert qui écrasait ses lèvres l'empêchait de se lever mais elle sentit contre son bras le bout brisé de la canne, tombée sur le lit. Elle s'en saisit et lorsque Robert se retourna vers elle, au comble de la rage, elle le frappa en pleine figure avec le pommeau d'ivoire. Elle vit la peau éclater. Il poussa un cri de douleur et porta ses deux mains à sa blessure. Le sang se mit à couler entre ses doigts. Louise le repoussa et se libéra.

Paul-Michel gisait contre le mur, immobile, et sa tête formait un angle bizarre avec son corps. L'un de ses bras semblait désarticulé. L'enfant était pâle comme un mort. Louise se jeta à genoux et le prit dans ses bras. Il respirait. Elle sortit de la pièce en courant et appela les domestiques.

— Allez chercher le Dr Perkins tout de suite ! Tout de suite !

Pendant cinq jours, Paul-Michel fut dans le coma. Louise ne quitta pas son chevet. On lui servait ses repas sur un plateau – du moins le peu qu'elle arrivait à avaler – et la nuit elle aurait continué de veiller si le docteur n'avait pas insisté pour que la gouvernante la remplaçât une partie du temps. Mais elle restait dans la pièce voisine, ne dormait qu'à moitié, et se réveillait et se levait longtemps avant que ce ne soit nécessaire. Elle ne vit pas Robert, mais elle avait appris que le docteur lui avait posé sept points de suture sur le front.

Elle ignorait ce que Robert avait pu raconter, mais le médecin avait dû conclure que ses blessures résultaient d'une querelle de ménage d'une violence extrême. Elle écrivit à Will que Paul-Michel avait fait une chute. Elle promit de le tenir au courant.

Quand Paul-Michel ouvrit enfin les yeux et la reconnut, elle découvrit à son plus vif soulagement qu'il avait complètement oublié pourquoi il se trouvait au lit, la tête bandée. Le Dr Perkins lui assura que la guérison serait très rapide et lui conseilla de prendre l'air et de faire un peu d'exercice. Elle combina les deux en se rendant à la boutique où de nombreux problèmes s'étaient accumulés pendant son absence.

Elle avait décidé de ne donner à Will aucun détail sur l'accident de son fils, estimant qu'aucun bien ne pourrait résulter d'une confrontation entre son mari et lui. Il ne posa aucune question délicate, acceptant naturellement que les enfants soient sujets à des accidents mineurs. Il lui répondit qu'à peu près au même âge il s'était brisé le crâne.

Mais elle constata que ses relations avec Will avaient évolué de façon irréversible. Elle ne pouvait plus, sauf lorsqu'ils parlaient affaires, conserver ses distances comme autrefois. Il ne la prenait plus par le bras ou par la main lorsqu'il l'accompagnait, mais ses yeux exprimaient à tout instant la tendresse qu'il ne cherchait plus à lui dissimuler. Plus que jamais, elle le considérait comme un élément stable et permanent de sa vie…

Robert ne sortit pas durant la journée tant que son visage demeura enveloppé de pansements. Et Louise ignorait où il se rendait la nuit. Il ne lui parlait plus. Lorsqu'il la croisait dans l'escalier, il faisait comme s'il ne la voyait pas et il traitait Paul-Michel de la même façon.

Quelques heures après avoir repris conscience, l'enfant se souvint de la canne d'anniversaire brisée et il crut que le silence hostile de Robert était de sa faute. Louise le rassura. L'enfant demeura cependant très affaibli, et le Dr Perkins suggéra un séjour d'un mois au bord de la mer. Louise ne pouvait quitter la boutique, car il lui fallait lancer sa collection d'automne, mais elle envoya son fils et Daisy à Brighton.

Peu après leur départ, Robert eut un entretien avec elle. Elle était assise devant son secrétaire, dans le salon, en début de soirée, et écrivait à Marie et à Paul-Michel. Il entra et s'avança sans un mot. Surprise, elle lança un coup d'œil par-dessus l'épaule, puis se leva comme mue par un ressort. Sa chaise tomba. Il avait ôté le pansement de son visage, et la blessure était horrible. Les traces des points de suture demeuraient rouges et gonflées. La cicatrice s'étendait du côté gauche du front à la joue droite. Ses deux yeux étaient encore violets mais les ecchymoses les plus légères commençaient à s'effacer. Il lui adressa un sourire amer.

— Le Dr Perkins est venu changer mon pansement. J'ai pensé que vous aimeriez jeter un coup d'œil sur le mal que vous m'avez fait avant qu'il ne pose de nouveaux bandages.

Il lui prit la nuque et l'attira à quelques centimètres de son visage.

— Regardez de plus près. Il restera une cicatrice, vous savez. Mais vous ne l'emporterez pas en paradis. Je me suis souvent demandé comment je me débrouillerai dans douze ans, quand Paul deviendra majeur et échappera à mon autorité. Je craignais de vous voir me quitter. Pour retourner en France, peut-être... Maintenant, j'ai l'esprit en repos. Je sais que vous resterez. Voyez-vous, je porterai toujours la trace de vos réactions de chat sauvage lorsque j'ai voulu exercer mes droits conjugaux – ce qui, de la part d'une épouse, est un délit aux yeux de la loi. Si vous vous mettez dans la tête de partir, je porterai plainte contre vous.

Il enfonça cruellement le pouce dans la nuque de Louise.

— Les tribunaux infligent des sentences très dures aux femmes rebelles qui manquent à leurs devoirs, notamment à celles dont la réputation est déjà flétrie par un comportement immoral notoire. Je crois que, pour l'avenir de Paul, vous éviterez de déchaîner un scandale susceptible de détruire toutes ses chances dans la vie.

Elle s'écarta d'une secousse et frotta les traces douloureuses que les doigts de Robert avaient laissées sur son cou.

— Votre égoïsme est donc sans limites ?

— Appelez cela comme vous voudrez. Pour moi, c'est un moyen de maintenir mon mariage.

Il allait se détourner, mais son visage se durcit et se figea.

— À propos, j'ai décidé qu'il était temps d'envoyer Paul en pension. Il ira à Fountleigh, mon ancienne école, dans le Berkshire. Vous ferez bien de le préparer. Le trimestre d'automne commence dans trois semaines.

Elle alla à Brighton passer avec son fils les derniers jours de vacances. Elle le trouva hâlé et heureux, impatient de lui montrer l'endroit où il pêchait, sur la jetée, comment il nageait, et jusqu'à quelle hauteur il pouvait bâtir un château de sable. Il reçut sans broncher la nouvelle de son envoi en pension. Tous les enfants qu'il connaissait y allaient tôt ou tard dans tel ou tel coin du pays. Il n'avait pas envie de quitter sa maman et Nanny Daisy, mais il ne regretterait pas la maison de Londres et l'homme qui la rendait si détestable.

En tout cas, il savait que Robert Prestbury n'était pas son vrai père. Au cours d'un moment de colère, Robert l'avait traité de bâtard. Il avait demandé ce que cela signifiait et on le lui avait appris. Jamais il n'en avait parlé à sa maman, mais il l'avait dit à M. Russell. Ils parlaient toujours d'homme à homme tous les deux, et Will lui avait expliqué toutes sortes de mystères. Il était tout à fait disposé à aller en pension, mais à une condition.

— Laissez-moi fréquenter une école en France. Celle de Jean-Philippe et de Gaston, à Paris. Je logerai chez tante Catherine et je viendrai vous voir pour les vacances.

Louise aurait accepté de grand cœur, sachant qu'il serait heureux à Paris et disposerait d'un second foyer à Suresnes. À regret, elle secoua la tête.

— Papa ne le permettrait jamais, dit-elle. Il a décidé que ce serait Fountleigh et rien ne l'en fera démordre.

Le cœur de Louise se brisa lorsqu'elle emmena Paul-Michel à Fountleigh, au début du trimestre. Dans la cour d'honneur, les nouveaux élèves faisaient leurs adieux aux parents. Elle songea à Worth qui avait commencé à gagner sa vie à l'âge de onze ans – et son fils était là, à neuf ans, obligé lui aussi de tourner le dos à tout ce qui lui était cher. Elle l'avait embrassé très fort avant de descendre du cabriolet qui attendait devant les grilles pour la ramener à la gare. Elle savait qu'il ne voudrait pas d'épanchements maternels à l'instant de la séparation. Il lui parla en français.

— Ne t'en fais pas, maman.

Sa lèvre inférieure tremblait.

— Non. Dans quelques semaines nous nous retrouverons pour Noël.

Elle continua de sourire. Au-delà des grilles, elle se retourna pour lui faire signe. Comme il avait l'air petit et perdu ! Il agita le bras. Puis elle ne vit plus rien car ses propres larmes l'aveuglaient. Elle monta très vite dans la voiture.

En quelques semaines, le visage de Robert guérit mais la boursouflure de la cicatrice demeura, rappelant chaque jour à Louise la servitude à laquelle elle était condamnée. Il lui parlait chaque fois qu'il ne pouvait faire autrement, sinon ils n'avaient aucune conversation, et depuis la nuit de l'incident jamais il ne s'était approché d'elle. Louise se demandait parfois combien de temps les choses pourraient durer ainsi, mais son travail l'absorbait et, lorsqu'elle recevait, plus personne ne s'étonnait de l'absence de son mari. S'il était présent, il jouait toujours son rôle d'hôte avec beaucoup de charme ; en dehors de ceux qui le connaissaient bien, les gens attribuaient ses absences fréquentes à des obligations professionnelles.

Paul-Michel écrivait régulièrement des lettres à la calligraphie hésitante, et Louise savait qu'un prévôt les vérifiait avant de les mettre à la poste. Mais elle lisait entre les lignes, et elle ne s'étonna pas lorsqu'à son retour à la maison pour les vacances les premiers mots qu'il lança exprimèrent sa haine pour la pension et tous ceux qui s'y trouvaient. Par la suite, il se fit plusieurs amis, mais il s'agissait d'amitiés nées de malheurs partagés plutôt que de liens naturels fondés sur des intérêts communs. Il avait l'air amaigri et maladif, il toussait, et la punition que lui infligea Robert pour ses mauvaises notes n'arrangea pas sa santé. Il dut rester enfermé dans sa chambre pendant une semaine au pain sec et à l'eau. Il n'en sortit que la veille de Noël. Louise et lui allèrent faire leurs emplettes ensemble.

Au grand soulagement de l'enfant, Robert avait décidé de passer les fêtes chez sa mère, ce qui permit à Louise d'emmener son fils chez Will après la messe. Ils furent accueillis à bras ouverts. Will, avec beaucoup de retenue, embrassa Louise sous le gui, puis il lui tint les deux mains et la regarda longuement sans rien dire.

Paul-Michel bondit de joie au spectacle du sapin qui touchait presque le plafond. Les bougies étaient allumées, des boules de verre de toutes les couleurs scintillaient, les cadeaux s'amoncelaient sous les branches. L'enfant fit à reculons la moitié du chemin jusqu'à la salle à manger, incapable de détacher les yeux de l'arbre qui semblait vivant, et des cadeaux qu'il fallait abandonner – il avait remarqué son nom sur plusieurs paquets.

Sur la table s'alignaient oie rôtie, gâteau aux prunes, pâtés en croûte, marrons glacés et flans, parmi cent autres friandises. Puis vint le moment des cadeaux, et Paul-Michel eut le privilège d'offrir ceux qui étaient destinés aux serviteurs de Will : un coupon de belle soie pour les femmes, du tabac et des gants de cuir pour les hommes et une semaine de salaire supplémentaire pour tous.

Ils demeurèrent seuls tous les trois pour leur échange de cadeaux. À la consternation de Louise, son fils avait insisté pour offrir à Will une canne dont le pommeau était à peu près le même que celui de la canne brisée par Robert. Lorsque Will poussa un petit cri de plaisir en la voyant, elle l'aima presque – oui, autant qu'il lui était possible de l'aimer. Will promit à l'enfant de l'utiliser chaque jour, il n'en avait pas de plus belle. C'était d'autant plus gentil qu'il ignorait ce qui était arrivé à l'autre canne. L'expression calme et heureuse de Paul-Michel prouva à Louise que ce geste avait presque effacé en lui les traces de chagrin.

Elle-même reçut de Will un pendentif d'ambre monté sur filigrane d'or. Il le lui passa autour du cou.

— C'est beau, soupira-t-elle en baissant les yeux vers lui.

— Il a la couleur de vos yeux, chuchota-t-il à son oreille.

Ils éteignirent les lumières pour jouer au *snap-dragon*, jeu qui consiste à happer des raisins secs dans du cognac en train de flamber. Leurs visages riaient dans la lueur bleue des flammes. La fête se termina. Sur le chemin du retour, Paul-Michel s'endormit dans la voiture, la tête sur l'épaule de sa mère.

Il était triste, songea Louise, que Will ne se fût pas remarié. Si leur vie, en tissant sa toile, ne les avait pas liés lui à Ellen et elle à Pierre, ils auraient sans doute pu s'aimer avec le même degré de passion. Mais Pierre demeurait toujours le seul homme dans son cœur.

22

À la fin de chaque période de vacances, Paul-Michel avait de plus en plus de mal à retourner à Fountleigh. Il n'aurait pas trouvé les cours difficiles s'il s'était appliqué de tout cœur, car il était d'une intelligence très vive et il avait hérité de la volonté acharnée de sa mère. Mais dès les premiers jours, il semblait avoir perdu l'intérêt pour les études dont il avait fait preuve avec ses précepteurs. Les injustices le révoltaient profondément : les brimades étaient de règle ainsi que les châtiments corporels et les punitions humiliantes.

Plus que tout, il regrettait de ne pas faire ses études en France. Malgré son nom anglais, il se sentait aussi français que sa mère. Dès le début du deuxième trimestre, il tomba en disgrâce. Il ne pouvait se retenir de rire chaque fois que le professeur de français écorchait un mot ou plaçait mal l'accent tonique. Et plus on lui criait de se taire, tandis que les coups de canne pleuvaient sur ses doigts, plus il riait, incapable de s'arrêter. Son fou rire ne cessa pas durant toute la correction infligée aussitôt après par le directeur jusqu'à ce qu'il s'écroulât sans connaissance, le dos en sang. Quand il reprit conscience, il décida de s'enfuir…

Jamais Louise n'avait eu autant de travail. Le nombre des commandes de robes pour la présentation des débutantes à la Cour avait décuplé. Parfois, elle avait l'impression de se déplacer au milieu d'un océan de soie blanche et de dentelles, parmi les vagues écumantes du tulle et des plumes blanches, emblème du prince de Galles qui ornerait toutes les coiffures. Selon la règle édictée par la Cour, tous les corsages étaient décolletés, à manches courtes et de la même soie blanche que la robe. La traîne ne devait pas avoir moins de trois mètres cinquante et pas plus de quatre mètres. Pour Louise, concevoir des modèles dans le cadre de ces conditions imposées représentait une gageure stimulante. Il fallait que chacune de ses clientes pût arriver à la cour de Saint-James, où avaient encore lieu les présentations, sûre d'avoir une robe différente de toutes les autres.

De l'avis de Louise, la nouvelle ligne de Paris était extrêmement élégante. Toute l'ampleur était concentrée au-dessus du coussinet, à l'arrière. Toute nouvelle était aussi la mode de porter des frisons sur le front. Worth avait persuadé Marie d'avoir une frange et de la friser, un soir où ils devaient se rendre à l'Opéra : en quelques jours, la mode avait envahi Paris et se répandait maintenant à Londres et dans le monde. Louise se regarda dans le miroir, elle avait adopté cette coupe qui lui seyait bien.

Louise s'affairait auprès de l'une de ses jeunes clientes particulièrement hargneuse, lorsqu'on vint lui annoncer que son mari se trouvait dans son bureau et désirait la voir d'urgence.

— Dites à M. Prestbury que je viendrai dès que je le pourrai, répondit-elle, furieuse.

Depuis quelque temps, Robert était devenu particulièrement agressif. Il avait repris son habitude de mordiller presque incessamment sa lèvre. Il devait avoir une idée précise derrière la tête, ce que confirmait la fréquence avec laquelle il faisait appel au flacon de whisky. Il était très souvent ivre lorsqu'il rentrait après une nuit de bamboche, mais à la maison il avait toujours bu avec modération, et il n'avait rien d'un ivrogne.

Louise se hâta de gagner son bureau dès qu'elle put confier sa cliente à son essayeuse. Robert, qui marchait de long en large, l'accueillit sans dissimuler son agacement.

— Eh bien ! Vous avez pris votre temps !…

— J'ai énormément de travail ce matin. Qu'est-ce qui me vaut votre visite ?

Il écrasa une cigarette à demi fumée.

— J'ai besoin d'argent. Tout de suite.

Il n'avait pas du tout l'air d'un homme aux poches vides. Sa redingote, de Saville Row, tombait à la perfection de ses larges épaules, son gilet ne faisait pas un pli, son haut-de-forme de soie, qu'il n'avait pas daigné ôter, avait encore l'éclat du neuf. Louise ouvrit un tiroir et sortit son sac à main.

— Je dois avoir quinze livres. Cela suffit-il ?

Il abattit son poing sur le bureau et tous les papiers volèrent.

— Nom de Dieu ! Non ! Il me faut cinq mille livres tout de suite, et davantage plus tard.

Elle n'en crut pas ses oreilles. Ce n'était pas la première fois qu'elle réglait ses factures – en général son tailleur, parfois des achats extravagants qu'il n'avait pas les moyens de payer. Elle s'était résignée à arrondir les revenus que Robert retirait du Magasin Prestbury, sachant très bien qu'il ne serait jamais capable de gérer convenablement ses affaires. Mais, à sa connaissance, rien d'extraordinaire ne s'était produit, et cinq mille livres représentaient une somme énorme.

— Pourquoi avez-vous besoin de tellement d'argent ? s'écria-t-elle.

Il continua d'arpenter nerveusement la pièce.

— Mes créanciers me harcèlent. Je dois de l'argent partout. Je viens d'avoir un entretien diablement déplaisant avec une personne que je n'ai pu éviter : il faut que vous me sortiez d'affaire, sinon c'est la prison pour dettes et les huissiers viendront à la maison.

Elle ne parvenait pas à comprendre.

— Mais comment vous êtes-vous mis dans une situation pareille ?

Il ricana.

— C'est ça ! Exigez votre livre de chair avant de me faire voir la couleur de votre argent. Très bien, très bien. Je vais tout vous dire. J'ai joué aux courses. C'est là que l'on fait fortune aujourd'hui. Pendant un certain temps, j'ai eu une série de bons coups, mais depuis un an la chance a tourné. Si vous voulez tout savoir, je n'ai pas de quoi payer les salaires du personnel vendredi prochain, et, de toute façon, la banque menace de saisir.

— Vous avez emprunté en hypothéquant le Magasin Prestbury ?

Tant d'inconscience la suffoquait. Elle craignait depuis longtemps de le voir tomber dans une situation désespérée, mais jamais elle n'avait pensé que cela se produirait aussi vite.

— Oui. Il est hypothéqué jusqu'aux yeux.

Elle passa la main sur son front… Il était donc le dos au mur. Enfin !

— Combien devez-vous au total ?

Il réfléchit un instant. La somme qu'il annonça la stupéfia. Elle secoua la tête et le visage de Robert se fit plus agressif.

— Ne jouez pas la comédie, je vous prie ! Ne faites pas semblant de ne pas avoir cet argent ou de ne pas pouvoir le réunir. Je connais vos moyens. Avec les prix que vous pratiquez, cette affaire est une vraie mine d'or.

Elle savait très bien quel serait son avenir si elle cédait sans condition à ses exigences. Il continuerait sur la même voie, contracterait d'autres dettes et jouerait chaque sou avant même qu'il ne soit gagné. Tout le labeur de Louise serait vain. Elle terminerait ses jours aussi ruinée que lui-même, incapable de diriger plus longtemps l'affaire qu'elle aimait. Elle posa ses deux mains à plat sur le bureau devant elle pour les empêcher de trembler.

— Si vous acceptez notre séparation légale et si vous renoncez à tous vos droits sur Paul-Michel, pour le présent et l'avenir, vous aurez vos cinq mille livres…

— Vous perdez l'esprit ! Jamais je ne me plierai à de pareilles conditions.

Elle poursuivit comme s'il n'avait rien dit.

— Pour contribuer à éponger vos dettes, notre maison et son contenu devront être vendus, ainsi que les chevaux et les voitures. Je demanderai à Will Russell d'acheter le Magasin Prestbury à un prix honnête, sans spéculer sur son déclin financier – cela permettra de rembourser la banque et de vous laisser quelque chose entre les mains.

Il l'interrompit. Il ne pouvait supporter de la voir établir des conditions en ces termes.

— Je n'ai pas l'intention de vendre la maison ! Ni le magasin ! Vous pouvez retirer de votre affaire l'argent dont j'ai besoin.

Elle retint son souffle

— C'est impossible.

— Que voulez-vous dire ? Tout Londres sait que c'est une réussite fracassante.

— Je veux dire que, légalement, je ne suis pas libre de disposer des revenus de cette affaire. Et j'ai l'intention de profiter de cette protection. J'avais justement prévu ces dispositions pour de pareilles circonstances.

— Je ne comprends pas.

— Cette affaire m'appartient selon certains accords, de même que Prestbury m'appartiendra si Will Russell le rachète avec mes revenus provenant de la division d'importation de tissus de son usine. Nous avons des accords précisant notre association, sur le papier je ne suis pas propriétaire.

Il demeura bouche bée.

— Vous avez confié vos intérêts et toute votre fortune à un parfait inconnu !

Elle le corrigea.

— J'ai confié mon avenir et celui de Paul-Michel à un ami sûr. J'ai toujours su qu'un jour vous essaieriez d'exploiter mon travail à vos propres fins. Et j'ai toujours su également que, s'il m'arrivait quoi que ce soit, vous dilapideriez mon affaire avant que Paul-Michel ne soit en âge d'en prendre possession. Il se serait alors retrouvé sans le sou. Je devais donc veiller à sa sécurité d'une autre manière, car si vous deveniez le seul responsable de son avenir vous cesseriez aussitôt de l'envoyer à Fountleigh ou ailleurs. La seule raison pour laquelle vous l'avez placé dans votre ancienne école, c'est que vous saviez quels mauvais traitements il y subirait. Vous désiriez le faire souffrir – et me faire souffrir par personne interposée. (Elle redressa le front.) Tout cela est terminé, à présent. Je veux que mon fils revienne. Je le mettrai dans une école de mon choix.

Elle frappa du plat de la main la sonnette de son bureau.

— Et je vais être enfin libre ! ajouta-t-elle.

Si elle n'avait pas sonné au même instant, il se serait précipité sur elle. Elle avait deviné la colère qui montait en lui : sa mâchoire tremblait, ses sourcils étaient déjà froncés... Mais la porte s'ouvrit presque sur-le-champ et un commis aux écritures entra. Robert dut se contenir.

— J'accompagne M. Prestbury chez mon avocat, dit-elle en prenant sa cape dans la penderie.

L'homme s'empressa de l'aider à l'ajuster sur ses épaules.

— Vous direz à Mlle Brousseau que j'en aurai pour un certain temps.

— Très bien, madame. Je vous fais appeler une voiture tout de suite

Elle épingla son petit chapeau très en avant sur son front pour bien dégager son chignon, comme le voulait la mode. Robert, les poings serrés, l'accompagna dans l'escalier et se jeta au fond de la voiture sans même aider Louise à y monter.

Au cabinet des avocats, tout fut mis en route. La séparation suivrait son cours légal sans délais excessifs. Si elle avait insisté pour obtenir le divorce, il n'en aurait pas été de même. La procédure, lourde et complexe, exigeait toujours beaucoup de temps, d'argent et de patience. Elle était d'accord pour rendre sa liberté à Robert s'il désirait se remarier. Pour elle-même, elle ne faisait aucun projet de ce genre. Robert renonçait à tout recours contre elle, une fois toutes ses dettes réglées. Elle signa le billet à ordre qui lui permettrait de toucher ses cinq mille livres, et il l'accepta de mauvaise grâce, l'amertume aux lèvres, sans croiser son regard. Malgré tout le mal qu'il avait pu lui faire, elle se rendit compte qu'elle avait encore pitié de lui.

Tout en se hâtant vers la banque, il calculait déjà comment il allait pouvoir amortir le choc dans une certaine mesure. Quand la maison serait vendue, il retournerait vivre chez sa mère, où il jouirait d'un niveau de vie confortable sans bourse délier… Sa mère était tombée malade, elle gardait la chambre presque toute la journée, et elle avait perdu tout ressort. Ses jours étaient comptés, se disait-il, et quand elle ne serait plus là sa sœur, naïve et un peu sotte, lui confierait certainement la gestion de ses finances. Les perspectives étaient donc moins déplaisantes qu'à première vue. Mais son désir de vengeance l'emplissait de dépit. Jamais il n'avait imaginé que Louise puisse lui glisser entre les doigts.

Louise demeura seule avec les avocats, qui lui conseillèrent de ne rien faire qui puisse lui porter préjudice lorsque son affaire passerait au tribunal. Les audiences en séparation étaient toujours extrêmement délicates, car les juges voyaient d'un mauvais œil ces ruptures légales des liens conjugaux. Louise ne devait rien faire précipitamment. Son idée de retirer Paul-Michel de Fountleigh pourrait être interprétée comme un acte dirigé contre son mari, décidé, aux yeux des juges, à donner à l'enfant une éducation convenable. Surtout, elle ne devait sous aucun prétexte quitter la maison avant qu'elle ne fût vendue, sinon on pourrait l'accuser d'abandon du domicile conjugal.

À son retour dans la boutique, elle s'effondra, accablée par la tension des heures précédentes et exaspérée de voir que le moindre de ses gestes serait jugé en fonction des droits de son mari. Pendant les semaines qui allaient suivre, il lui faudrait manœuvrer serré. Elle aurait aimé apprendre à Paul-Michel sa libération prochaine, mais elle n'osa s'y risquer. Un seul mot de trop prononcé par l'enfant, et le directeur adresserait peut-être à Robert une demande d'explications.

Un après-midi où Robert était seul à la maison, un jeune surveillant de Fountleigh se présenta à la porte.

— J'ai une nouvelle grave à vous transmettre, monsieur Prestbury, expliqua le jeune homme en torturant son chapeau entre ses doigts. Votre fils s'est enfui de l'école. Il est parti dans la nuit et nous n'avons découvert son absence qu'au matin. La police a été avisée et les recherches ont commencé.

Il remarqua que le père demeurait particulièrement insensible.

— Il est fort probable que l'enfant cherchera à rentrer chez lui, et s'il arrive ici, d'une manière ou d'une autre, le directeur désire en être averti sur-le-champ.

— S'il franchit le seuil de cette maison, répondit Robert froidement, je veillerai à ce qu'il reparte à Fountleigh par le premier train.

Louise rentra ce soir-là complètement épuisée. Elle en était aux dernières séances d'essayage pour le bal des débutantes, de plus en plus excitées depuis que la reine avait annoncé qu'elle en recevrait un grand nombre avant de confier cette agréable mission à la princesse Alexandra. La concurrence serait grande pour arriver en tête, et la queue des voitures qui s'étirait toujours de Saint-James jusqu'à Piccadilly bloquerait la circulation plus tôt que jamais ce jour-là. Robert se versa un autre verre de whisky et appela Louise dès qu'elle entra dans le salon.

— Votre fils s'est enfui de Fountleigh. Dieu sait où se trouve maintenant ce petit vaurien.

La nouvelle la bouleversa. Comment Robert avait-il pu attendre cette heure tardive pour lui en faire part ! Elle fut écœurée d'apprendre qu'il n'avait posé aucune question, ni découvert le moindre détail sur les circonstances de la fugue.

— Je pars à Fountleigh, s'écria-t-elle. Je découvrirai tout. Il y a sûrement un train de nuit.

Elle courut dans sa chambre et appela une servante pour l'aider. Dix minutes plus tard, elle était en route vers la gare. Robert, qui avait prévu de sortir ce soir-là, monta l'escalier d'un pas tranquille. En passant devant la chambre de sa femme, il vit la servante en train de ranger la belle robe noire que Louise avait portée toute la journée dans la boutique. Son réticule était ouvert sur la coiffeuse, et dans sa hâte d'emporter ce dont elle avait besoin elle en avait répandu le contenu. Il se demanda si elle avait laissé de l'argent. Il fit quelques pas dans la pièce et son regard glissa négligemment sur la coiffeuse : un mouchoir de dentelle, un trousseau de clés, une boîte de rouge, un peigne d'écaille. Louise avait emporté sa bourse, mais dans sa précipitation, elle avait laissé glisser une demi-douzaine de souverains.

Il ne toucha à rien sur le moment. Mais plus tard, après le départ de la femme de chambre, il revint. Le contenu du réticule avait été soigneusement rangé ; il prit les pièces d'or et s'attaqua au coffret à bijoux de Louise.

Une mission désagréable l'attendait au cours de cette soirée : après bien des atermoiements, il lui fallait annoncer à sa maîtresse qu'il n'avait plus les moyens de payer ses faveurs exclusives. Un petit cadeau, un bijou, permettrait sûrement d'éviter une scène trop vive. Il était tendu et nerveux, comme toujours lorsqu'il devait affronter une situation qu'il aurait mieux aimé éviter, et l'alcool qu'il avait absorbé dans le salon n'avait nullement apaisé son humeur sombre. Lily Ashcroft ne serait pas facile à manœuvrer. Elle avait contracté des goûts de luxe depuis qu'il l'avait installée « dans ses meubles », quand Louise l'avait renvoyée du Magasin Prestbury – offense qu'elle n'avait jamais oubliée ni pardonnée. Il n'éprouvait aucune tendresse pour Lily, mais ses airs de poupée et sa vulgarité naturelle l'avaient attiré dès le début. Elle lui manquerait autant que tout ce qu'il lui fallait sacrifier, et Louise en était la seule responsable.

Il fouilla le coffret à bijoux d'un geste impatient. Louise préférait des joyaux tout simples pour mettre en valeur ses robes, rien qui puisse convenir au goût plus tapageur de Lily ; il prit une broche de diamants, qu'il savait de grande valeur, et qui apaiserait certainement les caprices de sa maîtresse. Il se demanda s'il ne pourrait pas lui offrir autre chose sans entamer ses propres ressources, et il se souvint alors du trousseau de clés qu'il avait vu dans le réticule de Louise. Il le prit, le soupesa pendant quelques secondes, puis l'enfouit dans sa poche.

Quand il arriva, Lily était d'une humeur massacrante. Elle s'attendait à le voir plus tôt et elle espérait qu'il l'emmènerait dans une nouvelle boîte de nuit dont ses amies lui avaient chanté les louanges. Il n'était pas encore trop tard, mais avec Robert il fallait toujours passer un moment au lit avant d'aller où que ce fût – et recommencer après quand il n'était pas trop ivre. Si elle était fatiguée, ou si elle avait ses raisons de se débarrasser de lui, elle le poussait à boire, ravie de le voir ivre mort dans le fiacre qui les ramenait à son appartement. Dès les premiers jours, elle l'avait jugé avare, et elle n'avait jamais eu l'occasion de changer d'avis, bien qu'il dépensât sans compter chaque fois qu'ils sortaient ensemble.

— Tu es en retard, lui dit-elle sèchement, prête au combat.

Il faillit répondre : mieux vaut tard que jamais, mais il n'était pas encore temps de lui apprendre la vérité.

— Nous avons toute la nuit, dit-il à la place. Et j'ai une ou deux surprises dans ma manche.

Elle en fut intriguée. Elle adorait les surprises agréables. La première vint lorsqu'il lui demanda de fermer les yeux : elle distingua comme un éclair de lumière entre ses paupières mi-closes. Elle ouvrit les yeux tout grands : il tenait une broche de diamants qui jetait mille feux à la lumière de la lampe. Elle poussa un cri de joie – appréciant sa valeur sinon la beauté de son dessin.

— Oh ! Elle est adorable. Il faut la mettre là.

Elle l'épingla au corsage de sa robe du soir.

Dans la boîte de nuit élégante où il l'emmena, l'éclat des diamants se reflétait sur les couverts d'argent, sur la courbe des vases de roses posés sur les tables, dans le grand miroir décorant le mur du fond… Mais ce n'était pas son anniversaire, et comme il ne lui avait jamais rien offert pour rien, elle se demanda ce qu'il avait derrière la tête. Elle n'avait pas confiance en lui et elle tenait beaucoup moins à lui qu'il n'y paraissait. Mieux valait ne pas prendre de risque, se dit-elle, et le faire boire : il y avait de fortes chances pour que, plus tard, il lui révèle une surprise qui ne soit pas à son goût. Il avait parfois des désirs un peu étranges.

— Un peu plus de champagne, dit-elle en vidant sa coupe.

Il obéit, déjà très ivre, et ne remarqua pas qu'elle ne faisait que tremper ses lèvres alors qu'il buvait sans retenue. Elle avait l'impression bizarre qu'il s'agissait d'une soirée spéciale – mais à quelle occasion ? Pour une fois, le champagne eut sur elle un effet contraire : au lieu de la plonger dans un état d'euphorie, il lui donna l'esprit plus clair, plus froid et plus détaché. Elle demeura en alerte, ses soupçons en éveil. Au bout d'un moment, il sortit un trousseau de clés de sa poche et le posa sur la nappe damassée. Il avait déjà la bouche pâteuse.

— Tu vois ça, ma p'tite Lily ? Ce sont les clés d'une garde-robe, toute une garde-robe neuve pour toi. Et je vais t'y conduire.

L'air frais de la nuit dissipa un peu les effets de l'alcool, mais il persista dans ses intentions. Curieusement, tous ses gestes avaient une sorte de précision mécanique. Dans Little Argyll Street, il l'aida à sortir du fiacre, qu'il renvoya. Ils étaient arrivés devant la boutique de Louise, fermée et plongée dans le noir. Elle dissimula sa broche sous son châle. Il y avait du monde dans les rues, mais cela n'empêchait pas toujours les agressions et les cambriolages. Il se dirigea vers le passage et ouvrit la porte avec l'une des clés.

— Que veux-tu faire ? demanda-t-elle sèchement.

Il la poussa dans le vestibule sans répondre et tira le verrou derrière eux. Il craqua une allumette et la précéda dans l'escalier jusqu'au premier étage, où il alluma les manchons à gaz sous les globes. Quand le salon de réception s'éclaira, toutes les robes apparurent soudain, chatoyantes, dans les teintes précieuses qui avaient fait la réputation de Mademoiselle Louise. Robert pivota sur lui-même et écarta les bras.

— Sers-toi, Lily. Tout ce qui te plaît est à toi.

Elle n'en croyait pas ses yeux.

— C'est vrai ? Tu le penses ? Et que va dire ta femme ?

Il répliqua que l'avis de sa femme ne comptait plus pour lui.

— Nous nous séparons, Louise et moi, dit-il. Jamais je n'aurais dû l'épouser. Une erreur…

Elle était du même avis que lui.

— Et cette boutique ? demanda-t-elle.

Elle songeait déjà à en prendre possession si sa femme devait en être expulsée.

— Elle lui appartient et elle continuera de lui appartenir.

Il fit un geste large de la main, qui faillit lui faire perdre l'équilibre.

— Mais tant que je garde ces clés tu peux vider toute la boutique si ça te chante. C'est elle qui en pâtira, pas moi.

Lily ne fut pas rassurée pour autant.

— Suppose qu'elle se mette en rogne et m'accuse d'avoir volé tout ça ?

— Et comment ? D'abord, elle ne sait rien de ce qu'il y a entre toi et moi. Elle se figure que je ne t'ai pas revue depuis qu'elle t'a fichue à la porte. Je lui dirai que j'ai donné les robes à une dame de mes connaissances, et qu'elle aille au diable ! Personne ne saura jamais que tu es venue ici.

— Tu es un vrai chou.

Son regard se concentra sur les robes, mais elle demeurait sur ses gardes, prête à bondir à la moindre alerte. Elle posa une main méfiante sur le tissu somptueux… et elle se laissa aller à sa folie. Ses doigts fébriles se crispèrent dans son dos sur les crochets qui retenaient la robe qu'elle portait.

— Aide-moi à la dégrafer, voyons !

Pendant un instant, il tenta de l'aider à se dévêtir, mais il était de plus en plus maladroit, et il finit par s'affaler dans un fauteuil, ses longues jambes étalées devant lui. Avec les mouvements lents propres aux ivrognes, il sortit un cigare de son étui et l'alluma. Il appuya la tête en arrière contre la garniture à rayures, et s'abandonna aux joies du tabac.

Lily, en jupons, se précipitait dans tous les sens, laissant les robes en tas par terre après les avoir éliminées. Seules les toilettes qu'elle avait retenues avaient les honneurs d'un dossier de chaise. Elle découvrit d'autres robes dans les autres salons de l'étage et continua de laisser une traînée de soie froissée dans son sillage. Puis elle ouvrit une porte et demeura bouche bée. Elle alluma le manchon à gaz : elle crut être tombée dans un nuage blanc. Des douzaines de robes blanches fabuleuses s'alignaient sur des mannequins tout au long des murs. Au sol, des draps blancs protégeaient les tissus, et les belles traînes étaient suspendues à des crochets spéciaux. Au-dessus de chaque toilette, sur une étagère, se trouvait une garniture de plumes blanches – les plumes s'agitaient légèrement dans le courant d'air provoqué par l'ouverture de la porte…

Elle traversa le salon à pas lents, les yeux fixés sur les robes. Rien dans cette pièce ne pouvait lui convenir, mais en ces circonstances elle était fascinée par les broderies exquises, les dentelles délicates, le duvet de cygne et les brillants des rubans tressés. Et toutes ces robes somptueuses que porteraient pour leur plus grand jour les filles des pairs d'Angleterre avaient été créées par cette garce méprisable qui l'avait mise à la porte du Magasin Prestbury, juste au moment où elle prenait la haute main sur les autres vendeuses et comptait devenir directrice ! Enfin, se soumettre aux caprices de Robert n'était pas toujours rose. Dans ses moments de dépression, quand elle broyait du noir, elle se figurait qu'elle aurait pu faire une grande carrière dans des magasins de classe comme *Swan and Edgar* ou *Marshall and Snelgrove*, si sa mise à la porte intempestive n'avait compromis toutes ses chances. Elle aurait aimé posséder une boutique comme celle-ci, mais cet incapable de Robert avait laissé une *étrangère* mettre la main dessus !

Ses doigts s'étaient posés sur une jupe décorée de perles. Sous la violence de sa jalousie, ses ongles s'enfoncèrent dans le tissu. Le bruit de la déchirure lui fit plaisir. Quelques perles rebondirent sur le parquet.

Elle respira à fond, puis, saisissant à deux mains les bords de l'accroc, elle déchira la jupe sur toute sa longueur, jusqu'à l'ourlet. La couture lui résista et elle s'impatienta. Elle se souvint aussitôt des ciseaux qu'elle avait vus dans une salle de couture, au même étage. Quelques instants plus tard, elle les tenait à la main. Elle se mit à l'œuvre sans perdre un instant. La folie de détruire l'animait d'une sorte de frénésie sensuelle, et même si elle l'avait voulu elle n'aurait pas pu s'arrêter avant d'avoir tout dévasté.

Elle secoua Robert, qui s'éveilla sans comprendre.

— Va chercher un fiacre, lui ordonna-t-elle. Je suis prête à partir.

Il aurait été bien en peine de l'aider à descendre les robes, et elle dut faire deux fois le trajet de la boutique à la voiture, les bras chargés de paquets. Ce fut elle qui éteignit les lumières et referma la porte. Quand elle glissa les clés dans la poche de Robert, il tenta de la prendre dans ses bras, mais elle le repoussa. Elle était impatiente de profiter de ses dépouilles. Il retomba en arrière sans force.

— En voilà des façons ! grommela-t-il d'un air grivois, en essayant de se relever. J'aurais pu te laisser tomber sans rien t'offrir du tout.

Elle fronça les sourcils.

— Que veux-tu dire ?

Il la menaça d'un doigt mal assuré.

— Ce que j'ai dit. Je ne peux plus payer tes factures. Je suis raide comme un passe-lacet. Ce que tu as ramassé ce soir, c'est pour solde de tout compte.

— Tu te moques de moi ? demanda-t-elle, incrédule.

— Je n'ai pas eu le choix. Des dettes jusque-là, vois-tu. Pas moyen. Louise a tout réglé.

Il tendit l'index vers la broche que portait la jeune femme, et une secousse du fiacre le fit basculer contre elle.

— Ça suffira à te sortir d'affaire pour le moment, balbutia-t-il.

De nouveau, elle le repoussa, comprenant enfin la raison cachée de l'attitude inhabituelle de Robert pendant toute la soirée. Elle serra la broche contre elle

— Je ne vendrai jamais le plus beau bijou que tu m'aies offert…, dit-elle.

Puis elle comprit.

— Mais tu ne l'as pas acheté, pas vrai ? C'était trop beau pour être vrai. C'est un bijou de ta femme ! Tu n'es qu'un sale rat !

Il n'en était pas à une insulte près.

— Tu seras bien obligée de le vendre. Le loyer n'est pas payé.

— Quoi ?

Il s'était écroulé sur la banquette et paraissait sur le point de sombrer dans un sommeil d'ivrogne. Elle le saisit par les revers de soie de sa redingote et le secoua de toutes ses forces.

— Depuis combien de temps le propriétaire n'est pas payé ? Un mois ? Trois mois ? Plus longtemps ?

— Longtemps, répéta-t-il tout en s'enfonçant dans sa torpeur. Très longtemps.

Elle le secoua de nouveau, hors d'elle.

— Et les fournisseurs ? Le boucher ? Ma modiste ?

Il lui lança un clin d'œil.

— Vends donc la broche. C'est le seul moyen.

Ulcérée, elle se mit à crier et à le marteler de ses poings.

— Espèce de salaud ! Je te tuerai ! J'ai toujours su que tu étais pourri jusqu'à la moelle.

Elle lui lança les termes les plus ignobles qui lui vinrent à l'esprit. Elle sanglotait de rage, continuant de le marteler de ses poings. Il les écartait d'un geste du bras, sans la regarder, comme s'il était importuné par une mouche. C'était plus que Lily n'en pouvait supporter. Elle saisit la portière de la voiture.

— Sors d'ici ! Descends ! Je ne veux plus te voir ! Et ne t'avise pas de croiser mon chemin…

La portière s'ouvrit toute grande. Les chevaux avançaient à une allure modérée, mais même s'ils avaient été lancés en plein galop elle n'aurait pas agi autrement. Elle le saisit par les épaules, en criant comme une possédée, et elle tenta de le relever. Dans son ivresse, il crut qu'il était temps de descendre. Le cocher du fiacre, entendant des éclats de voix, arrêta les chevaux et dévala de son siège juste à temps pour amortir la chute de Robert à l'instant où Lily le poussait à travers la portière. Il chancela sous le poids mais parvint à le maintenir debout jusqu'à ce qu'il retrouve l'équilibre.

— Ça va, patron ? demanda le cocher. Vous descendez vous aussi ? ajouta-t-il en fixant sa passagère à travers ses sourcils en broussaille

— Non, je reste. En route !

Elle claqua la portière.

Tandis que le fiacre s'éloignait, elle se retourna. Robert semblait avoir retrouvé ses esprits : il s'était élancé à la suite de la voiture et il lui criait de revenir. Puis le fiacre tourna et il disparut dans l'ombre de la rue. Lily sentit quelque chose contre son pied. C'était la canne-épée de Robert, qu'il avait oubliée. Elle la lança par la portière et l'entendit rebondir contre les pavés.

En dépit de sa rage, elle se ressaisit très vite. Elle avait provoqué dans la boutique des dommages énormes, et après avoir traité Robert comme elle venait de le faire, elle ne pouvait plus compter sur son silence. Qu'adviendrait-il s'il la dénonçait ? Elle frappa à la vitre pour attirer l'attention du cocher et lui donna l'ordre de faire demi-tour pour chercher le « monsieur ». Le fiacre rebroussa chemin mais Robert demeura introuvable. Il avait dû prendre une autre voiture pour rentrer chez lui..

Elle comprit aussitôt qu'elle devait se débarrasser des belles robes. Elle ne pouvait pas prendre le risque de les conserver. Il faudrait les vendre, ainsi que la broche, dès le lendemain à l'aube. Elle pourrait alors nier tout en bloc, comme si elle n'avait jamais mis les pieds dans la boutique de Little Argyll Street…

Louise rentra à Londres par le train de nuit. On n'avait pas retrouvé Paul-Michel. À Fountleigh, le directeur lui avait affirmé qu'il était un enfant difficile, insolent, rebelle, qui avait amplement mérité les coups de canne et les punitions qu'il avait reçus depuis peu. Louise comprit aussitôt l'unique raison de la fugue de son fils : il était extrêmement malheureux. Quand on le retrouverait, jamais il ne retournerait dans une pension aussi horrible.

Elle espérait qu'il serait rentré à la maison pendant son absence, mais les regards angoissés des domestiques, dès qu'elle parut à la porte, lui apprirent qu'il n'en était rien. Elle écrivit un mot à Will et le fit porter chez lui avant de monter prendre un bain et changer de toilette. Will arriva à l'instant où elle achevait de se recoiffer. Elle descendit en toute hâte, car un domestique, exécutant les ordres donnés par Robert, voulait lui interdire l'accès de la maison.

— Oh ! merci d'être venu, s'écria Louise, pleine de reconnaissance. Et à une heure si matinale.

Will lui sourit.

— Vous savez bien que je ferai tout ce que je peux.

— Prenez d'abord le petit déjeuner.

Elle le précéda dans la salle à manger, d'où s'échappait l'arôme d'un bon café français. Elle ne pouvait rien avaler, dit-elle, mais il insista en posant devant elle une brioche et de la confiture d'abricots.

— Racontez-moi tout ce que Paul-Michel vous a dit de sa pension, commença-t-il en se servant copieusement. A-t-il des amis auprès desquels il aurait pu chercher refuge ?

— Mais il viendrait d'abord à la maison !... s'écria Louise.

Will s'assit en face d'elle et déplia sa serviette.

— J'en doute fort. Il savait comment réagirait votre mari.

Elle baissa la tête, accablée.

— Je ne connais personne qui ne l'aurait pas renvoyé immédiatement à la pension ou ici.

— Peut-être faites-vous erreur. Parlez-moi de Paul-Michel. Tout ce qui vous passe par la tête. Nous pourrons sûrement, à nous deux, découvrir un indice quelconque et commencer à chercher.

Cela la soulagea beaucoup, et permit à Will de mieux comprendre la situation. En quittant la maison, il l'invita à garder confiance et à se consacrer de son mieux à sa tâche quotidienne.

Elle se prépara à partir à la boutique. Elle ne trouva pas ses clés, bien que sa femme de chambre et Daisy aient fouillé la maison de fond en comble. Tout semblait concourir à accroître son désarroi.

— Quand mon mari se réveillera, demandez-lui s'il ne les a pas vues, dit-elle à Daisy. Et n'oubliez pas, ajouta-t-elle en lui prenant les mains, si Paul-Michel revient, prévenez-moi au plus vite.

— Ne craignez rien, madame, répliqua Daisy bouleversée.

Mlle Brousseau possédait elle aussi un jeu de clés. Elle arriva à la boutique la première ce matin-là, et ouvrit les portes. Quand Louise, en retard, survint enfin, elle trouva tout le magasin en désordre et son assistante bouleversée par le vol d'un certain nombre de robes. La police était prévenue.

— Les toilettes des débutantes ? s'écria aussitôt Louise en coupant court au récit haché de la « première ». En a-t-on pris ?

— Je n'ai pas encore vérifié, madame.

Louise s'élança dans l'escalier, redoutant le pire. La plupart des robes étaient déjà livrées, mais il en restait encore beaucoup, au stade du dernier essayage et des retouches mineures. Ce qu'elle vit fut plus horrible que tout ce qu'elle avait craint. Sans un mot, elle posa la main sur le tissu déchiré ; des perles de verre et de nacre, de petits pétales de cristal blanc s'écrasaient sous ses pas. Elle entendit Mlle Brousseau arriver derrière elle, à bout de souffle, et commencer à se lamenter. Elle s'adressa à elle sans se retourner, d'une voix sans timbre.

— Depuis combien de temps avez-vous prévenu la police ?

— Juste avant votre arrivée, madame.

— Nous avons à peine quelques minutes pour éliminer des autres étages toute trace du cambriolage. La police ne doit entrer ici à aucun prix.

Louise se retourna brusquement, prête à agir.

— Si un seul journal raconte l'incident, on l'attribuera à de la négligence de ma part et je serai ruinée.

Elles réunirent les vendeuses et les couturières pour remettre de l'ordre. Tout en s'affairant, Louise réfléchit à la mentalité étrange du voleur : qui avait bien pu essayer les robes avant de faire son choix, puis déchirer celles dont la valeur marchande était la plus grande ? Quand la police arriva avec la jeune vendeuse envoyée au commissariat par Mlle Brousseau, tout était en ordre et Louise salua les agents d'un sourire.

— J'ai bien peur de vous avoir dérangés pour rien, dit-elle d'une voix calme. Il y avait un peu de désordre ici ce matin, par la faute d'un des membres de notre personnel, mais comme vous pouvez le voir tout est revenu à sa place.

L'officier de police estimait que toutes les femmes sont stupides et sautent à n'importe quelle conclusion dès qu'on les laisse à elles-mêmes. Louise n'eut aucun mal à se débarrasser de lui. Il était encore trop tôt pour ouvrir la boutique à la clientèle, et elle réunit tout son personnel, vendeuses et couturières, dans l'un des salons de l'étage supérieur. Elle leur apprit ce qu'elle avait découvert et insista sur la nécessité de garder le secret.

— Votre gagne-pain est en jeu. Ainsi que le mien, leur dit-elle d'un ton sec. Si nous ne parvenons pas à livrer ces robes de bal à temps, aucune débutante ne remettra les pieds dans cette boutique, et notre réputation sera ternie sans retour. Nous devons remplacer ces robes abîmées sous quinze jours.

Des protestations s'élevèrent. Mlle Brousseau prit la parole au nom du personnel.

— Même si nous restions toutes au travail jour et nuit, ce serait matériellement impossible, madame. Tant de broderies ! Tant de perles el de strass ! C'est un travail hautement spécialisé.

— Ce sera fait, répliqua Louise. Nous engagerons de l'aide. Et je sais où trouver les meilleurs spécialistes. Je vais envoyer un message en France. En attendant, nous recommençons tout de zéro.

Tout le personnel était habitué depuis longtemps à des rythmes de travail forcenés, au moment de la « saison » de Londres et pendant la préparation des collections, mais une tâche herculéenne attendait Louise et toutes ses employées. Après avoir envoyé des dépêches urgentes à Worth et à Catherine, Louise se mit à la table et travailla sans relâche près de ses coupeuses. Tandis que ses mains s'affairaient, elle songeait à Paul-Michel. Les heures passaient sans nouvelles de la maison ou de Will, et son angoisse ne cessait d'augmenter.

Au cours de la matinée, elle fit changer les serrures. Comme il n'y avait aucune trace d'effraction, elle fut certaine d'avoir égaré ses clés, peut-être en quittant la boutique la veille.

À la tombée de la nuit, elle fit un saut chez elle. Aucune nouvelle de son fils ne l'attendait, et elle apprit que Robert n'était pas rentré depuis la veille au soir. Cela s'était produit si souvent qu'elle se borna à hocher la tête. Elle retourna à la boutique après avoir dîné sur le pouce. Elle renvoya ses ouvrières à minuit et s'endormit aussitôt, épuisée. À cinq heures le lendemain matin, elle était de nouveau devant sa table de coupe et les couturières arrivaient…

La journée s'écoula comme la précédente. Robert ne reparut pas à la maison…

Très tôt, le lendemain matin, arriva le contingent de couturières françaises. À la plus grande joie de Louise, Catherine en faisait partie. Elle se jeta dans les bras de son amie : c'était son premier réconfort depuis la disparition de Paul-Michel.

— Je ne pensais pas que vous pourriez venir, s'écria Louise dès qu'elles furent seules. Je croyais que vous m'enverriez simplement les meilleures ouvrières de votre connaissance.

— C'est ce que j'ai fait, ainsi que M. Worth, répondit Catherine en admirant la boutique. Il t'a envoyé ses meilleures brodeuses.

Elle se tourna vers Louise et son sourire s'effaça.

— Tu as une mine terrible.

Louise préféra ne pas raconter tout de suite ce qui était arrivé à Paul-Michel. Elle répartit le travail entre les ouvrières françaises puis les invita à partager le petit déjeuner qui les attendait dans le réfectoire de ses couturières. Bientôt, toutes les nouvelles venues avaient une aiguille à la main, et les doigts de Catherine, malgré leur raideur, faisaient des points aussi fins qu'autrefois – quoique plus lentement.

Les Françaises furent logées dans un petit hôtel du quartier, à l'exception de Catherine qui s'installa chez Louise. Dès leur arrivée, Louise lui apprit la fugue de son fils. Catherine eut beaucoup de mal à ne pas éclater en sanglots.

Son mari était toujours absent et Louise s'inquiétait pour lui. Elle envoya le valet de chambre chez la mère de Robert. Il ne s'y trouvait pas. Elle attendit un jour de plus, puis elle mit la police au courant. En même temps, elle envoya un domestique faire le tour des hôpitaux, mais aucun malade ne s'était inscrit sous le nom de Robert Prestbury.

Jamais Louise n'aurait pu traverser ces journées d'épreuve si elle n'avait eu la tension extrême que nécessitait son travail. Elle se déplaçait comme un automate. Dès qu'elle pouvait quitter la boutique une minute, elle regagnait l'atelier, où elle cousait à côté de Catherine comme au temps de son enfance. Elle avait l'impression que le cercle de sa vie se refermait et qu'elle retournait à son point de départ. C'était presque comme si elle allait rencontrer Pierre de nouveau… Elle écarta ces pensées d'un geste – son imagination l'emportait.

Catherine n'avait pas revu Pierre de Gand. Ses douleurs l'empêchaient de se mêler à la foule les jours de fête. De toute façon, elle avait perdu sa foi en l'empereur. Comme des milliers de Français, elle lui reprochait le fiasco de l'aventure mexicaine, qui avait privé le pays de ses meilleurs soldats au moment même où Bismarck jetait son dévolu sur l'Autriche, avant de menacer la stabilité de l'Europe tout entière. On commençait à dire que la Prusse se préparait à combattre la France et, l'hiver précédent, les grèves et les conflits politiques avaient de nouveau fait monter le prix du pain. Le couple impérial était devenu très impopulaire, et l'on reprochait à Eugénie d'être intervenue dans les affaires de l'État. Toutes ces nouvelles ne manquèrent pas d'attrister Louise.

À la fin de la semaine, Will envoya un télégramme. Louise l'ouvrit, tremblante d'espoir. *Désolé aucune nouvelle pour l'instant. Gardez courage. Will.* Le message venait de Douvres, et cela la frappa. Paul-Michel essayait-il de gagner la France ? Comme un pigeon voyageur, son fils tentait de retourner à l'endroit qu'il aimait le plus. Comment ne l'avait-elle pas compris plus tôt, elle dont le cœur n'avait jamais quitté Paris !

On décida aussitôt que Catherine rentrerait chez elle. Si Paul-Michel frappait à sa porte, il fallait qu'il puisse y trouver quelqu'un.

La nuit, elle ne dormait plus. Chaque fois que le sommeil la prenait, elle s'éveillait en sursaut, saisie du besoin irrépressible de bondir hors du lit et de courir sans fin à la recherche de l'enfant. La journée, elle allait d'épreuve en épreuve : tantôt une pièce de soie brodée n'était pas livrée, tantôt il fallait rassurer une débutante qui voulait essayer une robe encore entre les mains des couturières. La veille du dernier jour, tous les ateliers furent en effervescence : les aiguilles et les fers à repasser rivalisaient de hâte. Au milieu de toute cette folie de soie blanche et de strass scintillant, un inspecteur de police se fit annoncer. Il voulait parler à Mme Prestbury. On avait retrouvé son mari. Louise se précipita vers son bureau. Au premier regard, elle comprit qu'il s'agissait d'une mauvaise nouvelle.

— Je suis au regret de vous annoncer que votre mari est décédé depuis plusieurs jours. Il a été étranglé et les assassins ont jeté son cadavre dans la Tamise.

Il fallut qu'elle l'accompagne pour identifier le corps. Le fil de fer qu'avaient utilisé les étrangleurs était demeuré dans les chairs gonflées du cou. Louise se détourna, bouleversée. Pauvre Robert ! Il se vantait toujours de son habileté à la canne-épée, comment s'était-il laissé prendre au dépourvu ? On lui apprit que les poches de Robert avaient été vidées. On n'avait trouvé qu'un trousseau de clés, rouillé à la suite de l'immersion dans le fleuve. Elle les reconnut sur-le-champ.

Elle rentra à la boutique tard dans la soirée, après la fermeture. La mère de Robert avait accueilli la nouvelle avec dignité, mais Louise avait dû consoler et réconforter la pauvre Agnès. Quand Mlle Brousseau descendit des ateliers de couture dans la boutique silencieuse et déserte, elle trouva Louise penchée au-dessus d'un comptoir de châles, les yeux clos. Elle avait énormément maigri au cours des semaines d'angoisse qu'elle venait de traverser. Elle avait les traits tirés, et le visage décomposé par l'épreuve.

— Madame, dit Mlle Brousseau à mi-voix. J'ai des nouvelles. De bonnes nouvelles.

Louise se redressa.

— Les robes sont terminées ?

— Presque jusqu'au dernier point. Mais il y a mieux que cela.

L'espoir se peignit sur le visage de Louise.

— Mon fils ? murmura-t-elle, sans oser y croire.

Son assistante hocha la tête en souriant.

— M. Russell a envoyé un message. Paul-Michel est chez lui.

Louise était déjà partie. Lorsque le fiacre s'arrêta, Will l'attendait sur le perron, mince silhouette grise se détachant sur la lumière du vestibule. Elle le prit par le bras.

— Est-ce qu'il va bien ? N'a-t-il pas trop souffert ?

Will lui sourit.

— Il est épuisé, il a mal aux pieds, il est furieux d'être rentré à Londres, mais sinon tout va bien. J'ai retrouvé sa trace dans une ferme où on lui avait donné à manger. J'ai fini par le rattraper dans les environs de Calais.

— Comment a-t-il pu aller jusque-là ? s'écria-t-elle. Il n'avait que quelques sous d'argent de poche.

Will l'entraîna dans la maison.

— Il s'est embarqué clandestinement sur un vapeur français. Votre fils ne manque ni de courage ni d'initiative, vous savez. Ne laissez jamais Robert le briser une fois pour toutes en le renvoyant dans cette pension ignoble.

— Robert est mort, répondit Louise d'une voix altérée par l'émotion.

Tandis qu'ils montaient dans la chambre d'amis où l'enfant était couché, elle lui raconta le peu qu'elle savait.

Paul-Michel s'était endormi, le visage enfoncé dans l'immense oreiller. Ses cheveux étaient encore humides car il avait pris un bain pour chasser les fatigues de son long voyage. Louise s'assit sur le lit, dans la tache de lumière que dessinait l'unique lampe laissée allumée, et se pencha vers lui pour l'embrasser sur le front. Puis elle lui prit une main sous la couverture et la serra entre les siennes. Elle baissa la tête et se mit à sangloter, en se balançant comme un enfant, incapable de se dominer. Quand Will posa doucement la main sur ses cheveux, elle se releva, tendit les bras sans rien voir, et se retrouva contre l'épaule de son ami.

Le baiser qu'il lui donna n'était que tendresse et ne trahissait en rien l'impatience et la frustration qu'il avait ressenties au cours de leurs brèves rencontres amoureuses d'autrefois. Lorsqu'il écarta de nouveau ses lèvres pour lui murmurer son amour, elle fut incapable de supporter qu'il s'éloigne et elle se blottit encore plus près de lui. Il la souleva dans ses bras et l'entraîna hors de la pièce où l'enfant sommeillait.

Le clair de lune baignait la chambre d'une lumière douce. Le lit dessinait une tache plus pâle, le bord du bois de lit, le fauteuil et le dessus de la commode semblaient d'argent. Il la déposa sur la couverture défaite, mais elle ne relâcha pas son étreinte, comme si elle voulait l'empêcher de partir. Il tourna la tête pour lui embrasser la gorge, les tempes, l'oreille, tout en défaisant les agrafes de sa robe et en dénouant les rubans de soie du corset qui, caprice de la mode, enchâssait une taille aussi fine que celle de sa jeunesse. Lorsqu'elle sentit la main de Will glisser le long de sa colonne vertébrale, Louise se laissa aller en arrière et s'allongea doucement jusqu'à ce que sa tête repose sur l'oreiller. Elle lui prit le visage entre les mains et leurs regards se croisèrent.

— Je vous aime, dit-il à mi-voix. Et je vous ai désirée dès notre première rencontre.

Les lèvres de Louise esquissèrent un sourire.

— Mon Will…, murmura-t-elle. Je le sais. Je l'ai toujours su.

La jeune fille charmante d'autrefois était devenue une femme d'une beauté extraordinaire, au cœur généreux, prête à s'abandonner à sa passion. Quant à lui, les épreuves de la vie l'avaient libéré de l'égoïsme de la jeunesse, lui faisant prendre pleinement conscience de l'intensité de son amour. Il ne désirait que la chérir et l'adorer avec une tendresse désintéressée qu'elle n'avait pas connue jusque-là.

Il ôta la robe et les dessous de la jeune femme, qui demeura nue jusqu'à la taille. Puis il enleva ses vêtements et elle regarda le jeu des ombres sur son corps musclé. Elle saisit les épingles de son chignon et dénoua ses cheveux sur ses épaules. Quand il revint près d'elle, il enfouit ses deux mains dans ce flot brillant et le pressa contre ses lèvres. Il baissa la tête pour embrasser et caresser ses seins, et le plaisir sensuel la fit frissonner. Elle sentit son jupon glisser pour libérer ses jambes. La lune passa derrière un nuage comme si les ombres voulaient dissimuler les tremblements et les hésitations de l'amour.

Plus tard dans la nuit, Will alluma une bougie près du lit, incapable de supporter que l'obscurité la dissimule à ses regards. Elle le contemplait, radieuse, à travers ses cheveux en désordre, et du bout de l'index elle traça le dessin de ses lèvres. Il l'embrassa et ils firent de nouveau l'amour. Aux premières lueurs de l'aube, il la prit dans ses bras et la réveilla doucement. Il essaya de lui extraire une promesse pour l'avenir, mais elle se borna à sourire, les yeux clos, et se rendormit avant qu'il ait pu la convaincre de prononcer les mots qu'il avait envie d'entendre.

23

Will n'admettait pas que Louise refusât de l'épouser. Au cours des semaines qui suivirent, ce fut l'objet de nombreuses querelles, aussi vives que leurs nuits demeuraient passionnées.

— Mais pourquoi ? demanda-t-il pour la millième fois. Peu importe que vous soyez veuve depuis dix jours ou dix ans. Au diable les ragots, marions-nous sans attendre.

— Vous savez bien que les ragots ne me troublent guère, répliqua-t-elle, résolue à garder son calme. Je vous ai dit que je ne me remarierai jamais.

— Mais Paul-Michel ? Nous nous aimons beaucoup lui et moi, et nous nous respectons. Il a besoin d'une vie de famille normale.

— C'est pour cette raison que je me suis mariée la première fois, et je ne recommencerai pas... De toute façon, il ne restera guère à la maison dans les années à venir. Je lui ai promis de le mettre en pension en France dès qu'il saurait lire et écrire le français aussi bien qu'il le parle. Je n'ai jamais vu un enfant s'acharner à ses études à ce point. J'ai choisi une école de Paris où il restera toute la semaine et il passera les dimanches avec

Catherine… J'irai l'accompagner, cela me fera de petites vacances. Je compte partir dans une semaine ou deux.

Il ne supportait pas la pensée de la voir s'en aller.

— Si tôt ? Je vous en supplie. Partir en France en ce moment serait une folie. On mobilise les troupes, et les armées prussiennes se rassemblent sur la frontière, prêtes à attaquer. La guerre va éclater d'un jour à l'autre.

— Je sais, je sais. Mais les combats auront lieu très loin, de l'autre côté du Rhin. Paul-Michel sera en sécurité à Paris.

— Ne soyez pas ridicule ! répliqua-t-il, furieux à la perspective de la perdre sans lendemain. Votre empereur n'a rien d'un foudre de guerre. C'est un homme malade, aux abois, qui ne peut même plus monter convenablement à cheval. Si la France a perdu ses alliés de toujours, c'est à cause de ses erreurs et de sa politique étrangère insensée. Sans parler de l'influence malheureuse de l'impératrice. Vous croyez que Bismarck serait assez fou pour provoquer votre pays, si la France était aussi puissante que dans le passé ? Ouvrez les yeux, Louise ! Votre glorieux Second Empire est en train de vivre ses dernières heures. Un seul coup de canon prussien et toute la façade s'écroulera.

Elle refusa de le croire. Elle conservait dans sa tête l'image du Paris qu'elle connaissait – brillant, beau, riche et puissant, symbole d'une ère impériale qui trancherait toujours sur la médiocrité des régimes précédents et suivants. Et rien ne l'empêcherait de tenir sa promesse à son fils, malgré l'énorme sacrifice que son éloignement représentait pour elle.

Peu avant la date prévue pour le départ de Louise et de Paul-Michel, la France déclara la guerre à la Prusse.

Will renouvela ses avertissements jusqu'à la dernière minute, mais Louise n'en tint aucun compte : la perspective de revoir Paris l'aveuglait.

Les doutes qu'il avait instillés dans l'esprit de Louise s'évanouirent dès qu'elle revit la ville qu'elle aimait, dorée sous le soleil de l'été. Elle était ravie d'avoir emmené toute sa garde-robe pour rendre justice à un Paris où régnait la même atmosphère merveilleuse. Les arbres étaient verdoyants, les décorations dorées scintillaient, les auvents des magasins et les bannières impériales emplissaient la ville de couleurs joyeuses. Les terrasses des cafés débordaient toujours de vie et de joie, Sur les boulevards défilaient de somptueux équipages. Partout des femmes élégantes, en chapeaux minuscules et robes immenses, sous les regards guillerets des boulevardiers qui tortillaient leur moustache à la manière de l'empereur. Depuis que Louise avait quitté Paris, de prestigieux édifices – notamment le magnifique Opéra de Garnier – avaient été construits ou achevés. De nouveaux magasins offraient dans leurs vitrines ce que le monde possédait de plus beau. Les Folies Bergère venaient d'ouvrir leurs portes et faisaient salle comble. Le cancan demeurait au sommet de sa gloire – on l'entendait partout. De tous les côtés, des soldats : marchant au pas cadencé, déplacés dans des chariots, flânant dans les rues avant de partir avec l'empereur sur les champs de bataille. En passant devant les Tuileries en compagnie de son fils pour gagner le petit appartement de Catherine, Louise aperçut l'uniforme bleu ciel des Cent-Gardes et son cœur se serra.

Catherine était transportée de joie. Mais Louise s'inquiéta beaucoup de la santé de sa vieille amie.

— Vous avez une mine effrayante, vous avez perdu du poids. Que se passe-t-il ?

Louise parvint à lui faire avouer la vérité. À son retour de Londres, elle était restée sur le pont pour éviter le mal de mer, car la houle était mauvaise. Elle avait pris froid et, oui, c'était « tombé sur sa poitrine ». Elle était sans travail, mais grâce à la petite pension que lui versait Louise elle ne manquait de rien. Il n'y avait pas de quoi se tracasser, et bien entendu elle veillerait sur Paul-Michel le dimanche. La présence de l'enfant serait le meilleur des remèdes. Louise dut se contenter des paroles rassurantes de Catherine – mais son inquiétude subsista.

La première visite de Louise fut pour Worth. Elle emmena Paul-Michel, impatient de retrouver les deux garçons. La robe qu'elle portait était une de ses dernières créations, dont elle était très fière. En soie de Lyon à rayures blanches et bleues, elle avait la « tournure » abondante lancée par Worth pour mettre en valeur la silhouette de la femme. Elle portait un chapeau de paille tout blanc dont le rebord, relevé d'un côté, s'ornait de fleurettes et de rubans de la même dentelle bleue que son ombrelle.

Tandis qu'elle montait l'escalier du 7, rue de la Paix, un miroir lui renvoya son image : le rêve de son enfance était enfin réalisé, elle portait une toilette digne d'une reine de France. Worth et elle avaient parcouru beaucoup de chemin depuis leur première rencontre sur le seuil d'un taudis…

Voulant lui faire une surprise, elle n'avait pas annoncé à Marie sa venue à Paris. Elle n'aurait pas pu être mieux accueillie. Marie était enchantée de la revoir. Jean-Philippe et Paul-Michel renouèrent leur amitié comme s'ils ne s'étaient jamais quittés. Mais Gaston, devenu un beau jeune homme aussi grand que son père, se tint à l'écart des plus jeunes. Gaston et Jean-Philippe, dont les cheveux raides n'étaient plus soumis au fer à friser de leur mère, discutèrent longuement de mode avec Louise – sur un pied d'égalité car ils étaient au fait des problèmes de la haute couture depuis l'enfance. À la façon dont ils parlaient, Louise comprit qu'ils se considéraient déjà comme les héritiers de leur père. Plus tard, Marie montra à Louise les tableaux de Jean-Philippe. Non seulement il avait les mêmes dons artistiques que son père en matière de création de toilettes, mais il possédait un talent de grand peintre – il était l'élève de Corot.

— Et Gaston ? demanda Louise après avoir admiré l'œuvre de l'adolescent.

— Il a reçu en partage le don des affaires, répondit Marie avec un sourire, aussi fière de son aîné que de son cadet. C'est lui, j'en suis sûre, qui assumera un jour les problèmes financiers de la Maison Worth.

L'affaire de Worth occupait à présent tout l'immeuble de la rue de la Paix. Son associé, Otto Bobergh, venait de se retirer, immensément riche, grâce à sa part des bénéfices. Ils étaient toujours restés en bons termes, mais Worth était tout de même ravi d'être enfin son seul maître. Il venait de prendre pour emblème l'escargot patient, qui n'a besoin ni de maison ni de robe, et des escargots stylisés avaient fait leur apparition dans leur demeure de Suresnes, tissés sur les tapisseries, moulés dans l'or et l'argent, taillés en lapis-lazuli, sculptés dans le marbre, et même sur les pierres supportant le balcon des nouveaux agrandissements, dignes d'un palais.

Worth employait maintenant plus de mille personnes, et il estimait que la guerre, probablement de courte durée, ne gênerait en rien ses affaires. Bien entendu, la plupart de ses clientes étrangères se hâtaient de quitter Paris, mais les Françaises commençaient à commander des toilettes pour les fêtes de la victoire. Seules ses clientes américaines lui manqueraient. C'étaient les plus prodigues et les plus faciles à contenter. Elles venaient dans sa boutique pleines de crainte, car elles avaient entendu dire qu'il n'acceptait pas de créer des robes pour les clientes qui ne lui avaient pas été présentées – et il lui était effectivement arrivé de refuser parfois la clientèle de personnes qu'il ne voulait pas voir porter ses modèles. Mais il était toujours prêt à remuer ciel et terre pour satisfaire une cliente en détresse. Il avait reçu l'une d'elles à six heures du matin et lui avait fait une toilette spéciale pour le soir même. Ses attitudes de grand seigneur et les airs de dictateur qu'il prenait pour imposer ses goûts à ses clientes contribuaient à l'auréoler de gloire. Il avait pris l'habitude de porter pendant les heures de travail un béret de velours et une robe ample à la Rembrandt. Cela lui allait à merveille et les femmes l'adoraient.

— Venez voir avec moi une opérette d'Offenbach, demanda Marie à Louise quelques jours après son arrivée. Je suis sûre que vous l'aimerez.

Ce fut pour Louise un moment délicieux. La musique joyeuse était le symbole de ce qui avait fait de Paris la capitale du monde. Elle applaudit *La Vie parisienne* avec un plaisir sans mélange. À l'entracte, plusieurs amies de Marie vinrent la saluer dans sa loge. Stéphanie de Gand était du nombre. Par politesse, Marie fut contrainte de demander des nouvelles de son époux, bien que Louise l'entendît.

— Il a quitté Paris aujourd'hui. Il a rejoint l'empereur au palais de Saint-Cloud. C'est de là qu'ils partiront avec le prince impérial vers le théâtre de la guerre.

Elle se retourna et prit un siège à côté de Louise.

— Comme vous êtes belle ! Et quelle robe ravissante. Une de vos créations, n'est-ce pas ? J'ai eu de vos nouvelles de temps à autre, par l'entremise des Worth. J'ai appris que vous êtes la couturière la plus célèbre de Londres. On m'a mise au courant de votre deuil récent, je vous présente mes condoléances. Êtes-vous seule à Paris ?

Louise remarqua que Stéphanie avait acquis une sûreté et un aplomb qu'elle ne possédait pas auparavant.

— Mon fils m'a accompagnée, répondit-elle.

— Ah bon ? Il doit avoir douze ans à présent ? Paul-Michel, n'est-ce pas ? Ma mémoire ne m'a pas fait faux bond. Je regrette de ne pas avoir eu d'enfant. Où demeurez-vous pendant votre séjour ? Oui, je connais la rue. Vous avez emmené votre fils pour lui montrer tout ce qu'il y a à voir ?

— Nous avons déjà fait quelques promenades. Après-demain, nous nous rendrons à Versailles.

Stéphanie passa la main sur les plumes de son éventail fermé.

— Pourquoi ne pas le conduire plutôt à Saint-Cloud ? Il verrait l'empereur et le prince impérial partir pour la guerre.

Louise se raidit : où Stéphanie voulait-elle en venir ? Elle demeura sur un terrain sûr.

— J'ai entendu dire que l'empereur souffre beaucoup.

— C'est un homme courageux qui ignore la douleur. Aucun commandant en chef ne saurait donner un meilleur exemple à ses soldats.

— Il ne me paraît pas raisonnable que le prince impérial soit exposé au danger.

Louise se souvenait que l'enfant n'avait que deux ou trois mois de plus que Jean-Philippe.

— Depuis l'enfance, on lui a appris à n'avoir peur de rien. De toute façon, il est bien naturel que l'empereur désire avoir son fils à ses côtés

Louise se sentit prise au piège. Elle essaya de s'en libérer.

— Je ne peux m'empêcher de prendre l'impératrice en pitié.

— Peu de personnes vous suivraient. Elle s'est fait beaucoup d'ennemis parmi ceux qui ne la connaissaient pas personnellement. Elle n'a jamais agi que dans l'intérêt de la France, mais le peuple n'a plus foi en elle.

Elle remarqua que ses amies quittaient la loge de Marie pour regagner leurs places : le rideau allait se lever. Avant de s'éloigner à son tour, elle rappela à Louise :

— N'oubliez pas, pour Saint-Cloud. Ce sera un spectacle dont votre fils se souviendra toute sa vie.

Les lumières de la salle s'éteignirent. Louise tremblait lorsqu'elle se retourna vers Marie.

— Stéphanie veut que je donne à Pierre l'occasion de voir son fils. Mais comment saurais-je s'il en a, lui, réellement envie ? C'est peut-être un caprice cruel de cette femme. Je ne peux pas. Non…

— Je crois que vous devriez, répondit Marie doucement. Mme de Gand ne se serait pas humiliée ainsi devant vous si les sentiments de son mari ne lui tenaient pas à cœur. Il part pour la guerre, Louise. Peut-être n'en reviendra-t-il jamais.

Le ciel était gris et morne. Main dans la main, Louise et son fils se tenaient près de l'entrée de la petite gare au toit de chaume qui desservait le palais de Saint-Cloud. On chargeait des monceaux de bagages sur le train à l'arrêt, des officiers et des fonctionnaires s'affairaient de toutes parts. Quelques personnes s'étaient rassemblées, mais il n'y avait pas foule. Louise avait annoncé à Paul-Michel qu'il verrait l'empereur et peut-être l'officier des Cent-Gardes qui lui avait fait faire un tour à cheval près des écuries des Tuileries – incident qu'il n'avait jamais oublié.

Peu après neuf heures et demie, des équipages apparurent, venant du palais. Le long du chemin, les gens lançaient le cri qui avait retenti dans les rues de Paris dès la déclaration de la guerre.

— À Berlin ! À Berlin ! Vive l'empereur !

L'impératrice conduisait elle-même la voiture légère où se trouvait l'empereur. Louise fut bouleversée par le changement qui s'était produit en lui. Il avait l'air vieilli et malade, rien ne subsistait de la silhouette martiale qui chevauchait à la tête de toutes les parades. Elle comprit pourquoi ce départ avait été organisé de façon aussi discrète. Le prince impérial était dans la voiture suivante, en uniforme. Deux officiers l'accompagnaient. L'un d'eux était Pierre.

Il vit Louise. Son regard distrait se figea aussitôt et sa tête pivota à mesure que la voiture passait. Pendant quelques minutes, elle le perdit de vue, puis il réapparut.

— Louise ! J'ai cru que mes yeux me jouaient des tours ! s'écria-t-il en s'avançant vers elle.

Il avait vieilli, son visage s'était légèrement empâté mais demeurait toujours aussi beau. Comment avait-elle pu oublier qu'il avait les yeux du même gris-vert que son fils ?

— J'étais persuadée que nous ne nous reverrions jamais, dit-elle d'une voix nouée.

— Je le croyais aussi.

Il l'embrassa sur les deux joues puis l'entraîna à l'écart. Leurs regards se croisèrent, chargés de souvenirs. Le choc de leur rencontre l'avait désarçonnée : comment avait-elle pu continuer de vivre loin de lui ?

Il se baissa vers Paul-Michel et le prit par les épaules.

— Tu as beaucoup grandi depuis la dernière fois que je t'ai vu. Tu vas être immense. Tu te souviens de moi ?

L'enfant hocha la tête.

— Oui, capitaine de Gand. Vous montez toujours Sabre ?

Pierre sourit, enchanté.

— Certes. Dommage qu'il soit déjà parti à Metz, sinon je l'aurais fait seller pour toi.

— Je pourrai le monter quand vous reviendrez de la guerre ?

— Tu es en vacances pour combien de temps ? Je vais faire tout ce qu'il faut pour écraser les Prussiens avant ton retour en Angleterre.

Il sourit, mais Paul-Michel s'était mis en tête de lui arracher une promesse.

— Je ne rentre pas en Angleterre avant les grandes vacances. Je vais suivre les cours du collège Saint-Nicolas à Paris.

— Vraiment ? Alors tu pourras monter Sabre quand nous aurons gagné la guerre. Si nous obtenons la permission de ta maman, bien sûr.

Louise n'avait aucune raison de refuser. Si Stéphanie voulait encourager des rencontres entre le père et le fils, pourquoi y ferait-elle obstacle ?

— Du moment que ce sera le dimanche… Je rentre à Londres dès que les cours de Paul-Michel commenceront.

Pierre se releva, mais laissa une main protectrice sur l'épaule de l'enfant.

— N'as-tu pas envie de voir de plus près la locomotive ? Nous parlerons sur le quai avant mon départ.

Il confia l'enfant à un employé puis entraîna Louise entre les arbres. Il n'y avait aucun endroit où ils puissent être seuls et à l'abri des regards. Il lui apprit que Paul-Michel lui avait parlé de la maison de couture de Londres lorsqu'il l'avait rencontré aux Tuileries.

— C'est toujours un succès, n'est-ce pas ? Mais votre mariage ? Êtes-vous heureuse ?

Elle détourna les yeux.

— Je suis veuve.

Ils firent quelques pas en silence.

— Alors aucun lien réel ne vous oblige à rentrer en Angleterre. Paul-Michel va faire ses études à Paris. Tous vos amis d'autrefois sont ici. J'y serai moi aussi dès que cette guerre sera terminée.

Ses intentions étaient claires. Mais aucun des anciens problèmes n'était résolu, et Louise secoua lentement la tête en soulignant son refus d'un geste de l'index.

— Je ne veux pas croire que tout soit fini, dit-il à mi-voix pour que personne ne puisse surprendre ses paroles. Dites à Paul-Michel qui je suis. Je veux qu'il sache…

Une toux discrète le coupa. Une ordonnance les avait rejoints.

— L'empereur est sur le point de monter dans le train, capitaine.

Pendant quelques secondes encore, Pierre plongea son regard dans les yeux de Louise.

— Dites-le-lui ! Ne m'accordez aucune autre faveur, mais promettez-moi celle-là.

— Je le ferai, répondit-elle, la gorge serrée.

Ce n'était peut-être pas une bonne chose, mais comment dire non à un homme qui part au combat ?

Il inclina la tête puis recula d'un pas et la salua. Elle le suivit des yeux jusqu'à ce qu'il disparaisse dans la foule des officiers qui masquaient à tous les regards le départ de l'empereur. Le train impérial s'éloigna de la petite gare. Elle vit l'empereur faire un signe de la main à tous ceux qui restaient sur le quai. Elle vit le prince impérial agiter un mouchoir blanc. Mais elle ne vit pas Pierre. Peut-être avait-il les yeux posés sur elle depuis l'un des wagons qui passaient lentement. Elle envoya un baiser du bout des doigts.

Pendant le trajet de retour, Paul-Michel demeura particulièrement silencieux. Il était assis dans l'angle de la banquette, en face de Louise, les yeux fixés sur le paysage.

— Le capitaine de Gand est mon père, n'est-ce pas ? dit-il soudain.

La brusquerie de la question déconcerta Louise mais elle n'en laissa rien paraître.

— Oui, répondit-elle. Comment l'as-tu découvert ?

— Eh bien, quand j'ai compris ce qu'est un bâtard, j'ai demandé à M. Russell s'il était mon père. Il m'a dit qu'il aurait aimé l'être, mais qu'il ne l'était pas. Mon père était un Français courageux dont je devais être fier.

Louise ferma les yeux un instant. Ce cher Will ! Il avait su dire les mots qu'il fallait pour répondre à une question délicate. Elle lui en serait éternellement reconnaissante.

— Oui, tu peux être fier de ton père, dit-elle. L'empereur l'a décoré plusieurs fois pour sa bravoure. Mais je ne vois pas encore comment tu as pu parvenir à cette conclusion.

Paul-Michel lui lança un regard indulgent, comme si le fait d'être une femme l'empêchait de comprendre la perspicacité masculine.

— Je l'ai déduit de tout ce que tu as dit, et des remarques de tante Catherine quand elle croyait que je n'entendais pas. Et puis il y a eu la réception des enfants aux Tuileries, où je n'ai pas compris ton attitude. Par la suite, j'ai fait le rapprochement avec le reste. J'ai presque deviné quand M. Russell m'a dit que mon père était un officier et que l'empereur s'était opposé à votre mariage. Il m'a dit que tu étais irréprochable et que je ne devais pas avoir honte d'être né en dehors du mariage. Ensuite, sur le quai de la gare, quand le capitaine de Gand m'a serré la main, il m'a dit : « Au revoir, mon fils. » L'impératrice a embrassé le prince impérial et lui a dit de faire son devoir, mais le capitaine de Gand m'a appelé son fils.

— Tu sais presque tout, répondit Louise à mi-voix. Viens t'asseoir près de moi. Je vais te raconter ce que j'ai appris sur ton père, sa maison et son enfance. Les choses que tu dois savoir.

À leur arrivée à Paris, Louise et son fils étaient plus proches l'un de l'autre que jamais.

Cinq jours plus tard, l'empereur et ses soldats gagnèrent une bataille meurtrière sur le sol allemand. À Paris, les bouchons de champagne sautèrent et toute la ville fut en fête. Ce devait être la dernière bonne nouvelle venant du front. Presque aussitôt, le vent tourna. Les armées françaises, fauchées et dispersées par la percée prussienne, reculaient sans se battre. Les journaux commençaient à dénoncer le manque de préparation, responsable de ce carnage. À chaque revers, le ressentiment contre l'empereur s'aggravait. Le peuple mécontent réagit et les ennemis politiques de l'Empire haussèrent le ton de toutes parts. Louise vit la ville entière se métamorphoser sous ses yeux. Il y avait dans l'air une odeur de révolution. L'impératrice, régente de l'Empire, revint aux Tuileries avec sa cour et prit des décisions fermes : elle ordonna la loi martiale et toutes les mesures nécessaires à la sauvegarde de la dynastie.

Louise reçut alors un message urgent de Will, qui la pressait de rentrer en Angleterre avec Paul-Michel sans délai. Elle n'aurait pas pu le faire, même si elle l'avait voulu. Catherine était souffrante. Le jour de la rentrée des classes, elle avait attendu sous une pluie battante que l'on affiche la liste des pertes devant le poste de police voisin. Il arrivait tant de mauvaises nouvelles qu'elle avait voulu épargner à Louise le choc de découvrir le nom de Pierre, noir sur blanc, parmi les centaines d'autres. Par bonheur, il n'y figurait pas, mais l'ondée et le vent glacé avaient encore aggravé l'état de Catherine et, fiévreuse, elle avait dû s'aliter.

Stéphanie surveillait elle aussi d'un regard angoissé les communiqués que recevait l'impératrice. Elle se trouvait à Saint-Cloud en même temps que les autres dames d'honneur pour le banquet donné la veille du départ de l'empereur, mais elle n'avait pas révélé à Pierre qu'elle avait rencontré Louise. Depuis longtemps, elle avait compris que jamais Pierre ne lui ferait subir l'humiliation et le scandale d'une trahison publique, qui rejaillirait sur lui-même et indirectement sur Louise et sur son enfant. Cela lui permettait de mieux supporter ses nombreuses infidélités, et lui donnait un sentiment de sécurité. Elle pouvait donc se montrer magnanime et le laisser voir son fils. Elle adorait Pierre. Elle savait à quel point avoir un héritier était important à ses yeux. Elle n'était plus jalouse de Louise à cause de l'amour qui l'avait unie à Pierre, mais seulement parce qu'elle était la mère de son fils.

Louise n'eut guère le temps de se préoccuper des mouvements populaires. Parfois, quand un groupe d'insurgés manifestait non loin, les accents de *La Marseillaise* montaient jusqu'à elle. Elle restait nuit et jour au chevet de Catherine. La vie de son amie était en danger et tout le reste était sans importance. Même son inquiétude pour ses affaires à Londres passait au second plan.

Un jour, Paul-Michel parut sur le seuil, et le conducteur du fiacre déposa sa cantine dans le vestibule.

— Que fais-tu ici ? Que se passe-t-il ? s'écria-t-elle sans comprendre.

— La plupart des élèves sont rentrés chez leurs parents, alors l'école a fermé ses portes, répondit-il en ôtant son manteau. Tu n'as pas appris la nouvelle ? L'empereur s'est rendu. Il a été fait prisonnier par les Prussiens avec des milliers de nos soldats.

— Ce n'est pas possible. La guerre a commencé il y a à peine un mois. Nous ne pouvons pas être vaincus ainsi.

— Les Prussiens ont exigé la capitulation sans conditions de la France.

— Où as-tu appris tout cela ?

— C'est le directeur qui nous l'a dit. Pourvu que mon père soit sain et sauf… Tante Catherine va mieux ?

— Malheureusement non. Ah ! je suis contente que tu sois avec moi. J'ai besoin d'aide. Il y a tellement de blessés au front que le docteur n'est pas venu depuis deux jours. Il faut que tu ailles me chercher des médicaments.

Elle lui donna une adresse et lui demanda de rentrer le plus vite possible et de rapporter toutes les nouvelles qu'il pourrait recueillir.

Il partit sur-le-champ, sans lui dire que les rues étaient envahies d'émeutiers qui arrachaient les aigles impériaux des grilles et des bâtiments officiels : c'était passionnant d'être aux premières loges d'une révolution !

La demeure du médecin était assez éloignée et il ne put s'y rendre directement, car des escarmouches entre factions rivales le détournèrent à plusieurs reprises de son chemin. Il resta pendant quelque temps au milieu de la foule qui se pressait autour de l'Hôtel de Ville où un gouvernement provisoire venait de se constituer, au milieu de la confusion générale. Paul-Michel était presque parvenu à la maison, les médicaments en sécurité dans sa poche, lorsqu'une immense clameur retentit comme un coup de tonnerre. Les insurgés qui attendaient le résultat des délibérations déferlaient dans la rue de Rivoli en délire, impatients d'atteindre les grilles des Tuileries.

— À bas l'empereur ! Vive la République ! Vive la France !

Il savait ce que cela signifiait. Le Second Empire venait de s'effondrer La France était de nouveau en république.

Aux Tuileries, on entendait déjà les hurlements de l'émeute, mais Eugénie refusa de partir. Stéphanie, tremblante de peur, attendait dans le Salon bleu tandis que derrière les portes closes les conseillers de l'impératrice la suppliaient de s'enfuir, il en était encore temps. Quelques jours plus tôt, ils lui avaient demandé de rejoindre le prince impérial pour prendre le commandement des troupes, mais ce geste aurait provoqué une guerre civile, et elle avait refusé. Elle ne permit pas non plus que l'on tirât un seul coup de feu pour contenir les désordres ou assurer sa défense personnelle. Elle demeura intraitable sur ce point : aucun sang ne serait versé pour sa sauvegarde.

— Dans ce cas, il vous faut partir sans délai, lui assura son vieil ami le comte de Metternich. Même si la sécurité de votre personne ne signifie rien pour vous, que se passera-t-il pour ceux qui resteront à vos côtés quand les émeutiers envahiront le palais ?

Elle savait qu'elle n'avait plus le choix. Les portes du salon s'ouvrirent et elle alla faire ses adieux à ses dames. La lumière jouait sur ses cheveux et sur la soie beige de sa robe de Worth. Un châle violet, la couleur de ses fleurs préférées, était jeté sur ses épaules. Toutes ses amies étaient en larmes. Elles voulaient l'accompagner, mais elle refusa. Elle ne garda près d'elle que Mme Lebreton, qui n'avait aucune attache familiale. Stéphanie tomba à genoux et la supplia de la laisser partir avec elle.

— J'ignore si Pierre est mort ou vivant. Je n'ai personne en dehors de vous, Majesté. Ne me laissez pas seule, je vous en supplie.

Eugénie hésita. Stéphanie était la filleule de l'empereur et elle se trouvait en plus grand danger que les autres.

— Très bien, mon enfant. Dépêchez-vous. Prenez une voilette. Personne ne doit vous reconnaître.

Eugénie se vêtit de noir et rejoignit les deux dames de compagnie, qui l'attendaient dans le même costume. Escortées par le comte de Metternich et son ami le comte Nigra, elles descendirent dans la cour. Une voiture impossible à identifier devait les prendre devant le perron, mais le cocher n'eut pas le temps de s'arrêter : la foule avait déjà franchi les grilles, coupant toute issue. Le petit groupe remonta l'escalier à la hâte, traversa les vestibules et les couloirs, de salon en salon, jusqu'à la porte qui communiquait avec le Louvre, à l'arrière du palais. Ils jouèrent de malchance, la porte était verrouillée. Les échos des insurgés en train de forcer l'entrée des appartements impériaux montaient jusqu'à eux. En vain, les deux ambassadeurs tentèrent d'enfoncer la porte à coups d'épaule.

Un bruit de pas précipités les fit se retourner soudain. C'était un valet de chambre qui possédait un passe. Il ouvrit la porte. Eugénie s'arrêta pour le remercier, puis les autres l'entraînèrent.

Leurs pas rapides résonnaient dans le Louvre désert. Tous les grands chefs-d'œuvre avaient été mis en lieu sûr en même temps que les joyaux de la Couronne, sur les ordres mêmes d'Eugénie. Ils descendirent l'escalier de marbre, les jupes des femmes froufroutaient de marche en marche…

Dans la rue Saint-Germain-l'Auxerrois, il leur fallut attendre ; une foule défilait en hurlant : « À mort l'impératrice ! À mort l'Espagnole ! »

Eugénie demeura impassible dans l'ombre d'un porche. Dès que la rue retrouva son calme, Metternich héla un fiacre. À l'instant où Eugénie y montait, un gamin en haillons, qui courait à toutes jambes pour rattraper le reste des insurgés, se figea soudain et poussa un cri capable d'atteindre les derniers émeutiers.

— C'est elle ! L'impératrice !

Nigra bondit pour le faire taire. Le cocher du fiacre feignit de n'avoir rien entendu et détourna la tête tandis que Metternich faisait entrer les deux autres femmes dans la voiture. La portière se referma. Metternich fit un pas en arrière. Le fouet du cocher claqua et les chevaux s'élancèrent. Le fiacre devait se rendre boulevard Haussmann, au domicile d'un conseiller fidèle, mais il fut retardé à maintes reprises par la foule en délire qui conspuait le cocher et martelait la voiture à coups de poing, mais qui ne soupçonna pas l'identité de ses occupants.

Le conseiller n'était pas chez lui et leurs coups de sonnette demeurèrent sans réponse. Les trois femmes redescendirent l'escalier et Eugénie décida de se rendre chez un autre ami, avenue de Wagram. Elle envoya Stéphanie chercher un fiacre. La jeune femme, à bout de nerfs, se tordit la cheville sur le bord du trottoir et tomba. Mais elle n'avait guère le temps de songer à elle-même. Luttant contre la douleur, elle ramena un fiacre et fit monter l'impératrice. De nouveau, l'homme qu'elles cherchaient n'était pas chez lui, et les trois femmes éperdues demeurèrent sur le trottoir. Mme Lebreton proposa d'aller chez l'ambassadeur des États-Unis, mais elle ne se rappelait plus son adresse personnelle. Cela donna à Eugénie une autre idée.

— Mon dentiste américain ! Allons chez lui.

Elles n'avaient plus d'argent pour un fiacre, et elles partirent donc à pied. Stéphanie, qui boitait, demeura en arrière pour ne pas attirer l'attention sur l'impératrice. N'était-il pas insensé qu'Eugénie de Montijo, naguère vénérée de tous, fût réduite à frapper en vain aux portes et à traverser Paris à pied, faute de quelques francs ?

Pour la troisième fois, elles se heurtèrent à une maison vide. Le dentiste s'était rendu à l'hôpital pour soigner les blessés. Mais on les invita à entrer dans la salle d'attente. Stéphanie s'effondra sur le sofa et n'en bougea plus. À son retour, le Dr Evans fut stupéfait de trouver l'impératrice chez lui, avec deux de ses dames de compagnie.

— Je suis venue vers vous, désespérée, dit-elle d'une voix paisible. Je n'avais personne vers qui me tourner. Voulez-vous m'aider à gagner l'Angleterre ?

— Je ferai tout ce qui est en mon pouvoir pour assurer votre sécurité, madame.

La douleur tortura Stéphanie tout au long de la nuit. Le Dr Evans avait bandé sa cheville : son entorse, très grave, l'empêchait d'accompagner l'impératrice.

Le lendemain matin avant l'aube, Eugénie lui fit ses adieux. Stéphanie se traîna jusqu'à la fenêtre et écarta le rideau pour voir s'éloigner l'impératrice aux violettes, la cliente la plus célèbre de Worth, la souveraine des Français. Elle était bannie à jamais – et avec elle l'ère de gloire dont elle demeurerait, peut-être, le symbole.

Pour Louise, cette nuit fut celle où la santé de Catherine s'améliora de façon décisive. Elle cessa de haleter, la fièvre tomba, elle dormit plus longtemps et de façon plus paisible. Louise, allongée sur le divan dans la chambre de Catherine, vit aussitôt dans l'aube naissante que la journée serait belle. À peine avait-elle passé une robe de chambre que l'on sonna à la porte. Surprise de recevoir une visite à une heure si matinale, elle ouvrit : c'était Stéphanie, le pied bandé, portée par un domestique. Sans un mot, Louise s'écarta et fit signe à l'homme d'aider Mme de Gand à s'installer sur le sofa du salon.

— C'était le cocher du Dr Evans, expliqua Stéphanie quand Louise eut raccompagné l'homme à la porte. Le dentiste a emmené l'impératrice à Deauville. Elle pourra s'embarquer en toute sécurité pour l'Angleterre. J'ai eu votre adresse par Mme Worth. Puis-je rester quelques jours chez vous ?

— Bien sûr. Mettez-vous à votre aise. Je vais faire chauffer du café, répondit Louise avec douceur. Je vois bien que vous avez traversé une épreuve très dure.

Stéphanie demeura avec Louise jusqu'à ce que sa cheville fût guérie Au début, Paul-Michel se montra hostile et distant à l'égard de l'épouse de son père, mais à mesure que Stéphanie se détendait, il prit plaisir à sa compagnie et joua aux dames, aux cartes et au jacquet avec elle, pour meubler l'ennui des longues heures d'immobilité. Il fit des courses pour elle comme pour sa mère, et lui rapporta chaque jour les journaux qu'elle parcourait à la hâte, s'assurant d'abord que le nom de son mari n'y figurait pas, puis les nouvelles de la situation militaire.

L'empereur s'était rendu aux Prussiens, mais la Troisième République continuait la guerre. Paris était transformé en forteresse et les soldats venaient de toutes parts joindre leurs forces à la Garde nationale et aux bataillons de volontaires. Partout l'on construisait des barricades et l'on creusait des fossés. Des milliers d'hommes travaillaient vingt-quatre heures sur vingt-quatre et les canons étaient mis en batterie dans tous les forts entourant la capitale et sur tous les points stratégiques. On avait installé des fabriques de munitions dans les locaux disponibles, y compris dans certaines salles du Louvre. Une gare était devenue fonderie, une autre fabriquait des ballons dirigeables à air chaud. Des bœufs et des moutons venaient grossir chaque jour les troupeaux mis à paître dans le bois de Boulogne, les jardins du Luxembourg et les autres parcs publics. Toute frivolité avait disparu de la ville, l'atmosphère était à l'image du ciel gris de l'automne.

Stéphanie essaya de joindre les personnes de sa connaissance, et elle apprit que Pierre avait été fait prisonnier en même temps que l'empereur. Il était hébergé dans des conditions satisfaisantes, avec d'autres officiers de la Garde impériale – tandis que cent mille simples soldats étaient enfermés dans des camps de misère. Aussitôt, Stéphanie voulut quitter Paris. Elle n'avait pas envie d'être assiégée dans la capitale, au cas où Pierre serait libéré ou s'évaderait jusqu'au château de Gand. Elle fit parvenir un message à l'un des conseillers de l'impératrice. Il vint la voir le lendemain et, après l'avoir raccompagné, Stéphanie confia à Louise que tout était organisé.

— Il faut que je parte dès demain, sinon il sera trop tard. J'ai demandé à M. Besson de vous fournir un sauf-conduit, ainsi qu'à Paul-Michel et à Catherine. Je veux que vous veniez avec moi.

Louise secoua la tête.

— Catherine ne peut pas quitter le lit, elle ne supporterait pas le voyage. Nous resterons.

— Dans ce cas, laissez Paul-Michel venir avec moi. M. Besson est persuadé que le siège sera long et difficile. Sur les bords de la Loire, l'enfant sera en sécurité…

Louise ne pouvait refuser cette chance à son fils. Elle l'appela pour lui faire part de sa décision, lui expliquant qu'une fois le siège établi personne ne pourrait plus quitter la ville. Il n'avait pas envie de partir mais elle ne lui laissa pas le choix. Il eut un caprice, tapa du pied et éclata en sanglots, mais elle demeura intraitable. Le lendemain matin, il fit ses adieux à Catherine. Louise n'entendit pas ce que Catherine dit à l'enfant, mais elle devait lui rappeler de demander pardon à sa mère avant de la quitter. Juste à l'instant où Louise crut qu'il allait partir sans lui adresser un mot, Paul-Michel se jeta dans ses bras et l'étreignit de tout son cœur.

— Au revoir, maman.

Elle l'embrassa, très émue. Il descendit l'escalier en courant. Stéphanie était déjà installée dans la voiture. Louise se pencha à la fenêtre pour lui faire signe, luttant pour ne pas céder à son chagrin. Deux jours plus tard, les Prussiens finissaient d'encercler la ville et le télégraphe était coupé, Paris était isolé.

Catherine était en voie de guérison et Louise pouvait la confier à une voisine lorsqu'elle allait faire la queue pour le pain et les autres denrées de première nécessité. Les prix montaient en flèche et l'on manquait de tout. Les trafiquants, disait-on, accumulaient les vivres pour pouvoir exiger des prix plus élevés. Louise, qui avait bien rempli les placards de Catherine, décida d'éviter tout gaspillage – elle se souvenait encore du temps où elle avait survécu grâce à des rognures. La disette ne la prendrait pas au dépourvu.

Elle se rendit, pour la première fois depuis longtemps, à la boutique du 7, rue de la Paix. Tout avait beaucoup changé. La clientèle avait déserté les salons. La chute de l'Empire et la perspective du siège avaient mis en fuite, comme des oiseaux migrateurs, la plupart des clientes de Worth. Et celles qui étaient restées à Paris ne songeaient guère à des robes extravagantes. Les toilettes sombres étaient de règle. Rien dans le costume ne devait évoquer de près ou de loin le Second Empire déchu. Toute femme qui se serait promenée dans les rues en grande toilette aurait été agressée. Marie, qui donnait du « chic » à tous les vêtements qu'elle portait, n'osait plus sortir seule.

— La semaine dernière, j'ai mis la plus simple des robes et une cape par-dessus, se plaignit-elle à Louise en prenant le café. À peine avais-je fait trois pas que des gens m'insultaient ! Par bonheur, Jean-Philippe est venu à mon secours et les a chassés, mais j'ai eu une peur bleue.

Des pas lourds, à l'étage supérieur, firent trembler les perles de cristal du lustre et Louise leva la tête.

— Nous transformons tous les autres étages en hôpital d'urgence, lui dit Marie. Nos couturières font de la charpie et ourlent des draps de lit ! Nous n'avons pas d'autre travail à leur donner. Mais Charles continue de payer le salaire de ses douze cents employés en attendant que les affaires reprennent normalement. Il sait ce que signifie être sans le sou à Paris avec le ventre creux. Cela n'arrivera à aucune de ses ouvrières.

Louise sourit.

— Puis-je me proposer comme infirmière ? dit-elle. J'ai déjà acheté un brassard de Genève, portant la croix rouge, plusieurs blouses blanches et une coiffe. En attendant de repartir, je ferai tout mon possible pour aider.

— Ce sera magnifique, répondit Marie.

Le lendemain, la Garde nationale effectua sa première sortie contre les lignes prussiennes. Ce fut sans autre effet que de confirmer la puissance des retranchements ennemis. Les pertes furent lourdes. Les blessés commencèrent à affluer dans le décor somptueux du 7, rue de la Paix. Ceux qui n'avaient pas perdu conscience n'en croyaient pas leurs yeux : tant de beauté, de dorures, de tapis, de tentures. C'était comme un rêve après le tumulte, la puanteur et la boue des champs de bataille.

Louise envoya des lettres à Paul-Michel et à Will par les ballons postaux qui quittaient Paris la nuit ; mais en raison du caprice des vents aucun ballon ne pouvait faire le voyage de retour et la capitale ne recevait de nouvelles que par pigeons voyageurs. Et elles n'étaient guère encourageantes. Les villes tombaient aux mains de l'ennemi l'une après l'autre. On tenta d'autres sorties pour libérer Paris, mais chaque fois les chariots redescendaient les Champs-Élysées pleins de blessés français.

Les semaines se succédèrent et un hiver particulièrement glacial s'installa sur la capitale. Occupée sans cesse par son travail d'infirmière, Louise cessa de compter les jours. Elle ne distinguait les dimanches des autres jours qu'à la foule qui descendait se promener dans les rues malgré le froid, comme au bon vieux temps. Mais quelle différence ! Les taches de couleur ne venaient pas des chapeaux et des robes mais des uniformes, souvent dépareillés et en loques. Les femmes ne s'attardaient plus devant les vitrines, car elles étaient vides, mais allaient au bras de leurs maris admirer les canons et les fortifications. Les plus jeunes, et celles qui se trouvaient sans attache, prenaient le même chemin pour flirter avec les soldats. La nuit, les rues n'étaient plus éclairées car l'on économisait le gaz pour les arsenaux et les fonderies. Les théâtres et les salles de concerts étaient devenus des hôpitaux.

Bientôt, les magasins d'alimentation furent vides et tout le monde connut la faim. Les bouchers offrirent de la viande ne ressemblant à rien de ce que l'on avait vu autrefois et les pauvres furent réduits à manger des rats. Les restaurants offrirent des plats étranges : des côtelettes de chèvre, des filets de cheval et des cuissots d'animaux sauvages abattus au jardin des Plantes. Seul le vin ne manquait pas, car les caves de Paris étaient depuis toujours les meilleures et les mieux pourvues du monde. On trouvait des ivrognes partout. Les gens se déplaçaient à pied car il n'y avait plus de chevaux. Les chats et les chiens avaient mystérieusement disparu – on vendait des « lapins de gouttière » sur les étals des marchés. Worth, qui avait pour ses chevaux les sentiments dignes de tout Anglais qui se respecte, faisait monter la garde devant ses écuries nuit et jour, résolu à épargner à ses pur-sang le marbre de la boucherie chevaline. Il aurait préféré mourir plutôt que de manger de la viande d'un animal familier.

— Mais oui, mais oui, mon cher, disait Marie pour le rassurer.

En bonne ménagère française, elle savait toujours déguiser avec un peu de vin blanc et des herbes le contenu de sa cocotte. Le gouvernement n'avait pas prévu un siège aussi long. Les greniers étaient vides, presque tout le bétail avait été mangé. Même les riches ne pouvaient plus acheter : il ne restait rien.

Louise, comme des milliers de femmes, devait faire la queue pendant de longues heures à la porte des boulangeries pour acheter du pain – un pain noir et dur qui contenait très peu de farine. Patiemment, elle attendait son tour pour acheter un œuf ou quelques légumes, devenus cinquante et cent fois plus chers qu'en temps de paix. Son principal problème était de maintenir dans l'appartement une pièce suffisamment chauffée pour Catherine.

Jamais, de mémoire d'homme, on n'avait connu hiver plus rigoureux. Les vitres se couvraient d'une couche de glace, les trottoirs verglacés étaient devenus dangereux. Les soldats n'étaient pas mieux lotis que les civils : on avait retrouvé des sentinelles mortes de froid à leur poste. Les pigeons voyageurs ne pouvaient plus voler et la ville demeurait sans nouvelles de l'extérieur. Le gouvernement autorisa à abattre les arbres des boulevards comme bois de chauffage et bientôt tous les trottoirs en furent dégarnis.

Le premier janvier 1871, à huit heures du matin, Worth partit pour l'église Sainte-Clotilde accompagné de Marie et de ses fils, malgré le froid glacial. En dehors des moments de méditation qu'il se ménageait dans n'importe quel lieu de culte, il pratiquait ce pèlerinage annuel depuis son arrivée à Paris. Il consultait sa montre en or en entrant dans l'église déserte et il restait trois quarts d'heure, ni plus ni moins, perdu dans ses pensées spirituelles et ses actions de grâces. Réconforté, il se levait à la seconde où expirait le temps qu'il s'était octroyé, et ressortait de l'église, suivi de sa famille. Ils descendaient les marches lorsque Jean-Philippe aperçut une silhouette de connaissance courbée sous le poids d'un sac de jute plein de bois mort.

— Madame Prestbury ! s'écria-t-il en s'élançant vers elle.

Il prit le sac sur ses larges épaules et Louise poussa un soupir de soulagement.

— Vous faites cela chaque jour avant de venir soigner les blessés ? demanda Marie.

Louise haussa les épaules, le sourire aux lèvres : il le fallait. Aussitôt, Marie insista pour que Catherine vienne s'installer rue de la Paix, où il restait deux ou trois pièces libres. Il y avait assez de charbon et de bûches dans les caves pour tenir jusqu'à la fin de l'hiver.

Le jour même, on transporta Catherine sur un brancard emprunté à l'un des hôpitaux voisins, et Marie lui donna une chambre chaude et confortablement meublée. Cela facilita beaucoup la tâche de Louise.

En fait, la générosité des Worth sauva la vie des deux femmes, car quatre jours plus tard les Prussiens commencèrent à bombarder la ville, et l'immeuble qu'elles habitaient fut l'un des premiers à être détruits.

Le bombardement se prolongea toute la journée et recommença le lendemain matin. Les canons allemands étaient pointés sur un autre quartier de la capitale, et il devint manifeste que, le temps passant, aucune rue de Paris ne serait épargnée. Les obus frappaient sans discrimination ; les églises, les hôpitaux et les écoles étaient touchés comme le reste. D'énormes cratères étaient creusés dans les rues et dans les jardins publics. Le tonnerre des canons et le sifflement des obus ne cessaient presque jamais. Partout, les agitateurs extrémistes essayaient de soulever la population pour former une Commune libre, et Worth descendit dans la rue de la Paix pour arracher les affiches rouges placardées contre son établissement.

— Les canailles ! pestait-il. La racaille rouge !

Il demeurait loyal à l'empereur déchu, toujours prisonnier de guerre, et à l'impératrice bannie. Il avait résolu d'adresser à Eugénie un bouquet de violettes au début de chacune des années qu'elle passerait en exil, jusqu'à la fin de ses jours.

Louise se félicitait chaque jour davantage d'avoir envoyé Paul-Michel en lieu sûr. À Paris, le taux de mortalité parmi les enfants était très élevé, et le collège Saint-Nicolas, où il serait retourné à la reprise des cours, avait été bombardé pendant la nuit. Plusieurs enfants étaient morts dans leur dortoir.

Dans l'ensemble, le moral des Parisiens demeurait très élevé. Ils ne cessaient de plaisanter sur les restrictions et le changement de régime alimentaire, mais peu à peu les gens connurent la mauvaise alimentation, le froid et la maladie qui faisaient encore plus de ravages que les obus de Bismarck. Bientôt le pain devint rare et un vent de panique se mit à souffler. Paris allait affronter la famine. Il fallait lancer une sortie décisive.

Louise et Marie se mirent aux fenêtres pour voir passer les régiments en haillons qui partaient attaquer l'ennemi. Des centaines de volontaires civils – dont des adolescents et des vieillards – avaient grossi les rangs de la Garde nationale. Les munitions et les vivres suivaient, en un cortège disparate de fiacres, d'omnibus et de chars à bancs. On ne pouvait rien imaginer de plus différent de la pompe et de l'éclat des défilés impériaux du passé, mais ce nouveau spectacle emplissait les Parisiens de fierté et d'espoir. Des vivats résonnaient de toutes parts. Marie et Louise se mirent à préparer les lits vides dans les salles réservées aux urgences, prévoyant déjà les conséquences de la bataille.

Ce fut une défaite d'une ampleur dépassant l'imagination. La capitulation de Paris était devenue inévitable. Les blessés, couverts de boue, hagards, ne cessaient de refluer. Ceux qui rentraient indemnes s'écroulaient de fatigue dans les rues. Rue de la Paix, toutes les infirmières étaient débordées. Même Catherine, pourtant en mauvaise santé, se leva pour réconforter les mourants.

24

La France capitula. Bismarck, comme pour l'accabler davantage à l'heure de la défaite, exigea l'occupation symbolique de Paris. Le gouvernement ne put que se soumettre. Le jour où les Prussiens firent leur entrée solennelle dans la capitale française pour célébrer leur victoire, Marie et Louise fermèrent tous les volets du 7, rue de la Paix. Toute la ville avait fait de même, les magasins et les cafés n'avaient pas ouvert ou affichaient qu'ils ne serviraient pas les Prussiens. Six cents princes et officiers allemands de familles éminentes, en uniformes impeccables et casques resplendissants, chevauchaient en tête de la colonne de cavalerie et d'infanterie qui descendit les Champs-Élysées. La foule les regarda passer dans un silence hostile. Lorsque les conquérants repartirent, quelques jours plus tard, ils laissèrent derrière eux une amertume profonde : l'humiliation de ce défilé provoqua le ressentiment de certaines classes davantage que toutes les privations du siège.

Louise, impatiente de revoir Paul-Michel, ne tint aucun compte des difficultés qui s'annonçaient et lui écrivit de rentrer au plus vite. Le courrier, longtemps retardé, parvint à la capitale en même temps que les convois de vivres. Une lettre de Will Russell apprit à Louise que sa boutique de Londres était toujours florissante. En l'absence de la jeune femme, il avait chargé l'une de ses assistantes des responsabilités de création. Louise lui manquait. Il l'aimait sans réserve et il demeurait comme toujours « son dévoué Will ». Elle fut touchée, mais glissa les lettres dans les enveloppes après une seule lecture, et dans sa réponse ne fit aucune allusion à son retour en Angleterre. Elle avait vécu une trop dure épreuve à Paris pour songer à partir tout de suite.

Elle ouvrit d'une main impatiente la lettre que lui adressa Paul-Michel. Elle espérait apprendre la date de son arrivée, mais il n'en était pas question. Il lui parlait des chevaux qu'il montait, des cours qu'il suivait chaque jour, de ses nouveaux amis… Elle passa au dernier paragraphe :

Je n'ai pas envie de revenir à Paris pour le moment, bien que j'aimerais beaucoup te voir, ainsi que tante Catherine. Maintenant que les prisonniers de guerre sont libérés et que l'empereur est allé rejoindre l'impératrice et le prince impérial en exil, mon père va revenir et j'aimerais bien passer quelques jours avec lui avant de rentrer. Permets-moi, je t'en prie, de rester un peu plus longtemps. Ton fils affectueux et obéissant, Paul-Michel.

Faisant taire sa déception, elle lui accorda la permission sans hésiter.

La recherche d'un autre appartement pour Catherine et elle-même lui prit beaucoup de temps. Il y avait tant d'immeubles détruits que la tâche s'avéra difficile. Marie insista pour qu'elles demeurent plus longtemps rue de la Paix et Louise lui en sut gré. Les salons reprenaient peu à peu leur aspect d'autrefois : les blessés rentraient chez eux ou étaient transférés dans des hôpitaux en dehors de Paris. Worth avait commencé à ressortir les soies et les satins mis de côté. Il savait que rien ne vaut une robe neuve pour remonter le moral d'une femme. Déjà, les clientes affluaient. L'une d'elles, bravant les rigueurs de l'hiver, avait porté pendant tout le siège une robe d'été qu'il avait créée.

— Je n'ai pas pu me résoudre à porter une toilette d'hiver qui ne soit pas de vous, monsieur Worth, lui dit-elle.

— Ah ! madame, répondit-il avec fierté, c'est grâce à des personnes comme vous que Paris redeviendra Paris.

Mais on n'en était pas encore là. Au cours d'émeutes violentes, les communards avaient pris le pouvoir. Le gouvernement s'était enfui à Versailles, et partout à Paris le drapeau rouge avait remplacé les trois couleurs, que les insurgés foulaient aux pieds. De Versailles, le gouvernement envoya la troupe et la guerre civile déchira bientôt la ville, puis le pays. Ce furent les combats les plus sanglants que la capitale eût jamais connus. Les communards dressèrent des barricades qui bloquèrent les rues – y compris la rue de la Paix, et les canons et les fusils ne cessèrent de tirer nuit et jour. Worth ne permit à personne de quitter les locaux, et le numéro 7 se transforma de nouveau en poste de premiers secours, lorsqu'un groupe de parlementaires brandissant des drapeaux blancs pour demander le cessez-le-feu fut fauché par les communards sous les fenêtres même de Worth.

L'incident attira l'attention de la Commune sur Worth et sa famille. Un groupe de communards frappa aux portes. Il refusa d'ouvrir et leur parla du balcon, où son nom brillait en lettres d'or.

— Que désirez-vous ? leur demanda-t-il d'un ton hautain.

Un communard hirsute prit la parole au nom de ses camarades.

— Il est temps que vous nous accordiez votre soutien actif. Nous avons besoin de tous les hommes disponibles. Je vous montrerai comment on se sert de *ça*, si vous ne le savez déjà, dit-il en brandissant son fusil, dont la baïonnette brilla dans la lumière grise. Il y a une barricade à défendre près des canons de la place Vendôme. Vous n'aurez pas loin à aller.

Pendant un instant, Worth demeura sans voix, scandalisé par une telle audace.

— Je suis anglais ! répliqua-t-il en dévisageant les insurgés. Vos activités révolutionnaires ne me concernent pas.

Il fit demi-tour pour rentrer, mais le communard l'arrêta d'un cri.

— Attendez ! Vous avez un fils, non ?

Worth retourna vers la balustrade. Il savait que certains communards avaient essayé de convaincre son fils de se joindre à eux. Pas plus tard que la veille, Gaston était rentré le visage blême en criant qu'il était prêt à mourir pour la France mais qu'il ne prendrait jamais les armes pour la Commune.

— Eh bien ? lança Worth d'une voix contenue.

Le communard sourit de toutes ses dents.

— Gaston ne peut prétendre qu'il est anglais, puisque sa mère est française. Il a assez de bon sang français dans les veines pour combattre au coude à coude avec nous, au nom de la liberté.

— La liberté de massacrer les innocents qui proposent la paix, le drapeau blanc à la main ? répliqua Worth, ulcéré par la scène dont il avait été témoin quelques heures plus tôt.

Au-dessous de lui, le visage du communard perdit toute son amabilité de surface.

— Au nom de la Commune, je recrute Gaston Worth !

Worth frappa la balustrade de son poing.

— Vous n'avez pas le pouvoir de l'engager de force dans vos rangs.

— Vous faites erreur, répliqua l'homme qui commençait à perdre son calme. Comme je vous l'ai dit, nous avons besoin de renforts en soldats et en armes, et votre fils est exactement le genre d'hommes que nous recherchons. Et vous avez un second fils, n'est-ce pas ? Je l'ai vu. Il est grand et fort. Je le recrute aussi. Envoyez-les tous les deux, l'Anglais !

— Jamais !

Des fusils cliquetèrent.

— Mais si, mais si. Tous ceux qui se trouvent derrière ces portes passeraient de mauvais moments si nous étions obligés d'attaquer vos locaux pour prendre nos recrues.

Worth avait entendu parler des viols et des meurtres qui s'étaient produits lorsque des communards avaient mis à sac des bâtiments où on leur avait résisté. Il fit taire sa colère.

— Très bien, leur dit-il. Tout ce que je vous demande en revanche, c'est de me laisser quelques minutes pour rassembler ce dont ils auront besoin. Il leur faut des vêtements et des vivres.

— C'est probable ! s'écria le communard au milieu des rires de ses camarades. Tant que vous y serez, apportez-en pour nous ! Avec quelques bonnes bouteilles de votre cave.

Worth rentra sans répondre. Dans la pièce voisine, Marie et les enfants avaient tout entendu. Louise était aussi pâle que son amie. Worth leur parla d'une voix calme.

— Prenez vos manteaux. Rien d'autre. Nous devons quitter l'immeuble par l'entrée du personnel sans attirer l'attention. Nous sortirons l'un après l'autre.

Il se tourna vers Louise.

— Vous viendrez avec nous, ainsi que Mlle Allard. Vous ne seriez pas en sécurité quand les communards découvriront notre départ.

— Catherine ne pourra pas marcher longtemps, répondit Louise. Mais tout de même jusqu'à l'hôtel, dans la rue de derrière. Nous entrerons par les cuisines et nous prendrons une chambre en attendant.

Tandis que Jean-Philippe et Gaston couraient prévenir les employés qui se trouvaient dans l'immeuble, Worth transféra le contenu du coffre-fort dans ses poches, donna à Louise l'argent dont elle aurait besoin, puis conduisit tout le monde à travers le numéro 7, qui n'avait pas de sortie à l'arrière, jusqu'à l'immeuble voisin où il avait loué des chambres pour son personnel. Jean-Philippe sortit le premier, suivi par Marie et Gaston une minute plus tard. Le personnel se dispersa à son tour. Worth attendit que Louise et Catherine aient gagné les cuisines de l'hôtel, puis suivit sa famille. Ils se retrouvèrent dans une impasse, non loin de là, puis par un itinéraire détourné pour éviter le plus gros des combats, ils parvinrent dans la banlieue nord de la ville. Ils louèrent une voiture puis gagnèrent Le Havre par le train, prêts à fuir en Angleterre si besoin était. Ils eurent du mal à se loger. Un grand nombre de Français qui conservaient des sympathies pour l'empire avaient gagné les villes de la côte en attendant l'issue de la guerre civile. Worth finit par trouver un petit appartement sur le port. Il se demanda s'il reverrait Paris un jour.

Louise et Catherine restèrent à l'hôtel, qui offrait une certaine sécurité à deux femmes seules. Elles ne se risquaient dehors sous aucun prétexte. Plusieurs journalistes étrangers logeaient au même hôtel et ils tinrent Louise au courant des dernières nouvelles. Le gouvernement lançait de plus en plus de troupes pour reprendre Paris. Les communards, se voyant vaincus, mettaient le feu aux bâtiments les plus symboliques. Notre-Dame n'avait échappé à l'incendie que par pur hasard. On avait fait flamber des barils de goudron dans la salle des Maréchaux des Tuileries.

L'ordre fut rétabli et le drapeau tricolore flotta de nouveau sur Paris. Worth et sa famille revinrent chez eux. L'immeuble était presque comme ils l'avaient laissé. Voyant que les deux jeunes gens ne descendaient pas, les communards avaient tiré sur les fenêtres, mais il aurait fallu un bélier pour enfoncer les portes de la rue. Une escarmouche leur avait fait quitter les lieux presque aussitôt.

Partout dans la ville, la vie reprenait. Les commerçants ouvraient leurs volets percés de balles. Les cafetiers avaient sorti des tables sous les auvents rapiécés à la hâte. De petits orchestres jouaient de nouveaux airs. On enlevait les gravats des rues, et les maçons étaient déjà à l'œuvre dans les immeubles bombardés.

Louise loua, sur les Champs-Élysées, un appartement avec un balcon d'où Catherine pouvait voir passer les Parisiennes. Une femme entre deux âges qui venait de perdre sa maison pendant le siège accepta de jouer auprès d'elle le rôle de gouvernante et de dame de compagnie. Louise, qui se préparait à prendre le train pour Tours où elle retrouverait Paul-Michel, se réjouit d'entendre leur bavardage joyeux. Worth lui avait fait pour la circonstance une robe de couleur changeante, ni grise ni verte, et elle lui avait assorti un petit chapeau à fleurs.

— Nous rentrerons demain en fin de soirée, Paul-Michel et moi, dit-elle à Catherine. Ne vous inquiétez pas.

C'était une belle journée de juin, elle avait écrit à son fils qu'elle allait le chercher : il était temps qu'il revienne auprès d'elle. Elle savait qu'il serait ravi d'apprendre sa décision d'ouvrir à Paris une maison de couture semblable à celle de Londres, que Mlle Brousseau continuerait de diriger. Worth lui avait conseillé de ne pas prêter l'oreille à tous ceux qui prétendaient que Paris aurait du mal à retrouver la prospérité économique de son passé.

— C'est justement à cause de ce passé que Paris se redressera très vite, avait-il affirmé. Et notre branche sera la première à percer. Les femmes ne peuvent pas vivre sans robes neuves. Regardez, mes clientes américaines commencent à revenir – avec leur confiance et leurs dollars.

Il lui avait souri dans le miroir, car la conversation se déroulait pendant l'essayage de la robe gris-vert.

— Elles ont *confiance* parce qu'elles savent que je les habillerai mieux que quiconque. Elles ont des *silhouettes* splendides que je peux modeler de mes tissus, et enfin le nombre des *dollars* qu'elles sont prêtes à payer pour ce privilège n'a pas de limites. Je vous le dis, les gens du monde entier continueront de venir chercher à Paris ce qui est joyeux, inutile et frivole. J'en remercie Dieu. C'est une oasis dans un désert de grisaille. Personne n'est jamais venu et ne viendra jamais sur les Grands Boulevards pour autre chose que le plaisir.

Forte de ce conseil, elle avait cherché un local susceptible de lui convenir. Elle avait jeté son dévolu sur une petite boutique de la rue de Castiglione qui était en cours de restauration à la suite de l'incendie des Tuileries. Plus tard, elle pourrait s'agrandir vers la rue de Rivoli. Elle savait que la concurrence serait vive. Quand Worth avait lancé son affaire, il y avait très peu de couturiers comme lui, mais depuis lors des dizaines avaient ouvert leurs portes. Comme le disait Worth, la mode, avec la beauté et le bonheur qu'elle créait, était essentielle au bien-être du monde.

Le train déposa Louise à Tours, où elle passa la nuit à l'hôtel. Le lendemain matin, elle prit la route du château de Gand. Le temps était aussi beau que la veille, et elle traversa la campagne dans un cabriolet découvert, protégée par son ombrelle. La brise tiède faisait voleter les pétales de son chapeau et la collerette de dentelle de sa robe neuve. Son désir de revoir Paul-Michel était si vif qu'elle ne songeait à rien d'autre. Elle ne comptait pas voir Pierre. Stéphanie, prévenue de sa visite, éviterait toute rencontre de Louise avec son mari. C'était dans l'ordre des choses. Le château de Gand demeurait le territoire de Stéphanie.

Le château était médiéval, immense, protégé par de grosses tours. Il se dressait sur une pente boisée dominant la campagne environnante. L'allée centrale s'étendait sur plus d'un kilomètre, et Louise longea des pelouses verdoyantes et un bel étang avant de pénétrer dans la cour d'honneur. Elle s'attendait à voir Paul-Michel courir à sa rencontre, mais il n'en fut rien. Sa gorge se noua. Un domestique la précéda dans un salon richement meublé, où Stéphanie l'attendait. Elle l'accueillit avec toute la chaleur de leur amitié ambiguë, née de leur amour pour le même homme.

— Quelle joie de vous revoir, Louise. Je n'ai cessé de penser à vous pendant le siège, puis tout au long de l'épreuve de la Commune. Asseyez-vous. J'ai ordonné que l'on serve des rafraîchissements dès votre arrivée. Il y a eu des combats avec les Prussiens non loin d'ici, mais en dehors des coups de feu dans le lointain nous n'avons pas été dérangés.

Louise s'assit sur le rebord d'un fauteuil.

— Comment va Paul-Michel ?

Stéphanie la rassura aussitôt.

— Il est débordant de santé. Et il a grandi. Je suis sûre que vous aurez du mal à le reconnaître. Il serait allé à votre rencontre, mais j'ai voulu vous parler d'abord seule à seule. Il fait sa promenade à cheval comme chaque matin, avec Pierre.

— Paul-Michel monte bien, fit observer Louise, non sans fierté.

— Certes. C'est un cavalier-né, répondit Stéphanie. Exactement comme Pierre. En fait, la ressemblance entre eux devient plus marquée chaque jour.

Il y avait dans tout cela quelque chose d'anormal, et Louise le ressentait sans pouvoir préciser de quoi il s'agissait au juste.

— Pierre n'a pas trop souffert entre les mains des Prussiens ?

— Nullement. Étant le filleul de l'empereur, il a été traité avec autant d'égards que l'empereur lui-même. Nous sommes profondément désolés que les jours merveilleux du Second Empire aient pris fin. Comme vous le savez sans doute, les Cent-Gardes n'existent plus, et il n'est pas question que Pierre reprenne du service dans l'armée. Il demeurera toujours loyal à l'empereur. Il consacre maintenant tous ses soins à ses vignobles et à ses terres, ainsi qu'à ses biens à Paris.

On apporta un plateau de café et des petits gâteaux aux amandes. La conversation ne reprit que lorsque le café fut servi.

— Quand vous verrez Paul-Michel, poursuivit Stéphanie, il vous posera une question. Je lui ai promis de ne pas la poser à sa place, mais je vous implore, pour lui et pour Pierre, de lui accorder ce qu'il vous demandera.

Et tout devint clair. Louise comprit aussitôt ce que l'enfant lui demanderait, et la douleur fit place à l'incertitude. Elle posa sa tasse avec précaution et croisa ses mains sur ses genoux. Ses lèvres refusèrent de lui obéir.

— Je n'abandonnerai pas mon fils, murmura-t-elle enfin.

Stéphanie, visiblement émue elle aussi, se pencha en avant.

— Ne prenez pas encore de décision. Écoutez ce qu'il a à vous dire

— Je ne l'abandonnerai jamais, répéta-t-elle d'une voix sans timbre.

— Paul-Michel est aussi le fils de Pierre. Je ne pourrai jamais avoir d'enfants. Il n'y aura dans cette maison personne de la génération de Paul-Michel pour porter le nom de de Gand. Permettez-lui de grandir dans le milieu auquel il appartient. Ses racines sont ici. Ne l'enlevez pas à son père.

Quelque part dans la maison, une porte claqua. Le bruit d'une course sur des dalles de marbre, puis Paul-Michel entra en coup de vent dans la pièce.

— Maman ! cria-t-il.

Ils s'enlacèrent en riant, puis se posèrent mille questions. À chaque réponse, Louise serrait son fils contre elle et l'embrassait sur le front. Lorsqu'ils se séparèrent, Stéphanie avait quitté le salon. Louise parla à l'enfant de Catherine et de leur nouvel appartement – sans se rasseoir, pour bien montrer qu'elle était prête à partir. Elle regarda la pendule de la cheminée.

— Le train de Paris quitte Tours à trois heures. Si tu prépares tes affaires tout de suite, nous pourrons le prendre.

Le visage de l'enfant s'assombrit et il se dirigea vers le plateau du café. Il prit un biscuit aux amandes et le mordit distraitement.

— Il faut d'abord que je te parle, maman. Assieds-toi. Il ne faut pas plus de trois quarts d'heure pour aller à la gare. Nous avons tout le temps.

— Nous parlerons dans le train…

— Je t'en prie.

Elle s'assit, essayant de paraître gaie et désinvolte.

— De quoi veux-tu parler ? De ton école de Paris ? Le principal du collège Saint-Nicolas a accepté de t'inscrire de nouveau…

— Je ne veux pas quitter mon école actuelle, dit-il d'une voix ferme. Je travaille bien et j'ai beaucoup d'amis.

— Mais il faudrait que tu restes ici, répondit-elle à mi-voix, et je suis sûre que nous ne pouvons pas profiter plus longtemps de l'hospitalité de…

— Il ne s'agit pas d'hospitalité, s'écria-t-il, indigné. Je suis *chez moi*. Mme Stéphanie me l'a dit dès que je suis arrivé au château avec elle. Et ma grand-mère me l'a répété lorsqu'elle m'a parlé de tous mes ancêtres, dans la galerie des portraits. J'appartiens à cette maison.

— Et que dit ton père ? demanda Louise dans un souffle.

— Il veut que je reste. Il aimerait faire changer mon nom pour que je porte le sien. Il sait que je n'aimerai jamais un seul endroit au monde davantage que celui-ci.

L'enfant soupira.

— Mais tout dépend de toi, Maman, m'a-t-il dit. Il faut que tu donnes de plein gré ton autorisation. Il ne veut pas me garder contre tes désirs.

Elle baissa les yeux vers ses mains pour lui dissimuler son déchirement. Il y avait une petite tache de café sur son gant blanc et elle l'essuya du bout de l'index.

— Je ne sais que dire, murmura-t-elle. Je ne parviens pas à parler.

Il s'agenouilla devant elle pour voir son visage.

— J'irai te voir à Londres. Je passerai les vacances avec toi, exactement comme nous l'avions prévu quand nous avons décidé que je ferais mes études à Paris. Tu as toujours tellement de travail que je ne te manquerai pas.

Elle songea au peu de temps qu'elle lui avait consacré dans le passé. Si elle avait d'autres enfants un jour, jamais elle ne commettrait la même erreur. Dans la lutte qu'elle avait menée pour obtenir sa propre indépendance et celle de son fils, elle avait sacrifié ses rapports avec lui – et rien d'autre ne lui tenait davantage à cœur…

Maintenant, il avait trouvé ses racines. Pierre avait construit le lien filial entre père et fils qu'elle avait toujours désiré pour l'enfant. Avait-elle le droit de le rompre ? Elle pria pour puiser en elle la force et le courage de ne pas détruire son fils. Il ne fallait pas qu'il traverse l'existence avec un sentiment de culpabilité. Elle leva la tête lentement et répondit à son regard anxieux par un sourire rassurant où s'exprimait tout l'amour qu'elle ressentait pour lui.

— Je te donne la permission de rester avec ton père, Cela m'aidera beaucoup. Comme tu le sais, à l'époque des collections, je n'ai jamais de temps pour rien ni personne. Mais quand viendront tes vacances je me libérerai complètement de la boutique, et nous ne nous quitterons pas.

Son visage s'éclaira.

— Nous nous amuserons bien, tu verras, reprit-elle. Nous irons où tu voudras. À la mer. Dans les Alpes. Voir les Pyramides. Sur la lune.

Il éclata de rire.

— Oui, maman. Nous ferons tout ça.

Pendant quelque temps, songea-t-elle. Ensuite, il recherchera la compagnie de jeunes de son âge pour ses moments de liberté. Et ce sera normal. Pour l'instant, une seule chose comptait : lui offrir un sourire jusqu'au bout.

— Il faut nous dire au revoir tout de suite. Il est vraiment temps que je m'en aille. Après mon départ, tu diras à ton père et à sa femme ce que nous avons décidé entre nous. Il vaut mieux pour nous deux que tu restes.

Il la raccompagna dans le cabriolet jusqu'aux grilles. Puis elle le vit qui agitait le bras jusqu'à ce qu'un bosquet le dissimule à ses regards. Elle avait senti que la séparation le bouleversait, lui aussi, mais elle n'avait pas cessé de sourire. Elle se pencha en arrière contre le cuir rouge capitonné et ne vit plus rien du paysage.

À Tours, le porteur la plaça dans un compartiment de première classe réservé aux dames ; le train semblait presque vide, elle crut qu'elle voyagerait seule. Elle s'installa dans un angle, appuya sa tête en arrière et ferma les yeux.

La portière s'ouvrit brusquement et le courant d'air la fit sursauter. Elle s'attendait à voir une voyageuse comme elle. C'était Pierre.

— Je comptais vous parler avant votre départ du château ! Comment avez-vous pu repartir sans un mot ?

Il la prit dans ses bras et enfouit son visage contre son épaule.

— Louise, Louise… Croyez-vous que je ne comprenne pas toute l'étendue de votre sacrifice ? Je ferai pour notre fils tout ce qui est en mon pouvoir.

Il releva la tête, posa tendrement la main sur la joue de la jeune femme, puis l'embrassa sur la bouche dans un élan de passion incontrôlé. Tout au long du train les portières claquèrent. Louise libéra ses lèvres.

— Il ne faut pas que vous veniez à Paris avec moi ! Je vous en prie, descendez, il en est encore temps.

Il recula son visage, sans enlever sa main de la joue de Louise. Son regard n'était que tendresse.

— Il y aura d'autres occasions. Souvenez-vous de ce que je vous ai dit à Saint-Cloud. Vous allez rester à Paris, n'est-ce pas ?

Ainsi, l'avenir était soudain remis en question ! Le cercle se refermait Tout allait donc recommencer comme autrefois ? Elle résista à l'appel du passé, et au désir profond de son propre cœur.

— Non, répondit-elle d'un ton sans réplique.

D'un seul mot, elle condamnait tous les projets qu'elle avait échafaudés, la boutique convoitée, la nouvelle vie sur laquelle elle comptait. Paris lui était interdit. Elle l'avait déjà quitté dans le passé, elle le quitterait une seconde fois.

— Je rentre chez moi, dit-elle. En Angleterre.

Déjà, la locomotive crachait des nuages de vapeur blanche. Pierre se leva, le visage défait. Le regard qu'il posa sur la jeune femme était à la fois une menace et une promesse. Non, tout n'était pas fini entre eux. Jamais le sentiment qui les unissait ne pourrait être effacé. Louise avait choisi une autre voie, voilà tout.

Il sauta sur le quai à l'instant où le train s'ébranlait. Elle l'entrevit un instant lorsqu'il referma la portière. Ses traits avaient la même expression que ceux de son fils à l'instant des adieux. Il ne pouvait pas supporter de la voir partir.

Une semaine plus tard, elle était prête à quitter la France. Elle avait assuré l'existence de Catherine jusqu'à la fin de ses jours. En se rendant à la gare, elle passa rue de la Paix, car Worth lui avait demandé d'emporter un petit paquet en Angleterre. Place Vendôme, la statue de Napoléon Ier, jetée à terre par les communards, n'avait pas encore été restaurée. Au pied de la colonne, Louise se souvint de ce que l'on disait à l'époque de la dernière Exposition internationale : il aurait fallu mettre à la place de l'empereur la statue en or massif de Worth pour rendre hommage à tout ce qu'il avait fait pour la mode française, pour la rue de la Paix et pour le rayonnement de Paris. Cette image de rêve la fit sourire. Worth aurait accepté l'hommage comme son dû !

Au numéro 7, rien n'avait changé en apparence. Les clientes bourdonnaient autour des comptoirs de tissus, les vendeuses s'affairaient et, dans les étages supérieurs, les ateliers travaillaient de nouveau à plein rendement. Tandis qu'elle traversait les salons somptueux, Louise sentit cependant la différence. Le palais des Tuileries n'était plus que des ruines incendiées, jamais Worth n'y reviendrait livrer les merveilleuses toilettes impériales.

Il n'était pas encore midi. Marie vint à sa rencontre dans une robe de satin noir et blanc, ornée de flots de dentelle. Maintenant, plus que jamais, elle devait paraître, matin, midi et soir, dans des toilettes splendides

– elle s'était enfin habituée à être remarquée et admirée. Worth se serait facilement laissé aller à porter les vieux habits confortables qu'il mettait à Suresnes pour cultiver son jardin, mais Marie en était arrivée à se sentir mal à l'aise si elle ne portait pas une robe extravagante à toute heure de la journée. Worth avait gagné.

— Ainsi, vous partez vraiment ! dit-elle en prenant le bras de Louise. Ne restez pas des années sans revenir nous voir.

Worth abandonna son travail pour donner à Louise la petite boîte dorée qu'il désirait lui confier. Elle devait la remettre en main propre. Il souleva le couvercle et montra à son amie le petit bouquet de violettes de France posé sur un lit de mousse humide…

— Pour l'impératrice, dit-il. De la part de son couturier fidèle.

Au-dessus des falaises de craie, le ciel était d'un bleu très pâle. Le vapeur accosta à Douvres. Louise, accoudée au bastingage, sentait la brise marine glisser dans ses cheveux. Le soleil jouait sur l'écume des vagues. Will l'attendait sur le quai. Il l'observait, le sourire aux lèvres – un sourire de triomphe, impossible à confondre. Et elle pouvait presque lire ses pensées : il aurait pu la rejoindre à Paris et la convaincre à maintes reprises de rentrer à Londres avec lui. Il ne l'avait pas fait, car cela n'aurait rien résolu entre eux. Il avait préféré attendre qu'elle revienne de son propre chef. Il avait livré avec Paris un combat silencieux – et il avait gagné.

Elle descendit la passerelle et se dirigea vers lui. Will faisait partie de sa vie, au même titre que Pierre. Mais il n'allait pas avoir des heures faciles avec elle ! Elle n'était pas moins inflexible qu'au jour de son départ, et il ne se contenterait jamais de la seconde place dans le cœur d'une femme… Mais elle ne craignait pas les conflits qui les attendaient. Ils faisaient partie de la vie, de l'amour entre un homme et une femme. Et Will était un homme, un homme parmi les hommes.

Cet ouvrage a été composé
par Facompo (Lisieux)

Impression réalisée à Barcelone par

CPI

en juin 2017
pour le compte des Éditions Archipoche

Imprimé en Espagne
N° d'impression : 463
Dépôt légal : juillet 2017